别来伤害我

余红梅 著

人民日报出版社

图书在版编目（CIP）数据

别来伤害我 / 余红梅著. —北京：人民日报出版社，2015.8
ISBN 978-7-5115-3304-3

Ⅰ. ①别… Ⅱ. ①余… Ⅲ. ①长篇小说－中国－当代 Ⅳ. ①247.5

中国版本图书馆CIP数据核字(2015)第174196号

书　　名：	别来伤害我
作　　者：	余红梅
出 版 人：	董　伟
责任编辑：	刘晴晴
封面设计：	未　泯
出版发行：	人民日报出版社
社　　址：	北京金台西路2号
邮政编码：	100733
发行热线：	（010）65369527　65369846　65369509　65369510
邮购热线：	（010）65369530　65363527
编辑热线：	（010）65363105
网　　址：	www.peopledailypress.com
经　　销：	新华书店
印　　刷：	北京朝阳印刷厂有限责任公司
开　　本：	880×1230　1/32
字　　数：	490千字
印　　张：	15.5
印　　次：	2015年9月第1版　2015年12月第2次印刷
书　　号：	ISBN 978-7-5115-3304-3
定　　价：	48.80元

目 录

第一章　　003

第二章　　031

第三章　　063

第四章　　089

第五章　　117

第六章　　149

第七章　　177

第八章　　207

第九章　　233

第十章　　263

第十一章　289

第十二章　317

第十三章　345

第十四章　373

第十五章　401

第十六章　429

第十七章　459

序

当今时代是一个多元多极、常变常新的时代，各种事物的矛盾冲突后面是人生价值观的较量和嬗变和提升。

《别来伤害我》所反映的当代青年爱情、婚姻、家庭、事业与社会伦理交融的故事。叙述了在社会发展与进程中人们对给予、坚强、自重、珍惜、承担、成长的理解，解析了承受与分享所带来的思变。同时激活了社会各阶层的细胞，使人们逐渐意识到生活中种种矛盾对人物心灵的伤害与疗愈应该选择的态度。

故事通过女主人翁付雪的人生情感经历，揭示了在物欲横流的社会浪潮逆袭下，人们对真、善、美的认知和渴望。

作者以小家庭看大社会；从个体延伸透视社会发展。人性的善恶与社会的进程及家庭教育是密不可分的。完善自我，提高素质，已成为社会健康发展所面临的议题，追求与梦想的放大，重视心理健康已显得迫在眉睫。

故事为我们展示了世纪交际而发展的步伐，随之进入北、上、广大迁徙整合期，人们的传统思想与日新月异的都市环境相互交替下的精神与文化生活，同时，也诠释了大都市的包容与理解。

青年作家余红梅以女性特有的细腻笔触，真实的情感，委婉地呈现出世间的春夏秋冬，交织了家庭与社会伦理的长卷，对当今时代的解析具有深远的意义。细细读来，隽永耐味，是一部值得用此文学的力量，来鼓舞我们心路历程的好作品。

2014年12月25日

第一章

一

付雪的娘家人居住在鄂西北部汉江边上的一个小镇。

这里三面环山，是大巴山支脉脚下那河床淤积起的泥沙滩涂，成就了这里付氏家族世代相传生命的延续；也是这宽阔平坦的汉江河床，将这类似盆地的地貌冲破，在午后的阳光下，向外淤漏着它闪着银光的河水。但这源源不断流淌的银光，并没能给这百户人家儿小镇带来富裕，而是像这一江绿水般，个个善良、朴实、清澈与爽朗。付雪家的人也不例外，他们善良得不愿下河捕鱼，怕电网电死鱼苗儿；不愿将自家养的牛拉到集市上去卖，怕它们被屠夫宰杀。

在这里和同一家族人和睦相处，平淡生活，一直是他们不懈追求和所要保持的最大幸福。因此，这里人们全靠开垦沙洲和荒山，种植花生或各种瓜果卖钱来维持家用，很少出现吵架打闹的不和谐音符。

面对河水站着，河水秀绿，河面平缓。当风吹来时，宽阔的河面上便有了层层细波，犹如是一江淡绿色丝绸在茫茫的天幕下飘动、延伸。

脚下，上百米干枯的河滩上，全是平铺着裸露在外形状各异的小鹅卵石和银灰色的细沙。它们或刚柔相间，或重叠垒摞，使踩在上面的人，每挪动一步，都会有石与石碰撞、摩擦发出的"哗啦"声。这声音，在这宁静的江边儿显得格外响亮，犹如浑重的交响乐，又犹如参差不齐的呐喊声，仿佛是自然之神，专门儿派来的神兵们，在为这柔静、秀美的江女做守护。

浅滩处，水波摇绕着形状各异、色彩斑斓的小鹅卵石们；细沙合着细浪舔舐着河岸，无处不显露出江女那身儿轻柔飘逸的衣裙花边儿的美丽。

只要你有勇气去体验江女柔美的身体，就脱去裹脚布般的鞋子，让脚趾暴露在春的微风中，再让脚轻轻踏下去，一股凉意顷刻如同电流般迅速传遍全身——让人驻步，但很快又被水舔舐的舒服感所代替，引意识向前……当肉质的脚与硬的石物相亲合时，水便漫过脚背，再漫过脚脖、小腿……只要你有足够的勇气，接下来便是大腿以及更高的其他部位，因此，这里是勤劳者们洗衣、勇敢者嬉戏的所在。

身后河堪上是一条新修的水泥马路，它顺河边将寨子分开，直通襄丹公路，形成了偶尔热闹的付家寨小镇。镇上的小餐馆和小商店平日里冷冷清清、盈利甚少，只有到了每月一次的赶集日，从周边村寨大量聚集来了赶集人，才使小餐馆变得拥挤、热闹，盈利多多。

与襄丹公路并齐的还有一条战争时期苏联人修建的襄丹铁路。那独具风格的火车站候客厅，正好坐落在水泥马路和襄丹公路的交会处，不管从什么角度看，"他"都像是小镇上日夜守卫在四季中的战士。白天"他"为过往的行人拉响警报；夜晚"他"明亮的站台灯光照亮着这三条寂静的生命线……

再放眼远眺，河对岸是连绵起伏的秦岭山支脉。从小镇的河岸出发，顺河水逆行20里地，就是紧连着丹江水库的山城——丹江口市；再下行20里地，是古有"襄郧要道、秦楚通衢"之称的——河口市。

不管是顺水还是延路，以付家寨为中心，分别两边都与每隔百米远的村寨相连。过去以寨，为单位，又叫"大队"或"营"，一个大队分有十多个小队，一个小队百户人家。付家寨这百户人家就是旭东大队第二分队，下面还有旭光大队、屈营、沈湾、苏家河等，分别有上百个营、寨连接，直至两边县城。

由于水路较慢，襄丹公路成了小镇人与外界联络的主通道。特别是在那些年轻的男孩、女孩们心中，襄丹公路就是系在他们内心世界里的一根导火线，时时紧绷着他们个个躁动不安、欲出远行的心。

这里没有什么象征性的建筑，付家寨的人们在坡上做农活时，总喜欢下意识地抬头望望远处的襄丹公路，那是一种向往与羡慕的目光，他们仿佛都十分急切地在渴望得到某种不可知的东西。他们似乎对那即将来临的东西胸有成竹，他们脸上总是流露着一个庄稼人独有的无忧无虑的神态。

二

付雪娘家的房子正好面对着襄丹公路，门口左边种有一棵粗壮的常青树，右边是一棵高大的核桃树。这正逢春末时节，核桃树枝叶繁茂，盛开着一条条长长的绿色毛毛虫般的花朵，像一把参天大伞在风中晃动。那常青树也不示弱，从满树乳白色米粒大小的花蕊中吐出它奇异的芳香，招揽来蜜蜂和花蝶为它忙碌。在风的摇撼下，它偶有些花瓣落在树下的石桌、石椅上，与高大的核桃树相映成趣、相得益彰，再合着这间黑瓦土房，形成了一幅独有的乡土风景画。

太阳偏西的时候，付雪家的门儿才被母亲刘玉枝（村里人叫她刘嫂）从里面打开，她提着篮子要下地去给花生秧拔草。花生地在水泥路边的河堪上，她绕过房后的菜地小道，刚一上水泥路就遇上付雪三姑妈付家玲。付家玲最喜欢付雪，寒暄的话题常和付雪有关。

付家寨人全都生气勃勃，说话直言不讳，他们可以毫无保留地向人吐露自己的心声，但是你得顺其自然，所以你完全可以观察到他们的眼神如何从欢笑转向愤怒的整个过程：一种情真意切的开朗的笑，变成一种充满激情的愤怒，如同天气突变时的天空所呈现出的各种色调。

生活在洁净的、自己的土地上，又靠近两个日益发展的城市，这里的人们已经完全忘记了什么叫作艰苦和贫困的处境。他们从没富有过，甚至镇上连一家银行或是小型的储蓄所都难找到，但他们却敢拿仅有的钱去换来电视机、摩托车，以及那些流行的衣物。小伙子们还唱流行歌曲或跳跳街舞；姑娘们也漂染头发或是剪上一头流行的发式，再进城喝喝咖啡，感受着城里人的现代生活。这给了父辈们心里一种宽慰，同时也产生了一种渴望：渴望子女们能真正成为城里人的一分子！因此，这小镇上就有了纷纷进城打工的热潮，也就有了这相互攀比的闲话：

"昨天付老三家的女儿进城啦！"

"可不是吗？有本事的人都走了！没本事的人，只能留下种地嘞！"

三

付雪算不算有本事的人呢？那时她苦思冥想了很久，也下过留在小镇的决心，但她怕父母脸上没光，最终也算是被这些随处可闻的闲话给"顶"出了小镇。

她原本想在城里看看外面的世界后，再回到镇上继续从事自己原来在广播宣传站的工作。给村民们读读报，写写新闻稿，有时间还可以写写自己最爱的诗歌，一辈子过着惬意的生活！可一到城里就都变了。先是城里男友苏赫替她安排报社工作，在事业上，她得到了学习与自我提升能力的机会，然后又与城里人苏赫结了婚，有了城里的家。

　　这相距十多里地，却不知咋的，她婚后几年都没回小镇来看望自己的母亲刘嫂和父亲付有望。

四

　　付有望爱女至深，希望女儿留能在身边，这女儿一走，家里就剩下他两口子，他打心底感到孤独，便一赌气扬言："只当没这女儿！"

　　刘嫂从不怪女儿，实在憋不住想女儿了，就背着付有望偶尔一次抓只鸡往城里付雪家送。

　　今天太阳还老高，她就又早早从地里回来了。

　　家门口，老伴付有望坐在门前石椅上，正望着公路上过往的车辆若有所思地猛抽着旱烟，刘嫂见他阴沉着脸，就知道去城里看女儿的计划要泡汤。她有些闷闷不乐地快走几步，来到猪圈边儿，习惯性地把捎回的猪草一边倒进猪槽，一边"猪喽喽，喽喽……"地唤。猪听到唤声，便"哼哼"着从猪圈深处走出来，嗅了嗅槽内的青草，然后才慢慢吃起来。

　　付有望50多岁，一身蓝裤、粗布白上褂，手里捏个长杆旱烟，烟锅里正冒着一缕蓝烟。烟杆中部系着个黑色的大烟袋，烟袋空憋着吊在那里，正随他抽烟的力度而在轻微地晃动。由于农田劳作的原因，他黝黑的脸上爬满皱纹；瘦高的身躯略有一点驼背，但身体硬朗，说话声音响亮。这会儿，他并没有把脸扭向妻子，依然注视着公路上的车辆，片刻后，他将手中的旱烟熄灭，对着石椅的腿部敲了敲烟斗锅，烟锅里的烟灰立即一点不剩全被抖在地上。一只腿部拴着麻绳的鸡从石椅后面窜出来，对着这烟灰认真地看了又看，然后用嘴去啄。

　　付有望看到鸡，收敛住刚才那副肃穆而阴沉的脸，起身将拴在石椅上的麻绳揭下来递给刘嫂。

　　"鸡给你抓好了，要去就早点去，好赶在娃儿下班前给她做顿饭吃。"

　　"哟，老头子！你今儿咋变个人儿呢？"

"猪长大了还得拉到市场上去卖，那鸡长大了不杀着吃，能留着成精，陪着你一辈子！"付有望边说边朝门口走去。

刘嫂接过拴鸡的麻绳："就知道你想女儿，还死不承认！"

付有望听到刘嫂的责怪，只是回头看了她一眼就进了屋。

刘嫂继续嘴上叨咕着：

"死犟脾气！娃儿，不回来，你就不能去城里看看娃儿！"唠叨间她脸上还不时露出欣慰的笑。那是一种母爱特有的微笑。

她进屋加快了换衣、梳头的动作，又麻利地将一些青菜和鸡装进大"蛇皮"袋中，冲出门儿，在公路边拦了一辆开往城区的公共汽车乘上。

五

城区，楼房林立，车水马龙，街道两旁的花坛里鲜花盛开，绿色植物造型各异，且平整美观。

刘嫂乘坐的公汽顺着市内主干道（北京路）向市中心行驶，在靠近秋风路口的一个车站戛然停下。秋风路是老河口市绿化和建设最美的一条马路，它横跨市中心北京路这条主干道：左边通往飞机场，右边通向汉江河。

刘嫂下车后总是对这熟悉既又陌生的环境辨不清方向，好在她对汉江河熟悉，才记住了女儿家是靠近河边的一栋高楼里，等确定好方位后，便掏出身上女儿给她的钥匙，扛起大"蛇皮"袋迫不及待地向付雪家的楼房走去。

她边走边美滋滋地回忆自己第一次来女儿家时的情景。

六

那是半年前，一个夏天的上午，刘嫂实在想女儿了，就偷偷背着付有望抓了只鸡赶到县城里来找女儿。幸亏这天她带了女儿寄回去的信，上面有详细的地址，否则就会直接找到洪城门付雪的婆婆家，要那样，还不知会给付雪带来怎样的后果呢。

当然，刘嫂和付有望是不知道付雪在苏家的点点滴滴，只是单纯地认为：

"城里人就是比乡下人忙，女儿如今也是城里人呢，咱们得按城里人的规矩来……"

这种想法虽简单，但在这复杂的城市生活中就显得很有必要了，这样就不会给自己或他人带来烦恼或出乎意外的矛盾。

下车后，刘嫂是一路跟人打听，才找到付雪的家。

七

敲开门儿，正巧赶上女儿、女婿一家三口都在，刘嫂不知有多高兴！相反，这刘嫂突然降至，令苏赫有些不自在，也使付雪在惊喜之余感到担心。她担心苏赫会给自己母亲脸色看，或者是担心自己在苏家没地位的迹象暴露在母亲面前……总之，她的内心有些忐忑不安。

付雪给刘嫂拿了拖鞋换上，又倒了杯水后，就独自躲进卧室帮苏赫收拾行李去了。

客厅里只剩下刘嫂和奇奇。

刘嫂抱着外孙上下看个仔细，还感觉像做梦似的边惊奇地抚摸着孩子边念叨着：

"……外孙！你咋长这么大了嘞？——这才离开几年儿——才几年儿不见！？来，乖外孙，掐一下外婆脸，看看我是不是在做梦嘞！"

"外婆，这不是做梦。"

奇奇见家里突然来了个对自己和善的陌生人，可能是血缘关系，奇奇很快就喜欢上刘嫂。孩子说完，调皮地一挣，从刘嫂怀里挣脱，跑到自己卧室去玩了。

刘嫂依然用惊奇目光看着客厅里的一切，直到从卧室里转来付雪和苏赫的对话，她才收敛脸上的笑，紧张地猛然推开半掩的房门，探进头问：

"雪，苏赫这是要到哪去这么久？"

"妈，苏赫要到上海去工作，他下午的火车，你先坐会儿，我替他收拾完行李，一会儿就去做饭吃。"

"上海？那上海是啥地方？有没这儿大？"刘嫂又好奇又惊喜。

付雪在等待苏赫来回答，但苏赫不仅没有回答的意思，反而像是没听见似的，丢下手中衣物，走了出去。

刘嫂在房门口给苏赫让完路索性进屋，感觉插不上手，就又闲站着问女儿：

"苏赫走了，往后……你咋办嘞？"

"妈，你先别问了……"

付雪对苏赫莫名的离开内心感到更加不安,她想尽量少和自己母亲说话,保持小心谨慎的态度,避免苏赫在自己母亲面前说些难听的话来。因此,付雪此刻希望赶紧把苏赫送走。她趁苏赫不在之际,迅速从身上掏出一把钥匙塞进刘嫂上衣衣兜里,小声对刘嫂"嘘"了下,刘嫂明白地看着女儿,把手伸进衣兜里摸了摸,不再言语。

付雪继续边往箱子里装衣物,边小声说:

"奇奇今天开始放暑假了,我要上班,他在家没人照看,要是地里活儿不忙,妈,你就帮我带几天吧。"

"那可太好嘞!你爹、你叔、你婶、你三姑、还有我们族里其他人,都在盼着你们回去呢!——这下可好——这下可好!我现在就带外孙走!"

刘嫂简直激动得一分钟也不想多留,她说着就要往卧房外走,被付雪拦住。

"妈,别忙,等苏赫进来,我和他说声儿再走。"

八

苏赫不回答刘嫂的问话,莫名走开自有他自个想法:首先,他认为,像刘嫂这种无知幼稚的乡下人,不必要让她知道太多自家的事儿;其次,他对刘嫂突然到访的目的不清;再次,他不喜欢和年长的老年人们聊天,没有共同语言。因此,他这会儿在楼下搬救兵、打电话给苏母。

电话里苏母大声责怪说:"……她妈一个人来了,她爹没来,你咋不问一声儿?"

苏赫一脸的不耐烦,对着手机说:"我才懒得问!你快过来问吧!"

苏母强势的声音:"好,你带她去楼下小餐馆,不要她随便到家里坐。这事儿,对付雪交代下,免得日后,成了家常便饭,想来就来了!"

"好,好,妈,知道了,你也快点过来吧。"

苏赫挂掉电话,长松了口气,才兴步上楼。

九

家里,付雪已替苏赫收拾完行李,把行李箱放在客厅的一角。

她这会儿和刘嫂在厨房里洗菜,准备做中饭。

苏赫开门进来,冷不丁大声喊道:

"付雪,不要做了,到楼下吃餐馆。"

苏赫脸上没有笑容,但这话实在让付雪感到意外,甚至有些感激!

她几步跨出厨房,想从苏赫的脸上找到他说此话的目的,可那张脸平静得只让人感到一股股暖意。

刘嫂也感受到了女婿的诚意,反而客气起来。

"苏赫,我又不是外人,还是不要花那些冤枉钱吧!"

"没事儿,走吧,走吧。"

苏赫连说带推,就把刘嫂给推出门外。

憨实的刘嫂哪儿知女婿的用意,一路走一路乐得合不拢嘴……

+

付雪家楼下的一家小餐馆里,苏赫找了个包间刚坐下,苏母和苏父就赶到了。

这是刘嫂和亲家们第二次见面,小孩子奇奇坐不住,吵着拉付雪到外面买鸡腿吃。

几人坐定后,苏母笑起来一脸的慈祥,但那双灵活的眼睛却在上下打量和审视刘嫂:

"亲家母,亲家公咋没跟你一起来?"

"他可想来,就是牛脾气,拉不下面子!"

苏家人一听到"拉不下面子"这句话,心里都有了"数",都相互对视了一下,示意苏母把话往直了说:

"可不是嘛,求人的事儿,男人们都会让女人出面——不过,城里可不比乡下。乡下有地,少了钱能过,可城里人没钱就不能活呢!"

苏母说着突然收住笑脸,又叫穷道:

"嘿哟!你可能还不知道!这城里高楼大厦干净、热闹,可处处得花钱!这不,我儿子不得不丢下我们,一个人去上海打工!还不是为了多赚俩钱儿!你女儿每月的工资还不够她自个花嘞!你算算,哪儿还有钱借给你哟!"

"呀!亲家呀!你误会了,我不是来向你们借钱的,我是想娃儿了……来看看她!"刘嫂说着从身上摸出一个布包,慢慢一层层展开,"咱知道你们不富裕,这不,我还带了两千块钱,给咱外孙当学费使,也算是第一次见面礼。"

苏父赶忙接话:"哦……,误会,误会。"说着朝苏赫看看,把话岔开,嚷着:"点菜,点菜……"

十一

此时,江边一栋两户型结构的楼栋里,在二楼付雪家,苏赫的父母赶来看望儿子。但这对老夫妻此次来的目的各不相同,自然心境也各不相同。

苏父脸上洋溢着要见到孙子的喜悦;苏母脸上横眉瞪眼,带有高度的警觉性,似乎在向外释放着她全身最敏感的细胞。

他们不同的原因就在——苏父和苏母明争暗斗了一辈子,自打有孙子,苏父才转移思想一心想着和孙子住在一起,过惬意晚年生活。而苏母相反,她和付雪没有缘分。起初,两人还没见面,苏母一听说她是乡下人,就一百个不满意。可又怕给儿子找个城里媳妇受管,自己也会跟着受憋气,盘算在此,苏母也只好勉强接受。因此,苏母这会儿是特意来看儿子的,同时,像领导下基层似的,也是来检查媳妇的家庭卫生工作的。

十二

难怪说,一个人要是手里拿了不喜欢的物件,不值钱,就会马上把它扔掉,即便值钱,也会赠送他人,没有谁会勉强自己去喜欢这个不喜欢的物件。

苏母对勉强来的媳妇,总是横挑鼻子竖挑眼的;总是心里装着一股莫名的怨气。

有时候,还会移花接木,把从邻居那里听来的一些坏事儿,都会和付雪联系在一起,对她猜测、堤防。就连苏母自己放忘了鸡蛋,也会猜想:"一定是媳妇给偷吃了!"于是会等在付雪下班后,一进家门儿,就劈头盖脸地朝她大骂一通:

"好你这个不要脸的乡下人,你妈养你20多年,难道就是要你来苏家偷吃鸡蛋?"

那是刚结婚不久,这话儿激怒着付雪,是第一次和苏母反抗。

"妈,请问你要多少鸡蛋?我们乡下多得是!再说,你要是怕我偷吃,你也可以搬回你自己家去住。洪城门儿离这儿很近,要觉得我做的饭好吃,我会每天下班去给你们做!"

这冷不丁从付雪嘴里冒出的话,一时让苏母无理应对,正想发泄时,

苏赫倒先突然冲过来打了付雪一耳光,还振振有理地教训道:

"怎么在说话?你想赶我妈走吗?——没我妈哪儿有这个家!以后,希望你有点教养!我妈她是长辈,她说错了,就算是揍你一顿,都不许顶嘴!"

"我儿子说得对,这里不是你们乡下,既然嫁到我们家了,俗话说'入乡随俗',你就该学会城里人应有的教养。比如,在我们苏家要学会尊重和理解老人;要学会体谅丈夫的疾苦,做个优秀的贤妻良母;更要学会心胸宽阔,与家人团结、和睦!如果,这些你做不到,我想,不说你丈夫不要你,就连我和你妈也不会留你在苏家做媳妇!另外,我们也不是看不起你父母,但你是嫁过来的人,泼到我们家的'水'。以后,苏家才是你真正的归属,为了我们一家人和睦相处,我和你妈……不希望看到你和付家人来往!"

苏父也愤愤站出来,用手直捣着付雪。

付雪给气懵了,也让苏父的一番话给骂醒了,她恍然大悟,原来城里人的家庭和乡下人的家庭区别不仅仅在外表、住房、环境等,还在于每个人的习惯、观念、为人处事的态度。

苏父的话中无不袒露出他对农村人的贬低与歧视,也借此向付雪宣布了她今后在苏家的地位。

要是在婚前能听到苏父的这番话,她是绝对不会嫁给苏赫的。可现在想改变,一切都晚了,付雪只能在心里哭泣着跑进自己房间,想关上门儿好好痛哭一场。可她刚一关上,却被苏母随即推开,并站在门口又朝她教训起来:

"不许关门儿,老子苏家有规矩:不到晚上睡觉时间,不许关门儿!房间抽屉、柜门儿都不许上锁!就算不住在一起,也要按照苏家规矩办!"

苏母见儿子、老头子都替自己出气,心中的恶气一下子散了,很快殷勤起来,把藏匿起来的点心从自己房间床下的一个塑料袋里掏出来,摆在桌上和苏父父子边吃边聊,好一番开心快乐!

十三

晚上,付雪无奈地得按照苏家规矩,要等苏父苏母上床睡了,才能自己去关门儿睡觉。苏赫才不管付雪此时内心的感受,等付雪一关门儿,他就嬉皮笑脸地将付雪抱到床上。

"……别碰我!"她用力推开他压过来的脸,坚决地说,"给我道歉，否则你永远别想碰我！"

"道……歉？"

苏赫反问着，突然拉下脸来，仿佛付雪的话是根导火索，突然引爆他憋在内心的恶气：

"呵，开玩笑！我还没叫你给我道歉呢！"

苏赫猛然起身，并生气地把付雪从自己身边推开，继续吼着：

"你想想，你才过门儿几天，就想赶我妈走？"

他似乎越说越生气，声音也更大了，甚至气愤得用两手击掌，发出"啪啪"声。

隔壁房间苏父苏母听到后，还以为儿子在教训付雪，两人瞪大眼睛听了会儿，就安心睡了，耳里还不时充进苏赫愤怒的吼叫声：

"你不给我道歉，我就不原谅你！——你不尊重我妈，以后别指望我到你们付家去！信不信？我说到做到！"

"你强词夺理——你——你还有没有一点对错！？再说了，我也没有要你妈搬走的意思，我只是说出了一个化解我们家矛盾的想法！"

付雪简直气得要哭出来，只感觉自己说话声音里都带些颤抖。

通过很多小事，她早已经知道丈夫的想法和自己的想法永远都是背道而驰，彼此没有共同语言，没有夫妻间的默契，可就是因为她嫁给了他，她就得迁就、认命。只是此刻，她不知用什么更贴切的文字来形容眼前这个既陌生又熟悉的小男人，那感觉就像"秀才遇到兵，有理说不清"。

苏赫依旧在拉长个脸儿，心里没有要原谅付雪的意思，只是压低了声音：

"……你少在我面前装善、假惺惺，我还不知道你那点儿心事？"

他说着走到电脑桌前，愤愤拽下盖在电脑上的防尘布，重重摔在地上。

此时，床头柜上的小闹钟已指在晚上11点钟。付雪知道自己说什么，他都听不进去，也都不会相信，因此，也不想再"对牛弹琴"，内心痛苦地蜷缩着身体，侧身睡了。

苏赫打开电脑后，在网上浏览了一圈。

近午夜时，他无意间找到了一个在线点播黄色录像的网站，点击免费播放，里面的内容很有吸引力，使苏赫很快就将心中的郁闷情绪给转换得一干二净。

十四

不光那天付雪过了一个漫长周末，打哪儿以后，付雪便开始了每天在夹缝中度日。

秋去冬来，好不容易熬到春节，明天是大年三十了。阴历腊月二十九这天一大早，付雪以为苏赫会陪同自己回老家看望父母，就准备好年货提到苏赫面前问：

"是现在去老家看我父母？还是下午去？"

"不是跟你说过吗？你不向我道歉，我是不会去你老家的！再说，你们老家亲戚那么多，每家都去拜年、送礼，非把我们家给送亏了不可！要去，你一个人回去吧。"

两人正说着，一直习惯躲在暗处偷听他们说话的苏母也赶紧冲出来替儿子解围道：

"哟，你一年下来还没挣几个钱儿！大腿就粗起来了？老子儿子老实，你别想事事都牵着他鼻子走！要回去，你空手回去。我可丑话先说在前头——空手回去，只要你不怕丢人，我们苏家就更不怕了！"

自从付雪嫁到苏家后，但凡小两口之间的不论大小事情，都会由苏母出面做主干涉，这让付雪深深感觉到自己嫁的不是苏赫而是苏母。

听多了苏母这尖酸刻薄的话，虽在内心里感到又恶心，又气愤，可也没有别的良策。因为，每次反驳都会引来苏赫、苏父的联手反应，所以，以前只能让自己装傻，可今天不行。

"在老家，新女婿是一定要回去给娘家父母拜新年的！"

想在此，付雪倔强地拎着年货向外走。

苏母怕儿子屈服于付雪这头"犟驴"，便赶紧拉出苏父，苏父早就听到他们在客厅争吵的话题，于是，急忙开口道：

"是呀，付雪，你妈话不中听，但心是好的，——她是怕你挺着个大肚子，来去挤车很危险。再说，咱孙子再有两个月就出世了，咱还不得节省点给你儿子用？至于你父母，我们苏赫可是女婿，不是付家儿子，这观念你得分清，苏赫可是没这个义务去尽孝道的。这一点，我们不说，你父母也知道！"

"如果没有我父母，哪儿有我？难道他们对我的养育之恩你也不想让我报吗？"付雪气急了停步，转过身去质问苏赫。

"报，谁说不报答，但那也等我有钱了、发达了，能一出手一万两万地甩出来才行呀！再说，现在还早，等下午晚点去也不迟嘛，我可不想在你们老家待上一天。"

苏赫说得真情实意，付雪相信了。苏母却气急起来：

"老头子，你看这没用的儿子！"

"嘘，这是我教他用的缓兵之计。"

苏父对自己的儿子很了解，小声对苏母说，并拉苏母进入自己房间，两人从门缝里，向外偷窥。只见付雪诚恳地说：

"我们家不需要你给钱，他们只想过年能吃个团圆饭！"

"你真幼稚、天真！你以为你们家把你当回事儿？我现在和你结婚大半年了，你不回去，你爹妈也不来看过你！特别是你现在挺着个大肚子，你们家不会不知道吧？不说来照顾你，也该来给他们外孙做点衣服吧？"

这话说得付雪哑口无言，她知道自己爹的脾气。自己不回去，或者没有接到苏家人的邀请，他们是不会主动到苏家来。一是怕冒昧打扰，会影响自己女儿的幸福生活；二是没有好礼拿出手，怕苏家人嫌弃或看不起。

苏赫见付雪沉默，更加证实了自己的判断与说法，于是更加理直气壮，口气也硬起来：

"还站这儿干吗？把年货拿到厨房去呀！"

苏母见儿子能管住媳妇，再加这大半年对媳妇的暗地跟踪、偷听摸底及调教，感觉像现在这样听从，可算大功告成，也就主动提出要搬回自己洪城门的家去住了。当然，搬走的第二个原因就是：不想照顾身体越来越笨重的付雪。

就这样，付雪看出苏赫的虚荣心，也相信他说的话，等待着苏赫有一天能改变想法，或者实现他自己的愿望后，再去付家拜年，不然又能怎样？她无法改变苏家人的观念。现在，春节将至，她只能给父母寄去一封信，告诉他们："在这里过得很幸福，不要担心。由于工作、学习忙，过年就不能回去了，还请爹妈原谅……"

从此，在付雪婚后的日子里，苏父和苏赫一直是联手把付雪的反抗给压下去的。付雪不明白他们的真正用意，只认为是每个人的观点不同，因此，为了肚子里的孩子，也只能用阿Q的做法来自我劝慰，无奈地生活着。

　　苏父和苏赫两人联合起来压制付雪，其实道理很简单——他们都知道苏母的脾性，要想能在一起过，必须要改变一个人。这改变谁呢？这俩男人心里很清楚，那就是——付雪。

　　付雪蓬勃有朝气，但是自尊心极强，同时也是个既单纯又重情义的乡下女子，苏家人只要抓住她这一弱点，改变她就很容易了。所以，付雪在毫不知情中，被他们牢牢地控制着命运。

十五

　　这会儿苏父、苏母优哉游哉地活得滋润，想干吗就干吗来了。

　　苏母就是喜欢在付雪没下班，孙子奇奇也没放学的时候来。

　　这样苏母的卫生检查工作就没白做，也就有话柄来说服儿子！以此释放自己内心的怨气……

　　这回一进门儿，她看到屋内地板没有打扫，桌上还摆放着用过的碗筷；沙发上乱丢的儿童玩具，她不由得又破口责骂起来：

　　"农村人到底是农村人！你瞧瞧，这像话吗？把我儿子家搞得像个鸡窝！"

　　苏父见此景虽说也感到不满，但见到沙发上孙子的玩具，想到了可爱的孙子心里也就少了抱怨，便不经意地随口脱出：

　　"嫌乱！你做婆婆的给收拾收拾，也是应该的嘛！"

　　"我凭什么给她收拾？我还需要保姆呢！——都怪你个老东西，儿子才倒霉娶了这么个乡下人！"

　　"我看乡里人就是好！纯朴、善良、通情达理，不像有些人，整天凶神恶煞的样儿！"

　　"好呀，你这没良心的！给你当牛做马，做了一辈子，老了，你倒嫌弃起来了！"

　　两人正争吵时，大门儿突然被刘嫂用钥匙打开，刘嫂见是亲家俩在吵架，有些不知所措地站在门口。

　　苏父赶忙转身推了推苏母，苏母停住吵闹，扭头瞪了刘嫂一眼，连声招呼都没打，就朝厨房走去。

　　苏父见老伴失礼，急忙大声朝厨房喊道：

"赶快开火……这个……烧点水，给亲家母泡茶喝。"

他边说边走到门口拉刘嫂进屋。

"来来来，亲家母。好几年没见面，你真是稀客，赶快进屋歇歇脚吧……"

刘嫂被他的热情所感动，又听到厨房里传来水壶接水的声音，也就没把苏母瞪自己的眼神放在心上。她和亲家公寒暄了两句，见亲家公如此热情就感到自在多了，一高兴，就把手中的"蛇皮"袋打开，将里面的菜和鸡全倒在客厅中央地板上，然后席地而坐，指着鸡夸赞道：

"这是今年的笋鸡，烧着吃……肉可嫩嘞！"又转去捋了一把青菜，"你们城里青菜贵，我就特意从地里割了点韭菜，摘了点青椒……"

刘嫂这快乐轻松的声音传入厨房里，苏母先是放慢抹灶台的速度，突然，又想起什么，重重甩下手中抹布，从厨房冲出来打断刘嫂的话说：

"……我儿子家东西丢了，可比你这点东西值钱得多！"

"丢了啥东西？"刘嫂本能地一冲站起身，担心地看着亲家母。

苏母板着脸没予理会，阴沉着脸向沙发走去。

苏父知道老伴这话中有话，忙笑着解释说：

"没丢，啥也没丢。"

苏父的解释又勾出苏母心中的怨气，她边很不情愿地收拾沙发上的玩具，边背对着刘嫂故意丢出一句：

"咋没丢！我那新买的缎面到哪去了？这钥匙乱给外人，我看迟早还会丢！"

刘嫂没读过几天书，但苏母最后这一字一句落地有声的话，让她感到一种前所未有的伤害。

刘嫂知道亲家一家是大型工厂的职工，苏赫也是因关系、走后门，才调到市里一家行政单位当科长。最初和亲家母见面还是在付雪结婚时，这次碰面是第三次，她不知道苏母为啥会说这样的话，但能隐约感到和眼前这个体态较胖，皮肤白细，衣着讲究，满头银灰色卷发的亲家母合不来。刘嫂不想因自己而影响女儿幸福，她感到很拘束地摸了摸口袋中的钥匙，心里只想早点回家。

"……我……是来给娃儿们做顿饭吃，你们在……我就先回去了。"

刘嫂说着朝门口走去，苏父上前打开门。

刘嫂走出门，想想又回头对苏父说："我家里都是庄稼人，用惯了粗布粗棉，是不稀罕啥缎呀绸儿的，你是不是放忘了地方？"

苏父苏母俩人没理会，更没留刘嫂吃饭的意思，她话刚说完，大门就被苏母"砰"的一声在她脸前关上。

十六

刘嫂站在门外，难过地看了看女儿家的门儿。门板上一张陈旧的"福"字在风动中轻微发出"噗噗"颤响声。

正巧，这时楼下走上来一个中年男子。他中等身材，由于干瘦、矮小，他脚穿的一双油亮大头皮鞋，和他那身儿休闲衣裤显得极不协调，但这就是满街流行的休闲装束。

这男人叫刘三，是付雪的邻居，由于不是一个单位，他们相互从没来往过。见刘嫂手中拿个空"蛇皮"袋子，又独自在楼梯口张望，上下打量了一番后，不客气地朝她呵斥道：

"走走走，捡破烂到别处去！别在这儿东张西望顺手牵羊那个啥的。"

"……你说哪个？"

刘嫂顿感气愤，还没等她话说完整，刘三已经把自己房门打开，钻了进去，随后也将门"砰"的一声关上。

"砰"声过后，楼道里安静下来，稍候一片死寂。

她站在这安静的楼梯上，看着那蓄满灰尘的枣红色木制楼梯扶手，心中有股说不出的滋味，只能气急地下楼梯，边骂：

"日你妈的，连你也狗眼看人低！"

十七

楼外，夕阳在汉江河水的腰间涨红着脸，如同初春的少女般羞涩地隐入芦苇丛中，留一抹绚丽的彩衣给空中的凤尾云披上。

一阵江风从江面迎面吹来，路人们的衣袖开始飘摇着，甚至有些在翩翩起舞，仿佛个个都是刚从江面飘降而至的仙客。再发一阵威风，便将路边法国梧桐树的枝叶摇撼得"唰唰"作响。

已是下班时间了，人行道上骑车人如同"哗哗"的潮水般分流于车道两旁，顿时车声人声混为一团。

这人潮车往的视觉效应，撞击着刘嫂的感官，使她有些应接不暇，也就忘了自己在骂什么。当她借这斜阳看了看自己这身儿来时换的干净衣裳时，却不由"噗"地笑了起来。原来自己这件粗布蓝底小碎花衣服上，也不知啥时候沾上了鸡屎，搞得臭气熏人。

　　她抬头看看街上行人中的女人们，个个都衣着干净整洁，甚至还有些时尚；再看她们的皮肤也都细皮儿嫩肉的，没几个像自己这样的"黑树皮"脸，这种反差令她无地自容，只觉得这城里不是自己待的地方，不由担心自己没给亲家们留下好印象，日后女儿会不会被人看不起？刘嫂越想，越感到忐忑不安，因此加快步子向回家的站台走去。

十八

　　公汽在嘈杂喧闹声中缓缓而来，从车窗外就能看见车内拥挤不堪。

　　随着气门"哐"的一声打开，车门内露出了堆摞在一起的空箩筐的一角，一看便知那些乘客大多是附近进城卖完菜正赶回家的菜农们。

　　刘嫂向车上探头张望了一阵，也没找到个熟人儿，加上一直忐忑不安的心神，她犹豫了一下，再等她想上车时，车子已关上门儿，缓缓启动了。

　　她无可奈何地看着走远的车子，又环顾了一下四周的高楼……

　　"雪，雪！"她欣喜地低声唤着，仿佛从这众多灰色冰冷的怪物中找到她的希望，促使她不顾一切地转身，向另一栋高楼走去。她就像是城里的"逃荒者"般，步履蹒跚。

　　江风吹动着树，吹动着人的思想，却无法吹动置身于地下根基的楼房：它们犹如地球母亲身上的"毒疮"，越来越多地侵扰着它绿色丰满的肌肤。这或许是它过于热爱人类，惹怒上帝对它这种爱的惩罚。可接受与享受这种爱的人类，却像个不懂事儿的孩子群，肆无忌惮、毫不领情地花费着这份"母爱"。

　　这种无私的母爱和人类的母爱一样，它无须儿女们的回报与感恩，即便奉上自己的生命也无半点怨言！

十九

　　刘嫂就带着这种母爱来到那高楼前，她不畏被保安人员拦在门外，等在报社门口的围墙边儿，不时探头张望着女儿的出现。

　　母爱是不会理会这江风的催促，和这斜阳西下后暮色的来临，就在她口干舌燥、望眼欲穿时,终于有一个年轻漂亮、充满朝气,但脸上略带点忧郁神情的女子从这大楼里走出来。

刘嫂立刻像喝了兴奋剂似的亢奋起来,她赶忙用手向后拢了拢头发,又扯了扯衣襟,然后,不顾一切地冲上前大声喊:

"雪……"

"妈,你咋来了?"

付雪对刘嫂的出现有些不温不火,特别是刘嫂这身满是臭气的衣服让她有些难堪。这不是她不爱母亲,而是因为她很忙,除了工作上要尽责外,还要赶去幼儿园接儿子奇奇,再加上她刚辞掉单位上的工作时,领导郧海语重心长的话总在她脑海来回荡:

"别放弃这块心灵的净土,这里可是浮华奢世后,人们灵魂必归之地。"

"是的,我知道。可我总不能放弃孩子的幸福,他需要爸爸。"

付雪内心及其矛盾,她不知道离开自己的写作事业,去上海后能干什么?这些未知的答案纠扰着付雪的心智。她实在没有心情去享受生活,去感受这份母爱,甚至这会儿连保安传递来鄙视的眼神儿,她都没看见,只有刘嫂激荡洋溢的话,就像鞭炮似的,"噼啪"刺激着她的神志。

"我是来给你煨鸡汤的,见你公公婆婆在,就出来了!这不,来给你打个招呼就回去。等地里活一忙完……我就来给你看孩子!"

付雪愣了一下:"不用了妈,苏赫上午打电话来,说他晚上9点半到家。可能过两天就搬上海住了,以后见面机会少,您就替我照顾好爸爸和您自己……免得我放心不下!"

"唉,放心去吧!到哪儿都要听领导的话儿。……我在电视里看到过上海,那里可比咱这儿大得多嘞!这下你可算在族里人面前,给咱家争了光……"刘嫂依然情绪激扬地说着。

二十

暮色稍稍加重了,付雪有自行车,刘嫂决定和女儿一起去幼儿园接外孙。

她们骑车穿过一条马路,在一所机关幼儿园门口停下,这时奇奇和老师已等在门口。

奇奇被付雪接出门后,他见到刘嫂的第一句话就是:

"外婆，你好臭呀。"

刘嫂赶紧绕到女儿的另一边走路，付雪见状赶忙对儿子解释：

"外婆是为了给奇奇炖鸡汤喝，才弄脏衣服的，奇奇就不要再嫌弃外婆臭了，好吗？"

"嗯。那外婆是不是给我炖好了鸡汤？"

"外婆要赶回乡下去，你奶奶在家嘞，这会儿也该上火炖了。"

刘嫂插进话来，说着抬头看看天空。

天空上，太阳已收起彩衣，隐匿得无影无迹，留下那凤尾云裸露着灰褐色的躯体越来越浓。

这是庄稼人熟悉的色彩，刘嫂知道再有上十分钟，这天儿就会全部暗下来进入傍晚前的黄昏时分，也正是乡里人回家做饭的时刻。因此，刘嫂也要回家了，女儿和外孙把她送到车站，恋恋不舍地告别。

二十一

上车后，刘嫂心中悲喜交加。悲的是：女儿即将远去，不知何时再相见！喜的是：自己养了个争气的好女儿，能到大城市里赚大钱，过上幸福日子了！但不管怎样，她都把这件事儿当作大事儿；当作新闻，都有些迫不及待的，恨不得能马上飞回付家寨告诉付有望，告诉族里的亲戚们，他们都会为女儿感到荣耀和光彩！

她内心里这样想着，眼睛便开始明亮起来，脸上的表情也由悲伤一下子转变为压抑不住的欣喜，甚至都想马上和车上的任何一个乘客说说自己的大事儿。可她看了看四周，全车只有五个乘客。

离她最近的乘客也在前面两排的车坐上，而且还正扒着车窗看外面，她哏了哏嘴，只好打消念头，起身选了个靠窗的座位，假装看窗外那些向后移动的景色。

暮色像一层纱朦胧一切的时候，车子已将城市甩在了田野的后面，也将刘嫂心爱的亲人甩在了越来越远的后面。

她趴在车窗上，向外极力地想看清路边那些影影绰绰不知名的洋房小楼，嘴上念叨着：

"雪，雪，妈等你放假回来！"

二十二

送走刘嫂，付雪急忙赶回了家。

这是三室一厅的结构，室内装修简洁明朗。长方形的客厅，相对的一边儿是厨房、厕所；另一边儿是并排的三个卧房。门上都挂有一个独特的装饰物，这是付雪别有匠心地为室内主人挑选的，符合他们身份的布质装饰物。

推开付雪的卧房，从床前空道儿走过一扇透明的推拉玻璃门儿，便是一个连着两个主卧室门的大阳台。阳台是长方形，足有十多个平方米，除了靠墙角处停放有一把小童车外，其他地方都空闲着。

阳台上的另一个门是特意给苏父和苏母留的主卧，当时也就是为了一家人能住在一起和睦相处。可后来发现苏母的脾性像热锅上的蚂蚁，总是急躁不安、风风火火地来回两头跑。再后来，才知她来回跑的用意，是帮儿子压阵势，甚至曾指着付雪明里骂道：

"我不喜欢你，你不走！老子过不好，有老子活一天，你就别想在这家里翻身做主人！"

苏母由于不是每天都来，自然就是付雪家里常来的客人，既免了帮媳妇做家务，又能跑来享享清福。

苏母能有这样的计谋，和这社会发展过快，拉大了贫富差异，又进入老龄化社会息息相关。她整天生活在一群说长理短、充满抱怨的老人圈里，别人家的恩怨已经成了她借鉴的鲜活事例。出于自我保护，她才想出如此的计谋，因此，在她的思维逻辑里：

"媳妇就是外人，外人就得处处提防着；得像管佣人一样地管着，不能让她掌管钱财，更不能让她有翻身机会……"

这些付雪在结婚那天，以及这婚后的几年生活中，都已领教到了。但付雪从自己父辈身上遗传下来的那农村人的守旧思想，让她在痛苦中学会坚强和思考，她倔强地迈着举步维艰的生活步子，独自在逆境中前行。

痛则思变，痛则激发动力，这种伤痛阻止不了她内心情与爱的释放。

付雪很快调整好心态，将心底燃烧着的所有情与爱，都转移在了工作上，使自己从工作中得到喜悦。

起初，付雪还单纯地几次和苏母交心，想改变苏母紧绷的神经，但都以短暂的、具有表象的和睦收场，不久便是越发激烈地继续着苏母日渐扭曲的内心世界的发泄。这对这个既要接受工作上的压力，又要做个好妈妈、好妻子的付雪来说是不幸中的悲哀，所以付雪怕听到儿子说："奶奶来了。"

这回付雪一进家门儿就又感觉到了一种异样气氛，这气氛又让她内心惶恐不安，她不知道婆婆这回突然到来，又有何目的？她想努力控制自己惶恐与不安的情绪，忙把奇奇留在客厅让孩子喊"爷爷、奶奶好"，自己却只想快步溜进卧室里做个深呼吸。

二十三

这卧室还和新婚时保持一样的装饰与布局：粉红色的床罩，浅紫色的窗纱。这如梦般的色调构成了和美温馨的"爱"的小窝。

"奇奇！你又把杯子水搞泼了！瞧你妈这样儿，咋一点都不像苏家人嘞！"

这是隔着门儿传来苏母呵斥奇奇的声音，她听到后整个人都为之一颤。

"我才是这家里的主人，为什么要有人来干预我们的生活！？"

付雪想在此，烦心地走到挂结婚照的地方，用手轻拂着墙上照片里的新郎：

"为了我们的儿子，我跟你走，越远越好。"

这是她猛发的念头，但是真的明天就能实现了，付雪感到了一种即将解脱的喜悦，便换好做家务穿的衣服，重新来到这气氛让人窒息的客厅。

二十四

奇奇在客厅的沙发上独自爬着，重复地喊："爷爷、爷爷……"

苏父听到孙子的喊声除了脸上有乐得眯起的双眼外，并没有想和奇奇亲热的举动，就像是在观察一个小动物表演似的，注视着奇奇的一举一动。偶尔也拍手夸奖道：

"嘿！这小东西还有点聪明！"

苏母见付雪出来，故意不以为然地冷冷"哼"了一声，起身回自己房间睡觉了。

付雪看了看这两位脾性怪异的长辈，心里很不是滋味。

"家本来是人内心的'港湾'，可我这'港湾'怎么偏就无风起浪呢？"

她越想越不想和这两位长辈主动搭话儿了，不光是和他们没有共同语言，更重要的是她怕说错话；怕惹来不必要的是非争端，所以，面对他们，她无话可说,也更是笑不起来,只有去默默做做家务,在忙碌中好让这时间赶快混过去。

客厅中央堆着青菜,她知道是自己母亲来时放的,婆婆看不起乡下人,就急忙找来干净塑料袋将菜装好放入冰箱,也好不再让婆婆找碴儿来指桑骂槐。

在她打扫完一切房间卫生后,才进入厨房开始做饭。

炒菜的香味儿引起奇奇的食欲,他突然想起外婆说"炖鸡汤"的事儿,就在客厅里闹着要吃鸡。

二十五

"家里没炖鸡……"

苏父哄劝着奇奇,拉他穿过苏母房间,来到阳台上逗鸡玩儿,还边走边承诺说:

"明天,就明天,奶奶一定给你炖鸡汤喝。"

二十六

苏母房间里没有开灯,从屋内向窗外望去,那拉开窗帘的窗儿,仿佛是打开的一台宽频黑白电视机,爷孙俩便是这剧中的主要人物,灰色的天幕下正播放着他们剪影般的举动,和每句朴实的"台词"。

苏母辗转难眠,聆听着外面所有的响动,当一听到老头子对孙子的承诺时,一个侧翻身翘头厉声吼道:

"炖炖炖,没吃过呀!炖它还得倒贴老子的油盐钱!只有你个笨蛋才会说出'损人不利己'的话儿。"

"行了行了,孙子在,不跟你计较!"

"呵!八成是我找你碴儿了?找你碴儿也活该!谁要你没帮儿子找个门当户对的好人家?"

这话音有点大,带有抱怨、气愤与不满。

二十七

厨房里,付雪听到了,她无可奈何,只是稍稍放慢切菜的速度。

苏母压根儿就没想到要顾及付雪的感受,还巴不得不费力就能把这不满意的媳妇给骂走呢!可付雪是有文化的人,她要的是苏赫对她们母子的爱,要的是奇奇能快乐成长,所以,她只能忍受来自"港湾"里这种莫名的"风浪"。

二十八

可这话儿让阳台上的苏父心中郁闷,但又不能去接婆婆的话茬儿——毕竟是大半辈子的夫妻,他了解她,更何况她正处于女性更年期,心智很差、脾气像洪水般一触即发,会搞得全家鸡犬不宁。可又不知从何下手来化解婆婆心中对媳妇的憎恨。

"唉!都过了五六年了,还这样……只能怪媳妇命苦了!"

他想着,摇了摇头,忘了和奇奇说话,奇奇要吃炖鸡的想法马上又转了回来,近乎有点哀求道:

"爷爷,我就要现在吃鸡。爸爸也喜欢吃,他一会儿就回来了,快去给我炖嘛!"

"谁说你爸爸要回来?"苏父问。

"妈妈说的,还跟幼儿园的王老师说:我明天不去上学,要搬到上海去住呢!"

"噢,那爷爷以后想见你可就难了!好,爷爷现在就下去给你买鸡吃!"

苏父为了证实奇奇的话,来厨房问了付雪,付雪点了点头。

二十九

苏母一听说儿子要回来,早就竖着耳朵在听了,等她弄明白后,一骨碌下床,快速蹿到厨房,又蹿到阳台上,动作麻利地一把抓住鸡。然后,她站着,看着鸡犹豫了一下若有所思的样儿,但握鸡的手劲一次比一次用力。鸡在她手中挣扎嘶叫,这顿时令她感到快慰,因为在她看来,手中抓的不是鸡,而是这个抢走自己儿子的坏女人——付雪。

现在苏母蹲下来就要将这"女人"杀死,她冷笑着狠狠朝小母鸡的头猛抽耳光,嘴里还不时骂上一句:

"贱货,阳关道不走,你偏要走这独木桥!——我打死你,打死你!"

小母鸡的嘶叫声由高到低,头也渐渐晃悠着抬不起来。

苏母还不解气,接下来把小母鸡的头用力拉向背部,腾出左手的大拇指,和着翅膀一起死死捏住它的喉咙,用右手一戳一戳地拔它脖子上的毛,然后用菜刀一下下划开小母鸡的肉皮、食道器官,让鲜血喷涌在碗里……

血之将尽时,苏母拎着小母鸡抖了抖,见血都放干净了,倍感舒畅地长出一口气儿,像是完成了一件令她棘手的工作似的轻松愉悦,她起身晃晃自己蹲酸的腿,然后神秘地一笑。

那会儿,刚巧付雪来阳台拿菜刀用,走到门口时目睹了苏母杀小母鸡的全过程,不由心里对这个表面慈祥的老人有了新的认识。

付雪不想去打破苏母自以为是、不为人知的把戏,就悄悄离开,重返厨房做事。

三十

客厅的沙发上,爷孙俩玩儿得正开心,奇奇的嬉闹声传遍了整个屋子。

苏母内心的憎恨得到发泄,这会儿紧皱的眉头舒展开了,皱纹也密密细细地在脸上随着说笑开始蠕动。

这个家因为"苏赫马上到家"的喜讯而暂时得以安宁、祥和……

挂钟指在7点30分时,苏母在客厅像逗小猫、小狗似的逗了会儿奇奇。

三十一

然后,她来到厨房,竟然和颜悦色地对付雪说:

"去歇着吧,我儿子好久没吃我做的菜了。"

付雪有些受宠若惊,她从没奢望婆婆能说出这样的话,顿时心窝里暖烘烘的。可一想到刚才杀小母鸡那情景,不由心里又惶惶不安起来,使她隐隐感到苏赫回来一定会有啥事儿发生。

付雪不是那种自寻烦恼者,想到已分居半年的丈夫,脸上洋溢着甜蜜的微笑,这些离别的日子她确实很思念他,因此,就默默离开厨房独自下了楼。

三十二

外面,天儿完全黑了下来,街灯下的街道嘈杂而忙碌,这游龙般的车队"嘟嘟"着排出汽油味儿弥漫在空气之中,迫使路人们吸进肺部。

这就是城市的味道,路人们脸上带着满足的神情,欣慰地接受着。它是否对自己身体有害,是否对环境造成污染等诸多问题,在这些路人的意识里根本就不存在。

付雪也没想过,但这气味让她感到难受,此时她一出楼房,就捂着鼻子,骑上自行车拐入了一条小的巷子。

小巷叫两义街,又名老街。是清末时期建造的民房,现已成为重点古迹保护街道。

老街的房子一部分是木制墙体，黑色瓦房；一部分是灰色青砖修砌而成的两层高的四合大院，院内有旋转阁楼，墙外有凌空飞檐。飞檐上依稀可见古时的龙凤雕塑，和古帝王的画像。这两种不同的用材建筑，在当时象征着富贵和贫穷房主的不同身份。而今，物是人非，这里曾辉煌显赫的繁华景象，已在这物极必反的自然规律中消失，只剩下这残缺破旧的建筑，还依然带着旧时代的灰暗色彩，坐卧在这条古老的老街上。它和附近耸立的灰色现代高楼相衬，形成了完全不同的两种时代风格与景象，让人走进去，仿佛走进了远古年代。

　　付雪喜欢这些古建筑，也喜欢自然的物件。她觉得自然就是美，凡是美的东西她都把它们当艺术来欣赏。可这会儿，她心里只想着火车站，她要赶在苏赫还没下车前赶到那里，要第一时间看到他……

　　她用力踩了一下自行车的踏板，车在这老街的人流中穿行。

　　老街的路面只有三米多宽，可那里步行抄近路的人们，和那些专门推车或挑担叫卖的商贩们络绎不绝，使付雪根本就不可能在这条路上加快速度，而且还不时被迎面来的自行车或人拦住去路停下车来等待。

　　车站在老街尽头左转弯之后的50米处。无人时，只需要10分钟就能赶到车站。而此时，付雪却花了20分钟，也只走了一大半路程。现在她已听到不远处电力机车的鸣叫声，是细细长长地从楼房背后传出来的。她只能不停按着铃铛，但仍在这拥挤的小巷里走走停停，晦暗的灯光一个接一个地拉长她着急的身影……

三十三

　　付雪这种着急与欣喜的心情苏赫也有，但他一走出站台，先感受到的就是家乡人的热情。五六个说着本地口音的三轮车夫围上来，个个争抢着要他坐上。半年没回来了，家乡的话音使他感到分外的亲近，恭敬不如从命，他选了一位年轻跑得快的车放上了自己的行李。

　　三轮车夫一脚用力蹬踩踏下去，车子猛地冲出一丈多远。

　　而此时，就在他们对面，付雪已走出老街，拐入了和苏赫同在一条宽阔的大马路上来。她抬头一眼就望见车站大门，也望见出站口处稀稀从里面走出的三五个人来，便更加欣喜地加快蹬踏自行车的速度。

　　近了，离出站口近了，也离苏赫的三轮车面儿对面儿的近了，只要他们视线不专注于前方,就能皆大欢喜。可现在两人各自都沉浸在即将见到对方的喜悦之中,而忽略了两旁的路人。只是瞬间地划过,近得能听到彼此的呼吸,然而这速度将他们朝着相反的方向越划越远。

苏赫身后的付雪来到车站的出站口,欣喜地在那些刚刚走出的旅客中寻找苏赫那张熟悉的面孔。

三十四

而此时,苏赫这张熟悉的面孔,已被那年轻的三轮车夫,顺大马路快速送到了自家楼下,正带着欣喜敲响家门。

门儿被奇奇打开,"爸爸!"奇奇高兴地喊。

"欸,儿子!"

他抱起儿子又笑又亲,客厅里父母都在,就没见付雪出来,便随口问儿子:

"妈妈呢?"

"我看见妈妈出门了。"

苏母和苏父见儿子回来,自然发自内心地高兴,但很快两人像商量好了似的,又立刻严肃地把脸拉了下来。

"你想你儿子,还知道打个电话回来问问!我们嘞?难道家里电话你不知道啥?"苏母责问起来。

"妈,看你说的,我不是忙嘛。没想你们,我还带这些东西回来干吗?"

苏赫笑笑把行李打开,从里面拿出一些名贵补品递给苏母。

"给点儿这,就算打发了?是不是付雪在你面前说啥了?"苏母一脸不高兴地质问着。

"没有的事儿。"

"啥没有!她都欺负到我身上了,还不敢骑在你头上拉屎?"

苏母无中生有,煽风点火,越说越气愤,像真被付雪欺负了似的还伤心地掉下几滴眼泪。

苏父也正气儿子搬家大事不跟他商量,就没听老伴这会儿在说什么,只顾自地叹气摇头。

苏赫本来对母亲的话将信将疑,可看见父亲也正摇头叹气,心一下子就沉了下来。

他从没想到要怀疑付雪的感情和人品，可现在面对向自己伤心诉苦、相知相亲的两位亲人时，一种责任感油然而生，同时，在他内心深处，也冒出一股强烈的同情感，迫使他对付雪的人品产生怀疑。

"付雪呀付雪！真没想到你会是这种坏女人！"

三十五

此刻，付雪做梦也想不到苏赫正用鄙夷的口气骂自己，她还正望眼欲穿，在火车站的出口处，期待着苏赫从里面走来呢。

出站的乘客们只剩下三三两两，付雪有些着急。

"不可能，我是准时来接车的，怎么会没人呢？"

她想转身回去，可又不放心，向检票员打了个招呼，便跑到站台内寻找。

站台内的轨道上，一列客车犹如巨龙般，正喷出两道强烈光柱，嘶叫着向前方的黑暗中缓缓游动，在它尾后，空出几条轨道，若隐若现地在有灯处泛着银色碎光。

突然，一阵连续的"呼隆"声传来，付雪朝那响声处望去，原来这声音是来自一辆人力搬运车的轮下。水泥站台上除了有两个人在搬运货物外，再没有别的人影儿。见确实没有苏赫，她便赶紧拿出手机给他打电话，可对方电话是关机状态。

"怎么会关机？发生什么事儿了呢？"

这些问题顿时让她感到紧张、失望，仿佛是劫后余生的游魂般，六神无主，那猛然低落下来的情绪压得她很累。

"他不会骗我的，一定是先回家了……"

她相信苏赫，相信他们之间这五六年的夫妻感情，由此眼里闪着一丝希望之光，又急急忙忙地骑车朝家赶去……

第二章

三十六

付雪家中,苏赫把奇奇支到房间里玩儿,然后,闷闷不乐地回到客厅。和父母像某种地下组织成员似的,不约而同,秘密地围着茶几坐下。

苏母抹了抹眼泪伤心道:

"我们今天来,她阴沉个脸,连看……都不看我们一眼,把我们当什么了!她把这个家的钥匙给外人,我们连个屁都不敢放!以后,我们还咋敢来?"

"她把钥匙给谁了?"苏赫感到意外和生气。

"你这半年不在家,钥匙让她妈拿走,谁知道是给她农村里哪个相好带去的?这不,她妈今天来,正好让我们撞见,鬼鬼祟祟,一脸的心虚相!见我们在,都不敢留下来吃晚饭!这分明是付雪在背地里说了啥!你找了这种会搞阴谋诡计的女人,以后可让我和你爸咋放得下心!?"

苏母说完拽了拽一直走神的苏父,苏父没听到苏母刚才说些啥,就随便找点话题说:

"是呀,是呀。这屋子又脏又乱的,多亏你妈忙活半天才,这付雪到城里,就不要再把农村习惯带到我们苏家!我看,她完全是没把心思放在这个家上!"

"哎呀,老头子,谁要你说这些干啥?难道你就希望我们儿子,一辈子被这面善心恶的坏女人算计、掐着玩儿吗?"

苏母听苏父的话说得不疼不痒,感觉老伴还不懂自己的意思,就故意抬高嗓门儿,引导他往自己的意思上靠。毕竟老夫老妻的,一个眼神都能让对方明白其用意,何况苏母这回明了说,苏父收了收神儿,面带难色:

"唉，孙子都那么大了，我看就算了吧。"

苏父停顿了一下，端起茶杯，呷了口茶，又突然想起什么，激动得把杯子"咚"的一声重重放下：

"但有件事儿我必须说！——付雪毕竟是农村人，农村有很多坏风俗，我们对她不了解，你可要多长个心眼！你是我们唯一的儿子，我们都辛苦了一辈子，不希望老了来受媳妇的气！"

苏母忙补充苏父的话说：

"好媳妇是靠调教出来的，要是调教不好，留她也没用！俗话说老婆可以再找，儿子可以再生，老头老娘只有一个，你自己掂量着看吧。"

"爸妈，我是不会让她在这个家气焰嚣张下去！"

苏赫怒不可遏地将袖子朝胳膊拐上搂了搂，一副打架的架势，他正说至此，突然被敲门声打断。

苏父和苏母知道是付雪回来，就像做错事儿的孩子似的，都灰溜溜地钻进自己的卧室，还把卧室门儿给关上了。他们这是看出儿子生气要教训媳妇的架势，故意避让，进了屋。

此时，苏赫脸阴沉得可怕，他冲起身，疾步朝大门走去。

门铃急促地响着，他犹豫了一下才把大门儿猛地拉开。

"呀！你真的在家，手机怎么关机了？"付雪一脸欣喜问。

"敢欺负我父母，找死呀你！"

不由分说，苏赫愤怒地打了付雪一耳光，然后又厉声喝道：

"别把乡下人的坏风俗，带到苏家！——不想过！给老子滚！"

苏赫拉开门儿时看到了付雪的笑脸，但他觉得那是她在自己面前伪装好人用的假面具，他不相信父母还能相信谁？因此，他要先发制人，粗暴地打了付雪一耳光，并瞪着大眼，凶狠狠地对付雪吼骂。

付雪毫无准备就挨了这一耳光，耳朵被打得嗡嗡作响，欣喜的情绪猛然下沉，笑容立刻消失得无影无踪。

她不知道自己做错了什么！她忍受着脸部火辣辣的疼痛，不畏惧地吼道：

"你凭什么打人？"

"凭什么？哼，告诉你，我还要去法院告你虐待老人！"

苏赫这话越说，付雪心里就越明白自己是被人暗地里穿了"小鞋"。苏赫那待发的拳头，还正等待着她反驳后的出击，整个架势恨不得要把她吃掉。

面对这强势情形，她毫无思想准备，感到有些害怕，但她的第一应急反应，就是"无凭无证的，有口难辩，不如等他平静下来再作解释"。因此，只能看一眼苏母那紧闭的房门儿，内心就像茶壶里煮饺子——有嘴倒不出的憋闷。

她默忍着委屈，昂头擦过苏赫的胳膊，朝儿子的卧房走去。

她想看看儿子，或许心里会好受一些，可苏赫也紧跟过来，并没有因她的沉默而结束对她的大骂。

三十七

奇奇的房间里，奇奇被爸爸对妈妈的吼骂声吓呆了，他停下手中的玩具车，惊恐地站起身，瞪大眼睛看着爸爸的举动。苏赫只顾自己的内心发泄，根本没有注意到这个"小东西"，他继续肆无忌惮地抓起台灯重重地摔在地上：

"你要么去道歉！要么就给老子滚！"

台灯的灯管在地上冒了股烟儿，"嘭"的一声炸了。

奇奇害怕得哭起来。

付雪听到儿子的哭声，她本能地加强对儿子的保护意识：

"我没错！不会向任何人道歉！"

付雪面对苏赫这荒唐的要求，已忍无可忍，抱起奇奇就往外冲。还没等苏赫反应过来，付雪已到客厅大门口。

苏赫抓起孩子房间的一把小凳子，冲出来愤愤朝她后背砸去，但此时，她已抱起孩子，三步并作两步拐入楼道中。

小凳子在门口发生"咚"的大响，这响声引出苏父和苏母，还有对门儿那个叫刘三的邻居。

还没等苏父张口说话，刘三就已经不耐烦地发出警告：

"伙计，你'练功'到楼下去练，别影响他人休息哟！"说完就"砰"地关上了门儿。

这一切并不影响苏母内心的喜悦，只是苏父心里有点怕儿子不懂得收

场,把事情闹僵,因此催促苏赫:

"快去把她找回来,奇奇还没吃饭呢!"

"瞎操心,孩子跟着他妈,你还害怕他饿着?"苏母白了苏父一眼,"你儿子现在不也饿着,咋没说去端饭来给他吃?整天就知道孙子孙子!没脑筋的东西!孙子长大了能养你吗?还不是要靠我儿子!"

苏母边说边把客厅门关上,然后拉苏赫来到客厅里的餐桌前坐下。这会儿苏母心里无比的畅快,容光焕发。

"我儿子才去上海几天,这回来更明事理了!老头子,拿酒来,庆祝庆祝!"

她说完转进厨房,端出热气腾腾的小母鸡汤和一些菜。

苏赫也对自己刚才为父母出气的行为而感到爽快。

三人围上餐桌,顿时碗筷声、酒杯声、说笑声灌满整个屋子。

三十八

付雪跑下楼后,担心被苏赫追上,就躲在另一单元楼栋口,并探头向外观察动静,可过了半天,也不见苏赫或是其他人出来,感到十分惊讶。

她抱着孩子走出来,难过地抬头望了望二楼,有两扇明亮的大窗儿,正是自家的客厅。

窗棂外,借灯光能依然可见自己种的牵牛花植物。它绿意盎然,爬满防盗网,正盛开着,紫红色大喇叭形状的花儿在风中频频摇晃。偶尔还能听清从那宽大窗户里腾空而出的说笑声,她能辨别出那声音是谁在说,也能听清几句和自己有关的讥讽性话题。

"……她还真聪明,知道今天躲不过这场打,……哈哈……跑了!"这是苏母的亮嗓门子。

"俗话说:贤妇让夫贵,恶妇让夫败。多调教几回,挫她的锐气,光用打骂还不行,要懂得用计谋!学会抓住一个人的弱点,掌握她心理,才能真正制服一个人……"这是苏父的声音。

"……"后面是苏赫的声音,有点小,付雪听不清都说些什么,但她特有的职业敏感使她恍然大悟。

"中计了!原来他们这几年来一直是在联合起来欺负、'调教'我!"

可现在一切都晚了,她已经走出了这个家,她不能灰溜溜地再回到那

里。她想:

"我没有错,如果苏赫还念我俩夫妻情分,就不会听从他们家里人的挑说,也一定会去娘家接我回来。"

想在此,鼻子一酸,委屈的泪水黯然滑了出来。那泪水除了委屈外,还包含有自己对苏赫的失望,和自己对苏家父母以诚相待的真心,以及儿子跟着自己受难的心酸。

这突如其来的事件让她感到无比的害怕、气愤、迷茫,恍若霎时间天空不复存在似的,一片无尽头的黑暗……

她彷徨着,想一走了之,可手上牵着的那双小手似乎在抽泣着说:

"妈妈,别抛弃我!"

"儿子,我的儿子!"

她从游离的神志中醒来,痛苦地蹲下身、抱紧奇奇。

奇奇不懂妈妈为什么要抱紧自己,揉了揉眼睛抽泣着说:

"妈妈,我肚子……饿了。"

"奇奇乖,妈妈这就带你去吃!"

付雪说着站起身,伸手摸了摸衣兜,才发现没带钱。

"奇奇,我们到外婆家再吃好吗?"

"不,我不去外婆家吃,就要现在吃,就要现在吃嘛!"

"你!——真不听话!"

付雪心烦地推了一把奇奇,奇奇又委屈地哭起来。哭声撕扯着她的心,她只好又重新蹲下来哄说:

"奇奇不哭,是妈妈错了,妈妈现在就带你去吃饭!"

奇奇停止了哭泣。此时,身后的马路上,一辆通往付家寨的末班车,极为低速地开过去,她着急地四下望望,最后把目光停在江边的另一栋楼房上。

三十九

一阵江风迎面吹来,带点淡淡的鱼腥味。迎风望去,水天一色,使人分不清哪儿是繁星,哪儿是凡灯。

这些美景要在昨天,付雪会停住脚步,朝着它们闭上双眼,深深地吸一口江风,然后许一个思念苏赫的愿望。可现在,她脑海里没有这个雅兴,就连路上的行人,由原来的行色匆匆,变得漫不经心的场景她都没察觉到。此刻,她心里只有一个念头,就是赶紧朝那楼房走去……

她拉着奇奇急急穿过马路,再绕过民房门前那条狭小的、沟壑不平的弄堂,才算上了一栋楼房的五楼,凭记忆按响了靠左边的门铃。

门儿很快被打开,从里面探出一位漂亮女士的头来:

"你找谁呀?"

"我找郾老师。"付雪怯怯地回答。

"你是他什么人?"漂亮女士本能地警觉起来。

"噢……我,是他同事……"

漂亮女士听说是丈夫同事,见她年轻,有朝气,不免还是有点醋意带在脸上。

"哎呀,他正忙着赶稿子,不喜欢让人打扰!有事儿,等明天你们到单位上说吧!"

"我……"

"再见哦。"

漂亮女士不等付雪说话,就把门给关上了,但里面传出一个男人洪亮的问话声:

"谁找我,让她进来呀。"

接着是拖鞋的踢踏声朝门口越来越响。

付雪听到这响动,便等在门口。

不多时,门儿又被重新打开,一个身高一米六几的中年男人走出来,白净、四方的脸上还架着一副近视眼镜,他就是郾海。

"付雪!怎么是你?快,进来坐!"

郾海惊讶地问,并把她和奇奇让进了屋。

四十

郾海这屋里布置很简陋:客厅里,正迎门的墙边儿摆放着一张一米多高的长形大条几柜。条几柜上,中间放有一台21寸的彩色旧电视,两头空余的几柜上,摆放着各种小瓷器艺术收藏品;两侧的白色墙壁,挂着洒洒扬扬的毛笔字画;下面分别是两对暗红格子的老式单人沙发,正好和字画相互呼应,形成简朴与文雅的风格。

在大条几柜的两头，墙角处，有两扇大开着的乳白色木门。

门上没有任何标记，但只要顺门朝里看，就能看到左边室内，靠窗处是一张摆满纸张的书桌；右边室内窗户也大开着，视线穿过一张湖蓝色床单的一角，可以看到浅蓝色的窗纱，正在强风中婆娑舞动。

这大条几和单人沙发都是80年代初最流行的结婚必备家具。在这新千年里，谁家还保留这"古物"？也正从这物件上能看出一个文人的贫穷与悲哀。

付雪是初入此门，她还不懂将来文学路上的艰辛与磨难，只知道对文学充满憧憬，满腔的热爱！因有爱屋及乌之说，所以她对这充满文化氛围的家感到十分的亲切。

付雪一直把郧海当自己的朋友，郧海也把她当知己，他们对一些文学作品有同样的见解，两人相互欣赏，但他们把那份情感只保留在两人之间纯洁的友谊上，从来就没想到要向前再跨越一步，甚至都没去过对方的家中。

今儿个付雪突然到来，不用解释，郧海就能猜出："她一定出了什么大事儿！"

因此，他问她的第一句话就是：

"你们吃饭了吗？"

付雪摸着奇奇的小手，难为情地摇了摇头。

还是小孩子天真。奇奇看眼前这位叔叔和善，就向他告起爸爸的状：

"叔叔，叔叔，我爸爸刚才打我妈妈，还摔破了台灯……"

"奇奇！"

付雪赶紧捂住奇奇的小嘴，又难为情地对郧海和那漂亮女士说：

"他爸爸刚回来，明天要搬家……那灯不好带走……"

她吞吞吐吐地想要解释点什么，可黯然滑落的眼泪和装笑的神情掩盖不了她伤悲的内心。

郧海是资深的作家，他把她一切细微的变化都捕捉在了眼里，心情沉重地对妻子说：

"雅芬，去给孩子买只卤鸡回来。"

漂亮女士也看出付雪脸上的伤悲，同情起来。

她进卧室拿出钱包，走至大门口处，付雪感激地朝她和郧海深深地鞠了一躬：

"谢谢，给你们添麻烦了！"

这一鞠，让雅芬由同情、戒备的目光变为友善、温和的目光，并转向奇奇蹲下来问：

"你叫奇奇吧？走，跟阿姨出去买你喜欢的吃东西……"

她说着，彻底放松了对付雪的敌意，拉着奇奇出了门儿。

屋内只剩下付雪和郧海两人。

两人静默中坐下，空气像凝固了一般沉重，片刻后，郧海问："你打算怎么办？"

"先回老家住几天。"

郧海有些气愤：

"这浑蛋！要是不去接你怎么办？"

付雪自信地看了眼郧海：

"不会的，我相信他对我的感情！"

郧海只好放心地点了点头：

"但愿如此，那今天就住在这儿吧，找不到你，就让他们急一急，明天一早你再走。"

郧海的话是一种安慰剂，马上令付雪有了轻松感。

不多久，奇奇和雅芬买好烤鸡腿和一些卤菜回来了。

奇奇吃饱后，就又很快恢复天真可爱的笑脸，他本来是和千里迢迢赶回的爸爸团聚在一起的，可这一晚他们母子相聚在了别人的家中。

郧海和雅芬努力说一些幽默的笑话来活跃气氛，可付雪还是偷偷伤感落泪，她找借口，带奇奇进了雅芬为他们母子准备的临时客房（在左边书房里，给他们铺了地铺）。

付雪哄睡奇奇后，自己独自来到窗口，遥望着窗外——对面正是自己家的楼房。

四十一

对面楼房的二楼，付雪家里依然亮着灯，依然是亲人团聚有说不完的话题。他们谈笑之中苏赫脸上也偶尔露出几丝忧愁，他是在想儿子了：

"这会儿要是儿子在，他一定缠着要我给他讲故事，或者是玩儿一场捉迷藏的游戏……"

他想着想着就跑了神。

苏母正说到可笑之处，见苏赫没有反应，就猜测：

"一定是在想那个坏女人！"

于是，她停止说话，脸上僵持着似笑非笑的表情，盯视着儿子：

"好一个狐狸精！"

她打心眼里妒忌媳妇，同时强烈地感觉到儿子不再属于自己，这种强烈的失落感，令她对付雪产生更强烈的厌恶与憎恨。

"她凭什么要享我儿子的福，我发誓，要用一个母亲的权力来夺回我儿子的心！否则，这个家有她没我！有我就没她！"

苏母想在此，眼里露出凶狠的光，好在是晚上，灯光的阴影掩盖了一切，更遮盖了她内心丑恶的一面。

很快，她依然用慈母的神情看着苏赫，犹如亲眼目睹似的，给苏赫讲述着发生在邻居吴婆家儿子是如何离婚的闲话：

"隔壁，吴婆真可怜啦！就你那同学，吴中利。他以前没结婚时对他妈多好，可现在常骂他妈是'吃闲饭的老东西'！"

苏父也知道一点，就插话儿进来：

"他儿子在外做生意，媳妇是银行会计，可能夫妻俩忙，吴婆身体不好，没给看孙子的原因吧！"

"你知道个屁！什么银行会计？农村来的媳妇，不过是在银行里打打小工罢了！主要原因就是——吴中利不愿意和吴婆分家，那女人还拿离婚来威胁他！看看，吴家白养了这么个没出息的儿子！"

苏母话说至此，故意借题发挥，伤心起来：

"老头子你要是比我先走，我就自杀，和你一起死了算了，免得活着受外人欺负！"

苏赫果断地："妈，你说哪儿去了？付雪要敢对你不好，我就和她离了！"

苏父接腔："就是，付雪是文化人……再说，我们儿子条件好，昨天还有位老领导要给儿子提亲呢！"

"真的，哎哟，那可太好了！"

听了苏父的话，苏母立刻眉开眼笑起来，不失时机地又开始了她添油加醋的闲话：

"文化人，心眼儿就更多了！楼上，陆家媳妇还是个老师。前几年，托人送了不少礼，才把他家媳妇的农村户口转非，还没等喘过气儿来，媳妇就闹着要离婚。这不，撇下不满一岁的孙子，没人照看，老两口只好整天忙里忙外。"

"是呀。"苏父也有些担心，"现在已有很多农村女子来城里，以转城市户口为目的，离婚后，还能捞到男方一半钱财，不惜抛弃自己亲骨肉的事例，太多了！真不知付雪是啥样的人，儿子你还真得不防着点！"

苏赫胸有城府地说："放心，我有办法对付她……"

四十二

经父母这一提示与开导，苏赫突然感到自己对付雪有些陌生感，于是独自来到安静的卧室里，躺在粉红色的床罩上想：

"她是搞写作的，文人心思缜密、性情叵测。为什么会嫁给我这个高中生呢？是不是抱有某种目的？她究竟是为了报社那份工作？还是为了进城转户口？这女人太复杂了，一切都等明天再说吧。"

这些毫无结果的问题，和高度酒精让苏赫很快疲惫怠困乏起来。

他侧身抱起被子想睡了，这粉红色的床罩舒适而柔软，让他倍感惬意，仿佛一切问题都不复存在似的，他迷糊着闭上眼睛，随后"呼呼"的鼾声由小到大地拉长。

风从窗外吹来，拂动着浅紫色的窗纱，没被主人熄灭的另一处台灯静默中亮着，只是孤灯、独光，屋子显得有些灰暗。

月色从窗口照进来时，所有的灯被苏母轻轻地拉熄，安静下来后，一切曾经的欢笑与吵闹都被这夜色所收藏。

四十三

清晨，太阳总是用不同的笑脸迎接新的一天，哪怕是被云雾遮挡，也会在近午时分光芒四射。它那永恒的自转，才有了地球上这万物生生不息的存在；才有了宇宙里那美丽的星空和皎洁的月光；也才有了我们人类思想的延伸与复杂性。

自由的人总是喜欢按自己的意识行事——只要你拥有足够的正确的理由。

付雪就这样，瞧她，受了委屈，不得不回家了。还没等太阳出来，就已经带着睡眼惺忪的儿子乘上头班车，赶回到养育自己的小镇上来。

小镇上，到处能听到此起彼落的公鸡打鸣儿声。

小镇也正从炊烟缭绕中醒来，催促勤劳的人们双双扛着农具下地，路上，总少不了彼此之间"吃了没？"这简单的问候。

"真新鲜！"

付雪一下车就闻到了一股青青草儿的香气，这一切都是那样的熟悉，那样的亲切；这一切都令她追忆，令她难忘。

她熟悉这时节——地里的豌豆结了荚，小麦抽了穗——要忙着和妈妈一起下地收燕麦了……她追忆屋后的田埂上，总是充满孩时小伙伴们的嬉闹声，和大人们驱赶豌豆地里偷摘豌豆荚的人的吆喝声……

付雪忘我地追忆着，寻找着，她眼里充满异样的光。

"哟，是雪回来了！几年不见，瞧这孩子长得多白净，刘嫂可真有福气。"

邻居开门出来，还没走近就羡慕地看着付雪母子说话了。

付雪的追忆被打断，她收回目光：

"婶儿，您也有福气！彩霞下了广州，一定赚不少钱回来。"

"我们霞儿……"

这女人说着走近付雪，停下脚，犹豫了一下：

"没你好。她又没个文凭，在广州一家童鞋厂打工，一月赚俩钱儿，还不够自己开销。去年又死了丈夫，你看她把娃儿都撇在咱家了！"

这女人难过地转身朝几米远的家门口看了看（家门口一个三岁大的小男孩儿在木椅里坐着咬手中食物），她转回身来，又继续说：

"反正你俩是好姐妹，以后就全指望你帮她找个城里对象吧。这话儿全当婶婶求你了，可不能跟外人讲，你叔，他怕丢人嘞！"

"这……我问问看，如果遇见合适的就一定介绍给她认识。"

尽管事情还没办成，有了付雪这些话儿，这女人眼里闪着亮光，似乎就已经看到了希望。她感激得拿出手中的包子塞给奇奇，自己空着肚子下地去了，还不时回头叮嘱付雪一句：

"中午到我家来吃饭，你弟弟钢钢今天也回家，一定要来呀！"

这女人叫爱金华，是付雪家同族里的远亲之一。按辈分，付雪管她男人付喜旺叫叔，管她叫婶儿。

她是汉江上游大巴山山区人，除了有个好嗓子，爱唱、爱笑外，还秀得一手好针线活儿。

听人说，她在通过媒人介绍认识憨厚老实的付喜旺后，为表心声，还托媒人给付喜旺送来一捆绣花鞋垫。这捆鞋垫足有60多双，直到现在付喜旺还在使用呢！

她们婚后有一儿一女。大的是女儿，叫付彩霞。

彩霞高中毕业后，没多久就下了广州，和付雪分别，离现在已有五年没见面了。

小的是儿子，叫付钢，付钢比付雪小三岁，前年考上省城的大学，读的是法律专业，人小鬼大，讨村里长辈们喜欢。很崇拜文人，因此在付雪面前是言听计行，无话不谈，也就慢慢地对付雪产生了一种朦胧的特别情感。

还没等他这种朦胧的特殊情感成熟时，付雪就嫁了人。付钢就把这份特别情感收藏在心底，变成对付雪的思念，也叫单相思。

在付雪的记忆中，爱金华年轻时很漂亮——双眼皮下，那乌黑亮泽、葡萄般的大眼，总让人看不到底；一对又粗又长齐腰部的大辫子，走动时，辫梢儿爱在她肥翘的臀部左右摇摆；一双肥厚白细的手——手背上那十个小肉窝窝，总在她做事时，随着手指的动作而变动，仿佛是一串跳动的无声音符；她那丰韵的身材，特别是丰挺的胸部，总让付雪感到神秘。直到后来，付雪开始发育，小扁豆上鼓起小包，慢慢变大时，才羞怯得不敢再看这个令她羡慕的婶婶了。

现在，眼前这个婶婶变胖了，整个身子有些臃肿，白色衬衣吃力地约束着她的腰部，在那里形成一股股淤肉，似乎能听到衬衣从线逢里发出来那即将撕裂的哀求声。

她扛着锄头转身，笨笨地向前迈步，圆滚的肩头上方，乌黑的短发在她耳坠边有节奏地摆动。视线穿过发梢儿与肩之间的空隙，落在她肩部锄头的木把儿上，延伸望去，便能看见她那只蜡黄的、肥厚地握住锄把儿的手……

"变了，怎么会变了呢？小镇那原来的土路、土房子，还有路边两排柳树都到哪儿去了?"

付雪延伸出去的目光,顺爱金华握住锄把儿的手,向外望去,她发现了熟悉中的一些陌生。

这陌生令她惊讶得把目光转向小镇的水泥马路,接着是马路两边笔直耸立的小白杨,然后,是那一家家砖房或小洋楼。

"我的家呢?……爸,妈!"

自从她嫁出去后,就没再回来过,也不过短短五六年时间。看见这些翻天覆地的变化,她内心极度难过,猛然转过身来,惭愧地看着自家不变的土房和门前的两棵大树。

尽管她喜欢这原来的家貌,但是和周围的新房相比,她还是在内心骂自己无能,此时她羞愧不堪,真想找个缝隙让自己钻进去。可偏偏这时奇奇挣脱她的手,快速地朝水泥马路跑去。

"奇奇,你到哪去?"付雪焦急地喊。

"我要到河边玩儿沙。"

"河不在那边儿。"

"你骗人!外婆带我来过,就在这边!"

付雪无奈只好跟在后面追赶上。

水泥马路上,来往的行人,一个、两个、三个地认出付雪和奇奇,他们都高兴地陆续围了过来。

一位身着灰色细纱开襟布衣的中年妇女,从众人后面挤进来,手里还端着盆刚洗好的衣服,惊讶中带点抱怨道:

"呀,这不是雪吗?这么久没见着,可让三姑想坏了!"

她声音响亮,性情泼辣,颇有女中豪杰气势。她说着扔下盆:"来来来!快让姑看看……"

"姑,我很好……"

"好个啥!瞧你这眼睛都肿了!"

她爱怜地边继续在付雪脸上寻找什么,边继续说:

"你打小就不能熬夜,一熬夜,就会成这样——走!上三姑那儿去给你敷敷去!"

"不碍事,睡一觉就好了。"

此时，付雪已被亲人们围在中间，这一双双亲切的目光让付雪感到温暖与激动。

"姑、大伯、叔、婶儿！是我太忙，没顾上回来看望你们，对不起了！"

"听你妈说，你要搬上海了。这次回来一定要到我家里吃饭，往后还不定啥时能再见个面呢！"

大伯放下肩上扛的锄头说完，弯腰抱起奇奇，示意付雪现在就去自家做客。

"是呀，雪，你是我们祖上女儿家最有出息的一个！我家，你那个妹妹，还需要你帮忙管管，可不能不来我家呀！"三姑边说边拉付雪要走。

"是呀，是呀！别忘了来我家吃饭。"这是一位瘦削的婶婶在说。

"……还有我家！"

其他人也争抢着说。

"欸！我去，一定都去！"

付雪熟悉这质朴的微笑和他们真诚的邀请，顿时心里暖烘烘的，几乎忘了昨天苏赫一家欺负她的情景。此刻，是多么希望苏赫能来这里，和自己一起分享和亲人团聚的快乐呀！

她蓦然抬头，看见天边那早晨的太阳慢慢从云层里钻出头来，给乌云镶上了金边儿，那金边儿后面仿佛躲藏着的是苏赫灿烂的笑脸。

"苏赫在干什么呢？起床了吗？是不是也在想我和儿子了？"

四十四

同样是早晨镶着金边儿的云下，人们却有不同样的心境；这同样的地球，人们却在不同样的环境中生存。正因有了这些不同，人们才有千差万别的思想。就像苏家人那样，总将自己的想法强加于他人，自以为是，还自得其乐！

这会儿苏母忙完给儿子准备的丰盛早餐，来到儿子床前，叫喊了两声，见儿子还在睡梦中，就先给苏父端了点饭菜吃，自己悄然开门儿下楼了。

四十五

楼下，街边的法国梧桐树下，并排摆有好几家早点摊。

苏母找了家最近的走过去，站在摊儿前，她看了看大油锅上的铁架里

控满了刚炸的油条和面窝,掏了陶衣兜,又把手空着伸出来,和中年女摊主搭起话来:

"你是我们街上的吧?我咋看你面熟呢?"

女摊主:"对对对,我就住对面弄堂。"

"噢,难怪了。"

女摊主敏感地:"婆,不住这条街吧?我在这儿卖早点有两月了,还头回见到你。"说着用纸包了根油条,递给苏母:"都说我油条炸得好,这附近居民都爱吃,你也尝尝。"

"唉!——你有所不知呀!"

苏母接过女摊主递来的油条,边用手撕拽一点往嘴里送,边装出可怜相:

"我本来就住你身后的二楼,可家里娶了个农村媳妇,……为了儿子的幸福,我们不敢来呀!"

"嘿!咋不敢来?她凭啥凶?不行就去法院告她虐待老人!——父母和儿子住一起,是天经地义的事儿!哪儿有这样的媳妇?"

女摊主愤愤地在锅沿儿上磕了一下手中的长筷子。

苏母见女摊主很仗义,说话也很合自己心意,就决定好好向她倾诉自己心中苦闷。

"就拿昨晚来说吧,我和他爸一来,媳妇就头不是头脸不是脸的。儿子看不惯,说她两句,她就带我孙子跑了……!这不,到现在也不见人影儿,八成是回了娘家,不想让我们看孙子呗!"

"咋这坏的媳妇?叫你儿子跟她离了!不然,日后可有你老俩受的气!"

"哟,人家都是劝和不劝分,你刘玉梅咋这样说话?"

女摊主隔壁卖豆浆的婆婆听到她俩谈话,就抬头看了看苏母,发现苏母横眉竖眼,喜怒在脸上变换得快,感觉这老婆子不简单,就插话进来,暗示女摊主不要再和这婆子说下去。

可女摊主刘玉梅却觉得这婆子慈眉善目,被媳妇欺负怪可怜,因此,她反驳那卖豆浆的婆婆道:

"老人再不好,也是老人、是长辈,我们做晚辈的就该让着点。去年,我弟弟找的就是她说的那种坏媳妇,刚过门儿,就和我吵架,我弟弟一气就和她离了。再说,你家儿子娶的是城里媳妇,当然不知道农村媳妇的好坏!"

卖豆浆的老婆婆叫杨桂花,她一辈子为人厚道,从不在外说闲话。老伴早逝,含辛茹苦拉扯大三儿子,如今他们都有了工作,娶上城里媳妇,可没有一个儿子愿意养自己,还时不时受媳妇嫌弃的白眼。现在听到刘玉梅夸自己有城里媳妇,心中不是滋味,便沉默不语将豆浆桶提到最东头的早点摊旁边坐下。

刘玉梅见杨婆婆搬走,更是以为自己的话说得有道理,就干脆热情地搬了一把椅子,让苏母坐下。

苏母看看左右,又看看这些附近来买早点络绎不绝的人们,心里一直在想:

"这儿的人越多越好,我就是要造舆论,让她付雪臭得抬不起头来!……"

想在此,她眨巴眨巴眼睛又说:

"还是养闺女好,儿子成家了就是别人的,可闺女永远是妈妈的小棉袄。……你家婆婆有你这样的好媳妇,那一定是她前世修来的福分!"

"我可想有个婆婆了,还能帮帮忙做做家务——可我没那个命。男人的爹妈早逝,是跟着姑长大的,结婚那年,他姑也去世了。"

"噢,多好的媳妇呀!以后就把我当干妈,有啥事儿就说声儿,我帮你去做做!"

苏母假惺惺地说。

刘玉梅哪里知道她是否发自内心,被感动得对这个要当自己干妈的人更加亲热起来。

两人话儿越说越多,一下子由陌生变成老熟人,再变成知心朋友,这个过程都在苏母的谈话技巧之中,使周围人毫无察觉,大家都还以为她们是多年的朋友或是什么亲戚之类的。

"……媳妇不给我做饭吃,也没给我洗过衣服,根本就不尊敬我……"

苏母时刻不忘自己的意图,无中生有、装可怜。

"你要我'弟弟'跟她离呀?"

"你'弟弟'不听我的。没办法！我这把年纪，能活几天儿？只能过一天算一天，忍气吞声过呗！"

她们时而密谈，时而高扬声调，听到一两句的人们有的抛来同情的目光，也有的接上一两句：

"找居委会调解调解吧！"

买早点的甲，是知识型的女人，她同情地插进话来。

另一个买早点的乙，是家庭主妇型的女人，也出主意说：

"找她单位领导去，让她搞不成工作！"

"是呀，这些我都想过，可不就是怕儿子没脸面！"

苏母摆出无可奈何的样儿。见越来越多的人参与自己的话题，身不由己就变成了一个深受媳妇虐待的人。苏母又立即改变面部表情，面带焦急与痛苦的模样说下去，让那些听了她讲述的人们都为之同情。特别是另一个卖汤面的女摊主，她在沉默许久后，也为苏母的遭遇感到同情，忍不住也插进话问：

"这栋楼里，很多人都在我这吃过早饭，你说的是哪一家？"

刘玉梅忙替苏母说："就这二楼的。"

"原来是付雪呀！她可是杂志社的记者，怎么会？她看上去还蛮老实的，咋背地里这么坏呢？真是知人知面不知心，枉披个人皮了！"

"嘿，哪里是啥记者，全骗人的……不过是个游手好闲的混混，认识几个做记者的人罢了！"

苏母见达到自己的目的，又怕说过了头，担心会传到儿子耳里去，她心一虚，想找借口溜走，就装出害怕的样子"嘘嘘"道：

"这可不能让我儿子听到，他现在还被这狐狸精迷着！知道了，还不跟我闹腾才怪呢！"

她说着往回退。

"怕个啥！你媳妇不是回农村了嘛。你儿子不去接，她是不会自个回来的，……这时间一长，小夫妻感情就会破裂，你不就有希望看到他们离婚了！"刘玉梅得意地说。

"是是是，我赶紧回去看看儿子走了没有。你忙完了，一会儿来家坐，我们好好聊聊。"

苏母边说边急着往楼栋口走。

她很快上了二楼,掏出钥匙,进了家门儿。

四十六

这会儿,苏父吃完早饭,坐在沙发上正专心看报纸。

苏赫也已吃过早饭,正站在客厅的窗户旁,愣愣地看着爬满防盗网的牵牛草。

牵牛草的茎底部泥土干裂着,导致油绿的叶片比昨晚蔫了许多。江风仍不断地吹来,似乎要将这可怜的生命连根拔起,一阵紧过一阵,使得整个牵牛草的细茎承载着紫色的大喇叭花儿和片片浓叶,在晨光里无奈地摇曳着,仿佛在向人类伸出它那一双双呼救之手。

苏赫丝毫没有察觉这些,他没有心情,也不会去吝惜这些,因为在他的家族看来,牵牛花只是一盆荒草。他在思考他自己的心事儿,从不会因为周围的响动来打断他的思路。

就连得意而归的苏母用力的关门声,也没能让他转过身去看一眼。

苏母知道儿子的习性,就直径走了过来,推了推他:

"有啥好想的?她的所作所为,你下去问问楼下邻居们,就连那些摆早点摊的人都骂她是坏女人……!"

这场婚姻将在苏母的掌控之中,苏母擅长察言观色,话说至此,见儿子没有反应,怕他作践失去控制,有些急躁起来,像头失去控制的疯牛般乱推乱叫起来:

"她现在带走奇奇!分明是拿孙子来威胁我们苏家,也是让苏家人向她低头……好往她圈套里钻!你要去找,你就去吧!我只当没养你这个儿子!"

苏父听到苏母的叫嚷,扭头吼道:

"干啥!干啥!这大呼小叫,不嫌丢人啦?"

"丢人?你儿子现在去找那个女人才丢人,你怎么不管管?!"

"啥?说她两句,就往外跑的女人,你还把她当个宝贝?我看你白读了那么多书!是越长越没出息了!"

苏父立刻把矛头转向苏赫,说完,没有心思再看报,就把报纸折了折放到一边。然后,拍拍沙发,喊苏赫过来坐。

苏赫犹豫了一下,被苏母强行拉了过去,一起坐下。

苏父沉默片刻,语气平和地对儿子说:

"不是我们有意在背后说付雪坏话,她实在是既不贤也不惠。你走后,我们也有几个月没来了。明知道我们是来看孙子的,她凭啥……把我孙子带走!?——自古书中,子曰:'由见贤思齐焉,见不贤而内省也。'我看你妈说得对,这次是她的错,我们凭啥要向她低三下四?往后还不得变本加厉了!"

"我这次回来,只有一个星期时间,这样拖着,也不是个办法……"苏赫说。

苏父点拨儿子道:"啥大事,没办法了?这步棋该你下了——将军呀!"

"就是,她个性强,又是自己跑回去的,一定没脸跟家里人说。要先入为主!快,给她娘老子去封信,借她娘家人的手把她赶回来!她要是不回来,你就跟她离了!"

苏母领会苏父的话,赶忙轻松地说出自己的想法。

苏赫却感到心情沉重——他毕竟和付雪有五六年的夫妻情分,就算没有爱情也有亲情吧。但不管是哪种情,他都绝不容忍一个对自己父母不孝敬的女人!

该怎样做呢?正当他愁眉不展、举棋不定时,苏父的点拨让他受益匪浅。

"对呀,自己不也看了很多战史之类的书吗?怎么就没想到用计谋呢?姜还是老的辣!"

苏赫想在此,脸上浮现出一丝冷笑,同时,心里已开始在酝酿这封信的内容。

四十七

苏赫起身独自走进卧室,来到书桌前坐下,打开抽屉,拿出笔和信纸写道:

"岳父大人:在婚前,付雪就对我父母不好,我以为婚后,她会被我的真情感动所能改变。可没想到,她婚后变本加厉、争权夺位,现在还趁我不在家,虐待我父母……"

四十八

此刻,付家寨小镇上,像过节似的热闹。

付雪回来的消息很快传遍全村,村里长尊者老太爷听说付雪要搬家到上海去住,执意要给穷孙女办酒庆祝。

付有望和刘嫂也同意,就组织妯娌们忙活起酒宴来。

很快,付有望家门前,两棵老树上绕挂着长长的红鞭炮。门口摆满大方桌和长板凳;亲戚们也陆续拖儿带女地赶来。这儿到处是问候声、祝福声和说笑声。远远听上去一浪高过一浪,犹如欢声笑语的海洋。

付雪也被这氛围感染,她开心地迎接这些亲戚们对她的关心、问候,当每一个人问到苏赫时,付雪都会激动地说:

"他很忙,来不了!"

可就是三姑付家玲不依不饶,非要付雪打电话给苏赫,并要求他马上赶来,付雪这才想起昨晚的事儿,感到左右为难:

"姑,你心意我领了。苏赫回来只有两天时间,这次搬家……屋里的东西又多,他在家忙完了,一定会来看你们……"

付雪说这话也不无根据,按常理苏赫应该来接她回去。等他来了,也就便领他去看望大家,因此,话儿说得诚恳,大家都纷纷表示理解,三姑也就不再较真了。

在农村,他们习惯称女儿嫁出去,是泼出去的水,能回来看看就算是不错了,哪儿还敢要求更多?所以,大家都知趣地不再提及苏赫的名字。

近中午时,付有望点燃了鞭炮。

顿时,爆竹声震耳欲聋,烟雾弥漫。

红色碎爆竹纸片在老树下四溅,偶尔也震掉一些树叶或是树的花花儿们,轻轻飘落下来。这红白掺拌飞舞的东西,在烟雾中若隐若现,仿佛是白雪红梅,又犹如桃李花絮。

人们被这长长的响声惊离了座位,有的捂着耳朵笑;有的挑动爆竹嬉戏;还有的干脆躲到屋里去,从门缝里咧着嘴儿向外偷看。

付雪在外面也给奇奇捂着耳朵。

奇奇先是害怕,看到有大的孩子冲进烟雾中去拣地上的散鞭炮时,自己也挣着要去拣,付雪只好从大孩子那里要来几个。

"不够,我还要,那个哥哥手里好多。"

"奇奇乖,等爸爸来了,外公会再买一卷来,到时掉下来的都给奇奇一人玩儿。"

"那就给爸爸打电话,要他快来嘛!我现在就想要鞭炮!"

"妈妈没带手机,咋给爸爸打电话呀?——对了,外婆那里有很多好吃的,我带你去吃吧。"

付雪哄住奇奇,进屋绕过客厅,去了厨房。

四十九

厨房很大,是专门搭建的偏房。靠门口的地方,有个3平方米大小、60厘米高的水泥灶台,灶台上架着两口大锅,和一口小锅。大锅上坐着高高的蒸笼,蒸汽正从蒸笼的四周向外喷出,并发出"嘶嘶"的响声。

灶口前,爱金华边往两个灶口里添加柴火,边和灶台后的刘嫂聊天,刘嫂问:

"外面鞭炮放完了,是不是该上菜了?"

熊熊烈火正从灶口里往外舔着火舌,柴烟钻入灶口上方那粗壮的烟道里冒了出去。热气烤得爱金华脸色红润、直淌汗水。

她拽下搭在肩上的毛巾擦了把汗,回答说:

"上吧。嫂子,你前世积德,养了个好女儿!这喜庆儿,哪天才能轮得到我呢?"

"有啥好不好的!女儿不就是泼出去的水嘛,又不像你能生个儿子养老!"

她俩正说着,付雪突然带奇奇站在她俩面前。两人一下子尴尬得沉默下来。

付雪心里有数,知道爹妈想儿子的原因,可自己又为什么不能代替儿子来赡养他们呢?她为自己的无能,再次感到羞愧。不由得脸部热辣辣地涨红,就像被人重重打了一巴掌似的。

"外婆,我要吃鸡腿儿。"

奇奇等不及,也不懂大人的心事儿,见没人理会,就自己叫嚷起来。

"……有,有,我这就拿给你!"

刘嫂慌张着给奇奇拿鸡腿吃。

爱金华心里明白:"雪,听到嫂子的话后一定会不开心。"

因此,就干脆把话挑明了说:

"你要是想儿子，就拿雪跟我家钢钢换换！"

"你想得倒美，谁都代替不了我家雪。"

"婶儿，妈，你们别开玩笑了，外面还等你们上菜呢！"

付雪知道妈妈说的是真话，也知道她这辈子都带有遗憾或感到美中不足，就故意装出笑脸，好让她们开心。

谁家有了红白喜事就会聚在谁家，一起同喜同悲，这是同族人自古以来留下的惯例和规矩，也因此平日里大家都更加和睦相处。

五十

这会儿门外，人们已围桌坐上。

几乎是全村的男女老少都聚集在这里了，由于外出打工的青年占半数，因此，来的人，都是些中老年人和小孩。

在农村，小孩子是不能和大人们坐在同桌，就在堂屋内另摆上了一个桌。菜一上，就被早已拿好碗筷的小家伙们抢吃一空，那吃相只有孩子们聚在一起时，才会显露出来。这恰好验证了"一人吃饭无味，众人吃饭分外香"的说法。

外面的大人们就不同了，菜上桌半天，他们还相互谦让，不敢动筷子，最后还是老太爷爷，和村长傅贵致说辞后，才算正式开席。即便开始吃了，也还相互夸赞对方出门打工或是在外上学的儿女们。

这边吃边说的气氛很是热闹，只是由于相互攀比的心理作用，使他们的面部表情各异——有苦涩干笑的，有瞪着羡慕别人的眼神的，有沉默不语的，有愤愤不平的，有妒忌逗乐的，有满足炫耀的，但更多的是面带质朴微笑的……

付有望在里面是中心人物，老太爷爷坐在他身边直冲他点头微笑，还用沙哑的嗓音，颤巍巍地端起酒杯对大家道：

"……孔子曰：父母在，不远游，游必有方。我活了这一辈子，未曾……见你们在座的出过远门儿。"他朝天一拱手，"托老祖宗在天有灵，如今……我们付氏家族，人丁兴旺，真乃——芝麻开花节节高也！——雪、霞儿、贵、钢儿……"

坐在老太爷右边的小老爷子也忍不住发话，对老太爷说：

"老爷子，上百个子孙，您老就别念名字了，……就属有望家的雪走得最远。都到了东海！"

"儿子，你看看这是啥？"

老太爷不示弱，说着颤抖着手，从深蓝色长大袍里掏出一张写有毛笔字迹的折叠纸本，"我这儿……这儿有名单。"

"哈哈哈哈……"

老太爷的固执、不认输的可爱样，逗得所有人都开怀大笑起来。

这名单由付有望接过手看过后，再一一向下传着看……最后又回到老太爷这儿来。

老太爷子是村长傅贵的亲爷爷，他现年101岁高龄，一生性情豁达开朗，常爱说些让人听不懂的古文来教化后人。听长辈们说，他是秀才出身，由于家里贫穷，才没能继续赶考。付雪总弄不清，这里边，谁家和谁家是亲直系关系，但都属同一个付氏家族，所以，爹妈叫她喊谁啥，她就不假思索地叫。从小到大就这么叫，也自然就对每个不同人的辈分叫法记得牢固。

付雪对老太爷很是敬重，端着一碗酒，上前去给他老人家敬酒。

"好"！随着一声喝彩，立刻所有人都把目光聚集过来，看着付雪一口喝下小半碗白酒（这是刘嫂替她预备好的冷开水，里面少许加了点酒，有个酒味罢了，所有人都不知此事儿），她喝完后礼貌地离开酒桌。

大家自然也自觉地都把目光转向付有望，话题也会是转向他有出息的儿女——付雪。甚至有的干脆把自己未成年孩子的将来，口头托付给付有望。

付有望受宠若惊，喜形于色，都一一揽了下来。

五十一

付雪管不了纯朴憨厚的正在兴头上的父亲，也不能扫了长辈们抱以期望的心情，只好悄然进了屋，去给奇奇喂饭吃。但这些对自己的夸赞声、畅笑声、托付声还是不绝于耳，这让她感到一种前所未有的压力和不安。

这种不安与压力，迫使她想找个人来倾诉或分担，因此，也就又想到了苏赫。

五十二

她把奇奇交给金爱华后，自己独自悄悄来到房后，站在田埂上遥望远山和那山脚下的银色江水。那江水就像她绵绵不断的思念似的，源源不断地向东流去。

她望着江水，低声地念叨着：

"苏赫，我真的好希望你能来，来代替他们的儿子……来孝敬他们！……"

"姐，咋的啦？哥咋没回来呢！？"

付钢从背后突然冒出来，让付雪感到意外与难堪。

"你啥时回来的？……哦……他在忙搬家，来不了。"

谁也不知付钢啥时从学校回来的，也不知他从啥时开始注意付雪的，或许他是躲在一个角落里，不然怎么没人看见，也没人提起，竟会突然冒出来让付雪感到意外与难堪。但不管怎样，付钢对她的一举一动都看得真切。

"想他了？"

付钢试探地问，内心妒忌这个情敌，但还是咬咬牙拿出手机，递在付雪面前：

"给他打个电话吧。"

"这……还是算了吧。"

"……我帮你打。"

"不不不！不用了，他搬完家，过两天就来！"

付雪有些慌神。昨晚的事儿是不该自己主动打电话回去，她要维护自己的尊严，可付钢不知情，便趁付雪不注意，急忙拨了苏赫家的号码。

"是姐夫吧？"

电话里传来苏赫的声音："是我，……你是？"

"我是付钢，姐姐在我跟前，她……"

"是谁呀？苏赫不在家！"

突然，付钢的话被另一个急促的女话音打断，紧接着，手机里传出挂断后的忙音。付钢惊讶地看着付雪。

付雪只好愕然地转过身去。

"他狗日里！敢欺负我姐！是嫌我们付家没人了……！"

付钢怒不可遏，说完就要走，被付雪急忙一把拉住：

"钢钢，别去，姐求你了！"

付钢无奈收回迈出的脚步，怒目而视，片刻后，才心痛地问：

"婶和叔知道吗?"

"不知道。——我不相信苏赫变心!"

"你想得太简单了!上海是啥地方?那儿可是个花花世界!是个大染缸!——会把单纯思想的人,变得复杂冷酷……!"

"别说了,苏赫他不会!这不是什么大不了的事儿,别跟人说。听姐的话——回去吃饭吧……"

"姐,你!"

付钢将信半疑地看着她。

这会儿,付雪心里由愕然已变为忐忑不安,她真想找个地方痛哭一场,但她强烈的自尊心,却不允许自己在表弟面前出洋相。

她很快理了理思路,勉强笑了笑,推付钢回去吃饭。

五十三

此时,电话的另一头,刚才那急促的女话音是刘玉梅。

苏母为她刚才的表现很满意,正连连给她往碗里夹菜,说:

"你说得好,对那种人,就得有你这样的人出面帮忙!来来、吃,都不是外人,多吃点儿。"

"……我那16岁的儿子就这样。做错了事儿,还跟我闹别扭,可让人烦心嘞!——你狠下心不理他,他就会找上你来和好——我看你家媳妇就这种人!"

刘玉梅边吃边欣然地说。然后,用手抹了一下嘴角油腻,把脸转向一直沉默不语的苏赫,继续欣然道:

"……她自己做错事儿,自己心里有数,你该干啥干啥去,甭管她。我负责要她三天后回来,她心虚着呢!"

苏赫这会儿已被刘玉梅这外人介入,给搞昏了头,起初他对付雪的人品还有些自信,还想到要坚持个人看法,现在他不想再费神儿了,他改变初衷,觉得是付雪对不起自己。不管怎样,他的宽脑门儿也还真没白长,在心里一合计,还是工作最重要,因此向大家宣布:

"我想……带些冬天的衣服……先回上海。"

这刘玉梅是上午收了早点摊后,就来苏家,给这个和自己很有缘的干妈送些油条吃。没想到两人见面,又是闲话不断。听说干妈儿子在上海,便动心,想让苏赫帮忙给弟弟刘易水在上海找个事儿做,于是分外殷勤,帮苏母忙前忙后地做家务。

苏母一开心就随便溜出一句:

"玉梅呀,中午就在这儿一块吃点吧。"

"欸,反正回家也得做,在哪儿做都是个做。我就留下帮干妈做得了!"

刘玉梅一口一个干妈叫得亲热。她见苏家人态度热情,就爽快地答应下来。这时,正巧赶上付钢打电话来,苏母很怕儿子说不好话儿,就叫刘玉梅给出个主意,这刘玉梅灵机一动就冲上去,夺下了苏赫手中的话筒……这才有付钢电话里那急促的女话音和被挂断电话后的忙音。

一顿饭吃下来,这刘玉梅更是觉得和苏家干亲的关系巩固得很深。当她听说苏赫要去上海,就急忙对苏赫这干弟弟问长问短的:

"你在上海干啥呀?有在家赚钱多不?"

"还行。在一家外资企业搞汽车销售,啥工资不工资的,都跟业绩挂钩了,多劳多得。"

"那叫我弟弟去给你搭个手,他也是搞业务的,叫刘易水。'一家人'做事,靠得住些……"

"他给我个人打工很不划算!上海那地方很讲劳动用工政策。凡是工作,都要和单位签订劳动合同关系,享有三金待遇。——这样吧,等单位有招聘机会,我通知你。"

"行,我们易水,就指望你了。二老这边有我在,负责不会再让人欺负了,你就放心去吧。"

刘玉梅毕竟是生意人,见该说的都已说了,也就没必要再在苏家留下去。她帮着苏母把桌上的剩菜盘捡进厨房后,就找理由、拿好衣服走了。

苏父总是自顾自地吃完饭,碗儿一丢,坐在一边看电视或是看报纸,他从不听女人之间的闲话。

苏母见她走远,关起门问儿子:

"你真给她帮忙?"

"咋帮呀,她弟弟是谁?我都没见过!——这种人一看就知道俗,他去了和领导搞不好关系,不都会影响到我的晋升?"

"就是,给她帮个屁!她再来提起这事儿,我就想法子推掉!"

苏赫点点头。

苏母得意地去了厨房,碗盘的碰撞声很快从里传出来。

苏赫来到苏父身边,闷闷不乐地拿起遥控器换了几个台,没找到自己要看的节目,倍感无聊,就离开客厅来到卧室里的电脑桌前打开电脑。

电脑屏幕闪动了两下,很快弹出一个外国女性全裸的画面,她和一个外国男人做着各种姿势,并伴有"嗯……啊……"的浪叫声。

他顿时精神头振作起来,兴奋地转身关上房门儿。

五十四

付雪家门口的酒宴正在热头上,碰杯声、划拳声、敬酒时的说辞,都让襄丹公路上听到的人们,从客车窗内伸出头来观望,直到车子开出很远,才把脑袋收回车窗里。

付钢因单恋付雪而借酒消愁,已是酩酊大醉。

被两个叔叔扶回家,倒在床上不停喊着:

"……我没喝醉……我还要喝!叔,给我拿酒来……我没醉……我没醉……"

五十五

付雪借了付钢的手机,又独自来到房后的田埂上,她思忖着想给苏赫打手机,但始终都是自尊心告诫她"不能打"。在经过几次内心反复的冲突后,她还是拨通了一个号码。但电话里传来郎海浑厚的声音:

"喂,……哪位?怎么不说话了?"

"……我是付雪……"

"……噢,付雪呀!什么事儿?干吗吞吞吐吐的?"

"今儿中午给苏赫通电话时,感觉有些不对劲……"

"行,我知道了。你不要担心,我这就去找他谈谈。"

"你不能去,他对我大打出手、无理取闹,一定是他父母在背后挑拨。你去了,他会更加怀疑我。"

"放心吧,我想办法找他,你晚上等我消息。"

付雪关掉电话,总算感到一丝轻松,刚才那幽暗的眼神里终于有了闪亮的浅浅光芒,脸上也微微露着笑意。

她蓦然环顾四周,这里是一块块油绿的麦田,正吐着麦穗扬花时的清香；豆角田里依然是豌豆藤在相互爬绕，偶尔从小椭长形的叶中，露出嫩嫩的豆荚。它们颜色相同，形状近似，乍一看上去，让人分不清哪儿是豆荚哪儿是叶片。

付雪望着它们凄凄笑了。她想走过去摘一片吃，却已没有孩时那种强烈的欲望。制约欲望的主要还是她内心深处，那某种不可名状的烦忧感——她顾虑会踩脏鞋子，会弄脏裤脚儿……因为，跑出来时没有带换洗衣服，也不知苏赫何时来接自己，也许永远不来！她不敢再往下想，越想就越觉得不自信了；越想也就越发感到心烦意乱。

"郧海，你去找苏赫了吗？——苏赫，你在干什么？——这世上有没有真爱呢……？"

她强迫自己不去想这些，就索性慢慢地、小心地顺田埂向绿色的地块中央走去。她浅紫色的上衣，在那浓绿中格外清新、美丽。风拂动着她的衣边儿，犹如一只欲飞的庞大蝴蝶在慢慢移动。

一群小麻雀不知从何处飞来了，在她附近的豌豆地上空盘旋一阵后，像农民手中播撒的种子般落了下去，她尽收眼底，猛然那种与生俱来的善良感使她止步。她愣愣地望着那片豌豆地里偶尔跳动的小灰点儿，直到那一个个灰点儿们觅食后"噗噗"飞走。

她也试着扇动双臂……

五十六

鸟儿们飞过田野、飞过菜地，飞到了城区的各个地方。它们累了就收住翅膀，停歇在楼房的任何一家有花儿的阳台，或是窗口边的花盆上，再在那花丛中嬉戏、跳跃、鸣叫几声，便自由地飞走。

人比鸟儿生活得痛苦，是因为人有思想，有善良的和丑恶的灵魂。

人们常会受个人的意识形态驱动行为；也常会因无休止的欲望而改变自我的灵魂。就像苏家人——此时，如果苏母善良，就一定会把母爱分给付雪一点；如果苏父深明大义，就会给付雪一个公道；如果苏赫为人正直、坦率，就会给付雪一点做人的尊严。

然而，在他们的灵魂里只有自我，甚至在善意的人们提醒下，他们也会先是把自己不接受的人，批得一文不值，然后再为自己辩驳一番。就这样，这种人代代相传、潜移默化，已经形成了他们独有的品性与人格。像这样的人品在这大千世界中比比皆是,甚者还有更恶劣的人品在列,因此,善良和正义的人对这些与自己相反品质人的德行,也就见多不怪了。

有些学者把这此类恶劣品行的人们,归属为"现实主义者",或称为"新时代的产物"。医学界的学者称之为"优胜劣汰"之下的强者。于是,就出现了各种人与人的不和谐、人与自然的不和谐、人与动物、人与社会的不和谐……

善良和正义的人们会用法律作天平,与丑恶作斗争,可往往会让对方攻击得千疮百孔。反而利用这法律武器为自己服务,这不得不为他们绞尽脑汁的机能慨叹。似乎他们的智慧也是为他们这种丑恶的品行存在,给整个人类文明和世界带来挑衅与危机,道德约束就更显得有气无力了。

不信你看,苏赫打了付雪,还等着付雪来上门道歉;还为了自己的生活、工作不受影响,这会儿不经过付雪同意就已经开始搬家了!

瞧,那搬运车上装的哪件儿不是付雪和苏赫共同赚钱辛苦买来的物件,可苏家人偏恨咧咧地对前来帮忙的刘玉梅和其他搬运工说:

"这都是我们苏家置的,一个也不能留,都搬干净了!"

苏母连阳台上一双废弃的破拖鞋也要装进塑料袋中带走,说是"还能鞡个脚儿",就一并往车上扔。

"大婶儿,您这是往哪搬呀?"郎海过来问。

郎海和付雪通完电话就下了楼,本来是想去找苏赫以前最好的朋友王小波,一起来调解苏赫和付雪之间的误会,可看见付雪家楼下围有很多人,还交头接耳、议论纷纷的,就急急朝这边走来,正好碰上苏母往搬家车上扔东西,赶紧上前问问。

"这个……"

苏母审视了他一番,半天才搭理郎海,说:

"你是苏赫的朋友吧?苏赫在上面。……噢……我帮你叫叫。"

"不用了大婶儿,您忙吧,我自己叫。"

这时郎海的声音和嘴下巴处的黑痣,突然唤起苏母对他的记忆,——那是奇奇满月时,这个人曾以付雪单位领导的名义来送过礼。

苏母顿时警醒起来,扯着嗓子叫喊苏赫的名字,苏赫从二楼窗子探出头来:

"谁找我？上来吧。"

郧海对苏赫不熟，虽然见过面，印象不深，总觉得自己一人来调解不太合适，但已步入"敌营"，不得不随机应变了，于是犹豫着上了楼。

苏母尾随其后，她要听到她最关心的第一消息。

第三章

五十七

二楼，付雪家的家具已被搬空，只剩下最后一些小包裹，也被刘玉梅和两个搬运工扛上搬走。

郧海走上来，正好和苏赫的目光相遇，就赶忙自我介绍说：

"我叫郧海，是王小波的邻居。"

"噢，你好你好。小波呢？我们有半年没见了，他还在邮局上班吗？"

"是的。听说还升了职。"

"是吗。能在事业单位混出个样来，还真不容易……"

苏母早已等不及他们闲扯下去，就打断儿子话，抱怨道：

"你看付雪这还是有教养的人！搬家也不回来帮帮忙，就知道一天到晚往娘家跑！"

"噢，付雪回娘家了？啥时回的？她知道你们要搬家吗？如果知道，我想一定是娘家有别的啥要紧事儿给耽搁了。——我原来当过她领导，今儿赶上了，就替她向您赔个不是。"

"哟，您就是付雪领导，我们见过见过，你今儿来得正好！"

苏母一把拉住郧海的手腕，像抓到小偷般，激动得喊苏父过来看，同时把他推到苏赫面前理论道：

"苏赫昨天晚上刚从上海回来，已到家，小夫妻就闹点小别扭！——俗话说得好，夫妻不记隔夜仇，哪儿知道付雪会带我孙子跑了，这不明摆着让我们苏家难看吗？……"

让苏母这样抓着，郧海心中早有准备，他淡定地看着苏赫说：

"……我看，这是他们小夫妻的事儿，就让他们自己去解决比较好，你说呢，苏赫？"

苏赫面带难色回答："这内情你不知道，付雪她不孝敬老人，还……"

苏母抢着说："还赶我们走呢！这是我儿子的家，我儿子在哪儿，我就跟在哪儿，除非我死了！不然，别想拆散我和我儿子！"

阳台上的苏父听到客厅里老伴的吵嚷声，也急忙走出来，他不问也能猜出郧海的来历，便怒气冲冲道：

"你回去告诉付家，就说我们苏家没错，她爱回来回来，不回来我们也管不了！"

"爸，您别管……"

"啥？不让我管？不管！还要不要我们活？这样的媳妇不要也罢！"

"对不起，大叔，我看这里边一定有误会……"

"误会？我自己家的事儿……不比谁都清楚？你是她家里什么人？就算他老子来，我也这样说！"

"我是她原单位领导，她昨天下午辞了职，说是今天搬上海……才特意来送行。"

"噢，既然这样，那我就更得说几句！"

苏父一副不依不饶的架势。

苏赫过来拉劝苏父，苏父推开苏赫的手继续愤愤道：

"在家父母是长辈，在单位领导就是长辈！付雪到你们单位也有几年了吧？难道对她虐待老人的行为，就不管不问？"

"爸，你扯到哪儿去了？现在单位领导谁还管这，又不是50年代。你对他说了也白说！"

"那就当我发发牢骚！行吗？"

"大叔，您说得对，等苏赫把付雪接回来，我一定批评、教育她。"

这话儿激怒苏母，苏母暴跳起来：

"啥？你再说一遍？——要我儿子去接她回来？做梦吧！她不回来给我道歉，我活着，她这辈子就别想再踏苏家门儿！"

"妈，你发啥脾气？我也没说要去接她！"

苏赫把苏母拉开，苏母在门口转了个圈儿，又回到郧海面前来，继续

大声嚷着:

"我们苏赫老实,但也是个堂堂的男人!怎么说让女人欺负就欺负了,他妈我还没死嘞!"

"行了!行了,妈!"

苏赫再次把苏母拉开,并推苏母朝门口走。

在门口处,苏赫回过头来喊苏父:

"爸,东西都装完了,下面司机还等着,快下去吧。"

苏赫说完,没有再看郧海,就和父母下了楼。

郧海怔怔地独自站着,听着外面汽车发动的声音,气愤得两眼通红。

他太了解付雪了,这么一个善良老实,而又充满幻想的女子,找这样的人家,犹如身陷火海难有出头之日,他连连摇头为付雪惋惜。

搬家车走了,楼下的人们还在议论纷纷,传入二楼郧海的耳里就像是蜜蜂的嗡嗡声。他知道能从这些嗡嗡声中找到有关苏家闹矛盾的线索。因此,朝窗口走去,紧贴窗户站着,那嗡嗡声立刻变得清晰起来。

一个细嗓子女的说:

"……好像昨晚打架了,不知谁打谁。"

"还能谁打谁?总不是男的打女的,我昨晚亲眼看见的。那男的凶像头狮子,把凳子都砸在我家门口了,女的能不跑吗?"男的说。

"哑,你刘三知道啥呀?我今儿中午还在苏家吃饭,苏母还认我做干女儿呢!……我干妈亲口对我说,是媳妇虐待她,我'干弟弟'才翻的脸!"高嗓门儿女的声音。

"是呀,刘玉梅说得对,一大早,那婆子就下来诉苦,怪可怜的,我们都听到了。"女中音说。

"他们这是朝哪儿搬呀?"老男人问。

"听说这婆子住洪城门儿吧,不知是不是往那儿搬。"女中音回答。

"造孽呀,那么好的媳妇愣往外赶!……"一个老婆子的声音。

郧海听到这儿,心里有些乱:

"真可谓是清官难断家务事,要想帮付雪,就必须得了解清楚双方内幕。究竟谁不对在先?苏家人又是怎样的为人呢?"

他想在此,收回目光,这才看清眼前这窗儿上晃动的绿色。

这早已蔫了的牵牛草，正在风中颤巍巍地晃动着整个身子。紫色的喇叭花儿缩紧了大喇叭花儿瓣，将花蕊儿紧紧地卷藏起来，形成白色的长筒，在不经意间，如同一滴滴银色泪水，无声息地掉落在它根部干裂的土上。它那微微抖动的蔫了的叶片，似乎在使出最后一丝力气，微弱地向人们发出呼救。

郎海仿佛听到了这呼声，他急忙跑进厨房，想找个能盛水的容器，可翻找半天也不见可用之物，就慌张着用手捧出些水来，浇在它裂开的大嘴里。

一下，两下……，直到水装满花盆。

这时太阳快落山了，郎海突然想起什么，又赶忙从衣兜里掏出手机拨入号码：

"喂，帮我找下付雪。"

电话里付雪激动的声音：

"我是。——郎海，我一直在等你的电话！"

"哦，我，我这边儿还有点事儿，等晚点儿，找苏赫谈了再跟你联系。"

他支吾着说完，沉默下来，可他不能对付雪的命运永远就这样沉默下去，他果断先挂掉电话，疾步走出这空荡的屋子。

五十八

绿色的田地间，付雪失望地关上手机，痛楚地抬起头。

天空湛蓝湛蓝的，上面还有些高高的白云，太阳快接近西边的大山脉了，仿佛是那山顶托起的一颗红色宝石。

她含着泪的眼模糊了视线，用手拭了拭，想让自己坚强起来，便骂自己道：

"要犯贱，就自己回去，干吗在这儿哭？"

这自己骂自己的话儿还真管用，她顿时停止了伤心。

环顾四周，远远看见亲戚们从自家房前朝四面八方走去。

这竖着的水泥马路离她最近，能看到三姑父喝得酩酊烂醉地让人搀着走，三姑跟在后面埋怨不休；能看到那边几个婶，趁这酒足饭饱的下麦地赶工去了；还能听到后面赶上的大爹、二爹和叔叔们，两三个地聚在一起，边走边说着酒话：

"走,上我那儿去,再干上两……两瓶……"

他们都醉着脸儿,红着眼儿,沉浸在小我的快乐中,没有谁会注意到田间的付雪。付雪也不想让人看出她此时脆弱的心,只想快速悄然躲开,急忙顺田埂往回走。

五十九

此时,付雪家的宴席散了,门前的桌椅都被收到一边儿,摞了起来。

付有望虽酒量大,也昏昏然的有些半醉,但还得在门口拱手送走每一位亲戚们。

付喜旺酒量更是不行,他一小碗酒下肚,顿时从脸部红到脖子根儿,由于两家挨得近,他就早早悄悄溜了回去。这会儿酒醒了,才出来给付有望家帮忙送蒸笼。

刘嫂和爱金华两人,在厨房里忙活着洗碗。

就在付有望送走最后一个亲戚,刚一转身准备回屋时,一辆小邮车戛然停在他身边。车儿门被推开,下来一位脸白净戴着眼镜的年轻男子:

"哟!瞧您喝这样,一看就知道您家里今儿有了喜事儿。"

"娃儿,你是哪个?——咱头还昏昏着……想进屋睡睡去。"

"干老子,你不认识我了?我是你女婿的好朋友——王小波呀!过年还来给您拜过年呢!"他说着拿出信件,"我分管襄丹线上的快递,瞧见你家的信件,就顺便儿给你捎来了。"

"噢,你这一说,我到记起来了。那啥——王小波呀?"

他说着,一拍脑门子又自责道:

"看我这记性儿,都让这酒给闹得!——谁寄的?"

付有望诧异地接过信件,翻来覆去地看信封。

"咋没寄信人地址呢?"

王小波笑笑:"可能是付雪写的吧。"

"付雪在家呢。"

"那还有谁在市内?"

"可多了,一会儿我一拆开就知道了。哦,对了,你送完后,来家吃饭,我叫你婶给做两个好菜,咱俩也喝喝!"

"不了,这转回来,要到半夜里。太晚,下回吧。"

王小波说着上车，车立刻被发动起来。

"那你走好，路上开慢点儿，注意安全！"

"欸！"

王小波应了声，一踩油门儿走了。

付有望拿着这封没有写寄信人地址的信件，看了又看，疑惑地打开。

"岳父大人，……婚后她变本加厉、争权夺位，现在还虐待我父母……"

"混账东西！"

他压低声骂了一句。这内容让他愤怒得瞪大了眼睛，再往下看：

"付雪不听我劝说，还偷偷把奇奇带跑，目的是不让我父母来看望孙子。……我昨晚在市内寻找她母子一晚，未果。特写信来问问她是否已回娘家，倘若在家，就请岳父大人让她回来，我们全家人都很为她母子安全担心。女婿苏赫。"

他看完顿时醉意全无，只觉得有一股恶气憋在心里出不来。这恶气令他霎时间感到胃里像钻进了蝇蛆似的翻闹着，令人作呕。

他忍着疼痛，把信收藏好，慢慢走进自己的卧房。手扶着床弯下腰，还没等他躺好，一股恶气串出，带出胃中食物"噗"的一起喷在地上。

刘嫂和爱金华听到屋内付有望的呛咳声，急忙丢下手中洗了一半的碗筷，跑进卧房。

这满屋的酒气和满地上的污秽，让她俩难以靠近，只好捂着鼻子把门窗儿打开。

爱金华见是醉酒无大碍，就去厨房继续洗碗去了。

刘嫂端了杯水递给付有望，他漱了漱口，呕吐才消停下来，但人显得很虚脱。

"快……把雪……叫来。"

"叫她干啥？等我去厨房铲点柴灰把地儿盖盖。"

刘嫂说着弯腰去拿门后那把没把儿的铁锹。

"快去！"

付有望使出全身力气大吼。

刘嫂吓得手一哆嗦，没把儿铁锹"当啷"掉在地上，她怔怔地望着男人,搞不明白他今天中了啥邪。正当她要转身出门时,付雪走了进来。

"妈,爹要你去哪儿?"

"去叫你嘞。"

"你也别走,……把门闩插上。"

付有望说着,勉强自己坐起身,从衣兜里摸出信件,递给付雪。

付雪打开信一看傻掉了,半天才回过神来:

"爹!我没有,这不是真的!"

"啥也别说,我自己养的闺女自己知道。"

"那信上都说啥,看把你俩给气得!"

刘嫂没看到信有些着急,说着从儿女手中接过信,她这一看急得"呜呜"哭起来:

"这放得是哪门子的屁呀?我女儿咋会欺负他们?"

"小点声,你不怕丢人啦!"

付有望拦住刘嫂的话,压低声音训斥。

果真刘嫂的哭声传到厨房,刚洗完碗筷正准备走的爱金华听到哭声,急忙走过来敲门。

"嫂子,你们没事儿吧?"

刘嫂赶紧收住哭泣,擦干眼泪回应:

"没事儿,和你哥吵嘴嘞!"

"噢,厨房都给你拣好了。没事儿,我就先回去,哥喝醉了,别跟他一般见识。"

"知道了,回去吧。两口子斗气儿跟那天空一样,说晴就晴、说阴就阴,来得快去得也快。就是说了咱两句难听的话,放心吧……啊。"

这家人像做贼似的不敢开门,直到听不见门外响动,断定爱金华走远,刘嫂才把房门儿打开。

刘嫂走出去关上客厅大门儿后,又重新进到卧房里把房门儿闩插上。

这会儿,付有望斜靠在床沿猛抽着烟,对女婿投来"重磅炸弹"的挑衅行为感到十分棘手和烦心。

他们一直生活在平淡、真实、和睦、快乐的环境中,因此,一家人聚在一起看着这封信,除了沉默,还是沉默。

"爹，您别烦心，我这就回去。"

"也行，你回去后给人家赔个不是，以后凡事儿让着点。……能过就行，别动不动就往回跑。"

"啥？你个缺心眼的，这不是把女儿往火坑里推吗？不能回去！"

"不回去，咋办呢？谁要她找这么个人家儿？再说，他们又没闹到要离婚的份上！奇奇在这儿，我们贴油油不香，贴盐盐不咸，养一场，最后还得遭苏家人的骂……这吃力不讨好的事儿，也就算了，更不得了的是——那婆子要是来镇上闹腾，你我谁丢得起这个脸？"

"你爹说得也是……"刘嫂为难地看着儿女，"俗话说，泼出去的水，收不回。女人天生命苦，嫁鸡随鸡、嫁狗随狗。我们比不上城里人的心眼多、头脑灵活，你要多跟人家学着点，日后好照顾好自己。"

刘嫂说着转身从枕头下摸出一个小纸包，塞在付雪手里。

"这是5000元钱，你拿去用吧，我跟你爹用不上，放这儿，还担心哪天让贼给偷了。"

"我不要，你们留着翻修房子用。这手机是钢钢的，等会儿给他送去。我这就把奇奇叫回来，一起回去。"

"你这孩子咋不听话嘞？叫你拿，你就拿着！"

刘嫂强把钱塞在付雪衣兜里。

付雪知道父母只能做这样的决定，她内心痛楚地把手机交给母亲，再看了一眼一直低着头、沉默不语、猛抽着旱烟的父亲，然后无奈地开门儿走了出去。

六十

此时，县城里郧海正为付雪的事儿来到邮局，一问得知王小波出车没回来，又赶紧驱车急急赶往离邮局三四站路远的红城门街派出所。

没有王小波，他只能通过派出所户籍科来寻找苏家的地址了，这也是他做记者多年的经验。果然在派出所户警吴有名的帮助下，他先是找到苏赫父母单位领导白云山，然后三人一起来到苏赫家。

六十一

苏赫这会儿已和家人忙完家具的摆放工作，正在和苏父喝酒解乏，一看郧海在来的三人中间，就马上明白这些人来自个家的目的。

苏赫不慌不忙地站起来，沉着、冷静地说：

"白伯伯，要找，找我谈，这和我父母没有关系。"

白云山笑着说："你小子真聪明，难怪厂里人都夸赞你——叫你能人。"

为了缓和气氛，白云山和苏父、苏母热情地打了个招呼。

白云山毕竟是苏家人的老领导，不论公，论私，他有恩于苏家，因此，苏家人又是端水果，又是拿出上等好茶来，极其热情地款待白云山，苏母脸上也少了几分凶狠相和滑头样儿。

"哟，白书记，你说这年轻人，咋就不像我们那会儿。——我们那会儿，就是让男人打一顿也不敢往外跑。"

"现在社会在进步嘛，打人可是犯法的……"吴有名借机想切入主题。

苏母忙狡辩：

"我儿子可没打人！"

"哦……我们没说你儿子打人，之前也没与你儿媳妇见过面。这次来嘞，是想尽点我们做朋友的一点微薄之力。"

白书记说话间转向郯海，又接着说：

"郯海同志，可真是个热心人，听说你家儿子和媳妇闹别扭，就要我们出面调和调和。毕竟一家人，能闹出个啥来？还不是到末了，让外人看笑话、还不好收场？"

苏母就是眨眼见识，赶忙顺白书记的话，接道：

"就是嘛。我那媳妇受不得半点委屈，昨晚儿子说她两句，就跑回娘家。这大搬家的，也不回来帮帮！一家人能闹个啥嘞？还请白书记您帮忙调解调解。"

白书记四下看看："嗬，都搬过来了？好家伙，这小屋装这么满，那边儿你媳妇回来，咋住呢？"

"我们都计划好了，儿子搬上海，这家具也用不上，就搁在这边儿。那边儿出租出去还能收俩钱儿……"

苏父在白书记面前一五一十，十分诚恳地回答。

白云山感到很满意，就点了点头，转向苏赫，又问：

"小苏，啥时去上海？你媳妇知道不？你住上海哪个地方？孩子上学的事儿——都联络了吗？"

"都联络好了,付雪知道这事儿。我没时间和她这样耗下去,明天我就先回去,只能在上海的新家等她。"苏赫面无表情地说。

"一家三口走,是多幸福的事儿,你还是把付雪接回来,小夫妻有啥隔夜的仇?……一起走吧!"白书记更进一步说。

"是,白伯伯说得对,我明天一早就去接。"苏赫勉强笑了笑。

"行,就这样说。那没别的事儿,我们就先走了。"

"谢谢白书记的关心,我送您出去。"苏母干笑着,边说边快步上前把门打开。

郎海在这次上门儿调解中没有说一句话,但他却能从苏家人的脸上和眼神中看出,这是一次演戏似的对话,他们的台词和演技竟是那样的优秀,这使他更加为付雪着急。

六十二

在楼下和白书记、吴有名三人一分手,郎海就赶紧给付雪挂电话去,可电话的另一头是刘嫂的声音:

"谁呀?找谁呀?"

郎海犹豫了一下回答:"我找付雪。"

"她回城了!走老半天、只怕快到了——你是哪个?"

"……知道了,我是她一个同事……"

郎海不容多想,挂掉电话后,骑车急忙朝秋风路口的公交车站赶去。

一路上他猛力踩踏着自行车,同时心里装满疑问:

"苏赫明天会不会去接付雪?"

"付雪为什么不给我打招呼就回到城里?……"

六十三

城市里的天儿比农村要黑得晚些,那是因为城里有不夜的万家灯火,天儿还没完全黑下来,这些灯火像一双双金光四射的眼睛般,照亮、窥视着每个行人的秘密。

现在付雪乘车已到了秋风路站,才刚刚7点,能听路边小卖店传出电视里播报的新闻联播。她深吸了一口污浊的空气,丝毫未减心中的忧伤情绪。她一手紧捏着母亲给她的5000元钱,一手拉着奇奇站在车站不知往哪儿走。她犹豫片刻,想了想还是打算回自己的家。

六十四

走在秋丰路上,付雪前方20米处就是付雪家的楼下,有一个老婆婆一直坐在树下,借灯光细看,能看清她就是早上卖豆浆的老婆子杨桂花。

杨桂华平时早上4点起床做豆浆,晚上7点就睡了。这会儿坐这儿直犯困、打哈欠,但她善良的心支撑她要继续坐等下去。因为,自早上听到苏母闲话儿,和下午亲眼目睹苏家搬走的情景,她心里就一直为付雪感到痛惜,所以担心她回来没地方去,才执意等在这里。

这会儿付雪由远处走近,杨桂花眼神不好,又犯困,付雪走到她跟前时,和奇奇说话声才让她认出付雪来,便慌忙站起来,拦住她们母子:

"娃呀,上面都叫人儿给搬空了,去洪成门儿找他们吧。"

她突然站起的身影,把付雪吓了一跳。定神看清是杨婆婆后,才伤心地拉住她的手回答道:

"婆,我不想回去,回去就得给他们道歉!——我没错,我凭啥要低三下四地求他们?农村人咋了,农村人也有做人的尊严!"

"不回去,你后面的路还长着呢,可得想好了。"

付雪故作坚强地擦干泪:"我知道。婆,你回去吧。"

杨婆看了看这娘俩,长叹了口气,转身离去。

付雪带奇奇回到二楼家中。打开灯,付雪发现家里空得连一张废报纸都找不到,奇奇以为进错了家门,打着哈欠闹着:

"妈妈,我要睡觉。回家吧,回家吧。"

付雪无奈在门边地上坐下,招呼奇奇说:"来,乖,妈妈抱你睡。"

奇奇很快就睡着了。

由于是初春,凉气从水泥地上蹿上来,付雪原本单薄的衣衫抵挡不住,只好抱紧孩子缩成一团。她看着可爱的孩子,不由得伤心落泪。

"奇奇,都是妈妈不好,你不该跟妈妈一起受罪。明天,天亮了,妈妈就把你送回奶奶家。"

付雪正自言自语着,奇奇仿佛听到,又仿佛是被噩梦惊醒,哭着说:

"……不要奶奶,我要跟妈妈在一起,我要跟妈妈在一起。"

"在,妈妈在。"

付雪哽咽着哄着,奇奇从梦中醒来,抱紧付雪脖子大哭:

"我要跟妈妈在一起,奇奇以后不吃鸡腿了。"

"好,奇奇不哭,奇奇永远都跟妈妈在一起……"

正哄着,门突然被敲响,奇奇害怕得停止哭泣。

付雪站起来谨慎地关上灯问:"谁?"

门外杨婆婆声音:"我,杨婆婆。"

付雪打开门,杨婆婆站在门口说:

"走,先到我那儿歇一晚吧。"

付雪被这老人的慈爱所感动着,她无处可去,也无怀可投,这慈爱犹如那冬日里的暖炉,温暖着她瑟瑟颤抖的心;这慈爱仿佛是她落入海中挣扎时突然遇见的绳索,她抓住这绳索,同时,把生命也交付出去,她别无选择地这样做了——跟在杨婆婆后面,拉着饿着肚子的儿子,在灯光下迷茫地走着。

她不知道这老人住哪儿,也不知道她家里有些什么人,只是跟着感觉,无奈地、默默地走在后面。

六十五

郧海赶到车站时,刚好7点过5分,就是在这5分钟时间里,车已开走,下车的乘客都已散去,令他无法辨别付雪乘坐的车是否来过。他忠诚地送走一辆,又迎来一辆,直到一个小时过去了,也不见付雪的影子,才怏怏回到家。

六十六

一进家门,他就问老婆雅芬:

"付雪有没有来过?"

"没有。"

雅芬摇了摇头回答。见郧海郁郁、疲惫的表情,她心里也泛起不快,试问道:

"付雪回城了?"

"我也是刚知道,她家下午给搬空了,现在能去哪儿!?"

"她既然能从老家回来,一定有自己的打算,你就别担心了,洗个澡吃饭吧。"

经雅芬这一提醒,郧海还真闻到自己身上一股臭汗味儿,同时也感到饥肠辘辘。

他换了双凉拖鞋，又取下手表，边揭衣扣边对雅芬说：

"今天去调解，好不容易有点转机，苏赫也答应白书记明天去接付雪。这下倒好，她回来也不事先打个招呼。"

"你就爱管闲事儿！像这样的家务事儿，管得好便好，管不好还会恨你一辈子。你呀，就别自找麻烦了！"

"按付雪那个性，是不会回苏赫家的……不行，我吃了饭，还得去找找。"

郧海装着没有听到雅芬的牢骚话儿，自顾自地想着、说着，同时也加快了脱衣的速度。

男人们是喜欢在女人面前一丝不挂，这样会挑起他们对性的欲望，但郧海总喜欢留下内裤做遮羞布。如果在灯光下暴露全部的隐私部位，郧海会觉得不安和羞涩，甚至有会被偷窥或是强奸的心理压力。

郧海的身体除了自己妻子外，没有再让别的女人看过。他也没有再看过别的女人身体，当然电视或电脑网上除外。总的来说，郧海是那种极其保守的男人之一，所以他边想付雪的事儿，边洗澡，也不会因此而手淫。这种单纯只有他和付雪知道，在第三人眼里，可就不这么想了。

这会儿雅芬手里端着饭菜，也要把头抵在门上朝里偷窥，来证实自己的猜想。

浴室门儿是镂花玻璃的，能隐约看到里面郧海洗澡的动作——他在快速地涂抹洗发水，快速地给全身打肥皂，又快速地冲洗，接下来是用浴巾快速裹住那堆黑草中贪睡的懒蛇，最后是猛地一拉门儿出来，不是双方反应及时，就和对方头碰头地撞上了。

"哟，你冷不丁站这儿干吗？"

"我……我想问问这饭还要不要热一下。"

"不太凉就行，快点端来吧。"

郧海没有心想别的，更不会想到妻子偷窥自己。

他接过雅芬递来的饭菜，胡乱扒了几口，就算吃完了。

"我出去再找找。要是她来，一定要她等我回来……"

"看把你急得！比我生孩子那会儿还急呢。"

"别瞎想，这根本就扯不到一块儿。——你们女人呀，天生就是醋坛子。嗬，等我回来哈……再跳进你'潭里'好好泡泡……"

这样挑逗的话，是他对妻子专用的情感润滑剂。

郧海知道雅芬又醋意大发，安抚这"醋坛子"最好妙方就是：在微弱灯光的环境中，轻轻凑上她，给她最温柔的亲吻、最温柔的抚摸。他能感觉到她每一寸肌肤在他手指下微微抽动，慢慢得以放松……

郧海回味着那种美妙，美妙也带他进入恋眷女人裙下那块风水宝地之中，尽管他被"法师"（指他受教育的程度）用道德铸成的金钵罩住他淫秽的意志，隐匿在黑暗里，但是却永远在蠢蠢欲动，并具有强大的力量。

男人们起初都这样，一旦有一丝缝隙，就会让淫秽的意志从那金钵中解脱出来，释放于火热的夏季，像苍蝇似的将嗅觉功能发挥到极致，寻找别人盘中的美食。

俗语说："苍蝇不叮无缝的蛋"，这也正是郧海不喜欢太开放女子的原因，因为他要独自占领属于他的"美食"。

付雪对他来说就像是密封在保鲜袋中的"美食"，令他垂涎欲滴、可看而不可即。他把她放在心里隐匿起来，偶尔在抱着雅芬时，也会梦呓着对付雪的情话，只是他觉醒着的意志不会露出破绽罢了。

他以好友的名义，一直默默蹲守在付雪身边，就像是一只大灰狼巡视在羊圈的周围……付雪此时心灵憔悴、心智脆弱，正是他等待已久的良机，于是他要瞒过雅芬的眼睛，急急出门儿寻找付雪。可他是一只胆小的"狼"，也仅限于想象之中。就连"雪"这个字他都不敢叫，生怕有人窥出他内心的秘密。

六十七

这会儿，他徘徊在付雪家楼下，内心充满了矛盾冲突。

他抬头仰望二楼窗户，下午他曾站过的地方此时已成了黑乎乎的两扇大洞，只有他用手浇灌的牵牛花，此时报以青春浓郁的色彩，在月色中稚嫩地向他频频点头。他惋惜地收回视线，下意识地朝四周望望——满街的人头攒动，满街的喧闹嘈杂，满街的陌生面孔……

"付雪呀付雪，看来你根本就没把我当朋友，不然，咋连个电话也不打呢？"

郎海抱怨着，内心隐隐有一丝失意的伤痛，他不知道自己什么时候开始对付雪有那种非分之念。这念头越深，他的负罪感就越强。平时倒也没觉得，就现在这感觉越来越浓烈，几乎要压得他喘不过气儿来。

"危机，一种婚外情的征兆……"

他歇斯底里地警告自己。想躲避对付雪的思念，就点了根烟，漫无目的地朝前走。

烟是思想家手中的一把"梳子"，能理顺他们烦乱的思绪；烟是愤世者手中奋拟的"笔"，能将苦闷的心思一点点写下；烟还是单恋者手中思念的"尺子"，能将思念的长度一根根丈量！他或快或慢地抽着烟，若明若暗的，只有黑暗能记载它的节奏。

这烟每在他手中明亮一次，就是一次对付雪的追忆，他最不能忘记的是昨晚付雪敲开他家门时，那双迷茫而又迷人的眼睛——这眼睛会说话，这眼睛能将他的心勾走，永远回不来……她给了他无眠之夜，她全然不知，那是怎样的一种煎熬呀！

"也许今晚又该是一场无眠之夜。不，我要和你一起游荡！一起看这星星，看这月色！可你在哪儿呀？老天，求你要我找到我的雪，好不好！"

他痛楚地想着，不知不觉中脚步已把他带入老街……

六十八

月亮悬挂在半空，皎洁的月光仿佛给大地披上一层薄薄的纱，让一切沉浸在了朦胧之中。

从高处看，路灯点点分布在老街上，仿佛是穿起的一串蜿蜒的夜明珠，把夜色中老街的房子照得影影绰绰、十分诡秘。

街面上门牌号码只有两百多号，由于狭窄没有栽种树木，但唯独在中间地段一百号处，保留有一棵参天古榕树。这古树没有占用路面，是在一家老房子门前生长。灯光下，这老宅子灰色的砖墙，红色的琉璃瓦，飞檐凌空，十分怪异，显然和这古榕树是同一时期产物。

过往行人是披着月色，络绎不绝地从这榕树下走过。

微风吹来，树影婆娑着，月光下的枝叶在摇曳，在让树枝上的小果果儿们亲密相碰。

"哎哟，妈妈……好疼。"

这些果果儿不会发声,更不会有这稚嫩的话语。

这声音是从古树对面两扇对开式关闭着的木板门里传出,顺门缝儿射出的灯光望进去,里面是一间长方形房间。墙与墙之间只有横着放下一张床的距离,中间垂吊着一支60瓦的白炽灯。可能因为小,也或许因为贫穷,从外朝里看,正对着门,是一张木质黑漆八仙桌,两把高背椅子,其次是顺竖墙直至横墙角支着一张单人床。靠近横墙的床头边儿,是虚掩着的另一扇小门儿,里面正向外发出吱吱呀呀的推磨声……

八仙桌上放着一只用苇秆编制的小箩筐,箩筐里装着还没缝完的衣物和针线。

一个小男孩背对着门,脚踩在椅子上踮着脚尖、上身趴在桌上,正撅着屁股拿箩筐里的针线玩儿。他的叫声引起里屋人的重视,很快里面那扇虚掩的小门儿被人推开,付雪从里面走了出来。

"奇奇,快放下,针不能玩儿。"

"我要看你磨豆浆。"

"妈妈不磨了,杨奶奶说明天一早起来再磨,所以我来给奇奇洗脸睡觉,明天才能起得早。"

她边说边拿盆子倒水……

奇奇这会儿也困了,连连打着哈欠。给他洗完,抱到床上,很快就睡了。

付雪见儿子睡着,就轻声问里屋的杨婆:

"婆,你家厕所在哪儿?"

从里屋传出杨婆的声音:

"出门往左拐,走10来米就到了。公共厕所没有灯,床头有把手电筒拿上。"

杨婆在里屋回答。中间只隔块木板墙,声音不用大声说就已听得很清楚。

"噢,知道了。"

付雪应完声,找到手电筒就轻轻打开门儿,木门儿发出轻微的吱呀响声,她出去后又轻轻将木门儿从外面关上。

六十九

此时，刚刚到8点半，外面的行人也由原来的络绎不绝，变为稀稀拉拉，有时半天才过一个。

这老街上，杨婆的住房离付雪家不算远，抬头如果没有其他高建筑物阻挡视线，是能看见自己家的楼房。她抬头看了看远处楼房，伤心地低下头长叹了声，向左拐去。

片刻后，她回来了，但手电筒依然开着，这能看出她又在想自己烦心事儿。她不紧不慢地走着，脑海里不但回响起苏赫的吼骂声：

"敢欺负我父母，你找死呀！"

"别把乡下人的坏风俗，带到我们苏家来！不想过，给老子滚！"

"凭什么？哼，告诉你，我还要去法院告你虐待老人呢！"

"你要么去道歉，要么就给我滚！"

苏赫这句句绝情的吼骂，让付雪黯然落泪，沉浸在了痛苦中，使她完全忘记自己轻微甩动的手里还捏着打开的电筒。

电光在榕树下晃动了几下，这光引起树下人的注意。

这人是刚走到这里的，想歇歇脚就停了下来。

由于树阴影太大，使树外人很难发现树下还站有人。

付雪更是丝毫没注意这一点。她继续甩着手，电光越近，光圈就越小，就越亮，也就越让人感到刺眼。

"谁呀？请把手电筒关上，好吗？"

电光刺得树下人眼睛不好挣开，他一边用手挡住摇晃不定的光柱，一边小声说。但这特殊的洪亮声，还是在这安静的环境中显得很大，大得令付雪从痛苦中觉醒来。

"噢，对不起，对不起！"

付雪的声音小得犹如自言自语，她恍然朝两边看了看"到家了"，这木门很让她感到陌生。她抹了抹眼泪，沉默着正准备推门儿，可她感觉身后这声音有点熟悉，特意停下脚步转过身来，举起电筒对着这人脸照看，这一看让她惊讶万分：

"郎海！你怎么会在这儿？"

"付雪？你是付雪？"

郧海放下挡电光的手,欣喜的脸暴露在电筒光下:

"是我!"

"……雪,我找你……找了几个小时!你到哪儿去了,怎么也不打个电话?"

郧海内心激动着,一把上前抓住付雪的手,似乎有说不完的抱怨。这抱怨便是他对她流露出的关怀和爱意。

"你……"

付雪不自在地从他手中抽回自己手:

"你知道……我没带手机。你回去吧,我在杨婆家住。"她指了一下木门儿。

"明天苏赫去接你,……现在怎么办?"

郧海为了说话方便,示意付雪朝老榕树下走。

两人一站稳,付雪说:

"就让他到单位去接我,你看行不?"

"行,我明天一早给他打电话。"郧海说着又去拉付雪手,并深情地说:

"你走了,我会很想你!"

付雪:"我们写信,打电话也行。"

郧海内心矛盾至极,但还是冲破胆小的障碍,痛苦地一把将她紧紧搂在怀里:

"你能不能不走!?"

他抱得很紧,付雪在她怀里无法动弹,但她已经明白这昔日的好友,此刻正向她吐露另一种真情,她心里毫无准备,只能默不作声,无奈地让他搂着。

"我爱你,雪,第一次见到你,就被你的眼睛勾走了魂……"

他说着,轻抚着她的背部、腰部,下一点,再下一点,还再下一点的地方他收回了手,那还再下一点的地方,正是她两股间的隐秘处,郧海懂得适可而止。

这轻轻的、慢慢地触感让她像触电般全身酥麻、松软、迷离,苏赫第一次也是这样搂抱她、抚摸她的,她迷恋这怀抱的温暖,和这怀抱的坚实……她有些站不住了,就依附在他身上,耳边被不停地灌入催眠般雄性的呓语。

"雪,我会给你爱……给你快乐……给你无比的快乐……让你一辈子做天下最幸福的女人……"

他呓语着,抚摸着,现在他想把嘴凑到她的嘴边,想亲吻他梦寐已久的小唇,于是就快速地凑了过去。

"唔……唔……,别这样……郧海……郧海!"

这异样的气息,使付雪从迷离中觉醒,她挣扎着,终于从他的怀里挣脱出来,气喘吁吁的:"够了,我们是好朋友,但不是情人!"

"雪,难道我配不上做你情人?我暗恋你几年了,可知道我的感受——你也太狠心了!"

这话让付雪感到很内疚,可一时又找不出什么话来解释,稍停片刻,才支支吾吾地想说服他,来挽回彼此之间的友谊:

"……你有孩子,我也有孩子,……你就给我俩的关系重新定个位吧!以后还可以来往。"

"正因为我们都有孩子,我才把关系定在做情人的分上!这样,才不会影响到双方原有的婚姻家庭!"

他也想说服她。

"可我们做好朋友更合适!"

"好朋友,男女之间怎么会有好朋友?雪,我就喜欢你这单纯劲儿!你想想看,男女之间,喜欢是爱的基础,有了这爱的基础,能不让男人想入非非?再说,那苏赫一家,也没把你当回事儿呀!你又何必为他独守贞洁……"

郧海说着,见付雪低下头没有再反驳自己,以为是被自己说动了心,再次激动得猛然上前拥抱付雪。这次她有准备,向后快速退了一步,让他扑了空。

"……够了!"她厉声喝道,"请不要破坏你在我心中至高无上的形象!"

"在爱面前,本来就没有形象、没有尊严可言!只有快乐与享受!不懂调情,也难怪苏赫会变心!"

"我家的事儿,用不着你管!"

付雪说完，伤心地冲进了屋。

"啥？你等等，付雪，明天还……"

郎海没能换回这彻底不属于他的东西，独自在树的黑影下愣愣地站着。耳里清晰传来那木门内杨婆和付雪的对话。

杨婆问："是苏家人来找你了？"

"没有，婆。"

"那你刚才在门外，是和谁大声嚷嚷呢？"

"是和好朋友。"

"男人哪，有几个是好东西？小心，别上了人家的当！"

"婆，他是个好人！"

"是好人就好！如今这世上，好人可不多了……"

"好人？我是好人，那谁是坏人，是苏赫？我凭什么要说苏赫是坏人呢？猥亵自己好友的人也算好人吗？——我真不是人！真浑蛋！真不是人！"

郎海听到付雪说自己是"好人"二字，羞愧得重复着骂叨自己。那对话就如同是根根铁针，一下刺醒了他曾不想被道德制约的意志。

老榕树依然遮住月色，枝叶在风中摇曳，果果儿们在亲密相碰。郎海羞愧万分，只想立即转身逃离此地。

他疾步迈出去，很快背影伴着沉闷的脚步声，渐渐消失在空寂的月色之中。

七十

木屋里付雪听到郎海渐远的脚步声后，轻轻开门走了出来。

她独自来到榕树下，看着他隐约的背影思绪万千：

"我做错了什么？为什么你们都一个个要离开我？"

她痛苦地默送着这个昔日与自己一直保持纯洁友谊好友的背影，这背影犹如幽灵般在远街的月光下飘忽，直到消失，接踵而至的是一片晦暗的空白与空寂映入她眼帘，填充着她空洞的目光。

"难道真的是我错了吗？我错在哪儿呢？为了爱，就该去忍气吞声，低三下四吗？那我的人格，我的自尊还要不要？如果要，可儿子是无辜的，还有父母那边怎么交代？——我该怎么办？该怎么办呀？"

她痛苦的表情中又增添几分焦急与无奈，这纠缠不清的诸多问题像从天而降的黑锅"嘭"的一声重重压了下来，令她的内心在这黑暗、沉重、狭小的范围里拼命地挣扎。

七十一

突然一种情感的爆发，她顺街跑去——不顾一切地拐过一条胡同，再朝另一条胡同跑去，两边的人或物在闪过，一路留下她的跑步和喘气声……

此时，时间还早，可小城市的街道都已安静下来，人们习惯了在家中与家人聚在一起看电视或是聊天，享受着自己的惬意生活，没有谁会在意外面的响动，只有街上黑暗处，偶尔碰上一两对儿谈情说爱的情侣。那情侣们也不会因付雪的跑过而停止彼此的接吻，或是相互偎依着的蜜语。

付雪是孤立无助的，没有谁知道她会跑向何处，也没有谁知道她除了郧海外还有另一个可以倾心的好友。她竟是一位老修女。付雪不知道她的名字，就一直叫她肖院长。

七十二

肖院长是天主教修道院院长，住在仁义街的教堂里。这天主教堂历史悠久，清代时，天主教鄂西北教区中心在谷城县沈家哑子，设有总堂。同治十二年（1873年），总堂代权主教毕礼（意大利人）派女教士郭玛利亚等人来老河口，在朝佛街租赁房屋，开设诊所，以医术为先导，进行传教活动，发展教徒30余人。

光绪元年，毕礼又派教士罗光义来境，在仁义街购房建教堂。从此，老河口便成为天主教鄂西北传教的重点。1958年，宗教职业者走向社会参加劳动，并自办缝纫组，自食其力。虽然在"文化大革命"期间，大部分神职人员遭到冲击，受到不同程度的处理，停止了宗教活动。但在1979年后，宗教政策得到落实，恢复了正常的宗教活动。

目前，这仁义街总教堂还保留着古老风格的教堂建筑，唯有修女们的装束日渐地方化，省去了西方式的黑头巾和黑色长袍，早已换成齐耳短发和统一的白色上衣、黑色长裤。

肖院长也留有齐耳短发，但衣着与众不同，她总穿着一件灰白色上衣，显得很庄重，这也可能是她身份的象征。肖院长年近六旬，但面部皮肤白嫩细腻，常带着一脸亲切的微笑；她身材矮而微胖，但却行走快捷、稳健。

此时,肖院长带着老花镜在靠近门口处的一间制衣工房里,检查修女们白天缝制的衣物。她很仔细,也很认真,每遇到线头多的或是有质量问题的衣服,她都会分类摆放,以便女工们第二天好做改正。正当她一件件检验时,大门被人轻轻地敲响。

肖院长听到敲门声,放下手中衣物,面对墙上圣母玛丽亚的挂像,虔诚地在胸前画着十字手势,乞求上帝保佑或免除厄运,然后才转身走出去开门儿。

"噢,快请进。好久不见,一切都顺利吗?"

付雪喘着粗气朝她点头。

肖院长没再多问付雪,似乎知道付雪的来意,默不作声地带她拐过几条走廊,来到一个还亮着灯的小屋。

七十三

这小屋门儿敞开着,中央摆放着一排排细而窄的长板凳和长板桌,就像是一间教室,只是没有讲桌和黑板。四壁对应地挂着耶稣和圣母玛丽亚各个时期遭遇险难的彩色画像,正中央是耶稣被捆绑在十字架上受难时巨大的彩色图像。

肖院长跪在耶稣挂像前虔诚地对付雪说:

"耶稣甚愿进入你心中,做你一生的主宰,指示你做各种决定,乐意做你的顾问与向导。"

付雪也跟着跪了下去,诚恳地祷告道:

"我愿接受耶稣为我的救主。主啊,请进入我心,助我明白您的旨意而能完全地跟从您。奉耶稣的命求!阿门。"

两人做完仪式默跪片刻后,才起身找座位坐下,还没等肖院长坐定,付雪就急急地说:

"院长,我可不可以来这里做修女?"

"主会拯救受苦难的人。你已婚,做教徒一样能得到主的保护。"

"……我想离婚……"

"……恶人当离弃自己的道路,不义的人当除掉自己的意念归向耶和华,耶和华就必怜恤他,因为上帝必广行赦免。主要求我们善良、谦卑、胸怀宽阔,你做到与否,主都能看见。圣灵会使我们知罪……"

"谦卑、胸怀宽阔?嗯,我明白了。"

付雪说完,起身再次来到耶稣挂像前跪下,诚挚地祷告道:

"敬爱的天父,我过于刚愎自用,自认是个罪人,需要您施恩拯救。我因为自己的这些罪而忧伤,求您赐我力量,以克服我的弱点……"

肖院长听到她这诚心祷告,为她有如此高的悟性,而欣慰地望着她的背身连连点头。

七十四

此时苏家,苏赫依然关起房门儿,坐在电脑旁看从网上下载的黄色片子,这片子里每个镜头都能让他身体内的雄激素冲撞他的每根神经……

这一个个镜头就像魔咒般引领着他的意志,令他迷离,因为这种性爱方式没有情感上的压力,也不会要为谁负责,更不会因为某个话题而与对方争论不休。——他讨厌听到父母对妻子无休止的抱怨;讨厌妻子那蜜糖般的话语;他怕自己掉进她的蜜语中难以脱身,分不清她的真面目。因此,他要跳出来站在她和父母之间,所以这种方式成为他自慰和劳顿后的最佳消遣方式。

他喜欢这种方式,不管是白天还是在夜晚时间。

苏母毕竟是识字不多,对儿子这异常行为,了解甚微。由于对媳妇的敌视情绪过重,还为赶走媳妇而沾沾自喜,哪儿能顾及儿子作为一个正常男人的心理感受与生理需求?

苏母虽头脑灵活,善于察言观色,但又遇事沉不住气,变化无常,所以和自己男人共同生活了几十年,几乎都在争吵、操劳和互相算计中度日,根本就不了解幸福是什么。

这会儿苏父进屋睡了,她没有争吵对象,屋子好不容易安静下来,可她又在床上辗转几下,坐起来,心情烦躁地推搡着苏父:

"睡睡睡!你儿子的事儿还没个结果,亏你还是他老子!"

"……嗯,少安毋躁老太婆,天塌下来,人到了睡觉时,也还得睡觉嘛!"

"事儿没结果,我睡不着!"

"你还要啥结果?儿子不是答应去接媳妇了?不管怎样也得给白书记

一个面子吧。再说，媳妇是儿子找的，你跟我闹腾，顶个屁用！"

"没用！你就不管了？"

"好好好，你快去把儿子叫来。"

苏父脾气好、有城府，知道苏母不解决问题不会罢休，自己也就不可能睡安稳觉。无奈，只好坐起身等待儿子来。

很快苏赫穿着睡衣站在他房门口：

"爸，你找我？"

"来，过来坐。"

苏父指了指床边的凳子，接着语重心长地说：

"凡事儿三思而后行，话语也要三思才能出口。"

"爸，你不用说了，我都知道。——明天一早，我就去付家寨。"

"我知道你答应了白伯伯，不想失信。唉……！"

苏父长叹了一声，扭头思忖着。

苏母见老头子一时没主，就着急起来：

"儿子，可不能去呀！她回来了，可让妈的老脸往哪儿搁？"

"妈，你放心吧，我不过是去看看热闹。"

"看热闹？那儿有啥热闹可看？妈可不是好哄的！"

苏父思忖片刻接上话题，那神情犹如自言自语：

"按推算，明天上午付有望应该收到信，付雪也应该在那时被骂出家门儿……"

苏母高兴得打断了苏父的话，说：

"那就好，这样咱儿子也就成了深明大义的好人！谅她以后也不敢在苏家抬头挺胸了！"

事情有了结果，苏母这会儿才感到疲困，但她还是先去厨房做了碗夜宵，给苏赫端去。

苏母对儿子从小到大一直是无微不至的关怀与溺爱，使苏赫从小就享受着做"皇帝"般的待遇，也习惯了衣来伸手、饭来张口的惬意生活，无形中对母亲产生了依赖心理。

婚后，和付雪单独生活的这几年里，没有苏母在，他一直感到这个家不完整、不像个家。因此，多次请求苏母搬来和自己住，但苏母有自己的打算,只想隔三岔五来检查付雪"工作",同时,也能享享清福,所以说,这就是苏母为什么"两头来回跑"的主要原因。

这会儿,没有付雪,这个家又回到了原来其乐融融、温馨和睦的氛围中,也是苏赫最熟悉与习惯了的氛围。他在这氛围中感到安逸,无忧无虑,甚至能帮他忘却一切外来的烦恼。

在苏赫的潜意识里,他要拼命维护和保留这种氛围,可越是努力,越是事与愿违,最后竟失去它。他暗自怀疑过付雪,也责问过自己,而这婆媳关系是门学问,他没有经验,也没有能力去处理好它们,使他有很长一段时间,生活在痛苦与压抑之中,到了实在承受不了时,只好选择逃离,去了上海。没想到还能在上海找到自己的一席之地……

现在付雪不在,他又感受到了这种久违的祥和氛围,心里也很明白亲情与爱情两难全,自然不会再想那些"明天去不去付家寨"的烦心事儿。

他吃完夜宵,又关起房门儿一心扑在电脑里收藏的那些画面上……

第四章

七十五

夜深了,整个付家寨都被黑夜所吞没,只有月亮用皎洁目光盯视着那里的点点滴滴。

小站迎来一趟货车后,又归于宁静。

襄丹公路两旁柳树在风中飘摇着长发,"簌簌"吟唱,犹如是两排翩翩降至的"女巫"在施展魔咒,让大地一片虫啾占据这安静的夜,它吵扰得让人们还点亮着灯。"女巫"仿佛就是要利用这些从窗口露出的点点灯光来做她们人间天堂中的繁星;又仿佛在利用魔咒,让万物都觉醒着——付有望家的人觉醒着——屋里有电视声从窗缝飘出;门前的两棵树觉醒着——"哗哗"作响,仿佛是在相互倾诉白天被鞭炮炸伤的疼痛;金爱华家的人也觉醒着——付钢从醉酒中醒来,用冷水冲了把脸,便匆匆来到隔壁,敲响付有望家的门儿。

"谁呀?"

里面传来刘嫂的问话声。

付钢没有回答,闷着声儿,又轻敲了两下。

门儿被刘嫂打开:

"哟,是钢钢,快进来。"

"婶,……我找姐……"

"你姐早回城了。她把手机给你留着嘞,我这就拿给你。"

刘嫂说着转身进里屋,不一会儿拿出手机,交给付钢。

七十六

付钢接过手机没有要走的意思,反而走进屋,惊讶地问:

"你们怎么能让她回去呢？苏家人他们……"

"苏家人他们咋啦？你姐都跟你说啥了？"

"她怎么会跟我说啥呢？是我今天打电话到苏家，正好是姐夫接的电话，还没说两句就把电话给挂断了，这哪儿是把付家人放在眼里！不行，我得给姐去个电话问问！"

付钢说着就当刘嫂面儿拨通电话，可半天电话没人接听，使得刘嫂紧张起来。

"这会儿才10点钟，咋会没人接电话？"

刘嫂又慌忙朝屋里喊：

"她爹呀，你快把娃儿家里的电话号码拿出来，给钢钢看看。"

付有望的回应声从里屋传出：

"咋啦，这么晚了，钢找她做啥？"

他边说边拿着翻好页码的小本子走出来，借客厅里的灯光念道：

"……220981。"

刘嫂和付钢一对照，电话号码没错。

付钢接着又拨打过去，仍然没人接听，使得刘嫂惊叫起来：

"啊呀，咋会没人接听！？"

"她就不能上她婆子那儿去？一惊一乍个啥嘞？"

付有望不满地瞪了刘嫂一眼，暗示她不要在付钢面前露出自己家的秘密。他训斥完刘嫂，又钻进卧室里。

很快卧室里电视机的声音被调大，传出电视连续剧《亮剑》里李幼斌的声音……

刘嫂明白男人这是故意让她进去，她也只好撇下付钢，默不作声地钻进卧室。

付钢独自站在客厅，连续重拨好几次号码，对方电话都异乎寻常的没人接听。他心里很是焦急，为付雪放心不下，但见二老又不愿意在自己面前披露某种秘密，只好推门儿到里屋和叔、婶告别。

七十七

走出门外。他身后，刘嫂跟出大门，倚着门栏喊：

"钢钢，你姐离婆子家挨得近，八成一家人去了那里，你就别担她的心了，回去睡吧。"

"欸，婶，那我回去了。"

付钢知道婶劝慰他的同时也在劝慰她自己，知道这族里的长辈们家家要面子，才不敢把自家大大小小的事儿传出去，所以他对自己单相思的恋人，更是放心不下了。

"雪，你真的是去你婆子家住了？可白天还……不行，我得去证实一下！"

七十八

付钢想着立即行动起来，为了不让家里人担心就回家对付喜旺撒谎说：

"爹，城里同学有急事儿，现在赶去……晚上可能回来很晚……"

付喜旺对儿子很信任，也很放心，不仅没有阻拦，还把摩托车钥匙掏出来递给他，并叮嘱着：

"去吧，给你留门儿。天黑，路上骑慢点儿。"

"欸，放心吧，爹！"

付钢接过钥匙，心里却一点也高兴不起来。

他怕见到付雪会冲动，会说出自己内心的秘密，于是他犹豫着放慢推车的速度。

七十九

从他家门口把车推上公路只需两分钟，除非他改变主意，不然站在路旁发呆，会让家人看见。他看了一眼前方公路上无际的黑暗，耳边又响起下午电话里那女人刻薄的叫嚷声：

"你是谁呀？苏赫不在家！"

"我是谁？我是你大爷！哼，想欺负人，没那么容易！雪……等着我！"

他恼怒地跨上摩托车，戴好头盔和手套，发动油门，一溜烟就消失在黑夜里，留下那摩托车特有的"嘟嘟"声儿，响彻夜空。

八十

初夏的夜微风徐徐，虫啾四起，月光如水，又犹如银色透明的雾霭倾洒下来，使世间万物朦朦胧胧的。这黑白的色调，犹如孩童手中把玩儿的黑白积木，静谧地摆放在大地上。

追随付钢飞驰出的摩托车。

高空俯瞰，能看到他在飘带般银灰色的公路上疾速向前。

低处看，车疾速的冲力使温柔的风变得强劲有力，气势汹汹地朝他迎面猛烈吹击，似乎要将他连人带车一起掀翻。这毕竟是人驾驭车的时代，也是人敢于挑战自我极限的时代，他简直把这种猛烈，当作一种飘与飞的享受……

忽然，在车灯的变化下，他像雁儿般轻飘着俯冲下一座小桥的陡坡，很快又俯冲了上来，犹如俯冲出了大海的巨浪区，再掠过一道弯路，才放平双臂笔直飞驰。两旁的树和房屋如同黑色剪影，在他视线的余光中向后闪过。

他目不转睛地看着前方，在车灯的扫射下，那马路仿佛就是风浪中的江面，凹凸不平，犹遇激流险滩。可他毫不畏惧在这黑暗中孤行，也毫不在意这一段段的颠簸或是险弯、陡坡。

疾速，只有疾速才能快点到达目的地，去实现他做男人的唯一念头就是"保护好自己爱的女人"。他不顾一切地加速，马力表的指针迅速划过80码……90码……100码……120码。他车技娴熟，毫不亚于在电视中所见飙车族的身手。

就在他飙过一个个十字路口，掠过一道道险弯，来到城乡结合处的十字路口，就快接近县城时，左侧开来一辆大货车，车速很快。由于那里夜晚没有红绿灯，再加之岔路处有房屋遮挡视线，两车在相互不知情的情况下，飞速而来。

……近了，再近了，当两车主发现时，都惊慌失措，已来不及躲让，只听见刺耳的刹车声，霎时间划破静寂的夜空，直到大货车滑出10多米后，才强制性刹住车。可当司机探出头来向后查看时，付钢的摩托车早已飙出很远。那司机抹了一把额头冷汗，望着隐匿在黑暗里，尔后消失的摩托车，推开车门跳了下来：

"今天是遇见鬼了。"

他骂完后，两腿瘫软地坐在地上，从衣兜里掏出香烟，颤抖着双手点燃。

八十一

付钢此时已驱车冲出黑夜,暴露在县城里的街灯下。

他放慢了速度,才让人看清他胯下的是一辆带有很厚灰尘的红色125型摩托车。刚才的险情也令他后怕不已。只因他反应快才逃过此劫,如果在那千钧一发时刻,他采取刹车或是稍稍犹豫一下,都有可能葬身于大货车下,可他选择了一搏,猛加油门,冲了过去。

这会儿他的手也在颤抖,马力表上的指针也在迅速下降,最后停在40码上。

但车还是很快载他来到付雪家楼下。

他跨下车,取下头盔,深吹了口气,才转身向楼内走去。

八十二

二楼付雪家的门紧锁着,付钢反复地摁门铃,也不见有人理会。他毕竟学的是法律专业,知道对一个事件的调查与取证的方法,心想:

"我怎么不问问他的邻居?或许能给我提供有价值的信息,……对,试试看。"

于是就果断转身按响隔壁家门铃。

门儿被刘三打开,付钢抢先礼貌地说:

"对不起,打扰了。我是你隔壁家的亲戚,刚按了半天门铃,没人开……"

"隔壁今儿下午搬家了,你到洪城门去找吧。"

"搬家?哦,谢谢,谢谢!"

付钢下午听付雪说过苏赫在搬家,现在他邻居也证实这一点,心里的疑虑总算打消,可很快又被得不到所爱的人而伤感难过起来。

刘三见他垂头丧气样儿,问:

"你是男家亲戚,还是女家亲戚?"

"噢,是女家亲戚。——谢谢了,我这就去洪城门。"

"别去了!那女的昨晚上都被打跑了,今儿,肯定不在那边儿。"

刘三停顿了一下,上下打量着付钢,见他手中拿有摩托车帽,懒懒地打了个哈欠又说:

"……你有摩托车,还是回去吧。我看这女的一走,家都让人给搬空了，八成是闹到要离婚份上。"

"不会的，大哥，我姐说过今天搬家，而且是搬上海住。再说夫妻吵架也是常有的事儿……哦，对了，你进屋休息去吧，不打扰了。"

付钢说完转身下了楼。

他对这邻居的乱猜测很不满意，但也不排斥"是萝卜就有根，是话就有因"的说法，顿时对付雪担心的情绪又猛然冲了回来。

"不行，我今天非要见到雪不可！"

付钢想到此，心里异样地激动，已把刚才发生险情的后怕感，很快替换成了对付雪的思念。这不，他跨上摩托车，依旧又飞驰了出去。

八十三

苏赫在洪城门的家付钢去过，是在付雪婚前。当时付雪为了感激苏赫帮自己解决工作之事儿，常主动下班后来帮苏母做家务事。那时，付钢刚参加完高考，在家等通知，闲得没事儿，就用摩托车来接付雪回家。

苏家人对付钢还算客气，就是苏母对付雪不满，爱挑一些生活上的小细节问题，然后专门儿唉声叹气地在付钢面前抱怨不休：

"哎呀，付雪做的菜真难吃，总是放大葱、大蒜呀。你告诉她，以后不要放那些东西，我们都快被熏死了！"

"……还有，她爱用洗衣机洗衣服，再这样下去，我这好的衣服都会让她给搅坏了！人家都说农村人懂得节省，我看她，分明就不懂得节省持家！不懂持家的人，就贤惠不到哪儿去！"

付钢每当听到这抱怨，心里很不是滋味。他讨厌苏母挑三拣四、说些尖酸刻薄话儿；讨厌苏父总是口口是理儿、条条是道儿的说教他人，自己却唯我独尊、表里不一；讨厌苏赫是个懦弱孝顺的乖乖儿，总是听顺父母的言语：一遇到苏母用语言攻击付雪时，他总是躲在一边投入地玩儿电脑游戏。

付钢看不惯，也就不愿再踏进苏家门儿，可付雪和苏赫两人，已背着苏母私下领取结婚证后，才公开。为此苏母和儿子大闹了一场，此风波正好让付钢碰见，付雪要付钢对家人里保密，所以付家人直到现在也不知情。

他很同情付雪，同时也发现她有外刚内柔的个性和仁慈、豁达的胸怀。他也就是在这时开始暗恋她的，可又无能为力去阻止这场不和谐的婚姻。

婚期降至,他痛苦不堪,好在没过多久,就接到省城大学寄来的录取通知书。他带着初恋的苦涩,早早入住进了大学校园里,但这地方还是给他留下痛苦或难忘的回忆。

这会儿付钢的摩托车已开到苏赫家的楼下,那熟悉的环境又勾起他对付雪的思念,突然耳边响起那场风波中苏母尖酸刻薄的话语:

"你以为背着我,拿了结婚证,就一定是我们苏家的人吗?我不同意,你就别想踏进苏家门儿!——哼,不过,想来也可以,那就要看你娘家拿不拿得出一万元陪嫁钱了!否则,即使你们结了婚,我也会让你在30岁40岁回老家守寡!哈哈,那时你人老珠黄,再加上你给我们苏家养大一个孙子,想想你有多亏!所以,我奉劝你——明天就去把离婚手续给我办了!"

"妈,是不是拿一万元钱来,就能接受我这个媳妇了?"

"别叫我妈,你现在还不配!——俗话说:龙配龙,凤配凤!嫁、娶都要看个门当户对,可你哪一样能比得上我儿子?户口、工作、学历、年龄、长相,我样样不喜欢!还有你家里人,更是让我讨厌!——这点钱,就算是给你们自己将来买房的筹资吧,省得我们苏家亏得太多!"

"谢谢妈……替我们想这么远,只要能和睦相处,我会照您说的去做的。"

"拿了钱来,也别以为我就接受了你,我是看在我儿子的分上!"

"……我知道。"

付雪的忍让态度让付钢震惊得从回忆中觉醒来,他无奈地朝楼梯口走去,可这每一节楼梯都是那样的高不可攀,他迈着沉重的步子,再次沉浸于回忆之中:

"钢钢,姐求你……别把刚才看见的事儿说出去,行吗?"

"不说咋行呀!一万块,一万块从哪里来?姐,我真是搞不懂,你为什么要忍让!苏赫哪一点好?我哪一点比不上他了?"

"……你说这话,姐不怪你,等你长大了,自然就会明白爱情是什么东西。你在姐心中,永远都是最好的弟弟。这次姐还需要你帮忙保守这个秘密。钱,我先向同事借了再说。可事儿,千万不能让族里人知道,要说出去了……以后……你叔、婶还怎么在族里做人?再说,苏赫对我说过,他妈是刀子嘴豆腐心,只要我和他结婚办了酒,他妈就会对我好的!"

"姐,你放心吧,我不会给任何人说的!可你为什么要顾及面子呢?那样岂不是活得很累吗?我不怕,将来我就要为自己活着!"

"你能敢于追求自己的幸福,姐为你高兴,不过,社会是个大家庭,有很多事或人都有可能和我们所追求的幸福息息相关,重要的是怎样去解决和处理好两者之间所存在的矛盾。这事儿说起来容易,可做起来难,等你成家了,会明白的。"

"我才比你小三岁,你老是说我小小小的,我都感到自卑了!"

"好了,有什么好自卑的?在姐眼里,没出社会的学生,永远都是不成熟的群体。"

"不成熟的群体?"

付钢怔了一下从回忆中醒来,然后又激动地自言自语道:

"雪,我现在不是学生了!我已大学毕业在一家法院工作,而且还考了律师格证书!……我来了,我可以来保护你了!"

他边说边疾步踏上楼梯。

八十四

此时,五楼苏家的屋里,自苏赫吃完夜宵,肚子很饱,看完电脑里下载的片子,就来阳台走走。

他身后父母的卧房里,苏父被苏母吵醒后一直没睡意,就和苏母商谈起儿子走后,那空房子怎么处置的事儿。

苏赫在阳台听到一些,推门走了进来。

苏母继续在说:

"……房子空着也是空着,出租出去,还能收点钱。"

"也好,儿子以后回来,还能有个落脚地儿。"

苏父赞同老伴的意见。

可苏赫觉得留下来是在羞辱自己的能力,坚持反对说:

"爸,妈,以后有钱就在上海买房子,谁还会回来住?你们还是把它卖了吧。"

苏父说:"儿子,卖了也没几个钱,就留着增值,等你在上海买房时,再卖也不迟。"

"是呀,儿子,那房子的户主是你爸的,她付雪要是现在和你闹离婚……我前几天问过律师事务所的人,他们说,户主不是你名字,她一分钱也拿不到呢,我早替你做了准备,你就放心吧!"

"那房子买时,付雪也出了钱,这你是知道的。"苏赫提示说。

"有啥了不起的,房子一共6万元,那剩余的5万元,可是你自己的工资一点点积攒出来的。她不过出了零头的零头,再说,她在里面也住了几年,新房让她住成了旧房。不算折旧费,那每月200元房租费,再加上物业管理费,等等,她的一万元早让她自己花光了,你还为她说话!"

"她不是每月都给我们100元,还常买东西补贴家用吗?能对我们好,我看就算了,老婆子。"苏父也劝说。

"那还不都是我儿子的钱,我凭啥要领她的情?"

"妈,她也有工资……"

"别说了,提到她,我心里就犯堵!反正外人就是外人,谁也改变不了这个事实!"

苏母越听儿子护着付雪说话,心里就越气愤,正在这时门铃响了。

"这么晚了,谁会来摁门铃?"苏父有些惊讶。

三人面面相觑。

苏赫谨慎地借用猫眼向外看:圆形缩小的猫眼外,显现出付钢变形后矮小的身影。

"是付钢。"

苏赫边说边拉开门儿,苏父、苏母也跟着走了出来。

付钢没有进屋,在门口对苏赫说:

"你把我姐叫出来,我有话要跟她说。"

苏母气愤地说:

"哼,她付家人还真有本事,能想出反咬一口,向我们要人了?"

"妈,先别生气,把事情问问清楚再说。"

付钢的话让苏赫感到惊讶,就制止住苏母的话。

他把付钢让进家里,也可以说依然是站在门口,只不过是换在了门内站着。

"你姐对我妈不好,昨晚骂了她几句,她就带奇奇跑了。——对了,你中午打电话还说你姐在你身边的,怎么这会儿又跑来找人了?"

"她在傍晚时已带奇奇回城了，可我朝你家打过好几次电话，没人接，才赶这儿来……"

苏母冷笑着：

"哼哼，真让我给猜中了。难怪那个叫郦海的三番两次来管闲事，原来他们早勾结在一起！"

"伯母，请你说话放尊重一点！"

"尊重她？你要我尊重一个让我儿子戴'绿帽子'的坏女人吗？——休想！"

"你说这话可是要讲证据的，随便诬蔑，是犯罪行为！我真不知，你在你儿子面前捕风捉影、搬弄你儿媳妇是非，是什么意思？不过，我不怕你，像你这样蛮横不讲理的婆子，我见多了！"

"出去！滚出去！我蛮横，那老子今儿就蛮横给你看看！"

苏母泼妇般叫骂着，将付钢推出家门。

苏父父子怕惊扰邻居，急忙拉苏母进屋。

苏父说："老婆子，小声点呀。"

苏赫怎能容忍一个外人这样对自己的母亲训斥与吼叫？因此，常会做出不分是非对错的应急反应，来维护母亲尊严，于是也朝付钢吼道：

"证据？你付家在这儿有亲戚吗？她彻夜不归，难道就不是证据！？"

"可她有朋友，有同事！——我相信，不管谁知道她有你这样的老公，他们都会为她感到不值！"

"……你听着，她在这没有女朋友，而且男朋友也只有一个叫郦海的，你说她会在哪儿？你说让我'戴绿帽子'，我就值吗？你说呀！？"

"不可能，这不可能！我了解雪，她绝不会做出背叛丈夫的事儿！"

"'雪'，哼，这是你叫的吗？你不过是她表弟，我做老公的都不了解她，你能了解她什么？你给我滚，别在我家门口撒野！"

苏赫说完，一挥手就把付钢推出去，关在了门外。

八十五

楼梯上，每层的感应灯都在随付钢急促下楼的脚步声忽亮忽灭。

他冲出楼栋，来到停放摩托车的位子，跨上车，猛加油门儿开出居民楼区，上了明亮寂静的大马路后，才减慢车速。

他没戴头盔,在东张西望地四处寻找,凡是看到有人影晃动的地方,都会把车开过去看个清楚,可他心里明白这是徒劳的举措。

"我真没用,不仅没有见到雪,还让人怀疑、侮辱她的人格!——雪,你在哪里?难道真的和那个郧海在一起吗?"

"对,郧海!"

他想起了什么!突然将车子刹住,拿出手机翻找上面的去电号码,终于有一个自己不熟悉的手机号码出现在眼前,使他眼睛一亮,重拨了过去。

这号码确实是郧海的手机,可惜没人接听。

八十六

自郧海逃离老榕树下,一路上不断地自责,回到家中,妻子雅芬看出他细微的表情变化,暗自醋意浓浓,正好看了白天在地摊上买回的《金瓶梅》书籍,里面有些对成人游戏的描述令她想跃跃欲试。

男人内心其实是很脆弱的,他在别的女人那受到伤害,得不到满足,就一定会在另一个女人那儿得到慰藉。一次狂冲乱撞之后,他精疲力竭,这会儿他正抱着雅芬满足地入睡。枕头边的手机连续响着,吵得他翻转了一个身,伸手摸到手机,闭着眼儿就把手机给关掉了,继而又侧身睡去。

八十七

路边,付钢跨在摩托车上,听到耳边手机里传出挂断的忙音,失望地关掉手机。他顿时茫然地仰天长叹,可夜空繁星密布,圆月也不知何时已隐入云中,像害羞的少女般若隐若现。他完全失去了欣赏它们的心情,只有悲酸感袭来,令他泪眼模糊:

"雪,我不相信苏赫这王八蛋的话,可你能不能让老天告诉我,你现在在哪里呀?"

"唉……"他重重地打了自己一耳光,"都怪我中午喝酒太多,不然,雪就不会回来!……我怎么连自己心爱的人都保护不了呢?"

"怎么办?明天苏家人肯定会闹到付家寨去!不行,我要在这儿等天亮,找到付雪,帮她证明清白!"

他自言自语着,又重新发动车子。

回到付雪家的楼下,他把车熄掉火后,坐在杨婆等付雪时曾坐过的地方,等待。

八十八

月亮可以偷窥月色下一切人与物的秘密，却难以揣测屋内难眠人的心思。此时，在离付钢不远处的杨婆家里，付雪躺在床上辗转难眠，不久呆滞的目光把她带入了一场回忆之中：

"雪，我会给你爱……给你快乐……给你无比的快乐……让你一辈子做天下最幸福的女人！"

郧海呓语着，抚摸着，快速把嘴凑了过去。

"唔……唔……，别这样……郧海……郧海！"她挣扎着，从他怀里挣脱出来，气喘吁吁地，"够了，我们是好朋友，但不是情人！"

"雪，难道我配不上做你的情人？我暗恋你几年，可知道我的感受，你也太狠心了……！"

"你有孩子，我也有孩子，……你就给我俩关系重新定个位吧！以后还可以来往。"

"正因为我们都有孩子，才把关系定在做情人的份上，这样才不会影响到双方原有的婚姻家庭嘛！"

"可我们做好朋友更合适！"

"好朋友？男女之间怎么会有好朋友？雪，我就喜欢你这单纯劲儿。你想想看——男女之间，喜欢是爱的基础，有了这爱的基础能不让男人想入非非？再说，那苏赫一家也没把你当回事儿，你又何必为他独守贞节……？"

郧海说着，再次激动地猛然上前想要抱住付雪。这次她有准备，向后快速退了一步，让他扑了空。

"……够了！"她厉声喝道，"请不要破坏你在我心中至高无上的形象！"

"在爱面前本来就没有形象，没有尊严，只有快乐与享受！不懂调情，也难怪苏赫会变心！"

"我的家事儿，用不着你管！"付雪说完，伤心地冲进了屋。

"啥？你等等，付雪，明天还……"

"明天！"

付雪恍惚着从回忆中醒来，她抱紧自己的胳膊，似乎不会再让任何男人碰自己似的，紧紧将自己保护起来，眼里露出宽容、坚定的目光。

"用不着你管,郧海!明天,我自己会回去!"

八十九

黎明的天空总是洁净得像一张浅蓝色的纸,没有一片云。

付雪家楼下的街道上到处是暮色与寂静。

阵阵江风凉爽地吹来,吹进付钢的衣领。他疲倦地趴在自己膝盖上熟睡着。这是在江边儿,初夏的风里还是带有几分凉意,使他本能地缩了缩脖子。

九十

在他身后不远处,老街上杨婆家中。付雪和杨婆已经起来在磨昨晚泡好的黄豆。

"……吱呀……吱呀……"的声音细小而清脆,穿透着木门儿传出很远。

小豆房里,热气腾腾。

一只大型桶状不锈钢锅,敞开着盖儿,架在煤炉上,正向外冒着滚滚白烟。一股淡淡的豆腥味儿,随着乳白色的豆浆在锅内翻滚的次数,而慢慢转变为浓浓的豆香弥漫开去。

杨婆在一边儿擦洗着两只大木桶,然后将烧好的豆浆倒入一只桶里,上盖。

这桶就是她挑着出门卖豆浆的工具。现在还需把另一桶装满,就可以出门了。

杨婆看了看付雪身边盆中泡好的黄豆,剩下一把之多,就暂时让炉火上空着烧,自己去拿了袋白糖往刚出锅的豆浆桶里加。

杨婆身后,是用青石做成的小型石磨,付雪坐在旁边,一只手在往石磨眼儿里添加泡好的黄豆和适量的水;另一只手在转动小磨盘。每转动一圈,磨盘下都会从缝隙向外流出白色的豆汁儿,豆汁儿汇入磨槽,再顺槽口流入地上的大瓷盆中。

盆满了,黄豆也磨完了。付雪替杨婆把豆浆倒在纱布网里过滤,然后又把过滤好的豆汁倒入锅中、上炉。直到烧好,装满了另一只木桶。整个过程,两人都是在沉默与默契中进行。

一切准备就绪,该出门了。杨婆把扁担勾挂在桶把儿上。

扁担上肩后,杨婆对付雪叮嘱道:

"你歇着,等娃儿醒了,一起出来吃早饭吧。"

"婆,我帮你挑去。"

"昨天早上,你婆婆在那里散布谣言,你去了,还不得让人指指点点的!"

"没关系,我能承受。"

"可我不能见你无缘无故地……遭人唾骂!"

杨婆说着就跨步迈出门槛。

付雪感激地目送着她蹒跚的身影,直到没入木墙的后面。

九十一

付雪转身走向奇奇,奇奇还在熟睡之中。

她沿着床边儿坐下,俯下身去,用手指轻轻替他梳捋前额的头发,他似乎感受到了这种爱抚,在梦中吮吸着小嘴儿,并发出"嘬嘬"的响声儿。这"嘬嘬"声是奇奇在婴儿期的语言,和她交流的对话方式。

她痛惜地一笑,这噘起的小嘴突然使她联想到苏赫噘嘴的样子,5年前,那让她迷失的一晚仿佛又出现在眼前:

那是在一个平常的夏日傍晚,苏赫和往常一样来付雪的单身宿舍陪她一起做饭。付雪辫着一对小辫子,在门口的公用水池上洗菜,苏赫在用电饭煲和电炉掌勺、做饭。不一会儿电饭煲的锅盖"噗噗"冒出热气,两菜一汤也就摆上了凳子支成的简易小餐桌。

这时,苏赫去掉腰间的围裙,激动地拉住付雪到床边坐下。

"来,亲一个,我就给你看一个礼物。"

苏赫神秘地把手攥紧了,藏在背后,扬起脸儿、噘着嘴等待付雪来亲吻。她羞怯地犹豫半天,最后把手指伸了过去,轻轻在他嘴上一碰,便慢慢收回,苏赫闻到她手上护手霜香味儿,但依然不动神色地微笑着,突然,猛地睁开眼睛去抓那只手:

"嗬,你想骗我呀?"

"啊!"

那只手迅速地缩回。付雪像受到了惊吓,迅速纵身逃离床边儿。

"好呀,想逃出我的'魔掌'!抓住了,非把你'吃'了不可!"

苏赫嬉笑着,说着向付雪追去。

由于这宿舍是一间小房子,两人在围着小餐桌嬉闹着转悠。

"来呀,来呀,抓我呀!"

付雪机灵地跑着,还不停用凳子给对方制造障碍,就在两人接近筋疲力尽时,付雪的衣裙挂住了小餐桌的一角,她只好停下脚步,苏赫乘机上前一把抱住了她:

"怎样?我的'小兔',蹦不动了吧?"

这时她已取下被挂在桌角的衣裙,用力想掰开苏赫紧扣在她腰间的手。

"还想蹦呀?"

他说着把她抱到床边儿,使劲地让两人同时倒在床上。

他疲惫地松开手,幸福地说:

"猜我给你带什么来了?"

她摇摇头,翻过身来看着他,眼睛里充满晶亮的光。

苏赫不再说话,他慎重地坐起身,掏出小盒子打开,一枚雕有雪花图案的金戒指呈现在付雪眼前:

"呀!好漂亮!"

"是专门给你打制的。来,我给你戴上!"

"不行,你妈还没不同意我们!"

"别怕我妈,你将来是跟我过,又不是跟我妈过。再说,我妈这人刀子嘴豆腐心,一辈子和我爸不合,到头来,还不是对我爸无微不至地关心、照顾?"

"不知道为什么,我一见你妈……心里就慌。"

"有啥好慌的,我是我妈的宝贝儿子,只要你是真心爱我,她还不得全依我!"

"我尽量用爱心去感化你妈,让她接受我这个乡下媳妇!"

"太好了,我就知道我没找错人!等我们拿了结婚证,就搬出这个地方到我家去住。——我妈这人很要强,凡事都得顺着她的意,你能行吗?"

"我试试看吧,爱屋及乌,谁要我爱上你呢。"

"太好了,雪,你真好!"

他说着激动地抚摸着她的手,这触感使双方都怦然心跳。

俩人对视着，相互欣赏着对方的眼睛……脸颊……眉毛……鼻子……继而彼此慢慢挨近，闭上眼睛，让湿润的双唇相碰……

"……哎呀……"

九十二

付雪从这惊叫中醒来，她下意识地夹紧双腿，仿佛还感受得到某种撕裂的疼痛，但看到熟睡中聪明可爱的儿子，她情绪很快又恢复正常，两腿也慢慢放松了下来。她微笑着又进入下一个回忆之中：

在苏赫家的楼下，苏赫忧心忡忡地对她叮嘱道：

"雪，我已背着父母和你领了结婚证，先斩后奏，我怕我父母会伤心。一会儿见到他们，不管他们说什么，为了我们俩未出世的儿子……你可要给我忍住了！"

"我已经是你的人了，就听你安排吧。"

"那我可要叫你老婆了？"

"爱叫啥……叫啥……儿子都给你怀了一个多月，我是想变也变不了了。你要是敢变……我也不饶你！"

"变不了就好！……哈哈……老婆，我们快回家吧！"

九十三

苏赫幸福地拉着付雪上楼，回到家中，向父母说了拿结婚证的事儿，没想到苏母听完操起鸡毛掸子向苏赫打来：

"我打死你这个不孝子！——你长大了，翅膀硬了是吧？结婚证你都敢背着我们拿？根本就没有把我这个老娘放在眼里！"

苏赫没有躲，苏母一下下"重重"地打下去，他疼得直咬牙，但苏母发疯似的还在不停地边打边骂：

"……不打死你！我就打死我自己！"

"够了！老婆子，你打死他有什么用？他已经铁了心跟这女人过一辈子，难道你非要闹个家破人亡？"

"对不起爸，妈！你们要骂，骂我吧！"

此时，苏母假装听不进任何人的劝说，依然不停抽打，并厉声朝付雪骂道：

"不要脸的女人，狐狸精！我教训儿子！这儿，还轮不到你说话！——你心疼他是不是？心疼他，你就应该马上滚出去！"

付雪顾不上苏母的辱骂，心痛地看着苏赫，毫不犹豫冲过去用身体保护他，替他挡住了的几棍。

"别打付雪，她怀了我的孩子！"

付雪突然挺身而出，令苏赫感动，同时，也怕暴露苏母试探付雪是否对自己真心所上演的苦肉计。因此苏赫咆哮着抓住苏母手中的鸡毛掸子，可当看到苏母惊呆的表情，却又深深地感到自责与内疚：

"妈，您别生气了。要打打我，可千万别把您孙子给打了！"

苏父一听有孙子了，也赶忙劝道：

"是呀，老婆子，都有孙子了，打也没用。我看还是饶了他们吧！"

"孙子，想拿孙子来威胁我，是不是？"

苏母这下真正发泼起来，假戏真做重重打了下苏赫。因为，她内心里感觉，不管付雪怎么做，就是不愿接受这个乡下媳妇，所以，她打完，还很愤怒地指着苏赫吼道：

"你以为你那点小伎俩，在我面前就能混过去？"

"这是真的，妈！我昨天陪她去看的医生，你看这儿有化验单。"

苏赫没想到苏母会一发不可收拾，就慌忙掏出身上装的化验单。

"我不看，只要她能答应——保证给我们苏家生个孙子，我就同意你们结婚！"

"妈，这？"

"这啥这？这点要求都不能满足，我还答应她干吗？再说了，现在医院里有B超，我就不信超不出个孙子！"

"那要等婴儿长到七八个月，才能分辨出男女！"

"我不管！我能做出让步，她就不能为我牺牲一点？"

"妈，我答应，一定给您生个孙子。"付雪果断地说。

"付雪，你怎么能保证呢？"

"苏家就你一个独子，需要传宗接代，我应该给苏家添个孙子。"

付雪想着苏赫刚才为自己挨打痛苦的样子，心里很感激，也很心痛！因此又接着说：

"妈……她老人家说得对——她都能做出让步，我为什么就不能为她牺牲一点,更何况这种牺牲,还是为了我们共同的幸福!"

"好了!别在我面前演戏,要演到你们自己房间去!"

"妈,你答应了?"苏赫欣喜起来。

"是呀,你妈答应了。"

苏父无奈地叹了口气。

苏赫和付雪两人惊喜不已,异口同声地喊道:

"谢谢妈!"

可苏母并没有转过身,背对着他们用冷冷的声音反问道:

"我答应什么了?"

"妈,我会做个好媳妇!"

付雪正说着,客厅的大门被敲响。

苏父去开门后,付钢走了进来,可苏母毫不顾及地继续说道:

"你以为背着我,拿了结婚证,就一定是我们苏家的人吗?我不同意,你就别想踏进苏家门儿!——哼,不过,想来也可以,那就要看你娘家拿不拿得出一万元陪嫁钱了!否则,即使你们结了婚,我也会让你在30岁40岁回老家守寡!哈哈,那时你人老珠黄,再加上你给我们苏家养大一个孙子,想想你有多亏!所以,我奉劝你——明天就去把离婚手续给我办了!"

这话激怒付钢,他在门口早已攥紧拳头,只是不敢发作,只好去拉付雪,要她离开。可她不仅不走,没想到还说出让付钢感到要向外喷血的话来:

"妈,是不是拿一万元钱来,就能接受我这个媳妇了?"

"别叫我妈,你现在还不配!俗话说——龙配龙,凤配凤。嫁、娶都要看个门当户对!可你哪一样能比得上我儿子?户口、工作、学历、年龄、长相,我样样不喜欢!还有你家里人,更是让我讨厌!——这点钱就算是给你们自己将来买房的筹资吧,省得我们苏家亏空太多!"

"谢谢妈……替我们想这么远,只要能和睦相处,我会照您说的去做的。"

"拿了钱来,也别以为我就接受了你!我是看在我儿子的份儿上,才……"

"我知道……"

付钢实在忍无可忍就悻悻地冲出了苏家大门"噔噔"向楼下跑去……

"钢钢，钢钢！"

付雪呼叫着，被激动的情绪从回忆中给拉了回来，她的声音吵醒了奇奇。

奇奇睡眼惺忪的坐起来：

"妈妈，我听到你在喊舅舅的名字，舅舅在哪儿？"

奇奇揉了揉眼睛，四下里看看，感到很陌生，又问：

"这是在杨奶奶家吗？我们怎么不回家？妈妈，我想爸爸了。"

"哦，我们这就回家找爸爸去！"

付雪给奇奇穿了鞋子。

锁上木门儿后，拿着钥匙对奇奇说：

"我们现在，先把钥匙给杨奶奶送去，然后才能回家。"

"嗯。"奇奇懂事儿地点着头。

两人朝杨婆摆摊儿的地方走去。

九十四

清早，街道上行人已经开始熙熙攘攘，车水马龙。

杨婆的豆浆摊前，顾客络绎不绝。她的两桶豆浆，一桶已经卖光，另一桶还剩小半桶，可她仍然还在大声吆喝着：

"豆浆……豆浆……新鲜豆浆嘞……"

与她并排卖早点的仍有刘玉梅，和昨天早上那些说三道四的摊主们。他们个个忙着自己的早点生意，今天好像都没有再提及苏家人的事儿。

在他们背后，付雪家的楼栋口，付钢坐立不安地等待在那里，由于一晚没睡觉，人显得疲惫不堪。正当他抬头往二楼看时，刘三拿着个大碗，从楼栋内走了出来。

刘三一眼就认出付钢来，惊讶之中，上下打量着他：

"唉！你咋又来了？"

"噢，我随便来这儿看看。洪城门……我已经去过了，谢谢你。"

"这样呀，那你随便看吧，我打豆浆去了。"

九十五

这时，付雪拉着奇奇随人流走出老街，很快来到杨婆面前。

她把钥匙交给了杨婆，要离开。杨婆拉住奇奇，要她们母子喝了豆浆再走。她只好接过杨婆递来的豆浆，站在旁边和奇奇两人喝了起来。

九十六

刘三朝杨婆走来,看到付雪母子这么早出现在豆浆摊前,心里感到奇怪。他从不主动和付雪说话的,出于同情,今天头回主动开了口,但这开口说出来的话儿,让人搞不清是在挖苦,还是讽刺,总之听起来别扭:

"哟,这不是那对门嘛。昨天刚搬走,今天……咋就又回来了?"

"杨婆的豆浆好喝,你不也每天都来喝吗?"付雪冷淡地回答。

"……那是,那是。"

刘三赔着笑脸,自感没趣,但他没有恶意,怪自己不会说话,于是不再作声,沉默着看杨婆给自己从桶里舀豆浆。

豆浆装了满满一碗,他付过钱转身时,似乎才想好要说的话似的,小心翼翼地又开了口:

"难怪……刚才……你亲戚在你家楼下,说是没事儿来看看,原来是在等你……"

"亲戚?"

付雪赶忙朝楼下望去,果然看见付钢踱来踱去的身影。她急忙放下碗,拉奇奇走了过去。

"舅舅!舅舅!"

奇奇还没走近付钢,就边跑边大声叫了起来。

"奇奇!舅舅可把你娘俩给等回来了!"

"钢钢,你这么早……来这儿,是家里出什么事儿了吗?"

"家里很好,是你自己出了事儿!——走,先去吃了饭再说!"

付钢怕奇奇听到大人的一些事情不好,就收住后面的话。

他抱着奇奇和付雪来到一家有桌子的早点摊上,给奇奇买了卤鸡蛋,然后又买了两份汤面坐下。

他们坐的地方离刘玉梅的摊子相隔不远,当然一举一动都能看清,但早点摊主们都很懂得经商,绝不会当客人的面儿去议论她们的是非。刘玉梅反而还热情地上前去问他们:

"小兄弟,吃不吃油条?"

"好,来两根。"

付钢一接话,刘玉梅得寸进尺,又问:

"瞧这小朋友，蛮可爱的。你是他叔叔呀，还是他舅舅？"

"舅舅。"

"好、好，你们慢吃，我马上把油条送来！"

刘玉梅说完笑呵呵地走开。

刘玉梅怎能不问呢？除了天生爱管闲事儿外，昨天中午还向苏家人夸过海口，今天能得以实现，这证明了她有判断或处理事务的能力与经验。同时，帮苏家人解决了难题，自己的亲弟弟就有望到上海去工作了。她越想，心里越高兴，甚至有些得意忘形地小声向其他的摊主们吹嘘着：

"回来了，我说她今天回来，就一定能回来！是叫她弟弟给送回来了。咋样？我没说错吧？"

听到她说话的摊主们正忙着手中生意，并没像她那样激动，最多"哦"一声表示听到了，这很扫她的兴。确实这城里不同乡下——人跟人不相互认识，谁爱管谁家的闲事儿干吗呀？可这闲事儿，跟刘玉梅有点关系，也只有她自己知道，所以别人扫了她的兴致，她也不在乎，很快又恢复了平静心情。

她把油条给付钢送了过去，收了钱，把摊子交给自己男人照看，然后骑个自行车就匆匆离开了。

九十七

小摊子前，付钢和奇奇说笑着，付钢挑了碗里的汤面，吹了吹喂进奇奇嘴里，那亲密劲儿很容易让人误认为他们是父子。不一会儿，奇奇闹着要吃鸡蛋了，付钢又忙着给他剥去鸡蛋壳，见他埋头吃得正香，忍不住才找空儿对付雪压低了声音说：

"昨晚你没回去，苏赫怀疑你跟郎海……唉，反正我得送你回去，给你做证。"

"什么？谁要你昨晚去找他们了？我昨晚在杨婆家！"

她焦急地指了一下不远处的杨婆。

杨婆卖完了豆浆，正在收拾摊子准备离开，见付雪望着自己，就点头笑了笑，然后挑上担子离开。

付钢收回目光接着说：

"我相信你，可苏赫他们不会，我一直等在你家楼下，就是要帮你澄清事实!"

"越来越复杂了,我有什么见不得人的事儿,非要你来澄清?"

"姐,别老迁就他们,……跟他离了,我照顾你和奇奇一辈子!"

"……你回去吧,只要不让家里人知道就行!"

付雪说着起身,并让奇奇对舅舅说再见,然后拦了一辆三轮车坐上:

"师傅,去洪城门。"

付钢没能拦住这母子,只能失望地目送他们渐远的背影。

九十八

洪城门某居民小区里,苏赫刚起床,独自站在阳台上思忖着:

"她不可能背叛我,再说,有儿子跟在一起,问问儿子就知道了。小孩嘴里无假话。"

想到此,感觉心情舒畅了许多,他打开窗儿让更多的新鲜空气涌进来,以缓解他内心的惆怅。

男人的惆怅就在于自己不是神,不能两全其美——他既要当孝子,又要做个好丈夫。一方面迎接工作上的挑战,一方面还要承受家庭不和睦所带来的心理压力。这心理压力有时能让他感到窒息,令他有逃离的欲望。

可儿子奇奇,是道德强加于他的责任;还有他已熟悉和习惯了她一切的妻子,更是情感强加于他的眷恋。他无法逃脱这种责任与情感的纠葛,更无法拒绝对父母的感恩情结。

他无奈地只能挑起这两座情感大山,艰难前行,路上累了的时候,偶尔也会两边摇晃。

但不管怎样,他心里明白:"父母能活几年,让他们快乐、健康地度过每一天,才是重要的事儿。"

因此,有很多事情,尽管他知道父母不对,也会袖手旁观,或是不分是非地偏向父母这边儿,这令付雪很是伤心难过。

爱是婚姻的基础,这可能也是女性不幸与悲哀的罪魁祸首,就因为付雪爱得深,才会——包容与谅解。为了给儿子幸福,为了和爱的人厮守,她装作对苏家人的很多事情不管不问;装作对苏母指桑骂槐的语句听不懂,慢慢她开始采取得过且过,对许多事不妨一笑置之的态度。

就这样,这5年多里,这样的日子将她倔强的个性磨去了棱角;原本开朗、活泼的性格也变成多愁善感、沉默寡言了。

这种巨变除了说明——当你不能改变世界时，就要学会去适应这个世界；当你有了真爱时，就会为之付出巨大的牺牲。

对局外人来说，那或是茶余饭后的笑料，或是质疑的目光，或是"啧啧"的同情声。在这现实中，城市生活让付雪感到"人与人之间，人情淡薄、世态炎凉"。她只能悄悄隐藏自己不幸，带上虚伪的面具表现出顽强、快乐的一面。

正因为，她有那样的生活理念，才躲着、让着，一直没和苏母发生过正面冲突，可社会环境的复杂性与多样性，让苏母的母爱变得自私自利起来；让付雪这样一个可怜的女子，找不到自我和容身之地。

几年来，付雪已被这看不见的精神压力，压抑着，她快要疯了，常出现一些幻觉、耳鸣和莫名的惶恐不安。她背着苏家人去了医院，医生说她这是神经分裂症的前兆，并给她开了些中药，这一吃就是一年多。

病好了，付雪这才感到自己一直是在为他人而活。她不知道这种爱，对自己究竟有何意义。爱不就是希望双方都健康、幸福、快乐吗？可她在这短短的几年里丢掉了快乐，丢掉了自我，还差一点丢掉了健康！她每回想起被苏母辱骂的日子，都会黯然伤神，哽咽得说不出话来。直到想起医生对她的再三嘱咐：

"千万别再伤心，要不然，病还会再复发。"

她需要他的爱，需要他的保护，可他却偏偏把这种需要，给了来伤害她的人，使她焚身于水火之中、孤立无援。

也不知什么时候开始，她的心被这没有回应的爱撕得支离破碎，爱的魂魄在飘升，在空寂的荒野里游荡！但为了保护这爱的果实（儿子），她如同行尸走肉似的活着。然而这一切苏赫看在眼里，急在心里，但又只能割舍爱情来维护父母权益，以减缓自己日益加重的报恩情结的束缚感。

后来，他选择了逃避，想来弥补他们之间的裂痕，可这一回来，又看到父母唉声叹气和伤心的哭诉，他又立刻回到原来不成熟的想法与不成熟的处事方法当中去，那就是——无理由地替父母维权和伸冤。

现在他知道付雪还没有要离开自己的心机，可维持下去，谁能保证呢？他们已是5年多的夫妻，虽没有共同语言和夫妻间的默契，但他离不开她,又不能保护她,这已经让他感到愧疚。可在某种意义上,他从一开始就和她之间又已形成了对立的两派,如同敌人。他有他做男人的尊严,也有必要在父母和她之间树立威严!因此,又怎能向付雪俯首称臣呢?所以,他固执地、忠诚地始终站在父母这一边儿,继续和她对持下去。

然而这种伤害也影响了他和奇奇之间的感情。

奇奇很少和他单独在一起,就连晚上睡觉也要妈妈陪着,也从不单独去爷爷、奶奶家玩儿。

苏家人不懂幼儿心理学,总认为是付雪在奇奇面前说了什么,常背着付雪追问奇奇"你妈妈是不是说奶奶坏话了?是不是说爸爸不好了?"等之类的无聊问话。

苏赫还常用好玩儿的电脑游戏,或是好吃的东西来拉拢孩子,才使得他们父子关系临时亲密起来。

这会儿,阳台窗儿都开着,阳光从东边徐徐升起,不知何时从楼房的缝隙间照射进来。

他站在阳台上,沐浴着温热的晨光,昂头看着天边儿——天空被阳光照亮了,湛蓝湛蓝的,高空还飘有几朵白云!

一只鸟儿突然鸣叫着从高处俯冲下来,划过他的视线,打断他永远彷徨与迷茫的眼神。他索性追随鸟儿身影向下望去,鸟儿落在了停车棚那绿色的琉璃瓦上。他木然一笑,余光看见一个熟悉的身影,一溜烟儿地钻进车棚下面。他好奇地等待那身影走出来,原来这人是刘玉梅:

"她来干什么?不会又有什么绯闻要报?"

他想着,就赶紧开门儿,跑去客厅喊苏母:

"妈,那个刘玉梅又来了,待会儿就说我不在。"

"她咋找这儿来了?这黏不清的人,我躲都还来不及,咋会轻易让她进家门儿?"

苏母说完放下手中东西,朝门外走。

苏赫不解,问:

"妈,你这是干吗去?"

"出去拦住她,免得让她问到咱家!"

苏母活了大半辈子有经验,也很会处理这些人与人之间的琐事。

苏赫为此很放心，就放心大胆地坐在客厅里陪苏父看早间新闻。

九十九

苏母很快跑下楼，在楼栋口将刘玉梅拦住：

"哟，是玉梅呀，你不做生意跑这儿来干啥嘞？"

"干妈，我这不是来向你汇报好消息来了嘛……"

两人正开口说话间，一个三轮车快速骑了进来，在她们身边刹住，两人都朝三轮车望去，她们看见付雪拉奇奇从车上下来。

苏母立刻把脸阴沉下去，刘玉梅见状也不好再说什么，就找借口溜走了。

同时，付雪也看到了她俩，赶忙要奇奇喊：

"奶奶、阿姨好。"

刘玉梅走后，苏母拦在楼梯口气势汹汹地朝付雪骂：

"这儿是我家！来找我儿子是吗？他不稀罕和野男人私混的女人！想来骗他财产吧？有我在，你这辈子也别想！"

奇奇被苏母突然破口大骂的凶相吓得直往付雪身后躲藏。

"妈，你误会我了！我没有！"

"别在我面前装可怜，今天，我彻底看透你！——你表面乖巧、老实，实际上，你内心阴险狡诈得很呢！"

"妈！你不相信也好，要这样认为也好，我无话可说，但苏赫还是我合法丈夫，我要跟他去解释，请你让他下来！"

"哈哈哈，他可是我儿子！我有权为他的将来、幸福着想，也有资格不让他和坏女人来往！"

"妈妈，我有办法让爸爸出来见我们！"

奇奇躲在付雪背后，一直探着头在窥视奶奶的一举一动，他不懂得保护妈妈，但懂得奶奶不让自己和妈妈见爸爸就是个坏蛋！他说完就大声朝楼上叫喊了起来：

"爸爸，爸爸……爸爸快下来，奶奶不要我见你！"

"奇奇，你自己上去找爸爸，别在下面乱喊！"

苏母想制止孙子叫喊，可奇奇越发叫喊得声儿大。无奈只好对付雪威胁说：

"你要再让他喊叫，我就一头撞墙，死给你看！"

"妈,你别这样,奇奇只是想见见自己的爸爸……!"

"你管不管?不管,我就真撞墙了!"

苏母说完就做着架势,准备朝墙上冲撞去。

付雪知道婆婆在演苦肉计,无奈只好急忙拦住苏母:

"好,我管……我管!"

一〇〇

此时,楼上苏家。

苏赫还在陪苏父看电视,电视里正播放着《夕阳红》栏目。

苏赫隐约听到外面有孩子在喊爸爸,可他没有动,因为他做梦也不会想到付雪和奇奇这么早会在楼下,还以为是别人家的孩子在叫喊,正为奇奇不在身边而感到难过呢!

当他听出是奇奇声音时,他"噔"地跃起跑向阳台,趴在窗沿儿向下看。

"真的是奇奇!"

他欣喜地转身又跑回客厅:

"爸,奇奇回来了!"

"哦,付雪真的让她家里人……给赶出家门了?——我孙子上来了吗?"

"没有,在楼下叫我!"

"快,快去把我孙子抱上来!"

苏父高兴得赶紧把最好看的电视节目关掉,准备和儿子一起下楼去接。

一〇一

楼下,付雪被迫伤心地拉住奇奇:

"好儿子,别喊了,我们走吧!"

"为什么不让我喊,他是我爸爸!我就喊——爸……爸……"

付雪心痛地用手捂住儿子的小嘴,哽咽着说:

"你再喊,奶奶就要撞墙了。"

"就要她撞,我才不要这个坏奶奶!"

"可是撞了,爸爸会伤心,爷爷也不会原谅我们。所以,好儿子,我们另想别的办法见爸爸吧!"

奇奇懂事儿地点点头,狠狠瞪了苏母一眼,咬牙切齿地蹦出几个字来:"坏奶奶!"然后转身和妈妈拉着手向小区的大门儿走去。

一○二

苏父下楼慢,苏赫就先冲了下来,在楼洞口和正愣愣望着小区大门口的苏母相遇。

"妈,奇奇在哪儿?"

"让我给轰走了,养不了家的狗,有啥稀罕的!"

"妈,他是你孙子!你怎么赶他走啦?"

"是孙子咋了?他身上不还流着付家人一半血吗?你知道这坏种刚说我啥?——要我撞墙去死嘞!"

"妈,你怎么能和一个小孩子计较?"

"这可是有大人教!没人教,他咋会想起说那样的话?我就知道你会偏向那坏女人!"

"好了,这儿没有坏女人,你和爸先回去吧!"

"不行!你要是敢去找那坏女人,我就真一头撞死在墙上!"

这时苏父正好从楼上走下来,听到老太婆那么大声地叫嚷,就知道孙子又见不到了。他知道老太婆说一不二,爱钻牛角尖的倔个性,无奈只能发发牢骚,埋怨她几句:

"儿子又不知道他们要去哪儿,上哪儿去找哇?——整天就你不隔人!这样闹腾,你心里究竟是咋想的?"

"咋想的?我就是要儿子和这坏女人离婚!"

"妈,不能离!我还要我的儿子!"

"好呀!算那坏女人狠!我只当没生你这个儿子!"

苏母气愤得号啕大哭起来,边哭边朝楼上跑:

"我瞎了眼了,养了这么个不争气的儿子,老天爷……我前世做错了啥呀……要报应到我头上……?"

苏父怕苏母闹得让四邻嘲笑,对儿子说:

"你还是回上海吧,你妈铁了心要你离婚,只怕不是一会儿能劝解得了的!"

苏赫一脸的无奈:

"……爸,我这就去买火车票!"

第五章

一〇三

付雪离开苏家的小区大门,坐上人力三轮车不知该去何处,就对车夫随口说:

"去江边。"

"江边这么长,你要去哪个路段儿江边?"

"……秋风路江边。"

"好嘞。"

这车夫应声后,一阵猛踩猛蹬,不要几分钟就把他们母子载送到了付雪家楼房对面那熟悉的秋风路口江边。

江水清澈见底,缓慢地向东流着。

江的上游,是江边柳树林公园,而她身边护城墙下的水泥阶梯上,永远都是挤满洗衣物的男女老少,就连较远一点的浅滩处,也不乏一堆一族的洗衣人。

"妈妈,我要玩儿沙。"

"去吧。"

付雪茫然地望着不远处的大沙堆,沙堆旁是一艘刚靠岸等待卸载的大沙船。她带儿子走了过去。

此时不远处的沙滩上,七八条卸沙汉子扛着铁锹也走了过去。

一时间那里汉子们的说笑声充满付雪耳里,她只感到烦躁不安,朝街道上望去,似乎在寻找什么东西似的,用目光急切地在街面上搜寻,然后,突然停在了"公用电话"这个牌子上。

"奇奇,我们给爸爸打电话!快,妈妈看到那边有公用电话!"

"你去打,我还想再玩儿一会儿。"

"不行,要跟妈妈一起去,爸爸只有听了奇奇的声音,才会喜欢妈妈。"

"真的,那我就告诉爸爸,奶奶是个坏蛋。"

"不许说奶奶的坏话,说了,爸爸会生气的。"

"那我对他说什么?"

"要说的话有很多,比如你们一起玩儿的游戏,还有吃的汉堡包等等。"

"噢,那我就要爸爸带我去襄樊吃汉堡包。"

就这样,付雪终于说动儿子和她一起去打公用电话。

一〇四

苏赫在车站售票窗口正忧心如焚时,突然手机响了,他打开电话接听,电话里是奇奇的声音:

"喂,爸爸,你在哪里呀?"

"儿子!……爸爸在火车站,你在哪里?"

"我在江边玩儿沙。……你和妈妈说吧。"

一〇五

江边公用电话亭里,奇奇把电话递给付雪,付雪接过电话犹豫片刻才说:

"……苏赫,我希望我们能见面谈谈。"

电话里苏赫的声音:

"……我一会儿去江边找你们。我也有话要跟你们说。"

"……好。"

她挂上电话心里舒坦多了,脸上也绽开了笑容,和儿子一起追逐着跑向江边的沙堆。

在他们身后,付钢没有离开城区,而是一直暗地里跟踪保护付雪母子。刚才他看她来打电话就躲了起来,这会儿,他从付雪家的楼栋内走了出来,悄然躲在树后,看她们母子快乐地追逐、嬉戏。

一〇六

苏母停止了哭闹,由于苏赫不听她话,心里猛然产生了挫败感。她恼羞成怒,把怨气都撒在苏父身上,因此,冲他吼叫:

"你个没用的东西,整天就知道孙子孙子!老子不把她赶走,誓不为人!"

"你把她赶走,对你有啥好处?不要孙子,你能上哪儿再给我弄一个来?——我看就别再闹下去了!你不怕左邻右舍笑话,我还要这张老脸嘞!"

"好,她不走,我就要她臭名远扬!没脸见人!"

可能是苏父的话提示了她,她歇斯底里地冲出房门,朝楼下跑去,边跑边大声地喊:

"哎呀!都快出来给我评评理儿呀!这苏家人哪一点对媳妇不好了?媳妇要造反、虐待老人呀!……"

苏母突然跑出门去喊叫,让苏父很意外,他从没见过自己老太婆有这么发泼!

门外很快传来闹哄哄的议论声,苏父已感到无法阻止了,又无脸见对面的邻居,只能躲在家里骂她是:"屎不臭,挑起来臭的贱东西!"

一○七

不多时,楼下空地上,左邻右舍和隔壁楼栋里的人们纷纷都聚过来看热闹了,还有的站在阳台上,或是拉开窗儿把头探出来看个究竟的。

这些看热闹的男女老少将苏母围在中间,苏母嘴里借机向外喷洒出对付雪不满的脏话。人们听了半天,除了听到她说她儿子不想和媳妇离婚,家里煤气罐子空了媳妇不灌外,也没听出个其他道道来,就相继离去。

苏母在胡乱发泄一通后,心情也慢慢平静下来。

一直在人群中听她诉苦的白书记,这时也走出人群站在她面前,和声和气地对她说:

"……我们都知道你儿子孝顺,凡事儿都听你的,才让你感觉到幸福与满足。可你也不想想,你儿子已经长大了,你总不能什么事儿,都还替他包办下去吧!再说了,你就这一个儿子,不看孙子面,也要替你儿子着想——这老婆是他自己选的,你说不好,他就离,改明儿你再给他找一个你喜欢的儿媳妇,他不喜欢!这还不把他给搞疯了?又再说了,现在都只许生一胎,你喜欢的儿媳妇就一定能给你再生个孙子?……"

白书记的话让周围人听了都感到在理儿,也都帮着说劝起来,一时七嘴八舌,声音重叠:

"是呀,灌煤气,可是男人干的活儿,怎么能怪你媳妇没灌呢?"

"……就是,现在年轻人工作压力大,不像我们那会。"

"你儿媳妇不管你,那也要看你愿不愿意让她管呀!"

"老了,是社会负担,咱不能再给孩子们心上添堵了……"

这些在理的话让苏母无言以对,只感觉到脸像让人打了一巴掌似的发烧,慌忙逃入楼栋里。

一〇八

江边,苏赫已赶去和老婆儿子相聚了。

苏赫与付雪分居这半年时间,离开苏母,在外面也长了许多见识,人也显得成熟很多,但他依旧改变不了他从娘胎里带来的那点品性。

经过这次因苏母引发的矛盾后,两人都感到愧对儿子奇奇,尽管两人内心里还互不原谅,但面对儿子都笑得很真实、开心。

可能更多的还是为了儿子着想,苏赫不得不心平气和地对付雪说:

"我刚去买了火车票。"

"什么时间的?"

"我想好了,还是我先走比较合适。你们坐明天晚上的车,我会在车站接你们。"

"为什么不一起走?"

"走不了。我妈要你和我离婚,可能现在还在家里闹。"

付雪第一次听到他为自己着想的话,心底一下子就温暖、激动起来。

她眼眶湿润着对儿子说:

"奇奇,叫爸爸!爸爸最喜欢你!"

"爸爸,我要吃汉堡包。"

"好!——走,爸爸现在就带你去襄樊吃!"

苏赫说着高兴地把奇奇抱起来,举过头顶,让他骑坐在肩膀上。

河口市这时还没有麦当劳或肯德基,奇奇想吃到汉堡必须要到60多里外的襄樊市才能买到。苏赫看了看车票上的时间是晚上9点多钟,也就是说还有大半天的时间来陪儿子玩,也就答应下来。

付雪也感受到了一家人这久违的温馨与欢乐,她不停地背地里擦拭眼泪。

离他们不远处,付钢把一切都看在眼里。付刚不能,也不愿再去打扰这重归旧好的一家人,怀揣着对付雪的爱,酸楚地悄然离去。

一〇九

这一家三口人刚一上河堪,正巧迎面碰上骑自行车回家拿资料的郧海,郧海尴尬地朝他们笑笑,猛踩自行车躲进付雪曾走过的小胡同里。

这小胡同很狭小不能骑自行车,不光住在附近的人们知道,就连不熟悉此地的人,只要路过时往里瞄一眼,没有好的车技也不敢贸然往里骑车。很快苏赫和付雪听到里面传出车把儿刮墙,发出的摩擦声和被车轮儿碾压下发出的破砖头、瓦片声。

苏赫疑惑地看了一眼付雪,她正红着脸儿怔怔地望着胡同口。

苏赫顿觉自己纯洁的情感世界遭到了破坏与玷污,无法控制地质问付雪:

"你们是什么关系?他为什么见到我要躲起来!?"

"我们只是朋友、同事,没有其他任何关系。为了儿子,你不要胡思乱想!"

"好!为儿子,为这个家,希望你给我一个实事求是的回答。"

"……你不信任我?我们一起生活了5年多,你竟然说出这样的话?"

"妈妈,我要到妈妈那儿去!"

奇奇听到他们争吵,害怕起来,挣着要从苏赫肩上下来。

付雪接过奇奇,压抑住内心的伤心,愤愤地说:

"不错,因为你父母……我是想过要离开这个家,可我没有这样做!原因不光是因为儿子,更多是因为我还爱着你、信任你!"

苏赫被这话打动,可还是放下不了自己心中的疑问,有些底气不足,问:

"刚才郧海举动……你怎么解释?"

"你为什么不相信我?我们才是夫妻。"付雪用质问的目光看着他,"……如果你喜欢上一个女人,并向她吐露心声……但又当面被拒绝。再见到她时,你会是怎样的表情?"

"那你昨晚……在哪里?"

"在杨奶奶家。"

奇奇抢先回答。

孩子听不懂妈妈在说什么,可爸爸的问话他能听懂,因此就抢着做了回答。

这回答让爸爸脸上有了尴尬的微笑,妈妈回报给他了一个亲吻,奇奇快乐地又挣着回到爸爸怀抱中去。

——○

就在付雪一家人重回和睦与快乐时,郾海回家取完资料后,顺河边的大路跨上自行车很快就又骑了过来。他看到这家人还在那里,本来想绕个圈走,可苏赫和奇奇嬉戏追赶时,正巧和郾海的目光相遇,郾海只好装出热情的样子,跨下自行车:

"祝贺你们乔迁上海,合家欢乐!"

苏赫一想到他对自己老婆有好感,还想占自己老婆便宜,心里就不是滋味,故意用胳膊揽住付雪腰,挑衅他:

"谢谢你!"

郾海明白苏赫用意,他瞥了一眼付雪,发现付雪把脸转向一边,那羞怯样可爱得灼人,令他心里不是滋味。

"对不起,我是借上班时间回来取资料的。什么时候走,我送你们?"

"不客气。"

"说不定哪会儿,我也到上海打工,还需找你们帮忙呢!"

"玩笑话,你这堂堂报社大主编,知名作家,怎会去上海寄人篱下呢?"

"这年头,不都讲的是钱和权嘛。小县城的报社可是清水衙门,职位再高也不过才拿到你在上海每月收入的尾数。我们还是羡慕你们呀!"

郾海这话让付雪惊讶得张大了嘴,她真的没想到,这大俗话竟出自郾海嘴里,令她对自己看人的眼力产生怀疑。

"好。俗话说,山不转水转,只要你去找我,我和我老婆一定热情接待你!"

苏赫很明白对方的挑衅话语和眼神,就豪气地答应下来,以显示自己男子汉的威严和自信。

这回答也让郾海感到意外,他没想到这样一个保护不了自己老婆和孩子、心理不成熟的男人,也会说出像英雄般的豪言壮语来。

郾海边心中暗想"不能低估了他",边快速扫了一眼付雪,他发现她正用疑惑的目光在审视自己,就知趣地看了看时间说:

"行,就这么定,后会有期!"

郾海说完又重新骑上自行车。

这一家人看着他汇入人行道上的车流中去。

"苏赫,你说他真的会去上海找我们吗?"

"哼,他只要不到我家门口讨饭吃,我管他去不去!"

苏赫鄙视地看着人流中郎海的背影,愤愤朝地上吐了一口唾沫,然后转脸对儿子高兴地说:

"爸爸在上海有稳定的收入,可以天天带你去吃肯德基!"

"太好了!爸爸,上海是什么样子?晚上也有路灯吗?"

"呵,你还会问问题了?小机灵鬼!"他有意对儿子卖关子,"让我想想……楼房比这儿高一点……夜晚的灯儿,比这儿多一点……"

付雪此时已听不进苏赫后面还在对儿子说什么,她满脑子都在畅想上海的繁华与美景,同时,也很担心地在心里默默问自己:

"上海找工作好找吗?我去了,还能找份报社工作吗?"

———

付雪忧心重重地向前走着,苏赫和儿子嬉戏得开心。

这家人丝毫没有察觉到马路边,还有一双死死盯住他们的眼睛。直到他们一家人上了开往襄樊的客车,那双痴情的大眼才收回目光转身离开。

——二

洪城门苏家,苏母逃进楼栋里匆匆上楼梯,冲进家门,独自钻进卧室,锁起房门儿痛哭起来。苏父不知道老伴在外受了啥委屈,急忙找来备用钥匙打开门儿。

"你这是咋的啦?好好的哭个啥嘞?"

"我不活了!白书记都偏向那坏女人说话!我还有啥脸见人?"

"白书记说啥啦?——不管说啥,也是为咱家好呀!你咋就不明白,反而还要寻死寻活的?"

"呸,你知道个屁!他要真说我啥,我还能泼出老脸跟他干!可我是伤心,眼睁睁看那坏女人目的得逞!你说我丢不丢得起这个人嘞?"

"今天,儿子晚上就要回上海了,这婚离不离,谁也看不见,你瞎想个啥?"

"就算我不想,这些左邻右舍的,也会瞎想的……"

"好好好!老婆子,我们搬到江边儿子的房子去住,行不行?"

"不行，我要去上海和儿子一起住。我就这么一个儿子，死也要死在他身边！"

"你真老糊涂了？老了还背井离乡！——上海那儿啥样，你晓得不？不说水土不服，就连那里的饭菜，你都吃不习惯！"

"那你说我心头憋的这口气，咋出？"

"儿子是我们的，只要你一切是为他好，我有的是对策和办法！"

苏父神秘地一笑，把嘴凑在苏母耳边咕哝了几句，苏母马上点头笑了起来，并连声说：

"好好好！"

苏母听到老头子的秘密话儿，心里多少得到了点宽慰。她庆幸自己找了这样的男人，虽然一辈子在相互算计中过日子，但在儿子的婚事儿上，两人意见一致，关键时刻还能替自己出谋划策，这让她感到得意！

其实，苏母心里最清楚，自己也是经历了媳妇熬成婆的过程，有时也在心里可怜付雪。可能是和媳妇八字儿不合，没有缘分；又或许是自己当媳妇时受的委屈太多，心理不平衡，只是想做给自己男人看的一场"杀鸡儆猴"的小伎俩。她冷静时，也寻根问底，最终才发现自己除了上诉两种理由外，还有一种就是——在和媳妇争夺儿子的爱。

苏母越老，越希望儿子能多关注自己，以自己为中心的霸道心理就越强，从而在她内心，完全聚集成了一个复杂的矛盾体。一会儿想这样，一会儿又想那样。总之，看不到儿子，就是百事不顺心意，就会无端制造是非，就会向对手（媳妇）宣战！可付雪知书达理，又懂得避让，所以，没人跟她闹了，怨气出不来，她会像得了某种疾病似的发烧、全身无力或是胸闷、心慌。

这会儿，有苏父秘密的囊中小计，她心头才得以平静，看表情似乎还带有同情可怜她人的样子：

"唉，俗话说——家鸡赶不走，野鸡打得满天飞！看来付雪注定是我们苏家的媳妇了！"

苏母说完，就去了苏赫房间，打开包裹，拿出奇奇和付雪前几天换下来的脏衣服，第一次发善心，想帮她们洗洗，可就在这时，突然门外有人敲门，她心想："一定是白书记来了。"就慌忙放下衣服冲了出来：

"别慌着开，老头子！"

她拉住苏父又小声交代：

"等会儿，等我上床睡好，白书记来了，就说我给气病了……不想见人。"

"好好好，那快进屋躺着吧。"

苏父见老太婆关上卧房门儿后，就急忙走去打开客厅门儿：

"哟，是刘玉梅呀。你大包小包的来……这是干啥嘞？"

刘玉梅笑着走进门儿，身后还跟着位西装革履、浓眉大眼的小伙子。这眼又大，眼睫毛又长，眼珠黑而多情。

小伙子皮肤白净，相貌俊朗，和刘玉梅从年龄到相貌上都悬殊太大，很让苏父感到疑惑：

"……这位是？"

"噢，这就是我要苏赫帮忙给找工作的弟弟——刘易水。"

刘玉梅进门儿后，就一直在找苏母，看见关闭的房门儿，心中就在嘀咕："这时候还睡觉，是不是不想见我们？"但她还是装作不知道的样子问：

"干爹，我干妈不在家呀？"

"噢，噢，她回来，我要她明天去你早点摊上找你。"

"这可不行，我弟弟今天特意从北京给您二老买了足浴盆，还有红外线按摩床垫！老年人用了，没病预防，有病治病，特好！待会儿，还要给您俩试试！"

"是呀，干爹，大城市里老年人都用这个了！这年头的健康新理念是——面对疾病，预防大于治疗。"

刘易水边说边拆手中的纸盒包装。

苏父赶忙拦住：

"欸……欸……你先别拆，我们用不惯这些东西，你们还是拿回去送给别人吧。"

"啊呀！干爹，干妈都认我做干女儿了，您咋还把我当外人？再说了，我们姐弟现在没爹、没妈的，不孝敬您二老，还能拿去孝敬谁呢？"

"就是，干爹，我姐说得对，就算苏赫哥不能帮我在上海找到工作，我们也一样拿来孝敬您二老。您先试了，用得不好，改明儿再给您买其他品牌。"

刘易水诚恳地说。

苏父一时被感动，犹豫着看着他们打开的新玩意。

刘玉梅给足疗盆接好电源后，又朝盆里倒了些热水，然后随手拿了把凳子，又强拉苏父坐下来。

"来来来，我帮你把鞋脱了，放里面试试！"

姐弟俩一唱一和，苏父拗不过他们，只好扯着嗓子喊苏母：

"老婆子，不睡了，快出来看看吧。"

这姐弟俩听到苏父在喊苏母，就相互对视一笑，又一点头，然后，加快速度拆另一个包装。

苏母听到喊声，赶紧开门走出来。看见客厅门口被拆放得满是包装纸，再看看这刘玉梅身边陌生俊朗的小伙子，她顿时明白过来，忙上前阻拦道：

"玉梅，你这是干啥吗？苏赫还没去上海，还不知道能不能行……"

"没关系，行不行，这都是孝敬您俩的。您要是嫌不好意思，就把我姐弟俩当您自个的孩子。"刘玉梅故意难过起来，"……这几年，我们都赚了不少钱！就盼望着能有个长辈在身边亲近亲近！"

"看这孩子说得多可怜，老婆子就收下吧，日后叫他们常来，多给他们做做好吃的。"苏父温和地说。

刘玉梅听到苏父说这话，心里暗喜，急忙拉弟弟跪下，边磕头边喊：

"我们姐弟俩给干爹、干妈磕头了！"

"哟唷！快起来，快起来！礼到就是，不必跪磕！"

苏父急忙将他们拉起。

可苏母无动于衷。

苏父向她使了个眼色，苏母这才不情愿、假心假意地对这姐弟俩说：

"玉梅呀，难得你有这份孝心和诚心，干妈就是怕以后有照顾不周的地方。"

"干妈，看您说哪儿去了！以后不用您照顾我们，是我们照顾您才对！"

"看看看，玉梅多会说话儿，真会逗人开心！——老头子还愣着干吗？让干女儿、干儿子给咱俩试试这新玩意儿吧！"

"好好好！"

苏父这才从短暂的发愣中反应过来。

苏父发愣，是在合计：

"儿子一家去了上海，此地就撒下他老两口，这会儿老天又送来两个年轻人做干亲，日后也能有个照应。"合计在此，不由喜形于色。

苏母和他的想法一样，啥亲不亲的，只要日后遇事儿能来照应，就比付雪这个亲儿媳好，认下他们也没坏处，因此，也不由得喜上眉梢！

而刘玉梅则想得很简单，为了弟弟能去上海打工、赚大钱、见大世面，就是不愧对死去的父母。给苏家送礼、花点小钱，再付出点劳动和笑脸都是值得的。此刻刘易水更是聪明，他一张天生会讨女人喜欢的脸，不必多说，就知道眼前这个老太婆喜欢自己，只需看姐姐的眼色行动就可。

这四人各怀自己目的，脸上都笑得灿烂，仿佛比一家人还亲，还愉快！几乎忘了苏赫、付雪还有奇奇他们的存在。

——三

此时，付雪他们已经来到襄樊市虹桥路上的麦当劳分店。

苏赫给奇奇买了很多好吃的东西摆在桌上。

奇奇狼吞虎咽地吃起来。

付雪被外面涌动的人流和叫卖声所吸引，她目不暇接地看着窗外每一个从眼前走过的人们。

苏赫为她的举止感到好笑，怜惜地说：

"别看了，吃吧老婆！吃完了我带你去宾馆休息一下，下午再出来逛街。上海比这儿还要繁华热闹，你要是这样看下去，一定会把眼看花的。"

"……哦。"

付雪应了声，红着脸，低头吃起薯条。因为她知道苏赫说到宾馆休息的目的，确实她也很久没有和他亲热了，还真有些春心荡荡，俗话说小别胜新婚，她能不心慌，不脸不红吗？

——四

虹桥宾馆就在他们吃麦当劳的不远处，是一栋十来层高的金棕色的明艳建筑。苏赫带付雪和儿子一出麦当劳的门儿就能看见，于是，就走了过去。

当自动门儿为他们无声息地打开时,一楼大厅富丽堂皇的景象,完全裸露在了付雪面前——天花板深蓝色的底调上星罗棋布,走进去仿佛走进了"浩瀚的宇宙"空间。这里是星与灯的附体,是光与热的综合,又是丝丝冷气钻进鼻孔或是钻进其他每个活着细胞的时刻,能让人真切地感受到"宇宙"那冰冷世界的存在。现在那大厅正中央,从天花板上垂下来的那盏巨大的水晶吊灯,就像是高悬在银河系的太阳,将偌大个空间照亮,放射出冷艳的光。

正对门儿靠墙的中央是总服务台,上方白色墙壁上挂有四个不同国家,分别指在不同时区的金色圆形挂钟;右边摆放着具有悠久历史文化遗产的"楚国编钟";左边是豪华的沙发和富有抽象派艺术的巨型雕像,它们各具风格,都将这宽阔的酒店大厅装扮得气派、典雅与豪华。

"雪,去沙发上等我。"

苏赫对这一切不以为然,或许他见多了,又或许他天生对艺术的审美情趣不高,看不懂,也说不出它们的美在何处罢了。

付雪欣赏不够这些存在于美学中的东西,她没有理会苏赫,直盯盯看着右边那编钟古乐。真想去亲手摸一摸,再轻轻奏上一曲,那才让她感到比吃了山珍海味都要满足、快乐!

"小姐,您想看编钟,可以到这边来。"

一位年轻的男服务生看出她对编钟的喜好,从编钟旁走过来迎接她。

"谢谢!"

她喜出望外,边走边开始对儿子滔滔不绝:

"奇奇,看编钟!这曾经是战国时期,楚国王宫用的编钟乐器。编钟出现在商代,兴于西周,盛于春秋战国直至秦汉,自宋以来渐渐衰退。古代编钟常用于宫廷雅乐,每逢征战、宴会、祭祀,都要演奏……"

"儿子,过来,爸爸带你坐电梯。"

付雪正对儿子说话间,苏赫那边很快就办好手续,已在总服务台前叫喊。

"我来了,爸爸。"

奇奇对这编钟不感兴趣,听到苏赫喊声,就蹦跳着跑过去。

付雪也只好转身跟在孩子后面。

一一五

付雪一家人随电梯上到十楼，踏上软软的灰色地毯后，按钥匙上号码找到自己的房间。一推开房门儿，一切都是那样的让付雪感到新奇。

苏赫带他们来到小阳台上。

他抱起奇奇，高处俯瞰，看到了襄樊城区到处是高楼、街道、游乐场等繁华景象，然后他指着汉江河水对面貌似长城的建筑，对奇奇说：

"儿子，河那边是古城楼——夫人城。"

"夫人城是什么城？"

"是古代人，为了保卫自己家园，专门修建的护城门楼。"

"……那上面现在还有弓箭和炮火台吗？"

"你那都是游戏里的。"苏赫收回目光，问儿子：

"你困了吗？"

奇奇点点头。苏赫又说：

"那快去睡会儿，下午带你去看真正的古城楼。"

"嗯。"奇奇从他身上滑下来，拽着付雪的手"妈妈，给我脱衣服"。

"衣服……"

付雪听到这两个字突然皱起眉头。

这虽说是初夏的天儿，可中午和盛夏的温度一样炎热，她和儿子身上这衣服已经两天没换，都能闻到汗味儿。可造成这结果的人，还在等待和自己亲热狂欢。这让她感觉到自己曾经过的日子是多么的无奈，现在远离那个是非之地，她心中又酸楚又欣喜。

确实手指只能暂时摁住伤口，但不等于完全消除掉伤口的疼痛。

在婚后的日子里，她所遭受到苏家的辱骂和唾弃，无时不在提醒着她"逃离"，可她又为将要放弃儿子而内疚不安，最终彷徨着在昏昏然中，并留守至今。

她知道这个男人心理不成熟，患有恋母情结的心理疾病。每当听到苏赫把自己对他的床头话说给苏母时，她就会感到恶心，就会有遭到被"强奸"的心理伤害。那时她真恨不得用刀子捅进他心窝……可事后看不见他时，心里总还惦念着，真不知道她还恋眷眼前这男人什么！她痛苦，而且十分无奈地看着儿子：

"为什么要有孩子？他为什么不能像别的男人那样成熟，懂得谁是谁非？"

她是爱他的——她曾经爱过他——她给他生下了孩子，可他为什么还不能完全依恋与她，相信他们之间的爱？

她沮丧地给孩子脱衣服，躺下后，给孩子盖好，然后斜靠在另一张床上，慢慢地她横下心来了——她不再忍让。她曾经愤怒地寻思——婆婆有什么权利干涉她、不让她过平静的幸福生活？她已经为了爱的人放弃自己尊严，可她并没有得到任何回报！现在她不能允许任何人对她的生活进行干涉！难道她不是她自己的主人，而是苏家的奴隶吗？

然而，她仍禁不住感到一阵恐惧，他要是弃她而去呢？她胡思乱想着一些可怕的和可悲的事情，到后来，她禁不住自怨自艾地淌出眼泪来。她不知道他要是真的离开她，或者对她变得完全无情无义了，那她该怎么办？这思想使她感到一阵凄凉，并使她在悲愁中狠下心来。对于这个企图改变她，这个用情感俘虏她，这个妄图对她滥施淫威的人，她仍然丝毫没有让步的意思。难道她不是她自己的主人吗？一个不懂得信任，不懂得保护女人的男人怎么能狂妄地希望得到管束她的权利？她知道他本性难移，是无法改变的！因此，对他本人的存在并没有什么不安。她所恐惧的是他自身以外的一切。那一切围绕着她，逼近她，以她男人亲人的形式干涉她的生活。这个庞大的、熙熙攘攘的、存在于他自身之外的世界并不是他自己。可是那都是他的武器，可以替他朝她四面出击。

他从阳台上走进来的时候，看见她显得那样孤独、凄凉和柔美，他的心立刻充满了怜悯和柔情：

"儿子睡着了？"

她恐惧地抬头看了一眼。她惊奇地看到他满面红光，动作显得那样潇洒和利落，仿佛他刚刚经过了一次洗礼，灵魂得以净化。她马上感到一阵由无奈带来的痛苦，并为自己的处境感到害羞。

"门儿……没有关上。"

她找了句无关的话，把话题岔开，想制止他更进一步的抚摸。

"去洗个澡吧，我给你搓搓背。"他温柔地说。

"不，我不想要！"她突然感到有些烦躁。

"为什么?你身体不舒服?"

"我心里不舒服。"

"因为我妈?我不是说了,你明天就去上海了……"

在他满怀喜悦、一脸高兴的时候,付雪又这样找碴儿,使他心里很烦。

"去了上海,难道就能让我忘记你妈对我人格的践踏与侮辱?"

"谁践踏你人格了?是你自己不成熟,心胸狭隘,不会和人相处,才造成的结果!我还没找你碴儿,你倒先挑起来了!"

"你还有没有良心?还分不分得清是非?"

"要我和父母闹得个六亲不认,才算是有良心?'是'就是'非','非'就是'没有',本来问题出在你身上,你要我看清什么是非?"他有些恼怒,但对付雪单纯的想法感到可怜。

"你无知,你愚蠢!你不可救药!"

"骂吧,骂吧,给你打都行,反正现在就咱俩。"

她无从骂起,像这样袒护自己母亲的孝子少见,简直就是一条忠实的狗,让她遇见了只有自认倒霉。是呀,她要他怎样做呢?说那些无意义的话干吗?她看着被自己吵扰得在床上翻身的孩子,她的心情慢慢冷静下来。

"上海的房子里什么都有,只需要带换洗衣服就够了。"

他说,同时他得意地把手机上拍下来的录像打开,靠过去,希望借此忘掉刚才的不愉快。

她随便浏览了录像里的房间。每个房间和现在家里的装饰差不多,但比这里的房间面积小些,家具和物件也小巧玲珑,看上去给人以温馨、舒适感。她的心变得更加冷漠,他从来都不给她自主,离开这里又会怎样呢?

苏赫走去倒了一杯水,坐在靠窗的沙发椅上,水杯里向外冒着热气,他等着听她的意见,她低着头看手里重复播放的手机录像。

"怎样?里面样样齐全,满意吧?……更好的是楼下就有学校,我单位也在附近,今后我和儿子还可以每天中午回家吃饭了!"

他的声音里带着激动和喜悦的情感,她却感觉到某种莫名的烦躁,但压抑着仍然没有抬起头来。

"好啊。"

她说。尽管她很不愿意说,但在对幸福的渴望与畅想中,她仍然说了。

在她内心深处，她不甘心这辈子只当家庭主妇，她还有对文学写作的热衷与追求，要实现她日渐清晰的愿望就是——写一部有价值的能留给后人的书。

他朝她走过去，脱下外衣，轻轻碰了她一下："……来，我陪你去洗澡。"她感到身上一阵酥麻，但她仍然没有抬起头来看他。

他拿走她手中的手机扔在床头，她并没有反对，他对她具有一种不可抗拒的魔力，是那样的离奇，那样具有诱惑力。他又替她揭开了衣扣，抱着她走进浴室。

一一六

一股热水从淋浴喷头里喷射出，冒着热气"哗哗"地洒在这两个裸体上。雾气中他开始对她拥抱、抚摸、亲吻……一切是那样的温柔、撩情，撩得她狂野的热情越来越高涨，狂野的激情在她心中激动起来。可是她仍极力克制着。激动的感觉让她永远是那么不可知，永远是不可知的东西，而她却牢牢地抓住她熟悉的自我。但这不停高涨的浪潮终于使她忘乎所以了，顿时，水声混杂着轻微的浪叫声，和那热气一同在浴室里热烈翻腾……

他们又一次无比激情地充分地相爱着，几乎忘掉了自己的存在。

一一七

此时正午，付家寨小镇上家家炊烟缭绕，到处能闻到饭菜飘香。

爱金华和付喜旺也正坐在堂屋（指客厅）吃着饭。

一一八

付钢在卧室里，躺在床上。

他痛苦地看着付雪的照片，许久，他像突然想到了什么，一骨碌爬起来，忙碌着收拾书包里的资料和个人简历。

"钢钢，饭菜都快凉了。"

爱金华的催促声从客厅里传来。

付钢看不到他们，只能对着卧房门回答。

"不吃，我不饿。"

"算了，你快吃你的。娃儿大了，有他自己的事儿，你就别唠叨个没完。"

付喜旺的声音也从客厅里传过来。

接下来,便是他俩没完没了的斗嘴声儿。

"娃儿再大,我也是他妈,唠叨几句也是为他好。你不爱听就塞上耳朵!"

"……爱听,我是怕咱儿子不爱听……"

付钢听着他们斗嘴声,忍不住又朝卧房门口喊:

"爹,我一会儿就走,你就要妈对我唠叨唠叨吧。"

"呵,瞧你们爷儿俩说的,把我好心都当成了驴肝肺嘞!"

"放心吧,妈,我到有望叔家去吃,就便跟他说件事儿。"

"那就快去吧。去晚了,他家饭菜也凉了!"

"欸!"

付钢收拾完东西,从卧房里走了出来:

"爹、妈……那我走了。"

"回学校后,记着来信儿。"

付喜旺夫妇异口同声地交代儿子,并和往常一样用期望的目光目送他走出家门儿。

一一九

付有望正独自坐在门前石凳上喝闷酒,旁边摆放着一双干净碗筷,却不见刘嫂人。

付钢来到石桌前,放下书包。

"叔,婶儿人呢?"

"房里。"

付有望搭理了一声儿,依然喝着闷酒。

付钢默不作声地朝屋里走去。

一二〇

刘嫂这会儿独自躲在卧房里看付雪照片,想到昨晚付雪走时的情景,不由得鼻子一阵发酸,眼泪滚了出来。

"……雪,你现在咋样了?可千万别跟你婆子一般见识,能让……咱就让着!……谁让咱是女人命。嫁鸡随鸡,嫁狗随狗,妈想帮也帮不了你呀!"

"婶儿,放心吧,我刚从姐那儿回来,他们今晚的火车……"

"哟，是钢钢，你小崽子，来了也不吭个声！"刘嫂慌忙偷偷擦干眼泪，解释说，"你姐这越走越远，我心里……"

"婶儿，我知道，你就放心吧。——她一定会很幸福的！"

付钢眼里露出坚定的光，似乎在向刘嫂暗示着他内心深处的某种坚定信念。

刘嫂哪儿能看得懂这么复杂的寓意表达？"总觉得这昔日的小崽子长大了，像个男人样了！"当听到说自己女儿今晚就离开那个婆家，刘嫂这心里无比的高兴，又是一股热泪涌出，哽咽着说：

"她走了就好！能幸福就好！——走，陪你叔喝两盅去！"

—二—

此时，宾馆的浴室里平静下来，付雪和苏赫都已穿好衣服相拥着，像新婚的燕尔。

"你真'坏'。"

他轻轻地在她耳边私语，把她搂得更紧些。

"你不喜欢'坏女人'吗？"

她对他微微一笑，容光焕发，像朵绽放的花朵。

他迟疑了一下回答：

"……当然喜欢，只要对我一人'坏'就行。"

"你……"

她又敏感地感觉到了他对她的不信任，但还是忍住内心的不快，平静地说：

"你是我的男人，除了你，我还能对谁'坏'？"

"……但愿如此吧……"

"你太过分了！不相信我，又何必非要和我在一起，我们离婚不就行啦？"

"离婚！你终于说出心里话了？——为什么？是为了郦海，还是别的什么老情人？我真该相信我妈的话——农村女人就是靠不住！"

"你想知道原因吗？——就是因为你苏赫和你妈一样不讲理！"

"噢……，你想把我妈扯进来？——我告诉你，没到时候！等到了时候，我会让你滚蛋！"

"什么时候？你说！什么时候！？"

她气愤地想拦住他，转身把浴室门儿给堵上：

"你不说，就别想出去！"

"等儿子不需要你的时候。"

他轻松地丢了她一句，这让她倍感失望和遭到重击。

"你真阴险！我真怀疑你是否爱过我！"

"这世界谁离了谁都能活。"

他说得那样轻松，其实是在自我劝慰，他爱她却心口不一，是因为怕被她勾魂的狂野欲望征服，怕被她抽干思想，怕被她控制灵魂。所以，才要用若即若离的办法，不让自己陷得太深，不让自己听从她的使命……他把她当作了"女巫"，当作了最适合自己的性伙伴，而不是像和父母之间那样的难以割舍的亲情关系。

俗话说得好，"年轻的夫妻，老来的伴儿"。人们在年轻时是寻找有共同语言、能和睦共处的性伙伴。在性的基础上才会有情感的介入，这情感相伴人的一生，随主体意愿投放的深浅而变换。因此，在人生爱情的演绎中，常常是以悲多喜少为结局。苏赫没想把自己的爱情引向悲剧，所以，他总会用经商人的策略来经营自己的婚姻。他太了解她的脾性了，只要有孩子这个法宝，她便是自己身边赶不走的阴魂。

就这样，日子过去了5年多，他们的生活也在爱与冲突中行进。他们彼此的伤害，又都似乎具有彼此自动修复功能，这可能就是人们常说的"缘分"二字。

缘未尽，人未了！此刻，付雪已对那些中伤她的话漠不关心了。她外表异常平静，这让他内心感到惴惴不安。

"好，我等着。"

她冷静地说，拉开浴室门儿走了出去。

一二二

"不行，还要等我也不需要你的时候。"

他跟出来站在客房的床边补充说。

"做你的美梦去！"

"不答应，我就'强奸'你！"他扑了过去，将她推倒在床上，她知道这是他惯用的征服她的游戏,但还是气急地奋力朝他捶打……

另一张床上,奇奇被吵醒了,他睡眼惺忪地看着他们:

"爸爸、妈妈,你们不要打架了,我怕!"

苏赫笑笑:"没有,儿子,跟妈妈疯着玩儿呢。"

"那妈妈怎么哭了?"

"女生就爱哭。你们班上的女生爱哭不?"

"只有一个爱哭的——叫娇骄,她总是吵着要妈妈。"

"就是,……你妈妈也想外婆了。赶快去哄哄她,一会儿,我们一起出去玩儿。"

"嗯。"奇奇从床上下来,爬上了付雪坐的床,"妈妈,老师说,鸟长大了,就会从妈妈身边飞走,要去勇敢面对外面世界,是不会哭的……"

"妈妈没哭,是眼里进了沙子……"

她边擦着眼泪边装出笑脸,没有什么比儿子这天真无邪的话语更具有劝服力。

她笑了,孩子是她心头的一轮暖日,日夜照耀着,让她忘记黑夜与寒冷的存在。尽管她走在苏赫身旁是那样的无奈,但她都会让那种无奈的表情隐匿在笑容的背后。

一二三

天黑的时候,他们一家三口赶回了河口市。

苏赫回家和父母告别。一进家门儿就看到电视开着,苏母双脚泡在盆里。

苏父躺在沙发上闭目养神,很是安静祥和的气氛。

"爸,怎么睡在沙发上?"

"来,儿子。你把鞋脱了,脚放进来试试看,也给你通通经脉。"

苏母笑得合不拢嘴,这很让苏赫感到惊讶。

"试我这个,比你妈那舒服。"苏父也乐呵呵地喊。

"这是足浴盆……"苏赫说。

"你爸爸身子下面……还有红外线按摩垫呢!"

"今天买的?"苏赫问。

"送的。你猜猜谁送的?"

苏赫寻思半天摇了摇头：

"猜不着。"

"刘易水——我干儿子呀！"

"还有我干女儿。"苏父也高兴地插上一句。

"对对对，还有我们干女儿——刘玉梅。"

"你们什么人都相信？也太容易上当受骗了吧。"苏赫担心起来。

"上啥当？我们又没花一分钱！他们都是土生土长的本地人，能骗我们啥？再说了，你去上海，撇下我和你妈……这日后呀，好处多着嘞！"苏父激动起来。

"这分明是：墨斗弹出两条线——思（丝）路不对嘛！"

苏赫一时急躁，这使苏父更加激动地坐了起来。

"我看：这叫一举两得！人家也没说要你帮忙找工作，你急个啥？就是要你帮忙，大上海，未必就没有别的啥单位招工啦？"

"就是，我看刘易水这人很机灵，干啥都能成器。"苏母补充说。

"好，只要你们乐意，我有啥说的？"

苏赫无奈，只好认同父母的做法。他进屋收拾衣物，拿了行李出来对他们说：

"我今晚的火车。"

"你一个人走，那女人不去吗？"苏母问。

"妈，你不是希望我这样吗？"

"傻儿子，找一个保姆还得几天适应。没人替妈照顾你，妈能放心吗？但千万可不能由着她性子，让她骑在你头上拉屎！"

"放心吧，她不是我对手！"

苏赫很快悟到苏母说这话的意思，欣喜地伸出两根手指：

"……耶……！您是世界上最好的老妈！——我现在就要她回来。"

苏赫说着拿出电话就拨，被苏母拦住：

"等等，你别忘了她是怎么走的！你能在她面前低三下四，妈可不能！"

苏母很快板着脸，停顿了一下，继续说：

"我眼不见心不烦，这一切都是为了你。希望你能把每个月的工资如数寄回来,我要替你管钱,也好早一点给你在上海买房子。我可不想对邻居们说——我儿子在上海还租人家的房子住。"

"行呀,妈,等买了房子接你们一起过去住。"

"上海那地方,我年轻时去过。菜里爱加糖,我和你妈吃不惯。去住就算了,只要能听话、孝顺我们就行。"

"爸、妈,这大千世界,我根本就找不到第二个给我生命的人!"

"知道就好,算我没白十月怀胎、把你给生下来!"

苏母笑了,她感觉儿子的心还在自己这儿,就无比地高兴。

她赶忙"噌"地站起来,脚都没顾上擦干就又开始她慈母般的关爱,忙碌着为儿子装上各种他爱吃的,或是要用的东西,并一直把他送到小区外马路边坐上人力三轮车。

一二四

三轮车载着他和行李,一路"叮当……叮当"着来到老街小巷,在杨婆家门前停下。

黄昏时分,这老街上依旧行人繁多、喧闹、嘈杂;老榕树也依旧在那里晃动着枝叶、果果儿们相碰。但苏赫对这些感到很陌生,恍惚着看了它们一眼,也只是用来确定自己是否找错了门儿。

"没错,门前有棵古榕树。"

他确定之后,付了车钱,上前敲响木门。

"妈妈,是爸爸。"

门儿还没有开,他站在门外就听到里面传出儿子的说话声,接着是一阵急促的脚步声。木门儿被付雪拉开:

"苏赫!行李打好了,还有没有忘记的?"

"我妈把你的也都给装了!一起走吧!"

"这怎么可能!她不是……"

"我说了,我妈是刀子嘴豆腐心,都是你自己不会处理关系。"

付雪像听错了,慌忙拉过行李箱打开看,果真里面有自己和孩子的衣物,还有自己的化妆用品!她顿时感到愧疚,感激地望着他:

"我不该和老人计较!你妈要什么?我们过年时买回来送她!"

"你又想歪了,她想看到我们能在上海住上自己的新房。"

"……知道了！"

"这下可好，能瞅见你们团圆……我就放心了！"

杨婆听到说话声，也从里屋走了出来，看见他们一家人团聚，一直为付雪揪着的心才算放了下来。

"哦，我忘了介绍——这是杨婆。"

付雪忙介绍说，希望苏赫能对杨婆有所感谢。

可苏赫一看见杨婆衣衫破旧的样儿，脸儿立刻拉了下来，但还是皮笑肉不笑地朝杨婆点头表示问候，待付雪和孩子一出门儿，他就憋不住内心火气，训斥付雪：

"这不是在农村，你有点品味行不行？卖豆浆的老太婆都能成你朋友，真低贱！"

这话正好让出门来送他们的杨婆听到，笑容立刻在她脸上凝固。她停下脚步，倚在门口望着付雪一家背影，摇头叹息着：

"这都是啥世道哟！"

一二五

晚上，离开车时间还有半小时，候车厅进站口已排满长长的进站乘客。乘客们正争先恐后，拥挤着把票递给检票员，票被"咔嚓"后，人们才通过检票口，朝站台涌去。

这是小型车站，每晚，只有一列从丹江开往襄樊再中转至上海的火车，所以赶来搭乘火车的乘客，都聚集在候车厅里也不过二三十人。此时，所有乘客都已排队去了，只有一位背着背包、戴着墨镜和太阳帽，一身旅游者形象打扮的男青年，正目不转睛地望着门口。

就在进站乘客的队伍越来越短时，付雪一家三口匆匆赶来，这男青年才迅速起身排在队尾，鬼祟地一直跟踪他们走下去，还不时朝奇奇偷望，直到看清他们上的是8号卧铺车厢，才悄然转身登上自己的9号车厢，那情形就像是一名正在跟踪、绑架儿童的可疑分子。

一二六

火车缓缓启动了。

8号车厢里苏赫放好行李后，就爬上中铺躺下看报纸。付雪和奇奇睡在下铺。她正给孩子脱衣服，想让孩子躺下早一点睡觉。

就在离他们相隔三四档床铺的走道上,那男青年又出现了。他发现付雪后,就诡秘地和一位中年男人交头接耳,不知说些什么,只见那中年男人点点头取下行李走了。那男青年留下来,随手把背包投掷到中铺,然后双手一使劲,他整个身体就蹿了上去,隐匿在床之间的隔板后面。

付雪丝毫没有察觉到这鬼祟跟踪自己的男青年,她安排好孩子,就独自依窗而坐。看着漆黑一片的窗外,内心无比的激动与欣喜。她压抑着不露神色,暗自计划明天如何重新开始:

"先去给孩子联系学校,再去找工作!"

"什么工作?记者、编辑、文员?对,就这些,除了这,还能干什么?"

她思忖着、畅想着自己带上那篇获奖作品,去了一家报社应聘工作的情景:

梦境中艳阳高照,她走进了一栋摩天大楼。在一间气派的办公室里,她把作品交给了一位年轻的女领导,那女领导看了看满意地和她握手说:

"你被聘用了!"

"太好了,谢谢你!"

她感到自己激动得全身发抖,难以控制。

"不客气,我带你去座位上。"

她用力地点点头,跟在这女领导身后。在经过大办公区的格子间时,那里同事们个个专心地忙碌着,除了敲击键盘的打字声外,安静得让人不敢大口喘气。她那高跟鞋的"嘎噔"声突然引来众多人目光,她歉意地一一朝他们笑笑,尴尬地踮起脚尖走过去。但她发现他们桌上都有一台电脑,他们每个人都在上面熟练地操作或写作。

这使她为之一震,从梦想中醒来。

"哎呀,我还不会用电脑!"

她一着急就站起来,晃醒中铺上刚刚睡熟的苏赫。

苏赫有些不耐烦,问:

"干吗,干吗?"

"明天教我电脑,行吗?"

"你学电脑干吗?"

"上海人是不是都用电脑工作?"

"是呀,可你那么笨,怎么学得会?"

"你答应教我了?"

"……快睡吧,到上海再说。"

苏赫总算应付完付雪的问话,又继续躺下睡了。

一二七

在襄樊中转,乘坐上开往上海的快速列车后,此时,已进午夜,卧铺车厢里厢灯被关掉后,剩下走道旁接近地面处的夜灯,但这光微弱得就像是窗外夜空里的一颗颗星星。

乘客们早已进入梦乡,除了个别的鼾声,就是火车快速前行的"咯噔"声,只有那男青年不时翻身,仿佛是被这噪音骚扰得难以入睡,又仿佛是因某种未办完的心事儿,令他这样坐卧不安似的。

他索性从中铺上下来,故意从付雪铺位的走道口走过,借走道微弱的灯光朝里看了一眼,他发现了她还开着床头小灯,坐着看窗外,就又立即疾步打转回到自己的铺上。

他躺下后,依然戴着帽子,只是取下了脸上墨镜,但由于光线太暗,使人无法看清他脸的轮廓,只有一双大眼在黑暗中隐隐绰绰地眨动。

一二八

付雪依然没有睡意,激动的情绪依旧高涨。她想着、笑着,极度中眼睛合上,又兴奋地打开……直到天边儿再次出现点点光亮替代她眼底的黑暗时,她才又重新依窗而坐,审视着窗外的一切。

"亮了!天儿亮了!"

在经过十多个小时的行程后,她眼底出现了那天边泛起的鱼肚白,慢慢地那鱼肚白越来越亮,能看清那里飘着滚动的云朵!还看见这亮光慢慢从云后射了出来,犹如是一颗刚被点燃导火线的炸弹隐匿在了云朵后面,随之"喷"出那金色光焰……

她平生第一次在开阔的东方土地上观看这新日的诞生。没有了大山的遮挡,能看清新日诞生时那新奇与美妙的过程!

"好美呀!"

她深深地被这半红半暮、变化着的新日所吸引,她欣赏地盯着、观察它"噌噌"地升起,这感觉就像是在亲眼目睹着一个一下下瞬间成长的孩子。她欣喜、激动,真想找一个人来分享这美妙的时刻,可她回头看了四周——苏赫在熟睡,孩子在熟睡,所有的人们都还在熟睡。她失望地独自欣赏着,直到新日完全长大,披上金色的光环成为一个壮小伙儿!它一路走一路把光的温度洒向大地。

"——就像昨天它的'父亲'那样了。那它爱的女人一定是,在黄昏披着霞衣赶来的彩云姑娘!"

她真心为它们的幸福而祈祷,也为自己的新生活而倍感高兴!

一二九

车窗外,一个不知名的地方,人们开始在晨光下行走。她要借身边人们还没完全醒来时的最后安静时刻,在这游动的东方土地上,寻找与家乡的相同之处;辨别他乡人们的房屋外形,和路人那身简朴的装束。看到了,她把它们深深地印在心底,无数个站台,无数个闪过的美丽画卷,这一路上一切都是那样新不可喻!她就像观赏新日那样来观赏车窗外的一切。她真希望就这样一直无尽头地走下去,观赏下去呀!但还是让报站的广播喇叭声,给拉回到车厢内嘈杂、喧闹声中。

"快,喊儿子起来!要下车了。"

苏赫不知何时醒来,从中铺爬下来催促她。

"噢!"

她恍然醒来,犹如魂魄重新附体似的,慌手慌脚地去行李箱里翻找孩子衣服。

"哎呀,给儿子少穿一点,外面热!"

"噢!"

她习惯了听他的呵斥,忙把孩子的夹外套给脱下来装进行李箱,然后又动作麻利地去收拾桌上孩子昨晚未吃完的零食袋,像个训练有序的合格保姆。而他只是站在一旁观看,更像个监工,嘴里不时唠叨个没完:

"把儿子的鞋带系好!——那半瓶矿泉水呢?拿来给我喝……"

此时,车还在缓慢滑动,乘客们纷纷都从上铺跳下来,收拾好东西后,挤在狭小的走道上。在拥挤的乘客中那戴墨镜男青年,正通过人与人之间的缝隙敌视着付雪身边的苏赫。

车停稳了,当苏赫一家人经过这神秘青年身边时,他迅速转身避让了一下,又接着诡秘地跟在他们一家人后面。

一三〇

出来了,付雪一家人随着潮水般的人流,分流于各个通道后,最终从上海站的南门涌了出来。

走在车站广场上,付雪这才深吸一口气,感觉到这空气里带着闷热。她再抬头看看天空——湛蓝湛蓝的天空上,正飘过一朵朵低矮的白云,浓墨重彩,极像一幅飘动着的水彩画。再环顾四周——四周高楼林立、直耸云层……

"车来了,上车,别愣儿吧唧的,丢人现眼儿!"

苏赫对她迷离的神情有些厌恶,就压低了声音训斥她。

她没有理会这种挑衅性的话语,知道自己本来就和他不是一类人,又何必勉强他来理解自己此时的心境呢?上海街道上繁华的一切都已让她目不暇接,哪儿还有心情与他计较一些没经过大脑的蠢话?

她稍稍收敛了一下自己迷离的神情,确实看见周围有很多路人向她投来异样的目光。她对这陌生面孔上的冷眼,不予理睬,不屑一顾,宁静地跟着苏赫上了941路公交车。

一三一

"这有座位。"

他一上车,看到两个空座位,就抢坐下来,还用行李也为付雪抢占了一个空座位,并喊她过来坐。

她没有听到,拉着孩子,只顾在观察车厢内座位上每个人的面部表情了。从这些人脸上的表情、眼神和装束中,她能分辨出本地人与外地人的区别……当她被身后的争吵声吸引过去时,才令她吃惊得张大了嘴巴。原来是苏赫和一个本地矮个中年妇女在争吵。

"你凭什么一个人做两个座位?"

本地矮个中年女人凶巴巴说着,一屁股坐在苏赫放行李的座位上。

"这是给我老婆孩子坐的,你起来不起来!?"

苏赫愤怒地从座位上站起来。

"给你老婆孩子抢座位,上海没这规矩!我为什么起来?要起来也得你这个大男人起来！到哪里不是男人让女人……？"

"我凭什么非要让你？你又不是老弱病残！"

苏赫可不是个让人欺负的主儿，他懂得维权，特别是在自己的妻儿面前，他得争回男人面子，于是就动手赶这女人走。

"苏赫，算了，让她坐吧。"

付雪知道他的个性——不示弱，搞不好又会大打出手弄出点事儿，因此付雪想退让一步好息事宁人，可就在这时，站在矮个女人旁边的另一位瘦高个中年女人发话了：

"你流氓，干吗推女人？"

"她坐在我行李上，压坏东西！我为什么就不能推她？"

"你就是流氓，看我姨妈漂亮了，是不是？……"

一个十七八岁，打扮时尚的小女人也大声朝苏赫呵斥。

付雪只好无奈地大声劝苏赫：

"算了，苏赫，你就让她们坐吧！"

"不行，我抢的位子，是给我老婆和儿子坐的！——让她坐，她算什么东西？！"

他边回答付雪的话，边用力把那女人拉站起来，推离座位，引来车内另一个上海中年男人的不满：

"你不要欺负女同志！外地人怎么这么没修养？讲讲理好不啦？"

"我买了票就有权坐座位，谁先抢到谁坐，理所当然，管你个屁事？"

"像你这样欺负女人，人人都要来管管！我就要第一来管你！"

那中年男人气愤地把座位上苏赫的行李给推在地上，一副准备迎战的样子。

其他三个女人见有人帮忙，感觉自己有理似的，更加个个口齿伶俐、气势汹汹。她们用上海话骂着，并举起手中的物件正要朝苏赫身上打去。危急关头，付雪毫不犹豫地抱着孩子挤了过去，迅速把孩子放在座位上，两只胳膊一伸展，用身体将孩子和苏赫护在身后：

"怎么，这就是你们上海人所谓的修养？四个本地人欺负一个外地人，算什么本事？不是要讲理吗？给带小孩的妇女抢个座位，错在哪里？你们说呀！？"

付雪不知哪儿来的气势,她第一次像个泼妇似的大声号叫,使得车厢内所有人都把目光聚集了过来。片刻安静之后,那小女人又发话了:

"上海没有抢座位的规矩,外地人别想在这儿撒野,小心我找人,半路上捅死你们!"

"口出狂言,幼稚!"一个男人的声音。

不知是谁在人群中大声接了这一句,令小女人越发愤怒,说:

"我说到做到!我哥们儿,个个都是混出来的,啥事儿没做过?何况要他们做掉两个人!"

"军火你做过?"

又一个男人的声音,仍不知谁在人群中发问,打断了小女人的话。

"军火是大事,杀人可是小事一桩!"

小女人不认输地说,并转过身来想寻找此人,可她看到的只是每个乘客的后背和后脑勺,根本就找不到那发话的人。

小女人更加气愤地掏出手机:

"我现在就叫我哥们儿来!要你们长长见识!"

"好了,好了,你们都少说一句。"

售票员看到付雪身边有小孩子,感到有些过意不去,这时才挤过来劝架。

售票员刚走到小女人面前,车就快进站了,她赶忙看了看车窗外,又用普通话朝车内大声喊道:

"中山公园到了、中山公园到了。"接着,她转身又低声改用上海话对那三个女人说:

"外地人都很野蛮的,阿拉不要跟外地人一般见识,侬到了,再会。"

"对额,对额,上海都让这些人给破坏了形象!"

那矮个女人用上海话,骂骂咧咧地和另外两个女人一起下了车。

这让躲在人群中,一直跟踪付雪至此的那个戴墨镜的神秘男青年松了口气,他悄然朝没有阻挡他视线的地方移了移,依旧诡秘地盯着付雪一家。

付雪这会儿没有心情再观察乘客们的表情或是欣赏外面的景物了,她抱着孩子平静地坐着。

刚才付雪的表现让苏赫感到很意外,心想:

"这个平时忍气吞声的受气包子,今天竟然也会剧烈相争,这说明她一直在掩盖她真实的一面。"

苏赫想在此,扭过脸来看了她一眼,发现她在跟儿子说笑,不由得为此一怔:

"真可恨,她竟有那么多张假面具,我怎么就不知道呢?"

就这样,苏赫带着一路疑问和无奈下了车。

走进新家小区,拐过弄堂,来到一栋几十层楼高的楼下。

那戴墨镜的男青年也一直跟在此,并看着他们一家人走进电梯……

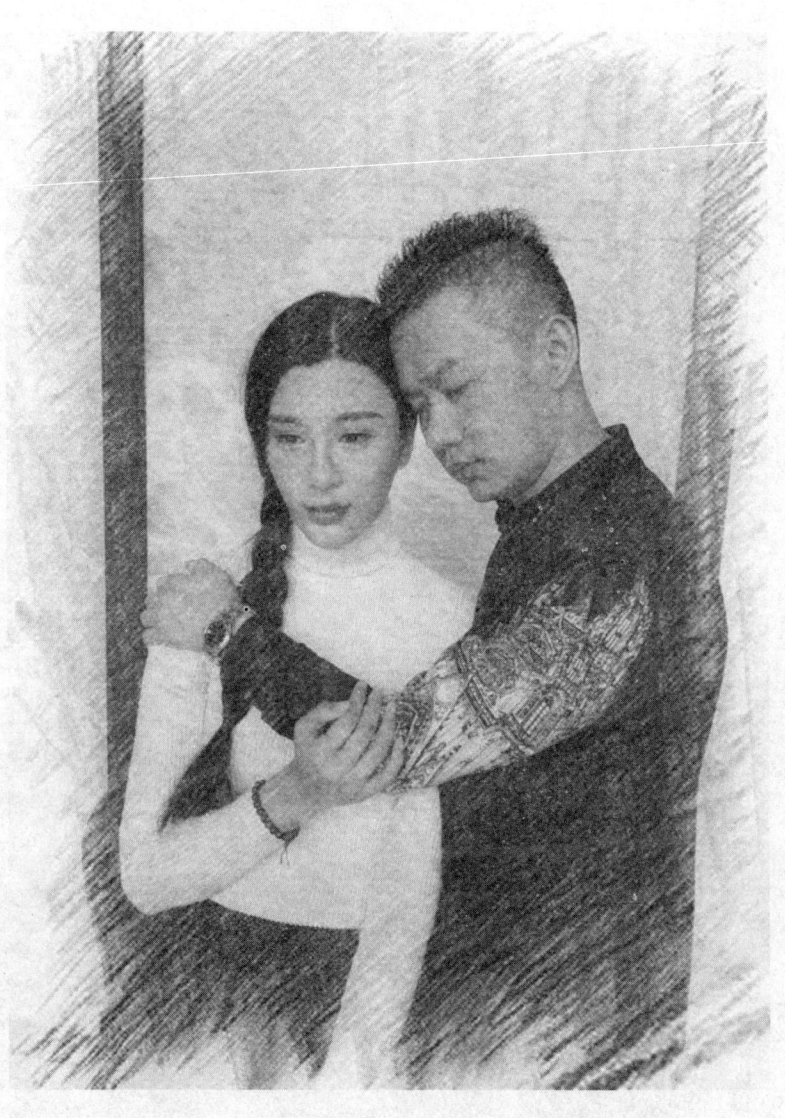

第六章

一三二

电梯上的数字很快跳到了12层。

苏赫带他们来到自己门前,开门儿进来后,里面一切摆设和付雪先前在手机视频上看到的一样,就是屋内卫生状况很差。地板、桌子、门窗、家具等到处是灰尘,就连凳子,在这之前他都是垫张纸坐。付雪看后,反而乐了,因为用女人特有的敏感,感觉到他独处的半年里没有别的女人来过,这就证明了她对他的信任是对的。

"哈哈,你从没想过要弄干净它们?"

"没时间。"

"那我们现在一起动手吧!"

"等会,我先上网看看再说。"

付雪知道他在推辞,也知道这是留给自己的活儿,她没办法让他做家务的神经复活。

听苏母说他从小就不做家务,也没有人去训练他。她赶不走要做自己主人的强烈欲望,可现在又不得不抓紧时间用最快速度,独自干完这一切家务活,因为现在已经下午3点钟了,孩子还没有吃中午饭,虽然不吵闹,但也一定饿过了头。她不能让孩子饿着肚子。

很快,家务活做完了,她已累得满身大汗。看着他在小卧室里带孩子玩儿电脑游戏,两人正在联盟作战,一副紧张气势,她只能无奈地摇了摇头,去客厅开冰箱拿菜做饭。可她打开冰箱一看,里面空空的,这让她感到很恼火,站在房门口朝他大喊:

"怎么,没吃的也不吭一声!"

"冷冻室里有一包饺子。"

他头也不抬地应了声，继续在虚拟的世界里浴血奋战着，根本就不管她的心情。

饭做好，付雪把饺子端在餐桌上，站在房门口喊了半天，也没人过来吃，她只好狠狠心过去把电脑电源给关上。苏赫这才拉奇奇去客厅吃饭。但他并没有马上坐下来吃，而是拿手机又重新钻进卧室里打电话去了：

"妈，我们刚到，路上很顺利……哦……好……我知道……"

她在客厅，听到这从卧室里传出来的声音，嘴里正嚼着的饺子难以下咽，她看着他那碗还在冒热气的饺子，心里却凉了半截。等他一走出房门，她就压抑着内心的悲伤问：

"你觉得……我做的饺子不好吃吗？"

"我都吃了半年，里面包了几坨肉我都知道。"

"附近有菜场吧？"

"菜场很远。一会儿带你去超市买。"

"那你把碗洗了，我去冲个澡……"

她总算弄明白他为什么对这饭不感兴趣的原因，心里的悲痛感也就减轻了许多，她说着起身去了浴室，很快水声传了出来。

他对她的话不予理睬，吃完饭后碗筷一推，空碗依旧摆在餐桌上，和在老家时一样。他起身去看电视，或是玩电脑，或是无聊地站在阳台上发呆，但就是不习惯去做任何家务活，如果有人强迫他，他会感到不安与烦躁，甚至感到生活得不自在。他像是完全还处在单身汉生活的单纯境界里，不希望有这些琐碎家务来影响他的惬意生活。

这会儿，苏赫又去卧室里看电视了，他要保持由父母在时他那轻松愉悦的心情和躺在柔软床上的舒适感，以及从小在家无事、清闲的习惯。

一三三

奇奇吃完饭后，没人陪他玩儿，就跑厨房偷偷拿了放在灶台的打火机，返回客厅，模仿大人的样儿，摆弄着、想打出火来。一下……两下……三下……，他终于打火成功，嬉笑着寻找客厅里可以燃烧的东西。他先是把桌上的卷纸拽下来点燃，纸很快就烧完了，他觉得不好玩儿，就把一卷卫生纸大把地拽下来扭成大纸绳形状，点燃后拿在手里甩动，立刻纸灰和火星儿四溅,他高兴地叫了起来。

"哦……放烟花了……放烟花了!"

苏赫正被电视里的武打片所吸引,没听到孩子的嬉闹声。

客厅里,奇奇见没人管自己,大胆爬上靠窗的椅子上,想站在上面可以甩出更高、更好看的火花,于是就抓住椅子往上爬。

他手中燃烧的纸绳高高翘着,在他没看见的情况下,晃悠着点燃了窗帘,窗帘是很薄的棉制品,遇火后慢慢地燃烧开去。当奇奇爬上凳子发现时,那蔓延开的小火焰把窗帘烧掉了一个大缺口。

"哎呀……"

他大叫一声,被吓呆在那儿,看着这火慢慢地散开,并散发出煳味。

"付雪,你锅里东西糊了?"

苏赫懒懒挪动了一下身子,大声喊了一声,依旧看着电视。

"……爸……爸……窗帘糊了!"

听到苏赫的叫喊后,奇奇这才害怕得哭喊起来。

苏赫听到儿子哭喊,一个箭步冲出来:"儿子,快下来!"又一个箭步冲了上去抱下奇奇,喊:"付雪,着火了,快点拿水来!"

他边喊边迅速把奇奇放进卧室,随后冲出来,抓起沙发上的衣服,上前扑打。

这火越扑扇越大,竟燃着墙纸,眼看就要祸及窗上的空调,使他着急得失去理智地乱叫:

"付雪,你死到哪去了?快拿水来呀!"

付雪在浴室里听到他这种粗俗的嘶叫,心里一怔,顾不上穿衣,直接端出自己正在用的一盆水跑出来,往火上泼去。火熄了,可客厅里又是一片狼藉。她惊魂未定,看着烧焦的墙纸,又看看正哭泣的孩子,还没等她回过神儿来,就听到苏赫的怒斥声:

"怎么教儿子的?不能玩火,这么重要的事儿,你难道都没教过他?想害死谁呀!想死你一个人去死,别连累老子!"

"你啥时变得这么粗俗了?……你没责任吗?我在洗澡,你在干吗?"

她第一次咆哮着反驳他,可能是在车上发"泼"的情绪意犹未尽,一遇到合适的对手又马上"泼"了起来。

苏赫怔了一下,看着她,降低了声调挖苦她:

"你连个小孩子都教不好,还怎么能指望你找份好工作!"

"像你这样粗俗的人,不也找了一份好工作?"

"我有多年的销售工作经验,你有啥?还想和以前一样坐办公室写写稿子?就你那点能力?——这是在上海,别做梦吧,你!"

"怎么就不能了?那也是我多年的工作经验……!"

"你以为你还是小姑娘?……不撞南墙不回头,死心眼一个!"

"你什么意思?"

"改行才是硬道路。走吧,买菜去,剩余的,该你自己体会去!"

苏赫确实没有什么可说的,上海这地方他来了半年,这半年里他饱经挫折才找到现在这份工作,稳定下来。那种到处求职碰壁的挫败感只有他自己知道,同时,也让他认识到上海这地方岗位竞争如同战场。可这一切对付雪来说都是新的,他自认为自己是个顶天立地的大男人,又怎能去跟她诉这个苦呢?因此,同样是沟通,可他用的这种沟通方式让人难以接受。

这种沟通方式确实伤害着付雪,她弄不明白:"丈夫为什么变得粗俗?为什么对自己会忽热忽冷?为什么会用一些挖苦、贬低的话来沟通……?"

"为什么呢?以前家里有公婆在,他们没办法真正地沟通,现在要开始过独立的、真正的三口之家日子了,苏赫也该和自己一样感到自由才对,可他反而变得让人感到陌生了……"

她想不出答案,只好苦恼地跟在他身后走出家门儿。

一三四

家乐福是一家跨国大型超市,里面的物品应有尽有。

当苏赫推着购物车,载着孩子走进入口的自动门时,他身边服务人员朝他们鞠躬,同时大声说:"欢迎光临",然后起身微笑着目送他们走入,这使得付雪拘束地跟在苏赫后面,不敢四处张望。

付雪虽在襄樊也进过大型超市,可和这里的购物氛围、购物顾客相比,就显得小多了。——在这里,她看到的是拥挤和顾客手中那大多数满载而过的购物车,特别是在收银处,同时开放几十个收银通道,还是个个通道上排着长长龙队等候;在这里,她看到二比一的老外人数;在这里,她看到很多稀有的水果、怪异的熟食;在这里,她看到了亚洲区域、美洲区域、欧洲区域等不同国家的物品及分类；还看到翻倍高涨的物价，和人们高层次的素养与文明举止。

这文明在人与人之间流传、感染，也慢慢让付雪感到了自在与愉悦。

苏赫一路看，一路挑选自己要的零食、小点或是家里需用的物品。最后，他带她来到蔬菜区，伸手拿了一把韭菜，没看上面价格就放进了购物车里。

"你喜欢吃韭菜，还喜欢吃黄瓜吧？"他问她。

"嗯。"

她愉悦地回应了声，下意识地拿起韭菜看了看上面的价格，顿时令她惊讶起来：

"2块8！"

"是呀，都这价儿。你喜欢吃就别管价格。"

她感到好奇，再过去看看黄瓜："4块，3块6……这两根黄瓜凭什么要这么贵？"

"这是无机栽培，那边还有更贵的呢。"

他指了一下左边菜架。

她带着好奇走了过去，随手拿起一盘土豆：

"四个……7块钱！这在老家才几毛钱，怎么会？"

再看下去她更是目瞪口呆。

"行了，别大惊小怪的，等你每月有了五六千的工资，就不会嫌它贵了。"

"每月五六千？这可是我在老家两三年的工资！"

"这还算是中等收入，就看你有没有能力找到这样的工作了。"

"……从哪儿能知道招聘信息？"

"还是先给儿子找个学校吧。"

他说完，轻轻捏了一下孩子的小脸。

孩子笑了，她也笑了，一家三口又回到了快乐之中。

一三五

一周后的清晨，阳光温热地从楼栋间斜射出来，照在一所充满孩子们喧闹声的幼儿园门口。

付雪带着奇奇走来,奇奇毫不怯场地向等候在门口的老师问好,然后又对付雪说:

"妈妈,再见。"

"奇奇,再见。"

她微笑着目送孩子由新老师带进教室,然后转身朝几米远的公交站走去。

早上是上班早高峰,公交前候车的人很多,每趟车上都爆满了,车下乘客还在拼命往上挤。付雪怕被挤,又怕挤了别人,让了一趟过去,希望下一趟人少点,可等来的比前一趟的人还多,她看看时间,无奈只好用力挤上,去了她从报上找到的第一个应聘地。

一三六

付雪从公交车上下来,按地址来到一栋摩天大楼门前。

她打量着这栋楼的外形,没想到竟然和她在火车上做梦中的有些相同!她不由得开心一笑,自信地走了进去。

这栋高楼里,整个一楼,都是用排列整齐的粗壮圆实的柱子支撑着,人们行色匆匆地出入,自然形成两条宽阔气派的一楼通道。

门口左边有一个总热线台(也叫服务台),台前坐有两位漂亮的年轻小姐,她们正在为来访客人做记录,和接听咨询电话;右边站有一名年轻、英俊的男保安。

付雪看到男保安的同时,那保安也正看着她,并向她走来:

"请问小姐找谁?"

"我是来应聘编辑的。"

"请从左边电梯、上9楼、再右拐。"

"谢谢!"

她礼貌地朝那保安笑笑,更加自信地加快步伐。走动时一点响声都没有,像一阵风刮过,还留一点清香给路人。

付雪今天特意打扮了一番,还穿上自己最爱的浅紫色套裙,紧缩的腰身,显露出她挺拔丰满的胸部,和微微上翘的臀部,十分性感,富有少妇成熟韵味,这也是她自信的原因之一。她身上特有的气质,不用看镜子,单从路人的目光中,就能获得满意答案。所以,她在想一些和这外表无关的问题,那就是——怎样应答面试中的各种专业知识提问。

她没有应聘经验,边寻思边来到电梯口。

这里等电梯的人很多,她顾不上看周围,继续寻思着,立刻大脑里蹦出很多有关专业知识的问答来。她闭上眼睛专注地在做这些无形的答题。突然,身后排队的人推了她一下:

"小姐电梯来了。"

"哦,谢谢!"

她吓了一跳,回头看了一眼,这目光正好扫见一个熟悉身影,这身影正从电梯旁的走道上走过,没入了墙的后面。

"郧海!?"

她放弃上电梯,转身朝那熟悉身影追去。

在追至大厅里,那身影不见了。

"一定是我看错了,他怎么会在这儿呢?"

她自嘲地笑笑,转身又回到电梯间,这回她没等多久电梯就来了。

电梯很快把她带到9楼。

一三七

9楼,穿过女性栏目编辑部工作区,靠右边是一间独立的办公室,这就是女性栏目总编王弈的办公室。门口易拉宝上还有"聘"字,以及相关要求。

王弈是个50岁左右的,精瘦、干练的高个儿男人,由于生活条件好,他在各方面都很讲究,看上去要比实际年龄小上几岁。他这办公室门儿平时都紧闭着,现在里面王弈正在面试一个前来应聘的应届毕业女生。

"……刚本科毕业、研究生在读、上海户口……"

他低声自言自语,翻看着这女生的档案资料。看完后抬起头来对女生说:

"嗯,侬条件不错,回去等通知吧。"

"阿拉老希望能进报社,王老师,侬就帮帮忙呀!"

"侬放心,这条件老好,没人比得过。"

女生高兴起来:"谢谢侬!谢谢侬!再会!"

女生起身转身走了出来,正好和在门口敲门的付雪迎面相撞,王弈朝门口看了一眼。女生脱口说"对不起"就关上门走了。

付雪正要和女生说"对不起"时，里面传来王弈的喊声：

"你好，请进。"

"噢，……"

付雪一脸歉意地走了进来，怯生怯气地站着说：

"您好……老师……我是来应聘编辑职位的。"

"请坐吧。"

他上下打量着她，最后把目光落在她挺拔丰满的胸部，"把你简历给我看看。"他说着，同时在目不转睛地欣赏她一举一动所带来的动感美。从这目光里能感受到王弈喜欢像付雪这种丰韵、性感类型的女性。

"好！"她慌忙取下肩上小包，拿出资料递过去。

"你手真修长。"

他借机碰了一下，令她一颤，赶忙把手缩了回来，羞怯不安地等待他看完自己的资料。

"你刚来上海？"

他突然正襟危坐，严肃地问。

"是的。"

他的严肃对付雪形成了条件反射，使她立即又回到了自信中，眼里闪烁着晶亮的希望之光。

"我们需要有本科以上学历，及本市户口……对不起。"

他果断地说完，看着她晶亮的目光立刻黯淡了下去，并带有一种令人怜惜的表情。

"没关系……再见。"

她收回资料起身要走，被他叫住：

"你等等。能不能把资料留下，我帮你再找机会……"

"谢谢您！"

她又重新闪烁那双希望之光，急忙又拿出资料递给王弈。

王弈站了起来，一改刚才严肃，热情地递给她一张自己的名片：

"如果付雪小姐愿意的话，希望我能成为你在上海的第一个'朋友'，怎样？"

付雪看了看名片:"太好了!王老师,谢谢您看得起像我这样——从小地方来的朋友!"

"小地方好呀!不会被污染。看你一副单纯样儿,就知道你老家山清水秀!"

王奕看了看时间,继续说:

"这样吧,我中午请你吃饭,你先出去转一会儿,看看上海的街景,11点在门口等我,好吧?"

"不用了,我还得再去找工作。"

"我这顿饭,就是为了帮你解决工作之事儿!"

"不用吃饭,能现在说吗?"她欣喜、急切地问。

"这个……"

他犹豫了一下,看了看外面没有人,就把门儿轻轻锁上,转过身走到付雪跟前,迟疑了一下对付雪小声说:

"这儿说话不方便,我不想要人知道我们是'朋友'关系,还是中午见面再说吧。"

"……那……我就请您吃吧!"

"不用你请,去吧!别忘了11点在门口等我!"

他小声说完,把门打开让她走了出去。

这时又有应聘人员走来,她只好回头朝他点头表示同意。

这种怪异的送别方式很让她感到不解,但又怕是上海人的习惯,所以就没多想。她相信这个世上好人多,所以决定中午赴约。

一三八

付雪从大楼里出来,走在人行道上,看着王奕名片,心想:

"这个好心上海人,能帮自己解决工作问题,真是太感激了!日后我一定会把他当自己亲哥哥或是长辈来看待!"

迎面走来了一位推婴儿车的妇女,付雪避让着,突然,一个男人从后面匆忙超过去,稍微碰到她的胳膊,继而头也不回地丢下一句"对不起"便匆匆走过。

"这背影……——郧海?"

她赶忙大声喊。

那人停下了脚步，猛然转过身来。

"谁呀？"

"郧海，真的是你！"

付雪激动地朝他挥手。

"是付雪！真没想到，能在这儿遇见你！"

"你什么时候来上海的？"

"你走后第二天，我就来了。这儿有我老同学，我们一直在联系。现在他帮我找了份房产版面的编辑工作，今天是来报道的。你呢？"

"我还不知道……先恭喜你！"

"我正赶回去和几个搞影视的老同学见面，走……你也去我家看看。"

"离这儿远吗？"

"不远，过了马路就是。"

"这……我……"

她吞吞吐吐地犹豫不决。

他猜出她犹豫的原因，酸楚地转过身长叹了一口气：

"放心吧，聪明的人是不会再犯同样的错误的！"

"……我相信你，走吧。"

她再次相信了郧海，毕竟他们是多年的同事加好朋友。

一三九

郧海的住处也是一个高层建筑住宅小区。

他带付雪上了15楼，果真一下电梯就听到有人在抱怨：

"郧海，你可算回来了。这老同学几天不见，啥时变得不守时了？"

这是一个高个子，30多岁，和郧海年龄相近，操东北口音的男人在说。

"行了，快进屋谈正事儿，我11点还有约会！"

这是另一个中等身材，微胖，年龄在40岁左右，扎有一个马尾辫，说一口标准普通话的男人在说。他们似乎没看见付雪似的，发着各自的牢骚话儿，但由此也能看出他们三人之间的熟悉程度。

"郧海有这两个好朋友帮忙，难怪一来就能找到好工作了！"

付雪暗自想，跟在他们身后进了屋。

一四〇

这是一套三室二厅的大房子,室内虽然装修简单,但很洁净。

"像这样的房子在上海一定很贵,他怎么会住得起这样的房子呢?"

付雪感到不解,刚想小声问时,那高个东北人发话了:

"怎样,哥们儿?这房子你们两男人住,还习惯吧?"

"还行吧。你的另一个房客可是个律师,说不定,你哪一天还需要他帮忙呢?"郧海说。

"我这小打小闹的,就拍几个专题片,又不做违法事儿,你说我要他帮啥玩意忙呢?得,这月房租我不收,等你俩拿了工资请我吃海鲜……"

扎马尾辫的男人催促着:

"哥们儿,还是谈谈我们这个专题片的剧本吧。"

"你就是急性子,我这不还有个客人嘛。"郧海走到付雪跟前,"我来介绍一下,这是我以前同事,也是多年好朋友——付雪小姐。"

"噢,你真漂亮。我是郧海大学同学,叫姜星梦。现在在上海,开有一家'星梦'影视公司,以后有事儿找我。"

高个东北人直爽地自我介绍完,又转向扎马尾辫的男人,并替他介绍说:

"他叫胡柯,是上海知名老导演。"胡柯向付雪微笑着点了点头。

付雪激动地看着他们:

"哇,导演!我就梦想着……有一天能把自己写的小说搬上屏幕!"

"你有什么类型小说?"胡柯问。

"爱情方面的。"

"爱情——可是人类永恒的主题,你拿来我们看了再说。"

"嗯,那我就不打扰了,你们谈吧。"

付雪激动地走了出去,独自在电梯里挥动着空拳:

"耶!太好了,太好了!"

一四一

付雪乘坐的是双向电梯,就在她下去的同时,另一个从一楼上来的电梯门儿已打开,从里走出一个戴着太阳帽和墨镜的男青年,他就是在火车站一直跟踪付雪的那个神秘的男青年。

墨镜青年朝郧海家门口走去,然后掏出钥匙开门儿。

里面郧海听到门口响声,过来把门打开。

"哟,大律师,下班了?"

"嘿,一个小小调解员,可不像你整天坐在办公室。"

"……人民公仆,有前途!不像我半截子入土了,才想到出来闯闯……惭愧呀!"

他俩说话间走到客厅。

墨镜男青年一见到客厅两位,就取下背包,兴致地打招呼:

"嘿,你们都在呀?中午喝几杯?"

"得了,郧海看来今天这事儿,是无法再谈下去了!你干脆就把那个付雪的小说拿来看看,弄不好,我们也尝试一下拍个电视剧?"

胡柯不耐烦地说着,起身要走。

"那行,我一会儿跟她联系。"

"付雪?她是从湖北来的吗?"

那男青年一激动取下了墨镜,原来他是付钢。

郧海:"对,是我老家同事……"

"怎么,你也认识她?"胡柯问。

付钢没有回答,心中暗喜。

他扔下背包就跑了出去,希望能再看到自己日夜思念的心上人。

一四二

可此时,付雪已走进马路对面的大楼里。

当付钢跑到楼下时,已不见了她的踪影。

烈日炎炎,他站在十字路口,用期盼的目光在行人中急急搜寻……

一四三

某报业集团办公大楼下,王弈很准时地在门口和付雪见面。

他带她去了一家酒店,要了间包房。

"你点菜吧。"

王弈欣赏地看着付雪说。

付雪打开菜单,发现上面的菜价很高,就推诿说:

"王老师,这不好吧?太贵了。"

"没关系，你比什么都贵重，我不能亏待了你！"

"我随便吃……"

她把菜单本子合起来，推给王弈。

"哈哈，好。"

王弈笑着，向站在身边的服务一挥手，"小姐，就上你们酒店里的招牌菜。"

"是，先生，请稍等。"

服务小姐说完就转身出去了，随手把门儿也给带上了，只剩下他俩。

他们偶然的一个四目相望，顿时令付雪感到浑身不自在。

"王老师，您还是说说帮我找工作的事儿吧。"

"不忙，不忙，等菜都上齐了……再说！"他看出她的不自在，忙端起水杯，"来，天热，先喝点水。"

确实付雪还真有点口渴了，她一口气喝完水。

"来，再喝一杯。"

他故意起身靠过来给她倒水。

"不用，我喝好了。"

付雪尴尬地把身子往一边儿让，这时门被推开，几位服务小姐们端着几盘菜走进来。

"先生，这些都是我们酒店里的招牌菜，都上齐了，您请慢用。"

"好好好，下去吧，这儿不需要服务的。"

"是。"

服务小姐们应声都退了出去。

"来，为我们的认识干杯！"

"我不会喝酒。"

"为了工作，少喝一点。来……今天必须喝！"

王弈一口气先喝完杯中啤酒，付雪不好得罪，也只好慢慢喝下。这杯酒下肚，很快使她脸上泛起红晕。

王奕笑眯了眼，看着她胸部微露的乳沟，差一点没把涎水滴出来，他吸了一下口水吞进去，还没等她夹点菜来垫肚子，这王弈又是一杯下肚，把空杯举在付雪面前：

"喝、喝！"

她无奈，只能跟着喝下，这第二杯酒让她满脸通红，头昏脑涨，就连拿筷子的手都在颤抖。她拼命控制着自己的意志，问：

"王老师，现在可以说说我工作的事儿了吧？"

"好，你真爽快，我喜欢！来，最后一杯……敢挑战吗，付雪小姐？"

他口气咄咄逼人，目光死死地盯着她。

这是种挑衅，她心里十分明白，同时，也明白自己酒量的大小，可她不能认输，不能扫了这好心人的兴！这只是一杯啤酒而已，她倔强的、比前两次更爽快地喝下去。由于过快，最后呛了一下，她嗓子辣辣得直想咳嗽。

"好，我答应帮你安排在我们编辑部，你就在家等通知吧……"

他说着起身围着桌子绕了一圈之后，乘她不备，把已锁上的门儿又给轻轻上了保险栓。这下他放心大胆地走到她身边，轻轻为她捶背。

"不用，我没事儿。"她无力地推开他的胳膊。

"听话，来，我帮你捶捶就好了。"

他早已是心猿意马，说着把手伸进她胸部。

"不许碰我！"她无力地反抗。

"……别像处女似的，来，小宝贝，做我情人……我养着你……你要多少钱，都行……我第一眼就喜欢上你了！……你好漂亮、好性感！"

他边强行去吻她的嘴，边把一只手伸进她的裙内，她的挣扎已让他气喘吁吁。

"……来人呀……快来人！"

她紧紧夹住自己的腿，竭尽全力地喊，并用力抓住他的胳膊向外推，过于用力，他一抬手把桌上的酒杯给碰倒在地上。

地上有地毯，杯子只发出"咚"的一声闷响，但还使他慌乱地抽回手来捂住她嘴：

"别叫！你不想要工作了？"他苦苦地看着她。

"我以为……你是真心帮我找工作！"

"我是真心喜欢你！——你要知道……你这条件，根本就进不了我们单位，你去了……我要替你担当多大风险，知道吧？"

"用不着你为我担风险，我自己找！"

她说完撑着椅子站起来，迈了一步，感觉两腿只打飘，她努力使自己站稳，然后摇晃着身子倔强地走了出去。

"付雪，付雪，你！你不识抬举！"

一四四

此时，苏赫中午下班后早早回到家中，正在给孩子下饺子。

饭刚端上桌，电话铃就响了，他赶忙擦擦手，去接电话：

"噢，是妈呀！我这里一切都好……哦，她呀，她去找工作还没回来。好，找到了给你打电话。什么？你把我这儿地址给了刘易水？他已经到上海了？嗨呀！不是说好不和这种人来往嘛！知道，知道，好……再见！"

他挂上电话，心烦地坐了下来。

这是苏母来的电话，虽然在谈话内容中有关刘易水的事儿让他感到不快，但这是苏母亲口交代下来的，他只能奉命了。所以又调整好心情给付雪打电话，他要问问她找工作的情况。此时，苏赫希望她能找到，也好向苏母汇报，使父母安心，可电话响了很久也没人接听：

"搞什么鬼，怎么不接电话？"

苏赫又重拨了一遍，这时门铃响了：

"回来了？我说怎么不接电话呢！"

他自言自语，阴沉着脸过去开门儿。

门被拉开了，一个拎行李的陌生男青年出现在他面前。

"你找谁？"苏赫问。

"请问这是苏赫家吗？"

"是呀！你怎么知道我的名字？"

"哟！您就是我苏赫哥呀？"

拎行李的男青年说着就从苏赫身边挤进屋去，放下行李，一转身看见正在桌边吃饭的奇奇，又一转话题：

"哟！看我这刚下火车，也没顾上给孩子买点啥，这头回见面，我也不能空着手！"男青年说着从上衣口袋里掏出一沓钱，塞进奇奇衣兜，继续说：

"就当是叔给侄儿的见面礼吧！"

"等等，你究竟是谁呀？"

"……我是刘易水呀！干妈，刚才没打电话来呀？"

"噢……噢……刚打过，对不起呀，没想到你这么快……就……"

"没关系，一家人还客气个啥！"

"是是是，还没吃饭吧？"

"哥，甭客气，我住哪屋？你给我安排好了，我自己做，有啥吃啥……"

"家里小，还是去宾馆住好。"说着要出门。

男青年拉住苏赫：

"走时干妈说了——要我没找到工作之前……省着花钱。我这一想，也是，把钱给了外面旅馆，还不如给咱侄儿当学费用。"他朝两个卧室看了看，"你看这不是有个房间嘛，我和孩子挤一块就行了。"

他说着把行李搬了进去。

苏赫对这个过于随便的干弟弟十分讨厌，但看在苏母分上；看在他给儿子见面礼（1000元）的分上。他很快算了一笔账，如果在一个星期内给他找好工作，他能搬走，这样正好用完他自己的1000元钱，就不会让自己倒贴钱进去。于是，默认让他住下。但还是面带难色地对刘易水说：

"这孩子一个人睡惯了，有大人在……睡不好……会影响他生长发育。"

"放心吧，哥，你一帮我找好工作，我就立马搬走。"

一四五

上海的季节是夏季和冬季较长，中西部的初夏，在这里已经是正夏了。

此时，天空上，日高风紧，白云一朵一朵的低而悠悠，犹如是从那高楼里冒出的白烟，一团一团、一阵一阵地连绵不断、络绎不绝；又仿佛是一把把遮阳伞在向地面投下一块块流动着的阴影，让走在户外的人们感觉不到这炎阳的火热。

这会儿，付雪已走出酒店，面对这陌生的环境，一时不知东南西北。

正当她拦了一辆的士要坐上时，电话响了。她头昏沉得厉害，心想："除了苏赫还能有谁？"更知道他打来是为问找工作之事儿，所以，令她感到这电话是种压力，她无法回答他，就没有去接听。直到过了许久，快到家楼下时，电话又响了，她才犹豫着接听：

"你别问了,我没找到工作……"

她瘫靠在出租车的后座上,萎靡地说。

"……没关系,你可以给我同学写剧本呀!"

电话里是郧海的声音。

"噢,郧海!……你别笑话我了,我哪儿会写什么剧本呀!"她微微振作起来。

"你一定能行,把你的《都市恋人》小说改编成剧本,就很容易了!快把小说送来吧!"

"我喝了点儿酒,刚到家……你能不能来拿。我的住址是威宁路715号。"

"好,我马上过去。"

付雪挂上电话,突然感觉酒醒了许多,"有交代了!"她终于松一口气,压抑不住内心的欣悦,激动地坐直身子!

出租车很快拐入她家楼下的花坛边儿停下。

这花坛连着喷水池,连着鹅卵石小径,连着竹林,连着青青草地,连着几十个健身器材的场地,连着花架长廊,又连着蘑菇小亭。这每一个独立的区域,犹如是每一幅独立的画卷,人是这画卷中游动的精灵。

"真美!"她半醉半明,望着这一切陌生与新奇的环境,昂然陶醉于其中,直到电话铃声把她吵醒。

电话的另一头,苏赫在家中阳台上急切地说:

"你在哪里?快回来,家里来客人了!"

"客人……郧海来了?我马上来。"

她突然觉醒过来,还以为是郧海上了楼,连连责怪自己太走神……

一四六

楼上的家里,苏赫听到"郧海"两字,心里顿感莫名其妙,本来就对这男人没有好感,这会儿又在上海听到他的名字,更是疑心加重、愁眉不展。

"他还真追到这来了,他们到底是什么关系?气死我了!"

但他此时得压抑住怒气,不能言行于表,起码还要在刘易水面前保留一点自己的形象。

付雪很快回到家中,她也被这未见过的干弟弟搞得不知所措。不管怎样，这是婆婆安排来的人,她得热情招待,得给他在孩子房间里重新支起一张床来。

苏赫上班时间到了,临走前,他把付雪拉到阳台上没人的地方,质问:
"你是不是有秘密,瞒着我?"
"尽瞎想,我怎么会有秘密瞒你呢?噢,对了,我上午去应聘,在那家报业集团碰见郎海了!他真幸运……有两个同学帮他。——不过,其中一个是开影视公司的,还要我给他们写剧本呢!我想尝试一下。"
"不行!不赚钱的事儿,决不能做!——我即使有钱,也不会养你,更何况现在没钱!"
"听说剧本的稿酬也很高,我不想错过这次展示自己能力的机会!"
"不行!就是不行!你写得算什么破东西?别人怎么会看得上?"
他越发鄙视地瞪着她。
"你怎么变得不讲理了!?"
"哼!我没时间跟你吵!"
他愤愤一甩手就走了出去。

确实,目前苏赫的工作大于一切,这么多人都指望他来养活,能不焦急吗?这一点付雪心里也明白,因此,没有对他刚才的挖苦话再做纠缠。但他坚决反对的态度,很让她感到揪心,与此同时,她不得不计划着下午和刘易水一起出去重新找工作之事儿。

一四七

苏赫下楼刚走至花坛处,正巧看见郎海从出租车上下来,他更是气儿不打一处来,但离上班时间越来越近了,他只好快步上前警告郎海:
"姓郎的!你给我听着!我不管你什么身份,最好不要让我再看到你,或听到你的名字!否则,我会对付雪不客气!"
"……她是个好女人!你想对付雪怎样?"他感到唐突,但很快反应过来。
"她是我老婆,我想怎样就怎样!我要你马上给我离开!"
"好,我走!可你会毁了她的天赋和才气!"
"我娶的是会赚钱的老婆,不是在家做秀的女作家,懂吗!?"
"对不起,我这就走。"

郎海懂了，他高估了眼前这个男人，实在是不想再看到这个自私到极致的男人，只是为付雪而感到惋惜。他抬头看看这巍然屹立的高楼，摇头苦笑着转身重新上了出租车。

苏赫看着出租车走后，才轻松愉悦地去上班。

一四八

郎海坐的出租车并没有走远，他让司机转了一圈又回到付雪家楼下，独自走到花架长廊里给付雪打去电话：

"喂，付雪，你下来吧，我在你家楼下。这儿有个花架长廊……"

他们本来是很正大光明的见面，这下倒好，改秘密约会了。

郎海这样做没有别的想法，只是想给付雪一个发挥施展才华的机会，因为他了解她的梦想与事业心。郎海对付雪不久前有过一次冒犯，深感内疚，现在他要来帮助她，也是在帮助自己减轻内心的愧疚感。

付雪很快拿着一个档案袋子从楼里跑下来，她轻快地穿过花坛，绕过喷水池，走过鹅卵石小径，经过竹林，踏过青青草地，跑过几十个健身器材的场地，才来到花架长廊，气喘吁吁地站在他面前：

"你怎么不上去坐坐？"

"我早来了，正好碰上你老公……"

他皱了一下眉头，一转话题又说：

"你小说稿，我拿去给他们看看，没准还真能成功！"

"很难，我先得有份……能养自己的工作。"

她说着把手里的档案袋递过去。

"这小说要是能被看中，我就跟姜星梦说说，看能不能先付给你稿酬。"

"行，那就麻烦你了！"

她感激地看着他，眼里闪烁着祈求与期望的光。

他懂这眼神，懂这目光，那简直就是一双会说话的眼睛。

他曾被它深深吸引着、迷恋着，但从来都不属于他，这让他痛苦过。现在郎海从私欲中觉醒过来了，再看这双眼睛时，才发现它是那样的洁净、明亮与清澈。仿佛能从里面照见自己曾经所犯过的邪念。它那种游乎不定的警觉感，会令他无地自容。

"那……就这样说，我走了！"

他说完转身离去。

她沉默着不语,寄托于全部的希望,目送着他的背影远去。

<h2 style="text-align:center">一四九</h2>

苏赫上班的单位是外企驻上海的一家汽车销售公司,他在里面任销售部门主管。

当他迟到5分钟后赶到单位时,看见自己部门十多名销售人员都已到齐,有的正在一楼车展大厅里接待客户,有的在给新展车做清洁……,他这才松口气,感到满意地笑笑,而后,走进自己办公室。

在检查完下属工作情况后,借没有客户来的空当,他想找朋友探探口,看有没有招聘信息,于是就拿起手机给刘晓娜打电话。

刘晓娜是对面一家国产汽车销售公司的人事科科长,她年轻漂亮,很前卫,但就是个子矮胖,潇洒男人们看不上她,因此,今年都26岁了还没有被男人追求的经历。在一次招聘会上,苏赫就是被刘晓娜看中,才被这家公司录用进来,所以他对她一直有感激之情。只是后来刘晓娜为了高薪,跳槽去了对面国产公司。

两人很谈得来,明里是同事,暗里是朋友,常由苏赫邀请,两人一块出去吃饭,可每次都是刘晓娜买单,使苏赫倍感轻松爽快。

苏赫偶尔也在她身上花点儿小钱,来显示一下男人尊严。

苏赫从没想过要和刘晓娜更进一步发展下去,只是把她当作自己无聊、孤独时的玩伴儿,仅此而已。而刘晓娜却不这样想,她从他身上第一次感受到异性的独特魅力,她日夜渴望着能有一个像苏赫这样相貌英俊的男人来爱自己。可在现实中,在她眼里,像这样"优秀"的男人们不是结了婚整天陪老婆,就是有女朋友的要陪女朋友,再么,就是和自己谈不来等诸多原因,使她不能接近他们。

现在只有苏赫既符合她条件,又对她很好,她自然免不了要往那个"爱"字上想。这跟苏赫的初衷相违背,可他还没能看透这老处女隐藏得很深的心机。

自付雪来后,他就没时间再请她吃过饭。而她每天还和往常一样在等苏赫来请她吃午饭,可一连几天都落了空,这让她很难过,一时陷入单相思之中。

这会儿，刘晓娜正情绪低落，没精打采地坐在电脑前工作，手机响了，才打起精神接听：

"喂……哪里？"

"怎么了……刘晓娜？"

"噢！天哪！是你，苏赫？"

她被他的问话惊醒，仿佛刚从睡梦中醒来，半调侃说："你，怎么……想我了？"

苏赫正经地问："你那里还在招人吗？"

刘晓娜有些郁闷："哦……我看还是下班了说话方便……"

"好，我晚上请你吃饭。"

"一言为定！"

她犹如被注射了兴奋剂，立刻兴奋起来。

苏赫也喜欢看刘晓娜笑的样子，那一脸的调皮样儿，还真可爱！和付雪相比是两个完全不同的两张脸。付雪脸上总有一种忧郁的神情，让他感到压抑，而刘晓娜脸上总是阳光灿烂、无忧无虑的样子，令他赶到轻松愉悦，所以，他内心里也更希望多多看到刘晓娜的笑脸。

"下班间，会更好，干脆就请她帮忙给刘易水找工作得了。"

他想到此，无意识对着手机做了一个响吻，才挂上电话。

刘晓娜听到电话里响吻，像触了电似的愣在那里，半天才回过神儿来。

一五〇

此时，苏赫公司对面国产汽车销售公司，一楼展厅玻璃墙外，付雪拿着"前程"招聘报，和刘易水走了进去。

付雪问到人事科门口，刘晓娜正挂上电话窃喜。

付雪敲了敲门，问："小姐，我们是来应聘促销员的。"

刘晓娜收起手机，看了一眼付雪，说：

"对不起，上午刚结束。到别的地方去看看。"

刘易水没有这种当场被拒绝的应聘经历，沉不住气，唠叨说：

"这报纸上明明写的，离截止时间还有一个星期嘛！咋上午就结束了？"

刘晓娜故作忙手头工作，不再理会。

付雪劝刘易水:"没什么,走吧。"

两人刚一转身,刘晓娜就起身把办公室门给关上了。

刘易水气愤地说:

"不就是个卖汽车的,有什么了不起!"

付雪安慰说:"但愿下一家,不这样。"

两人说着走了出来。

付雪展开地图,寻找就近的下一个应聘地点。

这下一个应聘地,是一家私营健身器材公司。当他们坐车赶到时,店里的老板娘刚招聘完,正忙着给这些新业务员们进行岗前培训。

这老板娘年龄在20岁上下,小巧玲珑的身材,白净的瓜子脸,一身明黄色的连衣套裙和一头拉丝造型短发。她声音尖细,口齿伶俐,给新招来的员工们讲起课来显得十分沉着老练,她尖刻地说:

"……今天,我给你们一个就业机会,也希望你们能给自己一个赚钱机会!"

她停顿片刻,审视着下面所有的人,然后缓和了语气,又说:

"我先自我介绍一下。我叫李秀萍,是上海动力健身器材公司总经理。我的理念就是'快乐销售、合理酬报'……"

"李经理,又来了两个应聘者。"

门口工作人员打断她的话。

"让他们走,我们应聘已经结束了。"她说完看了一眼门口。

门口工作人员正带进来一男一女。

这一男一女正是付雪和刘易水。

刘易水顺声音望去,正好和李秀萍目光相遇,他不由暗自惊叹道:

"哇!这么年轻……训起人来就这么老练?"

没等他多想,就听到李秀萍又接着往下讲:

"我们主要经营的产品有香港生产的全自动按摩椅、足部保健按摩器、女士美腿机等十几种新型产品……"

"我以前也做过保健器材,就给我一个应聘机会吧,李经理!"

"对不起,我们只招上海本地人。"

"为啥只要上海户口?我们一样有能力!"

"你想知道吗？"

李秀萍被刘易水没礼貌地打断激怒，索性停下讲课，转向门口，又质问道：

"你听得懂上海话吗？你了解上海人多少？我这里不是幼稚园，也不想把你招进来，再把你赶走，懂吗？"

她话音一落，过来一位保安朝他们呵斥：

"出去，出去！谁要你们进来的！"

屋内所有人都同情地看着他俩。

付雪已被李秀萍的话刺伤了自尊心，边拉刘易水走，边回击说：

"像你们这样的小公司，请我们来，还要看我们愿不愿意来！"

"快走，快走，这里没人请你们，永远也不要来了！"

李秀萍不耐烦地冲他们挥挥手，说完走过去把会议室门儿给"砰"的一声关上。

一五一

他俩被这家公司的保安"请"到外面马路上。

刘易水长这么大还是第一次遭人逐赶，一时气得直吹气瞪眼。

"这都啥德行？啥素质？——呸！还总经理嘞……给老子擦皮鞋还差不多！"

这骂声一出口，像是立马被风吹跑了似的，听到的路人们自顾自地走过，没有一个能朝他们抛来关注的一眼，就连身边正扫马路的环卫工，也很敬业地"呼啦"着大扫把走过。这现象让刘易水猛然间感到百般陌生、孤立无援。他到过北京，去过深圳，唯独没有像在上海这儿受人欺辱。

或许是这稠密的高楼，又或许是这匆匆而过冷漠的路人们，霎时间让他产生想家的念头，当他看到身边付雪正展开地图，寻找下一个应聘地址时，他被她不屈不挠的精神所打动。

他重新振作起来，接过付雪手中的地图，要当她领路人，才鼓足勇气奔赴下一个应聘地点。

一五二

自郧海离开付雪后，就直接来到星梦影视公司。

这公司是在徐汇区繁华地段的一栋高层建筑的写字楼里。

里面是三室两厅结构。左边客厅有五六台电脑，工作人员们围坐在此，正集中精力制作三维图像。右边客厅有一张椭圆形会议桌，桌上放着一个写着"《鸟人》摄制组"的小牌子。

郧海穿过这两者之间空留出来的走道，直接推开一间虚掩着的门，姜星梦正坐在办公桌前翻看资料。

郧海一进门就说：

"老同学，付雪这小说，你看后……立马给我个回复，人家可全把希望寄托在你这儿了！"

"行，你等着，我马上就给你答复。"

姜星梦说完，推开桌上的资料，接过郧海递来的《都市恋人》小说，认真看了起来，很快他被小说中的人物所吸引。郧海从他脸上看到了喜怒哀乐变化，忍不住暗自笑了。

"要是能用，就得先给人家稿费，不能让我这个'媒人'为难了。"

"那还用说！……只是没料到，这乡里还真能飞出金凤凰！"

"听你这口气，八成是认可了？"

"这小说不仅文笔好，故事编得也好，我们就需要这样有实力的编剧……"他从屉子里拿出一份合同摊在桌上，"你看看，没有问题，就要她明天来签约，怎样？"

"这可太感谢你了老同学！她这块'煤'终于让你给挖出来了！"

郧海激动地站起来紧紧握住姜星梦手。

"等等……！你有秘密瞒着我。"姜星梦敏感地问郧海。

"人家可是有家庭的人，想了，不如不想，免得伤神儿。"

"……哎呀，如今这年头正经女人不多了！没有金钱是万万不能，但有了钱这玩意儿，可就万万都能了！——我要她做我情人，你信不？"

"你小子，要是不想失去一个好编剧，我奉劝你一句——最好不要往歪了想！"

郧海生气地盯着他，那目光里充满敌意，像头发了情的猛虎遇见了情敌般瞬间变得凶狠。

郧海这突然一变脸，让姜星梦感到震惊，还真没想到郧海会为了一个得不到的女人而对自己动真格儿。

姜星梦心里虽然怏怏不乐,但还不至于为了一个女人而断送了他和郧海多年友情。于是表现出一副玩世不恭的样子,为自己辩解:

"哎呀,你还是不了解我呀!……我向来都不碰接过婚的女人,我可没工夫卷进一场纠纷当中。要玩儿,就玩儿小姑娘,那才……"

"行了!你这家伙,小心遭报应!到时别叫我帮你找律师就行!"

郧海说完就转身走了出去。

姜星梦跟在后面送至门口,嘴里还不忘为自己补充一句:

"吃不到葡萄说葡萄酸,你以为我不知道你那点鸡肠子?"

"大家同学一场,我希望你找个老婆结婚,过正常日子。"

"好,等我玩儿够了,一定会考虑此类问题。"

"你简直就是无药可救!"

郧海劝至最后,发现自己无法改变姜星梦这猎性嗜好,只好苦笑笑,扬长而去。

"你放心吧!记着,明天上午叫她来签合同……"

而姜星梦并不认为自己猎性嗜好有错,自然也不会把他的话当回事儿,依旧一副自得其乐的得意相。

一五三

上海的晚上是霓虹灯的世界,是繁星的海洋。

地上有适静的小区景观灯和流水般的车灯。楼房上有跳跃闪烁着的造型彩灯和房顶上摇头晃脑的巨大射灯……繁多的灯映衬着造型怪异、巍耸的建筑,让人看得清天空上是哪一朵儿白云飘过了哪一座高楼的房顶;看得清月亮告别哪一家的窗儿,又移到哪一家的阳台上去做了客;看得清天空的繁星是怎样与那繁灯亲密地结合。

是这些繁灯,将这座城市变成了一个嘈杂、喧闹的人类宇宙"飞船"。走进去仿佛让人置身于外太空中的某一个未知的世界,它能让人瞬间脱离白天所带来的压力与烦恼,能让人踩着从地下冒出的光柱,或是满地星星点点闪烁着的紫微微的变色小灯漫步……

不管是谁,只要是来到这嘈杂、喧闹的人类宇宙"飞船"上,累了,都可以任意推开一家酒吧门儿,你就能感受到一种"家"的自由。在那里,你可任意跳,任意和情人慢言细语,任意喝着你爱喝的各种知名酒类,再听上一曲专业歌手为你演奏的激情的异国曲调,或是听一首你不曾听到的原创歌曲,这都会使你的心情立即放松,变得无忧无虑,直使你彻夜不愿归去。

此时,苏赫被刘晓娜也拉到了一家酒吧里来。他是第一次来,看得出那种拘谨样儿。在刘晓娜的带动下,苏赫很快放松下来。

他们坐在吧台前,向调酒师要了两杯红酒,还要了一些小点,边吃边喝,边欣赏着舞池里人们扭动的腰肢……

刘晓娜发现他眼总盯着舞池不变,就站起来拉他:

"走,去跳舞吧。"

"不不不,我这身衣服不适合。"他尴尬地拒绝。

"那我们去找个地方,石头、剪子、布怎样?"

她像个孩子似的雀跃着,正因她个性还像个小女孩,没有太多的烦恼和郁闷,他才喜欢和她来往。像这种高消费而又使人快乐的地方,也只有像她这样的白领女性才会经常光顾。她对这儿太熟了,他自愧不如,但得装出很自然老练的样儿来,可还是在她面前丑相百出。

比如他要去洗手间,却推开了别人的包房;比如他不知道某个西点名字,结果点了他最不喜欢吃的榛子慕司。这榛子慕司又甜又酸咸的味道,让他翻肠倒肚地难受……

但刘晓娜不仅没有嘲笑他,还和他一起逗乐,这才使他感到放松、愉快。当然他在这愉快之余,并没有忘记自己来这儿的目的,因此就直截了当地问:

"最近你们公司有没有招聘?"

"有,不过刚招满,怎么了?"

他紧锁眉头,一副发愁的样子:"我随便问问。"

"你跟我客气什么?"她思考了一下,"……不过客服部还需要一名养护工……你老婆做不了。"

"不是我老婆,是我干弟弟。"

"哎呀,笑死人了,现在谁还有干弟弟呀!"

"嘿,是我妈认的干亲,非要我帮忙,你看这……我有啥办法!"

"既然你说给我听,证明你心里有我。——不过你得陪我玩得尽兴,才行哟!"

"好！来，我们石头、剪子、布……不醉不归！"

他终于开口发出了攻击性建议。

"哈哈，你敢吗？"

"来呀，开始了……石头……"

"我……布……你输了……喝喝喝！"

刘晓娜嬉闹着替他倒好酒，往他嘴里送……

苏赫酒量还可以，但连连败在刘晓娜手里，不一会儿就喝去半瓶高度洋酒，反倒输在了不堪酒量的刘晓娜手里。

当她看着他迷迷叨叨的样子，斜靠在沙发上，露出男人独有的宽阔、结实的胸膛时，她迷离地将脸贴了上去。她闻着他身上特殊的男人味，感受着他宽实、舒适的胸膛，陶醉地闭上了眼睛……

片刻后，她又猛然睁开，似乎想到了什么，一挥手叫来服务人员：

"买单。"

她搀扶着他走出去，在酒吧门口拦了一辆出租车坐上，车很快消失在马路上那流淌着的灯的激流之中。

第七章

一五四

苏赫家里，付雪已做好晚饭，由于刘易水在，还特意买了啤酒，等待苏赫回家一起吃饭。眼看饭菜都凉了，还不见苏赫影子。

付雪有些不安地拨通苏赫电话，可手机没人接听。

"不会，又在开会吧？"

付雪坐在电话机旁心想着。

刘易水替她给孩子检查完作业走出来，劝慰说：

"嫂子，不急，等哥回来再吃。"

"嗯，那就再等等吧。"

"你说今天去的那几家，咋没一个聘咱们呢？"

刘易水这会儿清静下来，想到白天的事儿，心里还真窝火。他找凳子坐下来，想跟付雪聊聊。

"没关系，咱明天去另外几家试试。"

付雪虽说得轻松，但她心里却已急得快要失去方向感，甚至在激烈冲突着：

"要不要答应王弈要求呢？"

就在她一筹莫展，绝望之时，电话突然响了。她被吓了一跳，机械地抓起电话：

"喂，苏赫，到哪儿了？饭菜都凉了。"

"……我是郧海呀……"电话里郧海的声音。

"噢，对不起……"

"你剧本的事儿通过了,明天上午9点之前到我这儿来,我带你去星梦影视公司。"

"这可太好了!我明天早上8点半就赶到!"

"好,恭喜你!再见!"

"……再见!"

她像做梦似的醒来,愣愣神儿,然后看着刘易水,却忘了挂上手中的话筒。

"你行呀,嫂子!这么快就找到工作了?"

"……多亏了一个朋友帮忙!"

"瞧,说这年头,干啥事儿都得靠关系,看来我还非得指望哥不可了!"

这话说得让付雪又回到最初对苏赫的猜测之中:

"……他曾说过,开会要很晚回来,我们还是先吃吧。"

"行,那就先吃。"

一五五

马路上车流中,一辆蓝色出租车离开车道拐入一处高档住宅小区内停了下来。

刘晓娜没有送苏赫回家,而是把他带到自己家中。这套房子就是刘晓娜父母为她买下的婚房,现在只有她一人使用。

房子内装修别致、典雅,就是大,而显得空寂。

她把他扶到了床上。

他依旧迷迷叨叨地说着糊涂话儿:

"别把我送回家,我没醉,我还要出剪子……剪子……"

"锤子……我出是锤子,你又输了……"

她接应着他的话,边替他摘去领带、解开衬衣,露出男人结实的胸肌……她欣喜地蒙上了脸,片刻后,她听到他在打鼾,这让她有些失望,但依旧不减她内心的狂热,她赶忙找了件儿红色带蕾丝花边儿的睡衣去了浴房。

一五六

整个淋浴房是透明弧圆形钢化玻璃做的,外面人能隐约看到里面赤裸人体的轮廓。

　　灯光下，那是一身没有女性曲线美的浑圆身材，随着"哗哗"的水声被雾气慢慢遮掩。

　　数分钟后，刘晓娜擦干身子，穿上大红色的睡衣走出来。她要给自己打扮一番，直接去浴室里的梳妆台面对镜子坐下，她拿出一对结婚戒指，显得有些郑重其事地握在胸前默祷。片刻后，她取下脖颈上的项链，把这对儿戒指穿上去，重新戴好。然后，才开始精心地为自己梳妆，最后还在头上插上一朵漂亮的玫瑰花，真像待嫁的新娘了！镜子里的她满意地微笑着。

　　这时她听到苏赫衣兜里的手机响了，她怕吵醒他，急忙跑出来。

　　她拿起衣服掏出手机，看也没看一眼，就把手机给关上。

一五七

　　这电话是付雪打去的，她此时做完家务，正孤独躺在床上，焦急等待着苏赫归来。这突然莫名的关机让付雪感到可疑，一骨碌爬起来，打开抽屉，翻找苏赫名片。

　　名片找到了，拿出来，付雪又看了看时间，已是晚上12点钟，然后穿上衣服悄悄出了门儿。

一五八

　　刘晓娜把手机关上后，又回到梳妆镜前，对着镜子，确定自己一切都准备好后，才又返回卧室。

　　"亲爱的赫……我愿意今晚嫁给你！你愿意娶我吗？"

　　她深情地看着像婴儿般熟睡的他，并怜爱地去触摸他的手，她把穿在项链上的戒指取下来，又自语道：

　　"这戒指是我一直为你准备的，……来……我给你戴上！戴上了，我们就是夫妻，我今晚才能……侍候你……"

　　她说着替他脱掉鞋子、裤子，只剩下一件弹呢内裤，那内裤上高鼓起的男性特征。

　　"……我爱你！你应该是我的男人！"

　　她自我解嘲地低声细语，又突然转身跑向客厅，从酒柜上拿出一瓶白酒，拧开盖儿，昂头灌了下去。

"我陪你醉,亲爱的!"

她不胜酒量,几口下肚,已是头晕目眩了。

"今天是我结婚的日子,你怎么不陪我喝……就睡了?"

她高兴却又显得心酸,摇晃着步子走到床前,无力地拽着他,然后也瘫软在了床上,但嘴里还念叨着:

"来,起来……喝交杯酒!不然……对不起我!"

苏赫被她倒下时的一只胳膊,给打痛了,晕头晕脑地坐了起来,半昧半醒中,他把她当做了付雪,喃喃着:

"老婆……我想要……老婆……"

他说着竭尽全力地翻身压了上去……

一五九

此时,外面依旧灯红酒绿,车水马龙,一派繁华热闹的夜市景象。

付雪已按名片上地址,匆匆找到苏赫单位,在大门口向保安打听:

"请问销售部的苏赫下班了吗?"

"哦,他5点钟就下班了。我看见他和对面公司的一位小姐一起走了。"

"那位小姐叫什么名字?"

保安敏感地看着付雪:"你是苏主管什么人?我不知道她名字。"

"我……我是……噢,那就算了,谢谢!"

她像是被重重打了一棒似的头脑"嗡"的一阵眩晕。她扶了一下头,准备转身离去时,保安见她精神不振,又同情地喊住她说:

"我帮你打个电话问问,看我别的同事们知不知道。"

"不用了,谢谢你。"

她心乱如麻,不愿去猜想丈夫背叛自己的事儿!她抱着"他已经回家了,在家等自己"的希望,急切朝家赶去。

一六〇

付雪回到家,卧室依旧是她出门前的样子——寂静、孤独。她这才警觉地看着窗外,但窗外的一切都是那样的不可知。

她不知道他在哪儿;不知道他为什么要背叛自己;不知道将如何来安慰自己受伤流血的心;不知道还能不能面对他明天的到来;不知道怎样和父

母交待……! 这太多的不可知的问题,已纠缠得让她疲惫不堪。

她痛苦,却欲哭无泪!她想大喊,却累得难以启齿。——这里夏风猛烈"噗噗"摇曳着窗帘,这里没有月光的夜空依旧天空通亮,这里是一个吞没人性的另类世界,这里到处是唯利是图的人们的狞笑……

"妈,我好想你!……好想回家!"

她终于哽咽着哭喊了出来。但这喊声很快被路边的汽车嘈杂声给掩盖。她知道自己是泼出去的水,不能再回到母亲身边,因此,她绝望地想着丈夫背叛自己的原因。好累,她真的感到好累,想睡了,想永远地睡去,她忽然想到了安眠药。于是,把安眠药从屉子里拿出来,全部倒在手中,还有水,她看了看杯子——空的。她像游魂般无声息地"飘"到客厅,就在倒完水要离开时,奇奇屋内,奇奇听到水声,大喊起来:

"妈妈,我要尿尿。"

这喊声吵醒刘易水,他赶忙坐起来,打开灯:

"奇奇,叔叔带你去。"

"好。"

付雪听到奇奇里屋的对话,方从绝望中醒来:"孩子!是呀,我走了,孩子怎么办?我不能撇下儿子!"

奇奇里屋,走动的杂沓声越来越近,她急忙又悄悄回到自己卧室。

她呆站在窗前,终于泪如泉涌。

一六一

天亮了,太阳穿透白色纱帘,照在刘晓娜家中那张宽大而柔软的双人床上;照在床边儿零落的玫瑰花瓣上;也照在地上一团火般的红色睡袍上。那就是刘晓娜昨晚穿过的睡袍,它曾遮掩过一个少女的贞洁,而此刻被玷污后抛在了地上……

闹钟,终于吵醒这对儿厮搅在一起的男女。半梦半寐中,他们离开对方的身体,又懒懒地侧过身去倒在床的两侧。

阳光耀得苏赫无法入睡了,这才只好揉揉眼睛斜靠起来,恍惚中,他隐隐感觉到这异样陌生的环境,再看看身边睡着的肥胖女人,他这才真正觉醒过来,惊恐地叫嚷:

"啊！你怎么在这儿！？"

"谁来了？"

刘晓娜也被他的惊叫给吓得从睡意中坐起来，由于坐起来的动作太快，加之裸体，所以露出了她小而扁平的乳房和臃肿肥胖的肚子，这让苏赫感到一阵恶心，立马趴在床沿想呕吐出来，可呕了半天，也没有什么东西可吐。

"酒多伤身体，我给你倒杯水来。"

她见没有外人来，还以为他是让酒给伤了胃，就关心地说，同时拽出枕巾将自己身体的隐秘部位遮住。

"不用，我要马上回去！"他依然是惊恐的神情。

"怕什么？我们昨晚结婚了！……你好坏……"

"结婚？"

苏赫看见了刘晓娜手上的戒指，和自己手上的一模一样。又看了看被子里——自己也一丝不挂，还看见洁白的床单上有一块快干了的红色血迹。他似乎明白了什么，立刻朝她怒吼道：

"你疯了，我是有老婆、孩子的人！"

"我不管！我喜欢你，就要得到你！否则我就告你强奸！"

"对不起，我赔钱！……要多少！"

"我有的是钱，如果你愿意，我倒想问问……你要多少？"

"我们感情还没到那分上！"他躲避她发情的目光。

"我有！只要我有……就够了。"

她从地上捡起那红色睡袍，继续威胁道：

"这上面有你精液！"

"就随你处置吧。"

他懊悔不已，垂头丧气得像个丧家犬。

"真是我的好老公，昨晚怎样……爽快吗？现在时间还早，我还想要……"

她说着就笨重地朝他扑了上去。

他无话可说，也不愿再睁开眼睛，只感觉有头母猪在他身上扭动，压他直喘气。

这会儿他满脑子都是付雪伤心的眼睛,和儿子可爱的笑脸。他想着他们,想着这曾几度破灭又被补救回来的家,他惭愧而又难过地落下了泪。

刘晓娜看见了他湿润的眼角,吃醋地抱怨起来:

"你那乡下老婆,有啥值得你留恋的?"

"你不懂。如果懂,就让我回去。"

"行,你现在可以回去,但晚上必须要回到我这儿!"

刘晓娜一半娇气,一半威胁的口气,让苏赫无奈地点了点头。

刘晓娜把他的衣服都拿过来,帮他穿上,还为他打好领带,最后亲吻他、目送他出门,就像妻子对丈夫那样关心、体贴。

一六二

这一大早的,苏赫还是第一次坐出租车回家。他看见付雪还和往常一样为他做好稀饭,还在桌上摆好碗筷,等待他回来。这让他愧疚得不知说什么才好。

奇奇起床了,他穿好衣服从房间里跑出来,活泼、快乐地喊着:

"爸爸……爸爸……"

是这稚嫩的喊声,扭转了他内心的僵局。

"欸!儿子!"

他甜甜地答应,并把他抱了起来。这使他感到前所未有的快乐与幸福!他不想破坏这种宁静、祥和而又熟悉的氛围。然而,他做错了事儿,只好心虚地偷偷观察付雪表情。

他发现她没有异样,心想:

"她不会知道昨晚发生的事儿,最好永远也不要让她知道。"想到此,放下儿子亲热地喊道:

"老婆,你吃慢点,稀饭还很烫,别烫着了。"

"我赶时间……"

她没有抬头,平静地回答他。

"那儿子就让易水送,你忙去吧……啊。"

"哥,放心吧,今后奇奇就由我来接送!"刘易水忙接过话。

"噢,易水。我差一点忘了,你一会儿跟我去我公司对面的4S店报到,到他们人事科找一位姓刘的人事。咱先不管工作好坏,能进去,就能有机会往上升。"

"哥,你真了不起!难怪这么漂亮的嫂子能看上你!"

"去你的,别拿你嫂子来给我套近乎。别以为有关系就行,你做错了,一样会被辞退……小心点!"

"欸!"刘易水嬉笑着抓了抓脑袋,心想:

"我怎么会被辞退呢?我可是商场上混了几年的人。嘿嘿,也未必就比你苏赫差!"

想到此,起身去了卫生间,一边儿吹着口哨,一边儿用摩丝打理起头发。

一六三

还是付雪等孩子吃完了饭,急匆匆地把奇奇送到幼儿园里去。

她从没想到能指望谁来帮她减轻家务负担。

她不是女强人,只是因为残酷的现实生活,让她学会自立、自强、自尊与自新,她的格言就是——生活不相信眼泪。

现在她已经知道她最爱、最信任的男人背叛了自己。经过一夜悲痛之后,她的心像被抽空了似的,空得让她心慌,但很快这种心慌被另一种希望所代替——就是她内心梦寐以求的,展现自我写作能力的一个机会。因此,她从昨晚不死的那一刻起,就把自己意志转移到了写作事业上来,才有她现在一直保持的平静表情和心境。

她不再想一切令她伤心的事儿了,她要将一切外在对她的伤害,或是干预她写作之路的障碍排开,去实践、去从中获得新生!

所以,还是早上8点钟,她就已经抱着她的希望,来到郎海家中。

付钢也在,她惊讶极了:

"你怎么会在这儿?"

"我应聘在附近的一家律师事务所,当法律顾问。是通过上网房产中介,合租的方式介绍过来的,我也不知道会这么巧!"

"这可太好了!"

付雪在这大悲时刻,能和亲人相见,是上天的恩赐,她忍不住高兴地和付钢拥抱在一起!

这短暂拥抱,像一颗拉了线的手雷,立刻在付钢身上爆炸出爱的火花,使付钢周身血液顷刻间沸腾起来。付钢羞愧地放开付雪丰满柔软的身躯,猛然转身躲进自己房间。

付雪也感受到付钢身上那正常男人才有的冲动行为,虽然感到唐突,可她能理解一个男人初次拥抱女人身体的感受,为此,她笑笑,转身和郧海一起离开了。

付钢听到关门声后,才从紧闭的卧室里走出来,他欣喜若狂,独自在客厅里练起拳击,直到自己筋疲力尽地躺在地板上。但仍精神饱满,目光充满激情。这就是他心中的爱在燃烧,火焰在他眼里、在他沸腾的血液里……

一六四

郧海带付雪来到星梦影视公司,姜星梦和胡柯都早已等候在姜星梦的办公室,两人正静坐着翻看付雪小说。

见小说的作者来了,两人都热情地站起身与付雪握手。

四人坐定,姜星梦恭维说:

"付雪小姐,你的小说我昨晚全部都认真看过了。很好!故事情节跌宕起伏,很感人,如果你能在我们指定时间内改编成剧本,我想,我们是可以合作的。"

"我没写过剧本,但学习过一些剧本创作方面的知识,还请姜总多指教!"

"这点你放心,你只要按照导演要求去修改就行了。"

"我的情况……不知郧海他……"

"噢,郧海都跟我说了,付款方式写在合同里。你如果再没别的要求,你看是不是……把这合同给签了?"

姜星梦说着就把合同展开,放在付雪面前。

付雪一口气看完合同,激动地把头转向郧海。

郧海知道她看自己的意思,就鼓励她说:

"没关系,万事开头难,你若不去尝试,就永远也学不会!只当是给自己一次学习、锻炼机会吧!"

"嗯!谢谢!谢谢你们!"

付雪带着感激之情,在合同上签下了自己的名字。

姜星梦为了庆祝合作愉快,习惯性地从身后酒柜上拿出酒杯及红葡萄酒倒上:

"来,为我们付雪小姐,哦,不,是'付雪编剧'加入我们星梦公司!干杯!……"

一六五

而付雪某种意义上的"新生活"的开始,苏赫全然不知,早上看到她对自己昨晚没回家一事儿漠不关心,还认为她只是个蒙在鼓里的傻瓜。

一想到她不能赚大钱,又和父母关系僵持,这两大理由,足够让他心烦一辈子。这种心烦很容易让人产生身心疲惫。

"常持已久的身心疲惫下去,不和她离婚,像这样共同生活在一起也没什么幸福可言,还真不如现在'外面彩旗飘飘,家里红旗不倒'的做法妥当。这既是为了孩子,也维持他们现有的婚姻。"

他在办公室暗自盘算着,抽空就给刘晓娜打电话。

刘晓娜接到电话跑出来,站在外面向苏赫招手,做一些怪动作。苏赫看她依然是快乐、富有、无忧无虑的样子,感到很轻松。

回想起昨晚和她在一起的快乐感,不由得笑笑朝她一挥手。

一六六

中午下班时间,苏赫抽空去了刘晓娜公司后面的一处车辆养护间。凡是购买他们公司新车的用户,都可以在一年内定期免费在这里检修、保养。

刘易水就被刘晓娜安排在这里。这会儿,刘易水穿着工作服,正弯腰给车身打蜡做保养,苏赫在众多的车后面找到他:

"易水,这工作还干得惯吧?"

"哦,哥来了。这啥叫惯不惯的?主要是看以后呗。"

"对对对,主要是看以后。有些客户比较挑,你小心点。"

苏赫说完,左右看看,发现门口又开来了一辆新车,那客户正是李秀萍,她一副傲慢的样子,从车上下来,正对男班头说着什么。

苏赫认识她,忙对刘易水提醒说:"哎,这女的和我打过交道,她老公就是在我手上买的车,很挑剔,小心点。"说完从后门走了。

刘易水看了一眼女客户背影,笑笑,继续忙手头工作。

男班头喊:"小刘,你过来下。"

刘易水应声过去,男班头指着刚来的车子说:

"这客户比较挑,你就先给她做养护。"

"噢,好嘞!"

刘易水说完,刚要开始工作时,一抬头看见李秀萍正朝这车走来,他似乎明白什么,惊讶地问班头:

"这车不会……是她的吧?"

"你算猜对了,她看上去就是一副伶牙俐齿相,惹烦了她……说不定连工作都保不住!"

"呵!我倒要看看她到底有多厉害。"

刘易水说完,故意大声喊:

"这是谁的车?车主……车主哪儿去了?"

班头见刘易水这架势,赶忙离开。

李秀萍听到喊声,应声道:

"我的车。怎么了?"同时她认出他来:

"噢,是你?怎么,这么快就找到工作了?不过,这工作还挺适合你的……"

"对不起,小姐,请把车子向后倒一点。俗话说——好狗不挡路,你挡这儿,别人也不方便是吧?再说,上海的有钱人,理应率先做城市的文明先锋嘛!"

"你!"

"我这也是为你好。看你这么漂亮、又有钱,根本就不像挡道儿的……那个……那个……"

"照你这么说,你骂了我,我还得感谢你了!?"

"我除了说话不好听外,却有一颗公德心,感不感谢随便你!"

刘易水突然一本正经地说,令李秀萍哭笑不得,只好气呼呼上车,发动车子，将车倒出去，换了地方停好，然后，从车上下来就直接去找了男班头，十分不满意地问：

"黄师傅，给我车维护的人怎么还没来？"

"来了，小刘就是。"

黄班头笑笑说完，就又匆匆跑进办公室去了。

周围其他工作人员也都正忙自己的事儿，李秀萍只好没好气地对刘易水大声命令道：

"快，先给我车做维护。一小时后，我还要赶去见客户！"

"对不起小姐，我们这儿，按先来后到顺序。"

他边说边给先前那辆车子擦窗儿，这让她更加恼火。

她看了看他胸牌，上面写有刘易水名字：

"好！你叫刘易水是吧？我现在就去投诉你！"

"不会吧……小姐，我记得你是总经理，连最基本的制度都不遵守，怎么能经营和管理好自己公司呢？"

"嘿！我今天真遇见鬼了！一个洗车工，也敢跟我谈什么经营、管理？"

"谈管理、论经验，我不比你差，就差没你来上海早。我要是提前个几年来，这上海健身器材行业，恐怕你又多了一个竞争对手。——哎呀，说不定……你们公司还让我给挤掉了呢！"

她突然转变愤怒的情绪，嘲笑他：

"是呀，俗话说，林子大了什么鸟都有！——我今天才发现，上海这地方，到处都是'大材小用'、吹破牛皮的'能人'！"

两人斗嘴时，刘易水已经在给她车身打蜡，而且速度很快，质量又好。他的目的不在报复，而在于——如何让对方和自己保持交谈的热情，现在他已达到了目的，正慢慢把话题引入自己的谈话内容中去：

"我今天还真敢跟你吹——你今天去见的客户，没我，业务肯定谈不成……信不？"

"就你？呵，鬼才相信！"

"不信，我就不说了。"他说完，一拍车，像大哥哥似的又交代她说，"去吧，给你节省了半小时，路上开慢点。不成，你来这儿给我回个话儿；成了，我今后优先给你擦车！"

"好，就这么说定了！"

通过这次谈话，李秀萍对他的看法也大有转变。她由看不起到不信任，再由不信任到能接受他的挑衅，这个转变结果，正是刘易水意料之中的事儿，但唯有对"是不是没他，她就肯定谈不成业务"这一说法欠缺考虑，刘易水还正心中打鼓。

刘易水是根据她对待自己时的脾性来分析，而没有真正见过她在客户面前的表现，所以胸无成竹。

李秀萍开车走的时候，刘易水已开始忙别的活儿了。她回头看了一眼他那麻利的动作、姿势，"嘻"的一笑自言自语起来：

"……还真有点干什么、什么都在行的架势。"

一六七

苏赫亲眼看到刘易水在上班后，心里很是高兴。

在他刚到办公室时，一进门就接到一个陌生号码的电话，苏赫犹豫着接听，电话里：

"喂，苏赫，还能听出我是谁吗？"

"你是……王小波？"

"呵！看来半年没见，还没把我这朋友给忘了？"

"小波，你说这话，可就不够意思了……"

"好，不开玩笑，说正经的——你明天中午有时间吗？咱一起吃个午饭，我请客！"

"啥？你啥时候来上海的？"

"来一个星期了，本来不想打扰你的，但在这儿……想找个好点的工作可真难……！听你妈说，你是在一家外资公司上班，不到半年，就把家都搬来了！真有本事呀！咱也能跟你沾点光，帮忙找份工作啥的……"

"这个……"

"哥们儿，你可别跟我这个、那个的，我可是全冲着你在上海，才敢辞掉邮局工作来的……！"

"那好，见面再说……"

苏赫听着电话,想推又感到没面子,只好答应了下来。

好在还有刘晓娜这个情人帮忙,他心里也就踏实很多。于是他在办公室里坐立不安,就出来帮忙销售,可由于分心,没抓住客户的心理,在顾客面前答非所问,结果连连丢掉客户。他察觉自己工作失误后,急忙退回办公室,盼着天儿早一点黑下来。

这种工作状态很让他担心,他最怕的就是丢掉工作!因此,他努力克制自己的意志,收回神儿,开始专心工作。

一六八

时间总在人不经意间流逝,付雪从姜星梦那里回来就开始投入地写作,竟然第一次忘了孩子放学时间。还是刘易水下班后,路过幼儿园门口时,看见奇奇和老师等在那里,才把他给带了回来。

这是东海岸边儿大都市里的夏季傍晚,太阳还散发着余热,给高楼涂抹上一层朦胧的金黄时,月亮却已追赶着晚霞,早早挂在中天。那晚霞慢慢在被暮色吞蚀,就像付雪小屋里的明亮在被墙角的黑暗所吞蚀般,渐渐变得灰暗朦胧。

刘易水回来后,就下厨帮她去做饭。

孩子在自己卧室里安静地写作业。

"苏赫呢?"

她不能不停下来问问。

"他说王小波来了,要陪他吃饭。"刘易水在厨房回答。

"以前来客,都是在家里吃的……"

她心里明白,但还是难过得想唠叨一句。

她毕竟是他的妻子,也有义务来问候、关心!然而这都是昨天的事儿了,像一场梦似的结束。

她再次暗示自己不能陷入悲伤之中,要把昨天的梦当作手下稿纸上的虚拟境界,她可以为其中的人物痛哭淋漓,也可以为他们畅饮欢跳,结束了,就把稿纸合起来!就让一切悲欢离合的结局都由自己来主宰!

她的这种自我劝慰,仿佛将她飘忽出去的灵魂又拽回了肉体,才又见她独自伏案专心工作着。她要分秒必争,想赶在黑暗来临之前,结束她手中的创作。

　　这卧室里先是一片孤寂，而后随着黄昏的降临，从窗外传来一些车声、人声、高跟鞋的"嘎嗒"声，不绝于耳。这混乱的嘈杂声，仿佛在催促着她"累了停下来……停下来……"然而，她没有，就连吃晚饭都是刘易水端来，直到夜深人静，即将通宵达旦。

一六九

　　上帝给人类安排了短暂而有限的生命，可迷离中的人们非要给自己人生历程上栽种下荆棘，或是厌倦那原本笔直的道路，弃其而绕行。

　　这一切都是因为人类没有高入云霄的身体——不能高瞻远瞩、统观全局；没有大海的宽阔和谷底的渊深——不能海纳百川、蕴藏智慧；没有一双神的慧眼——不能透视心灵、辨清是非；更没有像太阳般火热的心——去温暖万物、化解人类心结。人类的记忆还仅受限于过去；创造还来源于自然界；文明也仅在模仿之中；所谓的思想，也都是某种欲望的诱因。试问，人与动物的区别何在？难道真的仅仅只在"受孕后胎儿比其他动物的胎儿的存活率低吗？"

　　若在云端俯瞰，人类是那样渺小，小得就像蚂蚁王国。上帝若在目睹人类生活，就能看到，到处是交配的雌雄"虎、豹"房屋的墙壁是用来阻挡人的视线，可窗儿是房屋的眼睛，能从这眼睛里偷窥到里面如"虎"如"豹"的扑食动作，能听到醉生梦死前的呻吟——那便是人与兽在交替的交配场景。

　　"咿咿咿……你好坏……"她叫喘吁吁，面朝床里高跷起屁股，任他站在床下从后面搂住她的肥腰。一个如渴龙见水，杖杖直叫；一个如饿虎抓羊，猛劲十足，好一场淋漓尽致的酣战！一阵紧似一阵的销魂，让他们不顾一切地相互迎合。直到他打了个冷战；她失控地浪叫之后，双双醉死子宫深处那精子与卵子结合的瞬间。

　　这种交配过程是原始与野性的综合，是人类文明世世代代延续、传承所不能改变的固有本色。唯一不同的是，人类把行为与道德、法制相结合，制成了一把"双刃剑"，制约人类乱性无度的生活方式。正因有了这"双刃剑"，他们才把这种本色当作"晚餐"享用；当作"贵品"相赠；当作"互利"的工具；当作"商品"买卖，就像苏赫和刘晓娜这样，他们暗自、隐秘地为了达到各自的意愿，上演了一场违背道德、法制的私通行为。但他们还自以为是，自圆其说。

"我喜欢你，赫！今天是我们结婚的第二个晚上，要不，我们明天请假，一起出去旅游、度蜜月？"他们裸露着身子，她依在他怀里呢喃。

"现在还不行，我不能让我老婆知道我俩的事儿。"

"离婚吧，你要多少孩子，我都能给你生。"

"嗯，等我赚够了钱，买了房子，不再为失去工作担心……"

"我有！"

她爽快地说，同时笨重地挪动着身子下床，从柜子里拿出一个袋子，一层层打开，递给他看：

"我的房产证，还有100万人民币存折，都是我父母给我结婚用的。"

他听后已为此震惊，但又故意克制，闷闷地说：

"有了孩子后，这哪儿够？"

"我还有100万美金呢，我们也不是不赚钱！"

她生气地从存折中取出一张外汇特有的银行储蓄卡，在他面前晃了一下，又急忙收回。由于她手中捏的东西太多，不经意间，掉出一张水电费的缴费单。

"别别别，你先别误会，我是说……唉！还是算了。"

他替她捡起那张缴费单，看了一眼上面的地址和姓名，然后替她把单子塞进袋子。他这又一卖关子，急得刘晓娜连连追问：

"说啥？快说呀！"

"其实也没啥，就是老家那边……还有父母，我怕……"

"等婚后，每月给他们点儿钱，找人侍候着，不就行了？"

"可眼下，总有老家来的好朋友……投靠我，我又不能不管！"

"只要你愿意和你老婆离婚，诚心跟我过，我也愿意帮你管老家来的人。但最多帮个一两次，我可不想让这些人扰乱了我们以后的正常生活！"

"行，我保证就最后一次，'老婆'！"

"你答应离婚了？"

"一个星期后,我保证离!"

"……太好了!"

她欣喜若狂地跳上床,抱着他狂吻、乱亲。

他迎合着她,两人嬉闹着、赤裸裸地滚抱在一起。

一七〇

此时,夜已深深,刘易水辗转难眠,索性悄悄起床,见付雪房灯还亮着,就穿过客厅的黑暗,轻轻推开付雪房门儿。

一七一

付雪卧室里,付雪太投入工作,没听到身后响动。

"嫂子,我没打扰你吧?"

刘易水低声说,但还是把她下了一大跳。

"嗨哟……。"

"哥……咋还没回来?"

他扭头看了看空寂的房间问。

"男人们,到哪儿都是家,用不着为他们牵肠挂肚……"

她有些淡漠地看了他一眼。

可他并没能看懂她这淡漠眼神的含义,就悻悻地回应说:

"嫂子,你说得真对,我就把这儿当自个家了……"

她感觉到他偏离自己说话的意思,忙打断说:

"太晚了,你去睡吧。"

"我睡不着。"他突然激动地看着她:

"你猜!我白天遇见谁了?"

"谁?"

"那个健身器材公司女老板!"

"哼,她呀?——也太自以为了不起了点。"

"就是,我今天特意当面训了她一顿!"

"我没时间听她的事儿,如果没别的,我还要赶稿子。"

"噢,好,等你有时间再说。"

他索然无味地退出去。在客厅里转了转,又回到床上。

此刻他脑子里全是李秀萍身影，辗转难眠，就瞪着眼儿回想白天自己说的话：

"我今天还真敢跟你吹——你今天去见的客户，没我业务肯定谈不成……信不？"

"就你？呵，鬼才相信。"

"不信，我就不说了。"他一拍车，像大哥哥似的交代她，"去吧，给你节省了半小时，路上开慢点。不成，你来这儿给我回个话儿，成了，我今后优先给你擦车！"

"好，就这么说定了！"

想在此，他猛然惊坐起来，自言自语道：

"是呀，她明天一定会去找我的！"

显然他被李秀萍美貌给吸引住了，太过于兴奋，却由于旁边睡有孩子，又不能开灯起来干别的事儿，只能又躺下去，干瞪着眼儿等待天亮。

一七二

刘易水的情形和另一处高楼里付钢房间的情形相同。

付钢也在对白天和付雪的拥抱念念不忘。

当从另一个房间里传来郧海鼾声时，他还在回想着付雪那丰满柔软的身体，辗转难眠……

一七三

深夜将一切的思念拉长在梦里，穿越星际，便能寻见黎明的曙光。

这曙光释放出一道道光环，一路延伸，路上它打破山涧沉寂，敲响一道道小径儿，推开都市高楼里一扇扇门窗儿，再洒着骄阳跨越海岸线前行、前行。

没有人会注意这东海岸的海滨之城在黎明后，太阳是将从何处升起。然而就在这时，付雪正站在高处儿，看着它从一栋栋高楼的底部泛起微微的朝红，将暮色向上顶出。那朝红在慢慢加深变亮，就像人们把一盏煤油灯，慢慢调大、拨亮了似的，能照亮所有灰色高楼的底部，使高楼仿佛都悬空在了半空，霎时，形成一幅被它冉冉托起的奇观景象。

当太阳金灿着脸儿，从高楼下面钻出来时，人们才开始不约而同地出门儿赶路。

人们纷纷涌向公交或是地铁站,到处是一堆一堆人群;人们发动车子驶出,到处是车水马龙;人们跨上自行车踩踏,到处是勇往直前的"散兵勇将"。

付钢也在其中,他骑着一辆旧自行车,这会儿已赶到付雪家楼下。他想在付雪出门上班时看上她一眼,以解昨晚的思念之苦。

而此时,付雪由于赶写了一晚稿子,加之刚才又观察了黎明的太阳,而显得疲困不堪,没有吃早饭,就倒下睡了。

刘易水也早早从昨晚的兴奋中醒来。他做好早饭,打扮一番后,就带着奇奇出门儿。

当刘易水和奇奇走到楼下时,被一直盯在门口的付钢看见。

付钢疑惑着,悄悄从他们身后上了楼。

一七四

12楼的楼道内,付钢凭感觉敲响了付雪家的门儿。

付雪被敲门声吵醒,她以为是刘易水忘了带什么东西返回,就把门锁打开后,又迅速返回自己卧房躺下。

一七五

门外,付钢由于拿不准里面开门人是不是付雪,因此,又继续敲了两下。

她大声说:"门开了。"

"噢,姐,我是钢钢。"

他听到她的声音,才应声推门进来。

一七六

"钢钢,你咋这么早就来了?是郧海告诉你的地址吧?"

她赶忙又从卧室里出来,同时忙着给他倒水。

"不是,……其实我早知道你住这儿。"

他借她倒水之机,走进每个房间看了看问:

"刚才送奇奇的那个人是谁?姐夫呢?我怎么没看见他下楼?"

"噢,送奇奇的是苏赫干弟弟,你姐夫他……"

她脸上瞬间掠过一阵阴云,但很快被她调整了回来:

"你早知道这地方,一定是你姐夫告诉你的吧?"

"也不是,其实……"

付钢似乎犹豫着想说什么,但又觉得不妥,话到嘴边儿,就又收了回去,这让付雪敏感地察觉到他的异常,在把水杯递给他的同时,付雪担心地问:

"钢钢,你有心事儿瞒我?"

"……其实……来时,我和你们同坐一趟火车……"

"那你怎么不早到家来!?"

"……我是成年男人!能保护自己,也能保护你和奇奇!"他激动地看着她,"我独自来上海的目的,就是要证明给你看!"

"姐从来都没有怀疑过你,而且还相信你,不论在哪儿都能成就一番大事业!"

"这太好了!"他更加激动,一把抓住她的手,"我现在虽然刚开始工作,但我相信!我会在上海立足!会成为一名大律师!……雪!相信我!"

"雪?还是叫我姐姐吧。"

这名字叫得让她感到别扭,特别是他那充满激情的目光,更是让她心里一怔,感觉到了某种超越姐弟的情感。她想躲避,故意走进卧室整理桌上稿件。

可他也紧跟了进去。

一七七

这会儿,苏赫搂着刘晓娜乘坐出租车来到自家楼下。

车停了,他才松开胳膊对刘晓娜说:

"你在车上等我,我拿了资料,就马上下来。"

她甜蜜地笑笑,点点头:

"别忘了我们的约定。"

"知道。"

他吻了她后离开。

走进电梯,在电梯门儿关上的那一刹那,他们还相互飞吻,这在出租车司机眼里,是一对令人羡慕的新婚燕尔。

"你老公好潇洒。"男司机夸赞着。

"……哼,当然。"

她冷冷地朝司机一笑。

这笑里隐藏着她对轻易夺得爱情战利品的轻蔑,同时也隐藏着成功的幸福。如何长久保持这幸福?这在她心里早有准备。别看她表面总一副无忧无虑、遇事生风,有像孩子似的个性,但在工作上她认真、踏实、对问题敏锐,可说是益过其实。

只是在个人问题上,她遭遇潇洒男人们的冷漠,内心饱受孤寂,才改变了她的爱情观,所以,她爱的前提就在于——征服潇洒男人。

这种逆反心理,使她的婚姻完全处于自我需要的欲望之中。

她从不追究爱情到底是什么,只觉得需要他来摆脱孤寂;需要他来满足性欲;需要他来给刘母一个安心,就够了。与此同时,她发现他也需要她的钱;需要她来满足他的虚荣心;需要她给他带来无忧无虑的快乐感。

尽管事实如此,她还是不想把这场暗自争夺男人的战争定性为一场交易,因为,她渴望他早日离婚,别无选择地由他来填补自己不完整的人生。

一七八

屋内,付钢激动地走到付雪旁边,看见她反复在整理桌上稿纸,就知道她是在故意躲避自己的眼睛。两人沉默着,听她手中翻动的稿纸声。

记得曾有人说过——爱情不在沉默中死去,就会在沉默中爆发。果然,在片刻的沉默之后,付钢终于按捺不住内心的激动,猛然大声说:

"不!……'雪',这个字,在我心里已经喊了无数遍!今天我一定要说——我们没有血缘关系!你是我最朝思暮想的恋人!"

"你……再说一遍!"

她朝他吼叫起来。是因为她接受不了这个事实,也不愿意相信这是真话!她本来就知道自己和他不是近亲,也没有直接血缘关系,但还是要用一个"姐姐"身份的威严来打消他心头的恶念。但他没有被她突然的吼叫吓住。

"你就是我最朝思暮想的恋人!我这辈子!"

"住嘴，你小小年纪，不把心思放在事业上，倒打起玩儿女人的心了！"

"雪，你误会了，我是真心爱你！不信……我可以拿生命来换！"

他说着四下里寻找，想找个什么来证实自己的真诚。

他莽撞的痴情，让她感到害怕。

"你要干什么？"

他没理她，直接冲进厨房。

她似乎预感到了不祥，慌忙紧跟在他后面喊：

"钢钢，你别做傻事儿，我相信你！相信你！"

瞬间，他抓住菜刀的手抬起来，又慢慢放了下去。是因为被她信任后内心突发的激动？还是因为沮丧后的欣喜？谁都说不清，只见他扔掉菜刀猛然转过身，一把将她紧紧搂在怀里：

"雪，我的雪……"

就在这时，门儿突然被打开，苏赫走进来，正好目睹他们拥抱在一起的情景，惊愕地瞪大眼睛。

"你们？"

付钢这才从自我的激动与欣喜中醒过来，他松开手，做好迎战准备。

付雪看到苏赫，不仅没有愧疚感，反而感到出奇的平静。

她甚至不想多看苏赫一眼，独自沉默着走进自己卧室，关上房门儿。

客厅里一片死寂，俩男人怒目相视，对峙着、互不相让。许久，苏赫接到刘晓娜催促的电话，才对付钢恶狠狠地说：

"做梦！我要你这辈子都做梦！……是你毁了她的幸福！"

"你根本就没给过她幸福！"

"不错，但她的身体，现在还是属于我！"

苏赫憎恨地瞪了付钢一眼，然后推开付雪卧室门儿，进去。

一七九

卧室内，付雪正站在门内聆听外面动静儿，见门儿突然被推开，就知道是苏赫进来取资料，知道他没时间再和付钢对峙下去。因此，她心里此刻异常的沉着、冷静。

付钢怕他对付雪有威胁，就紧张地冲过来，站在房门口，怒视着苏赫的一举一动。

"别怕,我不会动手打女人。"

苏赫感觉到他是在保护她,就在桌上找到自己要用的资料后,对付钢又说:

"你若不想要她吃苦头,最好马上给我滚!"

付钢毕竟是学法律的,他知道自己是第三者,因此为了心爱的人,只能怀着担心与愧疚离开。

付钢走后,苏赫面对共同生活过5年多妻子的背叛,恨之入骨,他不知用什么办法来报复她才好,恶狠狠地打了她一耳光:

"呸,不要脸!我早该听我妈的话——你这个骗子……!"

"我们离婚吧。"

她没有反驳他的武力,只是用手捂着刺辣辣疼的脸,平静地说。

"离婚?"

苏赫上楼时也在想这个问题,只是没想到让付雪给抢先说了出来。按理说,他应该高兴才对,但他马上给拒绝了:

"做梦去吧!"

"为什么?为了孩子吗?我可以赚钱养他!"

"孩子,你别想带走!"

"那为什么?"她紧跟在他身后走至客厅,"我没有做对不起你的事儿,看在我们夫妻一场,我希望我们好聚好散……"

然而苏赫就像没听见似的,拿好资料就一甩门儿走了。

一八〇

付钢乘电梯下到一楼,不放心付雪正要重返上去时,电梯被上面的人按了回去,于是他决定躲在一楼走道里,想看看这下来的人是谁。

被按上去的电梯很快下到一楼,从付钢躲避的角度,能看清走出来的人正是苏赫,付钢紧绷的心总算放松下来。

苏赫毫不知情地走过付钢躲藏的地方,直奔外面出租车。

他上车后,里面女人抱怨的声音大了点,很快传入付钢耳里:

"拿个资料都要这么久,我看以后不要再回来了!"

"……不要再回来了……"这话让付钢感到莫名其妙,赶忙悄悄绕到门口,躲在门后仔细朝车窗里看,可玻璃反光,什么也看不太清。

"什么意思?这是他家,不要他回来,要他上哪儿去?"

付钢特有的职业敏感,让他立即对车里这对儿男女的关系产生怀疑。

车子开走了,他急忙也拦了辆出租车坐上。

"师傅,麻烦你跟上前面那辆出租车。"

"好的呀。你们一起的?"师傅问了下,加快了油门。

"嗯……"

一八一

苏赫和刘晓娜乘坐的这辆出租车,在他们单位之间的马路上停下。

付钢跟在后面看清那单位牌子后,才叫出租车司机原路返回,因为他的旧自行车还停在付雪家楼下。

这会儿,苏赫和刘晓娜已下车分手后,苏赫走到保安室门口,突然被屋里的一名保安叫住,这保安正是前天晚上付雪寻找苏赫时曾向他问过话儿的人。

这保安很有责任心,由于每天上夜班碰不上苏赫,今天是特意留下来等待他。

保安走出来:"苏主管……"

"有什么事儿吗?"

"是这样。前天晚上,我值夜班时,有一位年轻女的来找过你。我问她是你什么人,她没说就走了。"

"什么时间?"

苏赫紧张起来。

"大概是前天晚上12点左右。"

"……知道了,可能是我老家的亲戚,谢谢你!"

苏赫装着若无其事的样子,其实这会儿他心里已经很是慌乱、紧张。但想到刚才在家里碰到的一幕,又令他理直气壮起来。

一八二

国产公司里,刘易水这边儿,他一早第一个等来的客户就是李秀萍。

今天李秀萍可比昨天讲公德、讲礼貌多了。她这次没有把车停在路中间，也没有对刘易水趾高气扬大呼小叫，而是把车停在靠边的一个角落，还很有礼貌地请刘易水帮忙给看看轮胎。

刘易水看她一脸微笑，就知道她昨天下午的业务谈成了，因此，主动走过去。

"谈成了？恭喜你！"

"嘀，你凭什么就说我没你不行？"

"对不起，我吹牛。"

"给，你换上。这是我为你准备的西服。"

她从背后拿出一个袋子递给他。

"……不用，我干这活儿，用不上。"

"我是诚心来高薪聘请你，当我助手……"

"看我这人生地儿不熟的，又听不懂上海话……哪儿配当你助手？你还是把这西服送给合适的人吧。"

他故意试探，心里却乐不可支。

"那你到底去不去？这个客户是上午10点见面，现在只剩下1个半小时的时间。"

她焦急地看着他。

刘易水第一次看清她明亮而又焦急的大眼睛，白皙光滑的肌肤，和小巧可人的桃红小唇。这和他梦中女人一样美丽，一样光彩照人。

他愿意马上跟她走，甚至永远不分离，但这怎么跟苏赫交代？才上了两天班，他会不会怪自己呢？可李秀萍这边是自己专长，离开多年的健身器材销售工作，他不愿再在其他行业里花上几年时间从头做起了。何况这女人又是自己喜欢的类型，现在机会就摆在面前！他在犹豫中思考解决问题的办法。

李秀萍不能等下去，她以为他不想去，就失望地丢下一句：

"我还以为你是'猛将'，原来是个'逃兵、孬种'！"

说完，转身匆匆上了自己车。

"什么？你骂我孬种？等等，我马上就来！"

他知道机不可失，时不可再来，因此，跑去和苏赫告别。

一八三

刘易水找到苏赫时，苏赫刚接听完王小波电话，正为安排王小波工作的事儿弄得愁眉不展。一听刘易水说找了好工作、要走，立马高兴起来：

"祝贺你易水！哥没帮上你忙。惭愧，惭愧！"

"瞧你说的，要是没有这份工作，我可能这一辈子也无缘认识李秀萍。"

"行，不说了，你放心去吧。"

"欸！那我走了。你晚上也早一点回去，嫂子写稿子赶通宵，对身体不好，你劝劝她。"刘易水说完就跑了。

"我会的……"

他毫不犹豫地回答，这只是他惯用的逢场作戏手法。

既然刘易水提到付雪，他还真得想想该怎么处理他们夫妻之间的关系。不过，苏赫嫉妒付雪有比自己年轻的男人追求，更恨付雪对自己的感情不忠！他越想越让他恼羞成怒，致使他咬牙切齿起来：

"不离，我让你们痛苦、受煎熬！"

这话儿，还暴露出他的另一种非分之念，也就是要"同时占有两个女性"。

在男人眼里，付雪算得上是性感美女，和刘晓娜相比，各有千秋。这也就是他苏赫即便有了新欢，也不会放弃付雪的原因，所以他打算今晚回家过夜。

一八四

刘易水又跑回自己的工作间，迅速换掉工作服。

立马，他一副英俊潇洒的帅男形象，出现在李秀萍面前，李秀萍满意地让刘易水上了自己的小轿车。

在小轿车上，刘易水为了熟悉产品，翻看着资料，然后，又向李秀萍了解客户情况……表现出他在这行业里的经验与老练程度，使李秀萍欣赏地不时地偷偷看他。

一八五

早上，自付刚走后，付雪心里一直都难平静下来，她一直为如何拒绝付钢的追求,而费尽心机。付钢对她爱的告白太唐突了,简直令她烦心和担心。

"他还会再来?他这么爱我,被我拒绝一定很伤心……噢!天哪!"

她烦闷地放下笔,不愿再往下想。

"不行,我得给郴海打电话,请他帮忙劝劝。"

她想到此,就赶紧跑向客厅抓起电话。很快电话通了:

"喂,郴海……"

"我是。你是哪位?有什么事吗?"

电话的另一边,郴海正在办公室忙着和同事们讨论版面问题,这突然的来电,使他一时没听出付雪声音,于是就急急地问。这让付雪感到意外:

"……我是付雪,你忙就算了。"

"哦,是你呀,等会儿我打过去。"

郴海说完就挂了电话,继续和同事们讨论起来。

这边儿,付雪挂上电话烦恼地又回到卧房,在书桌前坐下。

她勉强自己集中精力投入写作,可效果不佳,总写了又被划掉,只能更加令她心烦意乱。

就在这时电话响了,她知道是郴海打来的,因此跑过去接听。

"付雪,你刚才找我有事儿吗?是不是稿子写好了?写好了,你就直接去找姜星梦,他会按合同付款。我这儿事儿多,就不和你多聊了。"

电话里郴海一连串地说着。他这会儿结束讨论后,办公室里人多,都正忙于工作,他是来到办公室外,在人少的走道上和她急急通的话。

"……噢,好的……"

她被他急急的话语所感染,似乎这会儿才想到合同,想到姜星梦对她谈到的工作计划,想到自己的写作事业。

她挂上电话,像被注入了新的活力,重新投入到伏案笔耕之中。

一八六

在上海这国际大都市里生活,会让人每天都处于亢奋状态。因为这里是快节奏的城市生活,只要你有工作,一天中,就会有相当长的时间在紧张忙碌,就像是战场上的士兵,时刻要警惕敌人伏击(竞争对手的超越),谨防和避免遭受被淘汰出局的厄运。根本就没时间关心工作之外的其他事情,当然除非你有其他方面的爱好。

上午,付钢和律师事务所的张所长一起出门,接了一桩医疗纠纷案,回到单位后,他借中午吃饭时间,独自关起办公室门儿,翻看婚姻法条例,其中"无过错方必须提供与事实相应的证据,证明对方有过错,方可享有财产分割优先权……"

他是那样的仔细、认真,从他脸上,看不出他有什么企图,就像是在把这些曾经学过的知识又重新巩固一遍似的。

然而,就在他看完,起身走到墙边书架旁,把书放回原位后,他迅速蹲下来,打开书架下面的柜门儿,从里拿出一个小型摄像机,装进自己的背包里。然后,他犹豫了一下,就拉开门走出去。

第八章

一八七

在走道上，付钢推开一扇门儿，走进去，对里面的人交代说：

"张所长，我下午去帮一个当事人收集资料，就先出去了。"

那老年男人放下手中资料站起来，走到付钢身边，拍拍付钢胳膊：

"好。医疗纠纷案，不好做，我对你打赢这场官司，很有信心！"

"谢谢，我一定努力！！"

付钢知道张所长这人善于培养人才，能放手让自己这个没经验的新手尝试，对张所长心存感激。

"去吧，只要是对案情有利的证据，都要一丝不苟地收集回来，我再和你一起分析、讨论！"

"是。"

这话让他惭愧得低下头，立即转身逃了出去。因为他这是在为自己的私事儿而要放弃下午工作。他为自己的私心感到羞愧，但在某种意义上，他也是在拯救不幸人的婚姻，只是这人和自己有关而已。

"这不算私事，我一定要帮她！"

他想到此，加快了下楼步伐。

一八八

写字楼下，停车棚里那辆半旧自行车是付钢唯一的交通工具。

在他上班一来，不到一个星期时间里，他已经骑着它赶赴过许多个需要他援助的当事人家中。这车已成为他不弃不离的好朋友。

车载着他，他踩踏着车，很快来到苏赫上班的外企4S店门口，并在马路对面，设置了观察点。在观察点，既能隐蔽自己，又能看到两家4S店出人情况。

这绝佳的观察点设在一家咖啡厅里,这里有透明的玻璃墙,又有中、西餐点和各种茶、酒、咖啡、饮料等供客人选用。

正好他没吃午饭,就要了一点面包和饮料来充饥。

一八九

现在是中午时间,苏赫和往常一样,打电话约刘晓娜一起吃饭。

电话里,刘晓娜依然给苏赫快乐、富有、无忧无虑的感觉,使他仿佛又回到快乐的单身时代。

然而,现实常又把他的意志从那单身时代,给拽回来丢弃在现实当中的孩子和付雪面前,苏赫本能地选择谎言、选择戏剧性人生。苏赫做好了一切心理准备,打算像一个奔波赶场演出的"演员"一样,奔波于他的两个女人之间。

在这一个半小时午休时间里,一切自由都属于他们自己。苏赫要利用这时间,告诉刘晓娜自己的最新想法,因此,就提前10钟来找刘晓娜。

刘晓娜办公室里,同事们都在忙于手中工作,偶有个别人把目光投向苏赫,并伴有私下的"唏嘘"声。

苏赫尴尬地朝刘晓娜同事们笑笑,立即引来这些闲人、闲话。

一个古板的上海老女人小声嘀咕说:

"我在招聘会上见过他。"

另一个年轻女人:

"哦,想起来了,当时我俩还录用了他,不知道为什么他没来上班。"

又一个男的:

"人家去了对面,现在已是销售部经理。哈哈,刘晓娜最清楚。"

年轻女人:"怪不得。"

上海老女人扶扶眼镜,突然大声说:

"哎!苏经理,好像记得你履历表上填写的是已婚耶?"

苏赫一时语塞。

刘晓娜可不是好惹的人,她一听这话,连笑带讽地替苏赫帮腔:

"你听说过哪家保险公司,给婚姻上保险吗?要是有,我想,也只有像你这样的人,才会去投保!"

这话儿引起周围人哄笑。

刘晓娜在这哄笑中挽着苏赫胳膊走出办公室。

她边走边亲昵地依附着苏赫大声问：

"亲爱的，还去老地方吗？"

"当然老地方。"

他俩的不正当关系，苏赫本来在她同事们面前还有些顾虑，但现在刘晓娜都能放开，自己也就大胆起来，干脆腾出胳膊搂着她走，这让身后所有同事都哑口无言、目瞪口呆。

一九○

当苏赫和刘晓娜亲密地搂着走出公司，出现在马路上时，这亲密的一幕，正好映入付钢眼里，他赶忙拿出摄像机隔着玻璃墙将他们拍下来，直到他们走进咖啡厅。

原来这咖啡厅就是苏赫和刘晓娜常来的"老地方"。刘晓娜喜欢靠窗儿的位子，进来后，就直奔付钢旁边靠窗儿的座位。

付钢怕被苏赫认出来，就赶忙调换座位，背对他们坐下，然后把摄像机打开，在上面搭了张餐巾纸后，悄然推置在桌边儿，丝毫不影响摄像机正常拍摄，而且还能清晰录下他们的谈话声：

"早上跟她提了吗？"付刚身后，刘晓娜在问。

"嗯。"苏赫点点头，"……但还需要时间。"

"我知道她一定会跟你大哭大闹一场。但那是你的事儿，我只要结果。"

"好，我今晚回去，再跟她好好谈谈。"

苏赫暗喜，刘晓娜的话正好让他达到目的，下面就看他再怎样演下去了。

刘晓娜此时太过于自信，她相信自己的钱和房产一定能拴住这个男人心，因此，还沉浸在新婚快乐之中。

"好呀！明晚，我等你！"

她说完从座位上突然快乐地跳跃起来，转到他身边像蜻蜓点水似的，在他脸上吻了一下离开。

这一切付钢决然不知，但纸下的摄像机都——记录下来。

苏赫和刘晓娜做梦也没想到，这里竟然还有第三只眼睛，正在紧紧注视着他俩。

— 九 —

此时，星梦影视公司里，正在大张旗鼓地招聘演员。

椭圆形会议桌周围挤满年轻漂亮、时尚的少男少女们。他们都安静地等待着工作人员叫到自己手中的号码。

从姜星梦办公室出来的人表情各异，但对这能否被选用，都还表现出强烈的欲望，特别是那些渴望一夜成名的女孩们，她们一直都在紧张地等待之中。其中10号阎玉和11号郑捷琳就最为明显。她俩的眼神一刻也没离开过姜星梦时开时关的门儿，仿佛在全神贯注透视里面的面试内容。

姜星梦想从这些没经验和没名气的人中，挑出一两个来做主角，也有他自己的想法。很简单，一是为了省去请大腕的高额金费；二是为了好使唤。

"10号。"工作人员喊。

10号阎玉听到喊声，迅速掏出化妆镜，给自己脸上补了补妆，然后捋了捋额头的刘海，自信地走进去。

还没等姜星梦开口问话，阎玉就自告奋勇地自我介绍起来：

"我叫阎玉，会跳各种舞蹈，现在在一家大型酒店的KTV当歌手……"

"停，你都会什么舞蹈，现在跳给我看看。"

姜星梦饶有兴趣地打断她话说。

"会肚皮舞、街舞……"

她说着取下肩上小挎包，放在椅子上，后退几步，找了找感觉，便扭跳起来。

只见她用手打出节奏，脚踩出鼓点，抖动双臂，扭动细腰，有节奏地甩动臀部，越来越强烈。她的脚铃和手铃都在这节奏中发出响声；她的乳房犹如两座跳动的玉峰；她平坦而纤细的腹部隐约暴露在衣边外……再看她一对眼睛满目秋波、水灵、润泽；脸蛋洁净、细嫩，如同莲瓣般粉嫩；嘴唇上涂着大红色唇彩，如同一颗樱桃，透红、亮泽，加上她优美的舞姿、遍体飘香。姜星梦欣赏着眼前这如仙如画的美女，顷刻间，被这舞蹈中的某些动作撩得他心猿意马，被这眼神勾得他欲火焚身。

"我再给你换下一个街舞吧……"

阎玉自信地说，因为女人都喜欢在男人面前展现自己美丽的一面，让他们欣赏、着迷。其实阎玉早就看到姜星梦痴迷的表情，心中暗自欣喜，便主动调换下一个舞蹈继续自我展示。

"噢……不，不用了！"他痴迷的眼神猛然被她的话语打断，"……你跳得很好，很有感染力，只是做演员很辛苦，可不比你跳跳舞这么轻松。"

"只要能成名，辛苦点算得了什么嘛！"

"那你说说——怎样才算是一个好演员？"

"好演员……就是演好戏啰？"

她没把握地回答，嬉笑着看他，希望他能认可。

而姜星梦早已被她的舞蹈魅力所征服，没有心思再问她什么，就含糊着：

"阎小姐的舞蹈真让人难忘，要是能当主角，演电视剧，一定能折服观众！"

"那，我有没有被录用？"

"现在还不能说。"

他故意严肃起来，看出她脸上失望难过的反应后，他才从桌面上伸手递给她一张名片："这是我名片。"

"谢谢姜老板！"

"11号。"

他还没等她拉开门儿，就大声喊。

阎玉和11号郑捷琳在门口擦肩而过时，阎玉被11号高挑的身材和清新的气质所吸引，不由妒忌得回头多看了一眼，正好与郑捷琳那稳重自信的目光相遇，顿时令阎玉自叹不如。但她有手中姜星梦这个制片人的名片，于是冷笑笑，不屑一顾地走出去。

一九二

在星梦公司门外，阎玉拨通了名片上姜星梦的手机号码。

"喂，姜老板，我是10号阎玉呀，不知道你爱不爱看我跳脱衣舞？"

她吹气如喃地说。

一九三

电话另一头，姜星梦听到电话里阎玉声音，先是一愣，他看了一眼面前坐着的郑捷琳，心里恍然明白过来，忙故作镇静，说：

"噢，我待会儿打电话给你。"

此时，他已是心驰神往，快速挂断电话，站起来对11号说：

"面试就到此，下去吧。"

"可你还没向我提问！"

"哦，你被录用了，明天上午10点来开会。"

他边说边开门走出来，又对喊号的男工作人员交代道：

"给他们都做个详细登记，需要时，再打电话通知。"

"好的，姜总。"

那男工作人员立即转向剩余应聘者们：

"过来，都到这边来填个表，要详细点，不然，以后就失去做"一号"（指主角）的机会了啊！"

姜星梦交代完后，稍站片刻，又回到办公室，拿出手机给阎玉重拨了回去。

一九四

此时电话那一头，阎玉已在他办公楼附近的一家酒店里。

阎玉在服务台刚办完入住手续，正要上电梯。听到手机铃声，看了看来电，是自己刚拨出去的号码，就诡异地笑笑，才打开手机接听，立刻，手机里传出姜星梦急切的声音：

"喂，是阎小姐吧，你现在在哪儿呢？"

"在你写字楼旁边的酒店里，到306室找我哟。"

"好好好，我马上就到！"

一九五

姜星梦按捺不住心中欲火，挂掉电话就乘电梯急急直奔附近酒店。

他很快找到306房，并敲响房门。

"进来。"

房门没上锁，阎玉已经穿着三点式内衣半卧在床上，像游蛇在缓慢扭动。

姜星梦进门后，把门儿反锁上，挂了"请勿打扰"的牌子，才放心地走了进去。

她朝他莞尔一笑,使得他有些迷离,仿佛看不清这女人是妖还是人,只感觉到一股强烈的雌性在吸引他,引诱他潜意识里的野性发作。

他默默暗咽涎唾,迫不及待地脱掉衣服,按捺不住地朝她猛扑过去:

"宝贝儿,你太诱人了……!"

"……嗯……别急嘛。"

她敏捷地在床上打了个滚儿,顺手把已打开录音键的手机丢在枕边儿,自己却躲闪开,让他扑了个空。床上枕边手机上的录音开始了,她故作胆怯样子蜷缩在床边儿。

"怎么?你不愿意,那要我来干吗?"

"要你来,是谈……我做女主角的事儿嘛!"

她故作害羞的样儿,怯生生地说。

"好,我答应你宝贝儿。——你太迷人了,实在让我受不了!"

"不要啦,我已经有男朋友。"

"这儿只有我们两个……!我保证你女主角的位子,还不行吗?"

他说完心虚地走到门口,开门儿探出头去看了看外面,见走道上空空无人,才又返回来大着胆子说:

"外面没人,小美眉,你今天跑不了啦……!"

他说着,就像饿虎般朝她扑去,这次她没能逃掉,被他死死压在身下"撕咬"……她故意扭动头,边躲让他的亲吻,边发出呼喊声:

"……唔……唔……救命呀,快来人呀!"

他并不知道她的用意,还以为她故意调情,就腾出一只手来捂住她的嘴,这下,她只能发出"……唔……唔……"的声音,似乎真被人强奸似的。等她估计录音差不多时,才停止喊叫,改为娇喊连连的浪叫声。

一九六

在这个大都市里,忙碌让人们忘记时间的早、晚。刘易水和李秀萍从最后一个客户那里开车出来时,已经是傍晚5点多钟。

"今天收获很大,我请你吃饭表示庆祝吧!"李秀萍高兴地说。

"算了吧,我得早点回去帮我嫂子接孩子。"

"帮你嫂子接孩子?没看出你还很有责任心!"

她欣赏地看着他,眼里充满恋恋不舍的目光。

"噢，是在老家，姐姐帮我认的干亲。我这头回……来上海，多亏他们帮忙，才……"他扭头看了她一眼，笑笑又说：

"我现在住在人家家里，能帮上点忙，心里也好受些。"

李秀萍："走，我带你去个地方。"

"什么地方？"

"去了你就知道。"

她说着加快油门，使车子疾驶上了一条高架桥。

一九七

苏赫回家的时候，天儿已黑了下来。他没看见奇奇，就问还在伏案写作的付雪。

"儿子呢？"

付雪正融入小说中，突然被这问话惊醒，显得有些慌神。

她定眼看了看苏赫，没有回答，第一反应就是冲出楼去接孩子。

她走后，苏赫对她痴迷的投入状态产生怀疑，走到书桌前打开她小说翻看。一页……两页……，他继续翻看着，并没发现可疑内容，反被小说中的一段故事所吸引，就在他继续向下翻读时，小说最下面一张纸的边角处露出一点红色，十分醒目。

他好奇地挪开压在上面的稿纸，原来是红色印章，再推开上面稿纸，一份合同书呈现在他眼前。

他打开合同书，仔细地阅读起来：

"甲方：上海星梦影视公司

乙方：付雪

经甲乙双方协商，就甲方诚信聘请乙方在星梦影视公司中担任编写20集《都市恋人》小说改编剧本工作事宜，签订合同如下：

一、本电视剧名为……

二、修改时间……

三、……

不重要的部分，他把目光跳了过去，"四、甲方在乙方完成剧本初稿之日应支付乙方每集稿酬（4千元）人民币……"

他惊喜地放好合同书，眼睛突然明亮起来：

"每集4千！真没想到她一下子能赚8万？"

他又翻了翻桌上稿纸，感到意外地笑笑：

"哼，没想到这'垃圾'还能值俩钱！"

他确实是没想到自己一直看不起的人，竟然会有如此能力；更没想到，她一个星期能赚到高于自己7倍的工资。他头脑灵活、快速算了一笔账：

"如果每月8万，照此下去，再乘于12等于……呵，不出一年就能买到自己的房子，然后是车子！比受刘晓娜管制下得来的房产要好得多……"

他暗自算着、想着，慢慢开始后悔起来。

"我怎么这么笨呢？怎么会亲手毁掉自己的婚姻？不行，我得弥补自己的过错！"

他又转念一想：

"要是她知道我和刘晓娜的事儿，不原谅我怎么办？——对，有儿子！"

就在这时付雪带奇奇回来了。

他连忙取出冰箱里的饺子，跑到厨房开火做饭，并对奇奇解释说：

"你妈工作忙，从明天起，爸爸去接你回家。"

"太好了！你不去学校，同学们还以为我没有爸爸！"

"谁敢这么说？爸爸明天早上就送你去学校，也让你同学们看看，苏奇奇的爸爸有多潇洒！"

"爸爸，你真好！"

他们说话间，付雪已走到卧室书桌前，开始工作。

她能听到他们后面的对话，但她不想听，也不想管苏赫此次回来的目的，只要能平静地让自己写完剧本，得到第一桶金，就有生的希望！她完全把生命寄托在写作的成功与否上了。

一九八

李秀萍把刘易水带到一处新建的别墅区，在一栋靠近河水的别墅门前停下。

她下车掏出钥匙打开门儿。里面宽大，豪华。

刘易水从未住过如此高档的房子，一时惊愕地瞪大了眼睛。

"这里太大了，我一个人住有些害怕，你搬过来陪我吧？"李秀萍乞求的口吻说。

"什么？你要我搬到这里住？"

他只顾吃惊，没听出她略带有乞求的口吻。

"……是。你愿意吗？"

"不，不可能！我哪儿住得起这么高档的房子？"

"这是我家，我就要你搬来陪我！"她有点撒娇，更似乎在强人所难。

"你家，我就更不能搬来，孤男寡女、授受不亲！"

"这儿谁认识谁呀！再说——都什么年代了，你还那么封建。你要不来，我可真生气了！"

"好，我投降……我投降……"

"走吧，我现在就帮你搬。"

她说完就拿出车钥匙朝门外走。

刘易水喜出望外，跟在后面。

一九九

路上，刘易水见她驾车技术很娴熟，自卑起来。

"等我明儿学会开车，一定天天载着你兜风。"

"好呀！我明天就给你联系驾校。"她突然把话题一转，"你哥哥和嫂子是干什么的？要不要把他们都弄到公司上班？"

"我哥你认识，就是别克4S店的苏赫……"

"嗬！是他呀。他可是很狡猾、很精明的人，怎么会接受你做他干弟弟？"

"我姐姐说，他是个孝子……"

"没想到，你姐姐也有做生意的天分。——那你嫂子呢？"

"就上回，和我一起到你公司应聘的那个？"

"哦，想起来了。真是不好意思啦。"

"她可是个好人。善良、单纯，而且特性感的那种女人。"

"哼，那你对我的评价是什么？"

她听到他夸别的女性，心里不由得吃起醋来。

"你小巧可人，漂亮能干，我就喜欢这种类型……"

他无意中把内心的想法脱口而出，使她震惊得猛踩了一下刹车，车子戛然停在路中，幸好后面没有车辆，要不然一定会造成车辆追尾事故。

他被她诧异的目光看得不知所措，连连向她道歉：

"对不起，是我癞蛤蟆想吃天鹅肉！"

她"噗"地笑了出来，"哪儿有你这么老实的癞蛤蟆呀……傻瓜！我只是惊讶你过分的直爽。"她笑着又发动车子，"你知道我早上为什么去找你吗？"

"不知道。"

"就是因为你昨天的直爽，让我从富足、骄蛮中醒来；让我看到自己的缺点和奄奄一息的公司经营状况。"

"哦，我这人天生是大老粗，遇事儿，不会拐弯抹角的，希望不会让你讨厌。"

"我就喜欢你这点！"

她也无意中袒露心思，两人对视了一下，顿时，车内空气像凝固了似的寂静，直到他给她指路来到付雪家楼下。

"一起上去吧？"他问。

"好呀。"

她关锁车门，和他一起走进楼内，上了电梯。

他们相互袒露心思后的沉默，是因为彼此都感到这幸福来得太突然，为了让幸福持久，他们需要对彼此有更多的了解，所以选择冷静思考。

这可能是经商人惯用的方式，他们都有理性的思维模式，无形中也把爱情当作在经营中对重要客户关系的搭建与巩固发展上，一旦确定和建立关系后，就会长久稳定下去。他们是同类型人，现在关系已确立，彼此都在等待发展的过程和结果。

二〇〇

电梯很快上到12楼，他们敲开付雪家门儿时，奇奇刚躺下睡觉。

苏赫在看电视。

付雪仍在赶写她的稿子。使让外人羡慕的平静而又温馨的三口之家。

付雪听说刘易水带人来搬家，就撂下笔从房里走出来。

"易水，搬过去了一定要认真工作，别辜负人家……"

付雪在客厅里,边倒水边朝着奇奇房间说。

"知道了,嫂子。你看我带谁来了!"他说着把李秀萍从里屋给拉了出来。

"……您好。上次……真对不起!"

李秀萍一看见付雪就歉意地说,腼腆地低下头。

"事儿都过去了,就不再提了。我这弟弟性情直爽,以后还请你多包涵。"

"他很好,是我以后还请他多多包涵!"

李秀萍谦虚起来,言外之意是在夸赞刘易水。

刘易水听得出她这话中话儿,赶忙把她们话题岔开。

"时候不早了,哥、嫂子,我行李都装好了,有时间我一定回来看你们。"

一直沉默的苏赫见刘易水终于要搬走了,才假惺惺地说:

"好呀!拿了工资,别忘了请我喝酒,庆祝庆祝!"

"不会忘的……"

"叔叔,叔叔,还有我。"奇奇突然站在床上,边蹦跳边大喊起来。

"叔叔不会忘,只要你现在乖乖睡觉,到时,一定给你买最新版变形金刚。"

"嗯。"

奇奇应了声儿之后,果真听话地躺下睡觉了。

送走刘易水他们,苏赫也关上电视去洗澡。

付雪仍旧回到书桌前写作。但这会儿他听到水声,没有心情再写下去,因为她不想让他这个不洁之人,来玷污自己身体,可现在她还是他的合法妻子,之间还存在着夫妻性生活的义务。

"该怎么办?"

她思绪烦乱地丢下手中笔,笔顺桌面滚到奇奇照片前,被木框挡住停了下来。她看着儿子照片,灵机一动,赶忙收拾桌上的稿子去了奇奇卧房。

苏赫洗完澡出来,找不到付雪,就知道她是故意躲自己。他才不管影不影响孩子休息,只管站在孩子房门口,朝里大喊:

"付雪,你出来!我有事儿要跟你谈!"

"妈妈……"

奇奇被吵醒，惊恐地坐起来。

"别怕，爸爸喝醉了，妈妈今晚陪你睡觉。"

奇奇再次睡下，门外的喊声失去耐心，已变成辱骂：

"好你个付雪！蠢女人！不出来，今晚谁也别想睡觉！我现在就打电话给你妈，就说你跟野男人跑了……"

她依然不理会他在门外的威胁，这使他急得无计可施，只好愤愤地用脚踹门。

付雪在里边无奈替孩子捂上儿朵，搂着孩子睡觉。

二○一

天亮了，夏风不知何时吹来一阵乌云，压得天空阴沉沉的。

付雪在奇奇床边儿斜靠了一晚，一只胳膊被奇奇的头压麻了，才使她疲惫不堪地醒来。她揉揉酸麻的胳膊，走到门边，轻轻打开门儿看见苏赫斜靠在沙发上。她怦然心跳，又轻轻把门儿给关上。

这时客厅里闹钟响了，是付雪该做早饭的时间到了。铃声一遍又一遍地叫着，如果没有人去按动，它就会一直不停地叫下去。她有些不知所措，但为了孩子，她还是故作平静地走出去。

如果说苏赫是被她轻微的走动惊醒，不如说他早已被闹钟吵醒，正假寐，等待她出来的这一刻。就在付雪按停闹铃的一刹那间，苏赫猛然跃起，就像老鹰抓小鸡般把她给抓进卧室，压倒在他们曾洒满幸福的床上……

她不让他揭她的衣扣，在他身下奋力挣扎着，并用最坏的词语来攻击他：

"别碰我，你这个流氓、无耻、下流、禽兽不如的东西！"

他突然停下来，一挥手，"啪"地狠狠打了她一耳光：

"谁无耻！谁是禽兽！？……付钢就不无耻，就不是禽兽吗？——你听着！你是我老婆，我有权扒光你衣服！"

付雪趁他停手，忽地坐起来，愤愤地说：

"没错！法律是赋予你这个权力，但它没让你背叛我们的婚姻，去和别的女人鬼混！"

"和谁？你有证据吗？"

他慌神中，突然想到他和刘晓娜一直是秘密来往，因此又理直气壮起来：

"没有证据，你就是诽谤！"

"证据？我现在是没有证据，但不等于你没做对不起我的事儿！"

付雪是没有证据，一时说话语气软了下来。

他立即乘虚而入，转换语气，装出一副无辜的样子，温和地说：

"好了，老婆！你看我是那种人吗？再吵，就会把咱们儿子吵醒了……"

"你也知道怕吵醒儿子？那昨晚，你怎么就不怕？"

"那不是让……付钢的事儿给气昏了头嘛！——好，我发誓，我以后再也不敢了！"

她依旧气愤地坐着，不愿理会他。

他试着用手去碰她的肩，被她打了回去。

他知趣地忙给自己找台阶下，于是嬉皮笑脸地说：

"你不想要，就算了。那我去给你和儿子做饭吃，晚上我早点回来接儿子……"

就这样，付雪又赢得一天平静的写作时间，如果再加个班儿，就能提前一天向姜星梦交稿了。

苏赫带孩子走后，她就开始工作，激动地做着最后的冲刺工作。

二〇二

刘易水住不惯这豪华别墅，一大早醒来，看见外面下雨，不便出门走动，就为李秀萍做好早饭，还为她挤好牙膏、准备好刷牙水，就像这家勤奋的男主人，为他爱妻做好一切起床前的准备工作，然后他又去拖地板……

李秀萍从二楼房间下来时，他已经把地板拖完，正在擦门上的玻璃。

"哎呀，快停下。谁要你做家务活了？"

她惊讶地喊住他。

"醒得早，没事儿干，就只当是锻炼锻炼身体。"

"哈哈，好呀，等会儿把钟点工辞了，以后这整个房子都归你打扫，行吗？"

"那可不行，我一个大老爷们儿，还得干点儿正事。"

"那就快过来吃饭呀！"

"好好……吃饭。我煮了鸡蛋和稀饭……"

他慌手慌脚的样子让她看了发笑,但能享受他无微不至的关心,使她第一次感受到家的温暖。她动情地悄悄注视着他。

他正端着煮好的鸡蛋,从厨房走出,边走还边埋头唠叨着:

"鸡蛋里有鸡蛋蛋白,你多吃点对身体有好处。一会再给你绞杯番茄汁,早上喝有益,还能美容……"

她终于压抑不住内心的冲动,猛然扑上去抱住他。

"……呃……鸡蛋冷了……快来吃!"

他更加慌乱地唠叨着,想从这突如其来的拥抱中逃离出来。

她没有动,而是更紧地抱着他……接着抽泣起来。他感同身受地站着,感受着她身子抽泣时的微微颤动。

二〇三

同样是拥抱,但拥抱的意义不同。在苏赫的办公室里,刘晓娜也和苏赫拥抱在一起。她忍受不了昨晚的孤寂,迫不及待来找他问及昨晚回家的情况:

"你怎么跟她说的?她答应了?"她说,更像是在质问。

"你能接受我儿子吗?"他狡猾地反问她。

"……她不要孩子?"

"是的。"

"这怎么行?奇奇要跟过来,那我就不能再生了!"她焦急起来。

"谁说不能再生?"

"就算能生!我也不习惯当后妈!"

"那就再给我一些时间,我不信……说服不了她!"

他故意用这话来安慰她。

"可我离不开你……怎么办?"

这聪明的可怜女人被说服了,她拥抱得更紧,似乎要和他的身体贴在一起,不愿分离。

"你别小孩子气。这样,中午早点下班,一起回家。"

"嗯,我买饭给你。"

她恋恋不舍地从他身上脱离开,整了整衣服,一本正经地走出去,仿佛那场痴情的调情根本就不存在似的。

而与此同时,在她背后,是苏赫得意的笑脸。

二〇四

上午开会时间到了,郑捷琳和阎玉要如约赶赴星梦影视公司。这会儿外面雨停了,太阳重新从云里钻出来,带着一丝雨后的凉爽"慢步"在都市高楼上空。

她俩推门儿而入时,姜星梦、胡柯和其他工作人员,都已等在椭圆形会议桌前。

桌上在每个人的面前,都摆有一个写有姓名、职务的大纸牌,不用花时间一个一个地去做自我介绍,就一目了然、彼此相互认识了。

姜星梦见人已到齐就先开了口:

"今天我召集大家来,主要是想让我们这三位新来的男女主角和大家见见面,相互熟悉熟悉。我们的编剧说——明天就能交稿。等稿来了,我立即让大家人手一份。现在我来说一下剧本的梗概……"

阎玉听着听着就跑了神儿,她平生第一次和这些制片、导演、摄像师们坐在一起,而且是开会这样正规的接触,更是让她倍感荣幸。

当她看到身边郑捷琳正认真做着笔记,又无意间看到对面导演胡柯不时撇向郑捷琳那欣赏的目光时,她心里"咯噔"了一下,一种女人特有的敏感猛然袭来,令她忐忑不安。

"没关系,这里姜总说了算。"

她暗暗自我安慰着,不自主地从包里拿出手机把玩儿。

这手机里有她和姜星梦的床上录音,不得已时,是不会拿出来丢人现眼的。但这录音必须要帮她坐上女主角的位子!这录音就是她的一颗定心丸,她拿着它很快心高气傲起来。

二〇五

近中午时,付钢依旧带着微型摄像机,来到那家咖啡店继续监视苏赫。刚坐下没多久,就发现苏赫从对面的大门里走出来,并站在路边打电话,似乎在联系要等待的人。果然没多时,一个曾在他镜头里出现过的胖女人,从马路对面的公司跑了过去,和他共同乘上一辆出租车,走了。

付钢赶忙收拾好东西,火速跑出咖啡厅,拦了出租车,远远跟在他们后面。

前面出租车里的苏赫并不知情,他得意地搂着刘晓娜问:

"家里有什么吃的?"

"没有,我马上打电话点菜。"

刘晓娜说着,拿出手机拨打,她是用上海话说,苏赫听不懂,只好等她说完后才问:

"都点了什么菜?"

"我点了两份韩国饭,味道很不错……"

他们说话间,车已开进刘晓娜住的高层住宅小区,后面有付钢紧紧尾随,还不停抓拍下他们下车后相互搀扶的亲密镜头。

很快,他们走进楼栋里,墙挡住了付钢视线。

付钢再紧跟上去时,他们已进入3楼刘晓娜的房子里,付钢焦急地在门口打转儿,除了隐约能听到他们在里面嬉闹的笑声外,再也无计可施。付钢毕竟是学法律专业的,知道硬闯进去的后果,是属于"侵犯他人隐私权",可为了心爱人的幸福,顾不了太多。

这时送饭的人来了,付钢躲开,刘晓娜开门接过饭,付了钱又把门给锁上。

付钢只好耐心等待在刘晓娜家门口,忍饥挨饿,等听不到里面的嬉闹声后,付钢才敲响这房门儿。

"谁呀?"

里面传来刘晓娜的声音。

"煤气公司的。"付钢捏着鼻子回答。

片刻安静后,门被穿着睡衣的刘晓娜打开,付钢不由分说闯了进去。

付钢辨清卧房后,就直奔过去。刘晓娜慌忙上前一把拽住他:

"欸,错了错了!厨房在那边儿。"

"我找苏赫!"

付钢一把推开刘晓娜,硬闯进卧室。里面的人毫无准备,付钢当即拍下正裸露上身,斜靠在床头的苏赫。刘晓娜反应过来挡在镜头前,付钢正好拍下她和苏赫两人的合影。

苏赫知道付钢是学法律的,也知道这证据意味着什么,因此他只能向付钢求饶。

"付钢，我错了！都是我的错！哥求你，给你跪下了！"

"怎么回事儿？你怎么知道他在这儿？"刘晓娜见此情景惊讶地瞪着付刚问。

"……他是我老婆的表弟。"

苏赫忙解释，希望刘晓娜能帮忙。

付钢收好摄像机朝外走："知道错了，还来鬼混！"

刘晓娜总算搞明白，她气势汹汹地一把拽住付钢：

"鬼混？你最好说话注意用词！是你姐不要脸，死不离婚，才害得我们夫妻不能过正常生活！"

刘晓娜说着，有些情绪失控。一个箭步冲上去，抢夺付钢手中的摄像机，并对苏赫吼道：

"苏赫，快过来帮忙呀！"

苏赫这才如梦初醒，赤裸着身体从床上蹿起，与刘晓娜协力夺下付钢手中的摄像机，反扳一局。

"好呀，拿去吧，我不在乎！因为我还会拍到比这更令人作呕的证据！"

付钢气急地吼叫着，说完就往外走。

"站住！"

苏赫知道付钢不会轻易放过自己，为了有个好的解决办法，就果断地喊住付钢又说：

"我知道你为什么跟踪我们？你是律师，应该知道侵犯他人隐私权的后果！……到头来，我们只能是两败俱伤。如果你是真男人，就该私下和我较量！"

"……你说吧，什么时间？在哪儿？"

"我会电话通知你。"

"我一定奉陪！"

付钢说完转身就走，剩下苏赫和刘晓娜面面相觑，然后瘫坐在床上。

二〇六

付钢离开刘晓娜的楼房，就用手机给付雪去了电话。对着电话，付钢想对付雪说刚才自己亲眼目睹的一切，可又怕她承受不了，会伤心难过。再说，已经答应苏赫做私下了结，他不能言而无信，同时，也渴望能有个"圆满结局"。这所谓的"圆满结局"就是苏赫能和付雪离婚……

想到此，他沉默半天才支支吾吾地说：

"你……还好吗？我会尽快找套两室一厅的房子，让你和奇奇搬过来和我一起住……"

电话里付雪声音：

"不不不，我们住这儿很好，离奇奇学校也近……"

"可苏赫不会给你幸福！……就这样，我已经决定了。"

"等等，听我说，我们永远是姐弟……！"

电话里付雪还没说完，这边儿付钢就把电话挂了。

付钢不能再听她说，再听下去，他的心会撕裂般疼痛。可不管她现在怎么想，怎么说，他坚信真爱会感动一切，会改变一切！

二〇七

而付雪不可能任付钢的意志让错爱发展下去，就立即放下手中笔，回拨了付钢电话。

二〇八

电话的另一头，付钢电话铃声响了，他犹豫了一下，做了个深呼吸，似乎在给自己鼓劲儿，然后打开手机接听。

电话里果真是付雪质问的语气：

"你凭什么说苏赫不会给我幸福？我了解你，如果没有足够的证据，你是不会做出让我搬出去住的决定！你是不是知道他在外面有女人的事儿了？"

"现在还不能说，等我弄清楚，拿到证据，我会去找你。"

"好，我等你。"

二〇九

付雪挂了电话，她早做好离婚的心理准备，此时她脸上没有一丝的痛苦表情，只是焦急地看了看时间，疾步走回书桌前坐下，想在今天就把稿子赶完。

二一〇

付钢在和付雪的这回通话中，付雪没有说些让他感到难过的话，这使他心情舒畅起来。

他回头看了一眼刘晓娜所住的那栋楼,只好无奈地离开,疾步走出小区,拦了一辆出租车坐上,消失在拥挤的车流之中。

二一一

在他身后刘晓娜家里,苏赫穿好衣服正要出门儿,被刘晓娜拦住,责问道:

"你真要当逃兵?"

"我怎么是逃兵?现在我和他只是一比一,还不知道谁胜谁负呢!"

她亲昵地把脸贴在他手上:

"你就是逃兵!他一来,就把你吓跑了。"

"……噢,是是是,谁要你那里是'无底深渊',探不到底呢!"

说完,便在她屁股上重重拧了一把,痛得她身子向前一扭,倾倒在他怀里。

他推她起来:

"好了,亲爱的。为了我们将来,我们必须分开一段时间。"

"要我帮你吧,老公。……我有办法对付这小男人。"

"你会有什么办法?"

"耳朵,过来……"

她嘻嘻一笑,在他耳边低声叨咕着,慢慢苏赫开始点头,随即脸上浮现出一丝冷笑。

二一二

下午,付钢刚一上班,就接到手机短信,上面是苏赫发来的信息:

"今晚8点,我在你中午来过的房子里,不见不散。"

"不见不散!"

他当即回复了信息,然后起身离开办公室,独自走进卫生间洗了把冷水脸,感觉头脑清醒很多。

他看着面盆上方,那镜子里有自己活力四射的眼睛。他更加自信地自言自语起来:

"我不会输给你——苏赫!"

二一三

一切不可知的事情，都是在人们毫不知情的情况下产生与结束，就像生的人不知死的人的世界一样，是那样不可预见。如果说把时间比作水，那也应该是黄浦江里的水，因为它江面平缓，让人们站在两岸，感觉不到它在流走，但它却在年复一年，日夜不停地途经吴淞口，汇入长江，流入东海。

现在已是下午3点钟了，付雪还没顾上吃午饭，她执着、激动地看着这已经完成的稿子，长松了口气：

"终于进入修改阶段了。"

是呀，只要你想与时间赛跑，就一定有办法赢得时间。

她此刻心中充满胜利的喜悦，她要给郧海打电话。"哦，不。"她突然想起郧海曾经说过他很忙。

"那就给姜星梦直接打电话过去吧……"

她想着就行动起来，一张笑脸儿就像冬季里绽放开的一朵梅花儿。

二一四

她要拨出电话的另一边：姜星梦正和胡柯在办公室里争执不休。

姜星梦质问胡柯：

"阎玉怎么不适合当主角？她有长相，有气质，就是个头不高，这也算不上理由吧！？"

"她和郑捷琳的气质完全不同！如果你想拍好这部戏，演员就应该由我来选！否则，就是一部不合时宜的烂片！"胡柯更加较真起来。

"烂就烂！反正是我投资！"

"我劝你改变改变想法，否则！"

"不要浪费时间了，就这样吧！"

就在这时，付雪电话打进来，正打断他们的争执。

胡柯和姜星梦合作多年，两人不是头一回发生争执，但那都是纪录片，或是小广告之类的，登不上大雅之堂。

可这回不同，一个20集的电视剧，要是拍砸了，砸得可就是胡柯的导演艺术生涯！因此，胡柯不得不认真思考这个问题。

胡柯趁姜星梦还在接电话时，紧皱起眉头，大口大口地猛抽香烟，似乎要在这烟里找出一个很好的办法。

姜星梦接完电话，并没看出胡柯的苦恼，他一向玩世不恭，除了头脑灵活，有商业头脑，能把握公司运作的大方向外，对一些具体细节的小事儿，他总是处理起来与胡柯产生摩擦。这回是因为他和阎玉发生性关系后，一直还意犹未尽。再加上他是投资人身份，有权对大小事宜做出决定，何况自己亲口答应那小女人，让胡柯推翻，总感觉没面子。因此，他又很果断地对胡柯重复说：

"不要浪费时间了，就这样吧！"

"……行，咱哥们儿一场，我也不想把你这好戏给拍砸了，那你还是另请高明吧！"

"你这是什么意思？"

姜星梦愣愣地看着胡柯。

胡柯猛抽口烟，没有回答，姜星梦又接着说：

"不就为一个女人嘛，你怎么就丢掉事业，说不干就不干了？"

"想不通，是吧？那我告诉你——什么人，就得什么角色！——演员是一部戏成败的关键！毫不客气点说，阎玉根本就演不了女一号！"

这话说得让姜星梦瞪大了眼睛，胡柯忙致歉道：

"对不起，我论事不论人。"

"既然这样，演员就由你挑选吧。"

姜星梦无奈地站了起来。

走到门口，他回过头来又对胡柯说：

"我有事儿要出去处理。刚才付雪打来电话，说明天早上剧本就送来，到时你看看，看是否需要再做修改。"

"我还没见过不修改的剧本……"

胡柯又直言不讳，较真地说。

这让姜星梦很反感，但为了合作，他只能暂作让步。

"得了，都交给你，你看着办吧！"

二一五

姜星梦离开办公室，直接去某大酒店找阎玉了。

阎玉这会儿正上最后一次班儿，分管KTV部门的经理听说她要离开酒店，去当演员，而且还是女一号时，还特意召集所有员工，为她举行了告别舞会。

舞台上,她扭跳着煽情的肚皮舞,使场下一片欢腾。

姜星梦坐在顾客席上,心情郁闷地为她鼓掌,并派人为她送去一束火红的玫瑰。

她在舞台上看到他,并朝他妩媚一笑,然后,楚楚动人地走了过来:

"怎么会有时间来看我呢,大制片?"

"换个地方,有话要跟你说。"

"好,到后面去。"

她拉着他绕到舞台背后,带他来到自己的更衣室。

她有些轻浮地站着,摆弄着头发问:

"不会是……那个导演选中郑捷琳了吧?"

"你真聪明!哎呀!我也没办法。这样吧,下一部戏一定给你做女一号!"

"不用了吧,你刚也都看到了,我的饭碗没了。如果我这次不能当女主角,我也一定要砸掉你的饭碗,信不?"

"嗬!你吓唬我是不是?我可不是被吓着长大的,像你这种女人,我搞多了!谅你也没那个能耐!"

"你等着!"

她顿时怒目切齿,撂下话儿就走了。

"你等着……嘿嘿,德行!"

他嘲弄她刚说出的话,并用轻蔑的目光斜视她远去的背影。

二一六

如果说女人是祸水,那么男人就是一根挑起祸水的木棍。他们为什么要挑惹女人这祸水呢?当然一根木棍是不会自己动起来,那么驱动木棍支点的又是谁呢?答案就是"强者"。

"强者"这两个字有史以来一直定位于男人,尽管女人们在想方设法改变自己"弱者"身份,但神在造就人类时,却给了她们与生俱来的柔弱躯体。这种柔弱是为了与健壮相匹配,相互吸引,寻找到有爱的终身伴侣,组成家庭,繁衍后代,合成完整人生,而不是为强健男人身躯所征服与服务的战利品。

阎玉这会儿已经来到派出所，向警方提供了姜星梦污辱"强奸"她的证据，除了手机录音外，还有她特意保留下来的内衣上姜星梦的精液。在充分证据和当事人面前，警方很快对此立案，并暗里对姜星梦做了摸底侦查。果然了解到他有嫖娼和一些混乱的异性性行为。

警方根据受害人阎玉要求，立即出动警力赶赴姜星梦家。

<h2 style="text-align:center">二一七</h2>

此时，姜星梦刚用车送走一位"小姐"转回家来。还在楼下，就被赶来的警察叫住：

"你叫姜星梦？"

"是我，有事吗？"

"有人告你强奸，请跟我们走一趟。"

姜星梦认为自己做人坦荡荡的，很清白，最多是个嫖娼，和强奸是两回事儿，为此他还嬉笑着对警察说：

"等等，警察大哥，你们一定弄错了！多的是女人和我上床，我怎么会！"

"你认识她吗？"

警察把阎玉从警车上带下来，站在他面前问。

"认识，是昨天才认识的，她做了什么违法的事儿，和我无关！"

他还是弄不明白是怎么回事儿，还在为自己辩护。

"就是她告你强奸！"警察严厉地说。

"强奸她？笑话！"

姜星梦看了一眼阎玉，她正朝他冷笑。

她那表情让他猛然感到一阵凉气直灌心窝，使他不由得打了个冷战。但还企图再为自己辩护点什么时，警察把阎玉的手机拿在他眼前一晃，然后厉声问道：

"这上面有录音！还想狡辩？"

"她……她这是打击报复，在陷害我！"

"这内裤你还认识吧？"

"这……"

他此时才明白过来，但已是有口难辩。

"走吧。"

就这样,姜星梦一切的自由与梦想,都让这蓝色闪耀的警灯收走释放在人潮拥挤的都市傍晚里。

二一八

此刻,已是傍晚7点半,暮色越来越浓地笼罩大地,把都市装扮得更像天宫,特别是高楼里居住的人们,只要站在阳台上向外看,纵有"危楼高百尺,手可摘星辰"之惊叹,也能在高空俯瞰"人间天堂"之美景!

可惜,这美景下面是流动的车灯,及闪烁的霓虹灯。它们时刻提醒着付雪——这是喧闹、繁杂的现实世界!

"是的,现实!"她长吸了一口气,收回目光,顿感神经和身体都极度疲惫,但脸上依然带着对一个"孩子"(她的作品)诞生的激动与欣喜。

"明天就要把'孩子'送出去见老师了,能不能得到老师们的认可呢?不行,我还得再给他'修饰修饰'。"

就在这时,苏赫做好饭菜,在客厅里叫喊:

"吃饭了。"

她听到喊声,刚一转身,就看见奇奇朝她跑过来:

"妈妈,老师要我们做手工,明天要参加比赛。"

"那主题是什么呢?"付雪问。

"什么是主题?"

"就是——老师要求做哪方面的?"

"哦,我知道了。《我爱我家》一定就是主题了。"

"你真聪明。"

"妈妈,怎么做呀?"

"来,我们变废为宝,找一个不用的蛋糕盒来,把火龙果的皮修剪成太阳,再用小别针别上,然后太阳下面有什么?你就自己去想了。"

"太阳下面有房子,有花朵,有大大的绿草地……我看见小兔子在草地上玩耍,我拉着爸爸妈妈的手在做游戏呢!"

"你想象得真丰富,但材料一定要用废弃的东西制作,这样才有意义。"

"嗯。"奇奇问完话,并没有走,而是瞪大眼睛盯着付雪。

付雪以为他还有问题要问,就笑着蹲下来说:

"问吧,妈妈听着呢。"

"……为什么大人要离婚?我们班宋媛媛……她整天不笑、也不说话。老师说他爸爸、妈妈离婚了,单亲家庭的孩子都这样。"

"奇奇,大人的事儿很复杂,等你长大了就知道了。"

孩子的话牵动着她某根受伤的神经,使她感到心中隐隐作痛。

她长叹一口气,佯装笑脸:

"走吧,先去吃饭,吃完了再去做你的手工。"

这客厅离阳台中间隔有卧房,但都是门儿对门儿,形成直线走道,因此,也可说是三者之间是通的。当付雪还没走到客厅,就已经看见苏赫在客厅大门口换鞋子,准备出门。

"你还回来吗?"

她冷冷地问,可能是儿子刚才的问话,令她对他出门儿之事儿有些在意。

"出去见个朋友,很快就回来。"

苏赫说这谎话,面不改色,使她琢磨不透他心里到底在想什么,到底对她还有多少情分。

现在,她的稿完成了,她的心也空了下来,心情就像孕妇刚生产后的虚脱般。她需要他给她情感上的精神养分,可他毫不犹豫地开门走了。

她用无助的目光看着他刚脱换下来的鞋子。

第九章

二一九

付钢回到家,把小型录音机换好新磁带,装进衣兜里也出了门。

他和苏赫几乎是同时赶到刘晓娜家。

刘晓娜为他俩倒好酒水,就轻轻关门儿出去了。

客厅内只剩下他二人。

片刻死寂过后,苏赫坐在沙发上把玩儿着摄像机终于开口了:

"这机子不错,很专业。一定是你们单位专用机吧?"

"你约我来,不会只有这些闲聊话吧?"

"哼,当律师了,连说话都变得单刀直入啦。"

苏赫想调节气氛,说着端起酒杯站起来:"来,干了这一杯,以后我们就不再有亲戚关系。"

"酒不是法官,判决要的是事实依据!"

"当然有,你是律师,在你面前,我能不考虑周到吗?"

苏赫说完昂头一饮而尽,付钢乘他昂头之机,迅速掏出衣兜里录音机,按下录音键后,塞入沙发底下。

付钢见他喝完,自己也将酒一干而尽。这红葡萄酒里添加了雪碧苦涩中带点清甜,令付钢感到口渴不止。付钢舔了舔嘴唇,又清了清嗓子,忍耐着。

苏赫放下酒杯,从衣兜里拿出一张纸摊开:

"这是我的离婚协议,字,我已经签好了,你拿去给她吧。"

"我也会把摄像机里的东西,当面删除……"

"哈哈！付律师我已经替你全部删除了。来，为我们的友好合作，再干杯！"

苏赫说完，高兴地为付钢斟满酒。

付钢赶忙把桌上的协议书收好，又拿回摄像机对苏赫说：

"既然这样，息事宁人也好。我走了。"

"等等！咱们亲戚一场，你再忙，也得给我一个面子——把这杯酒干了！"

苏赫话已至此，付钢正好口干舌燥，心想：

"他没别的花招，也就大度一回，干了这杯酒，大家从此也就不相往来。"

想到此，就接过他递来的酒，一饮而尽。这酒没加雪碧，很是苦涩，他难受得咬紧牙齿。

"哈哈，没喝惯这洋酒吧？来，喝罐可乐压压。"

苏赫又顺手递来开好的听装可乐，付钢没有怀疑，就接过来往嘴里灌。一口气就喝掉半罐，才压下去嘴里的苦涩感觉。

"谢谢！"

付钢说完就大步迈出客厅。

付钢走后，苏赫急忙拨通电话：

"注意，他下去了。"

然后挂掉电话，狞笑着慢慢品尝起酒来。

大约10分钟后，门外传来一阵杂沓的上楼声。他拉开门，刘晓娜闪了进来：

"办妥了？没人看见吧？"苏赫急切地问。

"放心吧，都在这里……"

她从包里掏出一个数码相机和一张刚才给付钢的那份离婚协议书。

苏赫打开数码相机翻看，里面有两张付钢照片：一张是在无人的楼道里他自行脱衣；一张是抱着一位年轻裸女亲吻。

"太棒了！亲爱的，你是怎么用这么短时间，搞定的？"

"迷魂闪呀！手机上经常收到卖迷魂闪药的信息，今天碰巧没删除，就买来试试。嘿，看来这药贩，还真没骗我！往他面前一撒，他就立刻进入迷糊状态，叫他干吗他就干吗！可惜我不知道这药效能管多久，要不是怕他醒来，还能多拍几张呢！"

"这小姐看上去只有十八九岁吧？"

"放心吧，'老公'，有几个做'妓'的敢暴露自己的身份？再说，这10分钟不到，我可是付了她500元人民币，她该躲着偷笑了！"

刘晓娜说完，得意地搂住苏赫脖子亲了下，继续说：

"不过，我不明白，你为什么要我拿回离婚协议书？"

"傻瓜，我上面写的是'奇奇由我抚养'，不信你看。"

他为了说服，打开那张纸给她看，果然上面写有这句话。

苏赫见她心服，又温柔地说：

"奇奇来了，会影响我们是不是？我比你更想要我们俩的孩子，'老婆'！"

"算你还有点良心，还想到我们自己的孩子。——你晚上还走吗？"

"走，我马上回去。在没离掉之前，我们最好不要来往，免得让她怀疑、跟踪、节外生枝。"

"那就多陪我一会儿再走吧。"

"知道了。"

他搂着她，双双扭倒在沙发上亲热起来。

二二〇

楼梯间，付钢从迷糊中醒来时，发现自己衬衣被脱掉丢在地上，他赶忙捡起来穿好，还以为刚才遭到抢劫，就慌忙检查衣兜里的钱包——钱包还在，打开数了数，一分也不少。

"奇怪，刚才是怎么了？没丢东西呀……！"

付钢自言自语，寻思着，突然像想起了什么，紧张得大喊起来：

"我的摄像机！"

可一低头，看见摄像机就在脚边儿，这更让他疑惑不解起来。就在这时，他的电话响了，里面是苏赫的声音：

"……付律师，我想你一定还在楼下吧？刚才有人看到你在楼道里嫖娼，还拍下了几张照片，你不想上来看看吗？……啧啧……真刺激，不知道你的雪看了会怎么想。"

付钢刚才的迷惑感，霎时被这通电话揭晓。

"原来是你！"

他愤怒得呆愣在那儿，半天才回过神儿来，摸了摸衣兜，发现那张协议书不见了，愤然朝楼上冲去。

二二一

楼上，刘晓娜的书房里，苏赫正在把数码相机上的照片朝电脑里转。

门被急促地敲响，刘晓娜一打开门儿，付钢就冲了进来，边四下里寻找苏赫，边叫喊着：

"苏赫！滚出来！"

"怎么？想打架吗？"

苏赫在书房里大声回应他。

付钢闻声寻了过去，只听苏赫又继续说：

"付律师，只要你敢动我一下，我马上就把你的淫秽照片上传在各个网站上！"

"你卑鄙！——为什么要这样做？她毕竟和你夫妻多年！你真的一点人情味儿都没有吗？"

"这就是你爱管闲事的下场！……人情能值几个钱？这年头，有钱就是爷爷，没钱就是孙子！——你们这帮穷鬼，我躲都来不及，还跟你们扯关系、讲人情，那我这一辈子，不就让你们给拖累死啦？"

"……我早看出你不是好人，现在露出原形了！——你到底想要我和付雪怎样？"

"很简单，我要你马上离开上海，永远不许和付雪见面！如果你能做到，我保证不在网上公开你的隐私——否则……"

付钢愤怒得攥紧拳头，真想重重朝他脸上挥去，可这样还会招来他更多的阴险报复，愤怒之中，付钢突然想起自己偷偷放置在沙发下的录音机，于是努力使自己情绪平静下来。过分压抑，使付钢的声音变得低沉起来：

"我答应你。……我想喝杯酒。"

"好！识时务者为俊杰。——酒在客厅里，自便！"

苏赫见付钢彻底被自己征服，由衷地高兴，便站来，走到他跟前，拍

了拍他的肩,朝书房的方向喊道:

"亲爱的,替付律师写个保证书来,要一式两份正规点的……"

二二二

付钢被迫在保证书上签了名字,他心情沉重地骑车走在回家的路上。

大风卷着热气,时起时落。

月光再明亮,也会在华彩的街灯下失去它原有的色彩,可它依旧无处不在。它明亮于街灯周围的世界,并给它们披上清凉的灰色,就像维护正义的付钢本人,虽然看似被苏赫这邪恶之人所压制着,但却压制不熄付钢内心正熊熊燃烧着的正义感。

此时,付钢心情沉重,是因为他第一次知道了这个世界上还有隐藏至深的善、恶人性,特别是出现在这种同床共枕的人们之间,更是令人发指!

付钢带着沉重的心情回到住处时,郧海不在家,他赶紧掏出录音机播放,里面清晰的录音对话,令他目光炯炯起来。

二二三

太晚了,奇奇没等爸爸回家,就按时睡觉了。

付雪把稿子又反复阅读了两遍,感觉还可以,就收拾好放进包里,准备明天一早就赶去交给姜犀梦。

今晚不管苏赫回不回来,付雪都得早一点睡觉,因为她太累了,眼睛涩困得难以睁开,只想早早洗个澡上床休息,可刚躺下没多久,苏赫就回来了。

她听到他的开门声,听到他没有开灯就走过来。

她想起床走开,可为了孩子,她内心痛苦地闭紧了双眼。

苏赫以为她已睡着,就又轻轻地退出房间。

不一会儿,他从浴室洗了澡出来,就蹑手蹑脚地上了付雪的床……

二二四

俗话说,"夫妻不记隔夜仇,床头争吵床尾和",就是因为他们裸露着身体沐浴在黑夜里,关掉思想,让耳根清净、大目不睹,只有肉体交媾与消魂的感知……这一夜足够让仇恨至深的人——心灵得以净化,让疲惫不堪的人——身体得以舒缓、魂魄飘离。这就是性的魅力所施展的能量。

正因，性是婚姻的基础，人们才拿它来衡量自己婚姻质量的好坏。

昨晚，苏赫又从付雪那里体会到性的魅力，也就等于证明了他们婚姻的存在。

她还是他的老婆，天亮了，他还心安理得地懒在床上，甚至不愿意把胳膊离开她柔软的细腰。可她要起床，轻轻挪开他的手。

"不嘛，老婆，让我再抱一会儿。"

他懒懒地挥了一下胳膊，胳膊落了空，沉沉地落在薄薄的粉色空调被上。

"你不是答应过儿子，要送他上学吗？正好，我现在要赶早出门送稿子。"

"写完了？"

他一听说送稿子，猛然坐起来问。

"嗯。"

"等等……"他一骨碌爬起来，"我陪你去，8万块，可不能在路上让贼给偷了！"

"你看了我的《合同书》？"她惊讶地看着他。

"呵！怎么了？"

"……没什么。"

就在这时，付雪手机响了。

"这么早就催你，我看你这剧本……只给8万，少了点！"

他说着，一步蹿到桌前，抓起桌上手机对付雪继续说：

"……听说一个剧本可以卖到十几万，你没有谈业务的经验，一定是让别人钻了空子……"

他话说到此，不管付雪同不同意，就掀开手机盖接听。

"付雪吧？……"

电话里郯海的声音，苏赫处于兴奋状态，一时没有听出来，回答说：

"噢，你好你好！付雪正忙着，我替她接……"

"那请你转告她，暂不送剧本去，等我通知。"

"为什么？她可是签了合同的！"

"对不起，我也是刚知道姜总昨晚被拘留的事儿。这太突然了，……但他是法人，一切只能等他出来后，再说！"

郦海说完就挂了电话。

苏赫脸上的喜悦也被这通话一扫而尽，付雪看出苏赫脸上的变化，似乎也预感到了些什么。她没敢直接再问他，就自己拿起电话翻看上面的来电显示。

"是郦海的！"她心里一紧，忙拨了回去。

"打打打！整天和一帮骗子混在一起，除了浪费电话费，你还能干什么？"

他突然暴跳着吼叫。

付雪只好默不作声，拿手机走到客厅里压低了声音：

"喂，郦海，你刚才打电话来什么事儿？"

"你老公没告诉你吗？……是这样，姜总昨晚被拘留了，有人告他强奸。如果成立的话，可能会蹲大狱。……对不起，我不知道事情会变成这样子！"

"没关系……"

她脑袋嗡了一下，晃悠着身子倒退几步，几乎是用带哭的腔调，继续说：

"……都怪我运气不好！"

"付雪！别急，我再托人帮你联系其他影视公司！"

郦海说这话，付雪一听就知道是在安慰自己，因为她知道，郦海也刚来上海，人生地不熟的。就算郦海托人去找，也不知要等到何时！她绝望得把手机关上，扶着沙发坐下。

这时苏赫从里屋走出来，看见她还没去做饭，更是气儿不打一处来：

"饭嘞？几点了！还不做饭？……又不上班、又不挣钱！整天吃闲饭，还偷懒呀！"

她能说什么？确实来到上海后，快一个月过去了，到现在也没工作，没挣钱！她突然感到自己像矮人一截，几乎要在他面前抬不起头来。她默默地强打起精神，内心再痛苦、再绝望也要忍气吞声，接受他的训斥与使唤。

就像被关押的犯人，没有自由，只能在听从中劳作，如同行尸走肉。

苏赫取消了接送孩子的事儿，一切又恢复到原样。

甚至，从现在起，苏赫要开始对她若即若离，把她当作若有若无的人存在，确切说，要把她当作他家里的免费保姆。这样做，是为了孩子，因为他在她身上看到很多农村人才有的单纯。通过这次她的失败，苏赫彻底看透她的生存能力很差，并认定她只配在农村生活，所以留她做保姆，更多是对她的可怜。

然而，时间在一分一秒过去，付雪的思想也在分分秒秒地警醒着，并在焦急地搜寻着另一条生的出口。

可这路的出口在哪儿呢？她的梦想就是有自由的时间来写作。

"写不了啦，不写啦！"她痛苦地想着，茫然地看着窗外繁华喧闹的景象，羡慕那些在花园里悠闲散步的妇女，和出门儿遛狗的大男大女们。

一群鸽子从窗前"嗡嗡"盘旋而过，带给她孤身独影的感觉；树上知了们此起彼落"知了知了"的鸣叫声儿，带给她焦急不安的情绪。这种情绪由里向外，一直停留在她的眉宇之间，并在那里凝成了一个坨儿。

二二五

爱一个人能为其付出生命，这是人体大脑某根情绪神经，或是痛感神经细胞所发挥的作用，也是高于物质的一种精神满足愿望的实践行为。因此，使陷入爱河的人们，往往弄不清爱是什么东西。所以，就把得不到满足的痛苦感，称作为爱情，并驱动人的意志做出不懈的追求。

付钢就被这种痛感神经所驱使、俘虏。他在全心全意地为之付出自己的行动。

因此，他一早上班，就迫不及待地在办公室里把昨晚的录音一遍又一遍地播听，继而在桌上摊好的起诉书上奋笔填写……

二二六

此时，苏赫也来到自己单位上班。

不管他心情有多么郁闷，只要一来到单位，就会忘记一切不愉快。这里就像是他另一个寄托精神之处，使他在这里得到满足，因而神采飞扬。

明天是周末了，按工作日志安排，他上午应该召开一次周末部门会议，可一上班销售大厅里就来了几位客户，于是就把开会时间灵活改到中午。他的敬业精神和灵活变通的能力久而久之得到上司认可，并给他下发晋升公司副总职位的考试通知。他欣喜地接受这一挑战！同时，也为昨晚赶走情敌而沾沾自喜。

此刻，他觉得自己与众不同，有超常人的智慧，仿佛能看到自己晋升副总后的气派劲，甚至还看到那些曾藐视他的同事们，对他点头哈腰。这种幻觉，不是爱幻想的人才有，对他来说，而是一种现实的欲望驱使。

苏赫就是现代社会中，典型的不安于现状之人。金钱、地位、不断地攀升，才永远是他内心深处熊熊燃烧的欲望之火。这欲望，也犹如一架无形的"天梯"，诱惑着他拼命地往上攀爬。

现在他有这攀爬的机会，一定要把它牢牢地抓住。可在这外企里，每晋升一个管理型职位，都需要综合测评，也就是说，光有业务能力还不够，还要有管理能力。这管理能力又直接和个人综合素质，及其企业文化相结合。

能否晋升就看你对企业文化把握的娴熟程度，和个人职业道德修养，及人际关系的和谐问题等。所以，在没达目的之前，他要想尽一切办法拉拢同事关系，以显示他的亲和力。由于他平时为人处事很有计策，懂得因人而施，因时而变，很快就和公司上、下属关系融洽，并成为他暗中的支持者。

由此看来，他在事业上应该算是佼佼者，也难怪刘晓娜会对他如此下手了。

刘晓娜就是在利用他这欲望，来成全自己的人生美梦！

下一步，刘晓娜要对他施行更有效的控制，要尽早把他掌控在自己手中！因此，她每到中午，就会提前来到苏赫单位借等他一同去咖啡店名义，站在暗处默默观察他的一举一动。

二二七

正中午，炎阳当头。马路上热气腾腾，地面就像是被放在大炉灶上蒸烤的热锅，让人站上去，立马大汗淋漓、酷热难耐。行人中，女性们都打着各种防晒伞还要躲在树荫下行走，只有付雪，没有打伞的习惯。

她脸被晒红了，汗水打湿了衣裳，还全然不知，只顾手里拿着招聘报纸，焦急地从一家应聘单位出来，又兴冲冲赶赴下一家去。

这下一家是一家工贸公司，在一栋经贸大楼的21层内。她来到大楼下，展开招聘报看了看，"这是最后一家了！"她抱着最后的希望上了电梯。

当21层楼的电梯打开时，她看到的是静寂的楼层，和破旧的墙面。可能是对工作"饥不择食"的缘故，她对这些映入眼帘的信息，竟然失去特有的敏感，不理不睬地继续按地址寻找"2116室"。就在她专心的、快要找到时，突然，从她身后冷不丁冒出一个穿深蓝色长大褂的老头，这把她吓了一跳。

那老头回头朝她笑了笑，热情地说：

"2116室，在右边第三个门儿。"

"大爷，你怎么知道我找2116室呢？"

付雪感到奇怪，但还是没去动更深的脑筋，她简单地想："可能是来应聘的人多了吧。"于是直径走过去。那老头先是没有回答，在她快要推门时，却开了口：

"这里来应聘的都是你们外地人。"

"这话是什么意思呢？"

她已经顾不上多想，门儿就被里面人拉开门了。

"哟，小姐是来应聘的吧？你应聘什么？我们这儿不限户口，不限年龄，你想做什么工作，我帮你在电脑上查看一下，看还有没有空缺位……"

一个精明、机灵、口齿伶俐的小伙子，把她给拉了进去。

这办公室里面装修简洁，办公设施齐备，营业执照和相关证件都有副本挂在墙上。

付雪一听到不限户口，便暗自庆幸起来，忙说：

"我是来应聘仓库管理员的。"

"好的，小姐这边请。"

小伙子说着把她带到最里间的一个小办公室里坐下。

他郑重其事地在电脑上看了看，又翻翻手边一摞贴有一寸彩色照片的录用名单，然后一副很惊讶的样子对付雪说：

"哎呀！小姐运气真好！你应聘的职位正好还有一个空缺，看来我们要做同事了！"

"……这可太好了！"

听了这小伙子话，付雪终于能有工作了，心里十分激动。

"你赶快去张小姐那里，办一下手续，再让她给你讲一下工作内容，就相当于岗前培训。我们是台湾鑫旺贸易公司驻上海的办事处，一般对新到的员工要求都很严，不会熟练操作，是不会被录用进来。"

这小伙子一口气说了下来，让付雪听起来感到很累，但她知道自己从没有做过这项工作，怕丢掉机会，赶忙应声，去找张小姐。

二二八

在另一间办公室里，这位张小姐十八九岁的样子，一头乌黑秀美的长发，蜡白的脸蛋，眉毛、鼻子、眼睛，都像是刻意雕琢在上面似的有立体美感，一副标准的美少女形象。

付雪坐在她办公桌对面时，她头也没抬就问：

"以前做过没有？"

这让付雪心里一紧。

"……没有！"

"没关系，小姐先缴一张一寸彩色照片，学历证书复印件，身份证复印件，还有500元的保证金。"

张小姐依旧没抬头看她，只是放下手中工作，从梯子里拿出一本财务收据，在上面填写。

"等等，我没有带那么多钱！"

付雪不知道上海找工作的规矩，可她在老家是曾听说有些单位要缴保证金的事儿，于是就慌了神儿。

"那对不起，请小姐到别处去看看……"

这张小姐终于停下笔，抬起头来看了一眼付雪，顿了顿又说：

"公司以前是不收保证金的，可后来，有很多应聘者通过我们岗前培训，学会工作技能后就跳槽了……所以，才用保证金来防止此类事情发生。"

"放心吧！这儿……离我家很近，我不会舍近求远的！"

"对不起，这是公司规定。再说，这500元，在你上班期满三个月，就可以退还给你，你是没有任何损失的，怕什么？"

"不是怕什么，而确实是没带那么多！"

"那你有多少，我先替你保留这个职位，但你明天早上9点半之前一定来补上。"

"好的，我一定早点来补上！"

就这样，付雪把身上仅有的50元交了出来，拿着张小姐开的收据，喜形于色，走出来。这时那个老头等在电梯口，见她走过来，忙摇头冷笑着说：

"又一个上当受骗的。"

"大爷，你说我吗？"

付雪感到好奇地问。

"我说你们这些外地人，哪儿应聘不行，干吗偏要到这楼里来？"

"这楼房装修是旧了点，不过没关系，能上班就行。"

"傻呀？还没明白！这里都……"

就在大爷要说出关键话时，那个刚应聘过付雪的小伙子出现在他们身后，并对付雪说：

"张小姐刚给你讲的内容，都记住了吧？你赶快回去把家里事儿安排安排，明天下午会有人通知你来上班的。"

小伙子说完，又立即转向老头：

"老董，我正有事儿找你……"

小伙子边说边把老头推走，老头只好又冷笑笑，瞥了付雪一眼。

这一眼让付雪明白了什么，就悄悄跟在他们后面。

二二九

在楼道的拐角处，她看见那小伙子拿出10元钱递给老头，并对老头威胁道：

"别多嘴，小心以后连这10元钱也没有了！"

"上当了！"

付雪反应过来,立马又返回刚才的办公室,找到张小姐。

"我不想应聘,把钱退给我吧。"

"哼,你把收据仔细看看。"

张小姐冷漠地看着付雪。

付雪赶紧打开纸条仔细看一看,才发现在收据的备注栏里有这样的一句话:

"已在保证金期内,若自动离职,拒绝退款。"

"可我还没上班,怎么就算自动离职呢?"

"那是你个人认为,公司可是按你办手续之日来算。"

张小姐还想再来蒙骗付雪,但此时付雪已看清他们的骗术,坚决要退款。那小伙子明白一定是那老头对她说了什么,于是就走出来耐心地劝导付雪:

"放心吧,别听那老头瞎说。你看看,我这收据上都是500元的,哪有像你这样的小数目?要是行骗,我们还能在这儿长期工作下去吗?上海的工商局管得可严了!再说,你明天下午来上班,不就知道了!"

"也是,真骗假骗,明天来上班就知道了。"

她犹豫着收回收据,又走出去。

这回,走道上那老头不再说话、也不再看她,这使付雪内心感到越发矛盾起来。这事儿她必须得跟苏赫商量,因为她搬家时把钱都给了苏赫,自己手上没有现钱。如果这家公司是真实的话,她还是得向苏赫说明后,才能拿到钱来。再者,苏赫毕竟来上海多年,也有一定见识和经验。想到此,她拨通了苏赫的电话。

二三〇

苏赫和刘晓娜从咖啡店里回到苏赫办公室休息。接到付雪电话,他感觉很意外,见刘晓娜去了洗手间,就赶忙趁着空闲接听。由于工作上有晋升喜讯,所以,对付雪说话也就显得温柔得多:

"家里出什么事儿了?"

电话里付雪声音:"不是家里……是我刚应聘了一家单位,这单位要缴保证金,我想问问,可不可靠?还有,我早上出来时,发现冰箱里没菜了。"

"好，我知道。一切等我下班回家后再说。"

这电话犹如给付雪吃了个定心丸，但对从洗手间返回，正在暗地悄悄注视苏赫的刘晓娜来说，却是撩起她心头郁闷的一只手。

刘晓娜看到他通电话时温和的神情，就知道不是办公电话，心怀妒忌地走过来问：

"刚才是给谁打电话？"

"噢，是……是我'妈'。她要我注意身体，还问我这里的上班情况！我打算下班后，再把要晋升的好消息告诉他们！"

"那今晚我们庆祝！庆祝！"

"好呀！"

苏赫一脸灿烂的笑，紧接着，他像是突然又想起了什么似的，一惊一乍地：

"哎呀！想起来了！上午和一个客户约好在晚上见面的，我怎么给忘了？"

"不重要，就推掉算了。"

"'老婆'，你知道，客户虽不重要，但信誉很重要！我怎么能失信呢？我看这样，明天我一定回去陪你！"

"那你今晚睡哪儿？是不是回她那里？"

"办公地方，小声点！"

他谨慎地看看门口，见没有人经过才放下心：

"我发誓，从明晚开始，永远和你形影不离！"

"好，我相信你！但你给我记住，要我是不会有好下场的！"

她说完就扬长而去。

苏赫隐约感到这女人笑里藏刀，企图在控制他的行动；他更知道，这是一个女人对一个男人过分占有的欲望所产生出的妒火。这妒火使苏赫看到了一个真男人才有的征服力，只能令他更加自信和扬扬得意。

二三一

苏赫下班后回到家中，付雪把白天应聘的事儿和他详细说了一遍。苏赫凭经验，一听就断定是家骗子公司。

他不仅没有宽慰付雪，反倒挖苦、嘲笑她：

"劣根！不入流的乡下人！你还活着干吗？"

付雪认了，谁要她笨，找不到工作，还被人骗呢？可明天怎么办？还得去继续找工作？是不是找郧海，找刘易水他们帮帮忙呢？她想到此，就对苏赫说了自己的想法。但遭到苏赫的强烈反对，他说：

"不行，绝对不行！找郧海，等于是去投怀送抱；找刘易水，就是丢我的脸！"

"那我怎么办？你帮我找份工作呀！"

付雪突然忍不住反问他。

"你真的这么没用？离了我，就不能活吗？"

"你是我老公，你都不帮我，谁还愿意帮我？"

"听着！我这样做，是在救你！是不想看到你荒废人生——变成一个好吃懒做的废人！"

"我有我的事业，你为什么非要我按照你的人生标准去做？"

"钱呢？"他伸手向她要，"没有是吧？这就是为什么！"

付雪欲哭无泪，只能沉默着低下头去。

这就是现实给她带来的无奈与伤害。

这也许是他和她的缘至将尽，苏赫一看到她低头沉默、六神无主的样儿，心里就发烦，就恨不得马上离开这个死气沉沉的家。因此，他才不管她能否承受得了，只管用恶劣的话，朝她劈头盖脸地喷去：

"你是死脑袋呀！外面那么多招聘营业员的工作，你难道做不了吗？"

"是呀！我怎么长了个死脑袋？明明知道这婚姻不适合自己，为什么还不放手呢？是不是非要按他的想法，把自己变成一个真正意义上的行尸走肉，才肯放弃？"

她再也忍不住内心的痛苦，泪水黯然涌出来。她站起来，拉开门冲了出去。

"马上要去超市里买菜了，往哪儿跑呀？"

"接孩子！"

她哽咽着应声，钻进电梯里去了。

苏赫正想赶出去再骂几句时，手机响了。

他赶紧调整情绪，清了清嗓子接听电话：

"喂，哦……妈！我正准备给你打电话，向你报个喜儿！"

"啥喜事儿？快说给妈听听！"

这是电话里苏母激动的大嗓门。

"妈，我马上要升职了！升了职，就能加工资了！"

"那有什么好喜的？光靠你一个人挣钱，就算再加两级，妈也高兴不起来！"

"你放心吧，我不会让付雪在家吃闲饭的。"

"赫呀，记住妈的话，天底下最亲的人就是父母了。俗话说'儿子可以再生，老婆可以再找'，这都说明媳妇是靠不住的东西！可一定要把家里的钱看好了，不要让她一个外人来管……听见了吗……？"

"知道妈。放心，她娘家给的五千元，也都在我手里呢，打算到月底发工资后，一起给你寄回去的。"

"听你说这话儿，妈就放心了！那就不说了，挂了。"

"欸，再见妈。"

苏赫挂掉电话，笑脸也随着手机的翻盖给盖了起来。

他斜靠在沙发上，在想一个更绝的招数激将付雪，同时，也在想刘晓娜的100万美金。

"对呀，那美金，我为什么不能拿它做点什么呢？"

二三二

付雪的梦想和内心里那块蓝色的晴空，彻底被苏赫的辱骂、挖苦和嘲讽给撕破了。

由于最近赶稿子劳累过度再加上心急上火，付雪的眼睛出现了炎症，所看到的外面世界，到处是朦胧模糊的。她警觉地擦干眼泪，强制自己不要再流泪，可失去自己的写作事业，真不知她活着还有什么意义！就在她情绪陷入低谷时，她的手机突然响了。

"喂，是付雪小姐吗？"

电话里王弈的声音，这对她来说是一个非常陌生的声音。

"是我。请问您是哪位？"

"我是王弈呀，你工作找到了吗？哎呀，我看了你留下来的文章，你真是了不起啦！那么好的文笔，要我老头子自叹不如呢！难怪你不想做我情人，原来是你嫌我配不上你啦！"

"对不起，你看错了人！"

"付小姐，不要再假装正经嘛，谁不知道女作家都很浪漫、风流？"

"我不是作家，没有别的事，我挂了！"

"你挂吧，我倒要看看，你在上海能找个什么样的工作来！"

王弈说完就先挂断了电话。

这并没给付雪带来任何的伤害或难过，因为王弈毕竟是陌生人，陌生人的话对她来说，只能激发她的斗志，不断向前，而苏赫的话足够杀死她几回，就像一把无形钢刀插在她的胸口上，令她痛不欲生。这痛定思痛的过程，对于她来说，就是一种精神虐待！

此时，她得活着，活在这痛苦之中，活在这不属于她自己的生活方式下和这不属于她的世界里！此时，她真希望自己是坏女人——抛夫弃子；她真希望做王弈情人——另寻新欢。可这些都是她思想中的一个瞬间闪念，很快就被她思想中的理智思维刷新、覆盖。

此时，她见到孩子的老师，得笑着脸儿和她们说话；见到孩子，她得装出开心与耐心，不然她会把痛苦转加给孩子，这样她活着就更是失去意义。

因此，她在人前人后，不得不及时更换面具，喝下这世上最苦的"酒"……

二三三

这会儿付钢也下班了，在离开办公室时，把那个起诉书看了又看，最后决定在明天递交法院之前，还是先让付雪知道，好让她心里有个准备，于是就把起诉书装进自己背包里，锁上办公室门儿，下了楼。

马路上，付钢还是蹬踩着那辆旧自行车拐入弄堂里，在一家快餐店门口停下来上锁，然后走进去吃饭。

吃完饭干什么呢？是不是该去逛逛街，欣赏上海的黄昏美景？或是去看场电影，让自己激情飞扬？或者去网吧泡一泡，浏览天下之大事儿？再或者回家看看电视，享受一下惬意生活？这都是他一个单身青年应有的自由和无忧无虑的生活。

然而，付钢却让自己背负着责任——一种正义与邪恶较量的责任；一种亲情与友情的责任；一种爱与被爱的责任！这责任如同一把尺子，在他脚下划出了一道坡形的行动路线。他越是往前走，前面的坡度就越陡、越发的艰险，可说是如履薄冰、如临深渊。

但他毫不退缩，并把"三个维护"作为他身为律师的使命，一是维护当事人的合法权益；二是维护法律的正确实施；三是维护社会的公平和正义。

付钢的服务精神和纯朴是与生俱来的，没有任何的利益、目的和杂念，就像一江清澈的水，生来就只有付出。

所以，他吃完饭后，要去找付雪，要把她从这不幸婚姻中解救出来！

二三四

此刻，付雪已经和苏赫带着孩子去了超市。

在超市里，付雪脸上佯装笑脸，眼里却隐含着泪水，只有苏赫和天真的孩子脸上洋溢着开心的笑。因为苏赫心里知道，这是最后一次带他们出来购物了。从明天起，他要和刘晓娜住在一起，过他想要过的真正上海人的生活。所以，现在购买所有的东西，他都要当她的面斤斤计较，时时提醒、告诫她——她现在还是个不能自立的穷光蛋。

她明白他的用意，也就更像保姆一样跟在他身后，一切听他使唤。

身份变了，这大型超市里的气氛在她眼里，突然一下子变得沉闷起来，仿佛顾客们都心高气傲地从她身边走过；营业员在她面前也露出了她们势利的一面。一切对她来说，变的都是那样的快，是那样的不可思议。

"是不是我脸上写了'保姆'这两个字呢？不然，为什么营业员们都可以对我不理不睬了？哦，知道了，是苏赫故意在人家面前训斥我，人家才不愿意再理会我的！"

总之，只要仔细分析，她就能找到原因。

可她不想去找原因，找了有何意义呢？所以，只想早早结束这无奈而又漫长的购物。就在她百般无奈时，突然手机响了，她怕再是王弈打来的，就躲到一边去接听。

苏赫心中有鬼，对她躲开自己去接听电话的行为，立刻产生怀疑，猜想：

"一定是付钢在和她秘密联系。"

苏赫想在此，就密切关注她的谈话表情。

付雪接听，没想到电话里是付钢的声音，但付钢和苏赫是情敌，一样得避让苏赫。

电话里付钢声音：

"雪，我快到你家楼下了，有重要事儿跟你说！你下来一下。"

"什么重要事儿？电话里不能说吗？"

"电话里说不清楚。"

"好，我马上回去。"

她急急结束通话，并朝苏赫走去，心正想着：

"怎么跟他说自己要先回去的事儿？"

苏赫看她心事重重走来，更加重了他的猜测，同时也在心里盘算着：

"他们才说两句就挂断电话，一定是有秘密约会！"

于是赶忙对奇奇说：

"儿子，跟妈妈走，我去付钱。"

就这样，她不用和他解释自己先离开的事儿，只需给付钢再打个电话，告诉他，在她家楼下的花架长廊里等候，就可以了。

二三五

外面天空早阴沉下来，本来已接近傍晚，这种阴沉让天色显得更加灰暗。

付钢接完付雪电话，就照她说的，来到花架长廊里等候。

刚站定，天空突然稀稀地下起大雨点，而且越下越大。他四处看看，想找个能避雨的地方，可除那个蘑菇厅外没有别的地方可去，就冒雨跑了过去。

可惜这蘑菇厅四周没有挡风的东西,风使劲吹来,他站在里面,可说是顾了头、难以顾脚。

雨点越来越大,一阵闷雷滚动过后,尽然"哗哗"下起倾盆大雨,使他不得不头顶着背包,跑回付雪家的楼栋里。

十来分钟后,付雪一家人冒雨乘坐出租车回来了。

楼道里,早已不见付钢影子。

他没走,而是上了13楼。他总是设身处地地为他人着想。这会儿,付钢怕付雪会被淋雨;怕付雪跑下楼会被苏赫追来。思来想去,还是觉得在楼上更方便,于是就决定下来,并及时给她发去信息。

二三六

付雪回到家中,把刚购回的菜放进冰箱。见苏赫和孩子都在卧室里看电视,就赶紧轻轻装好钥匙,开门出去。

这栋楼是30层的高层建筑,楼里办公的、住房的可说相互都不认识,即便在电梯里相遇,大家也从不主动搭理谁。付雪平日里就很少能撞见同楼的住户,加之,现在是下班后的晚上时间,每层的楼道内都显得十分宁静。

13层就是付雪家的楼上,从侧面的一个安全通道(楼梯)上去,要比等电梯节省时间。她跑上去时,付钢正等在楼梯口。

"雪,你上来时,苏赫没发现吧?"

付钢小声、紧张地问。

"没有,他和奇奇在看电视。干吗?神神秘秘、鬼鬼祟祟的?"

"来,到这边儿。"

他边说边走,边从包里掏出那份起诉书,"你看看内容……我要告苏赫利用违禁药品,对我实施猥亵、威胁的违法行为!"

"不可能,你是我弟弟!"

她不相信地瞪视着付钢。

付刚说:"以前,他父母对你不好,我也以为只要苏赫人好就行了。可那是我不了解他时,才这样想的!直到今天,我才算真正了解他、看清他!——他眼里只有金钱、地位!他还很会伪装!如果不是我亲身经历和亲眼所见,我依旧是看不清他的真面目!"

"你都经历了什么？亲眼看见了什么？他背着我都干了些什么？怎么不早一点告诉我！？"

她痛恨被别人欺骗、耍弄，更何况现在是自己最信任的爱人。这比用刀捅她还更难以接受。

就在这时，苏赫也从屋里出来，在楼梯口，上下看看，见楼下没有感应亮灯，就顺楼梯悄悄上来。正在13层楼内寻找他们，正好听到付雪痛楚、压抑的责问声。他快速轻步、悄悄朝说话声处走近。

苏赫耳里又清晰传来付钢的说话声：

"我本想，拿到他在外面和别的女人鬼混证据后，再告诉你真相，没想到证据被他们给毁了。昨晚……"

"昨晚你自编自导，捏造事实，原来你用心良苦，为的就是在勾引我老婆！？你可真是阴险狡诈的卑鄙小人！"

苏赫突然打断他的话，从他们背后走出来。

"事实胜于雄辩！我这儿有你们合谋的录音！"付钢把那小磁带和起诉书一并在苏赫面前扬了扬，"我相信法律一定会将邪恶的人绳之以法！"

"录音！什么录音？拿来我看看！"

苏赫紧张地说着，冷不防挥手过去夺，而付钢早有准备，迅速把手缩在背后，让苏赫抢了个空。

"苏赫，你想干什么？想毁灭证据吗？"

付雪终于看透苏赫的丑恶嘴脸，忍不住朝他怒吼。

"对！你既然知道，为什么还不帮我把它拿回来？我坐牢，没了前途，你靠谁去？是靠这个小男人？呵！笑话，他有钱养你们母子吗？"

"苏赫，我忍够了！别以为我整天忍气吞声、好欺负！我今天就跟你离婚！"

"想离婚？好呀！你要他把磁带拿来，我就成全你们。否则，我让你下半辈子，守活寡！"

苏赫说着冲过去，再次抢夺付钢手中的东西，付雪毫不犹豫，上前一把死死抱住苏赫，并大声喊道：

"付钢，快走！保存好证据！"

付钢在慌乱中朝安全通道跑去，他想朝楼下跑，可惜11楼的楼梯门儿被锁上了，他只好返回来按电梯。此时，电梯还在1楼，等它上来，还需要几分钟。可身后苏赫已紧追过来，付钢已经能听到苏赫的喊声：

"付钢，我知道电梯没这么快上来，出来，咱们谈谈……"

苏赫在走道里，边走边警觉地搜寻每一个可疑拐角处，仿佛在搜寻恐怖分子般，动作敏捷，目光锐利。在他排除一处处无可疑点后，没见到付钢的人影，又继续说：

"我这次是真心实意，想和你做交易。你听到了吗？"

付钢听到这声音朝自己越来越近，他知道苏赫的话不可信。此时为了夺得证据，苏赫什么样的好话都能说出口。于是，付钢为了保存好证据，来不及再等电梯，就快速向安全通道跑去。

慌乱中，正好在门口和刚跑下来的付雪相碰。

苏赫听到安全门儿响动，像老鼠般快速窜了出来。付雪赶忙用身子拦住门口，反被苏赫一把拽开，继而顺楼梯紧紧追赶在付钢后面。

二三七

由于安全通道楼梯上的感应灯不全，付钢每跑上一层，就会借楼层门缝儿里射出的灯光去推那的安全门，但那些门儿都被清洁工打扫完卫生后，从里面给锁上，无法进内。

昏暗中，付钢只能跟跄着顺楼梯继续往上跑。很快就跑到30楼，再往上就是楼顶，可付钢身后苏赫"噔噔"的上楼声，和急促的喘息声儿在渐渐逼近。

付钢着急中，又继续冲到顶层。

打开顶层上的门儿——门外正倾盆大雨。他机警地停下来，快速把手中的证据装进背包里，然后，盯视着楼梯上苏赫在昏暗中向上跨越的身影，同时，毫不畏惧地朝苏赫吼道：

"来吧，苏赫！上来吧！有本事，今天就从我手中把包抢走！"

"……你等着！……敬酒不吃……吃罚酒！我决不会……让你得逞……"

苏赫此时已快接近付钢。

"钢钢，千万不能把东西落到他手里！快把包丢下来！"

付雪紧跟在苏赫后面喊。

但她和苏赫相隔六七个台阶的距离，完全可以接到付钢丢来的包，再向下跑开，也好以此缓解付钢和苏赫即将展开的搏斗。可付钢犹豫了一下，在取下包时，苏赫忽然一个快速跨跃，冲到他面前，与此同时，一只手已经紧紧地抓住包的带子：

"拿来！你们谁也别想毁了我的前途！"

"你自食其果……"

付钢死死拽住包，由于苏赫本来就比付钢个头大、力气猛，再加上苏赫又借助楼梯扶手的力量，使付钢不得不使出全身力气向回拉拽。就在付钢力所不及时，只听"嘣"的一声闷响，背包带子瞬间断成两节。付钢身后正对着大开的门儿，带子突然断开，反作用力使付钢连连倒退。昏暗中，付钢一只脚被门槛绊了一下，立刻使整个人站立不稳扬翻倒在门外雨中。他手中的包也被甩了出去。

付雪正好跑上来看到这一幕，心痛地跑过去搀扶。

"别管我，快去找包！"

付钢感到腰部被某个硬东西垫了一下，十分疼痛，但还是推开付雪，自己支撑着站起来。

"包在哪儿？"她焦急着，在他身边寻找。

此时，苏赫已借助外面晦暗的灯光，看到泛明的楼顶上有一个凸出的黑东西，就断定那是付钢的背包，因此，快速朝那黑东西冲去。

"哈哈！包在这儿！——我找到包了，我赢了！"

苏赫激动地仰天大喊。

但很快又冷静下来，恶狠狠地对他俩说：

"想告我？去告呀！证据在这儿呢！——啧啧，女人心真是深不可测。付雪，不，老婆！我们昨晚还在床上，干啥来着？我可是记得，你不会这么快忘了吧？"

"苏赫，我们毕竟夫妻一场，你说这话，难道你对我一点感情都没有吗？"

"感情？请问，你对我有感情吗？——既然有！为什么现在还帮外人来陷害我？企图毁掉我的前途？"

此时，付钢已站起来走到付雪身边：

"雪，不要跟他多说！这种人心里永远只有自己，和他父母一样自私！"

"哈哈哈哈！人不为己，天诛地灭，难道你就不是在为自己？哼哼！雪，听，叫得多肉麻！你整天和她勾勾搭搭，破坏别人家庭！这又是什么行为？"

"……苏赫，你不是人！"

付雪愤怒地大叫。

雨从她头上直灌下来，不断冲击着她伤痛的心。

付钢心痛地伸出一只胳膊，从背后揽住她的肩，但被她清醒的意志所拒绝。

"都是我瞎了眼，才嫁给你！……我今天就跟你拼了！"

她咆哮着、失去理智地、朝苏赫冲去。

"苏赫，我今天就给你点厉害看看！"

付钢强忍着腰部伤痛，和付雪一并朝苏赫冲去。

苏赫知道自己寡不敌众，还没等他们冲到跟前，就把胳膊用力一荡，他手中的黑东西（背包）不偏不斜正好掉在楼顶上那一米多高的防护墙垛上。顷刻间，所有人的目光都随之移了过去。

风雨交加，包在慢慢向墙垛外倾斜，如果不及时抓住，就会被风吹掉到楼下，再难寻找得到。

墙垛外留有几十公分宽的外檐，这外檐儿下面是根据这高楼外表形状缠绕了一圈的彩灯。此刻，彩灯正变换着色彩闪烁着。风雨中，人若站在墙垛上向下看，能看到楼下是茫茫无底的深渊，整栋楼，犹如是一艘静止在宇宙中的巨型飞船。

彩灯若明若暗地照在墙垛上的背包上，苏赫想赶过去再给包加把力，好让它完全掉下去，可付雪说时迟那时快，一个箭步冲过来，死死抓住了苏赫的胳膊：

"钢钢，快去拿包！"

付钢用手撑住腰,向包跑去。

此时,包已被大风大雨吹打得摇摇晃晃,等付钢跑过来时,它已掉了下去,但很快能听到落在外檐上的响声,这声音让付钢听到了希望,他一纵身翻上去,借彩灯的光,俯下身去捡。

抓住了,就在他小心地返回时,苏赫推开付雪赶过来,对着包用力一推,就这样一个简单的动作,付钢没站稳,连人带包一起跌倒了下去……

"钢钢!钢钢……"

付雪目睹了这惊魂的一幕,她撕心裂肺地喊着,从地上的水中爬起,狂奔过去。

"雪,救我!"付钢吃力地呼叫。

"钢钢!钢钢!你一定要坚持!我上来救你!"

此时,苏赫早已不见了踪影。

付雪慌恐着,但不知打哪儿来的力量,只见她胳膊扒住一米多高的墙垛,艰难地翻了上去。

风在吹,雨在倾泻,檐是滑的,付雪的高跟鞋无法站稳,她甩掉鞋,弯身去拉付刚。

付钢一只手拿着包,一只手拼命地扒住房檐。

"钢钢,快把那只手给我!"

"你……接住包……"

付钢艰难地喊,并使出最后的一丝力气把包给荡了过来。

付雪接住了包,快速把包扔进墙垛内,又迅速弯身向他伸出手去。

"不要管我,……我爱你……雪……!"

"不要!不要!离开我!不要放弃生命,钢钢!!!"

"我也不想,可我只能来世……"

"不要来世,我……只要你今生活着……"

她奋力抓住他一只手的手腕,但这力气对他来说太微不足道了,她感觉到他的手在慢慢向下滑去,恐惧与绝望令她泣不成声。

就在她痛不欲生时,只见从楼顶门里,突然冲过来两个拿手电筒的男人,他们动作快捷地翻上墙垛,一人伸出一只手,将付钢从死亡线上给救了回来。

紧接着,楼下传来警车和救护车的声音。原来,苏赫他们在楼梯上的吵闹声早就惊动了30层的两家住户,这两家住户不约而同地出来看热闹,怕出大事,还报了警。这刚报完警,就听到上面有人喊救命,这才不约而同地跑了上来。

二三八

此时,苏赫已惊魂落魄地逃到刘晓娜家。

一进门儿,苏赫慌张的表情和浑身湿透的情景,让刘晓娜感到不妙,但她还是表面沉着冷静地问:

"怎么,出什么事儿了?"

苏赫惶恐的,几乎是在哭求着对刘晓娜说:

"……我……我杀人了!我们一起逃吧,我保证,我这一辈子都听你的!"

"是你老婆?"

刘晓娜倍感惊愕。

苏赫没有回答,他此时一秒都不敢耽误,他相信刘晓娜对他的感情,于是,不管她是否同意,只顾冲进房间替刘晓娜收拾衣服。

刘晓娜惊恐地追进卧室,按住衣柜门儿,逼问苏赫:

"那你孩子呢?你不会也把他?"

"我没杀我老婆,是付钢……"

"付钢?什么地方?现场有没有人看见?你是怎么把他……"

刘晓娜更是惊恐地夺下他手中的衣物,强压住内心的慌恐,又安慰他说:

"好,不说,说了,就来不及逃走,你赶紧替我收拾衣服,我去卫生间收拾化妆品……"

刘晓娜说完就跑出卧室,这让苏赫更加恐慌,他迅速往包里塞衣服。

二三九

在卫生间里,让苏赫做梦都没想到的是,刘晓娜关上门儿,拿出手机拨打了110。

其实很简单，刘晓娜是绝不会为一个男人把自己后半生毁掉，更不想和一个杀人犯东躲西藏地过日子。

很快，警车无声息地来了。

当警察敲开门的那一刹那，苏赫听到客厅里的动静，就知道是刘晓娜出卖了自己。

正准备从阳台跳下去时，民警刘勇快速冲过去，一把将苏赫拽了回来。

苏赫这才瘫软在地上，惶恐地为自己辩护：

"不是我！我没杀人！是他自己掉下去的！"

"你没杀人，跑什么？"

刘勇说话的同时，已拿出冰凉的手铐，将苏赫双手铐上。

二四〇

一场雨下在昨夜，今晨的阳光依旧带着温度，露出它灿烂的笑脸。

此刻，阳光让昨晚发生的一切和谐与不和谐的事件都恢复平静，都归于过去，就如同这上海夏季的天空般，狂风让暴雨匆匆来，又匆匆地去。

医院里，付雪拉着奇奇从敞开式电梯上下来，拐入住院部的走道上，母子二人边走边说着话：

"奇奇，如果有一天，爸爸做了错事儿，你还喜欢他吗？"

"喜欢呀！可是，爸爸能做错什么事儿？"

"我是说如果。——奇奇老师教过用'如果'造句吗？"

"教过。老师还说过——大人做错事儿，警察叔叔会把他们抓走，关在一个黑屋子里。"奇奇越说越觉得好奇，也就越起劲。

"是吗？奇奇知道得真多。那将来要你跟舅舅住一块，你愿意吗？"

"愿意，我最喜欢舅舅了！"

孩子一脸的高兴，也带给了付雪一脸的幸福。可到了病房门口，付雪却心里忧虑着推开病房门，一名女医生从里面走出来，在门口对付雪交代道：

"你爱人没伤着骨头，只是肌肉拉伤。回家后，多给他做做按摩，会很快康复的。"

"好。谢谢您医生！"

医生说完就走了。留给奇奇满脑子疑问，赶忙跑到付钢跟前问：

"舅舅，'爱人'是什么意思？"

"爱人就是，你最喜欢的人，将来要和她结婚，过一辈子的人……"

"你是不是也要和我妈妈结婚，过一辈子呢？"

"……你愿意吗？"

"妈妈愿意，我就愿意！"

"奇奇！你……真是个好孩子！来，让我抱抱，看长重了没有……"

付钢更加疼爱地下床来抱奇奇。

付雪在门口听到他们对话，心里十分矛盾，主要是因为她无法把比自己小的男人和丈夫这两个角色合二为一，于是，以去办理出院手续为由，转身出了病房。

等她转回来时，付钢已和奇奇商量好搬在一块住。

付雪立刻推诿说：

"早上，我接到李秀萍打来电话，说是他们公司缺人手，请我过去帮忙。虽然不知道能不能被正式聘用，但至少说明———一个人只要不气馁，就一定能驱逐厄运，否极泰来！……等有了稳定工作……我才会有心情和你谈其他的事儿。"

"没关系，你去做你想做的事儿，把奇奇交给我吧！"

"……噢……噢……我要跟舅舅住了！"

奇奇高兴地蹦跳起来。

屋里充满孩子的欢声笑语，付雪撇开内心矛盾，也感到了这种前所未有的轻松与愉悦。

二四一

国产汽车销售公司的4S店里，刘晓娜为昨晚举报苏赫一事儿暗喜，心想：

"幸亏自己举报及时，否则，这会儿还不知道自己坐在哪里呢！"

她正想着，在这时，她办公室门口，突然有同事朝她大喊：

"刘人事，有人找你。"

她惊讶地随声音扭头望去，看见一名警察正向她走来，而且那一脸的

严肃,令她为之一震:

"警察?他来找我干什么?"

走近了,她认出他,就是昨晚去她家抓苏赫的两名警察中的一位,叫刘勇。

刘勇是中年男人,他成稳机警。当看到刘晓娜惶惶不安的神情时,一个箭步跨到她面前,压低了声音说:

"跟我回所里了解一些情况,配合我们做个调查。"

刘晓娜知道他的出现会给自己带来什么后果,因此默不作声地起身,环顾四周,发现办公室里所有同事都已经在盯视自己,就连门口,那些赶来补办手续的新来员工们,看到警察来找她,也都瞪大了眼睛,闪让到一旁。

这些新员工中正好有王小波。一时间,刘晓娜仿佛成了众人注目的犯罪嫌疑人,这使她不得不反攻倒算,为自己辩护,为此,她很快调整好情绪,笑笑:

"你要问我什么?在这儿问吧!你看这些人都还等着我……"

刘勇更加严肃,低声喝道:

"严肃点,走!"

"我不去!我又没杀人,凭什么要跟你走?"

她认为自己很清白,对警察大哥这强制性的口气非常反感,就大声为自己辩护起来。这也正在刘勇意料之中,因此想再给她留最后的情面,保持原来的低声,回答她说:

"我们找你,自然有原因!"

而她没有领会刘勇低声说话的意图,只感觉自己被莫名地骚扰,似乎有些失控地大喊起来:

"没错,我和苏赫是情人关系,但我没让他去杀人!"

"哇……苏赫杀人了!"

刘晓娜的话一出口,就像一枚炸弹,在这宁静的办公室里炸响,使所有人目瞪口呆,惊愕不已,似乎都在屏住呼吸等待倾听他们的后话。

刘勇此刻不得不加重语气、质问她:

"你有没有买过迷魂闪药?"

"我自己用,不行吗?"

"别以为,我们不知道你都干了什么!"

此时,周围的同事们已开始小声议论起来:

"迷魂闪药是现在小偷、扒手们流行使用的作案工具呀,今天报纸上还有这方面的报道……"

"……刘人事买这药干吗?"

刘晓娜听到此,这时才想起自己买迷魂闪药的事儿,才灰溜溜地走在刘勇前面,耳里不时有唏嘘声传入。

这些议论的人都是刘晓娜的同事,正因是同事,彼此熟悉,才会有这更多的议论和唏嘘声。

而门口那些新员工们,把手中的一张卡片放在刘晓娜桌上,就快速离开了。

新员工当中只有王小波放慢速度,走在门口时还稍稍停了一下,他听身后有人在低声议论说:

"……现在真情实感恋爱的人很少,苏赫怎么会为刘晓娜杀人呀?"

"说不定,让他老婆捉奸在床了?说不定,是刘晓娜买迷魂闪药来帮他夺回证据吧?……"

"怕什么?大不了离婚,也犯不着杀人!"

"是呀,杀人偿命,等于自毁长城……"

听到此,王小波疾步离开,他似乎确信这议论内容都是真的。

王小波在惊愕之余,为好友苏赫的莽撞行为产生抱怨,感到惋惜,但苏赫触犯的是法律。

他学识不高,也从没涉及过法律方面的事儿,所以,只能找个无人的地方,打电话回老家,通知苏赫的父母。

第十章

二四二

刘勇把刘晓娜带回警局。在走道上,正好和苏赫迎面相遇。

苏赫见她被警方传唤,朝她冷冷"哼"了声,仇视着她,继而放慢脚步从她身边走过。这目光令刘晓娜感到惶恐,不由得打了个冷战,倒吸一口冷气,方才突然意识到"自己和他是同乘一条船的人"。

她有些惶惶不安,回过头去,可看见苏赫耷拉着肩的背身——正萎靡不振地背离自己。旁边紧跟着一位年轻男警员。

"苏赫……!"

她突然开口,又停下来。

苏赫听到她喊声停下脚步,并没有回头,背对着她站着,等待片刻,没再听到她的说话声儿后,才又继续迈步向前。

"走吧!"

刘勇推了她一下。

刘勇这一推,似乎推散了她内心里的惶恐,仿佛瞬间激活她敏锐的逆反神经:

"别推行吗?我还没被判刑!现在还不是犯人!"

"不想被人推,就别做违法事儿!"

说话间,正好走到刘勇办公室门口,他又没好气地朝她命令道:

"进去!"

二四三

这是一间大办公室,里面有几张办公桌,有两人在办公。这命令声引来他们的注意,便都扭过头来,用冷峻、严肃的目光审视着刘晓娜。

"阿拉脸上没写'罪犯'两字,侬不要用这种目光看,好不啦?"

刘晓娜一副无辜的样儿,委屈中带有愤怒。

此时,她知道——必须要在短时间内扭转所有人对她的看法,否则,没有人会来为她澄清。这话一出口,果然引来一中年女警员的同情。

"侬上海人?"中年女警员问。

"上海人是做不出坏事儿的啦!"一名男老警员说。

"是呀,是呀!阿拉是地道的上海人。是被外地人骗了,才去帮人买了迷魂闪药。现在想想,后悔的要死嘞!"

"不用担心,只要没拿这药去做违法的事儿,一般,罚罚款子就可以了。"

中年女警员同情地说完,就起身和这位男警员出了门儿,剩下刘勇和刘晓娜两人对坐。

刘勇此时已拿好记录本,缓和了下语气问:

"姓名——年龄——籍贯——和苏赫是什么关系——为什么要买迷魂闪药?——目的是什么?——用药都干了什么事儿?"

"刘晓娜——26——上海人——和苏赫是朋友关系,还有恋爱关系。是他让我买的,他说……"

二四四

"她说——迷魂闪可以使付钢进入迷魂状态,然后再给他拍裸照,威胁他离开上海。目的是——不要他和我老婆来往。——他勾引我老婆!"

这是苏赫在另一间房子里对警察坦然的陈诉。

二四五

刘勇这边,刘晓娜继续说:

"他说——迷魂闪可以使付钢进入迷魂状态,然后再给他拍裸照,威胁他离开上海。目的是——不让他来破坏我和他的幸福……"

"那你知不知道,你是第三者?"

"……知道……所以……"

二四六

苏赫这边,男警察的声音:

"所以,你想同时拥有两个女人,就杀人灭口?"

"不是！我只想毁灭证据！是他自己爬到楼顶外檐，去捡包的！"

"楼顶外檐我们都看了，你不掀他，他怎么会自己掉下去？"

"我——我当时只顾抢包，就没考虑他站在楼顶外檐上危不危险。"

"你不想谋杀他，为什么在他即将掉下去时，你没有采取营救，而选择逃跑！？"

"我真没想谋杀他的意思！警察大哥，相信我！——我当时看到他掉下去，真的是被吓昏了头！害怕极了——当时只有一个念头，就是不想坐牢——不想成杀人犯！"

"他现在没死，你也不是杀人犯，但会被他指控为——谋杀未遂。你的案子我们会调查清楚后，转交法院，你最好老实交代。"

"谋杀未遂？他没死？——我不是故意的！"

苏赫激动得突然弹跳起来。

男警员警觉地"啪"的一拍桌子，朝他命令着：

"坐下！"

男警员这命令声是父母对孩子；是老师对学生做错事儿时才有的行为，但那命令声背后，都有一张熟悉的面孔和环境。而此时，苏赫所看到的和感受到的却是一张威严的、冷冰冰的脸，还有肃静得令人窒息的特殊环境。

这一切陌生的特殊性，让他不寒而栗。他这才低头看见自己手上所带的手铐；才意识到他的自由已由刘晓娜替他交付给了警察。

"刘晓娜"，他脑子里瞬间闪过这个名字，却很快被男警员盯视他的目光给驱赶走。

"噢，对不起。"

苏赫收回激动情绪，又重新晦暗着脸，坐下来，试探着问：

"他没死——请问警察大哥，什么时候能放我回去？"

"拘留候审期间，你只能通过电话和外界联系。"

"那我能不能见见刘晓娜？"

男警员没有回答他，只是又盯视了他一会儿，然后拿起电话，按了一个号码，对话筒说：

"你那边儿完了吗？完了，让她过来。"

"谢谢！谢谢！"

苏赫知道警员这是让刘晓娜过来，感激得起身连连点头哈腰致谢。

"给你5分钟时间！"

"好的，好的！"

苏赫话音一落，刘勇就带刘晓娜走进来。

在两位警察的监视下，苏赫压制住内心的仇恨，缓和了语气，问刘晓娜说：

"你有没有爱过我？为什么要报警？"

"你对我有真情吗？"

刘晓娜出乎意料的反问，让他毫无准备，但他似乎能看见她隐藏在暗处的报复心理，迫使他马上做出"正确"回答。于是，他注视着她那双游乎不定的眼睛，果断、真诚地说：

"有！"

这回答一时让这女人弄不清真假，从她脸上看到一丝慌乱情绪，瞬间又转变为嘲讽的笑。

"噢，那你为什么要选择杀人，而不是离婚？"

"我没杀人！他也没死！——他有我们的录音，我只想毁掉证据！"

"他没死？那证据呢？"

她惊愕地收回游乎的目光，聚集在他脸上。

"这不重要了——重要的是你现在还爱不爱我？如果爱，就去帮我找律师，然后，找人把我保释出去，剩余的我自己处理。不过一定要在这案件还没移交法院之前保释。"

"律师我可以帮你找，但我不能保释你。"

"我知道，你也被牵连进来。不过没关系，你去找刘易水，他会帮我想办法的。"

"好，我会去的。不管你有没有真心爱我，总归夫妻一场……"

"时间到了，出来吧，刘晓娜。"

刘勇在门口看了看时间，打断他们的谈话。

就在这最后离别时刻，她眼里才闪现出一丝内疚之情，他捕捉到了，便立刻朝她微微一笑。

"回去吧,亲爱的!"

不管是真是假,他这样对她称呼,都让她内心感到甜蜜,毕竟没有第二个男人这样叫她。这叫法又让她回想起他们刚开始时的甜美生活,因此,她内心的内疚感越发加重,致使她转身来,难过地丢下一句"我现在就去找刘易水!",然后就快步冲了出去。

苏赫从她丢下的这句话中看到了希望,禁不住仰脸长出一口气。

"走吧。"男警员催促他。

他沉默着转过身来,朝门外迈步,只是不再是耷拉着肩膀。

二四七

付雪离开医院后,和付钢一起带着奇奇已回到付雪家中。

一进家门儿,付钢就无比幸福地坐在沙发上。

"哎呀,还是家里比医院自在。乖奇奇,快把作业拿来给我看看。"

"噢。"奇奇应声,便跑进自己卧室。

付雪放下手中的皮包,为他倒了杯水后,就去厨房准备午饭了。

此时,虽然没有苏赫的辱骂,没有苏赫背叛婚姻所给她带来的痛苦感,但她依然快乐不起来。她知道老家那边"还不知道自己婚姻失败",更清楚自己内心深处对苏赫的眷恋。

她也想改变她守旧的婚姻观念,可自从嫁给苏赫的那一刻起,就已经把苏赫和自己的后半生联系在了一起,几乎是把他整个人和形象都刻在了心上,从没想过要分开。

可现在她无法接受和苏赫分离,也无法接受付钢冒昧的真情!

"我该怎么办?我已经无力再伤害钢钢了!"

她内心焦急地站着,神色激动,仿佛在寻找某种利器来将大脑中的"矛盾肿瘤"摘除。然而,她目光所触及的地方,都是苏赫用过的物件。这些物件使她更加焦急与痛苦不堪。

"噢!天哪!为什么要背叛我?——我没你这样的老公!我恨你!"

她突然歇斯底里地把苏赫用过的碗筷和一袋面包扔进垃圾桶里,顿时"哗啦"声向厨房外传去。

二四八

客厅里,付钢听到这"哗啦"声,抬头看了看厨房门口,又十分镇定地继续对奇奇讲作业：

"果园有15行桃树，5行杏树。这题问：桃树和杏树一共有几行？"

"哦，我知道怎么做了！——把这两个数相加等于20，一共有20行。"

"这就对了，记住一定要多看题目，题目看懂了，就不会出错。"

"嗯。舅舅，你看，我前面的作业全都做对了。"

"嘿，机灵鬼，不想学，就去看电视吧。"

"欸！"

奇奇天真无邪地跑开，找自己的乐子去了。

付钢这才起身，从身上掏出一张银行卡，捏在手里走进厨房，站在付雪背后。

二四九

厨房水池边，付雪不知道付钢站在身后，正拧开水龙头，想制造一些噪音来掩饰自己烦躁的心。此时，水池里什么也没有，水立刻如注倾下，打在不锈钢池底"嘭嘭"作响。

"……走什么样的路，是苏赫自己选择的，我们都无能为力！"

付钢试着轻轻将手放在她肩上，又说：

"离开这儿，换个地方住吧！"

他感受到她的肩微微抖动了一下，同时，她慌乱地关上水龙头，极力压制住自己内心的焦急和痛苦感，依旧面朝着水池，说：

"这房子还没到期，再说我还没有收入……"

"给你这个……"他激动地把银行卡亮出来。

"什么？"她依然没有转身。

"是你一直保存在我这里的东西！"

他语气更加温和，眼里闪动着激动的光芒。

付雪慢慢转过身来，眼里噙含着泪水。

"我哪儿有？"

"这是你的，——是我们共同的！不多，只有20万，但也足够我们生活一阵子！"

他朝她笑笑，抓起她的手，把这卡片紧紧压在她手心里。

"密码是你生日。"

"你哪儿来这么多钱？"她惊讶地看着他。

"是我大学期间勤工俭学，和后来上班所赚的。"他替她擦干眼泪，"我就等有一天，能亲手把卡交给你！——终于，这一天，让我给等来了！"

"我不是个会管钱的人！还是你自己留着！"

付雪边说边挪开付钢的手，想朝客厅走。可付钢堵住厨房门口，反而一把把她揽在怀里，温柔地说：

"雪，看看我！——我已经不再是小时候的付钢！你也不再是小时候的付雪！现在，我们都是成年人！我们每天都在变老！难道，你希望你、我，还有奇奇，在这短暂的有生之年，生活在痛苦与不愉快中？！"

"可我现在该怎么办？我也想自己从头再来！"

"那就好！雪！一切让我们从头再来，好吗？"

他抱紧了她，为的是让她感受到他胸膛的坚实和一个男人应有的力量。他要给她保护，给她安全，给她生活的依靠，还要给她一个女人应得的爱抚！他要用关爱来抚平她受伤的心，要让他心爱的女人，重新像花儿一样绽放！这种由内到外的决心，像一团火焰般，燃烧在了他的目光中。

"雪，从现在起！我们同呼吸，共命运！——来，擦擦眼泪，孩子看到不好。"

"你要是哥哥该多好！"

她尝试着让自己大脑空白，不想任何烦心事儿，慢慢把脸靠近他胸前，去感受他的坚实与无尽的力量。她此刻只把付钢当做亲人，像哥哥或是父亲，她只是借用这个肩膀而已。

其实，在她内心里，极渴望有这样一个肩膀可以依靠，可以让她遭遇委屈时趴在上面痛哭一场。她和所有女人一样有脆弱的一面，只是被她坚强的外表所掩饰。

"嘘——"

付钢长吐了口气，轻轻抚摸着她的头发。这头发滑而柔软，散发出一股清香，他把脸贴上去，嗅了嗅，瞬间被这气息所陶醉。

"雪！我的雪！"

他轻揉着她的肩膀，低语。

她觉醒过来，把脸移开：

"我该去做饭了！"

她突然改变刚才的平静，像一头倔强的小牛从他面前离开，无意识地忙碌着她手边儿那些无关紧要的活儿。比如，她把一把锅铲，从这边拿向那边，又拿了回来……

"别忙了，跟我来！"

他快乐地拉住她，边向厨房外走，边大声喊：

"奇奇，走，咱们今天去吃牛排。"

二五〇

刘易水接到刘晓娜电话后，就急忙和李秀萍一起开车赶到警局门口。

"到了，秀萍，你就在车上等我，我马上回来。"

小车停稳后，刘易水边说边开门儿下车。

"要把事因问问清楚。"李秀萍交代他。

"我会的。"

刘易水说着，已转身大步朝警局里走。

他身后，李秀萍将车子倒在泊车位上，停好后，下车等待。

二五一

警局里，刘易水得到警方允许，在特殊的会客室里与苏赫见面。

当刘易水听苏赫讲完被抓的全过程后，立刻对苏赫抱怨不止：

"嫂子哪一点对不起你，你要背叛她？"

苏赫没有回答，只是把脸扭向一边儿，一副无所谓的样子，越发让刘易水恼火，因此，又接着质问苏赫：

"就因为她现在没赚钱、没有工作，你就可以背叛她、嫌弃她？——难道你就看不出，她是在放弃自己原来的工作，全心全意守护这个家吗！？"

苏赫依旧一副无所谓的样子。

刘易水继续说："好，咱不说远的，就拿李秀萍家的钟点工来说……钟点工每小时都要八九块钱，更何况嫂子每天忙里忙外的十多个小时，给你养孩子、做家务，这也是她在为这个家做贡献！"

"够了！你到底想不想帮我？"

苏赫终于忍无可忍地咆哮起来。

苏赫最反感替付雪说话的男人,现在这个非亲非故的,所谓的干弟弟也要来反对自己,他简直就觉得刘易水也不怀好意。

刘易水知道自己说话过于激动,也接收到他反馈过来的敌对情绪,犹豫了一下,低沉着声儿回答:

"——帮!"

继而十分失望地看着苏赫,似乎瞬间对眼前这个高大、潇洒的人物有了实质上的了解。这实质是指人格品质,简称为人品。不同人品的人,有不同的社会观、人生观和道德观,正好,苏赫这种人品是与刘易水相反类型的,因此,刘易水无奈地点点头又说:

"我是不会忘记曾帮助过我的每一个人!——我会尽快替你找个律师。"

"哼,算你有良心!"

苏赫说完,起身扬长离去。

刘易水看着他这不知悔过的态度,震撼得瞪大了眼睛。

二五二

外面,天空瓦蓝瓦蓝的——晴空万里,湿热的大风一阵阵吹来,吹开了刘易水没有上扣的西服,他没有在意这风的力度,只顾气愤地快步朝警局大门外走去。

"易水,我在这边儿!"

李秀萍因换了泊车位,看见刘易水出来,在车位旁叫喊。然后,她上车发动车子开过去,让他坐上。

"怎么了?他犯的案子很严重吗?"

李秀萍见刘易水的气色不对,就边开车,边问。而他继续沉默着似乎无法回答。

车刚一驶上马路,就遇红灯停下。

刘易水凝视车外那条被一双双脚踩踏下的斑马线,突然,抑制不住内心的愤怒,从嘴里蹦出一句脏话来:

"这王八蛋!——他活该!"

"那就更好,我们还有很多工作上的业务要出去谈。"

"——他帮过我!"

"苏赫不就是帮你找了份工作嘛。那有什么?没他,依你实力,你一样会有工作。"

"话是说得没错,可我会再碰见你吗?"

他深情地扭头看着她,那目光里充满真诚与温柔,"是他帮我,找到了我这辈子的幸福!"

"我也有此同感!"她莞尔一笑,"去哪儿?你说,我全听你的!"

"我想把付雪安排在我们公司来上班……"

"同意!走,现在就去找付雪。"

李秀萍说话时左转灯已切换成黄灯,她把车向左转抢了过去,又接着说:"哪个人能保证一生没个低谷……?"

"人跟人不一样!苏赫这是他伤害别人,也给自己带来恶果。"

两人边说边驾车行驶在上海这繁华马路上,快速地朝付雪家的方向驶去,而且越来越近。

二五三

付雪已被付钢拉出家门儿,带着奇奇走出小区。

路上,付钢和孩子说笑着,付雪安静地跟在他们后面来到附近的一家西餐厅。

二五四

西餐厅里,枣红色木质地板和枣红色的餐桌、餐椅,搭配着点点小灯,再加之白色透明完整的玻璃墙壁,使整个室内光线柔和,环境宁静、优雅。

一曲不知名的外国乐曲,慢慢悠悠地从喇叭里传出,回荡过每一桌正轻声低语的人们耳边。人们仿佛在用谈话的专心程度来屏蔽掉这乐曲侵扰似的,都在热切地忙于他们的低声密语之中。

在这特殊的氛围里,有特殊的面孔,特殊的语言和环境,付雪仿佛真切地置身于异国异地。她听着异国的语言,吃着异国的风味,品尝着异国的美酒……这时,她突然感到自己醉了!醉倒在这平静、和谐、惬意的氛围之中。她不想醒来,噢!永远都不想!

"雪,你喜欢这儿,以后我们常来,好吗?"

付钢从她真实的微笑和迷离的眼神中,看到了她终于释放开来的胸怀。

"噢!不用!"

她的意志被这问话惊扰后醒来，伤感地闭上眼睛，接着说：

"——我现在还没这能力拿钱来买这种平静、和谐、惬意的氛围！"

"不用买！我的生活中，全是取之不尽的平静、和谐、惬意的氛围！就等有人来使用它，才会体现出它存在的价值！"

她没有再反驳他，意志已经将她的眼睛打开，牵引她看向他的眼睛，与他那灼热的目光相遇。这是瞬间的碰撞，就像夜空里的流星划过，很快又消失得无影无踪，剩下他独自在苦苦追寻。

"雪，看着我！看着我的眼睛！"

他低声的呼唤，声儿太小了，几乎要被飘来的乐曲声覆盖。但她听到了，先是看了一眼孩子。——孩子正津津有味地用刀叉笨拙地切割牛排。继而她才鼓起勇气，把目光转向他。

付钢这是一汪清澈的眼底，向外漫溢着温柔而又充满渴望的目光，犹如是两个装置在上面的摄像探头，探寻着对方，同时，也暴露出自己的秘密。

"相信我！"

他突然伸出手去，盖住她放在桌上的手，轻揉着：

"给我机会，好吗？"

他带着几分乞求的语气，更进一步地低声说完，等待她回应。

然而，她没有回答他，抽回手，淡淡地一笑：

"哪有弟弟追姐姐的？快吃吧，你下午还要去上班呢。"

"不，我已经请了假。下午，我打算带你和奇奇去公园玩儿！"

奇奇听到他的话，突然兴奋地站起来说：

"太好了！我吃完了！——舅舅！舅舅！不去公园，我要去科技馆！"

"好！那我们现在就出发吧！"

付钢说着站起来。

此时，在他们身后的大玻璃墙外，刘易水和李秀萍已把车子停在门口的泊车位上，锁好车门，朝门口走。

付雪三人正要向外走时，付钢又像想起了什么拦住付雪：

"你们在这儿等一会儿，我马上回来。"

他说完，匆匆朝门口走去。在门口，正好和刘易水俩人面对面擦肩而过，只是他们互不认识，也就没有注意对方。

刘易水俩人进门后，随便找了一处空座位坐下。

"这儿的牛腩饭很好吃，而且分量也多，你尝尝看。"

刘易水向李秀萍推荐。

"你怎么知道？才来几天，都快赶上我这个老上海人了！"她欣赏地朝他一笑，"——噢，我忘了你在这儿住过。"

"哈哈，我今儿是旧地重游！只可惜，没见到嫂子！"他沉思片刻，"她就像我姐姐那样，对我很好，让我在这陌生环境中，有家的感觉！"

刘易水说完，下意识抬眼望远，立刻，眼里出现了付雪和奇奇身影。

"——嫂子！"

刘易水有些惊喜，正要大声喊时，却看见一个陌生男子提个袋子走到他们身边，拿出果汁和水，分别给付雪和奇奇。距离稍稍远了点，再加之这本来就是低声细语的环境，刘易水听不到他们在说些什么，只看见那男子对付雪母子非常热情的样子。

"他可能就是苏赫所说的那个付钢，职业是——律师！"

刘易水对李秀萍说着，眼睛还在继续望着付雪他们朝门外走去。

李秀萍被他的神情所吸引，也扭头看了看：

"易水，你不想叫住她，告诉她上班的事儿？"

"我不想打扰他们！"

"……真是男才女貌，天生的一对儿！"李秀萍说着轻轻拍了拍他的手，"唉，你说付雪，能这么快忘掉前夫，爱上这个男人吗？"

"这就是中国女人的悲哀！苏赫那孬种不配——但愿他们能走到一起！"他突然收回目光，炯炯地看着李秀萍：

"秀萍，我发誓！——我这辈子，只对你一人好！"

李秀萍忍不住"噗"地笑了：

"瞧你那样，跟入党宣誓似的。"

李秀萍羞怯地偷偷朝旁边看看，看见已有一对外国夫妇在注意他们。这对儿外国夫妇见李秀萍朝他们看去，就喊了服务小姐，并低声用英语对小姐说着什么，然后，那小姐拿出他们桌上摆放的一支玫瑰鲜花，朝李秀萍走来。

"小姐,这是那位叫HANS的夫妇送给你的。他们说——他们愿为这世上所有的真爱祈祷与祝福!"

"——噢!"

李秀萍听后立即朝那对夫妇挥手,同时感激地用英文说:"Thank you!"

等服务小姐离开后,李秀萍对刘易水低声埋怨说:

"——看你,尽让我出洋相!"

"没有,那是羡慕咱们呢!"

"去你的!——来,我们喝一杯!"

他们举起酒杯,灯光下,红葡萄酒在透明玻璃杯中显得更加鲜红,仿佛是他们用灼热的目光酿烧出来的两股热情,一昂头,分别融进对方的身体,渗透于血液之中。

二五五

这会儿,付雪、付钢和奇奇三人已乘地铁来到上海科技馆的广场上。

这科技馆是一座现代化的科普教育与休闲旅游基地,它规模宏大。

在它门前广场上,聚集着前来游玩的男女老少们,有的组成溜冰队,围绕着广场中心的环形河道"呼呼"追奔;有的悠闲地摇曳着手中的风筝线,躺在草地上,仰望晴空。但更多的是一家或是一群的人们扎堆坐在树荫下,品尝这暖风带来的舒适感觉——他们向四周张望着,看着或听着广场上小贩们时而高扬的叫卖声:

"……风筝嘞,风筝嘞……"

"阿姨,买个风筝放放吧!"

一位中年女贩突然走到付雪三人身边停住,扭过脸来向付雪推销。

"——这。"

付雪被这奇怪的称呼给叫愣住了。

付钢在一旁,看了看这些可折叠的风筝,忙接腔道:

"她还没你大,叫她阿姨是不是不太合适?"

"这是上海这儿的一种称呼。上海做'小姐'的多。叫小姐嘛,又怕误会,所以,我只能这样叫。"

女贩这一解释，付雪和付钢才相互对视一笑。

"那好吧，你有没有天上放的那种大号'鲸鱼'？"

付钢指着天空上正徐徐升起的风筝问。

"有。"

女贩一看生意来了，忙把背包放在地上，从包里拿出一个长形小包装布袋，打开。

付雪喜欢放风筝，她看到这从小布袋里展开出来的"大鲸鱼"，一下子心旷神怡起来。但还是决定先陪儿子去科技馆后，再出来把这条"大鲸鱼"放飞回天空那蓝色的"海洋"里。

科技馆大楼就在他们面前，像一座降落在地面上的巨型星际飞船，引人们走进去，探究其奥秘。因此，他们三人也迫不及待地走了进去。

二五六

这科技馆里共有12个展厅，包括"地壳探秘"、"视听乐园"、"智慧之光"、"信息时代"、"机器人天地"等。

付雪三人顺人流来到地壳探秘展区，体验各种地质变化；接着去了生物万象展区，参观热带植物和各种奇妙物种；再接着陪孩子在儿童科技园里参与科技实践；最后在智慧之光展区，观看从科学原理出发，揭示自然规律等演示的多种科学现象。

在这里他们和孩子一起探寻着科技的奥秘，用知识填充着他们缺憾的思想。在新奇与欢乐之中，付雪似乎忘记了一切忧伤，她开心地笑了。

付钢看到了付雪的笑，并收集着它们。她那笑容，就像是一朵朵雪莲花儿，一次次地在他眼里绽放……

就这样，他收集着她的微笑，回报一柔情；时间收集着他们的欢乐，回报一满天的星斗，在黑幕上眨着眼睛。

二五七

繁灯下，他们三人欢笑、追逐着跑进地铁站台里。

此时的站台上，已冷冷清清，偶然，有一对儿少男少女跑来，气喘着看了看多媒体站牌，又匆匆手牵手地跑开。而他们依然坐在那空空的长凳上等待。由于孩子白天太过兴奋，这会儿奇奇打了好个哈欠，趴在付钢腿上睡了。

"这么晚，还有地铁吗？"

她第一次温柔地看着他问，然后疲惫地闭上眼睛。

"有，是最后一趟。"

他肯定地回答，同时，把肩膀慢慢靠过去，让她把头完全靠在上面。

"谢谢你，钢钢！这要是苏赫的肩膀该多好！"

她感受到他这无微不至的关心，在心里默默地想着，不由得伤感起来，太困了，她懒得睁开眼睛，就继续睡下去。

而付钢此时，正看着她，也在心里默默想着：

"雪，真希望，你能永远这样靠下去！"

可这样彼此倚靠的温馨时刻，仅仅只维持了3分钟。3分钟后，地铁来了，"轰隆"声打断付钢满腹的心里话儿。

他很不情愿地抱着孩子上车，希望她能再倚靠着自己的肩膀睡去。而她觉醒着意志，从反光的车窗玻璃里观看着他惴惴不安的神情。

二五八

到家了，付钢帮她给熟睡的孩子洗好手脸，放在床上。

"雪，我走了。"

"好，路上注意安全。"

真的要离别了，在付雪的潜意识里感到像要丢失什么似的，想极力去抓住，可她总是表里不能统一。等她把门儿一关上，独自感受着孤寂和回忆苏赫对她的辱骂时，她这才躺在床上辗转难眠，追忆着白天和付钢一起共度的一幕幕快乐时刻。

那是一次次前所未有的快乐体会，她由衷地希望这快乐的幸福感能长长久久下去，于是她想起付钢，甜蜜地笑了。

"钢钢，到家了吗？"她想着，开灯看了看时间："怎么不给我来个电话呢？！"想在此，便拿起电话，正要急急拨打时，又突然停下来。

"不行，我不能打！打过去就等于告诉他——我心里有他。这样一来，他就会失去冷静思考的机会；就会理不清对我的情感——到底是亲情，还是爱情了！"

她内心矛盾地把电话放到一边儿，忧伤地下床走到窗边。

她拉开窗帘，立刻，风从窗外吹来，吹拂着她飘逸的白色睡衣，也吹拂着她纷乱的思绪。

二五九

付钢现在已经回到家中，可从他进门后，还没入睡的郧海，就一直急急地跟在他身后责怪不停。

"原来你是付雪的表弟？——发生这么大的事儿，也不跟我打个电话，还有没有把我这个室友放在眼里？……"

"你不都知道了嘛，还有啥说的？再说，你那么忙，对你来说，多一事儿不如少一事儿。"付钢说着走进卫生间，开始洗脸。

"别人的事儿我不管，可跟付雪有关的——我怎能不管？"

郧海说着，追随付钢走到卫生间门口，用胳膊撑在门框上，又激动地说：

"她要是跟苏赫离掉，我绝对不会让他们母子俩在上海饿着！"

"用不着你管，她已经有人照顾了。"

付钢知道他们是好朋友关系，但从郧海激动的眼神里看出他对付雪的好感程度，因此，付钢冷冷地撂出这句话，好让郧海死心。没想到，这除了激起郧海的醋意之外，还激发了他的兴趣，更是穷追不舍起来：

"谁？这人我认识吗？——没听她说过在上海有新朋友的！"

"每个人都有自己的隐私权，不说很正常。"

"唉，算了。问你，你也未必知道。"

郧海泄气地转过身，刚要迈步，又想起了什么，回过身来：

"噢，我差一点忘了告诉你。——警方已查明老姜（指姜星梦）是被阎玉诬陷，不属强奸，但脱离不了嫖娼嫌疑，所以会被拘留15天。15天后，他就能出来。到时，付雪就能拿到稿酬，也就不怕在上海待不下去了……"

"上海有什么好？我倒是向往老家的平静生活。"

"唉！付钢！你今天说话怎么老跟我抬杠？不会是昨晚受了刺激，还没痊愈吧？"

"……对不起。可能是太累了。"

"那你早点休息吧。"

郧海说完就转身离开，怏怏不乐地回房睡觉了。

客厅终于安静下来，付钢走过去，把灯关上后，也进了自己的卧室。

二六〇

付钢躺在床上，没有一点睡意。整个屋子都一片死寂，他静静地盯视着窗帘——这白色轻纱，宛如是付雪白天那飘动的衣裙，令他激动，引他回味。

他回忆着她一次次如同雪莲花般美丽的笑容；回忆着她疲惫而又忧伤的面孔。突然，他的某根神经，像被某种东西牵扯了一下似的，令他猛然惊觉地叫道：

"哦！我怎么忘了……"

他激动地翻身坐起来，找到上衣，快速从衣兜里掏出手机拨打电话：

"……是我……你睡了吗？"

电话里付雪的声音：

"没有。你怎么还没睡？……"

"……我，我不困……"

"明天，要早起，你还是早一点睡吧。"

"你也早点睡……！"

"好，再见！"

"……再见！"

通话后，付钢这才安心地躺下入睡。

二六一

而此时，在另一处，李秀萍的公寓里。

李秀萍房间的灯还点亮着，她反复坐起来，又躺下去，想睡确又毫无睡意。苦恼中只能抱住枕头在宽大的床上翻滚，但仍解决不了她没有睡意的烦躁感，于是又翻转起身，拿床头的大肥猪出气。

她边用力摇晃肥猪脑袋，边说：

"你这人真猪呀，现在都什么年代了，还不敢大胆地碰人家女孩子手！"

这声音有点大，她突然小心起来，打开房门儿，探出头去倾听，门外依然一片宁静。

她放心地轻轻走下楼，在刘易水房间门口停住。

二六二

刘易水房间的灯也亮着,里面十分安静。

李秀萍想偷窥里面动静,就轻轻推开门儿,使门儿露出一条缝隙。借缝隙望去——床是空的——再看下去,整个房间都是空的。

"欸,他人到哪去了?"

她在门口正纳闷时,刘易水突然出现在她背后,问:

"怎么,你也睡不着?"

"呀!天哪!天哪!你吓死我了!"

"对不起——我刚去厨房了。"

他手里拿着一瓶红葡萄酒,和一只高脚玻璃杯,边说边推开门儿,邀请她:

"进来,一起喝杯酒。"

"好呀!我用酒瓶,你用杯子。"

"不行不行,我用酒瓶,你用杯子。"

他们说着,你争我夺起来。两手相碰,彼此推拉的力度都很温柔,温柔得足够让对方神志飘摇,站立不稳。

"萍萍,来,你先喝!"

他终于控制住自己内心的邪念,惭愧地说。

她不知道他在想什么,但知道牢固的婚姻需要彼此长时间了解,因此,她也压抑住自己内心发狂的欲望,无声息地夺过酒瓶,一口气干下半瓶,而后离去。

"萍萍,我没别的意思!只是想能多挣点钱,才有资格娶你!"

他意识到她内心的不满,慌忙解释,但这声音被她跑上楼梯的"嗒嗒"声儿所拒绝。他刚要追去时,手机响了,只好止步接听:

"喂……,哦!是干妈呀!……什么?明天早上几点?好,我去接您!"

他挂上电话突然想起什么,就急忙又拨出电话:

"喂,是宋律师吧?我有个案子想找你……,"他看了看时间,"好,马上到,我们见面后详谈。"

他挂上电话,朝楼上看了看,继而,走上去站在她门口,犹豫片刻敲了敲门,里面没有回应,他无奈对着门儿大声说:

"我知道你赞同我、理解我的做法。为了给你一辈子的幸福，我必须要具备一个男人、一个丈夫必备的条件，那就是——做一个'真男人'！"

二六三

屋内，李秀萍听着，气儿也慢慢消了，但还装作不依不饶的口气，大声朝门嚷道：

"你现在，不是真男人！难道还是女人呀？"

二六四

门外，刘易水只好解释：

"我是指，不靠女人生活的那种'真男人'！——我这辈子，都不愿靠老婆过日子，更不想当一个'吃软饭的'男人……！"

刘易水说着，又看了看时间，有些着急地把话题一转：

"我刚和宋律师通了电话，约好今晚11点见面，现在都10点30了！要不你出来，我们一路走一路谈？……"

二六五

屋内，她依然不依不饶的口气：

"有志气，你就自己走去！"

这话很有力度，像根棒子似的，冷不防朝刘易水当头打来。

门外，他愣了一下，又立刻回过神儿，无声地转身走了。

二六六

这话确实不是出自李秀萍本意，她只想气气他，看他尴尬的局面，哪知招来门外半天没有响动，便急忙拉开门察看。

"嘿！你还真走呀？傻瓜！等我换换衣服。"

刘易水没理她，继续朝楼下走去，继而走出大门。

二六七

门外星罗棋布，夏风习习。刘易水依旧头也不回，疾步朝前走着。他只想赶快走出这别墅区，在马路上拦辆出租车，赶赴和宋律师的约会地点。

在他身后，李秀萍已开车赶上来，按了喇叭，见他不屑一顾地绕过车继续赶路，她猛然把方向盘一打，使车横在马路上停下，挡住他的去路：

"我们结婚吧！"

刘易水站着，无动于衷。

她下车扑向他的怀抱:"……对不起嘛!我是故意想气气你……才那样说的!"

"小傻瓜!"

他怜惜地看着她的眼睛,她那眼里全是对他的信任和依恋。他怎能不原谅她呢?他知道他们彼此都已把真心相赠,都已完全熟知对方心跳的次数,所以,他不会说些伤害她的话来伤害自己。他相信某个电视剧里的台词:

"对待爱的人,凡事要理解,凡事要原谅,凡事要支持,凡事要包容。给别人幸福也就是给自己快乐……"

就这样,车驶了出去,繁星下,他们又开始怀揣着对彼此的激情,继续着他们热恋的甜美与幸福……

二六八

天亮了,每个人的人生故事,就像一场舞台戏剧,上演完昨天的一幕又即将拉开今天这新的剧情了。此时,这夜幕仿佛在被黎明拉开,在彼此交替。但在新的一幕没有上演之前,谁都不知道这新的一幕里,又将是怎样的结局。不管怎样,知道结局的人,总会是第一个来赶早阅读"剧本"的人。

因此,安静的大地会在黎明时,被赶早的人们吵醒,用他们不同的方式来开始解读"剧本",演绎自己的人生。

付钢这会儿也已出门,他带着他热情洋溢的爱,踩踏着他那发出"吱呀"声的旧自行车,急切地在马路上朝前赶赴。他脸上全是笑,是幸福的微笑。

途中,当经过菜场时,还停下来买了些菜,就像是成家的男人,在履行一个模范丈夫的职责。

二六九

而此时,警局看守所里,苏赫像热锅上的蚂蚁,在幽暗的狱室里踱来踱去。

狱室里散发出一股股从汗液里散发出的狐臭和脚臭气味儿,让他忍无可忍。他捏着鼻子,不时抬头看着那高而小的铁窗儿,内心越发对付雪和付钢俩人感到无比憎恨。

"付雪!我这辈子都不会让你好过!"

他心里想着，便一拳拳狠狠地砸在墙上，引起同室狱友粗俗的吼叫：

"还让不让人睡觉了——找抽呀？"

苏赫被骂醒，一愣神儿，连忙收回手：

"……对不起，对不起。"

在这里，苏赫待了20多个小时了，他已体验到和这些问题人相处的艰难，俗话说："好汉不吃眼前亏"，因此，只能乖乖地向这些强势分子道歉。但这道歉并没有让对方感到满意，只见那蛮横的狱友一个翻身，从床上猛跳下来，冲到苏赫跟前，不由分说，用力就踢了他一脚，还厉声抱怨：

"老子睡不着了！'对不起'有个屁用！？"

苏赫知道对方是玩命徒，可自己又不愿被人欺负，见门口有警察走过，灵机一动，大声反驳道：

"想打架是不是？来呀！"

果然，这声音很快引起外面一男警察注意。

二七〇

门外，男警察转了回来，朝门内看看。正好看见那狱友正盛气凌人，绕苏赫转了一圈，鄙夷地朝他呵斥：

"哟呵！你还真不知道爷是怎么进来的！？"

那狱友说着正要使出拳头，却被男警察用警棍"啪啪"的敲门儿声喊住：

"干什么？干什么？"接着，男警察开门儿走了进来。

二七一

"你们都别在这儿给我嚣张！今天办完移交法院手续，等判了刑，定了你们的罪，看你们还嚣不嚣张！"

男警察说完盯视过他俩的脸。见他们都回到自己床铺上坐下，就准备离开。

突然，苏赫激动地站起来：

"警察大哥！我请求打个电话！"

"还没到时间！不过，我警告你们，别再闹事儿！被我发现，我就取消你们打电话的机会！"

男警察说完走了出去,留下重重的关门声儿,回荡在狱室内。

他俩相互看了一眼,那狱友满不在乎地朝苏赫冷冷"哼"了一声,就抱着膀子仰面躺下去。

狱室里又恢复了宁静,苏赫愣愣地坐着,仰望那高而小的窗口,——窗口仿佛是盏方形的淡蓝的壁灯,在慢慢变亮。他仰望着窗儿时那眼神里透着复杂的光……

二七二

当第一轮阳光照射进付雪卧室的窗口时,付雪还穿着睡衣,急急跑出来开门儿。

付钢两手提着菜走进屋,边朝厨房走,边对付雪说:

"早上时间短,我给你们下碗鸡蛋面吃吧。"

"行,我去换衣服。"

付雪应声已跑进卧室。

这时奇奇也起床了,从卧室里走出来,看见舅舅在忙早饭,就高兴地扑上去。

"舅舅,你昨晚没回家呀?"

"噢,谁说舅舅没回家?是舅舅特意赶早过来给你做早饭吃的。——你看,还买了新鲜的鱼、肉,等中午回来,舅舅给你做糖醋鱼块。"

"舅舅……来……"

奇奇把付钢胳膊往下拽着,使他弯腰俯下身。

奇奇在他脸上亲了一下,笑眯眯地又说:

"你真好!"说完跑开了。

付雪换好衣服出来,正好看见奇奇跑开,就对付钢一笑,解释:

"苏赫很少陪他,所以对你就亲。"

正说着,客厅门突然被敲响。这敲门声让付雪心里一阵紧张。

"谁会这么早?难道苏赫回来了?"

"你别怕,我来开。"

二七三

付钢说着走到客厅,打开门儿,震惊得瞪大了眼睛。还没等付钢开口,外面的人就已经闯进屋来。

付雪立刻看到苏家父母阴沉的脸和刘易水尴尬的笑。

"——爸——妈——"

付雪惊慌中带着尴尬的表情,她几乎不知所措地走过来,站着。

"嫂子,倒两杯水去。"

刘易水看出她的惊慌,忙着打破沉闷、尴尬的气氛。

"噢……"付雪应声走开。

苏母把小行李包往沙发上一扔,再往沙发上用力一坐,那傲慢神情和气势就像蛮横跋扈的女皇。很快,付雪倒好水走过来,苏母见付雪披头散发,刚起床的样子,就觑了一眼站在旁边的付钢,似乎到什么,冷不防冲起来,朝付雪脸上重重打了一巴掌,紧接着,又快速伸手乱抓乱拽付雪,恶狠狠地骂:

"还我儿子!你个不要脸的东西!"

"住手,不许打人!"

付钢喊着,同时一步冲上前,拉住苏母胳膊。可为时已晚,此时,付雪脸上,手上已留下几道抓痕。这抓痕正向外渗出丝丝鲜血,火辣辣地疼痛。付雪已顾不上这些,她伸出手,在拽自己头发的手上也胡乱用力抓了一下,感觉指甲壳里被塞满了东西,胀痛胀痛的。这东西,就是苏母手背上的肉皮,立刻在付雪抓过的地方淌出血来,这钻心的痛令苏母怒不可遏,更加发泼起来:

"好呀!你个不要脸的!敢还手!"

苏母像头发疯的母牛,竭尽全力,死死拽住付雪头发不放,同时,用头在付钢身上乱撞。由于苏母胳膊被付钢死死抓住,她就改用脚踢,边踢边骂:

"我儿子哪一点对不起你,你要背着他偷男人?"

苏母已气喘吁吁,但仍旧在骂。

苏母这一脚还正踢中付雪的小腿骨,痛得她"哎呀"了一声。

苏父和刘易水看付钢一人难以拉开,这才急忙上前阻止。

三人强制性掰开苏母的手,付钢气急地推开苏母,愤怒地吼道:

"是我告你儿子!是我让警察把你儿子抓走的!你想怎样?——那是你儿子罪有应得、咎由自取!怪不了别人!"

苏母正要破口对驳时,被刘易水上前拦住:

"行了,行了!干妈,生气伤身体!我现在就带你去见哥。见了他,你不什么都明白了?"

"好!你个不要脸的——等着!我儿子若有啥不测,我非要拿老命跟你拼了!"

苏母骂着,和苏父,还有刘易水一起走出门去。

屋内,付雪搂着奇奇站着,她内心极其伤痛地看着正攥紧拳头的付钢。

付钢怒视着门外,听着那不时从电梯间传来的说话声和辱骂声。

二七四

在警局看守所里,苏母见到了儿子。

此时苏赫已是满脸胡茬,精神萎靡。当被警察带到会客室,见到苏母时,他激动得两眼晶亮:

"妈!你咋来了?——我没有故意杀人!付钢也没死!快找律师,让律师想办法把我弄出去!"

"儿子!易水在路上都跟我们说了!刚才,我和你爸也都看见他们俩在一起!——都是这女人害了你!可我一个老婆子家,对这儿人生地不熟的,上哪儿找律师呀?"

"没关系,刘易水听你的,你叫他赶快去找。哦,对了,还有那个刘晓娜……——刘易水也会带你去找她。——我这也是因她,才走到现在这一步的,刘晓娜也应该为我担点责任!"

"儿子,你这一说,妈可就糊涂了。那刘晓娜是谁呀?你咋会为她?"

"哎呀,妈,你就别问了,她也算是你的半个媳妇。"

"噢……噢!那我现在就去找他们!"

苏母急切地站起身要走,被苏赫激动地喊住。

"妈——!"

"咋啦?"

苏母转过身来,无意间挪开一直按住抓伤的手,使两条血迹暴露在苏赫眼前。

"你手咋的啦?"

"没啥,刚才去你家……让付雪给抓的!"

"哼，我出去一定不会放过她！"

"好儿子！妈早就跟你说过——这个女人不是个好东西，是祸水！你就是不听，现在倒好……"

苏母哽咽着拭擦着眼泪，又继续说：

"就算拼出我这条老命！我也一定要他们把你弄出来！——走，现在就跟妈回去，我看谁敢拦我！？"

苏母说着就把苏赫往门口拉，站在门口的一名警察立即上前制止。

"妈——！这样不行！你还是快去让刘易水找律师来……！"

他说着"扑通"一下跪在失控的苏母面前，苏母心痛地抚摸着儿子的肩，更加失控、发泼：

"——起来！快起来儿子！你没犯法！我这就去问问清楚，他们凭什么抓你？"

警察为了控制局面，将苏赫带走了，会客室里转来苏母的吵闹声：

"……不放我儿子！我就是不走！看你们今天能把我咋啦！我就不信，警察也会不讲道理……！"

二七五

警局看守所门外，苏父正听刘易水给他转达宋律师的话，刘易水说：

"……宋律师说——只要付钢本人，能证明苏赫哥不是故意推他掉下去的，撤销民事起诉，这案子就算了了……"

"真这么简单！？"苏父惊讶地问。

"是的，只要没构成杀人事实，又没给原告带来人身伤害，法律是允许由原告来撤诉，被告人就能无罪释放了。"

"真这样？那可太好了！"

苏父激动不已，就在此时，他突然隐约听到看守所里传出女人的吵闹声：

"唉！好像是你干妈！"

"……走，快去看看。"

二七六

这会儿付雪家，付钢沉闷地坐在沙发上，回想刚才发生的一幕。他越想越气愤，恼怒得脸部都有些扭曲。

付雪盛了饭放在桌上，除孩子在吃外，她也沉闷地坐着，思考着什么，使整个屋子的气氛凝重不堪。许久，付钢突然跳起来，走到付雪面前，激动地拉她站起来：

"走！你现在就去收拾东西！跟我走！"

"到哪儿去？"

"到房屋中介，那里有很多租房信息！"

"让我想想……"

付雪犹豫片刻，又说：

"要是把奇奇带走，他们看不到孙子，我是不是很不道德？"

"你怎么还跟他们讲道德？他们把你当人看了吗？——不行！必须走！我绝对不允许再让那老婆子欺负你……！"

二七七

付钢说着把付雪推进卧室，替她拿出行李箱。

付雪又犹豫不定地坐在床边，这让付钢更加焦急：

"哎呀，雪，你就别再犹豫了！一会儿他们回来，又要来闹！"

"你怕她，我不怕！"

"这不是怕不怕的事儿，他们是老人，就算你有理儿，也得让他们三分！"

付钢边说边拉开柜门儿，把付雪和奇奇的衣服取下来往床上扔。

付雪感觉他说得有道理，无可奈何地站起来，慢慢开始收拾床上的衣服，朝行李箱里装。

奇奇看见大人在装衣服，忙跑到卫生间，取下妈妈的和自己的毛巾，揉成一团抱在怀里跑了过去：

"妈妈，给你。"

这稚嫩的声音令她心痛，她抬起头，接过毛巾，愣愣地看着儿子，一种不可名状的痛苦感袭来，立刻使她黯然泪下。

第十一章

二七八

警局看守所刘勇办公室里,苏母、苏父、刘易水三人,听刘勇讲完苏赫的整个发案经过后,苏母才安静下来,用乞求的口气对刘勇说:

"求求你,行行好吧!警察同志!我儿子是做错了事,可人不没死嘛!你们就让我把他带回去,好好管教管教吧!"

"对不起,他是成年人。成年人在做事前,都是要用脑子考虑的!触犯了法律,就应该受到法律惩罚。——他马上要转交法院审理了,你们还是找律师比较好。"

"干妈,律师我已经找好了,你就别再担心。"

刘易水说着,要拉她向外走。

苏母一听说律师找好了,心里又高兴又气愤,感觉自己在刘易水面前丢了脸面,于是回头朝刘勇狠狠地丢下一句:

"呸呸呸,看我这低三下四的,求个啥人嘞?早晓得警察都是没血没泪的人,我还省得多费这些口舌!"

二七九

在门外,刘易水又把宋律师的话儿重复了一遍,使苏母看到了希望,她急切地要回家去找付钢。于是,他们坐上刘易水开的小车,快速驶在马路上。

二八〇

此时,付雪和付钢已收拾好行李,正拉着奇奇出门儿。在一楼门口,碰见一执勤男中年保安,付雪停下来上前和他打招呼,并把钥匙托付给保安，交代道：

"我叫付雪，这是12楼B座1204房的钥匙，麻烦你转交给两位刚从外地来的老人。老爷爷姓苏，一会儿，陪同他们一起回来的还有一个年轻男子，叫刘易水。"

"放心吧，我们这儿是小区联防队的办事处，不光负责这里住户的财产安全外，还开设了社区义务爱心服务站。"

"谢谢！就拜托了！"

付雪说完，带着奇奇和付钢一起走了。

二八一

离开小区，付雪先是把奇奇送到幼儿园，然后拖着行李箱和付钢走进附近一家房产中介所里。

"请问，你这儿有没有其他小区的租房信息？"付钢问。

"有，要多大面积的？"女服务人员问。

付钢看了一眼付雪，肯定地说：

"两室一厅。"

付雪沉默着，听从他的安排。

二八二

刘易水的车子此时已开进苏赫家小区，停在楼下。

电梯这会儿正好载人下到一楼，三人就急匆匆跑进电梯。

门房里，那位男中年保安，没来得及喊住他们，电梯门就关上了。

二八三

12楼苏赫家的大门紧锁，进不去门儿，他们只能在门外焦急徘徊。就在这时那男保安追赶上来：

"请问，你们是12楼B座1204房的住户吧？"

刘易水像是明白了什么，马上回应说：

"是的，是的。"

"请把你名字说下。"

"我不住这儿，我是来送二位老人……"

"那这位爷爷姓什么？"

"姓苏。"

"那你是不是叫刘易水？"

"你怎么知道？"

"这是一个叫付雪的女同志留给你们的钥匙。"

男保安边说边拿出钥匙，递给刘易水，然后转身离开。

有了钥匙，所有人都豁然开朗。可进门一看，他们立刻都又愁眉苦脸起来。——屋内少了女人的衣服和奇奇桌上的玩具，还有毛巾，牙刷。

"干儿子，你知道付钢的住处吧？她一定是搬到那儿去了。"苏母猜测着。

"让我想想。——我了解付雪，没有离婚，她不会这么做。"

"这下可完了！上海这么大，上哪儿找去？"

苏父沮丧地一屁股坐在沙发上。

"干爹，您别着急，我现在就带你们到奇奇学校看看……"

"那就快走呀！"

还没等刘易水话说完，苏父就站起来，心急火燎地把刘易水往门外推。

二八四

幼儿园里，奇奇正和小朋友们在操场上围坐一圈，做接龙数字游戏。游戏规则是看谁反应快，能及时接上前一个小朋友报出来的单数。如果接龙错了，就会被罚表演一个节目。这会儿单数3正报到奇奇跟前，他信口喊出："4。"

"不对，不对，是5。"

"苏奇奇，你就给我们表演节目吧。"

小朋友们叽叽喳喳喊着，把奇奇拉起来，推向中间空地。

"好，表演就表演！"

他毫不胆怯地站在中间空地上，微笑着向小朋友们一鞠躬：

"那我就给大家讲个笑话吧，——街上有个卖橘子的小贩，有个人问他：'您这橘子甜不甜呀？'小贩说：'我的橘子绝对甜，不甜不要钱！'那人就说：'哦，那好吧，师傅，您给我来十斤不甜的！'"

奇奇的话音还未落，就迎来小朋友们的哈哈大笑。立刻，有小朋友大声喊道：

"苏奇奇，你再给我们讲一个吧！"

"再讲一个吧！"

"奇奇，你的笑话是从哪儿来的呀？是你自己编的吗？"

一短发小女生好奇地站起来问。

"不是，是从书上看来的。我家有本《天天快乐》的笑话书！"

奇奇说完站在中间，脸上依然保持微笑。他看着老师，在等待她发话。

老师见大多数小朋友要求奇奇再讲，就拍拍手喊道：

"那就请苏奇奇小朋友，再给我们讲个笑话，好不好？"

"好！"

小朋友们异口同声地回答，同时伴着"哗哗"的掌声……

二八五

这幕正巧让幼儿园围墙外急匆匆赶来的苏父、苏母和刘易水他们听见，就借围墙空隙向里看。

"瞧瞧！那就是我的孙子！"苏父欣喜不已。

"我去把他接出来。"

苏母说着快速朝门口冲去。

二八六

苏母在幼儿园门口，被年轻男保安拦住。

"你找谁？"年轻男保安问。

"找我孙子，苏奇奇呀！"

"几班的？"

"就那个站在中间儿，正讲故事的……"

苏母指了指奇奇的背身。

"还没到放学时间。"

那保安看了看墙上的挂钟，又说：

"还有一小时就放学了。你中午再来接吧。"

"不行呀，我们今天给孩子有重要事儿办，得先把他接回去喽。"

年轻男保安上下打量了一下苏母，再看看正走过来的苏父和刘易水。

他似乎还记得刘易水曾来接过孩子,于是就把门打开:

"进去吧。"

"欸!"

苏母答应了声,但不忘对这年轻男保安夸赞一句:

"是上海人吧?——看你长得多好,你妈真有福气!"

"哪里哪里,我也是外地人,来上海打工的。"

保安笑笑,对她更加放松警惕性。

苏母大大咧咧地朝那群孩子们走去。

二八七

此时,附近一家房产中介办公室里,付钢和付雪已与房产中介谈好房价,并答应马上和他们一同去看房子。由于其他小区离这儿远,付雪决定到幼儿园替孩子办理退学手续,带孩子一同离开。

她向付钢说出想法后,付钢也赞同此做法,于是他俩和一位房产中介的工作人员一起朝幼儿园走来。

二八八

幼儿园里,女老师很负责,她见苏母的面孔很陌生,就问奇奇:

"这是你奶奶吗?"

奇奇很不情愿地回答:

"……是……"

但老师还是不放心地问苏母:

"阿姨,您有苏奇奇妈妈的留言纸条吗?"

"什么纸条?我们家不流行这个。"

"噢,是这样的。我们学校有规定,是以孩子的父母为第一监护人。也就是说,苏奇奇在没有得到他爸爸、妈妈书面或是电话同意的情况下,我们是不能随便让您把孩子带走的。"

"我是他奶奶!咋会有这稀罕事儿?"

苏母一急,一把把奇奇拉到身旁:

"奇奇,快对老师说:我是你奶奶!"

奇奇有些害怕,他用力一挣,挣脱苏母的手,躲到老师背后,并在背后突然地大声嚷道：

"你打我妈妈！你不是我奶奶！"

"奇奇！奶奶承认，是和你妈关系不好，可你是奶奶的小心肝宝贝！咋说这话来气奶奶呢？"

苏母听孩子这样一说，又气又急，一时想不出招儿来，就赶紧扯着嗓子朝门口儿大声喊：

"他爷爷，你进来呀，你孙子跟我较劲嘞。"

门口，苏父和刘易水听到后，和保安打了招呼后走进去。

二八九

奇奇见刘易水叔叔也来了，就从老师背后蹿出来喊着："叔叔，刘叔叔。"跑向刘易水。

就在这时，付雪三人正好赶到学校。

当付雪一看见苏母，就预感到不妙，急忙边跑边喊：

"奇奇！你们不许碰我的奇奇。"

同时，孩子也看见了付雪：

"妈妈！"

这母子一对喊，苏母警觉过来，正好此时奇奇跑向付雪和刘易水之间，要经过苏母身边儿时，苏母猛一伸胳膊，就把孩子拽住，慌乱中，她夹着孩子冲向教师办公楼内。

苏父以为她是想把孩子藏起来，躲过付雪纠缠，于是转身过来阻拦付雪和付钢，并愤怒地呵斥说：

"孙子，是我们苏家的，你们休想把他夺走！"

此时女老师见情况很僵持，便赶紧把其他小朋友们都领回教室。然后，上楼找院长了。

很快院长和几位办公人员赶出来，调解。

二九〇

可就在这时，苏母已跑到三楼，把孩子往走道的护栏上一架，朝楼下喊：

"付钢，你听着！我跟你前世无怨，今世无仇！你看看，这可是你的亲外甥，如果你答应对我儿子撤诉，我就放他一条活路！如果你不答应，我就和他一起跳下去！反正，我这老命也值不了几个钱儿！"

苏母这一喊，下面所有人都傻了眼儿，惊慌失措地昂头看着上面。

"这可怎么办？"女老师焦急起来。

"不得了，要出人命了！"

"报警，赶紧报警！"

"保安怎么能随便让家长进来？"

女校长听到这议论声，朝门口的保安室看了看——那保安正搬出一张气垫床，朝这边儿跑来。使女校长突然想到了棉被，于是就大喊：

"大家别站着，快把寝室里棉被都拿出来。"

这喊声一出，立即，所有教师和工作人员都跑进跑出地忙活着。很快，在苏母站的楼下面用小棉被铺出厚厚的防护垫来。

上面，苏母看着他们在做拯救工作，心想：

"咳！这吓唬人的招儿，还真灵验！"

同时，苏母见自己话出半天，还没等到付钢回话，心里还真生气。她故意把奇奇往栏杆外推推，使奇奇害怕得直哭喊着：

"妈妈！妈妈！我害怕！"

这幕很是触目惊心。也确实，苏母年龄大，只要稍稍一不留神儿，孩子就会从上面掉下来。在这刻不容缓之时，付钢喊道：

"你把孩子先放下来，我们有话好好说。"

"我不会上你的当！你现在就回答我——是撤诉？还是不撤？"

"奇奇，坚持住，妈妈上来了！"

付雪承受不了这种危险刺击，像丢魂儿似的朝楼上跑去。

付钢知道她一上去，孩子的情况会更加危险，于是就大声朝苏母喊话：

"我答应你——撤诉。不过，你也要保证奇奇安全！"

"好，答应就好！"

苏母见自己目的达到，乐得嘴都合不拢了。但毕竟孩子是自己亲孙子，她必须要保证他的安全，于是很小心地想把孩子从栏杆上拉抱回来。由于她上了年纪，刚才的活动量太大，加之孩子太重，她又夹持他站立的时间过长，这会儿只感觉有一条腿突然抽筋，痛得她几乎不能再动弹。她只能用另一条腿站着，吃力地对奇奇说：

"奇奇！快……用手抓住栏杆……"

正在这关键时刻，付雪发疯似的跑了上来，不由分说，冲上前一把抓住奇奇，并用力推开苏母。这一推，只听苏母"啊呀"一声重重摔倒在地上，紧接着，就连续不断"哎哟……哎哟……"地呻吟起来。

付雪还以为她在装病，因此，把奇奇抱下栏杆就走。可走到楼道拐弯处时，还不见苏母起来，停住脚，把奇奇放在地上：

"去找舅舅。"

说完返回去扶苏母。

"……哎哟……痛死我了，好儿媳妇……都是我不好……快，叫他爷爷上来！"

苏母此时已顾不上自己还恨不恨眼前这个女人，只能可怜兮兮地向她央求说。

而对付雪来说，只要遇见需要自己帮助的人，不管是谁，她都会给予无私帮助。所以，出于她善良的天性，她立马拨打了120急救中心电话。

二九一

奇奇下去后，下面所有人都才算松口气，纷纷收拾铺在地上被弄脏的棉被，相继"唏嘘"着离开。

"奶奶呢？"

苏父见苏母没下来，就问奇奇。

奇奇这次像老鼠见了猫似的，快速跑到付钢身后，躲起来，不予理睬。

很快救护车的"……嘀……嗒……"声由远而近，随后停在幼儿园门口。

苏父和付钢这才意识到上面出了大事儿，于是慌忙和赶来的医护人员一起朝楼上跑。

这救护车的鸣笛声和他们嘈杂的跑步声，再次引来众多老师和工作人员们的关注，都又纷纷走出来围观。

二九二

三楼的走道上，苏母依然躺在地上呻吟。

付雪见苏母后脑勺枕在水泥地面上，就把手放在她头下，替她垫着。

苏母枕在这柔软的手上感觉舒服多了。这种舒服感立刻令她脸上表情阴阳变换着，仿佛内心深处的善与恶两种人格在较量，最终还是善替换了恶，于是在她脸上浮现出了慈祥的微笑：

"还是你好！——其实，你在我心里，我一直都是把你当闺女看待！正因如此，我才会和你口齿相碰，你可千万别放在心上啦！"

苏母正说着，付钢和医护人员已跑上来。

"这把年纪，走路怎么不小心点？"

一位赶来的救护医生埋怨说。

这一埋怨，仿佛又换回苏母恶面的人格，瞬间，收回慈祥的笑容，又变得面目狰狞、凶悍起来。

"就是她这个不要脸的女人，给推的！"她用力一摇头，"别假惺惺了！你以为我不知道你心里在想啥？——你巴不得看我早一点死！死了，就没人管你！你好自由了！"

"啥？付雪你！"

苏父看到苏母不能动弹、很严重的样子，就咬牙切齿地举起拳头朝付雪挥过去，却被付钢及时制止住：

"伯父，不能因一面之词就给人定罪！"

苏父正要较真，那救护医生开口了：

"好了！让开，先救人再说！"

苏父只能让到一边儿，焦急地看苏母在沉默的氛围中被抬上担架，他也跟随救护车"……嘀……嗒……"而去。

二九三

医院手术室的走道上。付雪、付钢，还有苏父在焦急等待着。显然，他们分成两派，苏父在另一条长凳上坐着。这时一位医生从手术室里推门儿，走了出来。

"哪位是病人家属？"

"我是。"

苏父回答。同时,付雪也站起来说:

"我也是。"

医生看了看他们三人说:

"……病人左边胳膊和盆骨骨折。"

"啥?盆骨骨折?"

苏父一时承受不了突来的打击,一屁股瘫坐在地上,嘴里喃喃道:

"造孽哟!报应哟!儿子进了监狱,让我一个老头子,可怎么办嘞!"

医生见此情景,忙转向付雪,递给她一张单子:

"快去缴费吧。单子拿来后,我们才能给病人做手术。"

医生面部毫无表情地说完,就转身又进了手术室。

付雪拿缴费单仔细一看,惊呆了。

"多少钱?我来付。"

付钢说着朝付雪走过来。

"不,这不管你的事儿!我会想办法的!"

这上面上万元的手术,她不想用付钢那点多年辛苦积攒下来的生活费。可眼下不用,自己家里的钱都在苏赫手上,又不知道放在哪里,可怎么办呢?她内心极其矛盾起来。

"我先给缴上,等苏赫出来后……再让他还我。"

付钢温和地说,看似在和她商量,实际上,他是在一意孤行。付钢知道这钱拿给了苏家,就不可能再收回,但凭借他的善良,他义无反顾地要这样去做。

付钢拿单子走后,付雪一直很感激地看着他离去背影的方向。此时,尽管那目光里是空空的走道或是偶尔有三两个陌生的人影晃过,都不能让她收回。直到有一个穿白色大褂的中年男医生站在她面前。

"上午好呀!看什么呢,小姐?"

男医生很礼貌地问,一口港台口音。

付雪这才收回眼神,恍惚着说:

"噢,已经去缴费了!马上就来!"

"哈哈，你这人真有趣儿！家里有人住院了？要不要紧？现在是在等你家里人缴费回来吧？"

男医生看着付雪关切地问，使她突然感到很难回答。

此时，他们身后正好走来一女清洁工，男医生看见后，和气地对女工说：

"这凳子，还有墙面，都要每天用消毒水抹抹啦。"

"欸，我知道的。"

女工应了声后走了。

付雪下意识地站直了身子，像是这位医生待训的员工。

男医生看后更是开怀地笑了。

"呵呵呵，小姐，你这是干什么？你又不是我的员工，干吗这么拘束嘛？"

"哦，您好……"她尴尬地笑笑，又鼓足勇气说：

"我还真希望能在这找到份工作！"

"你这人真可爱！"他从怀里掏出一张卡片，"这是我名片，我交定你这个朋友了？"

"宋世杰。"

付雪认真看过名片后，抬头转向宋世杰：

"很荣幸认识您，宋医生！"

"好，就这样说定了——我们是朋友！如果，病人需要帮忙，尽管来找我好了。"

"嗯！谢谢您！"

付雪看对方伸出手来，她也毫不吝惜地伸出手来，两只友谊之手，就这样戏剧性地紧握在一起。他开心地笑了，她也开心地笑了。

此时，正好付钢拿缴费单走过来，看见付雪正开心地笑着与一位医生握手。

付雪开心的笑容令付钢为之一振，心里暗想：

"什么事儿能使她这么开心？"

可宋世杰那"医生"的特殊身份，又让付钢很快打消疑问，急忙走近,并和宋世杰礼貌地打招呼。

二九四

就这样,付雪放弃原来搬走的计划,留下来和苏父轮换着照看苏母。

但这住院费很高,一直都还由付钢拿钱来维持开支,更使付雪心里感到歉疚。为了偿还付钢的人情,她喂完苏母早饭,就犹豫着走出苏母病房。

二九五

这是4楼骨科病房的走道。走道上很安静,她不紧不慢地向前走,偶尔能听到从个别病房里传来医生、护士的叮嘱声:

"……不能老让病人躺着不动,记住,要两小时侧翻一次……"

她借窗儿,顺声音望去,看见一位衣着深蓝色长大褂的中年妇女,正吃力地和护士一起为一位肥胖病人翻身。这动作对付雪来说,很熟悉,她也是这样为苏母翻动身子的,好在苏母个头矮,在护士的帮助下翻动身子还算轻松。于是,她又心事儿重重地继续朝前走去。

"宋世杰,他能帮我吗?"她在内心里问。

"不管怎样,我得去试试,也许他能帮自己安排个工作……"

她想着,加快了步子下楼,按名片上的地址,朝宋世杰的办公室走去。

二九六

这会儿宋世杰正在会议室里开会。

会议室里,大型长方形会议桌前围坐着几十名各科科室主任。他们都在认真听老院长讲话:

"……目前,我院年轻一代的各科专业人才大量涌现,这是好事儿。但从人事登录来看,大学本科学历人数占全院总人数的70%以上,研究生和博士生人数还仅在百分之十几。医院给病人治病,靠的是高水准的专业医术,所以,我院高薪聘请了留美医学博士——宋世杰先生来做我院的心内专科学术导师……"

老院长话说至此,停顿了一下,所有人把脸转向宋世杰。

宋世杰微微站起,谦虚地向所有人点头示意后,老院长又接着说:

"……宋世杰先生是台湾人,现年40岁。留学美国后一直定居在美国的马萨诸塞州,为了回报祖国,特来上海,做我院的心内及全科学术导师兼副院长职务，为我们架起与美国Harvard University（哈佛大学）交流的桥梁，把我院办成一个以学术研究与临床实验相结合的医学教学基地！用我们更精湛、更高明的医术，与国际接轨！"

老院长话音未落，就掀起一阵高似一阵浪潮般的掌声。

宋世杰倍感激动地再次站起来，谦虚地向所有人深深一鞠躬……

二九七

外面走道上，付雪已来到宋世杰办公室门外，她轻轻敲了敲门儿，里面没有任何动静。她犹豫着正准备离开时，一位女年轻医生走过来，感到奇怪就问：

"你找谁？"

"……我找宋世杰医生。"

女医生更加感到奇怪，上下打量着她：

"你是他什么人？"

"朋友。"

"——哦！……"女医生突然显得傲气起来，"我是宋博士的办公室秘书。他正在开会……"

女医生说着，推开办公室门儿，又继续说：

"要不，你先进去等会儿？"

"谢谢了！"

付雪应声，跟在女秘书后面进门。

二九八

这办公室陈设简洁明亮，内有灰白色窗帘，窗帘下是灰白色办公桌和一把能滑动的灰色布质办公椅。桌上，正中间放有一台手提式电脑；靠右边儿放有两面微型中美两国国旗；左边儿是一些散放在上面的病例资料。椅子后面是一个装修精美、实用的衣橱，和一个陈列葡萄酒的酒柜；桌对面是一条白色双人沙发；沙发后面从墙角延伸至门口处摆放着高大的铁质的资料、图书两用柜。柜前面也摆放着一张办公桌和一把办公椅（这是秘书座位）。

进门后，女医生继续在说：

"宋博士是台湾人，我还以为，你也是台湾来的呢。"女医生走到自己的办公桌前，"您工作单位也一定很好吧？……宋博士可是留美回来的……国内一般人儿品位低，他是不会看得起的！"

女医生边翻找桌上资料单，边有一搭没一搭地问，使付雪感到很难回答，原本想找宋世杰帮忙找工作的想法，也被这女秘书一番话给问没了。

付雪知道再等下去会招人白眼，因此就找借口说：

"不等了，——我还有要紧事儿，得先走。"

付雪说完，头也不回就向外走去。

女医生还以为自己刚才问话太过直接，得罪了这位身份神秘、气质优雅的美女。因此急忙歉意地朝门口喊：

"……你什么单位？叫什么？等宋院长回来，我好告诉他！"

付雪没有理会，女医生的喊声在门内打了个转就消失了。

二九九

从女医生的话里，付雪似乎又领悟到了什么，她不想去想那些人性的复杂面；不想去想那些被环境改造后的假面孔；更不想去想宋世杰为什么会愿意和自己交朋友。此时，她又回到自己悲悲切切的世界中，拖着无奈的步子，慢慢走在医院走道上。

"我该怎么办？拿什么去还钢钢的钱？"

就在付雪满目无奈时，一位阔气的少妇喋喋不休抱怨着，和丈夫一起从付雪身边走过。

"……我受不了医院里的气味！再说，你妈太胖，一个人翻不动！还是请两个人来照顾吧！老公！"

"我也想再请一个来！一大早儿我就到保姆市场去找过了，可没有找到合适的……你叫我怎么办呀？"

这话正好让付雪听到，她毫不犹豫地追上去：

"我能试试吗？"

这对夫妇停住脚步，转身打量她一番，摇了摇头：

"光看你这身衣服，就不像是给人当保姆的……你有护理病人的经验吗？"

"有！——我家就住附近，您要是答应了，我马上就回去换工作服！"

付雪相信自己能做好每一件工作，为得到这份工作，她充满了热情与激情。

这对夫妇听她这么一说,也就高兴起来,但还是心存疑虑:

"我们需要12小时护理病人,你行吗?"

"我可以利用晚上8点到第二天早上8点的时间。"

"那行,我们现在带你先去病房熟悉一下情况,雇用经费和先来的那个刘阿姨一样,每月1800块……"

他们边走边说。这是付雪找到的第一份工作,此时,她的内心充满了无与伦比的高兴劲儿。

三〇〇

在他们身后,宋世杰已从会议室里出来,进入自己办公室。

女秘书把查找好的资料递给宋世杰,她那神情似乎忘了刚才有人来过似的,只专注于她的工作当中,偶尔也欣赏地偷看他的举动。

"康秘书,有人来找我吗?"

宋世杰边翻看资料,边问。

"噢,有,是位漂亮小姐,不过她没留下姓名就走了。"

"什么时候?"他显得有些激动。

"……大约几分钟前吧……"

"好,你把这资料送到院长办公室去。"

他知道康秘书所说的漂亮小姐是谁,因此,他压抑住内心激动,让表面镇定地合上资料,安排走康秘书后,他几乎是冲出办公室的门儿。

这举动十足像个不成熟的小伙子,与他40岁这即将步入中年稳健、成熟的年龄不相符。但他确实是这样一个追求快乐、永远保持年轻心态的人。他早已把这种追求变为他自身固有的欲望,因此,不管在何处,他的眼睛总是不停地在滚动,在搜寻与他感觉相符合的对象。何况,他现在独身一人来到上海,更是把这种原存在于骨子里的欲望爆发出来。

付雪是给他第一感觉很好的女子。他喜欢她身上那种单纯、优雅的气质,这气质里还带有几份傲气,就像是生长在高山上的雪莲,使人可望而不可即。而对于一个勇往直前、大胆追求的人来说,这也正是勾起他们挑战的兴趣点。所以,不管欲望的出发点是什么,最终都会归结到一个占有欲望上来。宋世杰也不例外，他想和付雪交朋友；想更多地了解她……，其目的就是为了达成他内心的欲望——恋爱的快乐感。

现在，宋世杰已经进入恋爱状态了，他激动、欣喜、无比快乐地在走道上寻找他的"恋人"。

突然，他看到了！在走道的拐弯处，他大步赶了过去。可她身边有人，他不知道他们是谁，只能保持距离跟在她身后，直到4楼骨科2号病房里。透过窗子，那对年轻夫妇交代完工作后走了。

他躲在窗外，看着她忙碌的举动，才知道她和他们之间的关系，这使他疑惑不解。

"她怎么会做护工？她没有丈夫吗？昨天那年轻人也是她的雇主吗？"

他想着，便微笑着转身离开。

三〇一

宋世杰没有回办公室，而是去找了老院长。

老院长这会儿正在看他让女秘书送来的资料，见是宋世杰走进来，高兴得忙站起来，笑呵呵地说：

"来，快请坐！哎呀，宋博士，你这份预防子宫肌瘤的临床实验报告，写得太好了！很有医学研究价值！——证实了，男性包皮垢的化学毒性作用，不光导致男性患阴颈癌，还可以导致女性患子宫癌的。"

"是的。这是女性雌激素分泌过剩外，易产生子宫肌瘤导致宫颈癌后的又一发现。"宋世杰说完，微微一笑，开始变得吞吞吐吐起来：

"……老院长……"

"请说，我很想听听你提出的治疗方案！"

"噢，对不起，我是有点私人方面的事儿……"

"没问题！你有什么要求，需要什么，都尽管提出，我会尽量安排。当然，这里条件有限，比不上你在美国的实验仪器先进！"

"……我看还是算了，等我问清楚她的专业……再说吧。"

宋世杰突然感到对付雪一无所知，欲说又止。

"噢……看来你是想帮什么人？那好！等你问清楚了，这个忙我一定帮。"

这时有位中年女医生进来,分别递给他俩一份资料,说:

"这位病人换心手术的前期工作,都已做好准备。"

宋世杰接过资料,扫了眼:

"这病理资料我昨晚已研究过了。"

他说着起身朝门外走,整个人立即进入备战状态。

女医生紧跟左右。

三〇二

走道上,他边走边问:

"现在血压多少?"

"正常。"

"5分钟后手术。"

他们说话间已走至手术室的消毒更衣室门口,继而跨步走进去。

三〇三

消毒间里,宋世杰在快速地给自己的手、臂消毒。

从他脸上肃穆的表情中,丝毫找不到刚才去找付雪时的激动、欣喜和那无比快乐的神情。

此刻,他脑海里只有病人的所有病理资料,和对手术如何做才能确保成功的一系列问题。在这一时刻里,他是一名决斗场上充满杀气的"战士",同时又是一名神圣的、上帝派来拯救人类生命的白衣天使。所以,他得拿出所有的智慧与勇气,用心倾注于他的工作之中,使得付雪这个人物,必须暂时得从他的脑海中屏蔽出去。

三〇四

很快宋世杰走进手术室。

手术台上,无影灯亮了……

宁静中,他在聚精会神地为病人做手术。

在这紧张气氛里,只有心电监护仪在"唧唧"作响……;呼吸机里,病人有节奏的呼吸声在手术室里被寂静放大……

三〇五

付雪推倒苏母造成骨折,虽然不是故意伤害,但对苏母而言,已得到了报应。因此，付钢为了化解苏母心中对付雪的仇恨，考虑再三，最后决定毁掉那盘录音带（证据）后，去警局，向警方负责此案的刘勇重新做了陈词，并强调说明：

"当时三人抢夺包时，由于天黑、下雨、风大、地面湿滑，与自己站不稳坠楼也有关系等，并希望警方不再立案侦查和移交法院。"

刘勇是个很秉公执法、断案严谨的人。

由于，付钢没有把苏赫和刘晓娜合谋陷害他的事实证据交给警方，刘勇通过审问调查，结果都没有具体证据能证明苏赫犯故意伤害他人罪，所以，也只能解除对苏赫的暂押，无罪释放。

今天，警局大门外，只剩下刘易水一人等在那里。

不多时，苏赫从门里走出来。

阳光照射得苏赫无法睁开眼睛。他用手挡了挡阳光，才算看清身边绿意盎然的小树。他弯腰嗅了嗅，一股绿叶的清香沁入心脾，令他顿感神清气爽。他微微闭上眼睛，片刻后睁开，就像在感悟白天与黑夜；就像在体会梦与现实的交替过程。他用手抚摸着树叶，真切地感受着它们带给他的清凉、光滑的质感，这种感觉令他兴奋不已，使他由衷地在内心狂喊道：

"我……自由了！"

他欣喜着快速环顾四周，看见刘易水站在小轿车旁向自己招手，又立即冷静下来。

苏赫不喜欢让任何外人看透他内心，也不善于与别人分享喜怒哀乐。他就是他，就是一个总爱瞪大一双怀疑的眼睛，看待一切人或事物的人；总爱表现出一副沉默寡言、谦虚谨慎的态度，去窥视别人行动的男人。所以，他现在突然机械地收住脸上的笑容，一点也不让人感到奇怪。

"——我妈呢？"

"在医院里。"

"她咋了？病了？这么重要的事儿，怎么不早告诉我？"

"……医生说是骨折。"

"我妈身体一向很好！怎么会突然骨折嘞？"

苏赫紧锁眉头，焦急地拉开车门儿坐上。

刘易水也钻进车内，发动车子，沉默中小轿车很快开出很远。

三〇六

拥堵的马路上，车内沉默许久的刘易水忍不住回答说：

"前几天，干妈……是摔了一跤！不过，这不应该怪付雪！……年龄大的人，总归骨头脆些。"

刘易水性情直爽，一贯说话直来直去、对错分明。凭刘易水直觉——苏母此次摔跤，应该是她咎由自取，可又没人能证明付雪当时没有推她的事实，加上，苏母一口咬定是付雪推倒自己才造成骨折后果，因此，刘易水不知该怎么说好。他担心苏赫会对付雪产生打击报复念头，就又接着试探着说：

"……你能这么快出来，得感谢付钢和付雪他俩。"

刘易水扭头看了苏赫一眼，苏赫正攥紧拳头，使拳头发出"咯嘣"响声。

刘易水看见，心里更加焦急起来：

"俗话说——盐打哪儿咸，醋就打哪儿酸。你们能不能过下去，不就是个'离婚'二字嘛！何必……非搞得像仇人？再说了，干妈住院这些天，都是人家姐弟俩又拿钱、又出力的……"

"别说了！你有完没完！？"

苏赫终于忍无可忍地朝刘易水咆哮。

刘易水苦笑笑，沉默下来。

车很快来到医院门口停下，苏赫下车后见刘易水仍坐在车上，这才意识到自己不该对一个外人发脾气，于是收住脚，缓和了语气对他说：

"噢……我不是在冲你发火——别往心里去。"

"没事儿！我带你去病房。"

三〇七

此时，付雪还在医院4楼2号病房里和女工友说话。

这女工友正好是她先前经过此处时，所看到的那位穿深蓝色长大褂的中年妇女，雇主称她——刘阿姨。

付雪要照看的病人，也就是那个肥胖老太太。

老太太虽然整个身子都不能动弹，但她的思维很清晰。她看到儿子、媳妇又给自己新找来了人，这新来的还很年轻漂亮，就忍不住问：

"你来上海没多久吧？"

"是的。"付雪回答。

刘阿姨也凑个热闹，接上话题说：

"一看就知道，不然，怎么会到这来当护工？"

"唉！还是乡下孩子好，能吃苦些。"老太太有些难过地，"看我那儿子、媳妇，哪个肯卖力？幸亏他们有点钱，不然，我可就瘫在床上——没人管了！"

付雪说："不会的！大妈！您一看就是有福人……！"

"有啥福呀？等我这病一好，我儿子还不得把我送到养老院去！我就这么个独儿子，整天见不到他，我这心里——难过呀！"

老太太哽咽起来。

刘阿姨在给老太太按摩小腿，见此情景急忙给付雪使眼色，不让她再说下去：

"你回去吧，晚上8点来换我。"

"行，那我走了。"

付雪知道刘阿姨这是在支走自己，就站起身要走，正巧看见刘易水带苏赫从窗口走过。

苏赫能这么快回来，早在她意料之中，但他们之间的恩怨还未结束。只要一看见苏赫，付雪就会想起那晚的危情，由此，付雪立刻怒容满面。

她犹豫了一下，朝外走，继而悄悄跟在他们身后。

三〇八

同在一层楼的15号病房里，苏父正愧疚地对苏母说：

"……老婆子，你这住院费和这每天的生活费，可都是媳妇拿出来的！咱可不能昧着良心，瞎冤枉人家！"

"可不是嘛！当时，要不是她及时赶上去，只怕再也见不到咱孙子了！"

苏母感到后怕地抓紧苏父的手，接着回忆说：

"那会儿我有条腿抽了筋，站立不住，就全靠手抓住孙子，只要孩子一挣，他可能就掉下去了！"

"你那会儿，咋就那么糊涂呢？"

苏母白了苏父一眼：

"不'糊涂'能救咱儿子？"

苏父点点头，叹道：

"唉，你说咱儿子，能啥时回来？"

苏母说："易水不是说今天就能无罪释放吗？这上午都近10点了，咋还不见个人影？我看，你还是给易水打个电话问问。"

"问个啥？明晓得回来的事儿。亏你也是个当奶奶的人！这招儿，也太损了点！……"

两人正说着，苏赫和刘易水已赶到门口。

苏赫见苏母左边胳膊上打着绷带，一个箭步冲到苏母身边，惊讶地问：

"妈！你这是咋啦？"

"哟！儿子！我的心肝呀！"

苏母欣喜得想坐起来，但由于骨折处疼痛，只能努力半天，又徒劳地躺下。

"妈！您别乱动！"

三〇九

刘易水见她们母子如此亲近，不便进去打扰，就止步站在病房门外。

在门外，刘易水无意间扭头看见付雪。

付雪冲他尴尬一笑，忙摇摇头朝他暗示，于是两人都沉默着从病房门外悄然离开。

三一〇

15号病房内，依旧是他们母子团聚的情景。

"咋啦？还不是为了你！"

苏父在一旁看着苏母那要强劲儿，心痛得唠叨起来：

"你妈为了你连命都不要了！你说——养你这么大，我们图个啥？"

"爸！妈！……"

苏赫愧疚地喊，然后朝左右看看。两边病床上的病友，一个在睡觉；

另一个在和家属聊天。没人注意他们，因此，他压低声音，懊悔不堪地说：

"都是我太小看付钢那小子！才……我一定会要他好看！"

"是呀！你妈我这辈子没被人欺负过！也还从没向谁认过输！何况他个乡下小子！人活一口气——妈支持你！"

"人无远虑，必有近忧……这半边身子都瘫了，你还怎么支持他呀？"苏父小声嘟囔着。

苏赫听后感到郁闷，但苏母却劲头十足道：

"儿子不是已经替咱们找了上海新媳妇吗？两年后，我们苏家又会有一个大胖孙子，还有啥担心近忧、远虑的？再说了，我这身子不中用了，可我这脑子管用，有的是招儿！——来儿子……"

苏赫把脸靠了过去，苏母在他耳边悄声叨咕着，使苏赫脸上立即露出担心的神情，然后又慢慢转变为神秘阴森的笑，这笑和他周围病友们与亲人和睦相处的笑极不协调。

这一切都让窗口高耸的池杉树梢浏览在"眼"里。那时池杉树正惬意地舒展四肢，在微风中悠闲地轻轻晃动；窗外是晴空万里和明媚、无限好的阳光……

三一

阳光下，付雪这会儿和刘易水边走边说，正巧让刚做完手术路过此处的宋世杰看到。宋世杰对付雪的一切都感到好奇，于是悄悄跟在他们后面，来到医院内的一处休闲区。

宋世杰找了个既能听到他们谈话，又不被发现的地方，背对着他俩站着。他们身边是来来往往散步的病人们。

宋世杰背后，付雪对刘易水淡淡一笑，谨慎地找些闲话来说：

"你跟李秀萍打算什么时候结婚？到时记得通知我……"

就因刘易水和苏赫家有某种干亲关系，所以，付雪一直在刘易水面前说话很小心，并和他保持在浅淡的关系上。这使得他们之间的距离无法更进一步下去，可刘易水不这么认为，他是站在正义立场上。谁对，他就会替谁说话，所以他焦急地打断付雪的话，关切地反问：

"……苏赫回来了，你打算怎么办？"

"什么怎么办？"

付雪假装惊讶，在刘易水面前还想遮掩住内心的不安。

"我是指——你和付律师之间。"

刘易水单刀直入，善意地看着她，只想尽快和她拉近距离，尽可能地去帮助眼前这个善良女子。

面对这善意的目光，付雪终于流露出内心不安，但很快又被身边过往的人们所惊扰，使那不安的情绪又立刻在她脸上消失得无影无踪。继而，代替而来的是她理智、干脆地回答：

"请别误会，付钢是我表弟！"

"可苏赫，他和你脾性不合！"

这话令付雪感到很意外，似乎能体会到他话语背后的焦虑感，可她就是无法放下在比自己小的男人们面前袒露心声的尊严。她骨子里，始终把爱情举得高高，把尊严举得高高，如果尊严和爱情相冲突时，就会使她感到痛苦不堪。这种内在的痛苦感，又会令她产生悲哀或是自卑的情绪。因此，在知情人面前，她总是不敢正眼去面对对方。她不能回答他什么，只能自怨自艾、自求多福。所以，怕刘易水再继续问下去，就低着头，找借口说：

"噢，我还有事，得先走了！"

"嫂子，女人的青春，很有限，你不能把青春葬送在一个反复无常的男人手里！"

刘易水就这么直率，明知道自己和付雪之间的友谊还隔着一定距离；明知道付雪不愿意向自己袒露心声，但还是抓住最后时机对她直言不讳，袒露自己的见解。

付雪让这直率的见解再一次给镇住了。

她收住刚迈出的脚步，扭过头来看了刘易水一眼，那目光就像是一颗流星划过，没有让他捕捉到任何信息，就快速地消失匿迹，然后又转过身去站着，背对着他，说：

"我原以为……我能用自己的爱心，感化苏母的偏见；能用自己的爱心，影响丈夫去完善人格！"

她痛楚地说完，稍微停了一下，又说：

"谢谢你！也谢谢刘晓娜！是她让我明白——爱情离不开'缘分'！"

"是的，我相信你和付律师之间的缘分！"

"他是我'表弟'，就像你一样对我这么关心！好了，我真的该走了，再见！"

"可……"

等刘易水还想再说些什么时，付雪已走出好几米远，渐渐被来往散步的病人们遮挡住背影，其中就有宋世杰。

但刘易水并不知道这个穿白大褂的男人是谁，所以，他只好独自站着，同情地为付雪唉声叹气地摇头。

三一二

宋世杰跟在付雪身后走至医院大门口，他知道她此时的心情烦乱，需要有人来开导，所以没有马上喊住她，而是停下来，用手机给她打电话。

付雪已走出医院大门，在离宋世杰有几米远的地方，听到手机铃声后，停下来接听。电话里宋世杰的声音令她为之一怔。

"喂，付小姐，现在有时间吗？可不可以陪我去喝杯茶？"他几乎是在看着她的表情说。

"好，我在哪儿等你呢？"

"不用等，我看见你了！"

宋世杰说着欣喜地向她挥挥手，并快步朝她走去。

三一三

一家台式茶楼里，付雪和宋世杰走进去，坐了下来。

这新的环境仿佛吻合着她忧伤的心境，使她脸上洋溢着欣喜的微笑。她转动着眼珠，又开始用她那好奇的目光欣赏这里的一切……很快服务员把台湾乌龙茶和茶具送了上来。

宋世杰边熟练地摆茶具边问：

"你怎么不问，我为什么带你来这里？"

"怀旧！想家乡了吧？"

付雪突然把好奇的目光停在宋世杰的脸上。

她看清了他英俊、成熟的脸，特别是那双闪动着热情与欣赏她的目光。这是第一次,不知从哪儿来的力量,让她这么近距离,而且大胆地去看男人的眼睛,仿佛在窥视这个男人的内心。

他迎合着她的目光,更加如炬:

"你真聪明!是我见到的女子中最有灵性的一个。"

宋世杰说着将开水冲入壶中至溢满——烫壶……

"夸大其词了,我只是凭感觉说话。"

"不管是凭感觉,还是逻辑推理,真的!有生以来,你是我第一个主动追求的女性!"他将壶内的水倒出至茶船中后,停下来盯视着她眼睛,渴望得到她的认可。

"……理解!"

她相信他,同时朝他点头。

因为她能读懂这目光,就像在面对老朋友似的,心情平静、思维敏捷,丝毫没有和陌生人交谈的局促或紧张感。

"谢谢!"

他突然激动地抓住她的手,而她没有做出拒绝,只是平静地看着他。付雪这如深潭般的眼睛反而令他羞愧不堪。

他迅速收回手,自我解嘲地一笑,将一茶漏斗放在壶口上,然后用茶匙拨茶入壶中——置茶,同时,自责起自己来:

"对不起……我太冲动了!"

"没关系,好友之间握手也很常见。"

付雪这么一说,才打消宋世杰脸上的尴尬,才急忙理清思路,把话题一转:

"听人说,大多中国男人婚后不懂得体贴女性,结果给她们造成心理上或身体上的伤害,是不是?"

"中国有句古话,叫'嫁鸡随鸡,嫁狗随狗'。虽说是自由婚姻,但有几个人能摆脱'守旧'二字,再不幸福,也都是能凑合就凑合着过的。"

"日子怎么能凑合?……在台湾、在美国,离婚是很平常的事儿!为什么你们要委屈求全?人生就这么短暂,都又能活几年?也太浪费青春了,不值得。"

这话像揭了她的伤疤，她那一直充满好奇的目光顿时变得忧伤起来：

"为了孩子！孩子需要一个完整的家……"

宋世杰把倒好的茶分杯后放在她面前，而后怜惜地看着她：

"可不幸的婚姻，只能给孩子带来更多的伤害。塞翁失马，焉知非福早离婚，彼此才能尽早享受幸福！也能给婚姻一条生路！"

宋世杰的话句句启发着她，使她慢慢开朗起来：

"那你呢？你的婚姻是不是很完美、幸福？"

"我太太，去年在车祸中去世！现在儿子大了，不愿跟我回中国，就留在美国念书。"

"对不起，我不该问……"

"没关系啦，我太太去世后，我也有谈女朋友，只是和她们合不来，都又分手了。要不是独身的自由，可能我现在还留在美国过富足无聊的生活！"

"真羡慕你，能为自己活着！"

"你一样做得到，我还等着你早日解脱出来……"

他言不由衷，差点暴露自己内心想法，但感觉太过冒昧，怕被拒绝，就急忙扭转话题，又说：

"噢，国内好多地方我都没去过，付小姐若看得起我，以后有时间，就当我导游吧！"

"好。那我就先带你到我老家看看！去体验那里淳朴的民风和艰苦的生活！"

"这可太好了，一言为定！"

"一言为定！不过要等我有时间才行。"

"好，我听你的！来，先品尝我们台湾的乌龙茶……"

就在宋世杰刚端起茶杯要品尝时，他衣兜里的手机响了：

"电话来啦，再不接，就要生气了……"

这铃声很特别，是个小孩子稚嫩的声音，这令付雪好奇地又看着他。

宋世杰感觉自己被付雪注意，就赶紧拿出手机看了看上面的来电显示，当他看到屏幕上显示出"康秘书"时，便笑笑起身，礼貌地对

付雪说:

"对不起,办公室秘书打来的,我去那边安静的地方接听一下。"

付雪依旧是充满好奇的眼神,微笑着点点头。

第十二章

三一四

付雪对宋世杰一无所知,就像对这家台式茶楼一样,只有满怀的好奇与欣喜。而宋世杰则不同——他这把年龄的人,又从国外回来,那心境和阅历别提有多丰富,甚至能一眼看穿付雪心底,了解她的品性。

他一直希望在中国能寻觅到一位像付雪这样淳朴、善良、真诚的女子做妻子,伴随余生。然而,他十分担心自己是否有缘能和她成为夫妻、实现理想。但不管怎样,缘分让他们相遇了,机不可失,时也不可再来,他只能让自己大胆地去追求,去争取!

这会儿宋世杰来到僻静的一个角落,急急地对着电话问:

"康秘书,什么事儿?"

电话里康秘书支支吾吾地说:

"……噢……也没什么重要事儿,就是不知道中午能不能一起用餐?"

"今天中午我要陪个朋友,不如这样,明天,我请你吃饭吧!"

"OK! Bye!"

"Bye。"

三一五

宋世杰和康秘书通完电话,高兴地重返座位,又歉意地对付雪道:

"对不起,付小姐,让你久等了!"

"没关系,工作要紧。"

他为付雪端起茶杯,递上:

"来,我们不说工作——品茶!这台湾乌龙茶的冲泡方法很是讲究,步骤分为十种……"

两人说着、笑着,在愉快、诙谐的气氛中加深了对彼此的友谊。

三一六

此时,才上午10点多钟,某外资汽车销售4S店对面的咖啡厅里,苏赫已带着愤怒的情绪和刘晓娜一起走了进来,又在他们的老地方坐下。

"……你说说!他们凭什么不用我?不就进去两天!这不是无罪释放了吗?"

苏赫越说越加气愤,"公安局就没资格定我罪,江总不过是一个汽车销售公司的小负责人,更没资格说我有问题!"

"江总也没说你有问题!只不过给你调换岗位而已!"

"别以为我看不出江总那点套路!我是销售部经理,眼看马上要晋升公司副总职位,现在把我安排在材料部,牛头不对马面,分明是变相辞掉我!"

"两家公司距离太近了。亲爱的,自从你出事儿后,我们公司里上下议论纷纷,说你是杀人犯!还在我背后指指点点的,都要危及我这工作了!我看,你要是真爱我,就辞职算了,总不能让我……到外面去东奔西跑地找工作吧?……"

"辞职?我好不容易在上海立足,美好的前途指日可待!你要我放弃?你说得也太容易了——我不辞!"

刘晓娜生气起来:

"好!我告诉你!你不辞职!就是懦弱!——懦夫一个!"

刘晓娜说着一甩手,气呼呼地站起来要走。

苏赫忙起身拦住:

"亲爱的!亲爱的!你坐下听我说……"

"没什么好说的!我只不过抛砖引玉,为的就是——看你究竟爱我有多深。没想到,我还不如你这份破工作重要!"

"不是的,不是的,娜娜!为了你,我都进去了,那不就是最好的证明吗?"

"你当我是阿猫阿狗啦!爱情是火焰山,没有三番两次证明给我看,能跨越过去吗?"

"好!亲爱的,为了你,辞就辞!一个破工作有舍了不起的?"

"这还差不多。"

刘晓娜又重新快乐起来。

苏赫答应刘晓娜辞职，是因为突然想到她还有百万家产，只要得到她的心，就等于得到那笔家产，所以就表面痛快地答应下来。但内心里却暗暗对付钢、付雪两人恨之入骨：

"——姓付的！你们毁了我前程！我会要你们加倍偿还！"

三一七

付钢利用中午下班时间，在一个无名小区为付雪租房子。

女房东打开门后，付钢走进去看了看，感觉一切都很满意，就给付雪挂去电话。

付钢说：

"雪，我在医院附近给你找了房子，你现在过来看看，如果满意，我就跟房东把合同签了，行吗？"

三一八

电话这边，付雪还在茶楼里，但此时茶桌上的茶具，已换上粤菜佳肴。

她放下手中的筷子，毫不避讳宋世杰，就接听付钢来电：

"行，你在哪里？我马上赶过去。"

电话里付钢声音：

"你就在医院门口等我，我去找你。"

"好。"

付雪挂上电话，歉意地对宋世杰一笑："是我表弟——付钢，他帮我在你们医院附近找了处房子……"

"那走吧，我陪你去看看。"

他爽快地站了起来。

"不，不用！等我安置好后，我会请你去做客的！"

"那我送你过去。"

付雪默认起身。

三一九

坐在宋世杰这白色小轿车里，听着音乐，惬意地感受着空调带来的舒适感。

当繁华的景物在她视线里游走，一种速度带给她梦寐以求的飞的自由感，令她油然产生一种懵懵懂懂的妒意，促使她在内心里暗暗羡慕起这车将来的女主人。

"这女主人会是谁呢？她一定是个很漂亮、很幸运的女孩子……"

她正想着，车缓缓停下，宋世杰扭过头来看见她正愣神儿，用手在她眼前晃了晃：

"哈哈，到了。这么专注，在想什么？"

"噢！"她恍惚从梦呓中醒来，"——没——没想什么！"

她羞愧得不敢再看他一眼，几乎是逃下车去。

"……付小姐！"

他似乎猜出她在想什么，欣喜地故意喊住她。

她停下脚步沉默着聆听，仍旧羞愧得不敢把脸扭过去看他。

"——我晚上可以给你打电话吗？"

付雪点点头，刚要迈步，只听身后宋世杰又说：

"——我等你做我导游！还有，我有很大的房子，如果你信得过我，可以搬到我那里住！"他这充满激情的邀请，令她全身不自在。

她用沉默来回答他的话，似乎感到背后有一股强光射来，霎时间，炙烤得她全身火辣辣的。她仿佛一下子变成这炎热夏季里迎着骄阳的一支玫瑰——那脸庞就是红色、芬芳绽放着的花瓣。

她羞愧自己被这个全新男人的世界所吸引，有一闪念攀高的私欲；更羞愧自己还没摆脱原有婚姻，就想要移情别恋！她在内心嘲笑着自己，引以为耻，并凝聚成一股强大的对抗势力，不允许自己充当坏女人的角色。因此，她逃了，要逃离他这撩动她心弦的话语及视线。

三二〇

然而，就在宋世杰和付雪两人不知情的情况下，这一切细微的变化，都被等候在他们不远处的付钢收容在目光之中。

"雪！我在这儿！"

付钢急忙跨步上前，想用对付雪亲密的举动，来向宋世杰这条件优越的情敌示威。

可付雪却推开付钢的手，慌不择路地跑了。

三二一

近傍晚时分，付雪和奇奇两人搬进付钢为她新找的小区。

这小区房子都是过去上海的老公房，楼高6层，但楼顶都用红色或绿色的琉璃瓦实施过平改坡，外观美丽，看上去就像是一栋栋"别墅"洋楼。

付雪租住的房子就在这其中一栋的4楼。

他们打开房门，走进新家，顿时，一种自由、和谐、快乐的氛围将这陌生的环境里盛满温馨，也将付雪内心深处的忧伤粉碎得荡然无存。但她没忘记自己晚上8点还要去医院当护工，因此直截了当地对付钢说：

"我在医院找了份护工工作，是晚8点到早上8点。你搬来住，一来可以节省两处租房开支；二来也好晚上替我照看奇奇。"

"……还是……让奇奇到我那儿去住，我那边的房子和郧海合租，很便宜！再说，姜星梦这人还挺义气，他答应前两月不收房租。哦，对了，听郧海说，老姜被拘留15天，就能出来。到时，你就能拿到第一笔稿费！重新回到你热爱的事业上！"

付钢似乎是满脸欣喜地在看她，但那笑容在脸上显得有些僵硬和不自然。确实，由于职业敏感，在这说话间他已想了很多。比如：

"付雪和苏赫之间能否顺利解除婚约？苏母摔倒和她有直接关系，日后由谁来照顾？苏赫是否会起报复心？更重要的是，宋世杰的出现……"

所以，当付钢一听到"医院"两个字，就会很敏感地回想到宋世杰对她那多情，而又炽热的目光。可付钢的职业道德告诫自己——"爱是自由的！付雪更是自由的！谁都没权利剥夺她爱他人的自由！"

这会儿一阵阵钻心的伤痛，合着酸楚感从付钢心底冒出，侵蚀他脸上的笑容，致使他千疮百孔的心，即将要暴露在她面前。

"——我去做晚饭了。"

他怕她看出，找借口转身离开。

三二二

在厨房里，他痛苦地抱头捶打，但仍消除不了心痛的感觉！

"雪！你知道我爱你！可你为什么不接受我！……为什么？为什么呀？我哪儿做错了？我哪儿不符合你要求了？请告诉我！告诉我——该怎么做？……"

他不但用手捶打自己脑袋，仿佛要将答案从大脑里捶打出来似的。他不停重复着这个动作，极度痛苦中，他脑海里闪现出那晚惊魂的一幕来：

"不要管我……，我爱你……雪……"

"不要！不要！离开我！钢钢！"

"我也不想，可只能来世……"

"不要来世，我只要你现在好好活着……"

她奋力抓住他一只手的手腕，但这力气对他来说太微不足道了。

他感觉到自己的手在她手中慢慢向下滑去，恐惧与绝望令她泣不成声。

"为什么要救我？"

他惊愕地从这回忆中惊醒，伸出颤抖的手看着，似乎还能感受到自己当时精疲力竭的绝望心情。

"当时！是你用话——让我有了求生欲望！可现在，你……我活着还什么意义呀？……"

"我活着还有什么意义？"他突然被自己这内心的哭喊给惊住，"活着还有什么意义？"他低声反问自己，慢慢停止捶打，继而又进入到另一种沉痛的深思之中。

"是呀！我得不到心爱的人！可我能用爱，去拯救更多失去爱的人们！——律师！我是律师！我热爱我的工作！"

他慢慢从绝望中醒来，脸上写满复杂的神情。而后，他一个情绪爆发，拿起灶台上的一瓶醋猛地仰头灌下，直酸得他咬牙咧嘴。

三二三

同样是举瓶猛地仰头灌下，可在另一处的咖啡厅里，苏赫脸上却露出的是得意的微笑。

他搂着刘晓娜的肩，摇了摇手中半瓶外国啤酒，又仰头猛喝一口，似乎有些昏昏然起来：

"亲爱的，我这就打电话要付雪来！当你面……把离婚协议书给签了！"

他边说边腾出一只手摸出电话要拨打，被刘晓娜拦住：

"急什么呀！你要真爱我，就一切听我安排，保管你跟着我过富足、美满的幸福日子！"

"那也得看是什么事儿吧？"

苏赫打了个嗝，犹豫起来。

"不管什么事儿，不都是为了我俩好？除非你不想真心跟我过！再说了，上海这地方花起钞票，像用草纸！我那百万元票票，要没有个计划，怎么能行？"

"……行！那就听你的，可这离婚的事儿，你不是早就希望我离吗？"

"婚是要离的，但不是现在。你想，你妈还在住院，不还得用个4万5万的，而且还要有人照顾。你不是说，你妈住院和付雪有关吗？正好推过去，我们也好省下这笔钱，自个到外面潇洒潇洒去！再说了，只要你们不签字，她付雪就有这个义务，不然，我上哪儿去找这么好的保姆照顾你妈？"

"你还真精明！那你就不怕我再和她上床了？"

"我虽没见过她，但感觉得到她是个优秀的女人。优秀女人的最大弱点就是自尊、自强……所以，她是不会和你再有床上戏的。除非……"

"除非什么？"

"……除非我判断失误。"

"哈哈哈哈，你们女人就是天生比男人敏感！"

苏赫虽大笑着，但心里却有种怪怪的感觉，具体说，应该是种遗憾感。

他遗憾和付雪一起生活了这么多年，还从来没认真去琢磨过，她是什么样的女人？有什么与众不同之处？也从来没想过要去对她进行了解，甚至在自己眼里，她就是个头脑简单、思想单纯的乡下小女人！这一切都渊源于对付雪农村身份的荒谬成见。

现在他仔细想想，也确实不知道付雪会具备刘晓娜所说的那种优秀女人的品质，但这种他独有的对待妻子的方式，不可言传，成了他对刘晓娜必须要掩盖的一种秘密。

因为现在只有刘晓娜才是自己唯一可抓的财富和幸福……

"——老婆，你看人还真准！行呀！打今儿起，一切都听你指挥！不过有件事儿还是得听我的！"

"什么事儿！"

"造人那件事呀！"

"你真坏……"

"男人不坏女人不爱，你说是不是？"

他揽着她肥胖的腰,仍凭她重重地靠在他肩头。

苏赫看着她被自己征服的神情,呼吸着从她身上散发出来的陌生而又熟悉的气味,他更加恍恍惚惚、飘飘然起来:

"'老婆',我们回家吧。"

"嗯,我要你背我!"

她说着朝他背上扑,他立刻感到背上沉重得像有座小山压下来,令他难以迈步,气喘着喊:

"救命呀!我要被'虐待'死啦!"

她从他背上跳下来,嬉闹着,你追我赶地离开咖啡厅。

三二四

男人征服女人的有力武器是爱情,而女人征服男人的有力武器却是财富。

苏赫轻而易举地从刘晓娜那里获得了骄奢淫逸的生活。

他俩每晚形影不离,穿梭于各种购物场所或是娱乐场所,过着花天酒地、金迷纸醉的生活,这令他感到无比的满足与快乐!

苏赫的日子一天天,就像花朵般绽放着,使他忘记了苏母教给他报复付钢的秘密;忘记了付雪还在医院里无私照看他患病母亲的事实;甚至还忘记有多少天没有见到自己的儿子奇奇。但这都是假象,实际上,他是因受到上次被拘留的教训后,遇事都先翻查法律书籍,不敢再贸然行事。

他把他和刘晓娜交往的意图向苏母全盘托出,并得到父母的认可。另外,至于孩子,由付雪这个外人来替苏家照看,少份烦扰,他当然求之不得……

现在,他要尽快达成他的目标,只能把报复付钢、付雪的事儿向后放一放。只希望苏母早日康复返回老家;希望早日和付雪在离婚协议书上签字……

就这样,这段时间,他整个人都处于等待的闲置状态,沉醉于他们骄奢淫逸的生活之中,无忧无虑的,他感到身心都无比的轻松。正因过于轻松愉悦,才会在他的内心深处,有意无意间,莫名地冒出一股忐忑不安的感觉。他不知道这种感觉来自哪里,也不知道为什么,因此,在白天刘晓娜上班后,独处时,他的意志会变得越来越警醒起来。

"在警醒什么呢？"

他带着疑问就这样一天天在快乐、满足背后的警醒中度过。

<h2 style="text-align:center">三二五</h2>

付雪抱着一颗平常心态，正忙碌于医院里的两个病人之间。

自从和宋世杰喝完茶，在医院门口分手之后，她本来就悲苦的心，变得更加悲苦不堪。因为，在宋世杰身上，她感受到有一种强大的无形的力量，正将她的思想紧紧吸过去，就像是一个巨型磁场。她不知道这个男人的出现会给自己带来什么运气，也不知道能否突破自己根深蒂固的守旧观念……总之，这种或悲或喜的矛盾情绪，一直折磨着她的心智。

"我现在只是个护工，而宋世杰的条件太好了！太优秀了！怎么会看上我？"

这世俗的想法，令她无比自卑。

于是，付雪强迫自己关掉手机，拒绝接听宋世杰的一切电话。

上班时，她也强迫自己悄悄绕过医院大门口，避开宋世杰的视线……

而宋世杰并不知道付雪上的是夜班，再加上，付雪存心想躲避一个人，行踪都会十分小心，使宋世杰不管什么时候去那个病房寻找付雪，都没有结果。

宋世杰以为付雪已经离开医院了，只好十分失望地回到自己办公室。

<h2 style="text-align:center">三二六</h2>

办公室里，康秘书见宋世杰匆匆外出好几次，又心神不定地回来，心里也很难受。

康秘书的工作就是替他安排所有日常事务，在工作上，宋世杰学识渊博，又善于提拔与培养学生；对每一个研究课题，都有百折不挠的精神。现在除工作之外，宋世杰这样心神不定的样儿，她还真没见过，所以，不用猜，就知道：

"一定是为了他那个'女朋友'的事儿。"

"那个女子是谁？都怪我忘了问她的姓名！难道……那天他们是约好的？她要是他女朋友，我不就没机会了吗？"

康秘书想到此，心里又涌上来一阵难过滋味。看了看时间，已是上午11点30分。这才突然想起宋世杰答应过自己中午请吃饭一事。于是，赶忙很巧妙地提醒说：

"宋老师，今天中午有位漂亮小姐，说请你吃饭，不知你是否要取消？"

"是不是前几天来找我的那位小姐？"宋世杰压住内心地欣喜问。

"那位小姐对你很重要吗？对不起，我忘了问她姓名……"

"没问姓名也没关系！但她确实对我很重要！——是她今天中午请我吃饭吗？如果是，那可太好了。——在哪家酒店？快把地点告诉我！"

"如果不是，你还去吃饭吗？"

"不是？那会是谁？"

"是你前几天就和她约好的那位小姐，难道你忘了？"

"……让我想想，噢，对不起，对不起！我想起来了。就是你康小姐，可你怎么没早提醒我呢？……"

让康秘书这一提醒，宋世杰才从找不到付雪而正伤感中解脱出来。他和平常一样，脸上堆着笑意，这是一个经过磨练的中年男人应有的本色。而康秘书哪里懂得这种深沉，还以为自己很有魅力，自然更是欣喜无比。心中暗想：

"不管宋世杰和那位小姐之间是什么关系，只有自己才最有机会赢得，或争取到这个男人……"

三二七

付雪躲着宋世杰，很快，几个月过去了，这天上午，付雪突然接到郎海打来电话，通知她去星梦影视公司履行上次合约。

她像是久逢甘雨的花朵，又重新鲜活了过来，无比激动地给宋世杰拨去电话：

"喂……是我！你还好吗？"

"很好！很好！你终于肯给我打电话来！你在哪里？我马上要见到你！"电话里宋世杰激情洋溢的声音。

"等我……再等我一天！我会给你去电话！"

她哽咽着挂断电话，喜极而泪流满面。

三二八

第二天上午，还是那家台式茶楼，付雪独自走进去，坐下来。

她依然抱着好奇的目光欣赏这里的一切。

门口，服务员很快把付钢领了过去。

他坐定后，环顾四周，又看了看茶单惊讶地问：

"雪，发生什么事儿了？——为什么把我约到这儿来？"

"宋世杰带我来过……"

"这是台湾乌龙。小姐、先生，请问，要不要我帮你们冲泡？"服务小姐过来打断了付雪的话。

"不用，谢谢！"

付雪边回答边自己摆起茶具。

"好的，两位请慢用。"

服务小姐说完转身离开。

付雪摆好茶具微微一笑：

"台湾乌龙茶在国际市场上被誉为香槟乌龙或'东方美人'，以赞其殊香美色，在茶汤中加上一滴白兰地酒，风味更佳……"

付雪这甜甜的笑，令付钢为之一怔。——他从没见过她笑得如此幸福，笑得如此的无忧无虑。

"……她开始恋爱了！一定是宋世杰！——难道，宋世杰是台湾人？他的家人呢？这么好的条件，他为什么还单身？"

付钢暗暗猜想。在他捕捉到这信息时，他的痛苦感也随之而来，但他还是为她这幸福的笑回以欣慰一笑，忍不住问：

"像宋世杰条件这么好的男人，他为什么还没结婚？你对他的过去究竟知道多少？"

"信任一个人，不需要知道他过去都经历了什么！只要知道他现在是怎样的为人，就可以了！"

付雪说着，专注于那些茶具上，根本就没看付钢诧异的目光，她依旧甜甜微笑着，开始烫壶。边烫着茶具边又说：

"乌龙茶的冲泡步骤分为十种：一、烫壶：将开水冲入壶中至溢满为止。"

她做着示范，继续说：

"二、倒水：将壶内的水倒出至茶船中。

三、置茶：这是比较讲究的乌龙茶置茶方式，将一茶漏斗放在壶口上，然后用茶匙拨茶入壶或直接用手抓茶叶。

四、注水：将烧开的水注入壶中，至泡沫溢出壶口。

五、烫杯：将茶杯放入茶船中，利用水的余温烫杯。烫杯的作用是：保持茶汤的温度，不至于冷却太快。

六、倒茶：（一）先提壶沿着茶匙轻磨一圈，用意在于刮去壶底的水滴。

台湾话叫'关公巡城'。在磨壶时要注意方向，右手执壶的，喝茶时要往逆时针方向磨，送客时则往顺时针方向磨；左手则反之。（二）将壶中的茶倒入茶海，可均匀茶汤浓度。（三）'韩信点兵'分茶法：不能一次倒满一杯，若有两杯则来回倒至八分满；若有四杯则一次倒四分之一，来回倒至八分满。——关公巡城是因为一般壶都是红色，刚从茶池中提出，热气腾腾，有如关云长之威风凛凛，带兵巡戈，故戏称之……"

付雪滔滔不绝，陶醉于其中，就像专业茶艺师。

付钢越听越发震惊，致使他痛苦地呆愣在那儿，任她剪影般的身影在他面前晃动；任她缓缓平静的话语冲撞他的耳膜。

"七、分杯：将茶海中的茶汤倒入茶杯中，以八分满为宜。

八、奉茶：自由取饮，饮后归位。

九、去渣：用渣匙将壶中茶渣清出。

十、还原：客人离去后，去渣、洗杯、洗壶，一切归位，以备下次再用。"

她依旧陶醉于其中。说完，端起一杯，让付钢品茶。

而付钢此时，还正沉浸在这酸涩的痛苦中。

付雪这才敏感地察觉到他脸上那明显的变化，放下茶具，歉意地说：

"钢钢，对不起！我想不出什么好办法……！"

付钢把脸转向一边："……你知道，慢刀子比快刀子杀人还要痛苦些。"

他能猜到她后面省略的话是什么，更加痛苦不堪。由于极力克制，声音变得沙哑起来。

她感觉到他那黯然滑落的目光，心里倍感歉疚，但她还是把皮包里的银行卡拿出来，放在他面前。

"我昨天和星梦签了两年编剧工作合同，以后……还会有很多稿酬。奇奇奶奶的住院费，你已经替我缴了4万，剩余的部分，你就帮我保管……"

他怔怔地看着桌上银行卡，沉思片刻：

"那行！我收下了！"

付雪看见付钢能收下卡，为此长长松了口气儿，刚想再对他说点什么，可他头也不抬，抢先开了口：

"我要给你买辆车子……"

他边说边匆匆收好支票，站起身，近乎自言自语，不给她留说话余地，继续说：

"……什么牌子？和宋世杰的一样，本田吗？行，就这么定了。你是要红色？还是黑色？哦，对，你喜欢白色，那就给你买白色……都和宋世杰的一模一样……也包括，车子里面的所有装饰……"

"钢儿！听我解释，我和宋世杰的关系不是你想的那样……！你站住！听我说……"

付钢说完扬长而去。任付雪在身后急急追喊。

三二九

茶楼外，付钢一出茶楼门儿，正要过马路时，被一辆急急开来的大公汽挡住去路，只好收住脚儿站住。

他感觉身后没再听到付雪的喊声，估摸她在里面付款什么的，就索然收步，扭过头朝回望去。这一望，令他大吃一惊，原来付雪紧跟在他身后，正用愤怒的目光盯视他。

"什么都不要说，我已决定了！"

"你决定什么，是你的自由！可拒绝接受什么，也是我的自由！……我只想提醒你——我们是农民的孩子！一辆轿车可以在老家建起一所学校！"

付雪的话开始让付钢自惭形秽起来。他定定地望着马路上穿梭的车辆，一时间，有更多的话堵在他心口，说不出来。

他面对她的固执与大慈大悲胸怀，极为无奈。

"……我走了！"

"你去哪儿？"

她见他神色不对，未免有些担心。

"去接奇奇，他今天下午就开始放暑假了。"

"哦，你要忙的话，就把他送回来吧。"

"你安心工作！我已经找了个熟人照看。"

他说完转身迈步。

"谢谢你！跟奇奇说声儿，我一有时间就去看他！"

付钢没有再回头，加快步伐走了。

付雪站在那里，看着他渐渐远去的背影，想阻止他停下，或者想阻止自己对他在情感上的伤害，但她做不到！意志已经早早将她的情感推向另一个男人，而且被那男人热切而又温柔的目光牢牢牵住，无法自拔。

此刻，她只能用回忆来"祭奠"付钢曾为她所做的一切……

三三〇

"祭奠"一个在世的人，对"祭奠"者来说，就是在进行一次自省与激励。虽然内心会被酸楚和歉疚填充，可在短暂之后，就会迎来无比平静的心境，就像被洗礼后的人，得以重生。

有付钢替她照看孩子，就等于帮她解决了全心投入工作时的后顾之忧，心里感到十分踏实。现在她已带着肃穆的心情结束这"祭奠"活动，满腔斗志，目光炯炯地站在自家阳台上，遥望马路上活跃着的一切。

望着望着，突然，她觉得自己眼中所看到的、正活跃着的一切，都与自己无关，而且都是那样的遥远。但她不觉得孤单，内心无比激动，甚至让这激动洋溢在脸上！因为此刻，她又在思念宋世杰了！她要把自己签约的好消息告诉他——与他分享！她热切地给宋世杰拨去电话，约他到自己家中共进午餐。

她刚放下电话，还不到10分钟，宋世杰就按照地址赶来。

他一进门儿就自怨自艾起来：

"哇……哇……原来离我这么近！你早点告诉我地址，我就不用找你找的那么辛苦嘛！"

"油嘴滑舌，是不是台湾人的专长呀？"

"NO！你不相信我！？"他认真地、极为严肃地回答付雪。

"没有……没有。——干吗这么经不起玩笑嘛？"

"对不起！……可能跟我一向认真、严谨的职业有关……请别见笑啦！"

"这也正是我愿意和你交朋友的原因！你给我的第一感觉就是诚实，

可靠……"

"那就好！要这样，我也可以放心、大胆来追求你付小姐啦！"

他激动地拉她到阳台上，指着那栋独具一格的摩天大楼说：

"我就住那栋高楼，从今天起，你忙写作，我每天都点饭给你送来！你要吃什么，写个单子给我好了。"

"行呀！——不过，为了表示感谢，你今天必须吃顿我做的家乡菜！"

"好！那我帮你！"

"就三菜一汤，会很快的，不用你帮。"

她推他坐在客厅沙发上，然后给他拿了自己写的小说：

"没事儿看看，混个时间，饭好了我叫你。"

安置好宋世杰，她很快拿出冰箱里的原有材料，很快就做好三盘家乡的田园小菜……很符合宋世杰口味，他边吃边不停地夸赞：

"呀！好吃！没想到你们那里，每天都有这些绿色食品吃……"

三三一

就这样，他们开始了彼此心照不宣的恋爱关系。

付雪每天都奔波于星梦公司和家中，处处看到她很努力写作的情景；也看到宋世杰为她安排送饭、请保姆来打扫卫生的忙碌样儿。

付雪一次次在导演的推翻，与反复之后，她终于在指定时间内将最后的修改，递交在了导演胡柯手中，并得到他的初步认可。

正好这天是周日，宋世杰有手术要做，她就独自买了些礼物去付钢家，看望奇奇。

三三二

来到付钢家门口，出来开门的人竟然是郧海的老婆雅芬。

"雅芬姐！你什么时候来的？"

"来很久了。快进来，奇奇他很乖，刚给他布置了作业。"

"……你在替我照看奇奇？"

"对，是我。付钢没跟你说吗？"雅芬替她把手中的东西接过来，放在桌上，"上海这里工作难找，动不动就要本地户口，老郧说，这是户籍歧视……，因此，就不让我出门找工作了。我闲在家里，帮你带带孩子，也是种快乐。"

"那就让你多费心了！"

"都是老乡，不讲客气。哦！对了，听说你在写剧本，希望早点在电视里看到你的作品！等将来，你成了名人，我们也好跟着沾点光。"

"我一定会努力的！"

"那就好，来……"

雅芬边说边带她走到付钢房间门口，推开房门儿，奇奇扭头看见付雪，立刻扑过来：

"妈妈，你怎么现在才来？舅舅都走好几天了。"

付雪抱起奇奇，很快扫了一眼房间，确实里面再没有付钢的衣物，而且连书桌上的相框也收走了。除了床还给奇奇留下外，再没有留下他的任何痕迹，看样子，他可能不会再回来了。付雪感到一种浓浓的愧疚与失落感，使她无力地倒退了一步。

"……奇奇……有没有问舅舅到哪里去？"

"问了。舅舅说：'去一个需要他帮助的地方。'那……需要舅舅帮助的地方在哪里？你能带我去吗？我也可以把老师教的知识，教给那里的小小朋友们……"

付雪被问住，不断地摇摇头。

三三三

此时的付家寨小镇，已进入夏收时节。

笔直的水泥公路两旁，遮阳伞下是一家紧挨一家的瓜果摊儿。

摊儿前的顾客们，大都是在这条襄丹路上跑运输，或是乘坐客车路过此地的外地人。凡是停有车的摊前，都能听到双方讨价还价声儿。

付钢也从一辆由县城开来的客车上下来，他避开付喜旺和金爱华的视线，在这五颜六色的遮阳伞下寻找到付有望。

找到付有望后，付钢也不知在他耳边低声叨咕了句什么，只见付有望愣了一下，然后才把手中的西瓜刀交给刘嫂，并交代说：

"你先收摊儿回去做饭，中午家里有客人！"

付有望说话时有些激动，脸上还有史以来，第一次洋溢出某种荣誉感。

刘嫂不解："欸！你这是咋了？又没个啥喜事儿，请的是哪门子客嘞？"

"去……叫你回去！你就回去！多嘴！没看到钢钢回来了？"

付有望忍住内心喜悦，拍拍身上尘土，说完，和付钢一起走了。

三三四

此时，太阳已直直地爬上树顶儿，路边几乎没有树荫，知了在枝头狂叫。他俩边走边聊，已是大汗淋漓。

"你啥时也到上海的？咋没听你爹妈说起？"付有望问。

"我是律师，上海有案子我就去了……"

"那你姐在上海做啥工作，能挣这么多钱？"

"她现在是编剧——就是写电影或是电视剧稿子的人，然后，影视公司拍出来，我们才能在电视上看到！"

"那她写的电视剧叫啥名儿？等将来，我和你婶儿也好看看！"

"《都市恋人》。不过拍好后，要经过很多环节，比如，审批、发行等等，而且，还有可能换名字，我看，到时，要姐通知一声，就行了。"

"那就算了，不要去打扰她工作！"

虽然付有望嘴上拒绝，但是心里极希望有一天能在电视上看到女儿写出来的电视剧。他不懂得在人面前玩儿什么深沉，可在晚辈面前，习惯压抑内心喜悦。他以为言传身教，这种方式，就是教化晚辈们"有了成绩，也不要骄傲"的最好身教。

付钢当然能意会他这潜移默化的育人之道，因此，对眼前这个朴实的农民长辈肃然起敬。

"叔，您慢点！"

付钢说着，两人已上了公路旁边儿的铁路。

付钢怕他被脚下铁轨绊着，想去搀扶付有望走过铁路。

"没事儿，农村到处坑坑洼洼，再坎坷的路都走过，怕个啥来？"

付有望固执地推开付钢手，又说：

"噢，刚忘了问你，你啥时候再去上海？再去，言声，你婶做了几双棉鞋，正想托个人给你姐带去呢。"

付钢忧郁了一下说：

"……眼下，各地进城务工的农民工越来越多，他们由于不懂法律，常被用工单位拖欠工资，有的还在劳动时受伤，而得不到赔偿……我这次回来，就是打算在我们村里，设立一个法律援助中心，为我们农民工兄弟免费提供法律援助，帮他们讨说法！不过，上海有个案子没完，可能要过段时间再去了。"

付有望听着，不知不觉中停下脚步，用无比感激的目光审视付钢，半天说不出话来。

"叔！怎么了？"

"哦！没啥。走！学校就在前面！"

付有望内心激动万分，正为付钢和付雪俩人感到由衷的骄傲，他的手也第一次因激动而颤抖起来。他蓦然抬头，一眼就能看到不远处，山脚下的一排六间黑瓦房——那就是付家寨人祖祖辈辈求学的老校址。

他俩一时沉默下来，下了铁路，走过一段沙石小路，来到学校不足60平方米大小的黄色山土操场。

这季节，学校里都放暑假了，操场上依然飘着五星红旗。红旗下，依然有很多爱踢足球的小朋友们在你追我赶。这孩子们个个结实、可爱，看见有大人过来，礼貌地收回球，等待他们走过。

付钢看见他们停下来，就对孩子们喊道：

"踢吧，不要停下来，继续踢吧。"

一个八九岁的男孩一本正经地回答：

"球可是不长眼睛的，踢到你们怎么办？"

"来，踢过来，试试？"

那男孩犹豫了一下，把球轻轻踢过去。

付钢挽起裤脚，似乎又回到童年——他把球放在脚前，脚尖轻轻一勾，球就弹到脚背上，再用力朝天空一踢，球立即被踢出七八层楼的高度。

"哇！"

所有孩子都惊叹地仰望天空，等待球落下来。

"你小子，不愧是大学生，比他们体育老师都踢得高……"

付有望见后，第一次忍不住夸赞地笑了。

"那当然，城里学校条件多好，足球场都是草坪地儿，哪像这儿！"

付钢看着脚下到处是凹凸不平的土地，难过得收住笑脸。

"农村就这条件！你小时候，不也这样过来的？这要看他们自己能不能成器。若能成器，就能改变他们自己的命！走，我们到教室里看看。"

"欸!"

付钢应了声,抬头看了看十几步远的黑瓦房。此时,那黑瓦房在山脚下静静地横卧着,破旧不堪的木门,仿佛在向来人昭示它年久的历史。

"记得,我小时候,这房子墙体都有裂缝,下雨时,还从墙角渗水进来。这么多年过去了,没想到,它还和原来一样!"付钢回忆说。

"是呀!它可有些年代了。听老祖爷说自打有村子以来,这学校就存在。不过年年加固翻修,才算保留到现在。"

"看来,村长还挺重视教育。"

"可不嘛,你付贵小爷是个老党员!前几年,他常在广播喇叭里嚷嚷:'要改革,要发展'啥的?现在又嚷嚷着'与国际接轨'。多着嘞,呵呵……谁知道他那脑子里还装有啥新鲜词儿?"

付有望的话不断给付钢增加新信息,他边走边听,突然感觉有望叔变了,变得说话时也能迸出几个新名词来。这让他兴致勃发,突然停下:

"有望叔,你等我一下!"

付钢说完,朝学校旁边的山脚下跑去。

三三五

付有望看着付钢从山脚下抓住坡上草,一把一把借力向上攀爬,很快爬上山顶。

山顶上,付钢放眼向下望去,整个村庄都隐匿在浓郁的白桦树间,只露出黑色瓦房的房顶。这房顶时而合着绿树风动,仿佛是写意画儿中的鲸鱼群,在绿色海洋中迂回嬉戏,那刚从房顶袅袅升起的乳白色炊烟,犹如鲸鱼们喷射出的水柱,直冲树梢,而后搁浅于半空之中。

"真美!"他满怀激情,热切地欣赏着这里的一切。

"我……爱……你!"

突然,他大喊起来,这喊声惊飞了山涧鸟儿,回响在小镇上空……

三三六

村民委员会的办公室,就设在襄丹公路边一排50年代初期盖起的夯土墙房里。

墙上依稀还能看到那个世代的口号和标语"向雷锋同志学习"、"农业学大寨"等。这里的大人们对这历史标志性的标语不以为然,只有刚刚入学、识字的娃娃们，会去追究它们的意思……

三三七

村长兼镇长办公室里，付贵正和张校长谈论学校暑期修补校舍问题。

付贵面带难色地说：

"……学校扩建问题，我已经向县里提交过资金申请，可到现在也没个回答，看来……又是资金紧缺！"

"这可怎么办？临近几个村没有学校，想上学的孩子们都跑这儿来了！这下半年一开学，会有更多新生报名！不建不行呀！村长！你一定得想个办法！——总不能，眼睁睁看着孩子们没学上吧？"

张校长的话使付贵陷入冥思苦想中，一时间，空气像凝固在那里，只有破旧的落地扇晃动着"腿杆子"，并发出"噗嗒……噗嗒……"的响声。片刻后，付贵拍桌站了起来：

"不行，就把村委会都腾出来！我就不信，人还能让尿憋死的！"

此时，付钢和付有望看完学校后，来找村长。正巧走至门口，听到他们这些对话。

"谁说尿能别死人了？那歌里不是唱的'团结就是力量'？村里要建学校，为的是咱村里的子孙后代。缺资金，村里谁家有钱，谁家就拿出来用上……不就行了？"

付有望边一脚跨进门槛，边插话说。

这话说得轻松，让张校长和付贵两人默然相觑。

付钢也忙接话题，补充道：

"是呀！有望叔说得对。——再苦不能苦孩子，再穷不能穷教育！我这次回来，就是为了解决重建新学校的事儿。"

付钢说着拿出一个存折，走过去，递给付贵，继续说：

"这是付雪托我带回来的资金，一共30万。她希望能在这儿建起一座'希望'小学，让想上学、上不起学的孩子们到这里来，实现他们的梦想！"

"哎呀！这可太好了！有望呀有望！你可真了不起，养了这么个好闺女！"

付贵和张校长相互传看完存折，连忙站起身，感激地握住付有望的手。

付钢见此景,在一旁淡然一笑,就悄悄走出办公室的门儿。

在付钢身后是从里面传出来付有望那憨实的说话声。

"没啥!是这儿的山山水水养育了娃儿!——能在上海大城市,找个好工作!有点钱,寻个机会……回来报答报答,也是应该的!"

三三八

此时,在上海苏母病房里,付雪借用中午时间来医院替换苏父午休。这会儿,她正在给苏母喂饭吃。苏母挑剔地把肉丝吐出来:

"谁要你把肉丝里加糖了?才来几天,就不会做菜了?真是没用……!"

"……我这两天忙,是在酒店点的饭菜……"

"点啥点?你赚了多钱,就翘尾巴了?是呀!花别人钱的人,没有谁会心疼!"

"妈,您是老人,我不想和您吵架。"付雪平静、温和地看着苏母,"您可能还不知道,你这所有的住院费……都是付钢给垫付的,我会慢慢赚钱来还……!"

苏母只好装出一张笑脸,这笑脸比哭还难看:

"……哼,你知道我不喜欢菜里加糖,不管谁的钱,都要省,以后就别再出去点菜了……"

三三九

付钢因为一个没办完的案件重返上海,他借中午休息时间来到医院。

寻找到宋世杰的办公室,正好也是康秘书接待。

自上次付雪来找过宋世杰后,康秘书亲历了宋世杰的变化——除了上班之外,她完全没有机会单独和自己中意的男人一起吃饭、聊天,更不用说其他的什么活动了!她正一筹莫展,恐怕以此下去,自己就连追求宋世杰的机会都会失去!

为此,康秘书想了解宋世杰的一切,更想知道——上次来找宋世杰的那个女人是谁?世杰是不是每天和她在一起?于是,付钢的到来,倒给了康秘书一次意外惊喜,就犹如她手中那只刚刚断了线的风筝,被一棵大树的树枝挂住,只要她想办法,就一定能拿回似的,令她兴奋不已。

她赶忙热情地给付钢倒了杯水,礼貌地请他坐下,然后用柔和的语调问:

"请问……你找宋院长有什么事儿吗?我是他秘书,跟我说一样……"

"对不起,请问你们宋院长什么时候能回来?……要么,我改天再来?"

"……噢,他下午1点上班。"

康秘书看出付钢不愿意对自己说什么,只好尴尬地笑笑,看了看时间又道:

"休息时间,纯属私人空间……离上班还有半小时呢,要不,你留个电话,等世杰回来我要他给你联系吧。"

康秘书故意在付钢面前亲密地改称宋院长为"世杰",为的就是想让付钢知道自己和宋世杰之间的关系不一般,希望这种微妙的暗示能拉近他们之间的距离。可她万万没想到,适得其反。当付钢接收到这个微妙的暗示信息后,第一职业敏感就是"走"。

因为,付钢在心里立马对这秘书的话,做了一番分析与推断,比如:

"如果她和宋世杰有暧昧关系,那么不会不知道他休息时间的去向。"

又比如:

"在休息这私人空间时间段,她不敢贸然打电话给宋世杰,就说明,他们之间仅在工作上有关系,即便有私人关系,也只能是她一厢情愿而已。"

分析到此,付钢毫不犹豫地起身要走,就在这时,宋世杰来了。付钢没等康秘书开口,就主动招呼:

"你好,宋院长,我们见过面,我有重要的事儿想跟你谈谈"

"……好,好。"追忆了下,"哦,你就是付钢,我听付雪说起过。来,我们进会议室谈吧!"

康秘书听到"付雪"两字,心里很是仇恨,但还是表面平静地为宋世杰打开小会议室的门儿,然后退了出来。

"付雪,我不管你是谁,我都一定要阻止你夺走我爱的男人!——我一定要对你不客气!"

她想到此,就轻轻来到会议室门口,将耳朵贴在门上,希望能偷听到里面对话。

此时,小会议室里两人坐定。

宋世杰问:

"什么重要的事儿，请直言。"

"——就是想——彻底了解你。"

"因为你姐？"

付钢没有回答宋世杰，只是虎视眈眈地审视着对方。

宋世杰毕竟是成熟、有修养的男人，对付钢的挑衅态度，不仅不予理睬，而且还装作没看见似的，泰然自若地一笑：

"哦，我刚从付雪那里回来，她一边要赶写稿子，一边还要照顾病人，我不想她这样累！——可是，我要给她请钟点工，她又不肯，你们是表姐弟，还请你帮我劝劝她喽！"

"对不起，这忙，我帮不了！如果你不能理解她现在的所作所为，那么，我想，你不配！也没有必要再和她交往下去！"

"你为什么这么说？我相信她是真心喜欢我！我也是真心喜欢她！"

"没错，她是个很单纯、善良的人，从来都不会去伤害别人，但好人就是苦命，偏偏就会有这么多人来伤害她！——你怎么让我相信你是真心诚意地对她、爱她、保护她？——你对她的家庭了解多少？你对她的过去了解多少？你对她曾经遭受到的心灵创伤，又了解多少？如果没有，或者不愿意知道，请你放手！——我求你放手！不要再来伤害她了，好吗？"

宋世杰此时已愣在那里，不知道付雪这单纯的外表背后，还有这么多复杂的背景，但和付雪认识、交往以来，他感觉和付雪相处很快乐、很轻松，也很幸福！她从不对他提及她过去的一切。这让宋世杰突然意识到"付雪是个甘愿把快乐、幸福带给她身边人的善良女子"。他惭愧地乞求付钢：

"求你告诉我——关于她过去的一切，我决不会去伤害她！"

"你还是去问她自己吧，我不会替她做她不愿做的事儿；更不会去替她说她不愿说的话！你要真爱她，就请尊重她。"

付钢说完就拉门走了出来，差点和门口偷听的康秘书撞上。

宋世杰见付钢突然地离开，也只好收住要说的话，起身相送。

康秘书见自己的行为暴露在这俩男人面前，只好尴尬地笑笑替自己辩解：

"……我来……给你们倒水……"

"不用倒水，请帮我调来有关医院近年来所有白血病患者资料，我马上要看。"

宋世杰想也没想，就回答，因为他心里装的全是付钢刚才的话，还有就是——下午要召集学生们研讨有关白血病《造血干细胞移植研究》课题。

"好的。"

康秘书急急应声躲开。

可付钢心里已对这女秘书有了更进一步的了解。

见宋世杰送自己出来，在走道上，无人的地方，付钢忍不住问宋世杰：

"你觉得你的女秘书怎样？"

"她很好呀！——工作能力强，又会体贴人，就是上海本地人，属于'现实派'类型女性——可怕。"

"是吗？你可是这些'现实派'女性心中的白马王子，难道你没想过找一个'夫唱妇随'，在各方面都共同发展的妻子？"

付钢从和宋世杰见面到现在，整个过程中的谈话都是带着训斥、指责，现在又带着质问的口气，令宋世杰感到很不愉快。

宋世杰隐约感觉到这个表弟心中有怨气，但不知怨气从何而来。也许，这就是内地人保护亲人常有的习惯或方式吧。但不管怎样，宋世杰不习惯，也接受不了付钢这种做法，于是就忍不住气愤地喊住付钢，说：

"阿弟！我不管你是什么意思，但请不要对我用这样的态度——我抗议！"

"这在中国，抗议无效。除非你离她远点，否则我会永远保护她！"

"恋爱是我们俩的事儿，我不希望她的家人来干涉！"

"对不起，我忘了对你说——我爱付雪！"付钢痛苦地朝宋世杰吼叫。

宋世杰惊讶得瞪着付钢。

付钢压低声音，边走边说：

"她和我早就出五服了，不是近亲。就比我大3岁，她才叫我弟弟。要不是你的出现，现在每天陪伴她的人，就应该是我……"

"对不起，这是缘分，我不可能同情你，也帮不了你……"

两人交涉到此，宋世杰才算真正搞明白付钢怨气的来源——原来是情敌。

既然付钢不是付雪表弟，那么面对情敌，宋世杰就会毫不留情了，他说完转身就走。

付钢只能痛苦地看着他离去的背影摇头、长叹。

三四〇

此时，宋世杰办公室里，由于宋世杰走出来送付钢忘了拿放在会议桌的手机，康秘书清理会议室时，发现了桌上手机后，趁宋世杰他们走远之际，赶忙打开手机，查找上面的通讯记录。

很快"付雪"的名字映入她眼帘。

她怕宋世杰返回来发现，就急急用自己手机记下号码，然后，匆匆离开办公区，坐电梯走了。

三四一

在一家通讯商城专柜前，康秘书买了部新手机，转身离开。

商城大楼外的人行道上，她边急匆匆走着，边拿出新手机装上新卡，为了不影响工作，还在路边儿拦了一辆的士坐上。

出租车内，她翻出旧手机里刚保存的号码，冷静想了一会儿，用新手机输入短信：

"付雪小姐，请自重，不要再和我先生联系，也求你别再来打扰我们平静的生活！谢谢了。希望你能理解一个女人失去心爱男人的滋味！"

三四二

康秘书发送出手机信息的另一边儿，付雪正在去星梦公司路上，巧合的是——她们两人所乘坐的车，此时行驶在同一路段，而且，车与车迎面错过，这一刻，能从一个斜视的角度，看到这俩女性脸上的变化。

可惜，人与人之间就这么无缘，每个人除了自我的世界之外，就这么狭小。

付雪收到此信息，心里像被砸进来一个大冰石头，猛然一沉，又痛、又冷。

"宋世杰……他不会骗我！一定是发错了！"

她内心挣扎着为自己辩护，可上面明明写有自己名字的事实，令她黯然泪下，无力再为自己辩解。

她颤抖着双手将手机关上，痛楚地在途中下了车，走到一处绿地小公园。

三四三

小公园里，到处都是植物们根连着根、枝挨着枝的彼此亲近。

"……你为什么要骗我？为什么要来伤害我？"

在无人的地方，付雪终于伤心得哭喊出声儿来。

可这哭喊声很小，似乎只有她身边的一直处于静谧中的植物们才能听到。一阵强风吹来，植物们在摇晃，发出"簌簌"的声音，仿佛是在回答她的问话。

她听不懂植物们的语言，只能羡慕它们没有虚荣心，不会相互攀比；没有大嘴巴，不会谈是论非；没有欲望，不需要为衣食住行、繁华奢侈和达官政权的地位纷争……

在它们世界中的女人们，花期年年有，也不需为容颜的老去而悲哀，更不需把粉质涂鸦在脸上，遮住自然赋予的褶皱；它们世界中的孩子们，个个天真无邪，也不需父辈们来呵护，更不需用背上沉重的书包来练就挺拔；它们世界中的老人们更是欢乐，更不需担心自己成为社会及儿女们的负担。相反，生只为地球母亲甘当绿衣、遮雨挡寒；死只为地球母亲填补养分。它们无时无刻不在为生灵提供氧气及栖息地，却从不像人那样邀功请赏；它们是无声的战士，替人类抵御自然灾害的袭击，却从不像人那样高举头颅傲视一切；它们到处是手挽着手，脚挨着脚，共存共亡、共耻共辱、共呼吸、共命运，却不会像人那样，想独立、闹分居。

此时此刻，付雪真想自己能变成一株小草、一棵小树、一片小叶子，哪怕只有一分钟的时间，她都情愿！——情愿去体验它们带给她短暂的与世俗隔绝的轻松与自在！情愿去体验它们大公无私的胸怀！情愿去体验它们与大自然的默契对话！情愿去体验它们植物世界里的古老文明。

其实，人像每棵植物一样都是独立的。

每个独立的人，构成了社会，每棵独立的植物构成了森林。付雪从这短暂的与植物对话之后，她似乎已变得更加坚强起来。

这时她的手机响了，里面传来姜星梦的催促声儿：

"喂，付雪呀，你怎么还没到公司呀？"

"哦,……我马上就到。"

付雪挂上电话,重新振作起来,笑着,对树敬了个礼:

"谢谢,向你们学习了!"

说完转身跑向马路。

第十三章

三四四

下午,宋世杰下班后和往常一样来给付雪送饭,遭到付雪的拒绝。

"你回去吧,谢谢你这段时间对我的关心和照顾,我请你以后不要再来了!"

付雪冷静地对门外的宋世杰说。

"为什么?出什么事儿了?我求你开开门儿,跟我说清楚,好吗?——只要你对我说清让我离开的原因,我绝不会再来打扰你!"

"你心里比我更清楚,我不想点破,你还是走吧!"

"我清楚什么呀?你不是无理取闹的人!我知道你一定是受到了什么刺激才会说出这样的话来!如果你不开门,我就会一直在这里等下去,等到你开门为止!"

付雪听到他这真诚的话,不由得黯然泪下。

说实在的,从付雪内心深处,极其不想失去这个和自己心心相印的男人。这种两人在一起,不用多说,就能彼此了解对方的人很难找,可现在他不属于自己,是缘分捉弄了她,她又能怎样?

"现在不开门,宋世杰不会走,只有开门和他说清楚。"

付雪想在此,擦干眼泪,拉开了门儿。

进门后,宋世杰放下手中饭菜,一把拉住付雪手,焦急地问:

"什么天大的事儿,值得你和我分手?"

付雪推开他手,走到沙发前,努力使自己平静地坐下来。但她无从说起,只是不停地流泪、摇头。

宋世杰看到这情景,更是焦急不堪,催促着:

"你说呀！到底怎么了？"

"你自己看吧！"

付雪还是感觉自己无从说起，她只好把下午收到的那条信息翻出来，给他看。

"这是什么？——天大的玩笑，怎么会有人冒充我太太？"

宋世杰哭笑不得，但见付雪依旧在伤心落泪，而且还很固执的样儿，忙温和地解释说：

"小雪，听我说！我对天发誓！我绝对没有骗你！"

"对不起，我好累……"

"我一定会查明这个发信息的人是谁！请你一定要相信我！"

"以后再说吧。请你出去，我要开始工作了。"

付雪固执地站起来，走到门口。

宋世杰只好接受这逐客令，郁闷地走了。

其实，付雪不是固执，而是她有她做人的原则，就是——决不能让自己做个坏女人。

什么是坏女人？在这个问题上，付雪会用一个正确的人生观、道德观和价值观来评判每一件事儿，所以，当某种事件触犯了那些衡量标准，她就会表现出固执的一面来。

三四五

宋世杰回到自己家中，孤独地在空荡的复式楼结构的家里踱来踱去。时而，他又从书房里走到客厅，拿出手机想打给付雪，可又犹豫着放下。他看着从付雪手机上转发来的那串陌生的数字，突然想起了什么，又拿出电话拨打过去：

"喂，是康秘书吗？对不起打扰了。请问你现在方便吗？"

康秘书一惊："宋院长！哦——方便、方便，什么事儿？你说！"

"一起去喝杯咖啡吧。"

"好。在哪儿？"

"就在你家附近的'两岸咖啡'店吧。"

三四六

咖啡厅里，宋世杰要了一杯咖啡，喝完了，也不见康秘书来，正要再给康秘书打电话时，康秘书来了。她此刻打扮得明亮、时尚、性感，可说是比上班时穿的白大褂漂亮得多。

"抱歉，我刚回去，随便换了件儿衣服。"

"没关系，迟到了，总比失约要好。"

可能出于礼貌，宋世杰从来没有对任何人拉过脸儿，或者摆过什么臭架子，在医院里，他是最有亲和力的老师，所以，此时对康秘书也一样。他只能用欣赏的目光看着她，和气地说：

"不好意思，下班时间还把你叫出来。"

"没关系，我愿意。就怕你……把我当外人。"

"没有啦，要把你当外人，就不叫你出来了。——是这样，我有件事儿想拜托你……"

宋世杰，说着拿出那个陌生号码，递给康秘书，又继续说：

"想办法，帮我查查这个号码，看看来自哪里？我要找到这个号码的主人。"

康秘书接过号码一看，正是自己今天新买的手机号码，心中暗喜，但又不确定结局是好是坏，于是就又试探着说：

"我能问吗？"

"没关系，都是朋友。什么事？你问吧。"

"你找这号码主人干吗？"

"一言难尽，总之，你一定要帮我找到这个号码主人。"

"噢，你不说明，我怎么帮你嘛！再说，你也没有把我当外人，对朋友说说，心里还会好受些。"

"呵，其实也没什么，就是有人冒充我太太，来破坏我和我女朋友关系。我想知道她是谁，既然暗恋我，为什么不早让我知道？"

"那你知道她是谁了……会不会恨她？怪她？——我看还是不知道好。"

"……婚姻靠的是缘分。缘分就如同这精子和卵子的结合，概率在百分之零点一，甚至是零点零一，只能是可遇而不可求了。"

宋世杰这番话，道出了他听天由命的心声，康秘书当然是暗自心花怒放起来：

"好，我帮你查……"

其实，康秘书也非常了解眼前这个男人，就看她自己怎样去把握了。康秘书欣喜之余，找借口去了洗手间。

在洗手间里，她看了看自己的妆容，满意地笑笑，然后拿出那部新手机，继续给付雪发信道：

"感谢你，付雪小姐！你真是个好女人，是拯救我们这个完整家庭的恩人！但是，我先生他虽回到我身边来了，可情绪很不稳定，很有可能还会去找你。如果他再去找你的话，还请你多帮我劝劝他。"

三四七

付雪又收到康秘书这条手机短信时，正在伏案写作。她放下笔，平静地看完，自我解嘲地笑笑，而后关上手机，又一心一意地回到工作当中去。

在她的窗外，夏季的黄昏泛着滚滚热浪，霓虹灯依旧在夜幕中开始上演，喧闹声儿依旧在空气中弥漫。

马路上，时尚在路人中小姐们那身迷你的短裙下用黑色薄丝袜包裹着的纤细修长的腿，或是在她们细带子儿做成的吊带小衫；时尚在路人中小伙子们头上那一串单边儿耳环，或是修剪成某种稀奇古怪的流行发式……

三四八

康秘书的"调查"一个多月过去了，也没个结果。

每当宋世杰催问起，康秘书都会用各种方式来搪塞他，使得宋世杰当时对付雪的承诺："一定要查出发信息的假冒太太"也落了空。

付雪收到那康秘书发来的第二条短信后，就更固执地拒绝和宋世杰见面，使宋世杰失去向付雪自我辩护与解释的机会。就这样，原本快乐的一对恋人，只能天各一方，彼此思念着，却不相往来。

就在付雪和宋世杰僵持中，这天苏母终于要出院了。

这日清晨，苏赫开车来医院接苏母时，付雪和刘易水已搀扶着苏母在院外门口等候。

"易水……谢谢你啦！"

苏赫第一次对刘易水感激地说。

"不用谢我，要谢，就谢李秀萍！这是她的主意。她说——能就便回去看看我姐姐！"

苏母在一旁听到他们说话，也忙插话进来：

"跟你姐说说！我回去了，要她过去照顾我！哈哈，我享不了儿媳妇的福，享享干女儿的福也行呀！……"

"妈，你就在上海多住几天吧！干吗非要这么急着回去？"

苏赫有些过意不去，想挽留。

"你是不知道呀！——憋死我了！住院以来，我整天待在医院里，除了你爸，就是那个！"

苏母说着瞥了一眼付雪，付雪正笑着和刘易水说话，苏母立刻脸色阴沉下来，又接着说："连个说话的熟人都没有！哪有在自个家过得舒坦……"

苏母越抱怨，越起劲，使所有人都不好再去挽留她。

此时，苏母在付雪和苏父的精心照料下，她脸色红润，身体康复得很快，已能借助单臂拐棍行走。

住院以来，苏母虽然把付雪无怨无悔、无微不至的照顾看在眼里，记在心上，但她认为自己摔伤都是付雪造成的，她应该对他们苏家进行补偿。尽管苏母知道自己出院之日，就是儿子和付雪离婚之时，苏家将要永远和付家脱离亲亲关系了，可她依旧心里还是无法接受付雪这个人；依旧是看付雪啥就感觉她啥都不顺眼儿；依旧是对付雪出言不逊、恶意中伤。

就像此刻，她的眼角只要一扫到付雪有个笑脸，她就会心理不平衡，就会在心里徒生恨意，就会说些含沙射影的话来解气儿：

"儿子！你总算变聪明了，总算懂得你妈我这几年来的苦心！明儿呀，你和那个上海姑娘……"她又瞥了一眼付雪，见她收住笑脸，才高兴地继续往下说：

"总之，你有了上海新家！我和你爸呀！也终于可以回去安心养老了……"

苏母说着，慢慢地变成一脸欣喜样儿。

此时，刘晓娜开车来了，停在路边喊：

"苏赫，来把车上的水果拿下去，给他们带在路上吃。"

"哦。"苏赫应声跑过去。

苏母和苏父惊讶得瞪大眼睛，盯着刘晓娜看。

付雪认出在第一次应聘时,那个曾经对她冷漠关门的那个女人。她对刘易水使了个眼神儿。刘易水尴尬地笑笑,说:

"我第一个工作,就是苏赫哥找她给安排的。"

付雪这时才明白过来,长叹了一口气,不再理会。

苏赫从刘晓娜车上拎下水果,刘晓娜没再和苏母打招呼就把车开走了。

苏赫忙对苏父笑笑解释:

"爸,她太忙了,是人事科科长,现在要急着赶回单位,还没下班呢。"

苏母立马眉开眼笑,夸赞说:

"瞧,人家城里人就是懂事儿,这苹果买得也好,个个又大又红,看着都让人心里舒坦。"

付雪知道这话儿的言外之意,她迟疑了一下,掏出皮包里那份离婚协议书,递给苏赫。

"我去民政局等你。"

苏赫接过离婚协议书,很快浏览一遍,就拿笔在上面快速签上自己的名字,当众结束他俩多年的夫妻关系。

苏母在一旁早已欣然自喜,但喜不于色,带着讽刺性语调说:

"看看看!我曾说啥来着?——你们还没结婚那会儿,我就找过算命先生了——人家说你俩属相不合,过不到头!这不!应验了吧!"

付雪无话可说,但她没有任何的悲伤,沉默着离开了。

此刻,在她心里正燃放着,对另一种新生活的激情!

三四九

民政局门口一对对前来结婚、离婚的男女络绎不绝,有甜蜜相拥的,有争吵不休的,在门口等待苏赫的付雪看着,心中泛起无限感想。

苏赫不慌不忙地赶来了,他俩沉默着走了进去。

在离婚登记处,俩人依旧沉默着、看着工作人员将他们递上去的红本子,是如何简单快捷地变成了绿本子。工作人员喊"下一位"的时候,两人已拿着离婚证走了出去。

在门口,苏赫还想对付雪说点什么,可付雪没有要理苏赫的意思,装好绿本子头也不回地走了。

苏赫看着付雪离去的背影,心里猛然泛起报复的念头,但一想到刘晓娜,又欣然一笑,急忙给刘晓娜拨去电话。

三五〇

此时,才上午10点多钟。电话这边儿,刘晓娜在办公室里悠闲地吃着零食。

她听到电话声儿,看了看手机上的来电显示后,才慢悠悠地接听:

"喂,老公,你现在在哪儿?把你老爸老妈送走了吗?"

三五一

电话另一头,苏赫在小区楼下,看着刘易水把小车开过来,并替苏父把行李装上:

"噢,他们马上要走了。告诉你一个好消息!"

"走了就好,以后没我允许,不要随便让他们来的。哦,对了,什么好消息?快说嘛!"

电话里刘晓娜带着几分调皮的腔调说,令他哭笑不得,但他没有任何的难过或愤怒,因为她是他的"财路"也是"客户",还或许是他将来的"依靠"。他能怎样呢?因此,他打起精神,笑着说:

"老婆,猜猜看嘛。"

就在这时,苏父、苏母已坐上刘易水开来的小轿车。

刘易水在车外喊他过去。

他扭头回应了声,只好急忙改口对着电话嬉笑着说:

"老婆,我刚离了!下午,我们去办结婚登记吧!"

电话里刘晓娜的声音:"你知道,我这里不好请假,……等我中午下班回去再说吧。"

"好。老婆,那你中午早点回来!我等你哟!"

三五二

父母送走后,苏赫突然感到自己无比空虚。

他漫无目地的开着刘晓娜给他买的白色BYD,穿过一条条街道。他从车窗里向外看,看见路人都行色匆匆,看见高楼里的人们都热情饱满。

他想上前和人搭话儿,可没有谁会给他这个机会。路人们都只专注于自己的圈子,谁又会愿意和路上这陌生人搭话儿呢?

这年头，搞传销、行骗的人太多了，谁对谁都没信任感，因此，对路人而言，他们都抱有高度戒备心理，会对陌生人发出疑问：

"跟我说话，谁知道你抱有什么目的？"

这一点，苏赫曾经也是这样做的，而今天他遭到冷眼，才感到是多么可笑。

此时，苏赫还真想和人说话，还真想融入一个什么圈子，还真想重新回到曾经的艰辛工作中去！而这只是他脑海里短暂的一个闪念，紧接着，是他无比精明的一笑，抚摸着光滑的方向盘，自言自语起来：

"家庭妇男！？不，她现在只是我的客户！而且，是马上就能签约的关键客户！"

他说着，又渐渐激动起来，于是自信地快速驾车赶回家中。他想尝试着去亲手做一顿午饭，但还是选择跑到楼下大酒店去，点了些海鲜、高档红酒送回家中。

一切都摆上餐桌，就绪了。他看了看时间，正好上午11点30分：

"娜娜，该回来了！"

他洋溢着激情，望了一眼这桌丰盛、美味的菜肴，喜滋滋地忙碌着跑去拉上窗帘——倒好红葡萄酒——点上烛光——再摆上几束鲜红玫瑰……

就在他精心布置、欣喜等候时，电话铃响了，里面是刘晓娜撒娇的声音：

"……呃……老公！我老妈要我中午回她那儿！登记那事儿呀，就等我晚上回来再说吧——拜拜！"

"……老婆！……喂……老婆……"

三五三

星梦影视公司里，姜星梦被释放后，早已和胡柯一起恢复对《都市恋人》开拍前的筹备工作。

此时，他们的前期筹备工作已结束，即将进入开拍阶段。现在，椭圆形的会议桌前，姜星梦、胡柯、付雪、副导演、场记和两位男女主角等围坐着，正对第一幕的场景展开讨论。

胡柯说："应该把回忆放在香港——开篇镜头直接拉入香港地铁出站口，男女主人翁相遇之后……这样入戏快，节奏也会变得紧凑。"

"也好,可以省去航拍费用。"

姜星梦说着,把目光转向付雪。

付雪立马点头回应道:

"好的,我马上修改……"

"行!今天剧本的讨论就到这儿吧。"胡柯看了看时间,"哟!中午12点。姜总,你把演员表和布景清单给大家发一份吧。"

姜星梦点点头。

他起身边向下发资料边说:

"是这样,今天下午2点钟,我们剧组要举行《都市恋人》开机新闻发布会。定于一周后正式开机拍摄。"

"时间很紧,在这期间,我们每人都要随叫随到,特别是付雪——你必须在明天上午把本子给我改好!考虑到你住处远,就给你安排在公司住……"

"谢谢姜总!但我习惯在安静的环境里写作……还是在家比较好。"

付雪忙推辞,哪知姜星梦更加决断地:

"为了工作,就这样定了!没我的命令,他们不会进去打扰你,你就安心整本子吧!"

姜星梦发完资料坐下来,这时付雪的手机突然响了,她忙关掉声音,继续听姜星梦说:

"……后天,我会让所有剧组人员都入住酒店,全心投入拍摄工作!打今儿起,大家中午也都不要回去。有事儿的,都赶紧趁中午时间,用电话安排安排……"

三五四

付雪听在此,像是有什么心事儿,一散会,她就拿着手机找了个无人处回电话了。

可对方电话没人接听。

"……是世杰打的电话!怎么没人不接听?我看我还是不要回了。这一个多月没联系,难得他们夫妻能重归旧好,又何必去打扰人家……"

她想着就释然地一笑,挂掉电话。

在她身后是姜星梦急急寻找来的身影:

"哎呀！付雪，快过来吃饭吧！吃完了赶紧把本子给我改出来，大伙就等你了！"

"放心吧！我会尽快完成任务！"

她说完，无牵无挂地跟在姜星梦后面，匆匆向办公室走去。

三五五

在电话的这头，宋世杰的白色雪弗莱停在付雪家楼下。

车是空的，只有那手机在座位上反复"说"：

"电话来啦，再不接，就要生气了……"

这"说话"声吸引了一位从车旁边经过的大爷，他顺声音寻去……

"说话"声儿停了，但这大爷还是好奇地透过白色玻璃车窗向里张望，同时，叨咕着：

"……有票子嘛，啥都高级。唉！阿拉还是头回见到会自己说话的车！"

屈指一算，付钢已重返上海一个多月了。

他今天办完之前遗留下来的案子后，已买好返回老家的机票，特意拿了付有望托他交给付雪的几双棉鞋，坐出租车来向付雪告别了。

此刻，出租车正好在大爷身后停下。

付钢下车，一看牌照，认出这白色本田是宋世杰的车，心里立刻涌上一股酸楚感。他抱着复杂的心情，迟疑片刻，愤然朝楼栋里冲去。

三五六

楼上，付雪家门口，宋世杰多次按了门铃，见门内依然没有动静儿，断定付雪不在家后，也正郁闷着下楼，在楼梯口，正好和匆匆上楼的付钢相遇。

还没等付钢开口，宋世杰已经焦急地问：

"付钢！你怎么也来找付雪？我刚敲过门儿，她好像不在！打手机也不接听，真急死我了！"

宋世杰焦急地说着，一把拉住付钢往楼下冲去，付钢被他拽到楼下。

在一楼宋世杰依旧焦急、恳切地：

"你知不知道星梦影视公司地址？快带我去！只有见到她人，才会确定她平安无事！"

宋世杰担心、焦急、关切的神情打消不了付钢对他的怀疑，用力甩掉他的手，质问道：

"你怎么欺负她了？"

"唉！真是无从说起……"

宋世杰郁闷、焦急地摇了摇头。

"说吧，我是律师，没什么不能帮的。"

"你是律师！？哇！早说嘛！早说，事情就不会这么遭了……"

"你们俩怎么啦？"

"对不起……都是我不好……但我也是被人'陷害'！——小雪应该相信我，给我解释的机会！……我真的不知道是谁在假冒我太太给她发信息！康秘书到电信局帮我查过，可电信局说对方没有任何信息登记……，你说我有什么办法？"

"一个多月了吧？是不是我上次和你见面那天？"付钢冷笑了笑，问。

"……你怎么知道的？"

"你自己想去吧。"

"你说这话是什么意思？"

宋世杰反问付钢。

付钢不满地笑了笑，没有回答。

宋世杰克制住内心想知道答案的急切心情，快速做出反应，激动地说：

"其实，我早就猜想是你在破坏我们！只是想给小雪一段时间，冷静下来做思考，我相信那句话：缘分到了，属于你的爱情——别人抢不走；不是属于你的——你抢来了也没用！"

付钢被这话说中伤心处，瞬间痛楚的表情正好让宋世杰无意间看见。

宋世杰以为自己说到重点，点破了付钢就是那冒名发信息的人，心里也豁然明朗起来，压低声音，平和地接着说：

"这一个多月来，我的心没离开过小雪，我每天都会来这里、躲在车里看她出门。我知道她每天都要去医院给老人送饭，还向医院里的老人了解到，她和老人之间的关系，以及她现在的婚姻状况。值得庆幸的是，老人今天出院，他儿子苏赫也和小雪去办理了离婚手续，所以，我今天才敢来找她。——我相信我的真情一定会感动她！让她重新回到我身边！"

付钢越听越不是滋味：

"哼哼,别太自信了!那个发信息的人就在你身边儿,而且,对你了如指掌。——只要一看见你们和好,她就一定还会再给付雪发信息……!"

"还会再发?对我了如指掌?——太小人了!真没想到你会用这种'暗箭'伤人!"

"随便你怎么说,但那发信息的人不是我。不过我不会告诉你她是谁……你不觉得你和付雪的身份差异太大了吗?"

付钢显出一副不信任、轻蔑的口吻,像是在质问一个犯人,他顿了顿:

"你是不是觉得农村女子单纯、好玩弄?是不是在国外玩够了金发美女,才回来换个口味?我警告你,宋世杰!——她可是认真的!你要是敢玩弄她感情,我绝不饶恕你!……"

"够了!你说够没有?不是你冒名我太太,还能是谁?我以为律师,会很讲公德心……!看来,我从今天起,要重新认识律师这个行业的人!"

宋世杰稍稍压抑住自己激动的情绪,紧接着继续说:

"在我认识她的那段时间里,我们彼此了解、彼此尊重……!她仿佛是我另一种生命形式的存在!仿佛是上帝专门派她来,给我输送青春的天使!我珍惜都来不及,怎么会让你把她从我身边夺走?"

付钢被他坚定、动情的话语给打乱了思想。

付钢心里明白付雪这辈子都不可能接受自己,只有放手,替她找一个与她彼此相爱的男人,可现在与她彼此相爱的男人就在付钢眼前了,他却又不知为什么,就是不放心把付雪交给宋世杰,依旧抱着怀疑的态度质问宋世杰:

"我凭什么相信你说的一切?"

"上车!带我去影视公司,找到付雪,你就会明白一切!"

三五七

付雪这会儿在办公室里也正忐忑不安,她每天都在思念宋世杰。和宋世杰一个多月没有联系了,现在,突然宋世杰打来电话,却又不接听,这心里感觉就像缺失什么似的,怅然若失、魂不附体。她坐在办公桌前怔怔地看着稿子,心里却在胡思乱想:

"电话没人接,发信息来总可以嘛,怎么连个信息也不发?要是你有大男子主义,我们可就连朋友也做不成了!不过,我知道……你不是那种坏蛋!……可我这会儿,还真'吃'不透你了!你在想什么?是不是……你和你太太又闹别扭了?要是为了我跟她闹别扭,我看,我们也会做不成朋友的……"

她依然怔怔地看着稿子,只是噘了噘嘴,继续往下想:

"你为什么不好好爱你太太?我相信你们曾经也彼此深爱着对方,既然深爱过,为什么要闹分离,让彼此痛苦?——我也不应该放弃苏赫,因为那也是我的选择!现在好了,我离婚了!自由了!可我孤家寡人,除了生活平静之外,也没感觉到幸福多少!所以,我衷心希望你们百年好合。总而言之,如果你懂我、理解我,就应该知道我的这种想法!"

想到此,她似乎有些变得平静下来,翻了翻稿子,抛开这些杂念,努力把注意力集中在每行的文字上。

三五八

就在这时,付雪办公室门外,宋世杰在付钢的陪同下,已经换了一身白色礼服,庄重地走进星梦公司大门。他们身后紧跟着一位年轻的身穿黑色燕尾服,手捧玫瑰鲜花的司仪先生,和一位穿着黑色长袍,胸前挂着十字架的中年外国男人。

他们怪异的打扮和表情,突然出现,并没引起星梦公司全场职员的注意。凡是看见他们的人,都还以为他们是演员,在排练某一场戏,因此,都不以为然地在忙碌各自工作。

"请问,付雪小姐在吗?"

宋世杰主动找了一位男工作人员问。

男工作人员这才惊讶得瞪大眼睛:

"噢!你们不是演员,干吗穿成这样子?"

宋世杰低头看了看自己这身白色礼服,真切地感受到内心像朝阳一样冉冉升起的豪情。他激动得满脸潮红,连嗓音都变得开阔高扬。

"对不起,我是来向付雪小姐求婚的!"

宋世杰话音一落,立刻引来全场职员惊叹的目光或议论声:

"哇!是来求婚的!"

"……西式求婚,只有电影里才有耶,好浪漫啦!"

职员们低声七嘴八舌,也有人大喊了一声:"快……快……快把付编剧叫出来!"

这位男职员才想起跑去敲付雪的门儿。

付雪拉开门,站在门口问:

"是,姜总找我吗?"

这位男工作人员看稀奇般,盯着她笑,然后指了指宋世杰他们。

付雪被这男同事古怪的神色搞得莫名其妙,她顺方向望去,这才又惊又喜,几步跨了过去:

"钢钢、世杰!你们怎么来了?"

"雪……"

付钢和宋世杰异口同声,同时迎上前去喊,使付雪尴尬地望着他俩,但付雪很快就把目光聚集在宋世杰身上:

"世杰,你怎么穿成这样子?"

"先别问,待会儿你就知道了!跟我来……"

付钢知趣地向后退了几步。

这时,在付钢身后,姜星梦、胡柯、副导演、场记,还有女主角和男主角他们都从姜星梦的办公室里闻声走了出来。

胡柯看这阵势,敏感到后面一定有戏,于是就悄悄打开了原本就架在办公室一角的摄像机……

三五九

在胡柯独特的视角里,宋世杰把付雪拉到穿长袍的男人面前:

"神父,请您为我的求婚做个见证吧!"

神父上前一步,说:"上帝会赐予真心相爱的人们永远幸福,阿门!"

"谢谢神父!"

宋世杰说完转向付雪单膝跪下,高举戒指,立刻,白色钻戒在打开的戒指盒里闪闪发光。他郑重地、激动地请求说:

"付雪小姐,请接受我的求婚——嫁给我吧!"

"快起来!这么多人……"

她羞涩得慌忙去拉宋世杰起来。

"你不答应,我是不会起来的!"

宋世杰固执得让付雪犯难,却不知谁又大声喊了一句:

"快答应人家吧!这么浪漫、真诚,上哪儿找呀?"

这话确实让付雪感受到了,此刻自己是全天下最幸福的女人。

她受宠若惊,看着宋世杰那热切、期盼的目光,感觉像是在做梦,又像是在某电视剧中所见,一时令她迷离得不知所措。

"小雪,你怎么了?"宋世杰急切地问。

"……我……"

付雪欲言又止,一时间,整个空间都安静下来,似乎所有人都屏住呼吸,在等待她回答。众人广坐、众目睽睽,她从没有经历过如此场面,刹那间,她激动得全身都在颤抖。

她努力调整自己的心跳,收住笑脸,极其认真、诚恳地说:

"我不能接受你的求婚!"

这声音很轻,但充满了固执与倔强。

付钢知道付雪会这么说,于是忙上前替宋世杰解释说:

"那个假冒太太……就是我。对不起,是我给你发的信息,请原谅!"

付雪不敢相信自己的耳朵,当见到付钢悔过地低下头,等待她宽恕时,她才激动得热泪涟涟。

"这不是真的!钢钢,你是律师,姐不相信是你发的短信!"

"是我发的!但……我向你保证,以后不会再发了!我祝福你们……"

付钢说完转身就走,甚至忘记把手上装有鞋子的包裹给付雪。

三六〇

此刻,付钢的心头,正像有一把利剑深深刺进去般,令他痛不欲生。

瞬间,那疼痛在扩散,痛得让他不敢再回头朝他们看去,但心灵的眼睛却已经让他真切地"看"到——宋世杰正含情脉脉,起身为她戴上戒指的那一刻,她仿佛是干渴的小草,在贪婪吮吸着爱的甘露……

那疼痛仍在继续扩散,痛得让他无力再睁开眼睛,但他必须要挪动他沉重的双腿,一步步迈出去,逃离这个让他死无葬身之地的欢庆时刻……

他身后,那掌声与欢呼声一阵高过一阵,仿佛是接通他脑部神经电流的传感器,在对他大脑进行毁灭性的破坏,致使他手中装有几双棉鞋的包裹,从手中滑落在了地上,他都浑然不知……

三六一

电梯将付钢运载到了一楼,他神色恍惚,踉跄着走出这高楼。

阳光下,他茫然地站着,耳边所听到的一切喧闹声,都仿佛在嘲笑他痴情。他不以为然地笑了,因为他早已把自己心中的爱,无私地升华为对心上人的祝福!——尽管他还带着伤痛,带着眷恋,但他脸上流露出的笑是纯纯的,极像是春季的暖风习习,又宛如是夏季陡然下起的一阵太阳雨!

这"雨"虽然覆盖了他心中的晴空,让他一时目光灰暗,但他内心深处那棵爱的"小苗",却在这雨水的滋润下郁郁葱葱、茁壮成长。他感受着"苗儿"细微的生长变化,也感受着"雨"后晴空上那道"彩虹"的美丽!

亮了!他的眼睛渐渐明亮了起来!他仰望天空,云朵儿正带着它爱的"雨水",在它冰冷、孤寂的世界里匆匆赶路……

"祝你幸福,雪!"

他似乎从中领悟到了什么,笑了笑,拦了一辆蓝色出租车坐上。

三六二

星梦公司里依旧欢笑声、掌声阵阵。

在胡柯聚焦的镜头里,宋世杰按西式求婚程序,亲吻了他的未婚妻,然后,接过司仪先生手中的鲜花向她献上……

"结束了!开工!开工!别忘了,下午2点还有新闻发布会要开……"

姜星梦还头一回亲眼目睹宋世杰这西式求婚仪式,心里也怪怪的,像打破了五味瓶。特别是当看到付雪那羞涩,而又充满幸福的笑脸,像花朵儿似的美丽,早已撩得他大口大口地直往肚里吞口水。

现在每人一杯红酒祝福后,神父和司仪先生相继离开,这仪式也算结束了。

姜星梦板起脸儿,一本正经地嚷叫,生怕别人不知道他总经理身份似的,要故意显露一番。他这一显露,确实很有效,职员们纷纷回到座位上,都开始干各自的工作。

付雪也想起自己的稿子还要再按导演的要求修改,忙对宋世杰说:"你先回去,这两天要开机,等我忙完修改,再跟你联络了!"

"那我晚上来接你!"

"不用了!公司要求我住下来……"

三六三

他们说着已走到她办公室。

这办公室里简陋得只有一张桌子、一把椅子和桌上一摞用彩笔划了又圈的稿子。

他凝视这稿子,心痛地慢慢一页页向下翻看。

"宋太太加油!我支持你!"

"去你的,谁是宋太太呀?"

"从现在起,你付雪小姐就是已订婚的人了!就是我宋世杰的未婚妻,我要好好保护你!"

"别在这儿臭美!快回去吧,我要赶在明天一早,把这摞稿子全部修改完呢!"

宋世杰被她在工作上的艰辛、执着所感动,也被她对写作的热情所激励!他爱她的每个一举动,爱她身上的每一个细胞,甚至还爱她的与其相关的任何物件。

他动情地、怜惜地抚摸着桌上那只她曾用过的紫色水杯,然后转向她常用的小包。可惜这里太少有她的东西,他只能寻找着这里有关她的一切物件,最后,把目光转向她本身。他深情地望着她,用手轻抚着她披肩的长发:

"小雪,你知道吗?文学写作是你生命的一部分!可你……是我生命的一部分!我们结婚吧!我要像呵护我自己生命那样——来呵护你!……我常常好担心,那个苏赫会再来骚扰你,甚至害怕他来绑架你!"

他说着担心得一把将她搂在怀中,紧紧抱着,继续低语着:

"还有付钢!从见到他那刻起,他脸上那种紧张、痛苦的神情,就已经告诉我——他在追求你!你不知道,我有多么担心你会再被别人抢走……"

"呃!原来你都知道了……"

他温柔地用嘴堵住了她的话,用这甜蜜的吻来表述他一切的心声。

三六四

此时,那辆蓝色的出租车,已载着付钢奔赴在机场候机大楼的入口处停下来,付钢下车,挎着背包(这是他一直挎在身上的简单行李)进入了候机大楼。

三六五

候机大楼里宽敞明亮,到处汇集有不同肤色、不同表情的人们。

付钢抬头看了看航班信息滚动屏,上面正显示上海至襄樊的航班号:FM9387,起飞时间15:15,他又掏出包里机票对照了一下,朝登机牌上的37号登机口走去。

离登机口越来越近了,他回想着刚才,自己用巧妙的方法,得到康秘书给付雪发信息所用的新手机,以及看到上面所保存的已发信息后,一转脸对康秘书严厉地警告道:

"如果,你再敢给付雪发信息——我想,你不会笨到让宋世杰恨你一辈子!更不会笨到因此而失去这份好工作!"

"……你刚才不是说——你讨厌宋世杰和付雪来往吗?不是说——让宋世杰回到我身边吗?你怎么说这话……"

"没错,是骗你的。我不那样说,你能把手机给我看吗?你能对我说实话吗?做律师,取证据有很多方法,但这种方法远远没有你用"欺骗"的方法卑鄙!"

"……求你,千万不要对世杰说!"

康秘书面对付钢律师这样的强手,还真不想丢掉自己心爱的男人,又丢掉自己的好工作,此时,她只能暗中嫉恨。无奈中,决定先应付眼前这一关,于是,她一时慌神,举起手对付钢发誓道:

"我保证!保证以后,不再给付雪发信息了!"

当然,付钢只能做到对康秘书进行说教、威胁、警告这一步,真心希望她不要再去打扰付雪和宋世杰这对恋人。

付钢收起回忆,一步一回头、恋恋不舍地走入登机口,将外套脱下和背包一起放在检验筐中。此情节,让一位女安检员收揽在眼中,当他向女安检员伸展开双臂,检验时,女安检员微笑着提示他说:

"先生,离起飞时间还有半小时,您要不,再等会儿?"

付钢苦笑笑回答:

"谢谢!不用了。"

他通过安检后,隐匿在了茶色玻璃墙的后面,不多时,一架飞机缓缓离开跑道,翱翔在蓝天白云之中。

三六六

每个人天性就喜欢过盲目、安逸的生活,因此说——这种天性就是人们最初欲望的渊源所在,所以,人们才会制造战争;才会尔虞我诈、处心积虑的将个人欲望一再升华……

苏赫只是这人海茫茫中的亿分之一,就像一滴表面看似清澈的小水滴,但在其内部,却有着它复杂的分子结构。

如果说,把人比作是"机器人",那么,无穷尽的知识和浩瀚的宇宙,就是操纵这成万上亿台肉体"机器人"的巨大"智者"。

这巨大"智者"仿佛是掌控万物演变的神灵,它给人类每个肉体"机器人"的大脑里安装了不同的程序,使各自的智能、思维都有所区分,甚至千差万别。

而人类本来就无法知道同类大脑里的所想所为,"智者"又给人类输入了自我遐想指令,幻觉犹如全息影像,让人类误入歧途,成为一厢情愿的体验品。

现在已近下午3点钟了,苏赫还在家里一边啃着大海蟹,一边独斟独饮。

此刻,这一桌丰盛的海鲜美食都让他吃了个半空,桌上那两瓶外国烈酒,也已让他喝去一瓶多。他东倒西歪,靠在椅子上,不时打着酒嗝儿,显然已是酒足饭饱了,但他感觉还不够尽兴,又给自己满满斟上一杯。然后,他醉意浓浓地晃悠着胳膊,伸手从桌中央的花瓶里胡乱抓了几支玫瑰花,努力想闻到它们:

"……没错!你就是付雪……我又闻到你身上这味道了,有好几个月没……没闻到……还真想!"

他打了个嗝儿,举杯继续自言自语:

"……这香,就是诱惑男人!"

他半梦半醒中,把耳朵伸向掉在桌上的花朵倾听,仿佛听到了什么,激动得大声嚷叫:

"——什么?你问我……为什么抛弃你?"

他放下酒杯,醉眼惺忪,伸手去抚摸那花瓣,花瓣鲜红鲜红的仿佛透着灵气。他更加激动地醉呓道:

"……这还用问?刘晓娜是我客户……重要客户。知不知道?客户是不适合做老婆的！……等我，把这笔单子接下来，我就和你复婚……我决不能让你……给咱儿子找后爹……"

他猛抽了一口酒，感觉眼前的一切晃悠得更厉害了，昏然间，他瘫软地趴在桌上，嘴里依然叨咕着：

"……复婚……我要跟你复婚！——不……不能让你给……给咱儿子找后爹……决不！"

此时桌上，他手边儿的手机响了。

清脆的铃声，一遍又一遍地催促着，吵得他难以入睡。

他在昏昏然的睡意中，只把脸换了个方向，继续趴着，嘴里有些不耐烦地叨咕着：

"……嗯……谁呀？别老摁门铃……进来……喝酒。"

三六七

这电话是刘晓娜打来的。

电话另一头，在浦东陆家嘴的繁华区，靠近黄浦江附近的一栋高层住宅建筑内，一间装修豪华、气派、宽大的客厅里。

刘晓娜挂上电话，正在向坐在沙发上生气的老年妇女撒娇。

这老妇女身材瘦巧，穿戴讲究。除身材和刘晓娜差别很大外，她们脸相大致相像，一看便知是母女俩。

"哎呀，妈！电话没人接，一定是又去酒吧喝酒了。你干吗非急着今天见他嘛？"

"能不急吗？你选个好女婿，也是我后半辈子的指望！你少在我跟前发嗲！你老爸不管你，他倒跑回老家自在了，我不管你能行吗？"

刘母虽然说话语气重，但面对心爱的女儿，她还是略微带点笑脸儿，可紧接着，又不依不饶地追问起来：

"不见也行！那你说，他在哪儿上班？有没有车子、房子？家住上海哪个区？"

"他啥也没有。车子、房子，我不都有嘛。我要的是——他对我好！对我真心！"

刘晓娜说着离开沙发，从茶几上的水果盘里拿了个苹果，边削皮边笑着又说：

"……工作,只要他去找就会有,可那永远都是给别人打工。现在他虽然暂时闲在家里,但我相信他的能力!打算跟他真正结婚后,和他一起开个公司。正因,他不是上海人,才一口答应,做你的上门女婿!"

刘母听完后已是气得绷紧了脸、直喘粗气。

刘晓娜把注意力都集中在苹果上,没听到她发表意见,就又自顾自地嬉笑,说:

"妈,你常说,你和爸是知青插队时认识的。那时爸是乡下人,后来……你们不也过得很好吗?而且还给我留了那么大一笔钱!"

刘母忍无可忍,终于从沙发上弹跳起来,气急地指着刘晓娜:

"你!你知道这钱都是哪儿来的吗?——要不是当年你另一个爸爸帮忙,哪儿会有我们母子今天?"

"另一个爸爸?妈——你这是什么意思?难道我还有两个爸爸?"

刘晓娜惊愕地瞪大眼睛。

"是,又怎样?人虽然没有长后眼,但我们必须要学会替自己将来打算!你外婆这一点就做得很好。——在20多年前,我是和你乡下这个亲爹深深相爱!那时,我们还没有结婚,我就怀上了你。你外婆知道后,怕我回不了城,就介绍我认识了这个上海城里的男人……"

刘母走到客厅一角,在照片展示区前,她拿起一个老相框,望着里面一位50多岁男人的彩色半身照片,悠悠追忆说:

"他是死了妻子的老男人,叫罗达成。当时除年龄可以当我爹外,其他条件都很好。家里有钱、有房子,还有高级轿车。他有个儿子又在国外,每月还给他寄美金回来。当时,知青想回城很困难,他想尽办法才把我转回城里来。我们结婚时,你已经在我肚子里有4个月了,他知道后,不仅没嫌弃我,还鼓励我把你生下来。可没多久,医生检查出,他患有肠癌,一年后,在你出生没几个月,他就去世了——他真是个好人……"

刘母一时陷入沉痛的哀悼之中。

刘晓娜却感到愤然不平地吼道:

"再后来,你就把我亲爸爸从乡下接到上海来!享受他给你们留下的一大笔遗产?——你咋个好意思嘞?"

刘母突然生气地:"问题比你想象得要复杂得多!"

发完脾气,刘母又自怜、心酸起来,含着眼泪说:

"……那时候,我以为把你爸爸接过来,我们一家人团聚,就能过幸福美满的日子。没想到,谈恋爱和结婚过日子是两回事儿!你爸从老家来上海后,还不到半年,我们就开始吵架,为了给你一个完整的家,我们就背着你外婆,悄悄开始过离婚不离家的生活,直到你外婆去年去世后,他才搬回老家和本村的一个女人结了婚……幸亏有这些遗产,要不然,我这辈子恐怕连给你外婆买个墓地的钱都没有……!"

刘母说着,心酸得落下了几滴眼泪。

"妈,对不起,我不知道你和爸已经……"

"……都过去了!能得到罗达成这笔遗产,是你的福分,也是妈唯一能为你做的!我为他守了20年的寡,也很值得。"

刘母擦了擦老泪,眼里闪现出一点亮光,走到刘晓娜跟前,接过她手中水果刀和苹果,溺爱地为她把水果切成片,用牙签扎好,送入她嘴边儿,又叮嘱道:

"娜娜,听妈的话——不要相信爱情,那东西不能当饭吃,也不能当钱用。还是实实在在找个有钱人,不光自己这辈子快乐,就连下辈子也会无忧!"

刘晓娜很纠结,说:"老生常谈,说起来容易可做起来难。苏赫现在整天跟我住在一起,都快两个多月了,多少也有点感情,要我怎么好赶他走嘛!"

"没关系,我一会儿就去房屋中介,把那房子给买了,你住妈这儿!我看他死不死心!"

刘晓娜:"……看你把我养这么肥,谁会看得上我?"

"哎呀,女儿!妈早就替你看好了几个,可没一个嫌你胖的!"

刘母说着跑进卧房,手里拿着几张照片,又跑了出来:

"你看看这些照片,有老外,有台湾人,也有上海人,他们个个福禄双全……"

三六八

晚上,宋世杰下班时,康秘书递给他一张音乐会的门票,并对他郑重其事地交代说:

"你一定得去，我有个秘密要告诉你！"

"哦，我们康秘书有什么秘密，不能在这里说，还非要约到音乐会场里说呢？"

宋世杰半开玩笑地说完，毫无防备地笑着，猜想起来：

"是不是，你约了男朋友，要介绍给我呀？"

"猜对了一半，晚上去了你就知道。"

"好，我一定按时赴约。"

康秘书自信地莞尔一笑，走了。

宋世杰看着她离去的倩影，依旧毫无戒备心地笑笑，并赞赏道：

"小美女，谁能娶你做太太，真是他的福分了。"

三六九

晚上，音乐剧院门口的广场上灯光幽暗、霓虹灯闪烁，一堆一组的人们笑谈着，热闹非凡。

音乐剧院门口，人们已经在排队进入了，人群中，宋世杰和康秘书俩人不期而遇。

康秘书当即毫不顾及地挽住宋世杰的胳膊，令宋世杰感到十分意外，忙提醒她：

"别拉我这么紧，你男朋友看见了会不高兴的。"

"放心吧，他和你一样，都是留过洋的，不会这么小气。"

"噢，你怎么没和他一起来？"

"进去，我再告诉你，这是秘密。"

康秘书穿着一套黑色时尚的露背晚礼服，挽着宋世杰的胳膊，故意让自己柔软的乳房贴在他胳膊上，拥着他往里走。

宋世杰当然感觉到了这种无距离的亲近，心里早就在对康秘书的行为进行盘点了。他想："她对我这么亲密，是本来的放荡？还是故意做给别人看的呢？她男朋友现在来了，还是没来？她今晚的秘密，又是什么？"

他想到此，不愿再往下想，但这预感还真切地存在，就凭他直觉，加上他的经验，他断定结果就是——康秘书爱上自己了。因此，他又不得不想下去：

"她要向我表白，我怎么回答？她和付雪各有千秋，康秘书的工作能力和性格都不错，确实是个好女孩。可付雪善良、淳朴、温柔、贤淑，我也很喜欢，而且，还刚向付雪求过婚，怎么办？……我看，还是选择付雪比较合适。当然，也不能得罪康秘书，我工作上还需要她做助手……"

宋世杰正想着，康秘书已带他找到座位。

两人坐下，她更贴紧地挽着他，几乎是把上半身都倾倒在他怀里。

音乐会要开始了，大灯陆续被关掉，舞台上，所有的音乐师们都在聆听主持人的发言，而后，是静静地等待总指挥的出现……

台下，康秘书半躺在宋世杰怀里，令他感到很不自在，赶忙边推她起来，边找借口说：

"哦，今天的天……好热。我去买点冷饮。"

"不用，快开始了。……世杰……"

康秘书没能拦住他，趁这音乐会还没开始之际，他赶紧匆匆走了出来。

康秘书以为他真去买冷饮了，也就没跟在他身后出去，紧接着，总指挥上台，率全体艺术家们向观众致意，顿时，台下一阵热烈的掌声过后，音乐会便在"丁丁当当"的乐器声中拉开序幕。

康秘书此时，想出去，也不便再起身出去了，只好在里面左顾右盼地等待。

三七〇

宋世杰出来后，回头没见康秘书跟出来，就直奔停车场。

他上车坐定，拿出手机给康秘书发信道：

"对不起，康秘书！我有事儿，先走了。很遗憾，我今天已向我的女朋友求婚了，不能做你的男朋友，请原谅！"

发完信，宋世杰长松了一口气，正要发动车子时，手机回短信了：

"求婚，又不是结婚，中国人不流行这一套，中国的法律更不会认可，所以，我还有希望！我求你，给我们彼此了解的机会，哪怕到最后，你只做我的好朋友也行。"

"我们本来就是好朋友，我很知足，谢谢你的信任！"

宋世杰回复完康秘书短信，关上手机，刚发动车子，就看见康秘书走过来，他装作没看见，果断地一踩油门儿，驾车逃离了停车场。

在他的车后，霓虹灯下，康秘书紧跑几步喊着：

"世杰,听我说,我爱你!"

三七一

苏赫一觉醒来,已是第二天上午10点多钟。

屋内,光线被窗帘挡在窗外,显得十分阴暗。

他揉了揉惺忪的眼睛,伸展了个懒腰,莽莽撞撞地走到窗边儿,打开窗帘。外面是阴天,但亮度立刻将室内那桌残羹剩菜暴露在他面前。

"哇,她一晚上没回来?"

他惊讶地找出手机查看,发现上面有个陌生号码(正是昨天下午刘晓娜用座机拨来的电话),这号码对他来说很陌生,但他凭直觉,肯定这是刘晓娜打来的,因此,想都不想就拨了回去。

三七二

电话另一头,房子空着,客厅里的电话没人接听。

从客厅里那扇大开的窗户向外望去,正对窗户楼下约50米处,就是陆家嘴绿地中心。

由于没有高层建筑遮挡视线,站在这大开的窗儿边,放眼望去,一眼就能看到刘晓娜穿着一身梅红色衣裙,在绿地中心的鱼池边儿静止不动。

近了看,她和刘母这是在喂鱼。鱼儿们在她们手中美食的诱惑下,都争先恐后地跳上水泥岸边张大嘴巴啄食,然后又扭摆着身子退入水中,可爱极了。

"嗨呀!那条'大黑'还是没有吃到……"

刘母有些着急,又掰了点面包末,向水中一条大的黑色鲤鱼扔去,黑鲤鱼一口吸进去,她俩才都高兴地一笑。就在这时,刘晓娜身上的手机突然响了:

"妈,一定是苏赫打来的,接不接?"

"接!我来接!"

刘母夺过手机,没好气地:

"喂——你找谁?"

刘母说着,看了一眼女儿,又接着说:

"……找刘晓娜呀,她不在!……我是谁?呵!我还想问你是谁呢!不过,我现在不想知道你是谁!总之,没事,就不要打电话来找她,她很忙的！"

刘母自顾自地说完，就挂上电话。

"不来赛（不管用），侬（你）这样港（讲），他肯定还会再打来的呀！"

刘晓娜一着急用上海话埋怨起来。

刘母："打来嘛，就让他打来么好了！再打来，你就跟他讲明白，好要他早点死心！阿拉库（我看）不起靠女银（人）养的男银（人）！"

这时一对年轻夫妇走过，刘晓娜等他们走远，用普通话对刘母说："他为了我，抛家弃子，……我说不出口。"

"说不出口也得说！"

就在她们母女要争执时，果然不出刘晓娜所料，手机又响了。

刘晓娜打开手机接听。

为避开刘母，她朝旁边的草地上走去。

刘母并没因她走远，就不去关注她接听电话的内容，而是借喂鱼，换了个能听到她打电话的地方，在静静偷听。

"……呃，我浦东这儿有事儿，回不去。……结婚证的事儿……我妈她不同意。"

这话一出口，电话里苏赫立刻沉默无声，她借这无声之际挂掉电话，朝刘母走回来。

刘母当然也听到她说话，开心地喂着鱼……

三七三

电话这头，苏赫听到刘晓娜的话后，头脑像被人重重击了一棍似的，"嗡"的一下瞬间失去意识，当他回过神儿来，刘晓娜已经挂掉电话，令他莫名其妙。

"怎么可能？怎么可能？"

他那种敏感与警醒的意志犹如股指，一路攀升达至顶点，瞬间变成愤怒。但他压抑着，使整个人都僵直在那里，片刻后，他像那山洪突然爆发般，咆哮起来：

"我不相信！也不——可——能——！"

三七四

  他带着复杂的情绪离开房间,奔跑了出去。
  很快,他驾车顺高架桥,疾速驶向浦东方向。
  时近中午,各条道上的车流量已开始增大,而他却不计后果,不断加速超车,很快进入过江隧道,几分钟后又钻了出来。整个行程,不到半小时就抵达浦东陆家嘴。
  他曾在刘晓娜拿房产证时,不小心掉落在地上的一张水电费缴费单上看到过刘母家的详细地址,因此,他按记忆中的地址,寻找到刘母家楼栋。
  刘母家的电梯在楼栋门内,需要楼栋大门上的密码才能进入,但苏赫不知道密码,正在犯愁时,来了位送水工。巧的是这送水工所按号码,和他去的刘母家是同一家,而苏赫并不知道,依旧心情复杂,脸上没有半点喜色,偶尔还显露出目光凶狠、虎视眈眈的样儿。
  苏赫这不是在故弄玄虚,是因为他内心太在意自己这次的成败。
  此时此刻,苏赫心里就像装有一堆干柴,哪怕是一点火星儿,就能将其愤怒之火点燃,就会有一发不可收拾的趋势。
  在没见到刘晓娜、没把事情问清楚之前,他只能压抑住内心这翻腾的怒气,默不吱声地跟那送水工,悄声进入电梯。

第十四章

三七五

楼上,出来开门儿的是刘晓娜。

刘晓娜伸手付给送水工一把20个一元的硬币,送水工接过硬币后,边走边数,随后拐入电梯间。

刘晓娜把水桶提进门,刚要关门时,苏赫突然从侧面蹿出,推门而入。

苏赫冷不防闯入,吓得刘晓娜捂着耳朵尖叫。

"娜娜,是我!……走,跟我回去……!"

苏赫又急又恼,扯住刘晓娜的一只手,就朝门外拽。

刘晓娜见是苏赫,这才停住尖叫,改为低声斥责:

"——谁要你来这儿了?我不是跟你说明白了——我妈不同意吗?!"

"我不管,跟我出去!我有话要问你!"

"啥话?你就在这儿问吧……!"

正当他俩拉扯时,先前在厨房听到刘晓娜叫声的刘母,这会儿已慌忙抓起手边的菜刀,跑了出来。

刘母看到地上有刚送来的桶装水,以为是送水工在调戏女儿,大声呵斥着,举刀冲过去:

"你休想占我女儿半点便宜!——滚出去!滚出去!"

刘母扬扬刀,目的就是想把"送水工"吓唬跑,哪知这话正激怒苏赫。他使劲推开刘晓娜,迅猛转身,推搡了刘母一下,怒目切齿、失去理智地咆哮着:

"你最好不要管你女儿的闲事儿!否则,别怪我不客气!"

刘母踉跄后退几步,站稳,更加愤怒,指着苏赫呵斥:

"我管我女儿,怎么会是闲事啦?你是谁呀?好大的胆子!——我不怕!倒要看看你是咋对我不客气的!"

刘母较真起来。有她们母女两人合力,她根本就不相信眼前这个仪表堂堂、英俊的男子能对自己怎样!

"妈,他就是苏赫!"

刘晓娜此时,已抓起茶几上那把水果刀,靠过来和刘母站在一起,两人一副合力对峙的架势。

"哦,原来你就是靠我女儿养的男人呀!你来得正好,快把我女儿的小轿车钥匙交出来!还有,这几个月里的开销,也要给我统统算一算!"

"妈,毕竟我们夫妻一场,花掉的部分……就算了吧。"

"谁说算了?我不仅要算清楚,还要他赔偿你的青春损失费!除非他一夜暴富!否则,就别想'吃'到我女儿这块'天鹅肉'!"

刘母厉声说着,推了一下刘晓娜,接着道:

"娜娜,去打电话报警,我就不信,赶不走这只'癞蛤蟆'!"

这话令苏赫更加恼羞成怒。只感觉有股浓浓的挫败感,朝他的自尊心上重重刺来,让他感觉到一切的美好都失去光亮,瞬间变得灰暗不堪。

刘晓娜真的跑到沙发前,去拨打电话了,这更加深他内心的羞辱感。顷刻间,这羞辱感就像一把怒火的种子,在他心头"嘭"地被点燃,而且是爆炸式的火焰,炸得他面目狰狞、毫无理智地吼道:

"别动!谁动,我就宰了谁!"

他一个箭步夺下刘母手中的菜刀,大步朝刘晓娜跨去。

刘晓娜已经抓起电话还没来得及按号码,见苏赫气势汹汹过来,吓得扔下电话筒,直往沙发后面躲。

刘母为了保护女儿,不顾一切地冲上去,抱住苏赫,同时对刘晓娜喊道:

"娜娜,快报警!快去……"

苏赫挣扎了几下,没有挣脱刘母的纠缠,怒恼之中,他狠狠一挥手,刀子正中刘母的颈部,顿时,鲜血像从泉眼儿里冒出般,喷射在他身上、脸上。

刘母本能地用手捂住伤口，挣扎了两下，很快就闷声栽倒在地上。

刘晓娜刚已按好110，见状，惊恐得甩掉手中电话筒，尖叫起来。

这叫声刺激着苏赫的每根神经，但他仿佛是被恶魔附体，冷笑着，继续朝刘晓娜大步逼近。刘晓娜惶恐着不断向沙发后面倒退。

苏赫盯视刘晓娜的同时，余光也看到了她放在沙发上的手机和电话旁边的那把水果刀，为吸引住她目光，他继续死死盯视她，并用缓和的语气说：

"现在好了，没有人可以阻拦我们结婚。亲爱的，走，跟我回去，回到我们从前的快乐中！我保证一辈子对你好……"

"别过来！你是杀人犯、恶魔……我不会再相信你！"

"别怕，亲爱的！信不信由你，只要你把美金拿出来，我保证不会伤害你！"

他朝旁边倒在血泊中一动不动的刘母，瞟了一眼：

"我这是自卫——谁要你妈阻拦我们？——她这样做，就是毁我前途！断我财路！跟杀我，没什么区别！"

"原来你跟我在一起，只是为了钱？"

"没错。"

他已走到沙发跟前，他们之间只有沙发之隔，他快速弯腰拿到沙发上的手机和水果刀一并装进自己衣兜。

"把我手机还给我！你个骗子、杀人犯！休想再从我这儿得到一分钱！"

刘晓娜又气又恼地抓起手边装饰物朝他砸去，他只躲闪了一下身子，继续步步向她逼近：

"钱能买你的命……"

此时，刘晓娜拨的110电话已接通，听筒里面传出"喂，110呼救中心，是哪里报警，把详细地址说一下……"。电话里声音，使他俩都紧张起来，空气一下子像凝固在那里。

刘晓娜摸了一下身后，感觉已退至卧房门口，就机智地大喊起来：

"救命呀！15楼有人杀人了！"

她喊完，就钻进卧房，把门儿紧紧反锁上。

苏赫赶忙挂上电话后，看了看墙上的时间是中午11点50分。而后，他一副暴露出狰狞可怕的面孔，快速搬起茶几，朝小卧室门上砸去。

三七六

他还没使多大劲儿，这门锁就被砸开，并且没留下太多痕迹。

刘晓娜在里面就像是束手就擒的山羊。

"别杀我，我给你美金！"

刘晓娜惊恐着从包里拿出现金和存折，颤抖着手递给苏赫。

"你数数现金……"

刘晓娜想用这种拖延法，等待警方到来，可苏赫心里已算好警方到来时间，于是，也就很容易看破她这招数。他在威逼、等待她拿存折的同时，也在观察室内一切。他看到床上有一套海蓝色套裙，衣柜门上挂有一顶纱质精美的乳白色太阳帽，还看到她磨磨蹭蹭的，一只手在翻动梯子，另一只手却紧紧捏着小皮包……

他似乎明白了什么，改变指令吼道：

"到厨房去！"

刘晓娜还以为他真的发善心，要放自己一条生路，也就听从，走出小卧室。

他威逼她在经过客厅酒柜前停下，又命令道：

"酒，拿两瓶白酒！动作快点！"

刘晓娜不知他要酒有何用意，只要能放自己一条生路照做就是。

三七七

他们来到厨房，苏赫继续指挥，命令说：

"微波炉打开，把酒放进去，高温，加热5分钟！"

"……加热……干什么？白酒冷的好喝。"

"少废话！"

刘晓娜心想："啤酒有气，放在冰箱里能爆炸，但白酒应该没什么大问题。"于是，也就又照做。

他拿刀堵在门口，她只能站在微波炉前等待加热时间。

此时此刻，她极其希望这加热时间能长一点，惶恐之余，心里也在想怎样拖延时间。她只顾想了，没再注意身后苏赫的行动。

此时，苏赫看了微波炉上的加热时间，早已捂着耳朵，躲在门口的墙后面。当微波炉加热时间到达3分钟时，突然"嘭"的一声闷响，微波炉和酒瓶都炸飞了，只剩下微波炉的底盘，和两个一寸多长的瓶口还留在原地。

再看刘晓娜，她已倒在地上不省人事儿，头部和脸部血肉模糊，鲜血直流。

苏赫用手在她鼻子跟前荡了荡，确定没有呼吸后，才赶紧掏出身上湿巾纸，将刀把儿上自己的指纹擦去，又将刀放在刘晓娜手中，粘上指纹，制造他杀假象。

他拿到小皮包里的美金卡和身份证，迅速用手机拍了照后，放回皮包里，再将皮包又放回原来之处。为了毁灭整个作案现场，他快速把自己走过的地方，和手摸过的茶几、电话听筒都用湿巾纸擦拭一遍，然后，在门口穿上刘晓娜的皮鞋，晃晃歪歪，返回刘晓娜卧室。

他从床上拿到那套套裙，取下帽子，用湿巾纸擦去脸上血迹，穿戴好后，又把带血迹的脏衣物包裹起来，随手拿了个袋子装了进去。

走出门后，他认为这一切做得都很完美，天衣无缝，回头望了一眼大开的大门，继而沉着、冷静，像是完成了某种使命，还带有成功的喜悦，走入电梯。

三七八

由于没有详细地址，加上通话时间短，警方没法确定这报警人的具体住址。

等警方按报警号码找到事发地，已过去10分钟，赶来时，苏赫已经在楼下坐进自己的小轿车，驾车开至小区大门外的马路上，与警车碰面而过。

男扮女装后的他，面对警察，表情显得更加无畏与自然，丝毫没引起警方的警惕，但他的车和怪异的扮相，都在警车上一中年男人的视线范围内。

苏赫微微冷笑了一下，加快油门儿，把那闹心的警笛声甩在后面，越来越远。

三七九

苏赫身后的某小区里，警方在保安帮助下，很快找到这家报警用户家。首先，映入警方眼帘的是——敞开着的大门，门内地上放着一桶农夫山泉纯净水，再进一步，是倒在血泊中已死去的刘母……

无声中，有警察开始给死者拍照了，法医也开始在桶装水的外表寻找指纹……还有两位警察跑到其他卧室，寻找作案时凶手遗留下的痕迹。很快，他们分别都又跑出来向刑侦的队长报告说：

"徐队，各个卧室未见异常。"

这是小个头男警员在汇报。

"徐队，厨房有情况。年轻女性、死亡时间大约在几分钟前，是微波炉爆炸所致。在她手中发现了一把带血的菜刀……"

这是英俊的年轻男警员在汇报。

徐队一听说死者手中有带血菜刀，看了一眼刘母脖子出的伤痕，凝重地皱了一下眉头，跨步朝厨房走去。

他边走边问保安：

"有这家人的房产登记吗？"

"有，在物业管理办公室可以查到。"

"你马上去把它调出来。"

"好。"

保安应声离去，徐队依然带着他凝重的表情走进厨房……

三八〇

这会儿，苏赫已驾车回到浦西，来到他和刘晓娜曾同居的家中。

他尽量将自己的衣物和所有用具，都统统打包带走，整个房子又恢复到起初的女单身住所。

一切收拾妥当，他快速离开小区，一路驾车上了高速，他这是要赶往苏州，因为只有快速远离现场，才是最安全的。

三八一

现在在高速公路上，他感觉自己就像是天才"杀手"，为自己神不知鬼不觉，毁灭作案证据，而感到兴奋和无比刺激。就像是赌博新手，下了一注，得到赢利后的那种感觉。

"哦呵——终于吐了口恶气，爽呆了！"

他想着，脸上依然是出奇的平静。

三八二

此时，正是中午吃饭时间，宋世杰没有打算出办公室门儿，还在用电脑赶写一篇论文，康秘书为他买了快餐，放在桌上，悄悄站在他身后看。

她看着看着，不由得轻声地说：

"上次试验证明，只要能抑制住干细胞中的病毒菌，是可以让新细胞再生、自我修复。那……什么物质可以杀死这些病毒菌，而又不至于伤及正常细胞？"

"对，我一直也在考虑用砒霜来做试验的问题……"

宋世杰停下写作，接上她的话后，像在思考着什么，一时陷入沉思中。

"不想了，先吃饭吧，世杰。"

"好，一起吃。"

宋世杰温和地说着，先替康秘书打开饭盒。这场景如果不是在办公室，如果不是他们都还穿着工作服，可能会让人误认为这是一对夫妻了。

康秘书喜欢这种和谐的氛围，她默契地坐下，接过他为她递来的筷子，想了想问：

"你今天怎么不去见付雪？"

"她很忙，不希望被打扰……"

宋世杰说着，突然停下来，像想起了什么似的，反问道：

"……付雪，我有跟你提过这个名字吗？"

"付钢昨天来找过我……"

康秘书尴尬地笑着回答，让宋世杰明白了很多，但很快恢复常态，假装不知情，又说：

"他找你，一定是向你了解关于我个人的事儿吧。——我忘了，办公室里不谈私事儿，还是快吃饭，吃完了，我们还有很多工作要处理。"

宋世杰不是不想谈私事儿，而是他心里明白：

"康秘书也喜欢自己，没必要去伤她的心，更何况有付钢出面替自己警告了她。另外，这两女性都这么优秀，他的内心深处，选择谁，还真有些摇摆不定。他希望，最好，让这两个女人自己来决斗，最后能留下的就是属于自己的。"

面对两个同时喜欢自己的好女性，任何一个男人都会一时处在这两难之境中，但现在，宋世杰凭经验，他选择了"沉默"与"假装不知情"的方式，要从这困境中脱离出来，站在一个高点，去等待与观望。

然而，康秘书早看透了宋世杰这惯用的沉默和他的一些习性，她大胆地想出了一个赶走情敌的良策，于是，没吃几口饭，就悄然离开了办公室。

三八三

在医院的办公区，一处无人的走道上，康秘书拨打了付雪电话，很快电话里传来付雪声音：

"喂，请问是谁？有什么事吗？"

康秘书犹豫了一会儿，回答说：

"……别问我是谁。我们能约个时间见面吗？"

"我不认识你。"

"可我认识你，而且是有关你的事儿，我不方便说……去了……你自然会明白的。"

"……什么地方，你说吧。"

"半个小时后，你在书城门口等我，我会去找你。"

"好。"

康秘书挂了电话，得意地笑着。

三八四

星梦公司里，付雪挂上电话，立刻对这匿名电话产生疑问：

"这声音有些熟悉，她会是谁？有关我的什么事儿，她不便在电话里说？难道她是刘晓娜？和苏赫有关？"

付雪想到此，拎起包急忙向门外冲。她急匆匆的身影，正好让坐在会议桌前的姜星梦看见，就喊住她问：

"什么事儿，这么急？"

"没什么，我出去一下，马上回来。"

"好，等你写完了，我要请你去杭州、苏州、南京三地旅游，怎样？"

付雪只好停下脚步："不用破费了，写完这个，如果有新选题，我愿意接着写。"

"哈哈哈，安排你出去，就是为了下部戏，你不去实地体验，怎么能写发生在那里的故事？"

"我知道了,就听姜总安排。"

"好,不说了,你快去快回,千万别误了这场戏。"

"嗯。"

付雪应声,匆匆走了出去。

三八五

付雪坐的士赶到书城门口,找了个人少地儿站着。

由于她见过刘晓娜(她猜想是刘晓娜),于是,就把目光关注在涌动的路人中那些身材矮胖的女性身上。正当她在焦急等待与寻找时,一个熟悉的身影出现在她的视线里,令她惊奇得瞪大了眼睛,若不是看见他身边儿挽着他胳膊亲密的女人,她差一点喊出声儿来:

"世杰!你怎么也在这里……?"

付雪一眼认出那女人,就是宋世杰办公室的女秘书,一切都恍然大悟了。

现在她要趁这女秘书,还没看到自己之前,赶快离开,否则,她怕控制不住自己情绪,会上前狠狠给宋世杰一耳光,就会使场面很尴尬。

"不管这女人和宋世杰到底是什么关系,但都不想让自己喜爱的男人,在大庭广众之下受到侮辱。"

付雪在想的同时,已离开刚站的地方,背对着宋世杰他们朝相反的方向匆匆走去,可还是让也在书城门口四处寻找的康秘书看到了付雪的背影。

康秘书得意地笑了笑,才松开挽着宋世杰胳膊的手。

可惜付雪没有回头,没看到康秘书从宋世杰胳膊底下抽回手的这一幕,只见,付雪很快被淹没在涌动的人潮之中。

三八六

书城内医学书架区,康秘书趁宋世杰在认真找书之时,躲到一边给付雪打电话道:

"付小姐,我想你一定知道我是谁了。没错,我就是那个发信息的人。付钢是来威胁过我,但我不怕,你们没结婚,我有资格和你竞争。"

"爱情不能一厢情愿,如果世杰爱你,应该早对你表白心声了,用不着你现在设计来追求!"

"哼哼,那是我没想到,你会突然冒出来,破坏我们平静、默契的两人世界！"

"对不起，我完全理解，但同事和妻子之间，是不同的两个概念，希望你不要耽误了自己！"

"你说得没错，这也正是我打电话给你的目的。我比你更了解他、懂他！你连他需要什么，追求什么，每天在所思所想些什么都不知道……"

"谢谢你提醒，但我还有句话要送你——爱情需要缘分！不属于你的，强求来的只能是苦果。"

"哈哈哈，那，我们走着瞧！"

康秘书说完，就挂上电话，回到宋世杰身边替他翻找需要的书籍。

在这偌大个图书的世界里，两人十分开心、默契、形影不离。

静谧中，偶尔能听到他们翻动书页的细微响声儿。

三八七

付雪又回到星梦公司自己的办公室里，一直在回忆康秘书的话，令她心神不宁，无法静下心来写作。

"世杰为什么和她那么亲近？难道世杰知道她爱他？既然这样，为什么要向我求婚？世杰到底需要什么？在想什么？每天和女秘书在一起，他们有没有发生过那种关系？"

"即便有，又怎样？没有，又怎样呢？在这人吃人的社会，靠实干的只能艰难生存、维持生计。无处不是钱换钱、权换钱、肉体换钱、人际关系换钱，特别是这国际化大都市里，谁还会把贞操放在首位呢？"

"可付钢为什么要替女秘书揽下'发短信'的事儿？难道，付钢调查过宋世杰？那付钢一定知道他们之间的关系。不行，我得给付钢打个电话。"

付雪想着，迅速拿出手机拨打，很快电话里传来：

"您所拨打的电话已关机，请稍后再拨……"

"怎么关机了？"

就在付雪心神不宁、难以平定时，那个男同事敲门进来说：

"付小姐，导演要我问一下，稿子明天能出来吗？"

"噢，能。"

"好，我现在就去转告导演。"

那男同事说完关上门走了，屋里又恢复了宁静。

付雪这才从刚刚纷乱的思路中清醒过来，赶忙专心地投入到修改稿件中去。

三八八

此时，苏赫已驾车逃到苏州境内。

他先是找了一家郊区路边汽车修配厂，把车子开进去：

"老板给我换个颜色。"

"唉！来了。"

一个晒得黢黑的矮胖男人走过来搭话儿。他40多岁，裸露上身，挺着猪八戒式的大肚皮，从气势上看，像是这修配厂的老板。

这修配厂是一个外表很破旧的平房，但里面可以同时容纳三辆大货车。也许来修车的人很少，又是个体经营，里面只有三名年龄较轻的维修工人，而且个个懒洋洋的，行动很慢。

门口堆摞很多新旧轮胎，一看便知以销售轮胎为主。

苏赫见他们懒洋洋的、走路缓慢的样子，担心耽误自己大事儿，就拿出两千元递给老板。那老板接过钱，会意地一笑，低声掩面向苏赫推销：

"要不要假牌照？"

"可靠吗？"

"保证，以假乱真！"

老板说完诡异地看看四周，见工人们个个动作很慢，立刻大声朝他们嚷道：

"快点——快点。把玻璃和灯都用报纸蒙上了，要最短时间内搞定！"

老板这一吆喝，仨工人工作速度加快很多。

老板见工人们都在忙碌，就对苏赫伸出五根手指。

苏赫看后似懂非懂地问：

"在哪儿？"

"有五个省市的，在后面……"

"能看吗？"

老板稍稍犹豫了一下：

"走。"

三八九

老板沉默着,将苏赫带到距离修配厂20米外的一家民宅。

一位老妇女探头出来张望,见四周再没有人影,才打开门儿让他俩进去。

老妇女似乎知道他们来此的目的,就直接把他们领到一间放杂货的黑暗小屋,拿出一个纸箱打开,里面是五块崭新的车牌。

苏赫从中挑了一块军车牌照,拿在手中反复看,老板明白他这意思,忙说:

"绝对'正宗'!"

"多少钱?"

"每块一干。"

苏赫买了假牌照,现在心里更是踏实多了。

和老板回到修配厂后,放心地坐在一边儿开始合计着另一个计划:

"再去给自己换个手机号码,做个假身份证,最好再给自己整个容,或换个发型什么的。最重要的是要用台电脑,通过网络,赶紧得把那些美金转出来。然后……再然后……"

他的脸阴沉下来,眼睛里流露出一丝凶狠目光。

"付雪——你这个贱货!"

三九〇

而此时,上海浦东某派出所刑侦队徐队长这边儿已回到办公室,传唤了送水工。根据送水工描述,排除他作案可能,于是初步判定凶手就是厨房女死者刘晓娜。

"可她为什么要杀死自己的母亲?她们之间到底发生怎样的矛盾?送水工在门口遇见的那个男人是谁?公路上自己遇见的那个'人妖'又是谁?他们之间有没有联系?"

徐队独自坐在办公室猛抽着烟,整理思路,回忆着每个细节。这时小个头男警员和英俊年轻警员一起拿着盒饭敲门进来。

小个头说:

"徐队,先吃饭吧,都下午3点半了,我这肚子都'抗议'了好几回。"

"噢。找到新线索没有?"

徐队边问边接过饭盒打开。

"有，在老死者房间里发现一个小型密码箱，打开后，里面有6根金条和一张60万元养老储蓄卡，这也许正是刘晓娜谋杀其亲生母亲的理由……"

徐队说："太主观了！别忘了，刘晓娜也是百万富婆。"

英俊年轻警员也接过话题，插话进来说：

"徐队说得对，我刚去银行查过刘晓娜账户，她不光有100多万人民币，还有100万美元的外汇储蓄。"

"那美元现在还在银行吗？和她包里的外汇储蓄卡一致吗？"小个头急切地问。

英俊男警员边吃边回答说：

"当然一致。银行方面说，这美元存在里面很多年，从没人去取过，现在还增值不少……"

徐队连扒了两口饭，撂下筷子，猛然站起来打断他话，说：

"这两天，把美金给我盯紧了。走，去浦西！"

"浦西？你是怀疑另有第三者？"

"是直觉。"

徐队嘴里嘟哝着，但表情果断，随后他沉默下来。

他们三人匆匆走过走廊，拐出大门，迅速跨上警车，在阴沉天空的伴衬下，警车呼叫而去。

三九一

徐队等三人很快来到浦西，和长宁区警务分局联络上，并从片警刘勇那里，得到有关刘晓娜和苏赫两人前不久登记在案的第一手资料。

三九二

由刘勇陪同，他们四人来到刘晓娜工作单位。

他们要通过其单位，了解刘晓娜生前是否与人有过节。

了解完情况，徐队果断排除仇杀可能后，又立马驱车，转往刘晓娜的住处。

三九三

小个子警员用刘晓娜遗留下的钥匙打开门儿，里面豪华、别致的装修，无不反映出女主人生前的奢侈生活。

"看来这里并非女单身住所呀！谁是用餐者呢？"

徐队进门一眼就看见靠窗那边儿餐桌上的残羹剩菜。

他说话间已走到桌前，拿出包里专用袋，将桌上用过的一支酒杯装进去，然后，挑了一点菜闻了闻。

"按常规霉变系数推算，这桌菜不过两天。呵，还有玫瑰花……"

"今天是7月5号……"

小个子警员敏感地看了看手机上的日期，接着说：

"据了解，刘晓娜是7月4号上午11点5分离开公司，11点30分乘出租车，去了浦东，她不可能有时间留下来吃饭。"

"苏赫？只有苏赫和她走得最近！"

英俊年轻警员这一提醒，徐队脑海里立马又闪现出曾在事发地附近的马路上，所碰见的那辆白色BYD轿车和里面那个"人妖"。

英俊年轻警员见徐队陷入沉思之中，就和刘勇分别去客房和卧房查找线索，小个子警员去了书房。

"小张，你去核实一下'沪F×××××'车牌；把杯子拿去化验一下。还有，在这附近花店，查下这送花人。"

"是，徐队。"

小个子警员小张从书房大步跨了出来回答，说完就迅速离去。

"徐队，刘晓娜的相册……"

英俊年轻警员在刘晓娜的卧房里喊。

徐队没有回答，只是疾步跨了过去，充满希望地接过相册，打开快速翻看。

第一遍，太快，没有看到自己要找的东西。

第二遍了，他打算静下心来，再仔细看一遍。这一仔细，让他眼前一亮，在一张外景照片上，他看到一顶熟悉的纱质精美的乳白色太阳帽。

他把这张照片取出来，拿在手里，又继续向后翻看、寻找。果然在一张刘晓娜和单位同事合影照中，看到那套海蓝色套裙。这让他激动不已。

他立即用手机拨通一个电话号码问：

"喂，小张，车主查到了吗？"

电话里小张声音：

"查到了，车主是刘晓娜。哦，化验结果还没出来。"

徐队看了看时间，墙上的挂钟指在17点25分：

"化验结果一出来，立马通知我。"

"好的。"

徐队挂上电话，装好这两张照片，走到刘勇跟前：

"小刘，基本情况都摸清了，我怀疑苏赫跟这起案件有关联。"

刘勇这时，正好从一个梯子里翻出刘晓娜的驾驶证，转身递给徐队说：

"我带你们去见苏赫前妻……"

三九四

星梦影视公司里，付雪依旧在她封闭、安静的办公室里，正专心投入修改剧本。而她门外的大办公区，所有工作人员也还都没下班，都正各自忙碌着。

有的在打印资料，有的在背台词，有的在整理服装、道具……

在椭圆形的会议桌一角，宋世杰坐在那儿，正闲得无聊，在翻看着报纸或杂志，他这是在等待付雪下班。

他偶尔也会站起来走动，但怕影响别人工作，才又回到原座位，坐下。由于没人说话，时间一长，独坐等待，会让人感到疲惫，不知不觉中，宋世杰斜靠在沙发椅上睡着了。

三九五

等付雪完成全部修改工作，出来叫宋世杰时，他已美美睡上了一觉。他醒来，看了一下四周。

"噢，人都走了？几点钟了？"

"4点。"

"凌晨4点？你一晚上没睡？"

"全部改完了，今天可以好好陪你。"

"傻瓜，快靠在我身上睡一会儿。"

他换了个长沙发坐下，继续说：

"来，快睡会儿，再有半小时天就亮了。"

"嗯。"

付雪早已两眼皮在打架了,眼睛涩得难以睁开,也顾不上去想昨天康秘书的事儿,就像依人的小鸟似的靠在他肩膀上就睡着了。

他心痛地抚摸着她手,然后,抬起胳膊,为她按摩头部穴位,直到她真正睡熟。

他静静地坐着,幸福地为她充当更舒服的靠垫。

三九六

还没等红日破云而出时,他们已睁开双眼,相互偎依着从高楼内走出来。

黎明时的马路,车辆与行人稀少,仿佛是一条条懒懒躺着入睡的长虫。此刻,整个繁华都市也仿佛是不愿起床的"懒汉",静静地坐卧在大地母亲怀里,安然入睡。

"好安静,很像我老家了。"

付雪立刻感受到了这特殊时刻。而宋世杰自从走出高楼,就一直边走,边四下里张望。车停在高楼下的停车场上,他们是步行。他想在附近寻找一家像"永和"或是其他品牌之类的早餐店,没有听清她在说些什么,也就心不在焉地追问:

"怎么?想老家了?"

"你没听清就算了。"

付雪从不会为一些小事儿生气,她早观察到他在为自己寻找早餐的地方,因此,她没有跳出她捕捉外界美的自我世界:

"——我是第一次赶早,第一次看到这繁华大都市'入睡'的时刻。"

"我也是。而且是跟自己喜欢的人一起……不过它会很快醒来哟。"

"所以,我想要你带我去兜风,怎样?"

"哈哈,这提意不错——走吧!"

他们转身朝回走。刚走几步,他突然停下来,深情地看着她:

"你知道我最喜欢你什么吗?"

她摇了摇头,瞪着深潭般的双眸,等待他的后话。

"就是你的单纯和浪漫。"

"有朋友说——我单纯是不成熟的表现。甚至,还有朋友嘲笑我说——单纯的人写不出内容深刻的好文章。我还正为此苦恼呢!没想到,你竟会认为它好？"

"我都知道……你那些朋友的名字。"

"啊？怎么会？"

她惊讶得瞪大了眼睛。

"真的！"

他有点故弄玄虚。紧接着，他又严肃起来，带点批判性的口吻说：

"自命不凡、唯我独尊！他们只配用这样的名字。"

"哈哈，什么呀？人家可都是文学界的老前辈了。我都称他们老师呢。"

"你别笑，他们就属这种人。你想，只有自命不凡、唯我独尊者，才会乱给人下结论，极其不负责任！就像我们医生，在给病人看病时的盲目诊断，会带来误诊的严重后果。"

"行，我们不谈这个，总之，有人喜欢我的缺点，就是我的福分。"

他们说话间，已来到车前。

"太太，请上车。"

"先生，请！"

两人相互礼让，上车后，都禁不住含蓄地笑了。

他一按按钮，车顶篷立即自动划开，形成敞篷车，然后，发动车子，由慢到快地飞驰在马路上。

<h2 style="text-align:center">三九七</h2>

这朦朦胧胧、安静的马路上，晨风伴着热气朝他们飞驰的车子迎面扑来，好在有挡风玻璃阻挡，使气流在他们身后打转儿形成推力后消失。

宋世杰边驾车，边大声问：

"明天是我生日，你打算送什么礼物？"

"你怎么不早说？"

"现在说也不晚嘛。"

"那好，我还真有份礼物要送给你。"

"噢，这么快就想好了？说说看，看是不是我想要的。"

"你先说——你想要什么？"

"结婚！"

"什么？"

"结婚！和你结婚！给我一个温暖的家！"

"你还没见过我父母呢。"

宋世杰听到此，沉默着将车子放慢速度，急转了个弯儿，向回驾驶。

付雪感到不解地问：

"为什么转弯呀？"

"刚看到路边有个加油站，要把车子'喂'饱。不然……怎么能带你兜回老家？"

"真的？现在就走吗？"

"是，你要不愿意，就算了。"

"不不！我……"

付雪第一次遇见如次肯为自己牺牲时间的人，她受宠若惊，激动得淌出眼泪：

"为什么要对我这么好？从来都没人对我这么好过！"

"因为，你是我的未婚妻呀！"

宋世杰脱口回答。

听出她哽咽的声音，扭头看了她一眼。看见她湿润的眼睛，正在往下淌眼泪：

"快擦擦，让人看到，还以为我在欺负你！——我像欺负女孩子的人吗？这么温柔，这么美丽的女孩子，我怎么舍得？除非……给我换个张飞脸儿还说得过去，是不是？"

他说着做了个怪脸儿，逗得付雪又"噗"地抿嘴笑了。

但这笑在她脸上没有持续多久就消失了。因为，没有一个离过婚的女人不对人生中遇见的第二个男人产生怀疑。质疑他们能不能和自己长久？质疑他们对自己会不会全心全意？她们曾受到前者伤害，心身俱疲，面对后者，心里多少也有些谨慎、胆怯与不自信。这是离婚女人的通病，此刻，也由付雪将它表现在脸上。

她迟疑了一下，不自信地说：

"我家里很贫穷……没有漂亮房子，也拿不出像样的饭菜招待你……还是不要回去了。"

"那怎么行？你父母，就如同我长辈，我怎能弃而不顾？——除

非——你想甩掉我!"他说到此,认真地扭过头看着她,质问道:

"你想甩掉我吗?"

付雪被他突然的质问给问醒,她立刻从不自信中走出,又"噗"地一笑:

"哎呀!你这下可惨了,我会像幽灵一样缠着你,让你这辈子都不能脱身!"

"我也是,不光这辈子缠着你,下辈子也说好了!"

"不行,下辈子,我要做男人,你做女人……"

两人快乐地逗着嘴,宋世杰还不忘将车驶入路旁的一家加油站内。

加完油,宋世杰下车付了油费,他发动车子,若有所思地对付雪说:

"……其实,这几年,我一直在想回国投资的事儿,如果你们老家需要,又符合投资条件的话,那就好了。"

"什么投资条件?"

"比如,人口密度、地理环境,当然,还有当地政府的优惠政策等。"

"太好了,世杰!这次回去,就当我带你去做实地考察吧!"

"行!我也这么想。"

付雪更加激动地看着他,眼里燃烧着对未来美好的希望之光。

三九八

就在他们刚离开的星梦公司大楼下,刘勇带徐队身穿便装驾警车赶到。

楼下广场上,除了静静停放在那里的各种小轿车外,几乎见不到人影儿。

刘勇下车后,先看了看广场及周边马路,确定没有付雪身影,就果断对徐队说:

"走,上去。她没回家,也没去看她儿子,那一定还在公司。"

"就算见不到她,也一定要想办法通知她,要她一有苏赫消息,立即和我们联络。"

他们说话间,电梯来了。俩人先后走进电梯。

三九九

电梯将他们带入星梦公司大门口。

由于太早,公司大门还紧锁着。

刘勇敲了敲，里面有个值夜班的保安被叫醒。

里面没有开灯，借大门玻璃隐约看到那保安朝门口走来，一边走一边问：

"谁呀？"

"噢，找付编剧。"刘勇回答。

里面片刻安静后，玻璃门儿被打开：

"付编剧，昨夜加班，天亮时，就和他老公走了。"

"老公？"

刘勇和徐队长两人吃惊得对视一下，几乎异口同声问：

"长什么样儿？"

"白白胖胖的，大个子，小平头，戴副眼镜，港台口音儿……"

"……你有付编剧电话吗？"

刘勇一听不是苏赫外貌特征，就打断保安话。

"有。我去记录本看看。"

保安刚想转身进去，但又想起什么，不放心地问：

"你们是她什么人？"

"是她老家来的亲戚。"

"哦，那你们等等。"

保安说完转进去，不多时拿了张写有电话号码的纸条出来。

刘勇接过纸条，边掏出手机，边对保安说：

"行，谢谢了。"

那保安没有再说话，把门重新锁上，又回去睡了。

四〇〇

安静的走道上，刘勇迫不及待地拨通付雪手机，可手机关机，这让他俩都很担心，也很失望，于是，又返回公司敲门。

那保安再次被叫醒。

外面的阳光从东边窗子照射进来，楼道里上早班的保洁工也陆续赶来，保安索性打开电灯走出来。

"你们还没走呀？找到人没有？"

"手机关机。这样吧，她回来，你要她给我们打个电话。"

刘勇说着拿出笔在纸条背后留下自己的手机号码和姓名交给保安。

徐队不放心地对保安补充说：

"我们找她有很要紧事儿，可别忘了！"

"放心吧，她回来我一定转告给她。"

"那行，多谢了！"

两人正要离开门口，徐队电话突然响了，他走到无人处打开手机接听。

电话里是小张短促的声音："喂，徐队，美金被人动了！"

"什么时候？在什么地方？"

"昨夜1点多钟，是用网络转出的。其网络IP地址，是苏州电信。账号也是苏州工商银行……"

"马上和苏州警方联系！"

四〇一

苏赫自昨晚带着假面具，穿着比自己体形大的衣服和鞋子，戴着墨镜和太阳帽，走进一家网吧，转完美金后，直接驾驶着假军牌照的车子，连夜离开苏州。

此刻，已回到上海。

他藏匿好那些物件、换掉假牌照后，悄悄溜进一家酒吧，物色到一个和自己年龄相仿，整日待在里面喝酒的酒鬼，私下里给他一笔钱，交换他近两天的消费小票和衣服，然后让他偷偷离开。

现在他就是这个陌生酒鬼的替身，苏赫坐在这酒鬼原来坐的座位上，干完手中的酒，又朝服务小姐一挥手，小姐便走了过来：

"先生还要点什么？"

他没敢抬头，只是把空酒瓶往小姐眼前的桌上一"咚"，小姐会意，就转身离去。

天刚亮的时候，他乘酒意，给刘晓娜家去了的电话，连去几次后，紧接着拨打了刘勇电话：

"喂，刘警官，还记得我——苏赫这个名字吗？"

他打了个酒嗝，继续说：

"我想请你帮帮忙……帮我……找找我女朋友——就是那个——刘——晓——娜！——只有你认识她。"

四〇二

和徐队刚赶回刑侦队办公室的刘勇，一听到苏赫电话，两人激动不已，忙接上耳机，和徐队一起接听。

刘勇问："你女朋友怎么了？"

电话里苏赫酒意浓浓、央求说：

"她说……她妈不同意我们婚事儿……要和我分手。她很痛苦，已经几天不和我见面，现在连电话都打去没人接听。我求你帮我到浦东找找她家地址，我要马上见到她——求你了！"

"你不知道刘晓娜浦东的住处吗？"

"要知道我早就去了，何必还来求……求你。"

"那你现在在哪里？到我办公室来，我带你去。"

"我在仙霞路一家酒吧里。我有车子，我才不坐你那破警车……"

"行，我马上过去。"

刘勇一挂上电话，徐队对他交代道：

"你去后，摸清他这几天都在哪家酒吧喝酒等一切行踪。然后，带他到浦东绕个圈子后，再把他送回去，秘密监视他的一切行动。在苏州警方的消息没到来之前，千万别打草惊蛇。"

四〇三

刘勇找到苏赫，直接按指示带他去浦东兜圈子。

苏赫见刘勇带自己在陆家嘴，来回绕了几个圈子，也没找到刘晓娜家，心中暗喜。就故意生气叫嚷着：

"不找了——不找了——有啥了不起！不就是有钱吗？现在单身有钱女人多得是！我就不信除了她，就找不到第二个！"

"就是，何必吊在一棵树上？"

就这样，刘勇敷衍了他，然后陪他又回到浦西，找了家酒店住下。

四〇四

此时，苏州警方接到上海打去的电话后，立即从该银行调取昨天下午4时许办理开户手续的所有录像资料，一一核对账号后，一个叫李国年的嫌疑人物终于浮出水面，可惜录像资料模糊，再加上这嫌疑人带着口罩、帽子无法看清脸部。

再经过身份证查找，上面的地址和人，是一位已经去世多年的农民老汉。警方马上意识到这是一张假身份证。不得不使此案在此打上一个大大的问号，被搁置在那里。

四〇五

上海，上午10点左右，徐队在自己办公室里接到苏州警方反馈过来的消息后，立即组织召开侦查人员会议，对案情进行分析。

会上，小张说：

"玫瑰花是苏赫送的，那一桌酒席，也是苏赫点的，整个费用是1800元，他和刘晓娜同居的近两个月里，一直是使用刘晓娜工资卡在消费。也就是说，苏赫没有经济来源，他应该是和刘晓娜利益冲突最直接的一个。"

"这美元，还有那100多万人民币，都是一个叫罗达成的老人留下来的，刘晓娜的亲爹几年前又搬回他老家——北大荒，现在过着清贫日子，根本就不知道有这笔遗产。这笔不义之财，除了她们母女俩知道外，再没人知道。这说明，苏赫有可能知道，在给我们玩儿障眼法。"这是英俊男警员在分析说。

刘勇说："苏赫这人为了个人利益，竟然抛家弃子，甚至还差一点谋杀他小舅子……这人良心泯灭，有最大嫌疑。"

为侦破此案，刘勇被暂时借调过来，成为徐队侦破组的成员。

徐队见大家意见都发表完毕，就综合以上意见，下达任务：

"看来，大家意见都一致。那我们就死死盯住苏赫！看他下一步，再怎样把戏演下去？"

四〇六

中午到了，苏赫来到那家酒吧，但他这次来的目的不是喝酒，而是在寻找猎物。因为，他知道那美金放在自己账上很安全，以防警方看出破绽，就暂时不去动它。但刘晓娜给他的工资卡上，金额在越来越少，有了杀刘晓娜的经验，他还想再猎一笔财富维持生计。所以，他很快就把目光聚集在一位坐在墙角，身穿黑色时尚衣服的中年瘦女人身上。

他要了两杯红酒，端过去。

一弯身，那动作像绅士般朝女人致礼，继而礼貌地微笑着对她夸赞道：

"小姐，您真有韵味！"

"哪里哪里——都老了。"

女人不好意思地一笑,给他让了点座位。

他得寸进尺,赶忙坐下又说:

"我就喜欢像您这样有气质,又成熟的女性,可惜……"

他故意伤感地叹了一口气。

女人见他又潇洒,又英俊,也有些多情起来。

她朝他轻轻碰了一下杯,用英语喃喃道:

"drink a toast!"

"toast!"

这杯酒下肚,那女人的话似乎多起来。先拿出一张名片递给他,然后问:

"先生,也一人吗?太太怎么没来?"

"惭愧、惭愧,我看上的,别人看不上我;别人看上我的,可我又看不上别人——挑来挑去,就落到现在这个下场了。"

"先生,在哪里高就?"

苏赫看了看名片,心中暗喜:

"噢,不如您这老总身份,说出来……怕您笑话。"

"没关系。这满屋子男人中,有几个是当老总的?"

"那也是。"

他迎合着,又仔细看看名片,"匡木琴"三字,然后一副憨实样儿,又说:

"您真女人之王,就连这名字都与众不同。能认识您,真是三生有幸!"

"别老夸我,说说你自个吧!"

"……在一家外资汽车销售公司的4S店做销售经理,现在正想换换单位。"

"我说嘛!仪表堂堂,一看就知道是人才!还是个销售经理,要换,就换到我那进出口物流公司去,我也正缺管理人手!"

"这可太好了!来,匡总,我敬您一杯!"

"OK!toast!"

两人越说话越投机。很快彼此就甩掉自我拘束感,不光坐姿显得随便,就连倒酒也不分你我。这一切都被离他们不远的侦查员小张看在眼里。

四〇七

　　这会儿，付雪和宋世杰绕近路，经过近8小时高速行驶，终于在下午2点多钟时，赶回付家寨小镇。由于是和宋世杰一起回来，付雪怕族里人传闲话，就把车子停在路边儿。可还是让一些小孩子们看见，纷纷跑回去告诉了大人们。

　　下午2点多钟的太阳还正高、正烈，村里人都在家休息，一听说付雪开着小轿车回来，就都赶紧自发地汇集到村委会，和村长、校长、付钢及老太爷爷们一起，拿出大鼓和响锣出来迎接他们。

　　这阵势，付雪还以为是村里来了县领导，禁不住转身向背后的公路上看。见背后公路上没人，再仔细一听，小朋友嘴里喊的是：

　　"……热烈欢迎付雪校长来校考察……！"

　　付雪这才定神朝队伍中间看去——她看见付钢站在村长和校长之间，正用力鼓掌、激动地看着她。

　　她恍然明白过来，也用激动、洋溢的目光迎合着热爱她的亲人们。

　　"爷爷奶奶、大叔大婶、兄弟姐妹们，谢谢你们对我的养育之恩和关爱！既然把我也提升为'校长'，那我也就在此说两件事儿：第一件事儿是——这投资建校的资金里有一半是付钢的，我觉得校长这个头衔，非他莫属！"

　　"好！他做好事儿不留名！我们付家引以为荣！"

　　人群里有人喊了一声儿，立刻掌声雷动起来。

　　付钢只好从人群中走出来，站在付雪身边。

　　待掌声过后，付雪接着说：

　　"第二件事儿是——关于……我一直藏在心里的秘密——就是——我和苏赫这几年感情不和——我们离婚了。"

　　下面鸦雀无声，似乎所有人都惊讶得瞪大了眼睛。

　　付雪沉重地低下了头，但很快又变得轻松愉悦地说：

　　"不过这都过去了。今天，我给咱爸、妈带回了一个'干儿子'！也是我们全村最尊贵的客人！他这次和我一起来，就是要来做实地考察——看需不需要投资建医院和养老院！如果符合投资条件，这往后呀，不光咱爹、妈有人替他们养老送终，在场的所有的老人们，也都不用再为养老发愁了！"

这话把宋世杰推向掌声中，他诚恳地向所有欢呼的人们深深一鞠躬，然后和村干部们——握手……

人群中付家玲和爱金华连连拍手叫好，刘嫂在一旁，也深深感受到了女儿给自己带来的幸福感，她激动得早已是热泪盈眶。

四〇八

付有望趁这掌声未消，悄悄离开人群，躲到房后蹲在那里痛哭起来。

他身后那掌声、欢呼声依然冲撞进他的耳膜。

"这下可好了，有了医院，大家就不需要赶大几十里路，去看病！也就不会再因路远耽搁病情，死人啦……！"

付有望能辨别出这是村长带着沉痛的心情，激动地说。

这话的内容令他陡然振奋起来，他擦了把眼泪，又仔细地听，是付钢的声音在说：

"这建医院和福利院，都需要用人！这下呀，不光方便大家就医、养老，还给全镇人，带来就业好机会！我们那些在外打工的兄弟姐妹们，再也不需要到外地去打工，受人欺辱啦！"

"太好了，我们要大摆宴席，好好感谢我们远道而来——最最尊贵的客人！同时，还要为付有望的这双子女——接风洗尘！"校长也忍不住心头的欣喜，激扬地说。

"……好……"

所有人都欢呼着异口同声地回答。

付有望听到此，再也沉不住气了。他猛然起身，抓起墙角挂着的渔网，一甩上肩，疾步朝河边儿走去。

四〇九

上海这边儿不管是谁，只要是在酒吧里喝酒，时间总是过得飞快，这还没喝完两瓶酒，已是傍晚18点整。

外面，天儿渐渐暗了下来，但在酒吧里面，是感觉不到外面天空的颜色，苏赫和匡木琴没节制地喝着、闹着，又唱又跳的十分尽兴。要不是匡木琴手机铃声一遍一遍地响起，打来电话的人在催促她去见一个客户，她才不会轻易离开这才认识不久就能给她带来快乐的小男人。

因此,她很不情愿地对苏赫说:

"再见。"

"……再见。"

苏赫刚转身要走,又突然听匡木琴喊住他问:

"小苏,喜欢游泳吗?"

"还行。"

"那就到我家去。我家有私人大泳池,你一定会很喜欢的。"

"好,我一定去。"

"嗯,拜拜了。"

"拜拜。"

而她是他的猎物,没到手,怎能放弃?他自然不用考虑,也会兴致勃勃地答应下来。

第十五章

四一〇

离开酒吧,苏赫回到酒店里等待。

这等待期间,他独自在寻思着一个周密计划,当明天的一切计划都安排妥当后,才下楼,去了酒店一楼桑拿浴房。他要让自己全身心都彻底放松下来。

四一一

桑拿浴房里,汗蒸一个小时后,该按摩了。

他跟随女服务员来到一个小包间,然后,懒懒地躺在按摩床上,惬意地享受女服务员为他推拿、按摩所带来的放松感。

这女服务员也不是什么"地道"人,见他潇洒、出手大方,就断定他有钱,故意偶尔用胸部去挑逗他。

当他接触到这柔软的东西时,显得异常平静,似乎没有任何感觉。确实这女服务员从体形、外貌和身上散发出的气味,都与付雪相差甚远,根本挑不起他对她的兴趣,而让他反倒怀念起付雪,以及儿子。

"现在儿子放假了,下学期……也该上小学一年级了。儿子你想不想爸爸?爸爸好想你!等老爸这次赚了大钱,就把你带到美国去住,让你过真正的上等生活。你妈她不懂赚钱,是个没用的人,你将来可别像她一样!就为这一点,老爸我,想尽一切办法,也要把你们分开!"

他在心里怒斥着、痛下决心。然后,紧闭着眼睛,翻了个身儿,仰面躺过来。

女服务员开始给他按摩腿部。由于在背部她没有挑逗出他兴趣来,现在翻到正面来了。她偷偷看他紧闭的双眼,不死心,噘了噘嘴巴,眼睛不停在他身上转悠,手则故意拽住他裹在腰部浴巾的一角,向小腿部边拽边按摩。一下一下,一点一点,浴巾在松动……直到她突然"妈呀"一声惊叫。

苏赫被她的叫声惊醒。

他刚一翘头,就看到自己隐秘处露在外面,便急忙盖住,再拴好浴巾不耐烦地吼道:

"叫啥叫!没见过呀?"

"人家还没男朋友……,哪儿见过这个?"

女服务员故意怯生生地说,装作很害羞似的,慢慢把脸转过来,重新恢复按摩。

苏赫见这女人老故意挑逗自己,索性也想利用利用她,于是就装出很感兴趣地问:

"小姐叫什么?"

"我叫张丽。老板这次来上海,要住多久?我是8号,要再来,记得找我哟!"

"那要看你……按得怎样了?"

"……这样舒服吗?"

她似乎明白他这言外之意,立即转换按摩部位,把原来只按大腿部增加到大腿根部的两腿之间。这越发令苏赫反感,但他已想好要利用这女人,就装出很满意的样儿说:

"嗯,你这手法蛮好。你在这儿一月能赚多少钱?"

"不多,一千来块。还不够缴个房租、买两件衣服呢!要是遇上个能帮忙的老板,给我找个好工作,该多好!"

"你想做哪方面工作?"

"哪方面都行!只要能赚钱!"

"那好,你把你手机号码给我,我找到了跟你联系。"

"小灵通,行吗?"

"行。"

苏赫见目的已达到,就起身要走。

"老板!你肯帮我,就让我再多给你按会儿?"

"算了,我还有事儿。"

"那下回再给你补上?"

"等我电话吧。"

"欸!请慢走!"

张丽欣喜得俩眼儿眯成一条缝儿,替他推开包房门儿,由衷地吐出一句:

"……你是我遇见的,唯一一个好男人!"

四一二

不管等待一个什么样的人,虽然都会让人感到时间漫长、难熬,但只要你有招儿,就一样会让自己感到时间过得飞快。

苏赫早有自己周密的行动计划,一回到房间,就开始摆弄他从苏州带回的两包粉末。

这粉末分别是:铁锈粉和铝粉。从化学实验证明,这两包粉末混合在一起遇热——会立即产生高温,可熔化物件;遇冷——会引起爆炸。

他小心翼翼地把刘晓娜的手机拆卸下来,将它们混合在一起倒入机芯及锂电池部位。他那肃穆的专注劲儿,就像是名严格自律的专业技工,又像是在给手术台上的病人做手术。因此,他才不会为匡木琴这个老女人劳神。

现在,时间才过去一个半小时,他就已经装好一部漂亮的女式手机。插上电话卡,他试了试,不仅能用,而且,手机在一秒钟内还能达到他想要的热度。如果再连续用5分钟,就会产生高热度;就会让接触它的锂电池爆炸,也就会起到杀人灭口的作用。

"成功了!"

他激动得拿着他的手机,对着灯光擦了又擦,然后,看了一下时间,手机上的时间是22点40分。他冷笑着给张丽拨去电话:

"是张丽小姐吗?哎呀,你这小灵通信号不好,我都打了一个多小时,总算接通你啦!可惜呀!可惜呀!没想到,小灵通也会让你丢掉机会……!"

他故意夸大其词,抱怨、惋惜。

"这可怎么办?我又没有钱买手机!要买也要等我月底发了工资才行!"

电话里,张丽无奈的声音。

苏赫暗自高兴，但依旧装出为难的腔调，沉默片刻又道：

"这样吧，你上来，到10楼，出电梯后，靠右边的垃圾桶里拿一个黑色塑料袋，里面是我太太手机。这两天先借给你用，等你找到工作再还给我。千万要记住——今晚不要开机，也不要用它打电话给别人！等到明天一早，我太太走了，你再开机，否则——你应该知道后果！"

"放心吧！我绝对不会让你这么好的人和太太闹别扭的！"

"那好，你上来吧。"

苏赫挂掉电话，用黑塑料袋包好那部手机，揣进怀里。

在门前，借猫眼向外察看，确定没有人后，鬼祟地轻轻开门走了出去。

四一三

而此时，就在他对门儿的客房里，小张正从猫眼里监视苏赫的一举一动。

徐队站在一旁拿一盒酒店火柴准备点燃。

"徐队，他出来了！手里没拿东西。"

"我看看。"

在徐队从猫眼向外看的视线里，苏赫很快隐没在走道上的有限范围内。稍停片刻，徐队估摸他已到电梯口，就边拉开门儿，边下命令：

"跟上。"

四一四

哪知他们刚一出门，就看见苏赫又转了回来，他们只好假装是出门消夜，在走道上，他们边走，边相互客气起来：

"吃什么？今晚我请客！"徐队故意说。

"不不不，还是我来请！"

"别客气，白天都你请的，这回我非请不可！"

"要这样，就不去了！"

"那哪儿行！你不去，我一人不好点菜。反正也是公司报销，走吧，不吃白不吃！"

苏赫见他俩用公款吃喝还相互客气，觉得好笑，他没怀疑他们身份，就快步钻进了房间。

四一五

在苏赫房间里，他为了知道张丽是否拿到手机，就在门内打了个转，又拉开门儿走出来，站在门口张望。

苏赫这来、回进出，很让徐队和小张感到意外和怀疑。

走道上，徐队怕被苏赫识破，就只好按了电梯假装等待。

苏赫在门口，见他们还在等电梯，就又钻进屋里。

四一六

电梯旁，徐队和小张一对眼儿，两人迅速分开。

徐队快速朝苏赫房门口走去。

小张在原地等待徐队进门后的暗示，然后，对垃圾桶及周围可疑之处进行检查。

四一七

事情不像小张预测的那样顺利，当徐队敲响门，苏赫拉开门后并没有请徐队进去。

徐队机智地把烟夹在手上说：

"借个火儿，里面火柴让我俩给用光了。"

"对不起，我不抽烟。"

"那正好，你就把酒店那盒，送给我吧？谢谢你啰！——我就这德行，瘾一来，就克制不住！一会儿下去，一定得多买几支打火机备着……"

苏赫没有再吭声，伸头朝电梯处望了一眼，见张丽还没来，只想早点打发他走，就转身进屋去拿火柴。

徐队乘机推门儿进屋，站在门内等候。

四一八

电梯旁，小张看见徐队进屋，迅速把手伸进垃圾桶里，拿出黑袋子查看完，又放了进去。其他地方他也做了仔细检查——未见异常，正好电梯上来，他朝徐队大喊：

"老徐，电梯来了。"

"欸！来了。"

徐队应声，从门里出来。

四一九

上电梯后，他们仅下了一层，就从9楼的楼梯跑上来，为了不再与犯罪嫌疑人苏赫碰面，他们就隐蔽在楼梯口的门后面，窥视垃圾桶，想一看究竟。

果然5分钟后，22点50分时，从门边儿望去，清晰看到一个小女人从垃圾桶里取出黑袋子。那小女人穿着酒店浴场工作衣，扎着马尾辫，瘦长脸上长满雀斑。

她拿到黑袋子，取出看了看里面的手机，激动得回头朝楼道里笑笑，然后，像做贼似的，一猫身，诡秘地又钻进电梯。

"袋子里是女士手机。"

小张说着，和徐队迅速从楼梯口蹿出来。

电梯上的数字显示是直线向下，很快就到一楼。

徐队两人来不及再等电梯上来，就直接从楼梯冲了下去。

四二〇

苏赫这会儿已在房间里拨通匡木琴电话。

他手中把玩儿着她的名片，边来回走动，边说：

"美女，我是苏赫。——这么晚给你电话，我没有打扰你吧？"

"噢，没有。我刚从客户那里回来。你怎么还没睡？我们不是说好明天见面吗？是不是有事儿？"

电话里，匡木琴的语气有些生疏，这早在苏赫的意料之中，他眼睛很快转了下，想找个话题，试着去点燃她的热情。

"我确实有事儿想请你帮忙。"

"什么事儿？说吧，看我能不能帮。"

"你一定能帮！——就是想请你来帮我吃生日蛋糕！——你知道……一个人过生日有多么凄凉！"

"哎哟，我还以为是多大个事儿呢。"

匡木琴在电话里笑了。

"人生苦短，重要的是过程中的精彩——所以在我特别的日子里，我只想请你这样有深度、有内涵的美女共度时光！"

"好好好！张口闭口美女，听得我都发晕，再喊呀——我就不去了！"

"发晕我也得喊！情人眼里出西施，谁要你这么快就'钻'进我心中，弄得我魂不守舍？"

"这怎么又扯到'情人'了？我都老了——至少大你10岁！"

"我们老家人有句俗语常说——萝卜、白菜各人所爱！现在年轻女孩子都太俗，我就喜欢像你这样成熟的美女！"

"少跟我油嘴滑舌，我要的是行动！"

"行，我马上去找你？"

"好吧，我正好也累了。"

"那就待会儿见！"

苏赫听在此，已兴奋得几乎要蹦起来，一挂断手机，就鬼祟地溜出门去。

四二一

在酒店一楼浴场里，徐队和小张很快在一间桑拿浴小包房里找到张丽。

这小包房门儿虚掩着，他们在门外向里张望。可里面隔着半截布帘，只能看到张丽的上半身。

"老板，我是8号张丽，要喜欢我按摩，记得来哟……！"

这是张丽妖媚的声音从虚掩的包房门内传出，紧接着是一个男人的声音：

"你这么会侍候男人，我当然要来……"。

"徐队，我去把她叫出来。"

小张沉不住气地小声说。

"嘘……，等客人走了再说。"

徐队说完，看了看四周，选了一处可以说话的地方，轻轻走过去站着。

小张紧跟其后说：

"她最多是个不良女子，我看没啥大线索。"

刘队问："你检查刘晓娜房间时，始终都没发现死者手机吧？"

"噢，你是说这手机……？"

"有可能——他们早就认识。"

"行呀，刘队！你逻辑推理越来越强了！跟你做搭档，能学到不少经验呀！"

"阿谀奉承,不是你专项,还是去盯紧上面吧!"

四二二

苏赫此时已乘电梯下到B1楼,那里是地下停车场。

他疾步走到自己轿车跟前,将牌照换上军用假牌照。然后,发动车子,快速行驶出去。

当车开出大门口,上了马路后,他才取下自己的假头套和灰色大外套;才大胆地打开车内箱灯,十分讲究地借灯光照了照镜子。

镜子里,他看到头发被头套搞乱了,就用手沾了点儿吐沫往高翘的头发上摸,直到将乱的头发抹平、理顺,才满意地做个笑脸,而后,立刻回到严肃中去。

四二三

小张返回10楼,楼道内十分安静。

他轻步走到苏赫房门口,将耳朵贴在门上仔细听,能听到里面电视声儿,于是断定嫌疑人还在里面,就开门进了对门的房间继续监视。

四二四

小张做梦也没想到,这会儿,苏赫已来到离酒店不远处的一栋别墅门前。

他摁门铃,里面没有人理会,也没人来开,就看了看时间:

"刚到23点15分,还早呢。"

他想着,试着推了一下门儿,门儿立刻自动轻轻打开。

他走进客厅,一股空调冷气迎面扑来,里面没有开大灯,都是些从墙根儿照射在墙面上的绿色的微弱光柱。环顾客厅四周,月光透过玻璃墙照射进来,再配上这落地纱窗儿被他开门时带进来的一阵大风吹得"噗噗"摇曳了几下,这氛围由于陌生显得很阴森可怕。

他警觉地收住步,站在客厅中央不敢再向里走:

"……匡总……美女……我来了,你睡着了?"

他小声喊,并仔细看清每个陈列的家具或物品。见样样儿精致、美观,也就慢慢大起胆儿来。

他顺楼梯上到二楼,推开每间房门,里面除了豪华装修、考究的家具和精致饰物外,没有一个人影儿,于是,就越来越放松下来。他找了一个有阳台的房间走进去，站在阳台上。他抬起手腕正准备看时间，头这么一低，眼角余光立马扫见阳台下面有一摊红色的东西在水池里荡动。他这次可真被吓着，连打两个冷战。再仔细一看，那摊红色的东西从水里爬上来，走到长椅跟前，拽了条白色大浴巾裹在身上。

他这才借灯光看清那摊红色是游泳衣。

他冷漠地一笑，转身朝屋内走。

四二五

屋外，他寻找到那条通往后花园的石板小径。

顺小径往里走，借月色能看清两旁修剪整齐的绿色植物，和夏季盛开的那些他叫不上名的艳丽花卉。

走完小径，映入眼帘的是开阔的绿草地，这草地虽然中间处有隆起的小山丘，但在月色下，依然显得雾蒙蒙的格外宽阔，是一个很漂亮的小型高尔夫球场。

他收回目光，跨入花架长廊走道，顺这花架长廊走道上那些古色古香的景观灯望去，尽头处就是游泳池。距离不远，他能听到她跳进水里的"扑通"声，便开始悄然的、慢步向前走去。

接近那把空着的休息椅时，他突然一猫身，像老鼠般一溜烟儿蹿过去，躲在休息椅后面，继而不时探出头来张望……

她在水里全然不知，感觉累了就上岸来歇息。

就在她刚要坐下时，他猛然冒起来抱住她，把她吓得魂不附体，立刻昏厥过去。

"匡总，Hello。"

他拍她脸喊，见她没反应，就掐住她人中，继续喊道：

"嗨……嗨……匡总，醒醒！美女……美女……"

匡木琴慢慢醒来，听见有男人叫她美女，她就猜出刚才是这小男人在跟自己恶作剧，于是，虚弱地坐起来，埋怨他说：

"吓死我了！我有高血压，以后可不许再这样胡闹！"

"你可真也把我给吓死了！怎样？现在没事儿吧？"

他担心得紧紧搂抱着她。

"没事儿了。"

她感觉这怀抱厚实、宽大,并散发出成熟男人的气息,陡然令她产生一种依恋的感觉。因此,就借助现在身体虚弱劲儿,全然放松地依附在他怀里。

"亲爱的,好些了吗?"

"……嗯。"她点了点头。

"我真希望你永远都这样躺着,像个小女孩似的可爱!"

他开始用浴巾轻轻为她擦拭身上的水,继续说:

"亲爱的匡!你知道吗?自从见到你,我这心——就犹如一条漂流在海面上的小船,忽悠悠的就被你拽进港湾,让我有安全感!一时间,让我脑子里,全装的是你,想的是你!你说这是不是爱情?"

"看来你和你妈妈的关系一定很好。"

"你怎么知道?"

她扶着他站起来,拍了拍他肩,一转话题道:

"我去冲澡了。"

她说完就丢掉浴巾,走进一扇看似壁画的隐形门儿。

"你,你还没回答我——你怎么知道的?"

她边走边说:"迹象表明。"

"啥迹象?"

他也跟了进去。

四二六

浴室很大,里面一切都是专门为情侣设计。

匡木琴走进去冲澡习惯性不锁门儿,但苏赫对她瘦扁的身体不感兴趣,于是就打开灯,这才看清——这游泳池后门原来就连着客厅。

他趁她冲澡之际,迅速打开电视、拉上窗帘儿,再跑上二楼她的主卧,将衣兜里事先准备好的录音机放入枕边儿。然后又快速返回客厅,他刚坐下,匡就披着红色绸缎长袍从浴室里走来。

"想喝点什么?那边酒柜里有,你自己倒吧。就便儿,也给我倒杯红酒来。"

她说完懒懒地坐到沙发上,不想再挪动身子。

苏赫倒完酒,端到她面前,见她赖在沙发上不想动,就放下酒杯给她

按摩,边按边问:

"这里酸吗?"

"嗯,在往上点……对对对。"

他换了地方,按了下又问:

"这里呢?"

"也酸。"

"哎呀,这样按效果不好,床在哪儿?不如你上去躺着,我好好给你按一下,保证很快就不酸了,还可以促进全身血液循环,美容、美体。"

"那就……扶我起来吧。"

四二七

来到二楼主卧室,她先是有些戒备,但见自己没有发话,他还穿着衣服、鞋子,一副衣冠楚楚、老实可信样儿,令她心里感到踏实许多,于是,就趴在床上让他按摩。

这按摩他也是从张丽那儿,刚学来,算是现学现卖,他所领悟的理念是——按按、捏捏、柔柔,再轻轻抚摸,摸得让人销魂就算是成功。这与真正意义上按摩是两码事。

但匡木琴有专业按摩会所的消费卡,每当疲惫时,就会开车去享受一番。她当然知道他这是临时抱佛脚,以假充真。但不管怎样,这种方式按摩,也很令人放松心神,甚至陶醉、销魂,她自然也会别无选择地要享受一番。

很快,她就失去自我意识上的控制,任他"按摩"。

苏赫见时机成熟,就打开刚藏在她枕边儿的录音机,再稍稍一使劲,只听她连连轻叫着:

"……呃……你轻一点……我……受不了。"

苏赫没有吭声儿,只是放轻力度,又转为抚摸。

她舒服得翻了个身,放松地扭动了下身子平躺好后,让两腿自然分开,就像在等待他轻轻撩开衣角后的刺激,可他看到她扁平的胸部,这让他很倒胃口。他不想和她发生任何关系,却为了财富,他不惜牺牲自己,把脸凑了过去。

"……呃……"她被刺激得睁开眼睛,又慢慢合上:

"你真坏……真懂女人心！"

"对不起，我失态了，请匡总原谅！"

他故意突然被她话惊醒似的，快速将她衣服合上，惊厥得站在一旁，请求她原谅。而她已被他撩逗得春潮涌动，难以克制。见他不敢再进行下去，就猛然起身扑在他怀里：

"你不是说……我是你的港湾吗？来，我相信你！也需要你继续做下去。我会给你很高的工资。"

"不，我从不和女人逢场作戏！"

"那就做我老公吧，我要永久占有你。"

"你这不是爱情，是私欲的占有，请谅解，我不能接受。"

他冷静地说，更是让她感到这小男人的魅力四射、与众不同。

她更加温柔地依附在他身上：

"从现在起，你是我的男人，我的家产，也会和你共分，这下你该满意了吧？"

"我曾也想用这句话来留住一个女孩子，可她当时不知道我没有家产！我不该骗她……"

匡木琴明白他这话意思，就走到书房，提了个公文包过来。脸上没有刚才温柔的笑，仿佛在和一个重要客户签订某项合约似的严肃、认真：

"如果，你同意，你就在这儿填个数字吧！"

"请给我倒杯酒，好吗？"

"OK。"

她看出他还在犹豫，这让她越发觉得这种不贪财的好男人少见。所以，就乖乖地下楼倒酒去了。苏赫趁她下楼时，赶紧将录音机关上，装进衣兜里，继而准备好迷魂闪药捏在手中。

匡木琴很快端着两杯酒上来，还没等她开口说话，他借接酒杯之际，一挥手，立刻使她愣了一下。

过了几秒钟，他平静地问：

"你银行里有多少存款？"

"8000万。"

"怎么能拿到8000万？"

"拿我签字盖章的支票,到汇丰银行,他们会把我的密码箱给你。"

"密码是多少?"

"601398。"

"来,在你给我的支票上签字、盖章吧。"

她神志模糊,拿出笔看也不看就在那张支票上签字,并盖好自己名字和财务印章。

"再给我写个字据,作为证明吧。"

他替她从公文包里拿出一张纸,摊好,他念,她写道:

"同意,向苏赫先生支付8千万人民币,付款方式是——签字、盖章的支票一张。请银行方面受理。"

他见一切就绪,就收好支票,再把她用过的印章擦去印泥,放回公文包里,继而,端起酒杯笑道:

"来,亲爱的!干杯!"

"干杯!"

这一杯凉酒下肚,刺激得匡木琴慢慢清醒过来,她看自己拿了公文包,桌上还放有一摞空白支票,便警觉地翻看公文包里的印章,发现印章还是老样子放在里面,这才追忆起刚才自己拿支票出来的用意。他看了看时间,已是23点45分。

"时候不早了,写个数字吧,就当是我今天送你的生日礼物。"

苏赫知道她所有钱都在自己手上,不想节外生枝,就故意扳起手指头算道:

"一个蛋糕168元,再顶多一条高档领带,200元……"

"好了!别算了,我这有2万元现金,你拿去买套名牌西服吧。"

"嗯,也是,我这行头不好,陪你走出去不相称。"

他看看自己那身西服,装出盛情难却的样子:

"好,我接受!"

四二八

此时,酒店那边,半个小时过去了,张丽才站在门口送走顾客。

徐队一个箭步上前冲进屋,随手锁上门儿。

张丽见他没有泡澡就进来按摩,马上做出反应。

"先生,你泡完澡后,才能来这里免费按摩……"

"少废话——坐下!"

徐队拿出证件,在她面前一晃,又严厉道:

"说!你从10楼垃圾箱里拿的手机呢?"

张丽看到公安证件吓蒙了,她心惊胆战,赶紧从自己包里拿出那黑袋子放在按摩床上:

"手……手机……在这袋子里。"

"你和他认识多久?是什么关系?"

"就今儿晚上,他来按摩时……才认识的。他说他能帮我找份好工作,还说我小灵通信号不好,打不通,会丢掉机会,所以……才把他老婆手机借给我用一两天。"

"不许撒谎!我查出来,你后悔就晚了!"

"我没有撒谎!他是这样说的!……为了不让他老婆知道,还特意交代——不让我用这手机乱打电话……"

徐队盯视了她一会儿,见她除了害怕,没有其他异常心理反应,就拿出手机反复看了看,然后抄下品牌、型号后,语气缓和下来:

"我们怀疑他和一起凶杀案有关,如果你不想被牵连进去——他明天打电话要你见什么人,或者做什么事儿,都要及时打电话通知我,这是我号码……"

张丽一听说凶杀案,更是吓得两腿发软,颤抖不止:

"……我……我一定配合……"

四二九

徐队审讯完张丽回到10楼,已是12点整。

他开门一进客房(他们的监视点)就问小张:

"对面有没动静儿?"

"没有,有电视声儿,可能在看电视。"

"那下半夜就更不能麻痹大意了。"

"你说他要那么多钱干吗?"

"凭经验判断,这人初犯就作案手段高明,看来,在他潜意识里早有作案预谋,只是现在才表现出来。"

"照你这么说,他前妻付雪,还真走运,逃过这一劫了?"

"也未必!你想想——他得到了钱,下一步该是干什么?"

"下一步?……他儿子?"

"有可能。"

"还没跟付雪联系上!这可怎么办?"

"没关系,刘勇已经蹲守在他儿子住处,就等这边儿,一有证据,立刻实施抓捕!"

"那我们是不是通知酒店大楼总监控室?"

"我刚上来时已通知过了,只是他们没见过苏赫,不知长什么样儿。"徐队想了一下,"这样吧,我留这儿,你去监控室。"

"那不行,这儿危险!我留下来,你下去!"

"你下去!这是命令!"

徐队严厉起来,小张只好担心地离开。

四三〇

在别墅里,苏赫很快灌醉匡木琴,将她扶上床后,就悄悄驾车离开。

四三一

很快,苏赫离开上海市区,寻了处寂静、无人的马路停下车,换上他那身特殊"行头",得意地笑着,慈眉善目的,但眼里露出凶狠的光:

"哼哼!付雪,你别以为离开我就自由了,你活着不愿做我苏家人,那我就让你变成苏家鬼!我看你付钢还敢不敢跟我斗……!哼,相煎何太急?等我从老家回来再收拾你们!"

他自言自语,说着,已驾车来到一处酒店24小时机票代售点。

买好两张明天晚上去美国的机票后,就将车转向高速,飞驰在明月下。

四三二

月是故乡明!此时此刻,付家寨小镇终于在一下午的热闹中得以宁静。

镇政府招待所里,宋世杰是镇上、村里最受人尊敬的客人,被村长安排住在镇政府招待所。此时,他已酒量过多,付雪和付钢搀扶着他进屋躺下,然后轻轻替他关上灯,看他昏昏然地睡着了,俩人才放心离开。

四三三

村间小路上,付雪打破俩人一直沉默的气氛问:

"……你去找过他女秘书,为什么?"

"噢,那女秘书在暗恋他,他们工作在一起,你要小心。"

"昨天,女秘书打电话约我见面,还带着世杰。我看到——她挽着世杰胳膊,亲密的样子,世杰居然没有反对!不过世杰没看见我。——我真不知道他心里是怎么想的。既然向我求婚了,为什么还让别的女人在大庭广众之下挽着胳膊?"

"我担心的也就是这点……!他和咱们的思想有差距——他是在国外住很多年的人,思想很开放;那女秘书是上海人,而且,心机很重。你知道上海流传一句话叫做'一流女人嫁老美,二流女人嫁德、意,三流嫁韩、日,四流嫁港、台'。宋世杰这么好的条件,又是上海女人抢手货,不想法子抢夺才怪!"

"世杰会拒绝的。"

"男人要是能拒绝送到嘴边的女人,那就不是男人,是神了!再说,他们是同事,有相互利益关系,更是无法拒绝了。"

"真恶心,我不要这样的婚姻!我宁愿后半身单身,也不愿意再跳进这浑浊的爱河里!"

"至少,他现在对你一片痴情……!"

俩人交谈在此,付雪伤心地停下脚步,眼泪在眼眶里打转,她压抑住心头的痛苦,仰望星空,说:

"……为什么我不是他的秘书?……为什么他要对我那么好?……为什么他要向我求婚……?"

"雪,你先别难过……也许,我对宋世杰判断有误!"

付雪从不允许自己在比自己小的男人面前流泪,现在听付钢在劝慰自己,立即显示出自己坚强的一面,改用平静的话语说:

"走吧,回去睡吧。……他向我求婚,只是一种'游戏',这'游戏'咱中国的法律不认可。我现在心里只想好好打拼事业,他要真心爱我,那就要看,他这份真心能持续多久了……!"

付雪说完,继续向前走。

付钢听到这具有感召力的话,也兴奋起来。

"雪,让我们一起努力!加油吧!"

付雪又停下脚步，朝付钢笑笑，喊：

"一起努力！加油！"

两人兴奋地相互击掌之后，奔跑在夜色之中。

四三四

"喔……喔……喔……"公鸡打鸣声叫醒宋世杰。

"才5点多钟，这鸡已叫了好几遍。"

他看了看时间，说着，起床拉开门儿，映入眼帘的是一幅清新、安静、秀美的怡人景象。

他伸了伸腰，转身进屋，换上运动衣，带着背包小跑了出去。

一路上所遇见的人，他都会记得对他们的称呼，并很礼貌地主动和他们打招呼。

宋世杰小跑到付钢家门外，付喜旺正准备出门儿下地。

爱金华在喂猪。

"阿叔、阿婶，早。我来找钢钢。"

"哟！你这么早，好好，我这就去叫！"

爱金华说着冲进屋。

付喜旺放下锄头，搬来椅子给他坐下。

四三五

屋里，付钢这会还在睡梦中，被爱金华叫醒后，很不情愿地问：

"谁这么早找我？"

"你哥！"爱金华此时笑得已是合不拢嘴。"……你哥在外面等你嘞！"她催促他。

"我哪个哥呀？"

付钢感到疲困，懒懒地问，转脸见自己妈笑得那开心样儿，猛然一个惊醒：

"是宋世杰？他来找我干吗？"

"你个浑球！他来找你，是看得起你！"

"你知道啥呀？"

付钢一副满不在乎的样儿，很让爱金华感到不快，但由于宋世杰的到来，她心里还是由里到外地开心。

爱金华把宋世杰请进屋来后，就又去给猪喂食了。

屋内，付钢依旧满不在乎的样儿，斜靠在床头：

"坐吧。"

"不坐了。关于投资建医院和养老院的事儿，我想首先，聘请你来担当我的法律顾问。等第一期工程完了，将来我还要在这儿投资房产开发，——把这儿开发成现代化社区。这样不仅能吸引周边县城里有钱人，来这里定居或投资，还可以带动小镇的商业和旅游经济发展……！"

"跟付雪说去，来找我干吗？"

"我昨天已经跟她说了，她很赞成！我来找你，是因为你是她'弟弟'，也就是我弟弟喽！我想……只有我们团结起来，才会做好每一件大事儿！"

付钢依旧坐在床上，似乎在犹豫什么。其实当他听到宋世杰说出建设家园的畅想时，他就已经在内心激动起来，只是面对情敌，又会使他平静的心剧烈疼痛。他一向顾及大局，而抛弃个人之利益。因此，这会儿他在内心做自我调整，片刻后，他转过脸，冲他微笑了下：

"对不起，我昨晚睡太晚……"

"该是我向你说——对不起！"

"瞧你！见外了不是？"

付钢很快恢复热情，快速从床上跳下来，拍拍宋世杰胳膊：

"我们是一家人儿，不存在对不起。——走，我听你指挥！"

"带我去看一下昨天给我批的那块土地……"

"镇里可能会连夜加班把图纸赶出来，他们这一次辛苦也是应该的……"

付钢说着跑去快速刷牙、洗脸，然后去厨房，从锅里拿出两个刚蒸好的大包子，就冲出家门。

宋世杰接过付钢递来的包子，尝试着入乡随俗，就大咬了口嚼起来，而后和付钢说笑着一起离开家门口，拐入房后的田间小道。

四三六

苏赫经过一夜高速飞驰，提前一小时就赶回老家的市区内。

现在是早上6点45分，再有一个多小时，这公安部门的出入境管理办公室才开门上班,他才能去办理护照,因此,就干脆将车停在出入境办公室门口的马路边儿等待。

这到了家门口,不回去看望父母是因为苏赫怕父母会问及他和刘晓娜之间的婚事儿。怎么回答?他现在还没想好,总之,怕他们拖累自己行程。所以,他打算去美国安定下来之后,再回来把他们接走也不迟。他心想:

"到那时,刘晓娜和匡木琴的案子,也该会随时间推移被人们遗忘了!"

想到此,他沾沾自喜,得意地拿起手机给张丽拨打,可拨通后,半天没人接听。

"怎么搞得?这么半天,铃声吵也该把她吵醒了?"

他疑惑着又重拨过去。

四三七

此时上海,张丽听到手机铃声,就赶紧用小灵通通知徐队。

徐队接电话后,便迅速赶到张丽在酒店的临时住处。一进门儿,见张丽紧张、害怕地看着响个不停的手机,就温和地鼓励她说:

"别紧张,接听吧。千万不能让对方听出你有任何异样反应!"

"嗯。"

张丽得到鼓励,深吸口气,慢慢平静下来。这时苏赫组装的那个手机已是第三次铃声响起:

"喂,我是张丽。"

电话里苏赫抱怨道:

"怎么现在才接?你还要不要找好工作、赚大钱了?"

"对不起,我刚上厕所去了……!"

"算了算了,你总是错过好机会!不过,我既然答应帮你,就说到做到。——这样吧,我不用再给你介绍别的老板,就给我当保姆,我每月给你5千块,怎样?"

"好!好!你住在哪里?我怎么去找你?"

"今晚6点,你去威海路750号的仙逸公寓15楼1501室,把我儿子苏奇奇接出来,就说是他妈妈付雪让接的。接出来后,打出租直接送到虹桥机场,我在那儿等你。当然,你去后,我会和你签一份雇用合同,先付给你一年保姆约定费。等我两个星期从美国回来后,再和你联系。"

"这可太好了!谢谢你老板!我晚上一定准时赶到!"

张丽用非常感激的口气说,让苏赫弄不清真假。

徐队见情况突变,立即拿起无线话机喊道:

"小张,下来,把张丽带回局里,晚上6点配合行动。"

他喊完走到一处无人地,又对话机呼叫着:

"刘勇,刘勇,听到没有?"

无线话机里传来刘勇声音:

"听到,徐队。"

"和付雪联系上了吗?"

"没有,她一直是关机,不过听他公司保安说,她在桌上留有请假条——说她回老家,三天后回来。"

"什么?她也回老家了?真是冤家路窄!改变行动计划——苏赫已回老家办理出境手续,立即通知河口市警方,密切监视苏赫行踪,配合我们到他老家收网!"

"是。"

徐队说完,就迅速跑出酒店,跨上警车呼叫而去。

四三八

此时河口市,苏赫和张丽通完电话后,就给付雪去了电话,可她手机关机,很让他愤恨地骂道:

"臭婊子,一定耐不住寂寞和付钢上床了!"

于是,就又给付钢拨去电话。

四三九

电话这边儿,付家寨小镇上,付钢正和宋世杰在一块田地间考察地形、谈论规划、设计建设医院和现代化社区的事儿。听到电话铃声,这么早,以为是付雪打来找宋世杰的,没看号码,就忙着接听:

"喂,姐吧?世杰哥正和我在村里考察地形呢。"

"村里?你和你姐都回老家来了?哎呀,这真是有缘,我也刚开车回来。唉——世杰哥是谁呀?"

付钢手机里传来苏赫声音。

付钢为之一怔，很快反应过来说：

"是付雪男朋友、她未来的丈夫！请你不要再打电话找她！"

"理解理解，可我今晚就带奇奇飞美国。我这也是做好事儿，想让他们母子再见最后一面，还请你转告她。"

苏赫说完就挂上电话，这对付钢是一种激将法。

果然付钢挂上电话后，慌了神儿，为不让宋世杰担心，就按捺着内心的焦虑，表面冷静地把卷尺递给宋世杰说：

"哥，你先忙，我回去有点事儿，一会儿再来。"

宋世杰看看时间：

"镇长跟我约好了10点见面，你不误了这个时间就行。"

"好，那我先走了。"

四四〇

此时，付雪家，付雪正在厨房和刘嫂一起做早饭。

刘嫂往大锅里加了瓢冷水，问付雪：

"这个宋世杰吃得惯咱家这玉米糊糊吗？我看，还是改做稀饭算了。"

"妈，你就别担心了，他是学医的，当然知道，早上吃啥有营养。"

付雪正说着，小锅里的水开了。付雪揭开锅盖，把洗净的萝卜秧倒进锅里，余好水，捞起来倒进事先备好的小竹筐里，接着，把这小竹筐坐在空瓷盆上控水。立刻，筐底儿渗出水来，如水柱般"嗒嗒嗒……"地倾注在瓷盆里。

付雪借这给菜控水当儿，接着说：

"再说了，人家是从国外回来的，啥好吃的没吃过？让他吃咱家这糊糊，是他口福了！"

刘嫂听付雪这么一说，心里也泛起了疑问，她绕到灶台后面，朝灶里添了把柴禾，说：

"欸，我说雪呀，你俩究竟是啥关系？你把他带回村里，不怕族里人说闲话呀？"

筐里的菜，水控得差不多了，付雪用手把它们分成两份、挤干，然后，放在案板上边切边回答刘嫂。

"放心吧，不会有人说的。他是我给村里带来的投资商，也是我的朋友——你们的干儿子,要是有人说,也一定是说感谢咱的话。"

"嘻,干儿子?我呀!更希望有他这样的女婿!——那苏赫势利,不跟咱一条心,就算了,可宋世杰这么好心的人,咋就不能成咱家人呢?"

刘嫂这带点儿期望与抱怨的话,说在了付雪心坎上。

可不是嘛,世杰都已经向她求婚了,她为什么不接受他,还要把他往外推呢?

此刻,付雪心里还真担心失去世杰,可只要她冷静下来一分析,理性又大于感性。因为,他们之间缺乏相互了解的时间,不能一时冲动就结婚。苏赫给她情感上带来的伤痛还未消除,她不想让人再在她的旧伤口上撒把盐了。所以,现在,好不容易解脱出来,她要倍加慎重对待自己的婚姻问题。

为此,付雪切完菜,把菜装进盘儿里,给菜加盐、上麻油、上蒜末搅拌,不再搭理刘嫂。

一时间厨房里只有瓢盆或揭锅盖的响声儿。

过了会儿,刘嫂忍不住又说:

"他要是看不上咱,咱也不去高攀……"

刘嫂正说到此,付钢急急跑了过来。

他把付雪叫到一边儿,悄悄把苏赫打电话来的事儿跟她一说,她立马急得直跺脚。

"别急,先给郧海打电话问问。证实一下——奇奇是否还在上海?"

"那,快把手机给我……!"

四四一

付雪拿着手机来到房屋后面,按付钢说的给郧海拨去电话,但郧海已出差在北京,不知道上海情况,就提供给付雪上海家里的电话。

付雪按郧海提供的电话打去,老半天没人接听……

半个钟头过去了,她心里开始慌乱起来,同时,也实在忍受不了苏赫这种强盗行为,就愤怒得直接给苏赫挂去电话。

四四二

县城的市内,苏赫知道付雪会打来电话,就下车在路边儿物色一个和儿子差不多大小的男孩。他走过去和那男孩搭话,并和那男孩一起玩儿起飞盘,就在这时付雪电话进来:

"喂，苏赫！不是说好按离婚协议来！你怎么不守信啦？"

他手机里，付雪的质问声震得他把手机拿离耳朵：

"小点声儿'老婆'，别把咱儿子给吓着了。"

他说着，对准那小男孩重重一掷，塑料飞盘，正中小孩肚子，那小孩立刻痛得哭了起来，边哭边说：

"不玩儿了……我要回家告诉我妈妈……"

电话里，付雪听到这哭声，更是急得大声呼喊起来：

"奇奇！奇奇！——苏赫，你把奇奇还给我，你要多少钱？我给你！"

"哈哈，你真不愧是我'好'老婆。……好，只要你把钱带来，我就把儿子给你。不过，不许报警，也不许让任何人知道！半小时后，在江边儿柳树林见。——怎样？敢来吗？"

"你要多少钱？"

"我知道你拿了稿费。"

"你简直就是——阴魂不散！"

"哈哈哈哈，8点半——柳树林——在我们第一次约会的地方——我等你。"

他极其温柔地说完挂上电话，朝他的车走去。

因为办理护照的时间快要到了，他要严格按照自己的行动计划行事，不能有半点偏差，否则，他就不能在下午银行下班之前赶回上海办理8000万的转账任务，也就去不了美国……后面的就更不用说了。

终于，8点上班时间到了，他积极走进办理护照的办公室，成为第一个办理出境手续者。

而就在他办理护照拍照时，当地警方接到上海警方电话后，局长立即给出入境管理办打来电话，证实是否有此特征相貌人在本埠办理去美国护照，当接电话的工作人员扭头一对照，有些紧张起来。为不引起犯罪嫌疑人注意，这名工作人员拉开屉子拿出一张幼儿照片说：

"我这儿确实有一张照片，丢了就丢了，你如果需要，就过来把这张拿回去。我这儿正忙着给人办理出国护照呢。"

电话里立刻明白过来，指示道："给他顺利办完。"

"……好，知道了。"

他挂上电话，镇定地走到苏赫面前，以最简便的程序，替他办好护照。

四四三

此时，出入境管理办公室的门外，到处是当地公安局派来的便衣警察。

他们分布在各条路口神色自若，有假装看报纸的；有假装停下来修理自行的；有假装蹬踩三轮的；还有假装是开出租车的司机站在车旁招揽客人的……

现在离8点30还有10分钟，苏赫办完护照走出来，警觉地环顾四周，见没熟人和注意自己的可疑警察，就走到车前，驾车朝江边方向开去。

"柳树林"就在秋风路苏赫家的斜对面。

顺又宽又高的江堤，朝上游走100米就到了，它是城市与郊区的分界线。在这里自然形成公园，是因50年代上游修建了丹江大坝发电站后，大坝蓄水控流，使这里宽阔的河床干枯，不仅河中央露出了沙洲，形成一望无际的芦苇丛，碧绿清澈的江水环绕而过，两岸边，也露出了宽阔的淤泥平滩，前辈们栽种的柳树，此时密集、高大、凉爽、宁静，风景十分雅致。再加上，堤下的江边儿还有堤上是百亩菜地，由于这里林深而密，凡是来谈情说爱的情侣们都喜欢走到更深、更远、没人的地方将自己隐匿起来，所以，就在白天也半天难见一个人影儿。

苏赫将车开上江堤，回头见没人跟踪，就加快速度开进去，找条小路将车隐匿进树林间。

四四四

自付雪挂上电话，没把和苏赫见面的事儿说给付钢听，可付钢还是看出这里面的危机所在，就悄悄关注付雪的一举一动。

当他看见她独自躲进屋里翻找出冥币，再把上面放上几张百元人民币后，用橡皮筋一捆捆扎好装进背包，就出门悄悄朝江边走去。

付钢知道，这江边有条捷径小路只需20多分钟就能到达市内，和乘车时间差不多。

"可她为什么不乘车，偏要走这条路去呢？除非是去'柳树林'，只有去那里，要比乘车更近。"

付钢想到此，悄悄跟在她后面50米处，并且走走蹲蹲的做遮掩。

巧的是，他刚一上水泥路，就被不远处，收工回来的宋世杰看见。他不解地也悄悄跟在付钢后面,想一看究竟。

付雪并不知情,她只顾顺江边儿小路,拼命地往前跑,边跑边呼喊着:

"奇奇,妈妈来了!"

她身后的两个男人也都气喘吁吁地追赶着,一个比一个距离远。

四四五

终于到"柳树林"了,付雪却找不到当年约会时坐过的木头树桩,正着急,苏赫突然从树后蹿出来:

"老婆,我在这儿呢。"

"儿子呢?"

付雪见他一个人,就急得大声质问。

"钱呢?"

苏赫反问。

付雪抱紧包:"我见到儿子才会把钱给你!"

"哼哼,儿子你不是放在郧海家了吗?怎么问我要?"

"你别想骗我!我都听到儿子哭声了!"

"哈哈哈哈……笨女人,那是我随便在路边儿找的一个小孩。打他一巴掌,不就哭着喊妈妈了?啧啧啧,我早说过,单纯思想的人,天生是让人骗的胚子,你这回信了吧?"

付雪这才意识到自己上当受骗,有些害怕地捂着包,环顾四周:

"你不就是要钱吗?我给你就是!"

"哼!今非昔比了,你老公我现在是千万富翁,完全可以带你和儿子到美国去花上半辈子。可惜!你不守妇道!先是跟付钢勾搭在一起,现在,又和一个叫什么世杰的男人谈情说爱!——你以为我是'捡破烂'的!?"

"既然你这么认为,那我们就没必要再说下去!"

付雪边说边后退。

他眼里露出凶光,步步紧逼:

"又可惜,你是我用过的东西!怎么能再让别人捡去?难道你没听说——宁我负人,毋人负我吗?"他更凶狠地瞪大眼睛,朝她吼叫:"——想跑吗?你跑呀!"

他说着快速把手从衣兜里伸出来,朝她脸部用力一掷,虽说这手的距离离她脸还有一米多远,而他洒向她的迷魂闪多少也起了作用。

付雪只感到眼睛被什么东西迷了一下,瞬间感觉头脑变得模糊起来。她用力克制着模糊的意志,想往回跑,可他已掏出绳子打好结,朝她头部扔去。

这绳子不偏不斜,正好套住她脖子,苏赫再用力一拉,立刻绳套变小,套得付雪难以呼吸。她用手拼命将绳子往开拽,可又被他拉得更紧。

苏赫见她拼命挣扎、神志还依然清晰,就朝她身上用力乱踢两脚,付雪被踢倒在地。

"去死吧!贱货!看付钢还敢不敢跟我斗?"

苏赫一边骂着一边将绳子另一头抛上两米多高的柳树枝干,然后用力向下拉,付雪在一点点被拉站起来。

第十六章

四四六

就在这千钧一发时刻,一直偷偷追在后的付钢和宋世杰两人相继赶到。

付钢老远看见付雪和苏赫在相互用力拽绳子,付钢就大喊着:

"苏赫,是男人就放了她!有胆量跟我斗!"

付钢喊着朝他们跑过来。

此时,跟踪来的警察也已赶到,正迅速朝苏赫包围过来。

苏赫见这么多人快速从四周跑来,已来不及逃跑,就干脆松开手,将付雪劫持在腕下,玩命地吼叫:

"都别过来!过来我就勒死她!……都别过来!"

为保证人质安全,所有人都停住脚步。

宋世杰见付雪脖子已被勒红正痛苦地用手捂住喉咙,心痛得不顾一切,上前几步,对苏赫道:

"OK,把我女朋友放了,我来做你人质!"

"你女朋友?哼!想她不死是吧?那好,快去把车子开过来!"

"好,你别乱来!"

此时,付雪的脸已被勒得涨红,所有人只能停在原地,不能再向前靠近,宋世杰很快找到他藏匿在附近的小轿车,并将车子开在离苏赫不远处的一条小路上。

"世杰,不要听他的话,他是不会放过我的!"

付雪艰难地发出声儿来,更是让付钢和宋世杰担心、焦急,却无计可施。

"车来了!放了付雪!快放了她!——她受伤了,会拖累你逃跑,让我来当你人质,好不好?"宋世杰焦急地恳求苏赫。

苏赫没有理会,命令道:

"把车门打开!"

宋世杰只好照做。就在苏赫退到车门口时,"噗噗"的直升飞机声从"柳树林"上空传来,由远到近,紧接着,从堤上冲下来两个人,这两人正是徐队和刘勇。

徐队朝苏赫厉声呵道:"苏赫!放开她,给自己留条生路!如果你顽抗下去,我立刻开枪击毙你!"

苏赫瞪视他,突然认出这人就是昨晚在酒店向自己借火柴的人:

"生路?……你是谁?"

"我是上海浦东刑侦大队,负责刘晓娜案件的徐源明!"

"原来你们早就盯上我了?"

"没错,你的一举一动都在我们掌控之中,你去不了美国的!"

就在徐队用对话转移苏赫注意力时,突然从树后面冷不防飞出一枪,子弹不偏不斜正中苏赫拽绳索的左手手腕。他"哎呀"的同时,手一松,付雪立即踉跄着朝宋世杰这边儿跑去。

苏赫顾不了很多,迅速钻进车里,发动车子朝她撞来。

宋世杰反应敏捷,快速跑上去,将付雪推开,自己却被车撞倒在地上。由于是泥沙地,地质较松软、柳树密集,再加之苏赫左手受伤,车速开不快。因此,宋世杰只是被撞倒,在地上打了个滚儿,躲过车轮时,被地上树枝擦破了点皮,就又很快从地上爬起来。有惊无险,让所有人虚惊一场。

可苏赫见一时半会儿撞不死付雪,就驾车顺小路逃跑。

不多时,他后面的上空,一架小型公安专用直升飞机,紧紧追来。

这小路是一条向前无限延伸的车辙小路,是和付雪来的车辙小路连在一起的。

很快,苏赫的车驶过付家寨小镇,再往前走,连付雪也没走过。现在苏赫却要莽撞地去尝试,而且是快速行驶。如果苏赫运气好,他将顺利逃脱。就在他得意时,突然前面的路段有10米多宽的缺口,原来这里是付家寨小镇自来水厂的工作人员,正在施工修建地下抽水机房。

自来水厂负责人为在枯水期也能确保抽水供应,特要求,将这地下进水管道埋置很深，至少低于河床十来米，从路面上往下量起总深度约有20米。但从路面上远远看来，没有施工牌标记，新泥土堆放在两边田间，所以，这路面上的缺口看不太明显。

这会儿，工人们都在缺口下面安装管道，更麻痹了苏赫的视线，他浑然不知，只顾玩命加油想摆脱后面追击，直到离缺口几十米远的距离时才看清。

他只能急急打方向盘，用急转弯来另找新路，本来是可以顺利转弯儿向粮田绕过去，可他左手受伤，靠一只手力量有限，还是让车翻进深沟里……

四四七

市医院里，苏赫在经过抢救后被送入危病房。

当他第一眼又看到徐队时，他无奈、痛苦地又闭上眼睛，片刻后，虚弱地说：

"我想……见见我……妈！"

刘队朝刘勇点了下头，刘勇立刻转身到门口，将苏母带进来。

苏母拄着单拐，一见儿子头部缠满白纱布奄奄一息样儿，立马丢掉拐棍，扑在病床上，撕心裂肺地大哭起来：

"我的儿呀！你怎么成这样子了？可千万不要撇下妈不管呀！是谁把你害成这样？你说呀！妈要替你报仇，决不让仇人好活……！"

这话句句刺激着苏赫神经，他似乎感觉自己身体内的热量在消耗殆尽，就像睡在冰窖里一样寒冷无比。这异常反应已经告知他的大脑神经——自己的时间不多了。可他还年轻，正像此刻他母亲说的那样——"不要撇下妈不管！"——"不要让仇人好活下去！"

然而，断送他性命的人是谁呢？他确实要反思了。

可思来想去——如果没有母亲争强好胜、嫉贤傲士、自私自利的品性从小影响他长大，他就不可能把钱或名利看重；如果没有母亲对付雪的百般挑剔，他的家庭也不会破裂！总之，越想结果越会令他痛心！他不能把罪过，都强加在自己母亲身上，可除了她还能有谁如此影响自己一生呢？此刻，他感觉自己好冷、好累，更是怀念家中的温暖！——他现在想好了，要活下来重新做人，可没有人愿意接受他这作恶多端的灵魂！

他又想到了自己的母亲、儿子和付雪。可他即将要永远和她们分离了，他内心无比痛苦地睁开眼睛，微弱地喊道：

"妈……，付雪在外面吗？……去叫她进来……"

"儿子！你昏头了？就是她这狐狸精，害得你成这样子！"

苏赫知道自己改变不了母亲的为人和性格，只好虚弱地苦笑笑：

"妈，我对不起你，没能给你挣很多钱……养老！"

他把头慢慢扭向一边儿，看到桌上没有自己的包，又苦笑了一下继续交代道：

"……我包里有很多存折，但只有一个40万……是我这几年的积蓄，是给你们留着养老的。……等警方查清结案后，会把40万还给你的。"

"我不要钱！妈一口奶一口奶把你喂大，就是指望你长大了，能为我们养老送终。你咋能让我们白发送黑发人？"

苏母这话再一次刺激苏赫神经，他何尝不想活在这个世上？他何尝不想尽完做孝子的义务？就因为他要报答他们养育之恩，才在他们面前养成唯唯诺诺的习惯，放弃自我。而今，已到了不可挽回的地步，他才彻底地领悟道——孝敬并不等于听从！孝敬并不等于——不分是非地去维护！可他已经成长了30年，此刻，临死时才感觉自己真正长大成熟！面对眼前这个曾经用爱给予他生命，现在又要用爱夺走他生命的女人，他已觉得她那失魂的哭声毫无意义。

"……妈……我想吃奶。"

"欸，妈来喂你。"

苏母又用单拐撑着站起，揭开上衣掏出乳房，俯下身放入苏赫嘴里，刚一放进去，就听到苏母惨叫一声，昏倒在苏赫身上。

医生和徐队闻声儿冲来，苏赫也已昏迷过去，嘴里还含着苏母那被他咬掉的血淋淋的乳头。

"赶快，抢救。"

中年男医生一声令下，护士们立刻忙碌起来……

四四八

医院的走道上，付钢陪同付雪和宋世杰看过医生后，走出来。正好碰见苏母被推往急救室，后面没有亲人陪同，只有医生们急急跑过时那杂沓的脚步声，响彻在医院这安静的长长走道上。

这凄凉的场面，立刻博得付雪同情，她不假思索地对付钢和宋世杰两人说：

"你们先回去，上午10点钟的剪彩仪式，县领导和县电视台记者都会来参加，别把时间给耽误了。我留下来……"

宋世杰说："小雪，你们已经离婚了！再说，今天是我生日，签约剪彩仪式上，我希望有你在场……！"

付雪说："我知道。我也想去，但这儿需要有人照顾……生日礼物以后我再给你补上。"

付钢不想付雪为了苏赫跟宋世杰闹矛盾，冲动地说：

"我现在就去通知苏父……！"

被付雪拦住："算了，苏赫发生这么大的事儿，苏母一个人来，就是怕苏父经受不了这种打击。"

付雪的善良，这两男人心里很清楚，也知道，谁也劝不走付雪，于是，两男人只能理解地点点头。临走前，宋世杰叮嘱道：

"等病人病情稳定了，你就回来，不要把什么事儿，都往自己身上揽。"

付雪沉默着点点头，而后转身，匆匆朝急诊室走去。

四四九

此时，村里，在襄丹公路边儿的商店（过去的老供销社）门前小广场上锣鼓喧天，人潮涌动，像过节一样热闹。

小广场的正中央并排儿摆放着三张办公桌，桌的后面，半空中，悬挂着一条红底白字的标语，上面写着"付家寨镇中心医院投资项目签约庆典仪式"。

桌的左边不远处，有五六个身穿黄色上衣，腰系红绸带的妇女们在音乐声中扭跳着秧歌；右边不远处，有两三个汉子上身穿着白色粗布坎肩，露着黝黑的膀子，在尽情擂动着锣鼓。

村长付贵和几名男工作人员正在忙碌着给主席台装上扩音器，然后"喂，喂……"地调试。等调试好了，付贵见付钢和宋世杰还没来，就看了看时间，焦急地问身边一名年轻的男工作人员：

"县领导快到了，这投资商咋还没来？你们去酒店找过了吗？"

"找过了，酒店服务员说宋院长一早就出去了，而且，全村上下……我们也都找过了，也不见人影儿……"

"那付雪和付钢呢？她们也不在村里吗？"

"不在。不过宋院长的小轿车还停在付雪家门口。"

"好，这说明他们没走远，再等等看……"

就在付贵焦急、担心时，那名年轻的男工作人员突发奇想，站在凳子上向四周观望。

他的视线扫过人群，突然，停留在人群后面的马路上——他看见付钢和宋世杰正朝这边急急走来，再远处是一辆黑色的小轿车拐下襄丹公路停下，随即推门而出的是一位中年干练的男人，和一位肩扛摄像机的戴眼镜的青年，紧接着，是一位手拿话筒的女记者……

"哎哟！我的妈呀！"

男工作人员又惊又喜，指着人群中喊道：

"村长，他们来了！都来了！县领导、记者，还有宋院长他们……全都来了！"

付贵站在地面上，朝他指的方向看去，人头攒动，堵挡了视线，想必不远了，就一个箭步冲到桌前抓住麦克风喊道：

"秧歌队、鼓乐队，都赶快到这边来，列成队，热烈欢迎，咱县领导和投资商宋世杰院长的到来！"

付贵话音一落，群众自发地向两边闪，把主席台前让出一条宽宽的道，并在付贵的带领下，所有人都异口同声地欢呼着："欢迎，欢迎，热烈欢迎"的口号。同时，鼓声、锣声齐敲，很是震天动地。

等县领导和投资商就座后，付贵主持说：

"各位领导、各位来宾、同志们、亲友们！

你们好！

在付家寨镇中心医院投资项目签约剪彩仪式即将开始之际，我代表全镇人民向出席今天剪彩仪式的各位领导、各位来宾，表示热烈的欢迎和感谢！下面请投资商宋世杰院长讲话。"

付贵说完，把麦克风移交给了宋世杰。

宋世杰站起来，欠了欠身，表示对台下百姓的尊重，饱含深情地说：

"投资什么？我自从国外回到中国一直都在想的一个问题。现在，我之所以选择到付家寨投资，是因为我在上海，认识了你们这里的一位名叫付雪的朋友。从她身上，我完全能看到她家乡淳朴的民风，和党委政府勇于开拓，领导干部勤政廉洁的优秀风尚，所以，我来到这里，就是希望能为付家寨人民做点什么。当然，我来到这里后，看到了这里区位优势明显，投资环境宽松，交通便利，更加深了我投资的热情与愿望。"

宋世杰饱含热情地看着下面一双双充满欣喜的目光，更加激动起来：

"如果，我的资金允许的话，我将会继续投资建设养老院，和房地产业的开发，——把这儿开发成现代化社区。这样不仅能吸引周边两个县城里的有钱人来定居或投资，还可以带动小镇的旅游、商业产业的经济发展……"

宋世杰淋漓尽致地畅谈完坐下，下面鸦雀无声，片刻后，掌声雷动……

付贵站起身，用手压了压掌声，接过麦克风主持道：

"下面请徐县长讲话。"

付贵说完，把麦克风又移交给了县长。

徐县长坐直了身子，愧疚地说：

"近年来，我县上下始终把重点项目建设，作为加快经济社会发展的重要支撑和各项工作的重中之重来抓，可就是没有资金来投资我们付家寨镇，至今，我们镇还没有一家医院，还要大伙儿来回跑几十里路看病、就医！这令我实在很痛心！"

徐县长说完很快调整了情绪，激扬地说，声音也高亢起来：

"不过现在好了，投资商来了！我们政府将放宽优惠政策，确保投资项目建设顺利进行！此次投资，将给我镇注入活力，提升付家寨镇的品位，增加付家寨镇的发展后劲！并将会吸引更多的经济建设项目在我镇落地生根和发展壮大！这不光能促进我县整体规划中今后几年的经济社会发展，还为我县的经济社会快速、健康、科学发展起到了强有力的推动作用！

现在我宣布——付家寨镇中心医院投资签约剪彩仪式——开始！"

徐县长话音一落，锣鼓声响起，台上，两位礼仪小姐分别把两份文件夹，放在徐县长和宋世杰面前的桌上。

这时付贵早已笑得合不拢嘴，满面春风地看着他们签约成功后双手紧紧相握在一起。片刻后，大家又相互礼让着离开座位，走到主席台下拿起礼仪盘中的剪刀将串连的大红布花布剪断。立刻，台下掌声和欢呼声一片，人们载歌载舞庆祝，热闹非凡……

四五〇

县城医院里，苏赫被抢救过来，付雪来到他床前，见他虚脱地躺在病床上，心里十分难过。

女护士怕她对病人说话，就事先交代说：

"不要和病人说话，他现在还没脱离危险期，不能受刺激。"

付雪沉默着点点头，难过得掉下眼泪。她没有马上离开，只是默默地看着他，心里却在声声呼喊着：

"苏赫！苏赫！你一定要坚强起来！错了，咱改过来就行！可不能放弃生命！你爸、你妈需要你，儿子也需要你……！都是我的错，我一直没能理解你夹在我和你妈之间难做的感受！都怪我的个性太耿直，不会阳奉阴违哄你妈开心！都怪我没本事，不能赚很多钱养家，替你减轻负担。——是我不该跟你离婚……不离婚，你就不会去找刘晓娜……"

她越想越自责，最后竟痛苦地扑在他病床边儿，握住他冰冷的手无声地抽泣着。

苏赫感受到了这双熟悉而又温暖的手，可他无力去握，更没脸去握，他内心痛苦地把脸转向一边。可在他心里，他早已在泣不成声地忏悔着：

"付雪，我不值得你同情，都是我不懂得珍惜，才让我们的家庭破裂！如果有来世，我一定会好好做人，做一个好丈夫！你走吧，我这双手很脏，它曾经也想毁掉你的生命，不值得你来拉它……"

他的内心忏悔到此，痛苦中，无力地动了一下指头。

付雪感受到了，她把他的手握得更紧，甚至为了给他温暖，把他手放在自己脸上贴着，并鼓励他：

"苏赫，感受到了吗？我在这儿！在你身边，永远都不离开！你快好起来，我们还和第一次一样——一起乘火车去上海……"

苏赫被他的话感动，终于痛楚地转回脸来，用微弱的声音说：

"谢谢你……还能来看我！"

"放心吧,我会留在你身边,一直照顾到你出院……"

"不用,这儿有人照顾我,你去把奇奇接来,我想他!"

苏赫说到这,由于内心波动过大,接连干咳起来。

医生连忙跑过来对付雪说:

"病人需要休息,请你先出去吧。"

四五一

付雪从苏赫病房里出来,不放心苏母,就直接去了苏母病房。

苏母被送进急诊室做了伤口缝合包扎后,被送进了病房,醒来后,她呆呆地躺着。

医生交代她吃药,她也不理。

付雪见此情景,接过女护士手中的药喊:

"妈,吃药了。苏赫没事儿,我刚去看过他……"

苏母像是被喊醒,她眼泪汪汪地看着付雪,忽然又一挥手,重重抽了付雪一耳光,恶狠狠地朝付雪吼:

"你舒服了?终于可以看笑话了?我们俩的恩怨,你为什么要我儿子来还?你为什么要害我儿子?……"

苏母吼着,又失控地哭喊起来:

"老天爷呀,我儿子从小就孝顺、听话呀!要报应,就报应我吧,别报应我儿子呀!老天爷呀,你睁睁眼吧!"

苏母这一哭闹,安静的小医院,立刻满医院都能听到她的哭闹声,那位给苏赫主治的中年男医生闻讯也赶过来,立即对她制止道:

"你儿子刚抢救过来,还没脱离危险,你这样闹下去,他可就真没命了。"

苏母听到此,立即停住哭喊。她似乎这会儿才想起苏父,像是想起了什么,惊乍地跳下床道:

"哎呀!他爸还在家等我回去呢!这可不能让他知道,知道了,还不知道他能不能承受得住!"

付雪有善解人意的天性,任何时候她都会替对方着想,现在听苏母这么一惊一乍,也忘记了自己脸上的疼痛,温和地说:

"妈,放心吧,你不说,我不说,他就不会知道,等苏赫病好了,我们再告诉他。"

"哦。……那苏赫也只能指望你来照顾了。"

医生们见苏母稳定下来,就纷纷离去,剩下苏母,不得不面对付雪这个仇敌,心想:

"我为什么要讨厌付雪?我为什么要仇恨她?就因为她是农村人?就因为她抢走了我的儿子?就因为她的脾性耿直?……其实都是我自己内心在作怪!——爱儿子,越是希望儿子好,却越是伤害儿子最深的罪人!……如果当初,我不干涉他们婚姻生活,可能儿子也不会走到今天这步,可能此时,儿孙们聚在一起,过快乐的日子!"

苏母想着,隐隐约约内心深处有些悔意,她身心痛苦地望着正在为自己倒水拿药的付雪,心里又为此一震,痛苦地摇摇头:

"付雪,你不需要对我这么好,你已经不是苏家媳妇了,我看了,这心里会很难过!"

"你就把我当自己的女儿吧,照顾老人是应该的,你不需要难过。"

付雪平静地说,她根本就没想过去的事儿,也不会去想过去的事儿。因为,在付雪的人生宝典里——人生苦短,过去发生的事儿,都已经过去了,就像是倒在地上的水,找不回,只有把握好现在,过好每一天,才是最明智的人。所以,付雪现在想的是:

"苏赫这两天需要自己,等他渡过危险期,自己再离开。可怎样跟宋世杰说自己留下来照顾苏赫一事儿?"

四五二

付雪想了很久都觉得理由不够好,怕说服不了宋世杰,于是她索性不回小镇,直接在医院附近租了间房子住下,以便照顾苏赫。

晚上宋世杰和付钢忙完,两人相互一问,回答都是"没看见付雪回来",付钢不用猜,就断定付雪还在医院里,为此,宋世杰驾车,两人很快找到医院来。

果然,两人在苏赫的病房里找到付雪。

一进病房门儿,宋世杰在看见付雪的那一刹那,心里已经很不高兴了,但脸上却挂着微笑,态度和蔼,嘴里还说着让人感动、贴心的话。这就是宋世杰经历40年风雨的老练之处,也是从国外学来的那点儿所谓的涵养或深沉。

付钢则不同,他冲动地把付雪拉到病房门外,质问:

"你忘了!苏赫是怎么对你的?你忘了!这几年,你过的是什么日子?他们苏家还有什么值得你留恋的?难道照顾一个死囚比陪宋世杰更重要吗?——跟我回去,我不能由着你性子!"

付钢要拽付雪走,付雪挣脱他手,动情地说:

"……因为我们是人,不是神——神也会有犯错误的时候!我承认,他们苏家以前是对我不好,苏赫也背叛过我,可难道我就一点错都没有吗?……他现在已经得到报应了,也知道自己错了!在他有生之年,我们为什么不能原谅一个将死之人?"

"雪,你怎么不为自己想想?不为宋世杰想想?不为你和宋世杰俩人的将来想想?"

付雪听到宋世杰这个名字,心里有些愧疚,她低下了头,痛楚地说:

"……如果世杰不同意我留下来,我想我们的缘分只能到此……,因为……我不习惯活在别人为我设定好的生活中,失去自由……"

其实,付雪的话,宋世杰躲在门后面,全都听见了,他看了一眼躺在病床上虚脱的苏赫,笑了笑,拉开门儿故意抬高声音喊:

"小雪,你进来一下。"

这突然的叫喊,付雪不知里面发生了什么事儿,神色慌张地和付钢两人一起跑了进去。

他俩未站定,宋世杰接着用一个医生的口气,交代道:

"你弄点温开水,用棉球给病人润润唇,尽量少跟病人说话,让他多休息。我们先走了,明天还要赶早出发回上海。——我在上海等你。"

宋世杰抚了一下付雪肩膀后,转身走了。

付钢也不再言语,沉默着紧跟出去。

宋世杰的话多少给了付雪一些安慰,至少让她感觉到他是在支持她,这令她的心情又好转起来。她轻轻地走到苏赫病床前,拿出水瓶慢慢地往杯子里倒开水。

四五三

此时,上海某医院的实验室里,康秘书一身洁白的装束,头发也被绾在了帽子里，正全神贯注地从培养皿中采样注入玻璃皿上，然后放置显微镜下观看。

显微镜下的染色体，让她内心惊喜不已，但她依旧表面平静地收拾好一切，走出化验室，回到自己办公室换下衣服后，才拿出手机给宋世杰拨打过去：

"喂，世杰，结果出来了，下一步可以做活体实验了！"

电话里宋世杰激动的声音：

"这可太好了，辛苦你了！我明天下午就赶回上海。回去后，我要向老院长推荐你做副院长。"

康秘书敏感地问："你要到哪里去？"

"我在湖北有投资，可能以后会分不开身，不过，我会和你一起把这实验做成功后再离开。我估计，再有一两个月时间，结果应该会出来的……"

"世杰，恭贺你投资成功！不过，你知道我的能力，我更希望能和你在一起，共同发展。"

"好呀！你如果愿意，等我医院建好了，你来我院当副院长。不过，这儿可是个小地方，比不上上海那大环境，你要考虑好了，再做决定。"

"好，我等你回来！"

康秘书依旧表面沉稳地把电话挂上，静静地一个人站着，若有所思，片刻后，她走到办公桌前，用手轻轻抚摸着桌上的最新实验报告，而后，加快抚摸的速度划过桌面。她像在做告别仪式，浏览着办公室的一切，同时，也在做理智的分析：

"这里一切值得留恋，是因为有我和世杰的点点滴滴，就像我的家一样熟悉和温暖。如果世杰走了，它也就只是一间冰冷的空屋子……"

她内心分析着，下意识地走到白色双人沙发上坐下，"……这里千好万好，都还是公家的，到退休也不过是退休金和养老保险金，而和世杰在一起、结了婚，可就是自己当老板娘了！——我就是这老板娘！"

她分析到此，显得很有把握地笑笑，轻松地站起来，走到酒柜前，拿了瓶葡萄酒，取下酒杯给自己倒上，继而一饮而尽……

四五四

一月后。

中午，夏日炎炎。

县医院里，苏赫在付雪的精心照顾下，脱离危险，已转入警方可控的普通护理单间病房。病房里有空调，苏赫一个人正安静地躺着，像在思忖着什么。

付雪端了碗西瓜进来，他才开口说：

"你去把奇奇接来，我不想让儿子在监狱里看到我。"

付雪边用勺喂苏赫吃西瓜，边回答：

"我昨天已买好火车票，今晚就去上海。你不要再胡思乱想了，安心养病吧。"

"谢谢你，付雪！"他有些哽咽地，"为什么老天现在才要我懂得做人？为什么现在才要我懂得珍惜？对不起！我只能……来世再报答你对我的恩情！"

"别说了，我没图你报答，只希望你能原谅你妈。她很痛苦、很内疚，你就不要再拒绝她来看你了，好吗？"

"我不会原谅他们！他们虽然给了我生命，却没给我一个有良知的灵魂！他们以前的儿子在一月前死了！"

"生死由天定，我们每个人的一生都很短暂，都会有死亡的那一天，重要的是我们活着的意义。这意义可以是——为这个社会做了什么，为家人做了什么。现在既然还活着，就应该是一个全新的自我，就应该有自己独立的思想。不管活几天，哪怕只有一天，也要给痛苦着的家人们，带来快乐，不是吗？"

"你为什么不记恨我妈？我不见她，就是让她痛苦，想以此来给你一点补偿！"

"我要的补偿就是——你能彻底抛弃内心的是非恩怨和邪恶的欲望，真正做个善良的人。"

苏赫痛哭起来，付雪不再说什么，她轻轻起身走了出去。

四五五

病房门外，走道长椅上，苏母一直眼巴巴瞪着苏赫病房的门，见付雪

走出来,就赶紧用单拐撑站起来,急切地问:

"说通我儿子了?他愿不愿见我?"

付雪犹豫了下:"我想差不多了。不过,要等会儿才能进去。"

苏母一向爱察言观色,见付雪犹豫的神情,就知道儿子还不愿见自己。但她始终都想不明白:

"自己错在哪里?儿子为啥会如此恨自己——咬掉自己乳头,还不愿见自己?以前儿子有点叛逆,都会怪在付雪身上。难道,现在付雪还在想借儿子来报复自己,忤逆自己吗?"

苏母想到此,用敌意的目光瞪了付雪一眼,就愤愤地又坐回原处。

付雪此时默默走到另一张长椅上,感觉疲惫地坐下来。

她揉了揉眼睛,在想:

"苏赫如果能听进我的劝,一会儿我就做主带苏母进去,应该不会遭到他的反对,然后,我就可以放心地去上海,接儿子和处理自己工作上的事儿……"

付雪想到此,脸上露出微笑。又过了一会儿,她估摸着时间,感觉苏赫的情绪发泄差不多了,就走到苏母跟前,温和地说:

"妈,我扶你进去。"

苏母突然愤愤甩出一句:"不要你扶,我摔不死!"

这令付雪感到很意外,但彼此相处这么多年,付雪已了解苏母这种多变的脾性,为此,就让苏母独自进去,自己留在了门外。

四五六

病房里,苏赫见推门进来的是苏母,立即把头扭向了墙的一边,装作没看见似的闭上眼睛。

苏母慢慢拄着单拐一跛一跛地走到儿子病床前,轻轻地喊:

"赫呀,妈来看你了。妈每天都来看你,只是站在门外,你不让妈进来,我这心都快碎了!我就是不明白,你为什么不愿意见妈?妈含辛茹苦把你养大,现在你犯了事儿,妈心里也替你难过!要怪也怪你自己不明事理!怎么能怪妈呀?——我承认以前干涉了你和付雪的生活,可我向她认了错,她为什么还要借用你来报复我?这个女人太恶毒……"

"对!都怪我不明事理!从现在起,我不许你说付雪坏话!——你出去！谁要你进来的？你儿子已经死了，我不是你儿子！"

苏赫突然吼叫，苏母被吓得一愣，片刻才缓过神儿来，不知所措地站着，不敢再说话。

付雪在门外听到苏赫吼叫，就知道和解的事儿失败了。她赶忙冲进来解围说：

"苏赫，每个人的观点不同，对事情的判断与分析结果也不同。不对，可以不听，但没有必要对老人家大喊大叫！"

苏赫不再说话，只是把脸转向一边，不愿正面看苏母。

苏母见儿子完全听从付雪的话，气得直喘粗气，忍无可忍地咆哮起来：

"不见！我就只当我儿子死了！"

付雪赶忙扶苏母坐下，劝道：

"妈，苏赫情绪不稳定，你别跟他计较。"

"我怎么会跟他计较？警察说——他在上海杀了人，犯的是死罪。现在他爸也知道了，说他做了坏事儿，不原谅他，也不愿来看他。你说他杀人的坏事儿传出去，我和他爸……在这儿还怎么有脸活下去！？"

苏母抹了把眼泪，更是痛苦，继续说：

"他现在是吃一顿少一顿，能活几天儿？让我这白发人送黑发人，还不如让我跟着一块死了！"

苏母说着，脸上的表情慢慢由痛苦转向绝望，突然朝付雪跪下，乞求道：

"我求你……"

那单只拐棍"砰"地倒地声儿惊扰苏赫扭过头来，坐起。

付雪惊讶得赶忙强行搀扶苏母起来："……别这样，妈！"

苏母跪在地上，从付雪手中挣扎出胳膊：

"我不起来，除非你答应我……"

付雪无奈，只好暂缓局面：

"我答应你啥？你快起来说！"

苏母被扶起来，重坐回凳子上，依旧苦苦乞求付雪道：

"你们已经离婚了，你不是我儿媳妇了……我求你，不要再来看我儿子！不要再给他洗脑！他已经没多少日子和我在一起了，求你把我儿子还给我……"

付雪无奈地摇摇头,看着苏赫。

苏赫气愤得慢慢躺下,把眼睛闭得紧紧的,不愿说话,也不愿再看苏母一眼。

付雪理解地对苏赫说:"你安心养病,我去上海接儿子了。"

四五七

此时,付钢来找付雪,早已推门进来,无声息地站在病房门口,正好目睹这一场景。他趁付雪对苏赫最后说话之时,又无声息地转身走了出去,在门外走道上等候付雪。

付雪带着沉重的心情刚走出来,付钢就迎上去,小声说:

"到这边儿,我有好消息告诉你。"

"什么好消息?宋世杰来了?"

付钢放慢了脚步,想了下,问:"宋世杰聘我做他的法律顾问,全权委托我办理所有投资项目手续,暂时不会再来,他没跟你说吗?"

付雪尴尬地笑笑:"自上次医院分手后,就再没联系……"

付钢:"我早知道他对你的感情靠不住!"

付雪犹豫了下问:

"你为什么要替那个女秘书揽下发短信的事儿?你早就知道他们之间有关系是吧?"

付钢惊讶地反问:"那女秘书又给你发信息了?"

"就是来之前,她约我见过面。记得我跟你说过这事儿……"

"真可恨!我现在就打电话给她……"

"不必了。"

"对不起。……我调查过——宋世杰确实是单身。可后来,你们恋爱关系公开后,我才发现那女秘书在追求他。念在……他对你一片痴情的分儿上,我不允许有外在的原因来破坏你们的感情,才揽下'冒充他太太'的事儿!"

"不用道歉,我相信缘分。如果他们真的相爱,我祝福他们。"

"雪!你怎么什么都无所谓?什么都替别人着想?"

"不说了,我昨天打电话订了火车票,现在要去拿票,赶晚上的火车回上海接奇奇。"

"哦,我差点忘了告诉你好消息——奇奇回来了!还记得上次给郧海打电话,郧海在北京出差吗?他前两天回上海后,对雅芬说起你打电话找奇奇一事儿。雅芬说,她根本就没接到你打去的电话。所以,郧海就打电话找你,你手机关机,就打给了我。我把关于苏赫的情况跟他说了,他就让雅芬把奇奇带了回来。"

付雪转忧为喜:"在哪儿呀?你怎么不带她来见他爸爸?"

付钢顾虑重重地:"在他外婆家。刚才苏母下跪的情景,我看见了。按照她的这种心理,我看不能让她看见奇奇!根据我接触的案例来分析,苏母失去儿子后,必定会把希望转移在孙子身上,那时,又会让你卷入下一场争夺孩子的战争中。看望苏赫,只能趁苏母不在时,或者是等苏赫出院后去上海接受判决时……"

"苏赫不想让奇奇在监狱里看见他,他想给孩子留下个好印象。"

"那只能趁苏母不在医院时了。"

"嗯,那你赶快回去接奇奇,我在这儿等苏母走。让他们父子见个面后,晚上我就带奇奇去上海。"

"还是把奇奇丢给雅芬看管好。奇奇今天才来,我陪他玩儿两天,雅芬会带他去上海的,你就安心在上海搞好自己的工作吧。"

有付钢的支持,付雪感觉很踏实,她停下脚步,满怀深情地看着他:

"钢钢,谢谢你!"

付钢也从她饱含深情的眼里看到了自己的希望、快乐与幸福。他也满怀深情地对她说:

"其实,我有一个想法,不知道你有没有想过?"

"什么想法?"

"就是想替你在咱村办一个'文化传媒公司'。你想,宋世杰这投资项目一上马,就会需要宣传;另外,结合咱村实际情况,写咱村、拍咱老百姓自己的故事,让咱村每一家所发生的真情实感故事搬上银幕、搬上舞台,可以起到宣传我们新农村在国家好政策的影响下所发生的翻天覆地的变化!"

"……我答应姜星梦写下一个本子……"

"当然，这只是我的一个想法。人各有志，决定权在自己，对不起，我去接奇奇了。"

其实，付钢心里明白，只能说"这只是一个想法"，因为，开办公司首选需要的是资金，没有启动资金，谈什么设想都是空谈。他是个务实的人，要把设想变成现实，还需要更多的、全方面的努力，所以，他要先去做，等有了把握才能把设想说出来；另外，付雪的心还在上海，现在就把这设想说给她听，总感觉自己太冒失，不够城府。

然而，听完付钢的设想，付雪第一次感觉付钢长大了，也似乎从他的话里看到了自己的未来或希望，有了上海星梦影视公司的工作经历，这对她今后自己开办"文化传媒"类的公司也有所帮助。

可上海的生活条件和今后对孩子受教育方面都好，再说，自己在上海也刚刚有所起色，首先当然会选择留在上海。俗话说："人往高处走，水往低处流"，再返回老家好不好呢？

付雪确实没有认真考虑过，第一反应，就是"不愿意"。她感觉这个突然降至的问题很荒唐，甚至不愿意去想了，就快步返回医院。

此时，午后，夏季末的炎阳依旧火辣辣地炙烤在人身上。马路上行人稀少，只有路边卖冷饮的中年男摊主头上搭着条湿毛巾，站在太阳伞下，快速呼扇着扇子，灵活的眼睛四处张望。

付雪低着头刚走到摊主的冷饮柜附近，突然冷不丁从她身后蹿出一个穿红色上衣的胖女孩。还没等付雪看清，那女孩已猫身蹲在冷柜旁边，躲避男摊主的视线。

付雪虽然被惊吓了一跳，见是个胖女孩也就不再关注，可就在付雪止步，又低下头刚要迈步时，就听冷柜上"嘭嘭"两声闷响，又把付雪的视线给引了过去。原来，这闷响，是男摊主用一瓶装有水的矿泉水瓶子在打那胖女孩的背。那女孩被打倒在地上，缩成一团，男摊主看见有人在看自己，又打了两下，嘴里骂着：

"滚，再来偷，老子打死你！"

胖女孩害怕地爬起来，可怜兮兮地伸出手，口吃说："……水……喝喝喝……水……"

"老子喝你舅子两巴掌！"

男摊主凶狠狠地边骂，边扬起手要朝胖女孩打去，被付雪喊住：

"不许打人！"

男摊主忙用手指了指自己脑袋，解释说：

"她这里有问题、智障，你给她一瓶，她记住了，天天都来跟你要！我他妈赚俩钱儿不容易，天天来，烦死人！"

他说着，气呼呼地把手中那瓶矿泉水瓶盖儿打开，胖女孩眼巴巴地看着他把纯净水统统都浇在了冷柜外壳上，才舔着干干的嘴唇，可怜兮兮地倒退着离开。

付雪看后心里十分难过，她买了一瓶，喊住那胖女孩。

女孩停下脚步，傻傻地看着付雪。

付雪把水伸手递过去，温和的说：

"小妹妹，给你。"

女孩没有马上接，傻傻地站着，片刻后，才突然把矿泉水抢过去，撒开腿拼命地跑……

四五八

医院里，自付雪走后，苏赫一直是闭着眼睛，任凭苏母好说歹说，他就是不看，也不听，苏母无奈只好起身，夹着拐棍要走，却又回头丢下一句：

"你不听我的话，不要紧，你是我儿子，妈舍不得怪你！等我回去把换洗衣服拿来，陪着你，我怎么忍心看你一个人孤孤单单地躺在这儿。"

苏赫依旧闭着眼睛，不理不睬，苏母该说的都说了，实在是没辙了，她只好抱着来陪儿子的想法，自我安慰着走出去。

不管苏赫病房里有没有家人照看，警方都会派来便衣警察轮班24小时监视。

很快，付钢骑摩托车将奇奇带来了，正好付雪也赶回苏赫病房。

苏赫见到儿子后，立刻难过得哽咽起来：

"儿子，爸爸得了'重病'，不能照顾你，也不能看着你长大！以后……要听妈妈和舅舅的话！"

奇奇焦急地推搡付雪说：

"爸爸得了什么病？为什么不能看着我长大？我还要跟爸爸玩儿联盟

游戏，我不要爸爸死！妈妈，快去找医生，我不要爸爸死！"

付雪难过地站着，一言不发。

付钢拉开奇奇：

"好孩子，去爸爸那里，爸爸有很多话要跟奇奇说的。"

奇奇害怕得抽泣着跑向苏赫的病床，而后，爬上床去抱住苏赫的脖子：

"……爸爸……你疼吗？我给你讲个故事……就不疼了，好吗？"

苏赫内心更加懊悔地点点头，抚摸着孩子的小手。

奇奇稚嫩的声音开始讲道：

"富人和穷人——有一个快乐的修鞋匠，生意很清淡，所以日子过得很艰苦，但他从早到晚都是乐呵呵的，嘴上经常哼着欢快的歌儿……"

苏赫听着听着，在他耳里孩子的声音渐渐模糊，面对这即将失去的美好的一切，早已令他痛心疾首，泣不成声……

四五九

此时，苏母已开着自己残疾小三轮车回家拿了几件换洗衣服，又快速返回医院来。走至病房门口，听到里面有奇奇说话声，就轻轻推了下门，门立刻无声息地露出一条缝隙。

她借着缝隙朝里看，里面正好是付雪和付钢在病床边儿安慰苏赫。

"呸！你们猫哭耗子——假慈悲！"

她吐完，刚要愤愤推门闯入，却又像是突然想到了什么，慢慢收回手，扭头左右看看，见走道上有一位来回走动的便衣警察，就索性匆匆转身离开了。

四六〇

第二天上午，上海的天空流云滚滚，时阴时晴。

街道上，空气闷热，伴着阵阵大风。

付雪一身白色淡雅装束，匆匆走至上海某医院大门口，她犹豫着放慢脚步，心中矛盾重重：

"我现在去找世杰好不好呢？他为什么这么久不和我联系？那个女秘书……（女秘书挽着宋世杰胳膊亲密的画面突然在她脑海里闪现，但很快又消失了），为什么我总在计较这个？"

就在付雪停下脚步站在医院门口专心于自责时，宋世杰此时已驾车，缓慢从医院大门里驶出来。

副驾驶座上，坐着康秘书。

当白色轿车驶到付雪身边儿时，车里，宋世杰正手握方向盘，一边小心留意车前方的过往行人，一边心里也在思念着付雪：

"好久没和她联络了，也不知她生不生我气，她真不该留在老家。苏赫有人照顾，难道在她心里，我不比苏赫重要吗？如果常像这样把精力都投在与自己工作无关的琐事上，她不光自己很累，还会牵连她身边的每一个人！不打电话给她，就是希望她能知道我在生气，希望她能赶快回上海来见我！"

而康秘书却看见了车窗外的付雪，她见付雪正忧心忡忡地朝办公大楼方向看，不由心里又乐了，一着急便脱口催促宋世杰说：

"快走吧，研讨会时间差不多到了！"

"门口人多，上了车道就快些。"

宋世杰解释的当儿，车已慢慢驶过人行道，拐入车道上，他再一踩油门儿融入车流中。

从他车的后视镜里，康秘书看到付雪大步走进医院大门里的身影。

四六一

付雪想好了，她觉得在老家没有给宋世杰过生日是自己不对，决定主动来找宋世杰，以表她对他的歉意，因此，她加快步伐从直达电梯，来到宋世杰办公室门口。

门紧闭，她敲了几下，依旧没有动静。

这时，隔壁办公室里有人开门出来，付雪想上前问问，但那人没看见她似的转身急匆匆走了。

付雪只好拿出手机给宋世杰拨打。

四六二

高架桥上，车流中。

车里，宋世杰正手握方向盘专心开车，手机在车内的小置物箱里响动。

宋世杰刚腾出手要去拿，却被康秘书抢先一步抓到手机：

"注意安全，我帮你接。"

"喂，哪位？"

四六三

宋世杰办公室门口。付雪听到手机里是女秘书的声音，顿时心里像打翻了五味瓶，有说不出的滋味。她没有吱声，挂上电话，茫然地朝电梯走去。

边走边想："世杰在开会吗？在手术吗？他为什么要让女秘书接电话？当然，一个女人痴迷上一个男人，也会'发疯'……可他不可能不知道女秘书对他的追求，难道这就是他不给我打电话的原因吗？"

付雪想到此，内心有些痛苦，眼泪也随之倏地顺眼角儿滚了出来。

她走进电梯。

在空荡的电梯里，她满脑子都在想宋世杰，回忆着一个个曾经属于他们的快乐与美好的生活片段……

四六四

马路上。

车里，康秘书又对着电话："喂，哪位？"却等来的是忙音。她敏感地笑笑查看来电显示："果然是付雪。"

她赶快对付雪的来电显示做了删除处理后，才把手机放回原处。

宋世杰半天没听到她接电话，就扭头问：

"谁呀？怎么不说话？"

康秘书笑笑，借口道："噢，对方挂断了。像这样响一下就挂断的情况，千万不要回拨，百分之百是骗子。等你回拨，对方就会将你电话接在一个国际线上，偷吃你话费。现在网上对此类骗术号码公布有很多，我替你删除了，以后，你自己要小心。"

宋世杰将信将疑地"哦"了声儿。

她为了更好地说服，补充道："你想——要是自己熟悉的人打来，一遍不通，还会再打第二遍，而且也不会一接就挂断电话呀！"

"好，不管它，我们还是想想，一会儿研讨会上的发言内容。"

康秘书感觉自己已说服宋世杰，更是暗自欣喜。

四六五

黄浦江边外滩公园里。

《都市恋人》摄制组正在里面拍摄，距拍摄地周围50米之外，都让保安给围上了"禁止游人通行"线,围观者只能站在线外朝拍摄地的演员们张望。

在胡柯的镜头里:"公园中央的一块绿茵茵的草地上,一个女子为了当好继母,正在和男友前妻留下的10岁男孩建立感情,那男孩不喜欢这个继母,冷不防将足球重重踢向那女子的身体,那女子躲闪不及,"哎呀"一声倒地……"

胡柯把脸从摄影机前扭过来,喊:

"重来,重来,男演员要加强面部表情,借球踢出他的愤怒、抵触情绪,要由里向外地表现。来,再来一遍。"

离胡柯几步远的休息区,姜星梦正在接电话,脸上表情也随谈话内容时晴时阴地变换着:

"……倪总,你不是来看拍摄现场吗?我今天可哪儿也没去成,就等你来了。……哦,不来呀,那投资的事儿呢?……好的,好的,我一定把编剧带上,一定要她中午陪你喝酒……"

姜星梦挂上电话,又急急给付雪拨打出去,很快通了:

"付雪呀,你刚从老家回来,一定很累。这样……中午一起吃饭,算我为你接风洗尘,另外,也介绍个商界朋友给你认识,怎样?"

电话里付雪声音:"在什么地方?"

"我一会把时间地点发在你手机上,别迟到了哦。"

"我会提前到。"

姜星梦给付雪发完信息,感觉重要的事情都安排妥当,庆幸这付雪回来的正是时候,只要她中午一露脸,就一定能帮他搞定投资的事儿。这男人们心里在想啥,他太明白了,不就是那点事儿嘛——年轻漂亮的玩腻了,有几个不想尝试知识型的小女人?这投资商投的可是800万,不是一个小数目,搞定了,她付雪今后可就是他的摇钱树!当然,付雪的脾性他有所领教。怎样才能长期让这个正直、倔强、自尊心强的小女人听从于自己、服务于自己呢?凭他的经验、智慧,他认为不需要多费心思,只要像对其他女人那样"照方抓药"即可。于是,他内心莫名地感到高兴、感到有成就感!

姜星梦扬扬得意地走到胡柯跟前,一拍胡柯肩膀:

"走,吃饭去!"

"什么人？"

胡柯没有抬头，专注于他的镜头里。

"800万的投资商。"

胡柯这才漫不经心地停下手中工作，对副导演说：

"让大家收工吧。"

副导演立即亮着嗓门儿吆喝道：

"收工，收工喽……"

四六六

付雪按姜星梦发给她的地址，11点半准时找到这家名叫"金茂君悦大酒店"。

上海金茂君悦大酒店处在陆家嘴金融贸易区核心地带，是全世界最高酒店之一，位于金茂大厦上部的53—87层，誉满全球，与东方明珠电视塔相映生辉。

付雪不敢相信，也傻了眼儿。

这大楼是所有外地游人来上海外滩观光、拍照留念的大楼之一，是东方明珠、世贸大厦之后的新建摩天高楼。平日里，里面的一切都让她感到神秘，现在居然自己也能走进里面，而且是去享用午餐！简直像在做梦似的令她晕晕乎乎。

"这地方一定很贵，姜总怎么会在这里请我吃饭？我何德何能？还是不要让人家破费好。"

她正犹豫着要转身离开时，姜星梦和胡柯两人也已走至门口。

姜星梦一眼就看见付雪要离开的样子，赶紧喊住她：

"哦，付雪，就是这儿，走呀，进去吧。"

付雪见胡柯也在，就打消了心中顾虑，跟随在他们身后走进大楼。

在服务小姐的带领下，他们乘电梯来到55层的粤珍轩。

粤珍轩餐厅是上海顶级的粤菜餐厅，它占据了酒店55层的整个楼面，提供雅致时髦的用餐环境和360度的城市美景，由香港名厨主理，提供"中菜之王"——广东菜系。主要的景点区，装饰精美，用刻有中国书法的金箔玻璃屏风隔开，既有隔间的作用又不阻挡窗外美景，别有格调。餐厅还有六间独立包房，大小各异，最大的包房可容纳28人同桌用餐。

姜星梦订的是能坐十多人的包房，付雪早被这高处俯瞰繁华都市的美景给吸引。

在付雪眼里，从金茂55楼望出去，将对岸的浦西一收眼底，黄浦江成了一弯墨绿色的弧线，仔细看，才能寻见江上的船轮，它渺小得像一叶小舟在黄浦江上漂动……

她被姜星梦叫了过去，但眼睛总在向外看，没听清姜星梦给她介绍新进来的两位客人叫什么。后来，也没心听他们在点什么菜名，或在说些什么，直到菜都上齐了，开吃了，所有人都把酒杯端着起身说祝酒话时，付雪这才把头扭过来，专注于正上方座位上的那个叫倪总的人物。

倪总中等身材，不善言语，全身上下散发着一股成熟男人的魅力。他原本毛寸发型，故意将中间部分向上定型、竖起，显得很前卫，但配上他那身黑衬衣、白西装，一点也没给人夸张的感觉。倪总神态平和，举止讲究，和姜星梦这种潇洒型的男人是两种截然不同的风格。

倪总身边陪同来的是他公司的刘副总。

刘副总年纪较大一点，一看就是商场老手。他健谈，好像什么事儿都知道似的，和姜星梦天南地北、海阔天空地侃。

倪总早就在注意付雪和胡柯两人的举动，他感觉这两人都是踏实做事的人才，心里对这次投资也更有了兴趣，于是，他举杯对付雪很礼貌地说：

"付雪小姐写的剧本，我已经看过了。我也很喜欢写，但就是没时间！这是我的名片，找个时间，我们交流交流。来，为今后合作，干杯！"

"好！我期待倪总给我指教的机会！……谢谢您的支持！我一定继续努力！"

付雪这会儿心里才明白过来，原来姜星梦请自己，是为了让她来做陪客，但不管怎样，眼前这个倪总是个成功人士，能投资姜梦公司，自己今后也就能很稳定地在公司里工作。下一个剧本，姜星梦也会顺理成章地跟自己签合同了！

而此时，姜星梦听到倪总说"为今后合作干杯"，心里已感觉投资的事儿成功在握，为了更好促进，他忙亲自为倪总倒酒，然后举杯站起身，说：

"倪总，这杯敬你，以表我对你资金支持上的感谢！另外，我在上面开好了房间，饭后，可让付编剧陪你去'聊聊'。"

倪总笑笑,看了一眼刘副总,刘副总马上端杯站起来说:

"我看,不必了吧。我们倪总下午还要见重要客商。投资拍片的事儿,你们明天任何一个时间,去公司找我签约都行。——我来替倪总干了这杯……"

刘副总说完,将手中装有白葡萄酒的酒杯,慢慢端入嘴边,小小品尝了口。

姜星梦却仰头一饮而尽,还没等姜星梦坐下,刘副总又笑笑说:

"我们倪总看的是'投资回报'。——如果合作得好,我们还会有下次……告辞了。"

他说完挪开座椅为倪总让道儿。

倪总微笑着站起身,又特意对付雪微微一点头,表示告别,而后在众人的目送下,健步离去。

小包房里只剩下他们三人了。

"哟嗬,搞定了!"

姜星梦惊喜地伸出手与胡柯击掌,然后又激动地看着这桌精美、名贵的海鲜,对付雪说:

"香港名厨主理的鲍鱼、鱼翅——怎么样?有何感受?"

付雪确实无法形容此时的心情,她看着这些精美时尚的器皿——式样新颖的椭圆形银钵、银边儿玻璃装饰盘、精美的银筷架、嵌银帽的樱桃木筷子和银勺都显得雍容华贵,为餐桌增光添彩。新式茅杯是 Art Deco 艺术设计的,杯外陶釉银制底座,既美观又轻便。与之相配套的瓷制茶壶,用银制容器裹住,大方得体,别具匠心。

她看着它们,又看看胡柯。

胡柯不以为然地笑笑说:

"尝尝,味道不错。"

她点点头,拿起筷子,夹了一块鱼肉放进嘴里,让她真真切切地感受到了真实的美味儿,她这才羞愧地笑笑回答:

"有钱就有享受……"

姜星梦似乎从她羞愧腼腆的笑容里看出了什么,忙殷勤地招呼道:

"今后,如果你愿意的话,就改我叫哥。……还真感谢郧海给我介绍了这么个好妹妹。"

胡柯建议："打电话叫郧海一起来吃吧！"

"好！我来打……"

姜星梦还真讲哥儿们义气，在这时候还能想起郧海。可郧海电话一直占线，老半天也打不进去。

姜星梦挂上手机失望地招呼大家：

"算了，看来他很忙。"

胡柯也很失望地拿起筷子，边夹菜边埋怨说：

"这老郧是个工作狂，中午，不吃饭占什么线呀？"

姜星梦接话说："他还不是想留在上海？"

"那也是，谁不想？欸，对了，老姜，我们公司不是每年都有名额嘛，可以给付雪把转户口转到上海呀！"

"那是肯定的，等这部戏出来，我就给她申请特殊人才引进，会很快批下来的。"

姜星梦说着给付雪夹了一些菜，又一转话题，像大哥哥似的对付雪说：

"来吃！吃了，我再带你去另一个地方开开眼界……"

"哦，谢谢姜哥！谢谢胡哥！"

付雪感激得热泪盈眶，她不敢相信自己耳朵听到他们的对话是真的！莫非否极泰来，要转好运吗？此时此刻，她打心眼里感激他俩！信任他俩！于是，激动地站起来，举起酒杯：

"姜哥、胡哥！我敬你们、感谢你们对我的帮助……"

四六七

与此同时，县城秋风路河边儿，付雪和苏赫曾经的家的对面。

河水依旧从上游平缓地流淌下来，偶尔滚动的波涛极像淡绿色的丝绸在风中飘动。

已是正午，河边儿没有人洗衣服，也就没有了棒槌声。

靠近河岸的马路也很安静，半天才过一辆出租车，人们几乎都躲进家里遮蔽外面的炎热，和享用午餐了，只有奇奇在沙堆前玩沙子，要造什么宫殿，不肯离开。

雅芬只好给他打着遮阳伞，陪他站着。实在是热不过，雅芬有些生气

了,对奇奇说:

"我们晚上吃了饭再来玩儿,现在要回去吃饭了。如果你不听话,我明天就带你去上海,把你交给你妈,不管了!"

奇奇一听急了:"别带我回去,我还没跟舅舅玩儿联盟游戏呢!"

"那快听阿姨话,走吧。"

"好吧。"

奇奇站起来把手里的小玩具往沙堆上一丢就走,雅芬捡起沾满沙子的玩具喊:

"奇奇,别走,站那儿等我把玩具洗洗干净,一起走。"

"哦。"

雅芬见奇奇很听话地站在那儿,也就放心地跑下河。

浅水处离沙堆距离只有十来米,由于水太浅,手一荡,水底就会泛起细沙,因此,雅芬还得小心地踩在石块上,向深一点的水位走了几步。

等雅芬洗完玩具转过身,小心翼翼地踩着石块走出浅水、跳上陆地后,才抬头看奇奇,奇奇已不见了踪影,她有些紧张地喊:

"奇奇,奇奇!叫你不走,你怎么不听话呀?"

但喊声没有人回应,她又急又担心,跑到沙堆前寻找,还是没个人影。再放眼四周,凡是能看见的地方都没有人。

"这孩子,是不是回咱家了?他从小在这儿长大,应该对这儿很熟悉。"

雅芬自我安慰着朝家跑去。她边跑边掏钥匙,由于长期缺乏锻炼,跑到楼洞口已是气喘吁吁。

她抬头朝楼梯上看了看,空荡荡,没个动静,也不见个人影,就更是恐慌起来:

"奇奇!奇奇!奇奇……"

这惊恐的叫喊,惊扰了一楼的邻居,一位大妈开门出来问:

"你这是咋啦?孩子上午不是跟你出去了吗?"

雅芬欲哭无泪,只有惊恐:

"……我……我把孩子给丢了!"

"在哪儿丢的?赶快报110呀!"

"没用的,24小时内警方不会认定丢失,不会立案寻找的!"

"那快发动街坊邻居们去找找看!"

"欸,谢谢了,罗大妈!那孩子咱这楼里都见过,你就帮我跟他们说说,我先去这孩子家附近找找。一找到,我就给你们来电话……"

雅芬不能耽误,感觉孩子刚丢,可能还没走远,她对罗大妈说完,就边跑边喊着"奇奇",在附近的大街小巷里四处寻找……

突然,她老远看见在一家小饭馆门前,有个很像奇奇的孩子走动了一下,就又不见了。她眨巴眨巴眼睛,欣喜地赶紧跑过去。

可跑过去寻找到那孩子一看,不是奇奇,更是心慌意乱、六神无主地害怕起来。她不知道该怎么办,就给郎海去了电话,这也就是姜星梦打电话给郎海时,电话一直占线的原因。

电话里郎海也着急上火、埋怨雅芬:

"像奇奇这么大的孩子,就得前脚跟后脚儿,半步都不能离开,不是都跟你交代过了吗?你怎么就是不听?"

雅芬急得要哭出来:"你埋怨我有个屁用,快想办法呀!"

"你赶紧打电话给付钢,要他到苏家去找。苏赫出了命案,我想奇奇八成让苏家人弄走了。"

"要这样,我也就放心了,就怕这孩子让坏人给拐走了。"雅芬停顿了下,问:"付雪回上海了,要不要打电话给付雪?"

"等明天,找不到孩子后,再通知付雪。你现在赶紧先通知付钢吧!"

雅芬听到郎海的安排,感觉吊起来的心稍稍放下了一点儿,可还是提心吊胆地给付钢打去电话。

第十七章

四六八

付钢接到雅芬电话,跨上摩托车直奔医院苏赫病房。

他和郧海的想法一样:

"奇奇八成是让苏家人给弄走了。"

可当他莽撞地推开苏赫病房门,冲进来,没看见奇奇的身影,只有正在给苏赫喂饭的苏母,再看看旁边墙角处,苏母铺的地铺时,他这才推翻对苏母的怀疑。

付钢心里一下子也紧了起来。正想转身离开继续出去寻找奇奇,却被苏赫喊住:

"怎么了?发生什么事儿了?"

苏赫对他冲撞进来、紧张的神情感到疑惑。

苏母这个本来就很敏感的人一听苏赫这话,立即放下手中瓢碗,站起来审视付钢,并等待他回答。

付钢犹豫了一下,沉重地说:"奇奇不见了……"

"什么?我儿子丢了!什么时候?"

苏赫一听焦急地要往床下跳,可手上还在输液,他只好大声喊:

"妈,你快去叫医生,我要出去找我儿子!"

苏母正惊呆地站在那儿,听到苏赫喊,这才答应了声,跑出去。

很快医生和便衣警察进来。

苏赫一看见便衣警察,又瘫软下来,他痛苦地乞求那警察:

"请你们一定要帮我找回我儿子!求你们一定要帮我找回我儿子!"

"放心吧,只要报案了,我们警方就会立案侦破的。"

苏母听完警察的话,还是担心地乞求说:

"求警方一定要帮我找到孙子!我们苏家就这么一个后了,可不能让苏家断了香火!"

便衣警察马上转向付钢,问:

"报案了吗?"

"刚丢,还不到24小时。"

"快去寻找,我去请求当班民警们一同寻找。"

"好。"

付钢点点头,转身跑了出去。

四六九

付钢跨上摩托车直接赶往事发地,老远看见雅芬和几个人聚在江边的沙堆前说着什么。

走近了才听见雅芬说:

"……谢谢邻居们!我们再分头找找!他一个孩子,不会走太远!我早上给他衣兜里装有20元钱,这大中午的,看看是不是在哪家馆子里吃东西了!"

"行,我们分头找找,有信儿,大家都相互联络联络。"

罗大妈说完,大伙都点头分散着去找奇奇了。

雅芬早已急得脸上又是泪又是汗,遮阳伞捏在手里也没心思用。

她见付钢走过来,像见了救星似的,一把抓住他的胳膊解释:

"就在这儿!——我只去河里洗了个玩具的工夫,掉头,他就不见了……"

付钢看了看这沙堆离河边的距离,像感觉到了什么,对雅芬说:

"你去报警,我骑车去找!"

"好。"

四七〇

付钢此刻想到了苏父。

"苏母在医院,那么很有可能苏父借送饭的途中,完全有可能把奇奇拐走。"分析到此,他跨上摩托车直奔洪城门。

洪城门某小区,苏父刚从外面回来,他喝了口水,脱掉外衣正想午睡，突然门铃响了，他习惯地从猫眼里朝外看了看，才把门打开。

付钢冲了进来，边找边喊：

"奇奇，奇奇……"

"浑球呀！你啥时把奇奇领我家了？出去，你给我出去！"

苏家的房子就这两室一厅，主卧和厨房、厕所门都开着，就是奇奇在，听到舅舅喊声也会出来，但确实这屋里除了苏父没有第二个人。这情况猛然又加重了付钢的心理压力。他有些沉不住气地朝苏父嚷：

"奇奇不见了！"

苏父先是吃惊的表情，忽然又转脸，赌气说：

"奇奇丢了，和我有啥关系？她付雪不是和苏赫离了婚，把孩子带到上海不让回来见我们吗？——我都几个月没见着我孙子了！丢了，这也是老天对她的惩罚！"

"奇奇是你孙子，你居然说这话？我真为苏赫感到同情！"

"……同情？我儿子都让你们付家害成这样了，还敢跟我谈同情？滚出去！"

四七一

付钢被苏父赶出家门，马路上，他一路走一路焦急地寻找。

他拐入较偏僻的小街，和那些出租屋较多的巷子，但都不见奇奇踪影。他早已急得眉头紧锁。

就在这时，他电话响了，是付雪打来的。

电话里付雪的声音：

"钢钢，有个好消息要告诉你。——我们公司决定把今年转户口的名额给我，以后，咱就是新上海人了！"

不到万不得已，付钢是不想把奇奇丢失的事儿说给付雪听的，毕竟孩子丢失离现在才过了两小时，因此强打起精神，有气无力地说：

"是个好消息。"

"你怎么了？奇奇还乖吧？苏赫的伤好些没有，能自己吃饭吗？"

"他们……都很好，你安心工作吧……"

"好，雅芬什么时候回上海？通知我一声儿，我去车站接他们。"

"不急，等开学吧。"

"行,再见。"

四七二

上海这边儿,付雪已吃完饭,胡柯要回去拍戏,就先走了。

姜星梦正在刷卡结账。

她单独等在这包房里,不知是喝了点酒的原因,还是其他什么缘故,总感觉心里不踏实,于是就拿出电话打给付钢。

和付钢通完话,她心里才似乎踏实了点。

这时姜星梦结完账走进包房对她说:

"走,趁我现在还有点时间,带你去另一个地方开开眼界……"

"什么地方?"

"别说话,跟我走就是了。"

付雪不好再问,感觉自己这个乡下老土,像个傻大姐似的跟在姜星梦后面。

很快,他们乘电梯上到87层的嘉宾轩,服务生为他们推开门,付雪为之一怔,但又不能问,只好跟在姜星梦身后走进去。等服务生离开,付雪忍不住问道:

"你带我到客房来干吗?"

"这可是上海奢华地标酒店,中午,不是为倪总定下,我可舍不得住,今儿……也是头回进来。"

姜星梦边说、边看、边摸。

付雪的视线也紧张地随他走动、触摸物件的手移动——客房内的床头板均配用中式漆器工艺屏风,屏风上嵌有红底金字的唐诗,气势宏伟。宽阔的浴室装饰选用白色大理石、钢化玻璃及克罗米镀铬,加之暖色木料点缀。淋浴间设有高科技三喷头淋浴塔和防蒸汽镜(便于进行个人修饰)、玻璃洗面盆和双开门的镜面衣柜……

看完这房间里的一切,姜星梦突然地跑到窗帘边,寻找到拉杆,将窗帘缓缓拉开……

"哇!"付雪惊讶地叫了起来。

"怎样?有钱就有享受吧!"姜星梦得意起来。

原来窗帘缓缓被打开,呈现在他们眼前的是形成近90度直角的两面专为观景设计的落地玻璃墙体。

光线从这玻璃墙体透进来,盖过了室内昏暗的灯光。一切都静静的,高而悬,让人站在旁边儿有些眩晕,就仿佛站在移动的飞船上,令人叹为观止。

欣赏完都市景致,姜星梦往床上一躺喊付雪:

"过来吧,小妹。"

付雪不愿过去,站在原处回答:

"看完了,我们走吧。"

"干吗那么急?反正我房间开了半天的时间,不住白不住。"

"那我先走了。"

姜星梦猛然起身拉住付雪,推心置腹地说:

"小妹,你就留下来,陪我说说话吧!你不愿意,我不会碰你。我多的是年轻漂亮的小姑娘,就都没你有才气,我喜欢你身上的才气。以后,我还会给你转户口,推出你的作品,把你炒作成知名编剧……"

付雪依旧站在窗边,只是扭头十分感激地看着他,说:

"先谢谢你,姜哥!——以后,我就把你当我最亲的哥哥看待……"

姜星梦下床去拉她,走到床边坐下,笑笑,问:

"亲哥哥,怎么当?就这样……嘴上说说吗?"

"当然不是。如果有一天,你病了,需要换器官,我会毫不犹豫捐给你!"

"那到何年何月了?我和你的想法不一样。我认为只有做夫妻,才感觉真实,要不然,我就没必要非尽这个责任和义务……"

"我没有非要你对我尽什么责任和义务。——你需要我写剧本,公司也有这个转户口名额,这怎么是责任和义务呢?"

"你以为你是谁?大腕作家多得是,我为什么要请你写剧本?那转户口的名额,你现在还不够条件,倘若我不帮你申请,你能转过来吗?"

"我现在不想结婚,只想做点成就出来……"

"有青春就有价值,你要这么倔强,我也帮不了你。"

付雪猛然站起身:"知道了,谢谢你的午餐,再见!"

姜星梦猝不及防,又不好去伸手拉付雪,只好说:

"还有……！我还没说完……"

付雪沉默着止步、没转身，等待他后面的话。

姜星梦索然无味地走到她身边，想半天，挖苦地说：

"我给你下个定义——孤独的奋斗者！你就是一个孤独的奋斗者！当然，我的情感和公司大门，永远都为你敞开着。想想你的前途……除了我，还有谁这么心甘情愿帮你！？"

付雪回赠他轻蔑的一笑，而后快步离开。

四七三

县城老家。付钢和雅芬依然带着焦急的心情，穿行在大小街巷寻找奇奇。

苏母从医院回到家中，看见苏父睡午觉很不满意，大声嚷起来：

"火烧眉毛了！你们苏家就要断后了！你还有心思睡觉呀？"

"火烧谁眉毛了？孙子丢了，她付家人不比你急？——那付钢才从这儿走没多久，你又回来吵，还要不要人活了？"

"唉！老头子，你平时不是把孙子当宝吗？今天咋就变了嘞？"

"行了行了，懒得跟你费唾沫星子！去河边钓鱼去。"

苏父睡不了午觉，索性起身穿戴好，拿起鱼竿，又走进厨房，他在从冰箱里拿出酸奶和冰淇淋往保温杯里装时，被苏母无意间发现，心想：

"酸奶和冰淇淋都是给儿子吃的，这老东西从来就不吃，他拿这些干吗？"

她疑惑着，决定悄悄跟在他身后一看究竟。

四七四

苏父骑上自己那辆踏板摩托车，出了小区，顺主干道北京路直行，上了跨江大桥。

苏母也骑着她那辆残疾人用的新电瓶车，远远跟在苏父后面。

这跨江大桥的另一端连着谷城县地界的大西山山脚下，桥头由于是大面积芦苇茂盛的沙洲地，已被当地政府开发成了连接河口市滨江公园的江上游船停靠点。

此时，太阳西斜，两三点钟的阳光正烧人，但江上带凉棚的彩色小游船络绎不绝，游人们个个穿着橘色救生马甲，为了尽情享受凉爽江风，个别游客干脆把船停在江心说笑,或有的撩水嬉戏。

从江心再看桥上的苏父,他的摩托车已驶入桥尾。

桥尾处,住有几户人家,这是从大西山搬出来的商农,房子都盖得不错,每户都是两层砖砌小楼。

苏父将车拐进最后一户的后院里停下,开心地喊:

"奇奇,爷爷来了!看爷爷给你带什么好吃的?"

奇奇从屋里跑出来,后面跟着个小女孩,奇奇气呼呼地向爷爷告状说:

"爷爷,我不跟妞妞玩了!她什么都不会!我要去找舅舅!"

苏父打开保温瓶盖儿,从里面掏出酸奶和冰淇淋,俩孩子一人给了一份,然后才对奇奇说:

"你是大城市回来的,那就教教她嘞。"

奇奇有冰淇淋吃,也就不再吵闹,真的当起小老师来教妞妞说英语单词:

"狗、dog……"

苏父见稳住奇奇,就进了屋。

苏母跟到此处,听见院内奇奇的声音,心里全明白了。她想都不想一下,也把车骑进这户人家的后院里,奇奇看见奶奶来了,习惯性地喊:"奶奶好。"

"噢,好。你乖,奶奶晚上给你炖鸡吃。"

苏母停好车子,见院里只有两孩子,就拄拐直径朝屋走去。她身后奇奇还在高兴地说:

"太好了,我喜欢吃鸡!鸡、chicken……"

小女孩脸上没有笑容,慢慢低下头不再跟奇奇读单词。

奇奇纳闷地问:"怎么不读了?"

小女孩哭着说:

"我爸爸、妈妈在外地打工,爷爷从来都不给我炖鸡吃!"

奇奇难过地看着她,发现她手中的酸奶早已喝光,就把自己手中的冰淇淋给她。小女孩立即停止哭泣,像没吃过似的,大口咬下去,被冰得咬牙咭嘴,奇奇感觉好笑,就天真地笑了,妞妞把冰淇淋吐出来,舔舔嘴唇也天真地笑了……

奇奇笑完,想了想,掏了掏衣兜,从身上找出20元钱,高兴地对妞妞说:

"走，我带你去买鸡腿吃。"

"不行，被爷爷发现了……我会挨打的！"

"我们偷偷跑出去，吃完再回来，他们就不会知道了！"

"嗯。"

这两个孩子就这样背着屋里大人们，悄悄溜了出去。

四七五

屋里，陈设简陋，几把小靠背椅，一张吃饭的大桌子，箩筐、扁担摆放在靠门口的墙角处。楼梯不在客厅，整个堂屋除了两边四个门外，还算整体。如果这前后门都开着，就会显得通风凉爽，可这两扇门始终都是虚掩着。

苏母一进屋，苏父就惊叫起来：

"你咋跟来了？你不知道他们满大街在找奇奇吗？"

"怕啥？我们又没做亏心事儿，自己的孙子难道就不能带他出来玩儿？"

"你懂个屁！要是带他玩儿，哪儿不能玩？"

"放心吧，后面没人跟！"

苏母说着，看了看桌上另一边坐着的一个老汉，不解地问：

"这位大哥是？"

苏父不耐烦地回答：

"是我钓鱼时认识的老哥。他是晚上给人家看游乐船的，——姓祁。"

祁老汉很憨厚老实，见又来了客人，就赶紧去给客人泡茶。茶叶装进杯子，一拎开水瓶，水瓶轻了，就憨笑着招呼说：

"你们坐会儿，我去烧水……就来。"

苏母点点头，她哪里是想喝水，而是打发祁老汉离开，自己好把心里话说给苏父听。等祁老汉一走，她坐下，把脏兮兮的杯子推到一边，感觉没有阻碍才说：

"你咋不跟我说声儿？我还以为奇奇真丢了，担心死了！"

"这不是你那天给我透露奇奇回来的事儿吗？你那想法，都露在脸上，我一看就能看破，所以，我想了这几天，合计来合计去，还是自己出面比你办事牢靠。……等过几天，我们跟奇奇有了感情，再把奇奇带回去，跟我们一起住。"

"付家找来咋办？"

"找来，也是苏家的孙子，她有啥权，不让孙子和爷爷、奶奶住一起了？你看老祁家，不就这样，很好吗？"

"嗨呀！这下可太好了！——现在儿子不听话，已经走了不归路，要是能把孙子留下来，我可要好好教教，不能再像苏赫这样——六亲不认！我要给奇奇换个名字，最好叫他苏小赫！"

"这咋能跟儿子一个叫法？"

"奇奇跟儿子小时候一个相儿，我要把他调教出来，从小就让他既当孙子又当儿子，为我们养老送终……"

"本来我们养儿子、孙子，就是为了将来养老送终嘛，还能咋地？"

"你现在才知道呀？当初就不该答应他们这门婚事儿！后来，更不该让儿子去上海……"

"拴在裤腰上就可靠了？那拴在裤腰上的……该犯事儿，还是得犯事儿——这是命！"

"我命苦呀！怎么就养了个不争气的儿子！晓得是这样，我从小就把他掐死，也免得我白辛苦一场……！"

两人正你一句我一句地对掐着，祁老汉烧水出来听到，接了一句：

"给你俩留了个孙子，我还羡慕你俩嘞！"

听祁老汉这么一说，苏母立刻觉醒过来，侧耳静静地听了听，惊讶道：

"嗨呀！怎么半天没听到奇奇说话了？"

祁老汉赶忙起身把门"哐啷"打开，院子里早已空空荡荡，不见俩孩子人影儿。

四七六

这会儿，奇奇和妞妞已经跑过大桥，在河口县城那边了，由于不知道哪里有卖烤鸡腿的，奇奇又跑上桥头，借桥头的高地势向下看去——下面是临江大道。

他豁然开朗，很有主见似的跑下去对妞妞说：

"我知道哪儿有鸡腿了！"

妞妞没来过，对这里很陌生，她害怕得四处看看：

"这里都是房子，没有买鸡腿的？"

奇奇像个小大人似的，拉住她的手，安慰道：

"我拉着你，不会走丢的。雅芬阿姨家楼下的巷子里就有卖的。"

"雅芬阿姨家在哪儿？远吗？我爷爷要是找来怎么办？"

"不让他找到，快往这边跑，跑到一个大沙堆，就到了。"

奇奇说完就拉妞妞下了大桥，顺沿江大道跑着。

阳光下，天儿很热，他俩已是满头大汗，妞妞没跑多远，口渴得跑不动了，正好路边有个卖冷饮的，奇奇要拿钱去买，妞妞却哭着说：

"……我吃不到鸡腿了。"

"别哭，鸡腿5块钱一个，就能买4个。要是买了矿泉水……就只能买3个……"

"3个，我们怎么分呀？"妞妞想了想，高兴地说，"我喝江水就行。"

奇奇勇敢地走到江边看了看，江水滚动，绿瓦瓦得深不见底，不由打了个冷战跑开。

"吓死人了，我不敢去。"

"我不怕，我自己下去喝。"

妞妞说着就找了个台阶往下走，台阶有点陡，大人走都需要小心，何况是个孩子？卖冷饮的妇女早就看见这俩孩子，起初还以为是附近的居民，可看了半天，感觉很陌生，又见其中一个女孩没大人跟着下河，就大声喊起来：

"欸！你是谁家的娃儿，不要命了？往河里跑？"

妞妞正小心翼翼地下到台阶的一半儿，听到上面突然的喊声，被吓得一晃身子，脚下没踩稳摔倒后滚了下去。

"救命呀！救命呀……！"奇奇大喊。

那妇女听到喊声跑过来，但不会游泳，只能跟着喊：

"救命呀！娃掉水里了！"

一些行人听到呼喊，纷纷跑过来，但没有几个水性好的，都蹩脚不敢下水，眼睁睁看孩子被水冲离岸边儿半米多远，而且在慢慢向下沉，就在这千钧一发时刻，一个年轻人从岸上"扑通"一声跳进河里，救起妞妞。

救妞妞的年轻人是个民警，有20多岁。他跳下河时衣服、鞋子都没来得及脱掉，这会儿爬上台阶，从衣服里只往下淌水。他抱妞妞上岸后第一句

话就朝人群问:

"这谁家的小孩?"

围观的人群中没有人回答,有的唏嘘着陆续离开。

奇奇胆怯地走出来说:

"……叔叔,是我带妞妞偷跑出来买鸡腿吃的。"

"你们家在哪儿?叔叔带你们回去,以后可不要背着大人偷跑出来,这样很危险,知道吗?"

"知道了,谢谢叔叔救妞妞。"

年轻民警见奇奇很懂事儿,就蹲下来仔细打量,发现奇奇的特征很像中午报案人描述丢失的那个小男孩,就温和地问:

"你是不是叫苏奇奇?"

"叔叔,怎么知道我的名字的?"

"走,跟叔叔走。"

四七七

年轻民警把奇奇和妞妞带回派出所,很快付钢和雅芬赶来,在付钢释放心中慌恐和焦急的情绪的同时,他看到和奇奇在一起的小女孩,不由得心头又一紧,似乎全明白了,但只想把问题私了。于是,把那小女孩和奇奇一起接走了。

路上,付钢问奇奇:

"她是谁?你怎么和她在一起?"

"她叫妞妞,是爷爷带我到她家的。她家住在桥那头,我带她偷跑出来,是想给她买鸡腿吃……"

"爷爷呢?"

"还在她家,奶奶也在。"

奇奇的回答证实了付钢的猜想:"好,雅芬阿姨带她去买,然后会送她回家。你也得跟我回外婆家,等过几天,我再和雅芬阿姨一起,把你送回上海。走,我们现在就去订票……"

"哦,舅舅去上海,我就去。"

"好,舅舅亲自把你交到你妈手中。"

他俩说着、笑着、追跑着,就像父子俩……

469

四七八

雅芬坐三轮车把妞妞送回祁老汉家时,祁老汉已经在家附近妞妞常去玩的地方寻找。都寻不见妞妞,他心里也正慌着,刚关上大门,要上锁,准备和苏父、苏母他们一起过桥寻找。

三轮车还没到家门口,妞妞就看见爷爷,喊:

"爷爷,爷爷。"

祁老汉扭头见妞妞被一个陌生女人送回来,又惊又喜,脱口问:

"他家的小哥哥呢?"

三轮车已到门口,雅芬抱妞妞下来。

苏父、苏母也赶忙重新停好车子,聚过来。

雅芬说:"奇奇让他舅舅从警察那里领走了,这孩子刚才掉到河里,差一点被淹死,你们以后,可不能随便让孩子单独出门儿。"

雅芬不认识苏父、苏母,说完转身又坐上三轮车要走。

苏母一急,嚷道:

"喂,你怎么走了?把我孙子奇奇还给我!"

雅芬一听这话,心里立马明白奇奇为什么会不见了,还害她虚惊一场,不由一下子愤怒地跳下车,上下打量着苏父、苏母,继而朝他俩喊叫:

"嗬,我说奇奇咋眨眼工夫就不见了!原来是爷爷、奶奶偷去!——我们已向警方报案了,若不是这孩子落水被民警救上来,找不到奇奇,24小时过后,警方就会立案侦查,到那时,你们可就触犯了法律——绑架儿童!"

这话过重,激怒了苏父,苏父质问道:

"你是谁?咋说话的?我带我孙子走,谁敢说我触犯法律、绑架儿童,我就跟他拼了!"

"行,我今儿就给你讲讲法律知识,我先自我介绍——我是现在被孩子他妈全权委托的临时监护人!我的任务就是保护孩子衣、食、住、行等各方面的安全。您想看孙子,想和孙子一起出来玩儿,都要跟我打个招呼、说声。不然的话,像今天这样,这俩孩子偷跑出去,造成孩子溺水事件,你们居然都不知道!这救上来了,算她命大。要是真的再遇见坏人,被拐卖了,咋办?谁负得起这个责?你们还能从哪儿再弄一个亲孙子、孙女?……孩子不光是爷爷、奶奶的宝贝,是父母的宝贝!也是祖国未来的希望!所以,我们国家法律也制定了有关孩子们的法律。法律中就包括了我刚说的——对未成年人的监护权……"

苏父反驳道:"别拿法律来遮掩!就是付雪不想把孩子丢给我们抚养,达到她的报复目的!你看看,我们这儿哪一家不是爷爷、奶奶在抚养孙子……?"

"那是经济条件不好,家长没办法,才把孩子托给老人。按理说孩子在自己的爸爸、妈妈身边,既得到家庭温暖,又能学到知识,孩子才能身心健康成长!将来长大了,才会有利于对社会的建设和发展。再说了,你们也到了享清福的年龄,不说照顾孩子,只怕你们自己有时也还需要别人来照顾呢……"

这三位老人都被说得哑口无言,面面相觑。

妞妞全身衣服透湿,虽然不再往下滴水,但还紧贴在身上,她吃完鸡腿站在风中瑟瑟发抖:

"爷爷,我冷。"

"欸,咱去换衣服去。"

祁老汉拉着孙女走进了屋。

雅芬见苏父、苏母不再言语,也转身上了三轮车,车夫掉了个头,用力蹬踏起来。

三轮车立刻向前方行驶着,在车身的晃荡中,淡黄色车棚在夕阳西下的余晖里显得更加浅淡金黄……

雅芬背后是苏母低沉的声音:

"算了,这女人和付雪是一伙儿的,奇奇在她们手上,还不定教出个啥样来。看来,以后不能指望孙子了。谁也靠不住,只能靠咱自己!"

四七九

付雪离开金茂君悦大酒店独自走在街上,她虽然失去工作,但脸上没有茫然无措的表情,而且自信地想:

"我相信在这偌大个上海,一定还能重新找到一份适合自己的工作!为了能生活下去,我必须得马上去找,而且不管什么样的工作都行……"

她想着,这会儿已经走到了公汽站点,无意的一个抬头,她身旁站台上的玻璃灯箱上贴着一张招聘启事。再仔细一看,原来是身后这家"便民"小超市在招聘营业员,她立即转身走了进去,店里只有一名收银员。

付雪对女收银员说:"我是来应聘的。"

收银员闲站着,爱理不理的态度,指了指冷柜侧面的门,说:"找店长。"

付雪会意地笑笑,走了过去。

侧面门里狭长,是个小仓库,门口有张办公桌,桌边坐着位50岁左右的瘦高个男人,正在电脑上查看货物清单。

"您好,店长,我是来应聘的。"

店长抬头看了看付雪,问:

"你做过营业员吗?"

"没有,不过我会认真学。"

店长可能看重付雪的诚恳,点点头说:

"你明天能来上班吗?"

"能。"

店长递过来两张纸,一张是简历表,一张是培训地址,又说:

"好,这是简历表,你填一下。你明天先去公司学习,考试合格后再上岗。"

"谢谢店长!"

付雪填完简历走出"便民"超市,心像有了依靠,开心地继续站在超市门前的公汽站台上候车……

四八〇

第二天上午离学习时间9点钟不到,付雪已经提前赶到了指定的学习地点。这学习地点是浦西汉口路上的一家"便民"店内。

一楼在装修,穿过装修施工中的店堂,进入一个角门,角门内是狭小的木质楼梯。顺楼梯上到二楼才豁然开阔,穿过办公区,推开一间大教室的门儿,里面已是乱哄哄的人声喧哗,整个面积和一楼的主店堂相当,摆放有几十张连体桌椅。空座位让早到的人们占去一大半,付雪只能绕到最后面的空座位前坐下,跟在她身后(左边)坐下的是位很时髦、很灵光的少妇。

少妇见付雪在拿笔记录,就问:

"我叫施英,你以前有没有做过?"

"没有。"

"我以前在火车站附近的小商店做过很多年。哦,我老公是上海人,你老公也是上海人吗?"

"不是。"

"那你就是外来务工人员,只有三金,比我少一金。"

"哦。"

付雪总是简单地回答,少妇感觉从付雪这儿已得到想要的信息,就和身边其他人搭话去了,而且谈得很投机。从他们谈话中,付雪得知这些人,有的是农村来的,有的是上海本地下岗失业者,还有的是外地嫁到上海来的外来媳。

在这农民工、下岗工和上海外来媳就业工的三工聚汇的人群中,付雪气质和才华都显得出众,犹如鹤立鸡群,一眼就被前来挑选员工的一个女督导看重。

女督导身材瘦长,上海人的大众气质,披肩大波浪棕色卷发,白皙的肤质,单眼皮下的小眼儿很锐利,脸上几乎看不到笑容,一副严厉神态。

这培训的内容很简单,年轻漂亮的人事部工作人员讲完劳动报酬后,播放了一盘录像带,里面有公司发展、员工规章制度,及店面货物摆放流程等。接下来,就是各店的店长对这些新来人员进行无语的面试,她们凭感觉,从简历中挑选出自己看重的人选,再按人事部人员手中名单划分、点名、公布选中人员所去工作路段名称,即店名,比如,西藏东路店、吴中路店、华山路店……

付雪就被这督导选中,公布在吴中路店,而不是付雪先前应聘的那个陆家嘴店。当然,从地图上看,吴中店离付雪家更近些,她欣慰地交了一张照片和身份证复印件,办理入职手续。

四八一

吴中店是新装修好的店,没开张,里面只有空柜台、空货架和空冷柜。

9点上班,付雪提前赶到。由于没开张,也没挂牌,怕新到员工找不知道地方,男店长就提前等候在了店门口。

付雪一眼就认出,站在门口的是昨天应聘过自己的那个男店长,男店

长也看见了付雪,忙打招呼说:

"来了,你是第一个到的。"

"怎么会?"付雪看了看时间,"还差5分钟9点,怎么没人来?"

"她们都是老油条,时间到了还想拖延几分。"

付雪走进店里不再说话,男店长跟进来接着说:

"我是过来帮忙的,今天店里要到所有的货,可能要搞通宵,一会儿给你们分两班。你上白班,等打扫完卫生,你就回去,确保明天顺利开张。你是督导选中的,这店没有店长,可能想培养你……"

说话间,外面进来三个女性,年龄大的50多岁,小的20多岁,中间大的30岁开头的少妇。这少妇就是昨天和付雪坐在一起说话的那个叫施英的人。

施英听说"要培养付雪做新店长",心里很不服气,嚷道:

"店长不能让新手来当,有经验的,上手也快些。我们才有信心做下去,大家说是吧?"

让施英这一挑动,上海老女人马上一脸的不服气,说:

"就是!新来的,什么都不会,我们亏了怎么办?"

店长见自己说露了秘密,赶忙解释:

"这是督导的意思,你们谁想当店长,跟督导说去。——别争了,大家都来了,把卫生打扫一下,马上所有货物要进来。"

付雪找了抹布抹柜台,店长在拖地。其他两个和施英拉帮结派,自告奋勇凑在一块儿擦玻璃墙,边擦边交头接耳谈论些什么。

付雪隐约听到老女人说:

"我们两个都是老员工,这店长怎么说也轮不到她!……是不是督导和她有什么关系?"

施英说:"关系个屁!和我一起应聘来的!"

小女人说:"可别把我跟她分在一个班了,讨厌!"

付雪假装没听见,但还是心里不开心。她不想一来就和同事对立、树敌,她思前想后,还是走到店长跟前小声说:

"店长还是让她们有经验的人来当,我怕我当不来。"

"怕什么,一会儿分班,你跟阿姨一班,她会交你收银、理货、进货、做报表。要你当店长工资高,怎么你不愿意呀?"

"不是,我是看她们对我意见很大……"

"也不是让你现在当店长,至少3个月后,等你都学会了、熟练才行。你管他们干吗?她们这种人,到哪儿都这样,婆婆妈妈、说三道四的低素质。她们要能当店长,早让她们当了!"

这话让付雪明白了,"为什么要培养自己当店长"之事儿,现在她对督导和店长心存感激,为了不辜负他们的期望,自己还得继续装出没听见她们说闲话似的热情工作着……

四八二

吴中店开张了。新开张的超市一般都有"购物优惠"活动,店里客人很多,店长和督导都来帮忙。

店长管老女人叫宋"阿姨",阿姨是上海人对年龄大的女人的通称。收银台前排着长长的队伍,宋"阿姨"在柜台里忙收银。

付雪现在既是营业员,又是理货员,她也穿着工作服,忙碌在货架之间。

此时,小仓库里,付雪透明袋里的手机震动了,闷闷的马达声,没人能听到,只有彩色来电显示的电光一遍又一遍地闪着……

四八三

打来电话的人是宋世杰。

宋世杰在医院自己的办公室里,见拨通付雪电话半天没人接听,就挂上,想用继续查阅资料来消遣自己内心的郁闷,可这种郁闷情绪让他感觉很疲惫,只好停下来揉了揉眼睛,心里自责着:

"我早知道付雪不会轻易放弃和苏赫之间6年的感情,为什么还要对她这么动情?我真是傻到家了!"

他一推椅子站了起来,走到酒柜倒了杯酒,稍稍喝了点,心里继续想:

"她回老家是不开手机的,现在手机开了,看来她是已经回到上海。可为什么不给我来电话,甚至还不接我电话呢?"

他猛然想起什么,拿起电话,却又放下:

"一定是那天,付雪打来听到康秘书的声音,付雪才挂断了电话!……唉!也不能怪康秘书,我要处在康秘书的立场,我也会这么做。可这两个女人,我更希望和付雪在一起!——小雪一定在上海,不行,我要去星梦公司找她……!"

想到此,他内心豁然荡漾起快乐,刚兴冲冲走至门口,就和匆匆赶回的康秘书迎面相碰。

康秘书兴奋地说:

"病理报告出来了!"

"不是下午出来吗?怎么这么快?"

"我借小实验室的仪器亲自去做的!"

宋世杰只好放弃去找付雪的想法,点点头,接过康秘书递来的报告单,又重新集中精力,回到工作当中……

四八四

中午时间,超市里顾客终于少了下来,女督导和男店长都去吃饭了,付雪抽时间进小仓库里看了看手机,看见上面有宋世杰打来的未接来电,心里一下子泛起了无限忧思。

她随即拨了过去,电话关机,她只好挂上手机、放好,又走出小仓库。

四八五

店堂内只有付雪和宋"阿姨"俩人。

宋"阿姨"趁督导和店长不在之时,毫不避讳付雪,就把做活动"买一送一"的面包、牛奶、酸奶拿到柜台后面去吃。

付雪惊讶地看着她,她却不以为然地笑笑说:

"噢,我忘了你是新来的。"

她拿出一瓶酸奶递给付雪,付雪没接,宋"阿姨"才解释说:

"货架上没写'买一送一',顾客是不知道的,所以,刚才有几个人买了我就没送,这些是多出来的,怕什么?"

付雪说:

"顾客要都知道买一送一活动,就会多买几瓶,一是可以促进销售、增加营业额;二是以免造成当天到期货物积压、倒掉,造成损失。"

"你脑子进水啦?每个月只有900元工资,加上奖金也不过1500元,不自己钻点空子,就不划算啦!再说,所有老员工都这样做,你就算投诉督导也没用的!"

"我不会投诉,但我不习惯这样做……"

"港都呀？"

宋"阿姨"感觉付雪和自己不是一个道儿上的人，嘟哝了一句就不再搭理付雪，一时间，在没有顾客的时间段，整个店里一片死寂，空气像凝固了般，使人感到呼吸困难。

好在这时男店长回来了，见店里没有客人，就对宋"阿姨"说：

"别闲站着，赶紧教付雪把收银学会。"

付雪走到收银台前，宋"阿姨"很不情愿地"噢"了声……

付雪后来才知道"港都"就是上海人骂人"傻子"的意思。

四八六

第二天一早交接班时，付雪还没到，宋"阿姨"就早早赶来，对施英和小女人发泄昨天白班的郁闷心情。

宋"阿姨"愤愤地挑拨说：

"昨天，店长开始要我教她学收银了，她和我们不是一心的，大家要小心点。"

施英冷冷一笑：

"怕啥？让她当不成店长不就行了？"

"你有啥办法？说说看！"

"现在交接班时，不还没开始点货吗？还有……"

施英给宋"阿姨"做了个手势，宋"阿姨"就把脸凑过去，不知她们交头接耳说了些什么，让宋"阿姨"豁然开朗地笑着夸赞施英说：

"还是你最鬼，好，我们都一起行动！"

这话音未落，付雪就来了，看她们都很开心，就主动和她们打招呼："大家早。"可没人理她，令她很尴尬。在这尴尬之余，她已经意识到——她们已结成帮派。

付雪见施英要走，赶忙喊住问：

"昨晚卖空的货柜，怎么不及时补货？"

施英无奈，内心只好恨恨地去补货，当然付雪也在帮她上货。

货补完，施英刚要出门，又被付雪喊住：

"店长曾说过，贵重物品要每天交接班时点货，来，我们开始按目录点货。"

"店长没安排,我凭什么听你的?要点你自己点!"

施英愤怒地说完就走了。

付雪虽然没有经营商店的经验,但按照学习的录像带里公司对店员的工作要求及工作范围,凭感觉,如果这些货物不清点;过期食品不清除、做账;店面不干净整洁和货柜上缺货,都会出现经营问题给店里带来损失。因此,她趁早上时间客人不多,赶紧自己清点货物和查看过期食品。这一查,把她吓一跳,竟然过期食品都没下柜!

宋"阿姨"见付雪发现没有下柜的过期食品,就知道她们这次阴谋落了空,于是,将刚收上来的现金,悄悄藏匿进柜台下小保险箱的夹层缝隙里,然后,冷笑笑,闲站在柜台里面,看付雪一个人忙碌。

付雪很快清理完过期食品,走进小仓库里,将手中清单递给店长。

店长问:

"这是夜班做的账?"

"不是,是我刚做的。"

店长"嘿嘿"笑笑,继续清点仓库,不再吭声。

付雪感觉店长笑得奇怪,心里很纳闷儿:

"店长为什么不重视这没被清除的过期食品呢?"

付雪见店长搁置不谈,自己也就不谈,但点货的问题,他又是怎样想的呢?付雪见店里没有客人,就小声问道:

"店长,交接班时,什么时候开始点货?"

"试营业期间,你和施英是新手,不会点,就不点。"

"这里有所有货物清单,按照区域和名称,没有不会的。再说,不学永远都不会,这样下去,账目不明,月底盘点……公司会亏损的。"

"饿死的骆驼比马大,丢一点,公司也倒闭不了。"

店长停下手中工作,看看付雪,又继续点拨她说:

"在这儿不是做事,是'做人',你还是想想怎么'做人'吧。"

这话把付雪给说糊涂了:"难道她们那种占小便宜行为,也叫做人?"

店长见她一时没有明白过来,就又更直接地说:

"她们那点小动作,我早就知道,只是就这么点工资,抓紧了,就没人在这里干了,只能睁只眼儿、闭只眼儿过了就算了。跟她们搞好关系,大家干活不累嘛。"

"……我明白了。"

付雪只好无语地去工作了。

四八七

在这超市上一天班休息一天,日子过得很快,一晃一周过去。

今天又轮到付雪上夜班,一早起来,她拿了衣服在水池前洗……

按理说,付雪有了工作,又被领导器重,应该感到高兴才是,可自从听了店长那天那番点拨的话,付雪心里一直高兴不起来,她这才真正地明白什么是"企业蛀虫"。虽然这和大型贪污不能比,但这也完全体现出了一个公司管理不善的地方,令付雪忧心如焚。

"如果自己在这里做长期打算,那么自己决不会对这些现象置之不理!如果不管不问、做短期考虑,那么,自己不光现在就要开始寻找新工作,还辜负了督导和店长的一番好意。我该怎么办……?"

正当她放慢搓洗衣服的速度,处在内心矛盾的极致时,门铃响了。

她被惊醒,起身去开门。

"妈妈!"

门一开,奇奇喊着扑过来,算是给了付雪意外的惊喜。

"奇奇!让妈妈抱抱!"

"不抱,不抱,我已经是大孩子了,小毛毛才让妈妈抱的!"

奇奇一挣,跑到付钢跟前:

"舅舅,把行李给我,我去把里面的东西拿出来,你和我妈妈说话吧。"

"好,拿去吧。"

付钢把奇奇的书包递给了奇奇。

奇奇很懂事地把自己书包拿进自己房间,掏出里面的衣服放好。

付雪激动地看着孩子,深有感触地对付钢说:

"他真的长大了!谢谢你,钢钢!"

"我没做什么,是老家那里的环境,让他养成早当家的习惯!这次他经历了一个小小的磨难,被苏家悄悄拐走,如果不是奇奇偷跑出来,可能现在我们还在焦急地四处寻找……"

付雪先是一惊,而后看看奇奇,理解地说:

"这不能怪他们,他们比我更需要奇奇!——苏赫好些了吗?新学校盖多高了?宋世杰的投资事情怎样了?"

付钢笑笑:"苏赫情绪稳定了,也和她父母和好了!新学校盖有一人多高!宋世杰的资金也到位了,后天破土动工,我这次来上海,就便给宋世杰送政府批文!——你怎样?签到第二个剧本合同了吗?"

付雪默默地低下头:

"我现在在一家超市工作……"

"太好了!"付钢突然激动地一把拉住付雪,"你知道吗?我正发愁老家没个超市,大家购物不方便呢!——回去,我们一起建设老家吧……"

"我……"

就在这时,付雪电话响了。是个陌生电话,付雪犹豫着接听:

"喂,请问你……"

电话里,倪总声音:"付编剧,有没有时间到我公司来一下?"

"噢,现在吗?"

"就现在,我在公司等你。"

"好、好。"

付钢听到电话里男人的声音,还以为是宋世杰约付雪了,心里边对这个情敌多少还是有些醋意,就拿出一份文件对付雪说:

"世杰约你出去见面,就便把文件带给他,免得我再去跑一趟。"

"我很久没见到世杰了,他离这儿不远,还是你自己去吧。"

付钢感觉自己冒昧,忙说:"……对不起。"

付雪反应过来,解释:"刚才打电话来的人,是一个成功人士。他是投资我剧本的人,我们一起吃过饭,可能还不知道我现在已经离开星梦公司。不过,去见他,就能给自己一次新的择业机会……"

付雪边说,边洗手、换鞋,之后走了出去。

付钢失望地看着她离去的背影,他是多么希望付雪能和自己一起回到老家建设自己的家乡呀!此时的老家,有了投资资金,已经进入发展建设初期,是比任何一个时候更需要优秀的人才!

四八八

倪总的公司在人民广场附近的一栋摩天大楼里。

公司门口总服务台里的小姐把付雪领到倪总办公室门口。轻敲了一下门，而后推门问：

"倪总，付雪小姐来了，可以让她进来吗？"

"快请她进来。"

服务小姐问完退出来，付雪走了进去，倪总热情地站起来迎接：

"来来来！快请沙发上坐！"

付雪坐下，借倪总去拿资料时，大致看了一下这间大办公室——古色古香格调，墙角处摆放有古瓷器，瓷器上面绘画生动、细腻；陶釉色泽淳厚、自然。墙上还挂有字画……

倪总走过来，坐下，摊开稿纸说：

"我这儿有个构思，想听听你的意见。"

付雪接过稿纸认真看了看，实话实说道：

"感觉标题不错，就是从这提纲中看不到每一集的情节点。没有情节点，也就等于没有剧幕高潮，就不能更好地吸引观众。"

"那，写剧本，需要注意哪几个方面呢？"

"……第一，如何在影视作品中创造出具有市场价值的提纲，在提纲的设置中创造出人物的驱动力；第二，如何开发出具有市场的故事，确定故事的类型、主题和情节模式；第三，如何塑造具有真实感和表现力的人物；第四，如何设计真实的对白；第五，如何在剧作中有效地设置场景……，最后是修改。"

"很好，我就知道我没看走眼！这样吧，这个构想你拿去写，把你的才能发挥出来，我相信你一定能成功！我呢，还做你的资金支持，怎样？"

付雪犹豫了一下："我已经离开星梦公司了。"

"哦，为什么？"

"这是个双向选择的时代，我有我做人的原则，所以我选择离开。但我承认，做这种选择确实很痛苦……！"

"我相信你的选择！那你今后怎么打算？"

付雪心中装了个秘密，欲说又止："……还没想好。"

倪总真诚地说：

"我相信你的选择，不管，你今后有什么打算，想好了，就给我来个电话!"

倪总看出付雪还不完全信任自己,于是理解地点点头,站起来邀请付雪:

"走,我带你去参观一下我的公司。"

"好!"

这整个楼面都是倪总公司的办公区,付雪跟在倪总身边,听他介绍各个部门及下管的公司范围。所到之处,都有人向付雪投来羡慕、猜疑、眈眈相向的目光,令付雪感到很不自在,但还是礼貌地等待倪总讲完。

四八九

付雪告辞后,从电梯里下来,跑出大楼才轻松地吐了一口气。她对刚才那些虎视眈眈、敌对她的那些眼神感到不解,她认为:

"只要自己有能力,又能认真工作,就不会怕别人来挤掉自己饭碗。为什么他们会害怕……?"

这个问题引起付雪的深思,自从来上海到现在,她所经历的就是在"竞争"下的各种不择手段的生存方式。

"既然人们向往城市美好的生活,那我为什么不用自己的能力去创建自己的家园,何必在这里与'豺狼虎豹'为伍?"

她思索着来到浦西的江滩,平静地站在国际金融街上,遥望江的对面,这些繁华的景致已经不再迷人。因为,在她眼里,它只是一幅图画,没有生命力,不能给人带来温暖!她几乎能猜想那每栋高楼大厦里的阔绰精美的装修和那每扇窗里人们虚伪、真假难辨的笑脸。她看了看一直捏在手里倪总的名片,仿佛倪总真诚的声音依然萦绕在她耳边:

"我相信你的选择!不管你今后有什么打算,想好了,就给我来个电话。"

付雪为了回报这个真诚,她思忖着拿出电话拨打:

"喂,倪总,我是付雪。我想好了,打算回老家去,建设自己的家乡。"

电话里倪总声音:

"好呀!上海人才饱和,发展城乡建设是必然之路!我用资金支持你!你回去考察好了,随时给我来电话。"

"不知道倪总愿不愿意投资学校、商业、娱乐方面?"

"看来你早有建设家乡的打算吧？"

"是的，只是自己没资金，一直在犹豫是不是回去先开家小超市，等有了资金，再投资商城，然后再开家文化影视公司……"

"那这样吧，我有时间去你老家看看，再说。"

付雪知道倪总会有这样的回答，没有哪个投资商会一口答应投资的。

但此时她坚信自己的计划，坚信自己的选择！此刻，她倚立在黄浦江边，凭栏远眺，脑海里不时出现一个个令她难忘的记忆画面，仿佛是在给这繁华外衣包裹下的污染纯洁心灵的大都市做最后的告别仪式。

四九〇

此时，宋世杰在办公室里看付钢送来的文件，他轻轻咳了几声，像是感冒症状，康秘书给他倒了杯水，并关切地催促着：

"快把药喝了，你在发烧，我还是送你回家休息吧！"

宋世杰像是没听见康秘书的话，他看完文件顺手递给康秘书：

"你看，他们政府办事效率真高，短短时间，手续全批下来了！还替我找好了施工单位，……这还有施工单位的资质认证书！我对那里很感兴趣，后天，我就过去，你要不要一起去看看？"

"当然要去，我是'副院长'嘛！"

宋世杰又咳起来，比刚才咳得厉害些，康秘书更加关切地命令说：

"不行，我必须把你送回家休息，不然后天就去不了乡下！"

她边说边拉，宋世杰拗不过，只好装好文件，拎上公文包，顺从地起身向外走，但执意更正康秘书的话，说：

"那里不是乡下，是花园——是一座未来的花园城市……！"

"行，行，爱屋及乌，你说花园就是花园！"

康秘书很注意上班时的举动，内心再怎么爱宋世杰，但在单位上，她却丝毫没表现出来，所以，医院里同事们对他俩的闲言碎语几乎没有。

他俩不管什么时候出入，都会被同事们看作是去工作，这点上，宋世杰很佩服康秘书的为人处事能力。

现在康秘书快步走到停车场，将车子开出来，在大门口接宋世杰回家，宋世杰虽然心里也热乎乎的，但在内心深处还是会迸出一个念头：

"要是现在付雪在自己身边该多好！"

这个念头由里到外地表露在脸上，形成了不自然的笑容。他坐上车，头靠在车座椅上，假装闭上眼睛休息，手却在抚弄手机，他这是在焦急想赶快回家等康秘书走后好给付雪去电话！

宋世杰的家就在医院附近，车开过马路，转了个弯儿，驶进一栋高楼下的地下停车场，距离医院不过两分钟行车时间。

四九一

宋世杰的家是复式楼型，很大，装修简洁，标准的欧式风格。康秘书不止一次地来过，很熟悉，也很喜欢这个家的一切，她扶宋世杰躺上床，然后拉上窗儿，坐下来，没有要走的意思。

宋世杰想了想，说：

"你去把上午的实验结果写个报告出来，交给院长。"

"不急，我多陪陪你……"

"我想睡会儿。"

宋世杰说这话时手里一直在抚弄手机，康秘书隐约感觉到他是在等待什么，于是犹豫了一下起身去了洗漱间，然后走出来平静地说：

"好，你好好休息，我写完了就来。"

宋世杰顺从地点点头，他心里既不讨厌，也不喜欢这女人，就是一个人孤独，有她在身边也没坏处。曾经是想过考虑康秘书的追求，可那只是一个闪念，早让内心对付雪的情感覆盖了。这段时间和付雪闹矛盾，付雪居然倔强地不给他打电话，也不来找他，这让他感到心里很郁闷，也隐约预感到付雪的心不在自己身上。

此时，康秘书走了，他痛苦地摇摇头，拿出电话拨打。

电话通了，他眼里立刻闪现出希冀的目光：

"喂，小雪，是我！"

电话里，付雪听到他鼻音重重的声音，担心地问：

"你感冒了？有没有吃药？"

"……你在哪里？我去找你！"

"外面很热。你病了，我应该去看你！"

"我在家里。"

"好，我马上去。"

此时，付雪从外滩已乘车回到家，正走到自己楼下，接到宋世杰电话后，就直接过马路朝宋世杰家的大楼走去。这两处房子距离很近，10分钟左右，付雪就来到宋世杰家门口，摁响门铃。

"小雪！"

宋世杰拉开门儿，激动地猛然将付雪抱进屋。

"别呀，世杰，我刚从外滩回来，坐车，手很脏。"

他不愿放开她，一直把她抱在床上亲吻。付雪也忍不住释放自己对他压抑已久的情感，迎合着他温柔的唇……

他开始慢慢揭她衣扣，她按住他的手，轻声道：

"等我……"

他幸福地点点头，仰躺在床上等待。

付雪来到洗漱间，洗完手，刚要脱衣服洗澡时，却看见淋浴房的门把上挂着一件女人胸罩，她刚才的幸福感顿时被驱散，只感到自己的感情被戏弄了，她痛苦地流下眼泪，穿好衣服走出来。

"小雪，你怎么了？"

他看出她神色不对，坐起来问。

付雪把胸罩扔在他面前。

他怔住了，不解地问：

"这是哪儿来的？"

"我有那么好欺骗吗？"

"不可能！我一直是清清白白单身……！"

他突然想到刚才康秘书来过，而且去过洗漱间。再想对付雪解释什么时，付雪已经甩门儿走了，他只有痛楚地看着这个女人的胸罩摇头。

付雪走了，偌大个屋子很快安静下来，仿佛一切都停止在那里。宁静便于让人思考，在这孤寂的房间里，他依然带着他痛楚的表情陷入深思之中。

过了许久，他脸上的痛楚表情慢慢消失，像是要做一个什么决定似的，忍受着感冒带来的难受，起身拿笔写了一封信和一个小便条，而后平静地收拾好行李出门。

在门口，他将那小便条粘贴在防盗门上，一转身走了。

四九二

康秘书处理完工作已是下午下班时,她带着她要做"副院长"的欲望,兴致勃勃地来到宋世杰家门前,一眼就看到门口贴的这张便条。她揭下来念道:

"我走了,给你的留言,在信箱里。"

康秘书不相信,使劲摁着门铃,直到一直没人出来开门,才匆匆跑去电梯房,摁电梯……

四九三

宋世杰的不辞而别已经让康秘书预感到了某种不祥,她极其担心,跑回医院一楼,打开她和宋世杰共用的信箱,果然看见里面有一封鼓鼓囊囊的大信封,她迅速打开,掏出来一看,是她自己熟悉的胸罩,另附有一封留言信,上面写道:

"对不起,康秘书!

我走了,请不要再来打扰我们!

你是个好女孩,一定会找到一个比我更优秀的男人做丈夫。我祝福你!

工作上,我已向老院长推荐你做副院长。

有关白血病的研究论文我已写好,将会在发表时一同署上你的名字。

谢谢你的照顾!再见。"

康秘书看完苦笑着摇了摇头,似乎还不相信,也不死心。

她拿出手机给宋世杰拨打,结果对方电话关机。紧接着,她又不认输地拨打付雪的电话,电话通了,很快电话里传来付钢声音:

"喂,你好,请问是哪里?找付雪?"

"麻烦你叫付雪来接听,我有重要的事儿找她!"

四九四

电话这边,付雪此时正在厨房洗鱼,两手沾满鱼腥味儿,就要付钢替她接听电话。

付钢听出电话里是康秘书声音,不由愤怒道:

"康秘书,怎么?付雪很好被人欺负是吗?"

"对不起,请替我转告宋世杰,明天上午院里有紧急会议。"

付钢一听,立刻对康秘书的话产生疑问,但很快反应过来,应付康秘书说：

"好，我一定替你转达。"

付钢挂上电话，回想付雪下午回家时伤心、痛苦的表情，和康秘书刚才的话，两者结合在一起，一分析，他似乎明白了什么，就笑笑，去了厨房对付雪半开玩笑地说：

"宋世杰'失踪'了。"

付雪的情感还处在被宋世杰的伤害、痛苦中，不愿听到宋世杰的名字，气愤地回敬付钢说：

"他死了和我也没关系！"

付雪能说出这样绝情的话，一定是心被伤得很深。付钢不知道他们之间为什么突然变成这样，但根据付钢判断，"一定又是康秘书在中间捣鬼！"为化解付雪对宋世杰的误会，他只好把自己的分析向付雪和盘托出，于是加重语气，郑重其事地说：

"雪，宋世杰为了你真的失踪了！他这样做其实就是为了和康秘书断绝来往……"

"你怎么知道他失踪了？"

"根据康秘书的脾性，如果能找到宋世杰，她能打电话给你吗？我想宋世杰一定是回我们老家，不会再回来了。"

听付钢这一分析，付雪立即自省起来，确实感觉自己在对待宋世杰的情感问题上，心胸过于狭隘，不够倾心信任他，还多次错怪他，令她一时内疚得低下头，不再言语。想到世杰还在生病，她不由得心里又多了份担心与牵挂，但只能在心里默默自我安慰着：

"他自己是医生，一定能照顾好自己，保佑！愿老天保佑他一路平安……"

四九五

康秘书打电话给付雪碰了一鼻子的灰，但听到付钢肯定的回答，她不知情，还错误地认为——宋世杰此时是和付雪在一起！这让她更加明白自己将永远都不可能得到宋世杰的心。

"既然如此，我又何必在一个树上吊死呢？"

她豁然一笑，把信撕得粉碎投进垃圾桶里，走了。

四九六

数月后,秋风瑟瑟吹扫着马路上的落叶。

这是一个很平常的上午10点多钟,付家寨小镇的一家超市开张了。地点就是广场边上原来那家商店(老供销社原址),里面装修一新,也扩大了面积,成了上海这家"便民"超市的加盟店,付雪是店长,上海的那位男店长和女督导也赶来帮忙了。

在小广场的中央又搭起了主席台,倪总已来到小镇考察了几天,此时镇里正为他举办"某百货商厦"奠基仪式。

一时间,鞭炮声、锣鼓声、打桩声、机器的轰隆声、响彻天空,打破了小镇以往的宁静,在改革开放好的政策推动下日新月异。

宋世杰和康秘书断绝交往后,辞去上海那家医院的工作,独自一人搬到小镇来住了。

今天他成了小镇的新住户,手捧着新鲜玫瑰花前来祝贺付雪的"便民"超市开张。

店内顾客拥挤,店外热闹非凡。

付雪见宋世杰走进来,还没有要原谅他的意思,把手中收银的工作交给男店长帮忙,自己转身进了超市里面的办公室。

宋世杰紧跟进去,关上门,恳求着:

"相信我,我是清白的,我已经远离康秘书!给我一次机会,我愿意一切从头再来!"

"我负担很重,除了抚养我的父母和孩子,我还要抚养苏赫的父母,你不可能接受。"

"这是广施爱心,我没有理由不接受!"

付雪看着他一直紧张、并带着希冀的目光,心里突然涌上一股幸福感!她知道这是缘分带给他们相互难舍难分的依恋!她无法抗拒,也无法割舍,心头的一股暖流促使她慢慢伸出手,与世杰的手紧紧相握!

"小雪,你终于又回来了!"

他激动地拥抱着她,欣喜地流出幸福的热泪。

"走,我带你去见我儿子!"

"好呀!"

四九七

付雪带世杰来到雅芬家，付钢也在这里，这会儿奇奇正在里屋玩游戏。

他们四个大人在客厅坐定，商议着：

"带不带奇奇去医院为苏赫送行？"

付雪说："苏赫曾经说过，想给孩子留个好印象……"

付钢思忖片刻，建议道：

"这样，把孩子带去后，雅芬陪他在医院门口玩，让苏赫从警车上能看见就行。"

大家脸上没有笑容，都认可地点点头，之后又都心情沉重地带奇奇走出家门……

四九八

苏赫的病房里，苏赫的伤势好了，警车停在楼下。

徐队和刘勇将苏赫双手铐上，并在手上搭了条毛巾，遮掩住手铐。

苏父见此情景难过得一屁股瘫坐在病床上，苏母一把拽住正要朝外走的苏赫，撕心裂肺地哭喊道：

"赫呀！妈知道错了！妈不该私心太重！不该对你溺爱、包办你的终生呀……！"

苏赫对苏母这无用的哭喊，已经没有丝毫的情感和眼泪，他此时最想看见的就是付雪和奇奇。

"他们在哪儿？知不知道自己今天要走？"

他四下里张望着，可门口是陌生的围观的病人和医生们，就在他失望时，付雪从人群中挤了进来。

她难过地看着他，哽咽着说：

"……奇奇……在医院大门口外！"

"谢谢你！"

苏赫说完，感觉没有遗憾地迈步朝外走，苏母死死拽住苏赫的衣服，被警察强行分开……

医院大楼下，苏赫上了警车，警车立即鸣叫着开动，缓慢驶至医院大门口外，苏赫从车窗里向外寻，很快找到了奇奇。

奇奇不知道警车里是谁，但听到刺耳的鸣叫声，惊异地站起身，怔怔看着警车。由于警车的车窗上有黑色贴膜,奇奇看不到里面。

　　苏赫从窗里看着孩子,痛悔地抱头痛哭……